C. M. Spoerri

Alia – 2

Alia (Band 2): Der schwarze Stern

Alia und Reyvan fliehen in die Eiswälder. Sie suchen den Schwarzmagier, der Alia vor achtzehn Jahren nach Lormir brachte. Alia hofft, von ihm einen Hinweis auf ihre Herkunft zu erhalten. Unterwegs kann sie endlich das geheimnisvolle silberne Kästchen öffnen. Der Inhalt wirft allerdings weitere Fragen auf und lässt sie erahnen, dass ihre Reise gerade erst begonnen hat.

Die Autorin

C. M. Spoerri wurde 1983 geboren und lebt in der Schweiz. Sie studierte Psychologie und promovierte im Frühling 2013 in Klinischer Psychologie und Psychotherapie. Seit Ende 2014 hat sie sich jedoch voll und ganz dem Schreiben gewidmet. Ihre Fantasy-Jugendromane (›Alia-Saga‹, ›Greifen-Saga‹) wurden bereits tausendfach verkauft, zudem schreibt sie erfolgreich Liebesromane. Im Herbst 2015 gründete sie mit ihrem Mann den Sternensand Verlag.

C. M. Spoerri

ALIA

Band 2: Der schwarze Stern

Fantasy

Sternensand

www.sternensand-verlag.ch | info@sternensand-verlag.ch

1. Auflage, Februar 2020

Umschlaggestaltung: Alexander Kopainski
Lektorat / Korrektorat: Sternensand Verlag GmbH | Natalie Röllig
Korrektorat 2: Sternensand Verlag GmbH | Jennifer Papendick
Illustration S. 59: C. M. Spoerri
Landkarte: C. M. Spoerri
Satz: Sternensand Verlag GmbH
Druck und Bindung: Smilkov Print Ltd.

ISBN-13: 978-3-03896-085-0
ISBN-10: 3-03896-085-0

Für meinen Mann Andi.

Du bist der Fels in meiner Brandung.

Du bist das Licht in meiner Dunkelheit.

Du bist die Hoffnung in meiner Verzweiflung.

Du bist die Liebe in meinem Leben.

Danke.

Altra
Eisgipfel-Gebirge
LÔRMIR
Lormir
Gelor
Zakatas
Boreas
Hored
End
Rott
Fayl
Amoen
Wälder von Zakatas
Zwillings-See
Valven
Rahen
Talem
FAYL
Orta
Heystedt
Vel
Westend
Westendwald
Winsor
Ilnau
Kart
See von Arida
Arida
Wels
Kempt
Felv
Mal-See
Jost
Irena
Arganta
Drogir
ARGANTA
Hort
CHAKAS
Belar
Melv
Bairout
Bris
Vulna
Scopet
Gohar-Wüste
Talmeren
Gerun
Oshema
Wälder von Robrero
OSHEMA
Chakas
Elb
Chaka-See
Oda
Collis
Geruna
Ora
Margen
Ren
Molarwald
Bela
Mel
Os
Lapot
MERITA
Kanter
Ina
Molar
Cauta
Port
Portez
Merato
Mons
Meritawald
Caps
Darton
Baltros
Merita
N
W
E
S

Region Lormir

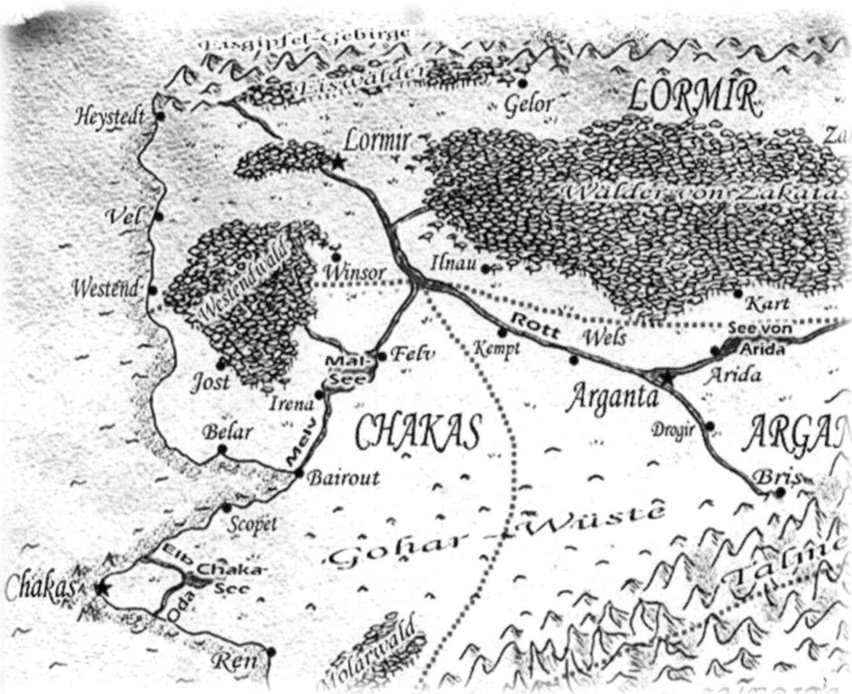

1

Alia

»Verdammt.« Ich reibe die Stelle an meinem Schienbein, die schmerzhaft pocht.

In dieser Dunkelheit ist rein gar nichts zu erkennen. Vor mir höre ich Reyvan leise lachen und fluche abermals. Er soll sich nicht über mich lustig machen – als Elf sieht er im Dunkeln fast gleich gut wie bei Tageslicht, ich hingegen kann mich nur auf meinen Tastsinn verlassen – und auf den ist offenbar herzlich wenig Verlass. Wie zur Bestätigung stoße ich meine Zehe hart an einem Stein und ein dritter, noch herzhafterer Fluch entfährt mir.

»Nicht so schnell, ich komme kaum nach!«, rufe ich leise in die Dunkelheit vor mir.

»Bald sind wir draußen, Cíara«, flüstert er direkt an meinem Ohr und ich schreie vor Schreck auf.

»Lass das«, keuche ich, während ich eine Hand auf meine Brust presse.

Ich werde mich nie daran gewöhnen, wie lautlos sich der Elf anschleichen kann. Erfolglos versuche ich, mein rasendes Herz zu beruhigen. Er drückt einen sanften Kuss auf meine Wange und ich spüre, wie sich seine Lippen dabei zu einem Lächeln verziehen. Dann nimmt er meine Hand und führt mich weiter.

»Es ist nicht mehr weit.« Er zieht mich durch den finsteren Tunnel des Berges.

Immerhin stoße ich dank seiner Führung nicht nochmals an irgendwelche Steine. Trotzdem, diese Dunkelheit ist mir nicht geheuer. Zum hundertsten Mal wünschte ich, wir hätten mehr Fackeln mitgenommen. Die letzte ist vor einer Stunde ausgegangen. Oder zumindest fühlt es sich an, als wäre eine Stunde seither verstrichen.

Ich beiße die Zähne zusammen.

Wir sind schon zwei Wochen in den Wäldern unterwegs. Noch immer habe ich die Trauer nicht abschütteln können, die mich jedes Mal beim Gedanken an Rana überkommt. Rana, meine Freundin, die sinnlos bei unserer Flucht aus dem Zirkel gestorben ist. Ohne Reyvan wäre ich wahrscheinlich dort, in den Gemächern des Eunuchen, geblieben und hätte so lange geweint, bis mich Xenos gefunden hätte.

Xenos. Beim Gedanken an den Zirkelleiter habe ich gemischte Gefühle. Einerseits verabscheue ich ihn aus tiefstem Herzen. Er ist ein Schwarzmagier, arrogant, kalt und berechnend. Ohne Herz und Skrupel. Andererseits habe ich ein schlechtes Gewissen, ihn hintergangen, verraten zu haben. Er hat mir vertraut – irgendwie. Aber Xenos ist für mich ein Rätsel, das ich wahrscheinlich nie ganz begreifen werde.

Ich zweifle keine Sekunde daran, dass er uns verfolgen lässt. Schließlich ist Reyvan das Pfand der Elfen und ich bin eine abtrünnige Dienerin, die er mit Sicherheit lieber tot als lebendig wiedersehen möchte.

Seit unserer Flucht haben wir allerdings noch keine Verfolger ausgemacht. Nicht zuletzt dank Reyvan, der unsere Spuren so sorgfältig verwischt hat, dass wahrscheinlich nicht einmal der geübteste Fährtenleser in ganz Altra sie ausfindig machen könnte. Trotzdem beeilen wir uns, aus dem dichten Wald zu kommen, der sich hinter dem Zirkel von Lormir erstreckt.

Bald werden wir die Steppe erreicht haben und damit beginnt der gefährlichste Teil unserer Reise in die Eiswälder. Auf der Ebene sind wir für jeden sichtbar und können ohne Weiteres verfolgt werden.

Die Tatsache, dass Xenos uns nicht mit dem Visor, dem magischen Gerät, das er in seinem Laboratorium aufbewahrt, aufspüren kann, beruhigt mich ein wenig. Das war mein erster Gedanke, nachdem uns die Flucht aus dem Zirkel gelungen war. Reyvan lachte, als ich meine Bedenken äußerte.

»Cíara, hat er dich das tatsächlich glauben gemacht?« Er strich mir wie bei einem stumpfsinnigen Kind über den Kopf. »Er wird uns nicht verfolgen können, keine Angst. Der Visor offenbart einem, was vergangen ist. Nicht, was die Zukunft bringt.«

»Aber als er mir meine Familie zeigte, war sie älter«, erwiderte ich.

»Ja, weil es dein Geist ihm so mitgeteilt hat. Du hast sie dir älter vorgestellt, also waren sie es auch«, war seine ernüchternde Antwort.

Ich habe noch lange über diese Bemerkung nachgedacht. Xenos hat mich mit seinem Versprechen, meine Familie zu zeigen, hereingelegt. Er wusste, dass er mir nicht die Gegenwart, sondern eine in meinem eigenen Kopf entstandene Illusion zeigte. Daher hielt er wahrscheinlich meine Hand, während er den Visor bediente – er brauchte meine Fantasie dazu. Diese Erkenntnis machte mich noch wütender auf den Zirkelleiter von Lormir. Trotzdem kann ich jetzt nicht mehr viel daran ändern.

Etwas anderes bereitet mir umso größere Sorgen: Xenos weiß, wie meine Familie aussieht. Er könnte sich für meine Flucht an ihnen rächen. Daran wage ich kaum zu denken und schiebe diese

Befürchtung jedes Mal weit von mir weg, um nicht den Verstand zu verlieren.

Ich bin wieder einmal so in Gedanken versunken, dass ich nicht bemerke, wie der Weg ansteigt. Erst als ich zusehends außer Atem gerate, konzentriere ich mich wieder auf meine Umgebung.

Wir sind schon lange in dem muffigen, kalten Tunnel unterwegs, den Reyvan entdeckt hat. Er war sich sicher, dass es sich um eine Abkürzung durch den Berg handelt, der mit einem Mal mitten im Wald vor uns auftauchte und unseren Weg abschnitt. Da ich dem Elfen in allen Entscheidungen blind vertraue, zögerte ich keine Minute und folgte ihm in die Dunkelheit – die damals noch von Fackeln beleuchtet wurde.

Nun aber, da wir durch die Finsternis stolpern, bin ich mir nicht mehr so sicher, ob das eine gute Idee war. Schließlich kann wer weiß was – oder wer – in dieser Dunkelheit hausen und sich die Hände oder Klauen reiben, weil zwei unbedarfte Flüchtlinge in sein Revier geraten sind. Vielleicht wären wir besser über den Berg geklettert, selbst wenn das eine Verzögerung von einem Tag bedeutet hätte.

Wir waren am ersten Tag unserer Flucht bereits eine Weile in einem Bergstollen unterwegs und eigentlich hat mir dieser Ausflug in das Reich der Erde vollkommen gereicht. Ich mag es nicht, wenn alles um mich so eng und düster ist und ich nicht weiß, welche Erd- und Gesteinsmassen sich über meinem Kopf befinden. Aber Reyvan dirigierte mich damals immer weiter, bis wir schließlich in einer Höhle ankamen. Zu meiner Überraschung enthielt diese mehrere Holzkisten.

Der Elf schaute mich mit seinem umwerfenden Lächeln und glänzenden Augen an. Natürlich ließ mein Lob nicht lange auf sich warten, denn spätestens als wir die erste Kiste öffneten und darin warme Winterkleidung vorfanden, war ich ihm dankbar um den Hals gefallen.

Er erzählte mir, dass er dieses Lager auf einem seiner unzähligen Ausflüge aus dem Zirkel gefunden habe. Selbstverständlich hätte er den Zirkel als Pfand der Elfen nicht verlassen dürfen, aber das war ihm herzlich gleichgültig.

»Ich brauchte ab und zu etwas Zeit im Wald für mich – ein Elf ohne Wald, das geht einfach nicht«, erklärte er seinen Freiheitsdrang grinsend.

Ich schüttelte den Kopf, nicht im Mindesten davon überrascht, dass er – entgegen jeglichen Auflagen von Xenos – den Zirkel heimlich verlassen hatte.

In weiteren Kisten fanden wir sogar Proviant und Waffen. Offenbar wurde dieser Stollen rege von Bergarbeitern genutzt, die hier ihre Habseligkeiten aufbewahrten. Wir deckten uns mit allem ein, was wir tragen konnten.

Nun, ausgerüstet und sogar mit Pfeil und Bogen sowie Dolch und Schwert bewaffnet, fühle ich mich zuversichtlicher. Jetzt fehlen uns nur noch Pferde. Wir haben beschlossen, diese im nächsten Dorf zu kaufen, das wir in etwa einem Tag erreichen sollten. Reyvan hat dafür Gold aus dem Zirkel mitgenommen.

Endlich erkenne ich weit entfernt ein Licht – oder zumindest etwas, das wie ein Licht aussieht. Reyvan hält darauf zu und ich folge ihm, so rasch ich kann. Mit jedem Schritt wird das Licht größer, und neuer Mut steigt in mir hoch. Ich hoffe sehr, dass es der Ausgang ist.

Ein kühler Luftzug weht mir entgegen, als wir näher kommen. Jetzt erkenne ich, dass es sich tatsächlich um Tageslicht handelt, und atme auf. Nur noch wenige Minuten und wir können diese Düsternis endlich hinter uns lassen.

Langsam kann ich auch Reyvans Körper vor mir ausmachen, der sich schwarz gegen den Ausgang abzeichnet.

Auf einmal bleibt er wie angewurzelt stehen. Ich stoße unsanft mit ihm zusammen und versuche, zu erkennen, was ihn so plötzlich anhalten ließ. Ich vermeine, eine Bewegung vor uns wahrzunehmen. Oder doch nicht? War da was?

Reyvan dreht sich zu mir um und schaut mir in die Augen. ›*Kein Ton, Alia!*‹, erklingt seine Stimme in meinen Gedanken.

›*Warum?*‹, antworte ich, ebenfalls in Gedankenrede, die wir dank des Armbands an seinem Handgelenk und des altelfischen Zaubers immer noch führen können.

Aber Reyvan gibt mir keine Antwort. Er wendet sich zum Ausgang und zieht lautlos das Schwert aus der ledernen Scheide, die er am Hüftgürtel befestigt hat. Kurz dreht er den Kopf zu mir und ich höre seine Stimme.

›*Bleib hier und beweg dich nicht.*‹ Er klingt zwar ruhig, aber ich sehe im Halbdunkeln, dass seine Muskeln wie die Sehne eines Bogens angespannt sind.

Ich nicke und bleibe wie angewiesen mucksmäuschenstill stehen.

Reyvan entfernt sich langsam von mir und ich fühle mich plötzlich einsam. In den letzten Tagen habe ich mich daran gewöhnt, dass er immer um mich war, mich beschützt und angeleitet hat und ich mich vollkommen auf ihn verlassen konnte.

Ich versuche etwas in der Dunkelheit hinter und vor mir zu erkennen. Nach hinten sehe ich dunkle Schwärze – nach vorne blendet mich das Tageslicht. Ich warte einige Minuten und beobachte Reyvans Silhouette, die sich an der Wand entlangtastet, dem Ausgang entgegen.

Ich bin so damit beschäftigt, ihn in der Dunkelheit zu beobachten, dass ich die Gefahr zu spät bemerke.

Auf einmal spüre ich etwas Kühles an meiner Kehle und zucke vor Schreck zusammen. Ich kann mich gerade noch beherrschen, nicht vor Furcht laut loszuschreien, als sich eine Hand um meine Taille legt.

Augenblicklich erstarrt mein ganzer Körper und ich habe keine Gelegenheit mehr, Reyvan zu warnen. Ich kann weder die Arme noch die Beine noch den Mund bewegen und muss hilflos zusehen, wie Reyvan zu mir zurückkehrt, ohne zu ahnen, dass wir in Gefahr schweben.

Als er nur noch ein paar Schritt entfernt ist, erstarrt er ebenfalls. Eine Ungläubigkeit nimmt von seinem Gesicht Besitz und er stößt einen leisen Fluch aus. Langsam senkt er sein Schwert und steckt es in die Scheide zurück. Er hebt die Hände zum Zeichen, dass er sich nicht wehren wird.

Ich weite meine Augen vor Entsetzen. Was um alles in der Welt ist hinter mir, dass er kampflos aufgibt?

In dem Moment schiebt sich eine Gestalt vor mich, die vor Freude zischt und sich daranmacht, Reyvans Hände mit einem Seil zu fesseln. Ich kann mich immer noch nicht bewegen und spüre panische Verzweiflung in mir aufsteigen.

Die Gestalt dreht sich zu mir um. Blankes Entsetzen ergreift mich, als ein Lichtstrahl auf ihr Gesicht fällt.

Die weiße Fratze dieses Wesens gleicht einem Leichentuch. Es hat anstelle von Augen schwarze Löcher. Sein Mund und die Nase sind ebenso durch dunkle Vertiefungen angedeutet. Sein Körper ist dünn und die weiße Haut fast durchsichtig, die Finger sind lang und knochig, ebenso seine Arme und Beine. Es trägt verwitterte, schwarze Kleidung und einen grauen Umhang darüber. Die dunklen Augenhöhlen starren mich an. Ich fühle mich, als würde meine Wärme direkt aus meinem Körper gezogen.

Falls das Wesen so etwas wie ein Grinsen kennt, zeigt es das nun und streckt seine Finger nach mir aus. Automatisch bewegen sich meine Beine ihm entgegen. Ich kann mich nicht dagegen wehren.

Es scheucht Reyvan und mich zum Ausgang. Wir gehorchen ihm beide ohne Gegenwehr – ich seinem Willen untergeordnet, Reyvan, weil ich dem Wesen ausgeliefert bin.

Als wir endlich aus dem Dunkel raus sind, möchte ich gerne die Hände über meine Augen halten, um sie vor der Helligkeit zu schützen. Jedoch bin ich zu keiner Bewegung fähig, außer der in meinen Beinen. Und diese Beine gehorchen nicht mir, sondern dem Wesen, dessen weiße Haut im Tageslicht gläsern glänzt.

Also kneife ich die Augen zusammen – die einzige eigenständige Bewegung, die mir gestattet wird – und sehe hilflos zu, wie sich mein Körper weiterbewegt. Den Kopf kann ich nicht drehen, erkenne aber, als sich meine Augen an die Helligkeit gewöhnt haben, dass wir uns auf einer felsigen Anhöhe befinden.

Dem Sonnenstand nach zu urteilen, ist es früher Nachmittag. Wir waren also wirklich mehrere Stunden in dem unterirdischen Gang. Rund um uns sind graue Felsbrocken und ab und zu ein paar Grasbüschel. Ansonsten gibt es hier nichts.

Weiter unten, etwa hundert Schritt, erkenne ich den Wald und direkt vor uns ist die graue Steinruine einer Burg, die so gut erhalten ist, dass die Türme und Erker zu erkennen sind. Eine dicke, an einigen Stellen eingefallene Mauer umgibt sie. Die Burg wurde auf einer kleinen Anhöhe errichtet, die sich aus dem steinernen Felsen erhebt. Ein schmaler Pfad, der gerade breit genug für einen zweispännigen Wagen ist, führt zu ihr hinauf. Von dort aus muss man eine Aussicht bis weit über den Wald haben. Vielleicht kann man an klaren Tagen sogar die weißen Mauern des Zirkels von Lormir erkennen.

Uns bleibt jedoch keine Zeit, die Aussicht hier oben über dem Wald zu genießen, denn das Wesen treibt uns unerbittlich voran, direkt auf die Ruine zu.

Sosehr ich mich auch bemühe, mich aus meiner Erstarrung zu befreien, meine Beine machen einen Schritt um den anderen den Weg hinauf. Immer näher kommen wir den steinernen Gemäuern, die sich dunkel und kalt vor uns erheben. Ich habe keine Ahnung, womit wir es zu tun haben, und das macht mir Angst –

genährt durch die Tatsache, dass sich Reyvan kampflos ergeben hat.

Nach unendlich langen Minuten kommen wir beim einstigen Holztor der Ruine an, das früher einmal prachtvoll gewesen sein muss. Jetzt hängen bloß noch lose Bretter in den Angeln.

Das Wesen führt uns durch das Tor in den Innenhof der Burg. Ich erkenne drei unterschiedliche Gebäude, die mit Wehrgängen verbunden sind. Das am besten erhaltene hat vier Stockwerke und befindet sich zu unserer Rechten. Links von uns sind die Überreste eines länglichen Gebäudes zu erkennen, das direkt an die Mauer grenzt. Wir bewegen uns allerdings auf das mittlere zu, das kleiner ist.

Ich sehe mit Entsetzen weitere dieser Wesen, die uns gierig mustern und die spitzen Zähne fletschen, die sie in ihren dunklen Mundhöhlen haben. Auch ihre Haut ist im hellen Tageslicht wächsern und wirkt wie Glas. In ihren Augenhöhlen kann ich ebenfalls keine Augen erkennen, sie sind schwarz wie die Nacht, ohne jegliches Licht zu reflektieren.

Ich bin nicht allzu unglücklich darüber, als wir rasch über den Burghof gescheucht werden. Die Kreatur treibt uns mit Gesten zur einzigen Tür des mittleren Gebäudes und öffnet sie. Direkt dahinter führt eine lange Treppe in die Dunkelheit hinunter. Nur ab und an sind ein paar Fackeln angebracht, die spärliches Licht spenden.

Reyvan geht voran und ich versuche, mich direkt hinter ihm zu halten.

Das Wesen bedeutet uns, bis ganz nach unten zu gehen. Dort verzweigt sich ein Gang, und es schubst mich nach links. Der Gang ist, ebenso wie die Treppe, nur schwach beleuchtet. Zu beiden Seiten erkenne ich eiserne Gittertüren, die in die moderige Steinmauer eingelassen wurden. Ich war zwar noch nie in einem Verlies, aber ich weiß trotzdem, dass ich mich jetzt in einem befinde. Es riecht nach Schimmel und Fäulnis.

Kalter Schweiß bildet sich auf meiner Stirn und ich zwinge mich, ruhig zu atmen. Was bei den Göttern will dieses Wesen von uns? Warum nimmt es uns gefangen? Wir haben ihm doch nichts getan.

Aber das scheint ihm gleichgültig zu sein, es stößt uns in eine der Zellen. Ehe wir uns wehren können, fällt die Gittertür zu, ein Schlüssel wird quietschend in dem rostigen Schloss gedreht und ich höre, wie die Kreatur sich entfernt.

Endlich merke ich, wie sich der eiserne Griff um meinen Körper lockert. Reyvan stößt abermals einen Fluch aus, während ich mich wortlos daranmache, seine Fesseln zu lösen.

Ohne mir zu danken, geht der Elf zur Gittertür und umklammert die Eisenstäbe.

Ich versuche, so flach wie möglich zu atmen, um die üblen Gerüche nicht bis zu meinem Bauch vordringen zu lassen. Sonst muss ich mich mit großer Wahrscheinlichkeit übergeben. Unsere Zelle ist etwa zwei auf drei Schritt groß, verfaultes Stroh liegt in der Ecke sowie ein Kessel abgestandenes Wasser. Ansonsten gibt es zwei Eisenringe, die in die Wand eingelassen sind und allem Anschein nach zum Befestigen von Ketten dienen.

Ich wende mich wieder Reyvan zu und lege sanft die Hand auf seine Schulter. Er zuckt bei der Berührung zusammen – so angespannt habe ich ihn noch nie erlebt. Ein weiterer Grund, Angst zu bekommen, wenn ich denn nicht schon reichlich davon hätte.

»Was sind das für Wesen? Und wo bei den Göttern sind wir?« Ich versuche, die Panik in meiner Stimme, so gut es geht, zu unterdrücken.

Er wendet mir sein Gesicht zu und schaut mich lange an. Dann hebt er seufzend die Schultern. »Wir sind einer der schlimmsten Kreaturen in Altra begegnet.« In seiner Stimme schwingt wenig Hoffnung mit. »Warum habe ich das nicht kommen sehen? Der Gang, durch den wir liefen, war prädestiniert für diese Bestien.« Er wischt sich mit dem Handrücken über die Augen.

»Was für Bestien?«, frage ich erneut.

»Sei froh, dass du bisher von ihrer Existenz nichts wusstest.« Der Elf lässt sich an einer der Wände zu Boden sinken. Dabei ist es ihm offenbar gleichgültig, dass er in jahrhundertealtem, stinkendem Dreck sitzt. Er winkelt ein Bein an und mustert mich. »Das sind Vexatoren. Sie sind kaum mit Zauber zu bekämpfen, geschweige denn mit Waffen. Und sie können die Gedanken von Menschen beeinflussen – glücklicherweise nicht die von Elfen. Sie leben davon, erst die Wärme und dann das erkaltete Blut ihrer Opfer auszusaugen.«

Ich erschaudere bei diesen Worten und setze mich neben Reyvan. »Das mit dem Gedankenbeeinflussen hab ich schon gemerkt. Ich konnte mich keinen Fuß weit bewegen.«

Ich greife im Halbdunkel – immerhin spenden die Fackeln im Gang etwas Licht – nach seiner Hand. Er legt einen Arm um mich und zieht mich an seinen warmen Körper. Fröstelnd lehne ich meinen Kopf an seine Schulter. Ich habe keine Ahnung, wie wir aus dieser Situation wieder herauskommen sollen. Wir haben keine Möglichkeit, gegen diese Vexatoren im Kampf zu bestehen, wenn nicht einmal Reyvan seine Kräfte einsetzen kann.

Ich hebe den Kopf, um ihm in die Augen zu sehen. »Kannst du nicht das Schloss öffnen?«, frage ich hoffnungsvoll.

»Das schon, aber ich glaube kaum, dass es uns etwas bringt. Wir sind die einzigen Gefangenen – ich habe keine anderen Wesen atmen gehört, als wir herunterkamen. Das heißt, auf Verstärkung ist nicht zu hoffen. Wir können zwar versuchen, einen anderen Weg hier raus zu finden, aber ich bezweifle, dass die Vexatoren einen solchen nicht längst verbarrikadiert haben – nicht umsonst haben sie uns die gesamte Ausrüstung gelassen. Sie wissen, dass wir keine Chance haben, zu fliehen. Sie sind klüger, als sie aussehen, musst du wissen. Sonst hätten sie mich ja auch nicht überrumpeln können.«

Er streicht mir zärtlich über das Haar und ich lächle bei seiner letzten Bemerkung. Nicht einmal jetzt gerät seine Selbstsicherheit ins Schwanken. Er nimmt meine Hand in seine. Eine Weile spielt er gedankenverloren mit dem Ring, den mir mein Bruder Sen gegeben hat und den ich seit unserer Flucht aus dem Zirkel am Finger trage.

»Aber wir müssen hier doch irgendwie rauskommen.« Ich seufze.

»Mmmh … im Moment gefällt es mir ganz gut so. Ich hab dich schon lange nicht mehr so nahe bei mir haben können. Bisher waren wir ja ständig auf der Flucht und hatten wenig Zeit für Zärtlichkeiten.« Er küsst mich auf die Stirn und streicht mit der Wange über mein Haar.

Ich verdrehe die Augen. »Wie kannst du jetzt noch an Romantik denken? Einen unromantischeren Ort gibt es wohl kaum in Altra!« Ich löse mich aus der Umarmung. »Kannst du nicht wenigstens das Schloss öffnen, ich bekomme langsam Platzangst.«

»Dein Wunsch sei mir Befehl, Cíara.« Jetzt blitzt wieder der Schalk in seinen Augen und in mir keimt ein Funken Hoffnung auf.

Er kramt in seiner Manteltasche und holt seine Dietriche hervor. Nur ein paar Sekunden braucht er, bis das verheißungsvolle Knacken erklingt. Ich wünschte, ich wäre ebenso geschickt und könnte jedes Schloss öffnen.

»Besser?« Er dreht sich mit einer hochgezogenen Augenbraue zu mir.

»Viel besser, danke!«

»Gut. Dann lass uns überlegen, wie wir aus dieser verfahrenen Situation herauskommen.« Er kehrt zu mir zurück und setzt sich wieder hin. »Ich werde als Erstes diesen Gang etwas genauer unter die Lupe nehmen«, meint er schließlich nach längerem Nachdenken. »Ich glaube zwar nicht, dass wir wegkommen, aber vielleicht gibt es doch etwas Interessantes zu entdecken. Du bleibst am besten so lange hier. Einerseits, weil ich nicht möchte, dass du dich in Gefahr begibst, andererseits, weil du – trotz meines Unterrichts in den letzten Tagen – immer noch nicht schleichen kannst.«

Seine unverblümte Art, mich auf meine Tollpatschigkeit hinzuweisen, lässt mich knurren. Er küsst mich nochmals auf die Wange und schlüpft, ohne meine Antwort abzuwarten, durch die Eisentür.

Also bleibe ich sitzen und beobachte durch das Gitter, wie er sich leise wie ein Schatten durch den Gang bewegt. Bald schon kann ich seine Gestalt nicht mehr erkennen und es bleibt mir nichts anderes übrig, als zu warten.

Ich hoffe inständig, diese Vexatoren werden nicht so rasch wiederkommen. Falls doch, wären sie wahrscheinlich verärgert ob der Tatsache, nur noch die Hälfte ihrer Gefangenen vorzufinden.

2

Alia

Ich strenge mein Gehör an, aber ich kann keine Geräusche wahrnehmen außer dem steten Tropfen, das von irgendwoher kommt. Glücklicherweise habe ich mich langsam an den ekelhaften Gestank gewöhnt, trotzdem wünsche ich mir nichts sehnlicher, als endlich etwas anderes als Dunkelheit zu sehen. Die letzten Stunden in dem Tunnel waren zermürbend genug – und jetzt sitze ich schon wieder in einem finsteren Loch, auch wenn dieses von ein paar Fackeln beleuchtet wird.

Ich stoße einen leisen Fluch aus und raufe mir das Haar, das mir inzwischen strähnig über die Schultern fällt. Dann durchwühle ich unsere Rucksäcke, die uns das Wesen gelassen hat – sie scheinen sich ja vornehmlich von Blut zu ernähren und auch keine Waffen zu benötigen –, nach etwas Essbarem. Mein Magen beschwert sich lautstark über die üblen Zustände, denn seit wir in den Tunnel gekrochen sind, habe ich nichts mehr gegessen.

Zum Glück finde ich getrocknetes Fleisch und trinke einen kleinen Schluck aus dem Wasserschlauch. Wer weiß, wie lange diese Vorräte halten müssen?

Ich versuche, mir einen Überblick darüber zu verschaffen, was wir noch haben. Da Reyvan gestern drei Eichhörnchen erlegt hat, besitzen wir zumindest für heute und morgen noch genug zu essen. Aber danach müssen wir hier weg sein – es sei denn, die Vexatoren bekommen schon früher Lust auf unsere Wärme und unser Blut. Doch daran wage ich nicht zu denken.

Es scheint eine Ewigkeit zu dauern, bis Reyvan endlich zurückkehrt. Als ich endlich seine Gestalt im Fackellicht erkenne, die in die Zelle schlüpft, atme ich erleichtert auf.

»Und, hast du etwas entdeckt?« Ich schaue ihn hoffnungsvoll an.

Er schüttelt zu meiner Enttäuschung den Kopf. »Nichts, was uns weiterhilft. Aber ich weiß nun, dass die Tür oben nicht verschlossen oder bewacht ist. Allerdings müssen wir über den Innenhof der Burg, wenn wir hier wegwollen, und ich bin mir nicht sicher, ob du schnell genug rennen kannst. Diese Vexatoren sind unglaublich flink. Fast so wie Warfts.«

Ich schaudere, als ich an die pelzigen, wolfsähnlichen Monster denke, von denen ich eines während der Zirkeltage persönlich kennengelernt habe. Dieses war tatsächlich sehr schnell unterwegs, als es Tascha und mich verfolgte. Wenn die Vexatoren nur halb so rasch rennen, wird es schwierig.

»Können wir hinausschleichen?«

Reyvan sieht mich abwägend an, wie ich im Licht der Fackeln erkennen kann. »Ich auf jeden Fall, aber du wahrscheinlich nicht. Die Vexatoren hören sehr gut und sehen sowohl im Dunkeln als auch bei Tage ebenso wie wir Elfen. Zudem wimmelt der Innenhof von diesen Abscheulichkeiten. Daher können wir Schleichen vergessen.«

Ich lasse entmutigt die Schultern sinken. Wie bei den Göttern sollen wir hier herauskommen? Es nützt nichts, dass wir frei in den Verliesen herumgehen können, wenn wir keine Möglichkeit finden, sie zu verlassen.

»Keine Sorge, wir finden einen Weg.« Reyvan legt mir einen Finger unter das Kinn und küsst mich auf den Mund. Noch während seine Lippen die meinen berühren, erstarrt er und hebt lauschend den Kopf. »Da kommt jemand.«

Sosehr ich mich auch anstrenge, ich kann nichts hören. Also glaube ich ihm einfach. Und tatsächlich taucht wenige Sekunden später eine Gestalt vor der Zellentür auf. Ich halte den Atem an, als sie sich daran zu schaffen macht. Ein überraschter Laut ertönt, als diese offen ist.

»Ihr versucht zu fliehen, wie?« Die Stimme des Vexators, der in unsere Zelle kommt, klingt hohl und schneidend zugleich.

Ich bin überrascht, dass er unsere Sprache spricht.

»Sehen wir so aus?« Die Unschuld steht Reyvan ins Gesicht geschrieben.

Der Vexator lässt sich nicht davon beeindrucken. »Versucht Ihr mich etwa zu beeinflussen?« Seine Stimme klingt nun sauer. »Wagt es ja nicht, Elf! Ich bin der oberste Berater und ich trage dieses Abzeichen aus einem guten Grund!« Er deutet auf einen roten Edelstein, der mitten auf seiner Stirn prangt. Bisher war ich viel zu verängstigt, um ihn zu bemerken.

»Das habe ich auch keinen Moment gewagt zu bezweifeln«, entgegnet Reyvan schlagfertig. »Das Abzeichen steht dir viel zu gut, um aus Versehen dorthin geraten zu sein.«

Der Vexator knurrt, weiß aber wohl nichts mit dieser Bemerkung anzufangen. Dann besinnt er sich auf sein eigentliches Ansinnen und packt den Elfen grob am Arm. »Los, kommt mit! Der Herr will Euch sehen.«

Ich stehe eilig auf und wir folgen diesem obersten Berater der Vexatoren. Zum Glück hat er darauf verzichtet, mich abermals mit diesem unheimlichen Zauber zu belegen, der mir die Befehlsgewalt über meinen Körper raubt.

Als wir die Treppe hochgehen und endlich wieder frische Luft einatmen können, mischt sich unter meine Anspannung und

Angst auch Erleichterung. Der Vexator lässt uns keine Zeit, durchzuatmen, sondern scheucht uns weiter über den mit zerbrochenen Steinplatten belegten Innenhof zum Haupteingang des rechten Gebäudes. Ich vermute, dass es sich um das Haupthaus handelt, denn das andere Gebäude in unserem Rücken sieht noch verwahrloster aus.

Einst war diese Burg bestimmt ein Prachtstück, jetzt aber sind die Tore, die in das Haupthaus führen, verrostet und knirschen laut, als der Vexator sie öffnet. Ich frage mich, wer hier früher gewohnt haben mag.

Wir betreten die geräumige Eingangshalle, in der ebenfalls die Zeit Spuren hinterlassen hat. Die farbenfrohen Vorhänge und Teppiche, welche die Überbleibsel längst vergangener, glorreicher Zeiten sein mögen, sind vergilbt und von Motten zerfressen. Die kunstvoll verzierten Blumenvasen sind zerschlagen und ihre Scherben am Boden verteilt. Alles ist von einer dicken Staubschicht überzogen und ich unterdrücke ein Niesen. Vexatoren scheinen nicht viel Wert auf Schönheit oder Sauberkeit zu legen.

Der Berater geht uns voran durch eine Flügeltür und wir betreten den Thronsaal. Er ist lieblos mit ein paar Jagdtrophäen – vornehmlich Hirschköpfen – dekoriert, die uns von den ansonsten kargen Steinwänden entgegenstarren. Vier eingeschlagene Fenster an der linken Wand, deren bunte Glasscherben achtlos liegen gelassen wurden, ermöglichen es einigen Lichtstrahlen, den dunklen Raum zu beleuchten. Die Fackelhalter an der gegenüberliegenden Wand sind leer und mit Spinnweben behangen, da sie offenbar schon lange nicht mehr benutzt wurden.

Hohe Steinsäulen, welche die Decke stützen, flankieren einen roten, abgewetzten und zerlöcherten Teppich, der bis zum Thron führt. Letzterer besteht aus einem einzigen, quadratischen Steinblock und sieht alles andere als gemütlich aus. Aber offenbar scheint es das Wesen, das darauf sitzt, nicht allzu sehr zu stören.

Als wir näher kommen, beugt es seinen Oberkörper nach vorn und stützt einen seiner dünnen Arme auf seinem knochigen Oberschenkel ab. Sosehr ich mich auch bemühe, ich erkenne – außer dem schmalen Goldreif auf seinem kahlen Haupt – keinen wesentlichen Unterschied zu den anderen Vexatoren. Sie sehen alle gleich hässlich, bleich und gruselig aus.

»Tretet näher, Sterbliche!«, erklingt die Grabesstimme des Vexators auf dem Thron.

Ich unterdrücke ein Schaudern und tue wie geheißen. Der oberste Berater tritt neben seinen Herrn und flüstert ihm etwas zu.

Sie haben doch gar keine Ohren, schießt es mir unsinnigerweise durch den Kopf.

»Wer seid ihr?«, fragt der mit dem goldenen Reif.

»Harmlose Reisende«, antwortet Reyvan für uns beide.

»Das glaube ich nicht!«, kommt sofort die Antwort, diesmal eine Spur lauter. Das Echo hallt von den dunklen Wänden wider.

»Glaubt, was Ihr wollt.« Reyvan wirkt nicht im Mindesten eingeschüchtert, spricht ihn aber immerhin förmlich an, was davon zeugt, dass er den Rang des Vexators anerkennt. »Wir wollen Euch nichts Böses. Lasst uns frei, dann werden wir Euch nicht mehr behelligen.«

Jetzt schallt ein höhnisches Lachen durch den Saal, das mir das Blut in den Adern gefrieren lässt. »Ihr wollt uns also nichts Böses?« Der Vexator scheint tatsächlich amüsiert zu sein.

Er steht auf und geht einige Schritte auf Reyvan zu. Mit einer Hand fährt er an seinen Gurt, an dem ein mit Juwelen besetzter Dolch befestigt ist.

»Ihr verheimlicht mir etwas und das mag ich nicht!«, knurrt er leise. »Mal sehen, ob deine Begleiterin etwas zu erzählen hat – wahrscheinlich braucht sie einfach mehr Motivation.«

Mit einer Schnelligkeit, die ich ihm nicht zugetraut hätte, packt er den Elfen und hält ihm den Dolch an die Kehle. Die Klinge blitzt gefährlich auf.

Ich keuche vor Schreck, aber Reyvan ist glücklicherweise klug genug, sich nicht zu bewegen.

»Wäre doch schade, wenn diesem hübschen Elfengesicht etwas zustoßen würde.« Der Vexator fährt mit der Klinge über Reyvans linke Wange, an der Tätowierung entlang.

Ein Tropfen Blut rinnt dem Elfen über das Kinn und er zieht scharf die Luft ein.

»Nicht! Bitte ...« Ich trete einen Schritt auf die beiden zu.

»Bleib, wo du bist!« Der Vexator leckt mit seiner schwarzen Zunge den Blutstropfen von Reyvans Kinn und schmatzt dabei genüsslich. »Mmh, Elfenblut. Das durfte ich schon länger nicht mehr kosten.«

Ich unterdrücke ein Würgen. Reyvan bleibt jedoch erstaunlich ruhig und heftet seinen Blick auf mich. ›*Sag ihm ja nichts, hörst du?!*‹

Ich starre fassungslos zurück. Der Vexator wird ihn zerstückeln, wenn ich ihm nicht sage, wer wir sind. Das kann Reyvan nicht ernst meinen.

›*Ich werde alles leugnen, falls du ihnen etwas sagst!*‹, erklingt seine Stimme in meinem Kopf. ›*Wenn sie erfahren, dass sie einen elfischen Prinzen gefangen haben, werden sie mein Volk erpressen – und dich töten.*‹

›*Aber ...*‹

›*Nichts* aber!‹

Ich schaue wieder den Vexator an, der immer noch den Dolch an Reyvans Wange hält. Ein weiterer Tropfen Blut rinnt ihm über das Kinn. Ich wende den Blick ab, als der Vexator das Blut abermals wegleckt.

»Nun, hat es dir die Sprache verschlagen, kleines Menschlein?« Er fährt sich lustvoll mit der Zunge über die nicht vorhandenen Lippen.

»Ich werde Euch erst etwas sagen, wenn Ihr ihn freilasst.« Ich bin selbst erstaunt, wie fest meine Stimme klingt.

Der Vexator mustert mich und grinst dann mit seinem schwarzen Lochmund so hässlich, dass ich zusammenzucke.

»Du willst mich erpressen?« Er lacht so laut, dass das Echo mehrfach von den Wänden widerhallt. »Du weißt, dass ich dich mit einem einzigen Blick töten kann? Und deinen elfischen Begleiter ebenso!«

Nein, das wusste ich nicht, muss ich zugeben. Ich gerate ins Schwanken. Was soll ich jetzt tun?

Auf einmal kommt mir eine Idee. »Warum wollt Ihr wissen, wer wir sind? Warum tötet Ihr uns nicht einfach?«

»Ich weiß eben gerne, wie mein Essen heißt, bevor ich es verspeise – nenn es eine Macke, wenn du willst«, lautet seine ernüchternde Antwort.

Ich spüre, wie ein kalter Schauer über meinen Rücken läuft. »Gut, unsere Namen kann ich Euch verraten. Ich heiße Rana und das ist Goe.«

»Versuchst du, mich hinters Licht zu führen, kleine Sterbliche?!« Der Vexator scheint nun vollends wütend zu sein. »Ich sehe dir an, dass du lügst!«

Mist, das hat wohl nicht geklappt …

Ich überlege fieberhaft, wie wir aus dieser verfahrenen Situation wieder herauskommen. Da höre ich, dass jemand hinter mir den Thronsaal betritt.

»Was tust du denn da?« Die Stimme muss eindeutig einem älteren Vexator – oder besser, einer Vexatorin – gehören. Sie ist noch brüchiger und hohler als die Stimme der anderen Wesen. »Hab ich dir nicht beigebracht, dass wir mit unserem Essen nicht spielen?!«

Ich drehe mich um und sehe mich dem hässlichsten Vexator gegenüber, den ich bisher gesehen habe – und das will wirklich etwas heißen. Die Haut dieses Wesens ist nicht nur weiß und durchsichtig, sondern auch noch mit Tausenden von Falten übersät, die ihm schon fast ein groteskes Aussehen verleihen. Zudem scheint es nicht richtig gehen zu können, denn es stützt sich bei jedem Schritt auf einen hölzernen Stock.

»Mutter, du störst!«, donnert der Herrscher. »Ich habe soeben entschieden, dass ich diese beiden töten werde.«

Ich fahre entsetzt herum und sehe, wie er den Dolch von der Wange zu Reyvans Kehle gleiten lässt. Eine schmale Blutspur kennzeichnet den Weg der Dolchspitze. Reyvan stöhnt leise.

»Halt! Tu das nicht. Siehst du denn nicht?« Die alte Vexatorin ist neben mir stehen geblieben und nimmt meinen Arm.

Sie zieht mich zu sich und fährt mit ihren eiskalten, langen Fingern über meine Wange. Ich muss mich mit aller Macht zusammenreißen, um nicht zu schaudern.

»Sie ist eine von uns – ein Wesen des Nichts, ein Wesen der Nacht!«, ruft da die Vexatorin zu meinem Entsetzen.

Ich stiere sprachlos in ihre schwarzen Augenhöhlen.

Wie bitte? Ich soll eine Vexatorin sein? Das ist ja wohl … Ich wüsste, wenn mir Blut schmeckt!

Dann drängt sich mir ein Verdacht auf. Xenos hatte damals, als wir bei den Elfen waren, schwarze Magie auf mich angewandt. Vielleicht sind Teile dieses Zaubers in meinem Körper haften geblieben. Anders ist nicht zu erklären, warum ich die Bücher, die Reyvan und ich in Xenos' Laboratorium gefunden hatten, lesen konnte. Die Bücher, in denen schwarze Magie beschrieben war. Reyvan hatte mir damals gesagt, dass die schwarze Magie und die Nacht verwandt miteinander seien.

Ich hätte nicht gedacht, dass sich Xenos' Eifersucht und Kontrollwahn einmal als so nützlich erweisen würden.

Aber anscheinend ist es nicht das, was die Vexatorin fasziniert.

»Sie ist eine Nehil!«, ruft sie.

Ich würde am liebsten im Erdboden versinken, denn ausgerechnet von diesem Wesen meinen nicht schmeichelhaften Kosenamen zu hören, ist zu viel.

Der Vexator, der immer noch den Dolch an Reyvans Kehle hält, starrt mich an – oder zumindest richtet er mit offenem Lochmund seine schwarzen Augenhöhlen auf mich.

»Eine Nehil?« Seine hohle Stimme klingt ungläubig.

Er lässt den Dolch sinken und stößt Reyvan mit solch einer Kraft zu Boden, dass dieser schmerzhaft auf seinen Allerwertesten fällt. Der Vexator beachtet den Elfen nicht weiter, sondern kommt mit raschen Schritten zu mir.

Wie seine Mutter zuvor untersucht er mein Gesicht und lässt seine kalten Hände über meine Haut wandern. Ich bin erstarrt, unfähig, mich zu bewegen, aber dieses Mal aus schierer Panik.

»Tatsächlich. Ich dachte, es gäbe so hoch im Norden keine Nehile. Aber hier steht eine vor uns. Ein Kind des Nichts.« Er lässt mich los und tritt ein paar Schritte zurück. »Seid willkommen, Nehil. Und entschuldigt bitte unsere … unfreundliche Begrüßung.«

Ich starre ihn ungläubig an. Habe ich gerade richtig gehört? Hat mich dieser Vexator tatsächlich willkommen geheißen?

Als ich meinen Blick zu Reyvan wandern lasse, sehe ich, dass auch er verblüfft ist. Er hat sich inzwischen wieder aufgerichtet und macht sich nicht die Mühe, die Blutung an seiner Wange zu stoppen. Ein großer Fehler, denn in dem Moment stürzt sich der Beratervexator auf ihn.

»Wir können die Nehil nicht töten, aber ihn hier schon, oder?« Er umschlingt mit seinen langen Fingern Reyvans Kehle und versucht, die Blutstropfen von seiner Wange zu lecken.

Reyvan wehrt sich nun, da ich in Sicherheit bin, und versucht, sich aus dem würgenden Griff zu entwinden. Aber der Vexator ist stark und die Fausthiebe, die ihm Reyvan verpasst, prallen ohne Schaden an ihm ab.

»Halt!«, rufe ich, bevor er Reyvan überwältigen kann. »Lasst ihn, er gehört zu mir!«

Der Herrscher wendet sich zu seinem Berater und bedeutet ihm, ihn loszulassen. »Du hast die Nehil gehört, er ist ihr Diener. Lass ihn los – und Ihr, Elf, stillt Eure Blutung oder Ihr müsst es in wenigen Sekunden gegen meine gesamten Untertanen aufnehmen. Wir können Blut über mehrere Tagesmärsche riechen.«

Reyvan legt seinen pelzigen Umhang ab, den wir in dem Bergstollen gefunden haben. Er reißt ein Stück Stoff aus seinem schwarzen Hemd, das er darunter trägt, und tupft damit vorsichtig die Blutreste auf seiner Wange weg. Die Vexatoren beobachten ihn gierig, wagen jedoch nicht, noch einmal Hand an ihn zu legen.

Der Elf legt seine Handfläche auf die Wunde. Ich staune, als er sie wegnimmt und nur noch ein blasser Strich zu sehen ist. Offenbar verfügen Elfen ebenfalls über heilende Magie, das könnte für unsere weitere Reise noch nützlich sein.

Der Herrscher wendet sich wieder mir zu. »Ihr seid unsere Gäste, wenn Ihr das möchtet, Nehil.«

Ich muss ein Kichern unterdrücken, so absurd erscheint mir diese Situation.

»Danke, aber wir müssen schnellstmöglich weiterreisen. Wir haben noch einen langen Weg vor uns«, kommt mir Reyvan zuvor.

»Wohin wollt Ihr denn?«, fragt die alte Vexatorin interessiert.

»In den Norden.« Reyvan scheint es nicht mehr für nötig zu halten, die Vexatoren zu belügen.

»Dann werdet Ihr Pferde brauchen. Wir können Euch zwei zur Verfügung stellen. Allerdings ist das alles, was wir Euch geben können. Für Proviant und Waffen müsst Ihr schon selbst sorgen. Wir benötigen weder das eine noch das andere.« Sie fährt sich vielsagend mit ihrer schwarzen Zunge über den Mund.

Ich schaudere, bedanke mich aber artig. Solch eine Großzügigkeit hätte ich von diesen Kreaturen zuletzt erwartet.

So rasch wir können, gehen wir zum Verlies, um unsere Rucksäcke zu holen. Als wir dabei den Burghof überqueren, werden wir von schwarzen Vexatorenaugen verfolgt. Jedoch scheint sich herumgesprochen zu haben, dass wir heute nicht ihre Speisekarte ergänzen werden, denn keiner kommt uns in die Quere.

Als wir aus dem Kerker zurückkehren, stehen zwei stämmige Steppenpferde ohne Sattel, aber mit Zaumzeug auf dem Innenhof. Daneben sehe ich den Vexatorenherrscher und seine Mutter.

»Falls Ihr nochmals Wesen der Nacht begegnet, gebt Euch als Nehil zu erkennen«, rät die alte Vexatorin zum Abschied. »Das wird Euch Ärger ersparen.«

Ich nicke und schwinge mich auf eines der Pferde. Ohne Sattel zu reiten, kommt mir komisch vor, aber es ist besser, als gar kein Pferd zu haben. Die Vexatoren geleiten uns durch das Burgtor und wir traben davon.

Ich kann es kaum erwarten, bis wir von dem Berg runter sind und so viel Distanz wie möglich zwischen die Wesen und uns gebracht haben. Es kommt mir wie ein Wunder vor, dass sie uns einfach so gehen ließen, und mir ist das Ganze überhaupt nicht geheuer.

Auch Reyvan scheint im Moment keinen Bedarf zu haben, sich auf unser Glück zu verlassen. Er spornt sein Pferd an und ich folge ihm nicht minder schnell.

3

Alia

Wir reiten den Pfad, der von der Burg wegführt, hinunter und sind bald an der Stelle angelangt, wo der Ausgang des Tunnels schwarz aus dem Berg klafft. Rasch bringen wir das dunkle Loch hinter uns. Der Weg beschreibt mehrere Kurven, die grauen Felsen weichen hohen Bäumen und wir reiten in den Wald hinein.

Erst als die Sonne untergeht, halten wir in der Nähe eines Baches an. Ich wage nicht einmal jetzt, durchzuatmen. Zu sehr sitzt mir der Schrecken der letzten Stunden in den Knochen. Reyvan steigt ab und hilft mir vom Pferd herunter. Dabei legt er beide Hände um meine Hüften und hebt mich mit einer Leichtigkeit hoch, als würde ich nicht viel mehr als eine Katze wiegen.

»Lass uns jetzt erst mal hier rasten.« Er macht sich daran, unsere Pferde an einem Baum anzubinden.

Ich stehe tatenlos daneben, immer noch völlig durcheinander von der Vexatoren-Begegnung, und kann kaum glauben, dass sie uns einfach so laufen gelassen haben. Reyvan kommt zu mir und führt mich zu dem kleinen Bach, holt seinen Wasserschlauch hervor und füllt ihn mit frischem Wasser.

»Hier, trink einen Schluck, du bist ganz bleich.« Er fährt mir liebevoll mit dem Handrücken über die Wange.

Ich spüre das kühle Wasser meine Kehle hinunterrinnen. Dieses Gefühl holt mich aus meiner Erstarrung und ich schüttle den Kopf, um meine Befangenheit loszuwerden. Reyvan streckt sich neben mir im weichen Gras aus, das am Ufer des Baches wächst. Erst jetzt kann ich unser Umfeld richtig in mich aufnehmen.

Wir sind auf einer Lichtung, die von dichtem Gestrüpp umgeben ist. Hohe Nadel- und Laubbäume wachsen mehrere Schritt in den Himmel. Der Bach, an dem wir sitzen, plätschert fröhlich vor sich hin. Als ich mich umdrehe, erkenne ich, dass Reyvan die Pferde so geschickt befestigt hat, dass sie sowohl zum Wasser als auch zum Gras kommen. Friedlich kauend stehen sie nebeneinander.

Ich atme tief durch und wende mich Reyvan zu. »Wie geht es dir? Tut der Schnitt an deiner Wange noch weh?«

Er dreht mir sein Gesicht zu und lächelt schief. »Nein, ich spüre ihn kaum noch. Und du, wie geht es dir? Hast du dich von dem Schrecken erholt?«

Ich nicke, auch wenn ich mir da nicht ganz sicher bin. »Was war das? Was hatte das zu bedeuten?«

Reyvan stützt sich auf einen Ellbogen und mustert mich mit schmalen Augen. »Ganz ehrlich? Ich habe keine Ahnung. Und ich habe noch nie davon gehört, dass Nehile zu den Wesen der Nacht zählen. Aber wenn es die Biester sagen, wird es so sein. Hauptsache, wir sind noch mal davongekommen.«

»Aber bedeutet das jetzt, dass ich eine Schwarzmagierin bin?«

»Hm, ich denke nicht, da du ja keine Magie wirken kannst.« Er runzelt nachdenklich die Stirn. »Aber falls doch … ja, dann gehörtest du wahrscheinlich zu den Schwarzmagiern, ohne dass du das wolltest.«

»Aber wie geht das? Ich dachte immer, dass man sich für die schwarze Magie entscheiden muss, nicht, dass man sie einfach so erhält …«

Reyvan holt leise Luft und bläht die Wangen auf, ehe er sie wieder ausstößt. »Tja, Cíara, das weiß ich auch nicht, ich weiß nur, dass, wenn sich einer von euch Menschen für die schwarze Magie entschieden hat, es kein Zurück mehr gibt. Es ist wie ein Leck in einem Boot, das nicht mehr zu stopfen ist. Von dem Moment an, wenn ein Mensch schwarze Magie wirkt, kann er keinen Zauber mehr benutzen, ohne dass er die Wärme der Wesen in seiner Umgebung dafür braucht. Daher ist schwarze Magie bei euch ja auch unter der Todesstrafe verboten.«

Ich denke eine Weile über diese Informationen nach. »Woher weißt du so viel über schwarze Magie?«

»Alle Elfen wirken Magie, die der schwarzen Magie entfernt ähnlich ist«, erklärt er freiheraus und verpasst mir damit eine Gänsehaut. »Aber wir nennen sie nicht so – und sie unterscheidet sich auch sehr von der menschlichen schwarzen Magie. Wir sagen ›geteilte Magie‹ dazu. Wir Elfen haben ja viel mehr Wärme als ihr. Daher ist es uns gestattet, unsere Wärme miteinander zu teilen. Wenn wir zaubern, gebrauchen wir automatisch die Wärme der anderen Elfen, falls welche in unserer Nähe sind. Das hilft uns, stärkere Zauber zu wirken. Allerdings verwenden wir nur die Wärme der Elfen – alle anderen Lebewesen bleiben von unserer Magiekanalisation verschont. Das ist bei euch Menschen anders. Ihr tötet im schlimmsten Fall die Wesen, die das Pech haben, in eurer Umgebung zu sein, wenn ihr schwarze Magie wirkt. Zudem können Schwarzmagier ganz andere Zauber wirken als wir Elfen. Viel … tödlichere.«

Ich muss wohl ein ziemlich dämliches Gesicht machen, denn jetzt lacht Reyvan herzlich.

»Genug davon, ich sehe, ich verwirre dich nur mit meinem Wissen über schwarze oder geteilte Magie. Zumal du ja sowieso nicht zaubern kannst und daher nicht davon betroffen bist.« Er richtet sich etwas auf und rückt näher zu mir. »Ich habe dich schon viel zu lange nicht mehr richtig geküsst, du hübsches Wesen der Nacht, das holen wir jetzt nach.«

Er beugt sich zu mir und küsst mich so leidenschaftlich, dass mir die Luft wegbleibt. Ich gebe mich seiner Zärtlichkeit hin und vergesse für einen Moment, dass ich ihn noch so vieles fragen wollte.

Als die Nacht hereinbricht, liegen wir in unsere dicken Mäntel gehüllt nebeneinander und schauen in den Sternenhimmel. Reyvan hat ein Feuer entzündet, das uns wärmt. Zum ersten Mal seit unserer Flucht aus dem Zirkel fühle ich Frieden.

Reyvan scheint es ähnlich zu gehen, denn er drängt nicht zum Aufbruch, sondern streichelt meinen Rücken, während ich mich an seine Brust kuschle. Falls irgendwelche Vexatoren in der Nähe sind, werden sie uns nicht weiter behelligen. Mit anderen Tieren, die in der Nacht umherstreifen, wird der Elf leicht fertig. Zudem fürchten sich die meisten vor Feuer und ich vertraue meinerseits darauf, dass Reyvan beim kleinsten verdächtigen Geräusch kampfbereit ist. Also genieße ich es, mich an seinen Körper zu schmiegen und seinem Herzschlag zu lauschen.

Nach einer Weile hebe ich den Kopf und schaue ihm in die Augen. »Meinst du, dieser Schwarzmagier – wenn wir ihn überhaupt finden – ist gefährlich?«

Er streicht mir eine Strähne aus dem Gesicht und drückt mir einen Kuss auf die Stirn. »Ich weiß nicht. Falls ja, wird es schwierig. Falls nein, umso besser. Aber da du jetzt offiziell von den Vexatoren als Wesen der Nacht bezeichnet wurdest, könnte dies uns einen Vorteil verschaffen.«

»Hm … ich komme immer noch nicht ganz damit klar, dass ich als Nehil zu den Wesen der Nacht gehören soll. Das ist doch absurd. Ich kann ja gar nichts, nicht einmal ein Element beherrsche ich.«

»Vielleicht ist es gerade das. Vielleicht gehören nicht nur die Nacht und die schwarze Magie zusammen, sondern auch das Nichts?«

Ich überlege eine Weile. Dann kommt mir ein eigenartiger Gedanke. »Aber … wenn Xenos schwarze Magie gewirkt hat, warum hat er sich dann nicht während des Zauberns der Wärme von uns allen bedient. Zum Beispiel, als uns die Echsen oder die Gorkas angegriffen haben?«

Reyvan seufzt. »Du stellst vielleicht Fragen … du hättest Spionin werden sollen, mein Onkel hätte seine helle Freude an dir.« Er hebt den Kopf leicht an, um mich besser ansehen zu können. »Ich weiß leider auch nicht auf alles eine Antwort. Aber vielleicht hat es irgendetwas mit dem Amulett zu tun, das er so gerne trägt? Ich glaube nicht, dass es eine modische Anwandlung ist, dass er es ständig umgehängt hat. Oder aber er hat einen Weg gefunden, wie er das Leck, das automatisch die Wärme von anderen abzieht, schließen kann. Er ist ja ein experimentierfreudiger Magier – zuzutrauen wäre es ihm.«

Ich nicke. Das stimmt allerdings. Dann kommt mir ein weiterer Gedanke, der mir einen kalten Schauder über den Rücken jagt. Ich fröstle unvermittelt.

Reyvan hebt eine Augenbraue. »Ist dir kalt?«

Ich schüttle den Kopf und versuche, meine Gedanken in Worte zu fassen – was schwieriger ist als gedacht. »Reyvan«, beginne ich zögernd. »Xenos, er … er hat sich während der Zeit, als ich Dienerin bei ihm war … nun ja, er hat sich zu mir hingezogen gefühlt.«

Reyvans Gesicht ist schlagartig todernst und er mustert mich eindringlich. »Hat er dir etwas angetan?« Seine Stimme klingt eisig.

»Nein, nein!«, wiegle ich ab. »Aber er hat … mich geküsst.« Ich kann ihm nicht in die Augen schauen dabei und nestle an seinem

Mantel herum. »Und beim letzten Mal ... als ich dachte, du hättest mich verlassen ... hat es mir ... ich weiß nicht ... irgendwie gefallen. Meinst du, das hat damit zu tun, dass er und ich beide Wesen der Nacht sind? Ich meine, dass das der Grund war, warum er sich zu mir hingezogen fühlte und so eifersüchtig auf dich reagierte?«

Als ich wieder wage, ihn anzuschauen, sehe ich, wie Reyvan mit sich ringt. Er mustert mich lange und ich meine schon, dass er nie wieder ein Wort mit mir spricht, aber schließlich zieht er mich noch näher zu sich.

»Alia«, beginnt er sanft. »Ich weiß, dass er dich begehrte. Das hat er mir mehr als deutlich gesagt, als wir uns auf der Rückreise von der gläsernen Stadt in diesem Dorf in der Herberge aufgehalten haben. Ob das damit zu tun hatte, dass er Schwarzmagier ist und du eine Nehil bist, oder einfach der Tatsache zuzuschreiben ist, dass du die faszinierendste Frau bist, die ich kenne, kann ich nicht sagen. Aber bisher hatte ich immer gedacht, dass dieses Begehren einseitig gewesen sei ...« Er schaut mich stirnrunzelnd an und zuckt dann mit den Schultern. »Aber was vergangen ist, soll nicht zwischen uns stehen. Ich weiß, dass du enttäuscht und wütend warst damals, da du dachtest, ich hätte mich von dir losgesagt. Das tut mir immer noch sehr leid ... ich weiß aber auch, dass du zu mir gehörst. Das ist alles, was für mich zählt.«

Er küsst mich erneut auf die Stirn und ich schließe die Augen. Ich weiß nicht, wie ich diesen Mann verdient habe. Er liebt mich bedingungslos und hat für mich sogar den Zirkel verlassen, obwohl er damit seinem Volk vielleicht großen Ärger beschert.

Für den Rest der Nacht schneide ich das Thema nicht nochmals an. Aber ich bin froh, dass ich ihm nun alles erzählt habe und es keine Geheimnisse mehr zwischen uns gibt.

Mit dem Morgengrauen brechen wir auf. Ich fühle mich erholt. Außerdem freue ich mich, den weiteren Weg mit den Pferden und nicht zu Fuß zurücklegen zu können.

»Wann werden wir bei den Eiswäldern ankommen?«, frage ich, als wir aufsteigen.

Reyvan schaut prüfend in den Himmel. »Hm, das Wetter sieht nicht schlecht aus heute. Das heißt, wir können damit rechnen, heute Abend die Steppe zu erreichen. Am besten lagern wir an deren Rand, bevor wir weiterreiten. Von da haben wir etwa zwei Wochen vor uns, bis wir bei den Eiswäldern sind. Dann geht die Suche nach diesem Schwarzmagier los.«

Ich begegne seinem Blick und erkenne, dass wir beide dasselbe denken: Es wird schwierig werden, den Magier in den Weiten der Eiswälder aufzuspüren. Aber Reyvan ist ein geübter Fährtenleser, vielleicht finden wir den Mann doch schneller, als uns lieb ist.

Immerhin kommen wir dank der Pferde jetzt rascher voran und uns wurde die Notwendigkeit erspart, in einem Dorf Reittiere zu kaufen. Ich hatte gemischte Gefühle, als Reyvan dies vorschlug, denn ich bin leider auch in dieser Sache keine große Hilfe, weil ich keine Ahnung habe, wie man verhandelt. Und Reyvan hätte die Pferde nicht allein kaufen können, da es sich vermutlich bereits herumgesprochen hat, dass der Elf aus dem Zirkel entflohen ist. Vielleicht hätten uns auch Verfolger auf dem Weg dorthin aufgelauert. Nein, so ist es besser. Wir können menschliche Siedlungen meiden und kommen somit hoffentlich ungesehen in die Eiswälder.

Wir reiten den ganzen Tag durch den Wald, ohne dass wir Verfolgern oder weiteren Monstern begegnen, was mich sehr erleichtert. Tatsächlich kommen wir am Waldrand an, als die Dämmerung hereinbricht. Vor uns erstreckt sich die weite, karge Steppe, die zu den Eiswäldern führt.

Wieder einmal bin ich über die Orientierungsfähigkeit des Elfen erstaunt. Ich selbst hätte nicht einmal genau gewusst, in welche Richtung wir uns zu wenden hätten. Schon allein deswegen bin ich dankbar, dass Reyvan mich begleitet und mir hilft. Einen besseren Führer und Weggefährten als ihn kann ich mir gar nicht wünschen.

Wir steigen bei einer mit Brombeerranken umgebenen Stelle am Rande des Waldes ab und Reyvan rammt zwei Holzpflöcke in den Boden, an denen er die Zügel der Pferde befestigt. Er stellt den Tieren Wasser hin, das er in eine Baumrinde gießt. Währenddessen kümmere ich mich um unser Lager, sammle trockenes Holz zusammen und schichte es auf, sodass Reyvan es mit seiner Zauberkraft entzünden kann.

»Warte hier, ich werde kurz in den Wald gehen und uns etwas zu essen jagen.« Er verschwindet leise wie eine Katze im Dickicht.

Es dauert kaum eine halbe Stunde, bis er mit zwei Hasen zurückkommt. Er nimmt sie fachmännisch aus und zieht ihnen das Fell über die Ohren.

»Ich zeig dir jetzt mal etwas, das man auch ohne Magie machen kann.« Reyvan lächelt schelmisch.

Er wirft Steine in das Feuer und macht sich daran, eine Mulde zu graben. Dort hängt er eines der Kaninchenfelle hinein, das noch heil geblieben ist. Am Rand befestigt er es mit schweren Steinen. Dann gießt er Wasser hinein und nimmt nach einer Weile die Steine, die er ins Feuer geworfen hat, mit zwei Aststücken wieder aus der Glut. Sie dampfen vor Hitze und er lässt sie rasch in das Wasser fallen. Ein zischendes Geräusch ist zu hören, als die Steine ihre Wärme an das Wasser abgeben, das nach einigen Sekunden zu kochen beginnt. Er selbst hätte auch mit einem Feuerzauber das Wasser aufwärmen können. Dass er extra meinetwegen darauf verzichtet, um mir etwas beizubringen, rührt mich.

Er schneidet das Kaninchenfleisch in mundgroße Stücke und gibt sie ebenfalls in das dampfende Wasser. Danach holt er aus einem Lederbeutel einige Kräuter und Wurzeln hervor, die er, seit wir unterwegs sind, gesammelt hat und vervollständigt damit den Eintopf – oder die Kaninchensuppe –, die vor sich hin kocht.

Ich schaue ihm fasziniert zu – auf diese Idee wäre ich nie und nimmer gekommen. Er lächelt mich kurz an und schabt von einem Salzstein ein bisschen ab, um die Suppe zu würzen. Nach wenigen Minuten steigt ein köstlicher Duft aus der Mulde. Reyvan nimmt zwei Blechbecher, die er mit der Suppe füllt.

Ich kann es kaum erwarten, das Festessen zu kosten. Es schmeckt himmlisch.

»Wo hast du das gelernt?«, frage ich ihn, nachdem ich einen Schluck getrunken habe, und kaue genüsslich auf einem Kaninchenstück.

Er grinst. »Na, von wem wohl …?«

»Dem Onkel«, sagen wir beide im Chor und kichern wie Kinder.

»Irgendwann werde ich mich bei ihm für alles bedanken müssen, was er dir beigebracht hat«, scherze ich.

Über Reyvans Gesicht gleitet für einen Moment ein Ausdruck von Sehnsucht … oder Traurigkeit? Es ist so rasch vorbei, dass ich es kaum sehen kann.

»Tut mir leid«, murmle ich. »Ich wollte dich nicht an dein Volk erinnern.«

»Schon gut, kein Problem. Es wird einfach ein paar Jahrzehnte dauern, bis ich ihnen wieder unter die Augen treten kann, aber das ist es mir wert, um mit dir zusammen zu sein und durch die Welt zu reisen.«

Ein paar Jahrzehnte … er sagt das so leicht daher. Dann werde ich vielleicht schon tot sein.

Ich verscheuche rasch diese trüben Gedanken. Alles, was zählt, ist das Hier und Jetzt, über die Zukunft können wir uns noch Sorgen machen, wenn es so weit ist.

Er scheint meine Gedanken erraten zu haben. »Mach dir keine Sorgen, Cíara. Ich werde dich auch noch lieben, wenn dein Körper älter wird.«

»Das werden wir dann ja sehen …«, entgegne ich und schiebe schnell ein weiteres Kaninchenstück in meinen Mund.

Reyvan sieht mich nachdenklich an, lässt meine Bemerkung aber unkommentiert.

»Meinst du, sie haben unsere Fährte schon aufgenommen?«, frage ich ihn nach einer Weile.

Er weiß sofort, wen ich meine. »Ich denke nicht. Und wenn, haben wir einen gewaltigen Vorsprung. Zudem können sie nicht ahnen, dass wir in den kalten Norden unterwegs sind. Sie werden wahrscheinlich zuerst den Süden und den Osten von Lormir absuchen. Bis dahin werden wir so weit weg sein, dass sie uns nicht mehr finden können.«

Er klingt sehr überzeugt, aber ein Restzweifel bleibt mir dennoch.

Was, wenn Xenos doch herausgefunden hat, dass wir nach Norden aufgebrochen sind? Und was, wenn er uns höchstpersönlich verfolgt? Wir hätten – falls er uns erwischt – keine Chance, die Begegnung zu überleben.

»Du machst dir zu viele Sorgen, meine Liebe.« Reyvan reißt mich aus meinen düsteren Überlegungen. »Ich muss dich irgendwie davon ablenken, und ich kenne auch ein sicheres Mittel dagegen.«

Bevor ich die Augen verdrehen kann, ist er über mich hergefallen und ich versuche lachend, seine kitzelnden Finger abzuwehren.

4

Alia

Es ist herrlich, neben Reyvan über die Graslandschaft zu galoppieren. So sehr, dass ich für einen Moment die Sorgen, die mich ständig begleiten und in erster Linie meiner Familie gelten, ein wenig in den Hintergrund schieben kann. Trotzdem frage ich mich immer wieder, ob ich das Richtige tue. Aber ich kann nicht zurück nach Lormir – nicht ohne dass Xenos Reyvan und mich gefangen nähme. Und was dann passieren würde, daran will ich lieber gar nicht denken.

Außerdem muss ich wissen, was es mit diesem Schwarzmagier auf sich hat. Nur er wird mir wahrscheinlich etwas über meine Vergangenheit und meine Herkunft erzählen können. Also konzentriere ich mich darauf, nicht vom Pferderücken zu fallen, und atme die frische Luft ein.

Der Himmel ist zwar stark bewölkt und es riecht nach Regen, aber Reyvan hat mir versichert, dass das Wetter erst in der Nacht oder morgen umschlägt, er scheint dafür ein Gespür zu besitzen. Trotzdem werden wir, falls es stärkere oder anhaltende Regenfälle gibt, uns irgendwo unterstellen müssen.

Wir haben in dem Bergstollen zwar leichte Umhänge aus Öltuch gefunden, welche die größte Nässe von uns abhalten, aber auch wenn es Sommer ist – in Lormir kann der Regen jederzeit eine klirrende Kälte mit sich bringen. Erschwerend kommt hinzu, dass es in der Steppe nur wenige Behausungen oder Unterstände gibt – je weiter wir nach Norden reiten, desto seltener sehen wir Spuren, die davon zeugen, dass hier Menschen leben. Ich hoffe also sehr, dass der angekündigte Regen rasch wieder vorbei ist und wir uns nicht erkälten.

Gegen Mittag halten wir bei einer Strauchgruppe an und Reyvan brät die Reste der zwei Kaninchen, die von gestern übrig sind. Es scheint ihm Spaß zu machen, für mich zu sorgen, und ich genieße es meinerseits, von ihm bekocht zu werden. Endlich kann er mir all die Geheimnisse der Natur erzählen – etwas, das auf unserer Reise zu den Elfen nicht möglich gewesen war.

Ich höre ihm aufmerksam zu, als er mir erklärt, welche Pflanzen giftig sind und welche essbar. Vieles wusste ich bereits von meinem Vater, aber Reyvan hat eine ganz andere Art, die Natur zu sehen und zu nutzen. Zudem lerne ich von ihm, wo man nach Wasser suchen kann – sofern man natürlich wie er die Fähigkeit besitzt, es auch aus dem Boden hervorzuzaubern.

Ich beneide ihn ein bisschen – gerne ließe ich auch durch Auflegen der Hand auf den Boden einen kleinen Teich oder mit nur einer einzigen Geste ein Feuer entstehen.

Den Nachmittag reiten wir durch, um möglichst weit zu kommen, ehe das Wetter umschlägt. Am Himmel haben sich inzwischen bereits schwarze Wolken gebildet, die ein Gewitter ankündigen.

Reyvan legt ein zügiges Tempo vor, das ich nur mit Mühe halten kann. Meine Beine habe ich mir immerhin nicht wie bei der Reise zu den Elfen aufgeschürft, aber ich zweifle daran, dass ich jemals eine gute Reiterin werde. Mein Hintern beginnt schon wieder zu schmerzen, wenigstens scheint mich das Pferd aber ausnahmsweise zu mögen.

Als die Dämmerung hereinbricht, sehen wir in einiger Entfernung vor uns, mitten in der Steppe, die Ruine eines alten Hauses, das von dichten Büschen umgeben ist. Wir halten darauf zu.

Das Gebäude wurde aus Stein erbaut und scheint einigermaßen stabil zu sein, stachelige Ranken halten es umschlungen und winden sich um die alten Steine, als wollten sie es erwürgen. Das Dach ist aus Holz und an mehreren Stellen eingefallen. Trotzdem wirkt es, als könnte es Schutz vor dem drohenden Regen spenden. Die Büsche, die das gesamte Haus umgeben, versperren allerdings jegliche Sicht in sein Inneres.

Einige Dutzend Schritt vor dem Dickicht hält Reyvan an. »Warte hier, ich werde sehen, ob sich etwas darin verborgen hält, das nicht dorthin gehört«, sagt er leise.

Ich nicke und bleibe auf dem Pferd sitzen, um bereit zu sein, falls eine schnelle Flucht nötig wäre. Reyvan steigt ab, gibt mir die Zügel seines Reittiers und schleicht lautlos zu dem Dickicht, um darin zu verschwinden.

Minuten vergehen, ohne dass ich ein Geräusch höre. Ich werde langsam nervös, und meine Unruhe überträgt sich auf das Pferd, das aufgeregt zu tänzeln und zu schnauben beginnt. Ich tätschle ihm beruhigend den Hals und – oh Wunder – es hört auf damit. Bevor ich darüber staunen kann, höre ich ein Knacken aus der Ruine.

Ich zucke zusammen und versuche, in der anbrechenden Dunkelheit, die sich immer rascher über die Steppe senkt, etwas zu sehen, es dringt jedoch kein weiterer Laut an mein Ohr. Meine Nerven sind aufs Äußerste gespannt. Ich lausche angestrengt, höre aber keine Geräusche – abgesehen von dem Zirpen der Heuschrecken und dem weit entfernten Heulen eines Wolfes.

Ein starker, kühler Wind kommt auf und weht mir das Haar ins Gesicht. Es ist höchste Zeit, dass wir einen Unterschlupf finden, das Gewitter wird bald da sein.

Ich starre nervös auf die Stelle, wo Reyvan im Gebüsch verschwunden ist. Als er unvermittelt aus einer anderen Richtung kommend neben mir auftaucht, entfährt mir vor Schreck ein spitzer Schrei.

»Schhh.« Ich sehe im Halbdunkeln seine Zähne weiß blitzen. Er besitzt tatsächlich die Frechheit, über meine Schreckhaftigkeit zu lachen. »Es ist alles sauber, wir können hier übernachten.« In seiner Stimme schwingt leichte Belustigung mit.

Leise schimpfend schwinge ich mich vom Pferd und werfe ihm einen verärgerten Blick zu, den er hoffentlich trotz der Dämmerung mit seinen Elfenaugen sieht.

»Entschuldige.« Er legt einen Arm um meine Taille, zieht mich an sich und gibt mir einen Kuss. »Ich muss mich erst daran gewöhnen, dass ich vorher wie ein Bär rumtrampeln muss, um dich nicht zu erschrecken. Wir Elfen bewegen uns nun Mal lautloser als der Wind.«

Ich knurre leise, verzeihe ihm aber dennoch. »Können wir die Pferde mit hineinnehmen?«, frage ich, als er sich von mir löst. Mir ist unwohl bei dem Gedanken, sie im Gewitter draußen zu lassen.

»Ja, können wir. Aber wir müssen einen breiteren Weg durch das Dickicht schlagen.«

Er holt sein Schwert hervor und beginnt, eine Bresche in die Büsche zu hauen. Ich mache die Pferde an einem kleinen Busch fest und versuche ihm mit meinem eigenen Schwert zu helfen, bin aber nur halb so effektiv dabei, da die Waffe ungewohnt schwer in meinen Händen liegt.

Tja, eine Kämpferin wird wohl nie aus mir werden …

Trotzdem haben wir bald einen Durchgang geschaffen, durch den die Pferde passen.

»Los, Beeilung, das Gewitter kann jederzeit hier sein«, drängt Reyvan.

Er hat recht, der kalte Wind zerrt inzwischen an unserer Kleidung und bläht die Umhänge auf. Das wird ein starkes Unwetter geben.

Ich habe Gewitter noch nie gemocht, Blitze und Donner haben mir schon als kleines Mädchen Angst gemacht – ein Umstand, von dem ich mich bis heute nicht gänzlich befreien konnte. Jedes Mal, wenn ein Gewitter im Anmarsch war, bin ich zu Vater ins Bett gekrochen und habe mich von seinen starken Armen trösten lassen, die Augen fest zugekniffen und die Hände auf die Ohren gepresst, um nichts von dem Unwetter mitbekommen zu müssen.

Zudem steckt mir der Schrecken, den ich im Zirkel während dem Unterricht der Luftmagier durchstehen musste, noch in den Gliedern. Meine heftige Reaktion auf die Gewitterillusion war allerdings nicht nur auf das Gewitter zurückzuführen gewesen, sondern vor allem auf die Tatsache, dass ich an meine Familie erinnert worden bin … die nun ebenfalls nicht hier ist.

Ehe mich meine Gefühle ein weiteres Mal übermannen, folge ich Reyvan eilig und führe mein Pferd zur Hausruine.

Die Tür ist morsch und hängt lose in den Angeln, das Haus ist aber erstaunlich geräumig – es hatte durch die Büsche um vieles kleiner gewirkt. Ein etwa zwanzig Schritt breiter, quadratischer Raum erstreckt sich vor mir, dessen Boden aus gestampfter Erde besteht. Mehrere Farne und Gräser haben ihn für sich erobert. Auch an den löcherigen Wänden haben die Pflanzen über den Stein gesiegt, Moos und Efeu wuchern dort und verdunkeln die zwei Fenster, die in die Mauern eingelassen sind. Immerhin halten sie damit ein wenig den Wind ab.

Wir befestigen die Zügel der Pferde an zwei Holzpflöcken, die aus der Erde ragen. Reyvan geht zu einer Feuerstelle direkt vor uns, die ich trotz der Dunkelheit ausmachen kann. Offenbar haben hier schon andere Personen übernachtet. Ansonsten ist der

Raum, soweit ich das sehen kann, leer. Direkt über der Feuerstelle scheint das Dach so weit intakt zu sein, dass es den Regen abhalten wird.

Reyvan entzündet mithilfe von trockenen Ästen, die wir seit dem Wald mit uns führen, in Sekundenschnelle ein Feuer, doch als das flackernde Licht den Raum erhellt, stoße ich einen erschrockenen Laut aus.

Auf dem Boden, nur drei Schritt von mir entfernt, halb an die Wand gelehnt, liegt ein riesiger Falter. Seine braunen Flügel sind mindestens zwei Schritt lang und jetzt, im Tode, eng an seinen Körper gelegt. Der Kopf ist etwa gleich groß wie meiner. Hinter dem langen, eingerollten Rüssel erkenne ich ein mächtiges Gebiss – dieser Falter hat sich nicht bloß von Nektar ernährt … mir fällt auf Anhieb auch keine einzige Blume ein, die seinen Hunger hätte stillen können.

Da seine Augen nicht aus Pupillen, sondern Tausenden von Facetten bestehen, sieht es aus, als starrte er mich an. Sein mit dichtem, dunkelbraunem Fell bedeckter Rumpf ist blutverschmiert und in der Mitte des Brustbereichs klafft ein großes Loch, aus dem immer noch blaurotes Blut rinnt.

Das war also das Geräusch, das ich gehört habe. Es sieht dem Elfen wieder einmal ähnlich, mir davon nichts gesagt zu haben.

Ich war so damit beschäftigt, dieses Monstrum anzustarren, dass ich gar nicht gemerkt habe, wie Reyvan neben mich getreten ist.

»Unser Abendessen.« Er legt einen Arm um meine Schultern.

»Was?! Das ist nicht dein Ernst! Du willst diese Bestie essen?« Ich halte den Blick unverwandt auf den Riesenfalter gerichtet.

Er wendet mir den Kopf mit einem amüsierten Lächeln zu. »Natürlich. Diese Fellfalter gelten bei meinem Volk als Delikatesse.«

Ich schaudere und entwinde mich seinem Arm. »Ohne mich! Ich werde mich mit dem Trockenfleisch, das wir noch haben, zufriedengeben.«

Demonstrativ gehe ich zu meinem Rucksack, den ich neben meinem Pferd abgelegt habe, und krame darin herum, bis ich den Proviant finde.

Hinter mir höre ich Reyvan leise lachen. »Du weißt nicht, was dir entgeht, Cíara.«

Ich wende mich ihm zu und sehe, dass er damit begonnen hat, dem Falter das Fell vom Leib zu ziehen. Ich unterdrücke ein Würgen. Wie kann er nur? Das Vieh hatte bestimmt Läuse oder Schlimmeres. Rasch nehme ich meine Wolldecke und ein paar der trockenen Fleischstreifen aus dem Rucksack und gehe zum Feuer.

Es ist inzwischen sehr kalt geworden und der Wind pfeift, trotz des dichten Bewuchses um das Haus, durch die Löcher der Ruine. Zitternd lege ich die Decke um meine Schultern und setze mich, so nahe es geht, an die wärmenden Flammen, die Wand in meinem Rücken, sodass ich mich anlehnen kann.

Nach einer Weile gesellt sich Reyvan zu mir und setzt sich auf die andere Seite des Feuers. Er hat den Falter in mehrere Fleischstücke zerlegt, die er auf einem großen Lorbeerblatt vor sich auf dem Boden ausbreitet, ehe er das Ende eines langen Astes mit dem Messer zuspitzt. Dann spießt er eines der Fleischstücke darauf und hält es über das Feuer.

Ich muss zugeben, dass mir beim würzigen Duft, der von dem Fleisch aufsteigt, das Wasser im Mund zusammenläuft. Trotzdem kaue ich weiter auf meinen Trockenfleischstreifen herum.

Reyvan schüttelt den Kopf und lächelt mich über das Feuer hinweg an. »Du wirst schon noch auf den Geschmack kommen. Genau, wie du gemerkt hast, dass es gut ist, mit mir zusammen zu sein.« Er hebt grinsend eine Augenbraue.

»Nie im Leben! Das kannst du doch nicht vergleichen, du bist schließlich kein Riesenfalter und schon gar kein Essen.« Ich werfe einen angeekelten Blick in die Richtung, wo die Reste des Falters liegen.

»Das haben die Vexatoren anders gesehen«, erwidert Reyvan belustigt.

Wie er darüber Witze reißen kann, ist mir ein Rätsel, mir steckt der Schrecken über die Begegnung mit diesen gruseligen Wesen immer noch in den Knochen.

In dem Moment erhellt ein Blitz die Nacht taghell und ich fahre zusammen.

»Hast du Angst vor Gewitter?« Reyvan kommt um das Feuer herum zu mir und setzt sich an meine rechte Seite.

»Nicht gerade Angst«, murmle ich. »Ich mag Gewitter einfach nicht.«

Der Elf zieht mich an sich. »Keine Bange, uns kann hier drin nichts passieren.« Er dreht mit seiner rechten Hand weiter den Fleischspieß, bis der Saft heraustropft.

Ich beobachte sein Tun mit skeptischem Blick.

»So, fertig!« In dem Moment ist ein lautes Donnern zu hören.

Ich zucke abermals zusammen.

»Wie aufs Stichwort.« Er grinst. »Willst du wirklich nicht probieren?«

Er hält mir ein Stück Falter hin. Es riecht zwar wirklich lecker, aber als ich mich daran erinnere, woher das Fleisch kommt, und einen Blick in die Ecke werfe, wo das Tier in seinen Einzelteilen zerlegt liegt, vergeht mir der Appetit.

»Nein?« Reyvan schiebt sich das Fleischstück in den Mund und kaut genussvoll darauf herum. »Schmetscht fascht scho wie Schrinderbraschen.« Er steckt ein weiteres Stück auf seinen Spieß.

Ein zweiter Blitz erhellt die Nacht. Ich rücke etwas näher zu ihm und lege den Kopf an seine Schulter. Er gibt mir einen Kuss auf den Scheitel. Ich versuche, nicht daran zu denken, dass ein Tropfen des Fellfaltersaftes in meinem Haar landen könnte.

Dann beginnt es zu regnen und ich höre, wie dicke Tropfen auf das Dach prasseln.

»Wie lange warst du eigentlich im Zirkel?«, frage ich ihn, um mich vom Gewitter abzulenken.

Es folgt eine längere Pause, die von einem weiteren Donner ausgefüllt wird.

»Zu lange, wenn du mich fragst«, antwortet er ausweichend und dreht den Spieß in den Flammen. Seine linke Hand ruht auf meinem Oberarm. Er lässt gedankenverloren einen Finger über meinen Umhang auf und ab gleiten und spielt mit dem Stoff.

Ich lege eine Hand auf seinen Oberschenkel und fahre darüber.

»Cíara, lenk mich jetzt nicht ab, ich esse«, meint er schmunzelnd.

Ich halte mitten in der Bewegung inne und lächle. Warum kann es nicht für immer so bleiben? Nur er und ich, irgendwo in der Wildnis, eng aneinandergeschmiegt. Wie gerne hielte ich jetzt die Zeit an.

Ich schaue den Flammen zu und ziehe den Umhang noch etwas fester um mich. Weitere Blitze und das Grollen von Donner durchbrechen die Nacht, der Wind heult unentwegt und der Regen trommelt auf das Dach über uns. Ich bin froh, dass wir hier drin und nicht draußen sind – und dass das Feuer uns wärmt.

»Reyvan …«, murmle ich.

»Hm?« Er isst das nächste Stück Falterfleisch.

»Wie alt bist du eigentlich?«

Ich merke, wie er sein Gewicht verlagert. Er schluckt den Bissen herunter und hebt mein Kinn an, sodass er mir in die Augen sehen kann. »Das ist ohne Bedeutung, Cíara.«

»So alt also?«, frage ich neckend.

Zur Antwort gibt er mir einen zärtlichen Kuss auf den Mund. Als sich seine Zunge einen Weg zwischen meine Lippen bahnt, schmecke ich das Fleisch, das er gerade gegessen hat, und muss zugeben, dass es nicht schlecht ist.

»Willst du jetzt einen Bissen probieren?«, fragt er, als er den Kuss beendet. Sein Gesicht wird gespenstisch von einem weiteren Blitz erleuchtet.

»Du willst mir wirklich nicht sagen, wie alt du bist?«, erwidere ich, ohne auf seine Frage zu antworten.

»Du willst also wirklich nicht probieren?« Reyvan beherrscht dieses Spiel besser als ich. Er küsst mich abermals und mein knurrender Magen verrät mich leider.

»Also gut, gib mir ein Stück, aber nur ein winziges«, willige ich ein.

Er lächelt mich an und steckt dann eines der kleineren Fleischstücke auf den Spieß, den er mir in die Hand drückt. Für sich hält er ein größeres ins Feuer, nachdem er einen zweiten Ast zugespitzt hat. Ich wundere mich nur am Rande darüber, dass er zwei Äste ans Feuer mitgenommen hat. Offenbar hat er von Anfang an damit gerechnet, dass er mich von dem Falterfleisch überzeugen kann.

»Du musst darauf achten, dass das Fleisch von allen Seiten gleich gut gebraten wird«, weist er mich an und zeigt mir, wie ich den Spieß drehen soll. »Nur dann wird es perfekt.«

So sitzen wir eine Weile schweigend nebeneinander und hängen unseren Gedanken nach.

»Was gilt denn sonst noch bei deinem Volk als Delikatesse?«

»Du bist sehr neugierig, Cíara.« Reyvan schmunzelt und zieht mich wieder enger an sich. »Ich werde dir alles zeigen – sofern wir Gelegenheit dazu erhalten.«

Ich vermeine, eine zweideutige Anspielung in seiner Stimme zu hören, aber das kann ich mir auch bloß eingebildet haben. Als ich den Kopf hebe, um sein Gesicht zu studieren, verrät dieses keine Belustigung oder Anzüglichkeit.

»Jetzt sollte es gar sein«, bemerkt er in dem Augenblick. »Vorsicht, es ist noch heiß.«

Ich puste ein paar Mal, bevor ich einen Bissen nehme. Dabei versuche ich, nicht in die Ecke zu schauen, wo die Überreste des Tieres liegen. Das gelingt mir natürlich nicht und so schließe ich die Augen, um mich ganz auf den Geschmack zu konzentrieren.

Das Fleisch ist hauchzart und zergeht fast auf der Zunge. Trotz der Tatsache, dass wir es nicht gewürzt haben, besitzt es einen salzigen Geschmack, der von einer Note, die nach Pfeffer riecht, überdeckt wird.

»Und?«, fragt der Elf mit einem erwartungsvollen Gesichtsausdruck.

»Ist ja gut ...«, gebe ich mich geschlagen, als ich den Bissen heruntergeschluckt habe. »Du hattest wieder einmal recht.«

Reyvan knufft mich in die Seite. »Du wirst schon noch lernen, auf mich zu hören.« Er grinst und steckt sich das nächste Fleischstück an seinen Spieß.

Ich seufze übertrieben laut und nehme einen zweiten Bissen des Falters.

»Hmmm, stell dir dieses Fleisch mit einer Rotweinsoße, Rosenkohl und frischem Brot vor«, schwärmt Reyvan und dreht seinen Spieß über dem Feuer.

Ich nehme einen weiteren, etwas größeren Bissen und sehe mit Bedauern, dass es mein letzter war.

»Noch eins?«, fragt Reyvan. Ich nicke und er lächelt triumphierend. »Ich konnte einen Menschen dazu bringen, Fellfalterfleisch zu essen!« Er spießt ein größeres Stück des Tieres auf meinen dünnen Ast.

Ich verdrehe die Augen und lasse ihm seine Freude über meine Bekehrung. So sitzen wir eine Weile nebeneinander, essen den Falter und lauschen dem Unwetter. Durch Reyvans Anwesenheit fühle ich mich sicher und zucke immerhin nur bei jedem zweiten Donnerkrachen zusammen.

»Ich glaube, ich sollte dich ein wenig ... ablenken«, bemerkt Reyvan, als unsere Umgebung erneut taghell erleuchtet wird und ich ängstlich den Blick schweifen lasse.

Schon spüre ich seine Hand, die sich von meinem Oberarm löst und sich ein bisschen weiter in Richtung meines Oberkörpers schiebt. Da wir immer noch die Umhänge tragen, fühle ich seine Berührung jedoch nur leicht.

»Und ich glaube, das ist nicht der richtige Zeitpunkt für …«

Er unterbricht meinen Einwand, indem er meinen Mund mit seinen Lippen verschließt. Sein Kuss ist fordernd und er lehnt sich so stark zu mir, dass ich unwillkürlich nach hinten gedrückt werde.

Meine Gegenwehr verebbt, während er sich an meinem Umhang zu schaffen macht und ihn zur Seite schiebt. Kurz darauf zieht er mein Oberteil etwas nach oben und ich spüre seine warmen Hände auf meinem Bauch.

Ein Seufzen entfährt mir, als er mit seinen Fingern weiter nach oben tastet und meine Brüste zu liebkosen beginnt.

Inzwischen liege ich auf dem Rücken, habe meinen Spieß zur Seite gelegt und fühle Reyvans Körper halb auf mir.

Ein erneutes Donnern lässt mich zusammenzucken und die Augen aufreißen, die ich irgendwann in den vergangenen Sekunden geschlossen habe.

»Hm, noch nicht abgelenkt genug«, murmelt Reyvan und lächelt mich entwaffnend an. »Aber das kann ich ändern.«

Er bedeckt meine Haut mit Küssen, fährt mit seiner Zunge über empfindliche Stellen und lässt mich vor Lust aufstöhnen.

Ich bemerke gar nicht, wie sich das Gewitter langsam legt, bis nur noch der Regen übrig bleibt, während er mir erneut zeigt, wie sehr er mich liebt. Ich bin diesem Elfen gänzlich verfallen … mit all meinen Sinnen, mit meinem ganzen Herzen …

Noch lange liegen wir umschlungen nebeneinander, lauschen dem Regen und ich genieße den Rest der Zärtlichkeit, mit der Reyvan meinen Körper streichelt. Unsere Umhänge dienen uns inzwischen einmal als Unterlage und einmal als zusätzliche Decke. Ich fühle mich satt, zufrieden, geliebt und geborgen. Alles auf einmal, was mein Herz Purzelbäume schlagen und in meinem Bauch eine ganze Armee von Schmetterlingen toben lässt.

»Lass uns schlafen«, schlägt Reyvan irgendwann vor, was ich mit einem protestierenden Murren beantworte. Er lächelt mich liebevoll an und drückt mir einen Kuss auf die Nasenspitze. »Ich würde das hier auch sehr gern für den Rest der Nacht fortsetzen, aber wir müssen morgen wieder früh aufbrechen. Daher solltest du dich jetzt anziehen und schlafen legen. Ich werde meditieren und Wache halten.«

Er hat ja recht, dennoch wäre es mir lieber, wenn wir Arm in Arm einschlafen könnten. Aber da wir auf der Flucht sind, können wir uns das wirklich nicht leisten.

Seufzend bekleide ich mich wieder vollständig und wickle die Decke um mich, während ich meinen Rucksack als Kissen benutze.

Reyvan setzt sich im Schneidersitz neben mich, den Rücken an die Wand gelehnt, und schließt die Augen, nachdem er mir eine gute Nacht gewünscht hat. Diese Haltung hat er schon ein paar Mal seit unserer Flucht aus dem Zirkel eingenommen, während er Wache hielt. Sie ermöglicht ihm, gleichzeitig seine körperlichen Kräfte aufzufrischen und in die Nacht zu lauschen.

Ich schaue den Flammen zu, wie sie vor meinen Augen tanzen, und sinke in einen traumlosen Schlaf.

5

Alia

Am nächsten Morgen brechen wir in aller Frühe auf. Es regnet immer noch und wir ziehen die Ölumhänge mit den Kapuzen an. Die Kälte durchdringt trotzdem binnen weniger Minuten unsere Kleidung. Für den Rest des Tages versuche ich, mich so wenig wie möglich darauf zu konzentrieren, wie meine Finger immer steifer werden.

Zu allem Übel beginnt es gegen Abend sogar zu schneien, ein Umstand, der auch Reyvan zu überraschen scheint. Rasch kramen wir unsere dickeren Fellumhänge hervor, die wir unter die Öltücher anziehen.

Je weiter wir nach Norden kommen, desto mehr Schnee setzt an. Ich kann mir nicht vorstellen, dass es in den Eiswäldern noch kälter sein soll als hier. Außerdem hinterlassen wir gut sichtbare Spuren im Schnee. Reyvan verzichtet darauf, sie zu verwischen, mit der Begründung, dass der fallende Schnee diese ohnehin wieder überdecken würde. Die Gefahr, entdeckt zu werden, ist damit ein wenig geringer. Zumal wir, seit wir auf der Steppe sind, keine Verfolger ausmachen konnten.

Nun, in dem immer dichter werdenden Schneegestöber, können wir sowieso nur noch ein paar Schritte weit sehen. Ich zittere und freue mich insgeheim schon auf die nächste Pause, wenn wir ein Feuer anzünden und ich meine klammen Finger wärmen kann.

Auf einmal ertönen vor uns Trompeten. Ich erstarre. Haben uns die Magier etwa gefunden? Oder sind uns andere Wesen auf der Spur?

Reyvan hält sein Pferd an und ich reite neben ihn.

»Was war das?«, frage ich leise.

»Du brauchst nicht zu flüstern. Das sind Gelumen. Die kommen hier im hohen Norden häufig vor. Wir warten besser, bis sie vorbeigezogen sind, denn sie mögen keine Menschen.«

Ich nicke. Ich habe schon von diesen Ungetümen auf vier Beinen gehört. Sie können sehr groß werden, weit über vier Schritt, und haben gewaltige Stoßzähne. Ihr ganzer Körper ist mit Fell bedeckt und ihr Rüssel kann so lang sein wie ein ausgewachsener Mensch. Ich bin froh, dass sie noch so weit entfernt sind, dass wir sie nur hören, nicht aber sehen können – was unter anderem dem Umstand des Schneetreibens zuzuschreiben ist.

Nach einer Weile dringt das Trompeten nur noch von weit her an unsere Ohren.

»Ich denke, wir können ohne Probleme weiterreiten.« Reyvan treibt sein Pferd an und wir setzen unseren Weg durch den Schnee fort.

In den nächsten Tagen wird unsere Reise immer beschwerlicher. Je weiter wir vorankommen, desto langsamer werden wir, da sich die Pferde den Weg durch den immer tiefer werdenden Schnee erkämpfen müssen. Es schneit fast ununterbrochen, obwohl es noch mitten im Sommer ist. Aber das scheint hier, in der Region kurz vor den Eiswäldern, keinen Unterschied zu machen. Es ist so kalt wie im tiefsten Winter.

Reyvan und ich reiten nun abwechselnd voran, um die Tiere nicht zu sehr zu ermüden. Trotzdem brauchen wir länger, als wir gedacht haben, bis wir endlich die ersten Ausläufer des Eiswaldes erkennen. Glücklicherweise begegnen wir keinen weiteren Gelumen oder anderen Tieren, die es hier oben im Norden gibt. Ihnen allen scheint das Wetter zu kalt zu sein, um ihre warmen Höhlen zu verlassen. Nur ein paar Schneehasen haben das Pech, Reyvan vor den Bogen zu springen, und ergänzen unseren Speiseplan, der ansonsten aus Wurzeln und Beeren besteht.

Je näher wir den Eiswäldern kommen, desto beklemmender wird mein Gefühl, denn ich habe keine Ahnung, was uns dort erwartet. Wahrscheinlich nicht viel Gutes – ich habe in Büchern gelesen, dass es dort von gefährlichen Wesen nur so wimmeln soll und unter anderem auch Eistrolle ihr Unwesen in den Wäldern treiben. Alles in allem wird jedem Reisenden nahegelegt, dieses Gebiet möglichst zu meiden. Und wir reiten geradewegs hinein, um einen Schwarzmagier zu finden, der uns womöglich ebenfalls nicht freundlich gesinnt ist.

Immer häufiger ertappe ich mich dabei, das Ziel und den Sinn unserer Reise infrage zu stellen.

Sogar Reyvan scheint meine Sorge zu teilen. Er hält nun jede Nacht Wache und ich entnehme seiner Miene, dass auch er angespannt ist.

Immerhin geben uns die vereinzelten Tannenbäume, die ab und an mitten in der Ebene stehen, Schutz vor dem Wind, der beständig um unsere Ohren pfeift und Schneeflocken vor sich hertreibt.

Als wir eines Abends bei einer Baumgruppe unser Lager aufschlagen, spreche ich an, was ich in den letzten Tagen so gut wie möglich versucht habe, zu verdrängen.

»Reyvan«, beginne ich zögernd und habe sofort seine ungeteilte Aufmerksamkeit.

»Was bedrückt dich, Alia?«, fragt er sanft.

Allein, dass er mich ausnahmsweise beim Namen nennt, zeigt mir, dass er mir ernsthaft zuhören und auf seine üblichen Sprüche verzichten wird.

»Wo sollen wir mit unserer Suche beginnen? Wir haben doch keine Ahnung, wo dieser Schwarzmagier ist, und außerdem … ist der Wald riesig.« Ich werfe einen Blick zu dem dunklen Horizont, der sich in der Dämmerung schwarz vom Schnee abhebt.

»Wir werden ihn schon finden – Menschen hinterlassen Spuren«, antwortet Reyvan. »Zuerst einmal müssen wir in diesen Wald hineinkommen. Dann schauen wir weiter. Ich denke, morgen werden wir dort sein.«

»Aber was, wenn wir an einem völlig anderen Ort suchen als dem, wo er sich aufhält? Und wer sagt, dass er nicht bereits den Ungeheuern, die im Wald wohnen, zum Opfer gefallen ist?«

Er kommt zu mir und legt mir beide Hände auf die Schultern. Lange schaut er mich an und ich lese in seinem Blick eine Mischung aus Zuneigung und Sorge. »Cíara.« Ich spüre unwillkürlich einen wohligen Schauer durch meinen Körper rieseln. »Vertrau mir. Ich bin der beste Fährtenleser, den du an deiner Seite haben kannst. Wenn jemand diesen Schwarzmagier findet, dann bin ich es. Außerdem kann ich dich vor den Gefahren im Wald besser beschützen als jeder andere. Du brauchst dir keine Sorgen zu machen.«

Er fährt zärtlich mit dem Finger über meine linke Wange und zeichnet meine von der Kälte aufgesprungenen Lippen nach. Dann küsst er mich und zieht mich eng an sich. Trotz des dicken Umhangs spüre ich seine Wärme und schlinge meine Arme um seine schlanke Taille. So bleiben wir eine Weile stehen und ich merke, wie sich meine Zweifel verflüchtigen. In seiner Nähe fühle ich mich sicher und ich weiß, dass er mir helfen wird, diesen Magier zu finden.

Früh am nächsten Morgen brechen wir auf, um noch vor Einbruch der Nacht den Wald zu erreichen. Wir reiten durch hohen Schnee und kommen schleppend voran. Es schneit in dichten Flocken, sodass ich Mühe habe, Reyvan im Blick zu behalten. Die Tannen, an denen wir vorbeikommen, stehen immer dichter beisammen, bis sie sich zu kleinen Hainen vereinen. Wir halten uns jedoch nicht mit längeren Pausen auf, sondern reiten stetig weiter, dem Eiswald entgegen.

Bevor die Dämmerung hereinbricht, kommen wir endlich dort an. Zu meinem Erstaunen finden wir nach einigem Suchen sogar eine verlassene Höhle, in der wir die Nacht verbringen können. Das ist mehr, als wir erwartet haben.

Reyvan sucht Feuerholz zusammen, das er trotz der Feuchtigkeit zu einem warmen Feuer entzündet. Die Höhle ist nicht groß, sondern nur ein paar Schritt breit und tief. Sie bietet uns gerade genug Platz, dass wir nebeneinandersitzen und uns am Feuer wärmen können. Ich fühle mich dennoch sicherer, da ich weiß, dass uns zumindest von hinten nichts angreifen kann.

Wir essen zwei magere Eichhörnchen, die Reyvan erlegt hat und die uns bei Weitem nicht satt machen, daher kauen wir noch auf ein paar gefrorenen Wurzeln herum. Gerade als ich mich schlafen legen will, hält Reyvan meine Hand fest und zieht mich zu sich. Er sieht mich intensiv an, bevor er zu sprechen beginnt.

»Cíara, heute Abend haben wir etwas zu feiern.« Er holt ein kleines Päckchen hervor.

Ich starre ihn erstaunt an. »Was denn?«

Reyvan verdreht leicht die Augen und lächelt mich an. »Oje, du hast es vergessen?«, fragt er gespielt enttäuscht.

»Was habe ich vergessen?«

»Heute ist dein Geburtstag.« Er küsst mich auf die Wange. »Du bist seit heute Morgen achtzehn.«

Ich erstarre und schaue ihn mit weit aufgerissenen Augen an. »Aber das bedeutet …« Weiter komme ich nicht, denn Reyvan holt aus meinem Rucksack das silberne Kästchen hervor, das er vor mir auf den verschneiten Boden legt.

»Ja, genau. Das bedeutet es. Aber zuerst habe ich ein kleines Geschenk für dich.«

Er gibt mir das Päckchen, das er in den Händen gehalten hat. Es ist in mehrere Lagen Stoff eingewickelt und es dauert eine ganze Weile, bis ich es ausgepackt habe. Als ich sein Geschenk endlich betrachten kann, keuche ich vor Überraschung.

Es ist eine einzelne schwarze Perle, die an einer silbernen Kette befestigt ist. Es scheint, als ob sie von innen heraus leuchtet, obwohl sie auf der Oberfläche matt und dunkel ist. Sie hat einen Durchmesser von zwei Fingerbreit und ist damit die größte Perle, die ich je zu Gesicht bekommen habe. Trotz ihrer Größe ist sie erstaunlich leicht in meiner Hand. Sie muss unendlich wertvoll sein.

»Reyvan«, hauche ich, als ich mich von meinem ersten Erstaunen erholt habe. »Das … wie … wo?«

»Keine Ursache«, unterbricht er mich lächelnd und nimmt sein Geschenk aus meiner Hand. »Soll ich sie dir umlegen?«

Ich nicke und hebe mein Haar an, als er mir die Kette um den Hals legt und in meinem Nacken verschließt. Ich fahre mit den Händen über das Silber, bis ich bei der Perle ankomme, und drehe sie zwischen den Fingern. Immer noch verblüfft wende ich mein Gesicht Reyvan zu, der mich mit blitzenden Augen mustert, und gebe ihm einen Kuss.

Er hält meinen Kopf fest. »Alia, du bist das Beste, was mir je passiert ist«, flüstert er. »Daher hast du auch nur das Beste verdient.« Er löst sich von mir und hält die Perle fest. »Die hier ist aus den Tiefen des Zakatasees. Das ist ein See, der inmitten des Zakatawaldes liegt und nur den Elfen bekannt ist. Auf seinem Grund ruhen unvorstellbare Schätze.«

Er schaut mir wieder in die Augen und ich weiß nicht, was ich sagen soll.

»Danke«, hauche ich und meine dies aus vollem Herzen. »Noch nie hat mir jemand so etwas Wertvolles geschenkt.«

Er grinst mich an. »Das hoffe ich auch, denn wir Elfen schenken diese Perlen nur unseren Verlobten.« Er küsst mich abermals.

Ich schaue ihn erstaunt an. »Bin ich etwa jetzt deine Verlobte?« In meiner Stimme ist eine Spur Panik zu hören, ohne dass ich es will. Das geht doch ein wenig zu schnell für meinen Geschmack.

Aber Reyvan hebt lachend die Hände. »Nein, nein, keine Angst. Ich hatte noch nie vor, zu heiraten … nun ja, zumindest noch nicht jetzt. Du bist einfach das, was für mich einer Verlobten am nächsten kommt. Daher wollte ich dir dieses Geschenk machen.« Er streicht mir über das Haar.

»Da bin ich beruhigt. Ich mag dich zwar mehr als alles andere auf dieser Welt, aber die Vorstellung, zu heiraten, finde ich seltsam.«

»Da geht es mir gleich wie dir.« Der Elf nimmt grinsend die silberne Schatulle in die Hand. »So und nun genug vom Heiraten, öffne dieses verdammte Kästchen endlich. Ich will wissen, warum so ein Geheimnis darum gemacht wird.«

Er übergibt mir das Kästchen und ich halte es zaghaft in der Hand. Zwei Jahre lang wollte ich nur eines: es öffnen. Und jetzt, da ich endlich die Gelegenheit dazu habe, überkommt mich auf einmal Angst.

Was, wenn ein tödlicher Zauber darin ist, der vom Schwarzmagier gewirkt wurde? Oder wenn mir das Kästchen etwas über meine Herkunft verrät, was ich gar nicht wissen will?

»Hör auf zu grübeln!«, unterbricht Reyvan meine Gedanken. »Öffne es endlich.«

Er scheint sehr ungeduldig zu sein. Ich kann es ihm nicht verdenken. Schließlich hat er deswegen schon viel riskiert.

Also setze ich mich hin, befühle das Kästchen und drehe es in den Händen. Es hat keinen sichtbaren Verschluss und besteht im Grunde nur aus zwei mit einem Blumenmuster verzierten Hälften, die ineinander verschmolzen sind. Ich betrachte es von allen Seiten. Irgendwie muss es doch zu öffnen sein. Sorgfältig fahre ich mit meinem Finger den hauchdünnen Spalt entlang, wo die beiden Hälften aufeinandertreffen. Da gibt es ein Klacken von sich und der Spalt öffnet sich ein wenig. Ich hätte es vor Schreck um ein Haar fallen gelassen.

Ich zögere.

Wenn es nun doch eine Falle des Schwarzmagiers enthält? Aber meine Neugier siegt schließlich.

Vorsichtig öffne ich es.

Darin liegt ein zerknittertes Blatt Papier, das bereits am Vergilben und mehrfach gefaltet ist. Behutsam, um es nicht zu beschädigen, falte ich es auseinander. Meine Hände zittern vor Aufregung. Was mag es enthalten?

Etwas enttäuscht sehe ich, dass einst mehrere Zeilen darauf standen, nun aber nur noch der erste Abschnitt einigermaßen lesbar ist.

Reyvan beugt sich über meine Schulter, um etwas sehen zu können. »Was steht da? Ich kann das nicht lesen.«

Ich wende mich ihm erstaunt zu. »Meinst du, es ist wieder schwarze Magie?«

Damals konnte er die Bücher auch nicht lesen, in denen Xenos seine schwarze Magie niedergeschrieben hat.

Reyvan überlegt eine Weile und zuckt dann mit den Schultern. »Dieses Kästchen wurde deiner Mutter ja von einem Schwarzmagier übergeben. Daher könnte es durchaus sein, dass die Worte schwarze Magie enthalten. Aber vielleicht hat es auch andere Gründe, warum ich das nicht lesen kann. Lass uns später darüber die Köpfe zerbrechen. Lies endlich, was da steht …«

Ich nicke und halte das Blatt näher ans Feuer, um die Worte zu entziffern. Die Buchstaben scheinen sich zu bewegen, sich zu formen. Auf einmal ergeben sie einen Sinn. Da steht gut leserlich geschrieben:

Die Vier bestimmt das Nichts der Nacht
Beim schwarzen Stern wird es vollbracht
Geboren in des Berges Welt
Der Schatten von ihr fällt

Ich lese die Worte laut vor und versuche, den zweiten Abschnitt zu entziffern. Leider erfolglos. Die Buchstaben bleiben unlesbar.

»Ist das alles?« Enttäuschung schwingt jetzt in Reyvans Stimme mit.

Ich nicke. Ich hätte mir ebenfalls mehr erhofft als ein Rätsel aus ein paar vergilbten Zeilen.

»Was hat das zu bedeuten?«, frage ich den Elfen. »Das ergibt doch keinen Sinn. Welche Vier und was soll dieser schwarze Stern damit zu tun haben? Welcher Schatten?«

Ich lasse mutlos die Hände in den Schoß sinken und falte das Papier wieder zusammen. Ich hatte mir so viel davon erhofft und nun bin ich nur auf ein weiteres Rätsel gestoßen, das ich nicht zu lösen vermag.

»Ich kann dir leider auch nicht helfen, Cíara.« Reyvan nimmt das gefaltete Papier aus meiner Hand und legt es behutsam wieder in das silberne Kästchen zurück. »Aber es hat bestimmt einen tieferen Sinn. Vielleicht weiß der Schwarzmagier die Worte zu deuten. Ich werde jedenfalls noch eine Weile darüber nachdenken. Leg dich schlafen.«

Das ist besser gesagt als getan. Ich versuche zwar, Schlaf zu finden, aber meine Gedanken wandern immer wieder zu dem silbernen Kästchen und der schwarzen Perle. Beides hat mich über alle Maßen überrascht und eines davon zutiefst enttäuscht.

Es hat wieder angefangen zu schneien und ich schaue eine Weile den Schneeflocken zu, wie sie zur Erde niedergleiten. Es ist eisig. Ich ziehe die Decke fester um mich.

Was bei den Göttern wollen mir diese Worte sagen? Und wie sollen sie mir helfen, etwas über meine Vergangenheit herauszufinden? Ich wälze mich unruhig hin und her und es dauert lange, bis ich endlich eindöse. Doch selbst in meinen Träumen werde ich noch von den Worten verfolgt.

6

Reyvan

Viele, viele Jahre zuvor (Reyvan macht leider ein Geheimnis daraus, wann diese Szene gespielt hat)

»Wie weit ist es denn noch?«, fragte er und blieb einen Moment stehen, um zu Atem zu kommen.

»Keine Bange, mein Junge.« Sein Onkel drehte sich mit einem schiefen Lächeln zu ihm um. »In einigen Stunden werden wir dort sein.«

»Stunden?!« Reyvan stöhnte laut auf.

Er war zwar geschult, was körperliche Ertüchtigung anging, aber dieser tagelange Marsch durch den dichten Wald langweilte ihn zusehends.

Langsam verwünschte er seinen Onkel dafür, dass er ihn überredet hatte, mitzugehen. Zu dem Ort, den sie Zakatas nannten. Dem Ursprung dieses Waldes.

»Wimmer nicht wie ein Rehkitz«, wies ihn sein Onkel zurecht. »Du wirst schon nicht umkommen dabei.«

»Da bin ich mir nicht mehr ganz so sicher«, murmelte Reyvan und achtete darauf, keinen Lärm zu verursachen, als sie weitergingen.

Die Gegend hier war berüchtigt dafür, von gefährlichen Tieren und Gorkas heimgesucht zu werden. Nicht umsonst wurde sie normalerweise von den Elfen gemieden.

Normalerweise.

Natürlich hatte sein Onkel dies als besondere Herausforderung für sich und seinen Neffen gesehen.

»Wenn du nicht ständig heulen würdest, wären wir schon längst am Ziel«, knurrte sein Onkel und bahnte sich mit seiner scharfen Axt einen Weg durch das Dickicht.

Reyvan war klug genug, nichts zu erwidern, sondern knirschte bloß mit den Zähnen.

Mit einem Mal stutzte er und blieb abermals stehen. Zu seiner Linken konnte er ein Geräusch hören, das nur für feine Elfenohren überhaupt wahrzunehmen war.

Er lauschte angestrengt. Da, da war es wieder! Ein leises Stöhnen oder Wimmern.

»Hörst du das?«, zischte er seinem Onkel zu.

Dieser blieb ebenfalls stehen und horchte. »Ja, und?« Er wog seine Axt in der Hand. »Wird ein verletztes Tier sein. Komm jetzt, wir haben noch einiges vor miteinander!«

»Nein, das ist kein Tier.« Reyvan lauschte abermals. Dieses Mal war das Wimmern lauter, intensiver. »Was ist das?«

»Nichts, was dich interessieren sollte«, erwiderte sein Onkel und strich sich über die kurzen, blonden Haare.

»Ich denke schon.« Reyvan ging zielstrebig in die Richtung, aus der das Geräusch kam, und hörte seinen Onkel hinter sich im selben Moment fluchen.

»Du ungezogener Bengel!«, schimpfte der ältere Elf leise, als er die Verfolgung aufnahm. »Kein Wunder, dass dein Vater längst die Hoffnung aufgegeben hat, dass aus dir etwas wird! Du bist einfach zu dickköpfig!«

Dann hörten die Verwünschungen jäh auf, als Reyvan durch das Dickicht brach. Er blieb erstaunt stehen und pfiff leise durch die Zähne.

Vor sich sah er einen riesigen, schwarzen See. Er war überwuchert mit dichten Büschen, deren Äste wie die Arme eines Ertrinkenden aus dem Wasser ragten. Und inmitten dieses Sees sah er ein helles Licht, das ihn anzog wie Kerzenschein eine Motte.

Das Wimmern war nun so intensiv, dass er sich beinahe die Ohren zuhalten wollte.

»Keinen Schritt weiter«, hörte er die mahnende Stimme seines Onkels hinter sich und spürte seine Hand auf der Schulter.

»Was ist das?«, fragte Reyvan verwundert, ohne sich zu dem älteren Elfen umzudrehen.

»Das ist nichts für unerfahrene Elfen«, brummte sein Onkel und verstärkte seinen Griff. »Komm, lass uns von hier verschwinden!«

»Aber …« Reyvan sah wie gebannt zu dem hellen Licht, das, wie er jetzt erkannte, von einer kleinen Insel mitten im See zu kommen schien.

»Nichts *aber*, mein Junge!«, flüsterte der Onkel. »Das hier ist kein guter Ort!«

»Das Licht ruft mich.« Reyvan war wie gebannt von dem Schein, der von der kleinen Insel ausging.

»Lass dich nicht irreleiten!« Sein Onkel versuchte, ihn zurückzuziehen.

Er war kein schwacher Elf, im Gegenteil. Im Laufe der Jahrhunderte hatten sich schon viele Kämpfer seines Volkes mit ihm gemessen und jedes Mal den Kürzeren gezogen.

Aber jetzt, als er versuchte, Reyvan zurückzuzerren, hielt dieser stur dagegen. Mit einer Kraft, die ihn beinahe beeindruckte.

»Reyvan!« Die Stimme des Onkels klang schneidend. »Komm jetzt!«

»Nein«, antwortete sein Neffe selbstbewusst. »Lass mich! Ich muss sehen, was dort ist!«

Mit einem tiefen Seufzen gab der Onkel schließlich auf und ließ Reyvan los.

»Also gut«, knurrte er, immer noch mit gedämpfter Stimme. »Ich werde dir erzählen, was das hier ist. Aber nur, wenn du mir versprichst, dass du danach mit mir weiterkommst!«

Reyvan sah ihn erwartungsvoll an.

»Das ist der Perlensee«, erklärte sein Onkel.

»Du meinst ...?«

»Genau der«, unterbrach er Reyvan. »Hier suchen sich die jungen Elfen die schwarzen Perlen für ihre Verlobten.«

»Aber ... was bedeutet dieses Licht?«

»Das«, sein Onkel warf einen scharfen Blick zu der kleinen Insel, »das ist die letzte Versuchung.«

»Versuchung?«

»Ja. Auf der Insel wohnt eine mächtige Magierin. Sie versucht die jungen Elfen, die hierherkommen, zu verführen. Nur diejenigen, die ihr widerstehen können, kehren zurück. Die anderen bleiben für immer verschollen – gefangen in ihren Gemäuern.«

Unwillkürlich verspürte Reyvan eine Eiseskälte, als er abermals zu der Insel sah, die ihn mit ihrem hellen Schein lockte.

»Wo ich schon mal hier bin ... kann ich nicht eine dieser Perlen suchen?«, fragte er in einem Anflug von Abenteuerlust.

»Das wirst du schön bleiben lassen. Erst wenn der Zeitpunkt gekommen ist, wirst du hierher zurückkehren und nach einer Perle suchen!«, erwiderte sein Onkel mit unverhohlenem Ärger in der Stimme.

Reyvan legte den Kopf schief und sah ihn an.

»Onkelchen«, meinte er breit grinsend. »Wir wissen beide, dass ich das nicht tun werde. Von Heiraten ganz zu schweigen. Aber solch eine Perle will ich trotzdem!«

Bevor sein Onkel widersprechen konnte, hatte Reyvan seinen Rucksack auf den Waldboden geworfen und sprang in die dunklen Tiefen des Sees, dessen düstere Wellen ihn auf der Stelle verschlangen.

7

ALIA

Gegenwart

Es ist noch dunkel, als ich am Morgen erwache. Reyvan sitzt neben mir in seiner Meditationshaltung, öffnet jedoch sofort die Augen, als ich mich aufrichte. Ich erwidere seinen Blick und lächle. Noch immer trage ich seine Perle um den Hals, und ein warmes Gefühl macht sich in meinem Magen breit. Gähnend strecke ich mich wie eine Katze, um die Durchblutung in Armen und Beinen anzukurbeln.

»Gut geschlafen?«

»Nein, leider nicht«, entgegne ich. »Ich musste immer an diese Worte im Kästchen denken. Ist dir inzwischen etwas in den Sinn gekommen?«

Reyvan steht auf und streckt ebenfalls seine Glieder, dann setzt er sich neben mich. Ich bette den Kopf in seinen Schoß und er kämmt mein langes Haar mit seinen Fingern.

»Ich habe auch lange darüber nachgedacht.« Er entfernt sanft einen Knoten aus meinen Strähnen. »Ich glaube, dass mit dem

›Nichts der Nacht‹ du gemeint bist. Es kann auch etwas anderes sein, aber da die Vexatoren dich als Kind der Nacht bezeichnet haben und Nehil ›nichts‹ bedeutet, scheint es mir am naheliegendsten.«

Ich denke über seine Worte nach. »Hm, ja, das könnte sein. Aber was soll dann heißen, dass die ›Vier‹ mich bestimmt?«

Reyvan beginnt sanft meine Kopfhaut zu massieren. »Nun, das Einzige, was mir dazu einfällt, sind die vier Elemente. Vielleicht hat es damit zu tun, dass du keines davon beherrschst?« Er seufzt und fährt mit seiner Massage fort. »Keine Ahnung, es ist alles sehr vage, und ich hoffe wirklich, dass dieser Schwarzmagier etwas von Poesie versteht … wahrscheinlich stammt dieses Gedicht sogar aus seiner Feder.«

Ich stimme ihm zu. »Aber zuerst müssen wir ihn finden.« Ich versuche sein Gesicht zu sehen.

»Das werden wir. Wir sind jetzt in den Eiswäldern und irgendwo *muss* er sich ja verborgen haben. Aber erst essen wir etwas, ohne Frühstück können wir uns nicht auf die Suche begeben.« Er steht auf und holt seinen Bogen hervor. »Warte hier, ich bin bald zurück. Ich werde uns etwas zu essen besorgen.«

Damit verschwindet er in die Morgendämmerung, und seine Schritte werden vom tiefen Schnee verschluckt. Ich wickle die Decke um meine Schultern und mache mich daran, das Feuer, das in der Nacht fast heruntergebrannt ist, wieder anzuheizen. Bald gelingt es mir, eindrucksvolle Flammen zu erzeugen.

Von wegen, ich beherrsche kein Element.

Ich muss bei dem Gedanken lächeln. Zumindest habe ich inzwischen gelernt, wie man ein Feuer wieder entfacht. Aus Vorsicht lege ich mein Schwert griffbereit neben mich – ich bezweifle zwar, dass, falls sich Gefahr nähert, ich mich effektiv verteidigen kann, aber völlig kampflos werde ich mich auch nicht ergeben.

Es dauert etwa eine halbe Stunde, bis Reyvan zurückkehrt – ebenso lautlos, wie er gegangen ist, taucht er plötzlich inmitten des Eingangs auf. Damit muss er unbedingt aufhören, sonst sterbe ich früher an einem Herzstillstand, als uns beiden lieb ist.

Er hat einen Schneefuchs erlegt, der ein ordentliches Frühstück hergibt. Es ist bitterkalt, aber zumindest schneit es nicht mehr. Als wir aufbrechen, vermeine ich sogar, ein paar Sonnenstrahlen durch die Tannennadeln hindurch zu erkennen. Vielleicht täusche ich mich aber auch, der Wald ist so dicht, dass ich kaum den Himmel über uns ausmachen kann.

Den Pferden fällt es nun nicht mehr so schwer, durch den Schnee zu stapfen, da die Tannenäste das meiste davon aufgefangen haben. Trotzdem kommen wir nur langsam vorwärts.

Ich habe keine Ahnung, wohin wir eigentlich reiten. Wir müssen auf jeden Fall tiefer in den Wald hinein, ich bezweifle, dass sich jemand, der verstoßen wurde, am Rand der Eiswälder aufhält. Andererseits soll es im Inneren des Waldes von grauenvollen Wesen nur so wimmeln – das spräche eher dagegen, dass sich der Schwarzmagier dort aufhält.

»Wohin reiten wir denn nun?«, frage ich Reyvan gegen Mittag.

Er wendet sich auf seinem Pferd nach mir um und wartet, bis ich neben ihm bin.

»Ich habe da so eine Idee.« Er lächelt schelmisch. »Hast du den Berg gesehen, bevor wir in den Wald geritten sind?«

Ich schüttle den Kopf. Natürlich habe ich ihn nicht gesehen, wie sollte ich auch, wo es doch die ganze Zeit geschneit hat und ich schon Mühe hatte, Reyvan, der nur wenige Schritt vor mir ritt, nicht zu verlieren?

»Vielleicht ist das der Berg aus deinem Gedicht«, fährt er mit einem vielsagenden Blick fort. »Es ist nur eine Vermutung. Falls nicht, können wir immer noch in eine andere Richtung reiten. Aber ich denke, wir werden morgen Abend dort sein und sehen, ob sich der Schwarzmagier irgendwo in der Nähe niedergelassen hat.« Er zügelt sein Pferd. »Lass uns etwas essen und eine Stunde ausruhen, bevor wir weiterreiten. Die Pferde finden da drüben an den Büschen Futter und wir sind durch die Äste vor Schneefall geschützt, sollte es nochmals schneien heute – was ich eigentlich erwarte.«

Ich nicke. Bisher hat er immer sehr gute Rastplätze für uns ausgesucht. Glücklicherweise muss er nicht wieder jagen gehen, da er vor einer Stunde eine unvorsichtige Krähe erlegte. Sie ist fett und wird für uns beide genügen, zusammen mit den Resten des Schneefuchses sollte sie den größten Hunger stillen.

Er macht sich daran, ihr die Federn zu rupfen, während ich Feuerholz zusammensuche und an der Stelle, die er mir bedeutet, aufschichte. Mit einer Handbewegung entzündet er das feuchte Holz, damit wir das Tier braten können, das bald einen Geruch nach Hühnchen verströmt.

»Weißt du, was es heute zu feiern gibt?« Reyvan legt den abgenagten Knochen zur Seite und leckt sich die Finger ab.

Ich schaue ihn verständnislos an. »Geburtstag hatte ich gestern.«

»Ja, ich weiß. Aber heute vor zwei Jahren haben wir uns das erste Mal gesehen.« Er rückt neben mich. »Weißt du noch, im Speisesaal? Du hast mich mit deinen Rehaugen angesehen und ich konnte mich nur mit Mühe auf mein Essen konzentrieren. Bereits da wusste ich, dass es mit uns beiden noch … interessant werden könnte.« Er streicht mir eine Haarsträhne hinter das Ohr. »Und wie immer hatte ich recht – nun gut, du musstest zuerst davon überzeugt werden.« Seine Hände wandern weiter an meinem Körper hinunter, zwischen meine Beine, und ich schließe die Augen, um seine Berührungen zu genießen. »Glücklicherweise ist das nun nicht mehr nötig, wie ich sehe.«

Ich höre in seiner Stimme ein anzügliches Grinsen, das mich lächeln lässt. »Nein, ist es nicht. Du hast mich längst überzeugt.«

»Das hoffe ich doch!«

Er zieht mich näher ans Feuer und bedeckt mein Gesicht mit leidenschaftlichen Küssen, bevor er unseren Jahrestag auf seine ganz eigene Weise mit mir feiert.

Wir rasten länger, als wir ursprünglich vorhatten. Eine Weile später machen wir uns wieder auf den Weg, dem Berg entgegen – den ich immer noch nicht sehen kann.

Gegen Abend schlagen wir das Lager bei einer dichten Baumgruppe auf, die Feinde daran hindern wird, uns in den Rücken zu fallen. Ich bin erstaunt, dass wir bisher auf keines der gefährlichen Wesen, die es hier hinter jedem Baumstamm geben soll, gestoßen sind.

Reyvan erklärt mir, dass das vor allem der Tatsache zuzuschreiben ist, dass die meisten Kreaturen nachtaktiv sind. Nicht gerade die beste Voraussetzung für einen tiefen Schlaf. Ich versuche mich zusammenzureißen und nicht ständig in die Dunkelheit um uns herum zu starren. Meine Augen spielen mir Streiche – ich sehe Bewegungen, wo es keine gibt.

Nach einer Weile befiehlt mir Reyvan, mich hinzulegen, da meine Unruhe ihn von seiner Wache abhält. Ich tue ihm den Gefallen, aber finde keinen Schlaf.

Plötzlich springt Reyvan so unvermittelt auf, dass ich zusammenfahre.

»Schhh«, flüstert er in meine Richtung. »Da ist etwas.«

Er greift nach dem Bogen und versichert sich, dass sein Schwert an seiner Hüfte hängt. Mit angelegtem Pfeil zielt er in die Nacht hinaus. Ich lausche angestrengt, kann aber nichts hören.

Noch während ich versuche, zu ergründen, was der Elf entdeckt hat, erkenne ich in der Dunkelheit bläuliche Lichter, die mit einer rasanten Geschwindigkeit auf uns zukommen. Reyvan flucht und wirft Pfeil und Bogen weg.

»Was ist das?«, wispere ich.

»Hitodama. Die können nur mit Magie bekämpft werden – bleib unten!«

»Sind sie böse?« Ich versuche, mich nicht zu bewegen.

»Oh ja, und ob sie das sind! Sie entziehen Menschen die Körperwärme.« Reyvan beginnt eilig, einen Schutzschild zu bilden.

Die Lichter kommen rasch näher. Jetzt sehe ich, dass sie einen Schweif hinter sich herziehen, der ihnen ein kurioses Aussehen gibt. Eigentlich wirken sie harmlos, fast schon süß, wie sie blau schimmernd auf uns zu tanzen. Aber wenn Reyvan sie für böse hält, sind sie das mit aller Wahrscheinlichkeit auch.

»Soll ich mich als Nehil vorstellen, wie die Vexatorin es uns geraten hat?«, flüstere ich.

»Die können nicht sprechen!« Reyvan stöhnt vor Anstrengung, als er den Schutzschild über uns beide ausbreitet.

Schon haben sie uns erreicht und umkreisen uns. Zum Glück lassen sie die Pferde in Ruhe und sind nur an Reyvan und mir interessiert. Es sind Dutzende, wenn nicht Hunderte. Ihr Licht ist etwa faustgroß und erhellt die Umgebung durch den bläulichen Schein.

Reyvans Schutzschild hält sie glücklicherweise auf, aber sie wagen immer wieder Vorstöße, prallen jedoch mit einem Geräusch, das an einen Blitz erinnert, von dem Schild ab. Sie scheinen nicht zu ermüden – im Gegensatz zu Reyvan, auf dessen Stirn sich trotz der Kälte vor Anstrengung bereits Schweißperlen bilden.

»Lange werde ich sie nicht mehr aufhalten«, keucht er. »Der Schutzschild braucht zu viel Energie. Dann kann ich nicht mehr gegen sie kämpfen!«

»Kann ich irgendwie helfen?« Ich fühle mich auf einmal nutzlos.

»Wenn ich den Schild fallen lasse, rennst du, so rasch du kannst. Ich werde dicht hinter dir sein.«

Ich nicke eilig und springe auf die Beine.

Reyvan erwidert mein Nicken und wir wechseln einen gehetzten Blick. »Ich zähle bis drei: Eins … zwei … drei – jetzt!«

Er lässt den Schild fallen, die Hitodama stürzen sich sofort auf uns und ich spüre, wie sie versuchen, mir die Wärme abzusaugen.

Augenblicklich renne ich los, in die Richtung, in die Reyvan gezeigt hat. Es ist so finster, dass ich mehrmals fast gegen einen Baum gerannt wäre, der plötzlich vor mir in der Dunkelheit auftauchte. Ich stolpere über Wurzeln, die aus dem Schnee hervorstehen, und rudere wild mit den Armen, um nicht hinzufallen.

Reyvan höre ich dicht hinter mir. Die Hitodama schwirren wie ein Bienenschwarm um uns, können uns aber dank der Bewegung nicht einfangen. Ich renne kopflos durch die Nacht und den Schnee, immer weiter. Viel länger werde ich dieses Tempo jedoch nicht mehr halten können, ich spüre, wie meine Lungen bei jedem Atemzug schmerzhaft zu brennen beginnen.

»Weiter!«, ruft Reyvan hinter mir, als ich das Tempo drossle.

Ich lege noch einmal alle Energie in meinen Sprint – und merke, wie mir trotz der Bewegung plötzlich eiskalt wird. Ich wende den Kopf. Die Hitodama haben wir fast schon abgehängt – es kann nicht daran liegen, dass mir eines davon die Wärme abzieht. Trotzdem … wie eine eisige Faust legt sich die Kälte um mein Herz und ich schnappe unwillkürlich nach Luft, werde in die Knie gezwungen und strauchle. Meine Arme und Beine fühlen sich an, als wären sie gefroren, ich bin unfähig, eine weitere Bewegung zu machen.

Dunkelheit breitet sich um mich herum aus. Ich höre, wie Reyvan meinen Namen schreit, spüre, wie mich jemand hochhebt. Dann wird alles schwarz.

Als ich wieder aufwache, liege ich zurück in unserem Lager in meine Decke gewickelt. Der Schein des Feuers blendet mich. Ich blinzle, versuche mich zu bewegen. Meine Muskeln fühlen sich an, als hätte ich stundenlang nackt im Schnee gelegen. Meine Zunge schmeckt irgendwie metallisch und ich huste.

»Hier, trink das.«

Reyvans Gesicht ragt über mir auf. Auch er sieht mitgenommen aus. Sein blondes Haar fällt ihm zerzaust in die Stirn, seine Lippen wirken bläulich. Ich versuche, mich aufzurichten, und stöhne unwillkürlich. Mein Körper schmerzt bei der kleinsten Bewegung, als hätte ich das härteste Training aller Zeiten hinter mir. Vorsichtig nehme ich den Becher mit dampfendem Tee, den mir Reyvan reicht. Die warme Flüssigkeit ist Balsam gegen die Kälte, die ich in allen Gliedern spüre.

»Was ist passiert?«, presse ich mühsam hervor, als ich ein paar wärmende Schlucke getrunken habe.

»*Er* ist passiert.« Reyvan deutet hinter sich.

Als ich den Hals recke, sehe ich hinter dem Elfen am Feuer eine schwarze Gestalt sitzen, das Gesicht unter einer dunklen Kapuze verborgen.

Ich blinzle ungläubig und schaue Reyvan wieder an. »Wer ist das?«

»Das wollte er mir nicht sagen«, knurrt der Elf, dem der Fremde ebenso komisch vorzukommen scheint wie mir. »Aber auf jeden Fall hat er dafür gesorgt, dass die Hitodama verschwunden sind. Und er hat es mit schwarzer Magie getan.«

Ich bin plötzlich hellwach. »Ist er …?«

Er schüttelt den Kopf. »Nein, ich glaube nicht. Der Schwarzmagier, den ich bei der Verhandlung gesehen habe, war viele Jahre jünger. Dies hier ist ein Greis.«

In dem Moment erhebt sich die Gestalt. Als er die Kapuze seines Pelzumhangs etwas zurückschlägt, erkenne ich, dass es sich tatsächlich um einen sehr alten Mann handelt. Sein glattes, weißes Haar reicht ihm bis weit über die Schultern, sein Bart ist noch länger. Er trägt schwarze Lederkleidung unter seinem braunen Pelzumhang sowie dicke Fellstiefel. Waffen scheint er keine zu besitzen, aber das ist bei einem Magier, der schwarze Magie praktiziert, auch nicht notwendig.

Jetzt kommt er ein paar Schritte auf uns zu, bleibt jedoch in respektvoller Entfernung stehen. Reyvan erhebt sich und befindet sich nun zwischen dem Fremden und mir. Trotz seines vom Alter gebeugten Rückens überragt der Greis den Elfen um eine Handbreite.

»Ihr hattet Glück, dass ich in der Nähe war.« Seine Stimme klingt so alt, wie er aussieht. »Mit Hitodama ist nicht zu spaßen. Sie hätten Euch wie eine Zitrone ausgequetscht.«

»Zitrone?« Ich bin verwirrt, da ich das Wort nicht kenne.

»Eine Frucht, die im Süden wächst.«

»Ihr scheint weit herumgekommen zu sein«, bemerkt Reyvan kühl und geht ein paar Schritte auf unseren Retter zu. »Ich weiß, dass Ihr schwarze Magie gewirkt habt. Sonst hättet Ihr uns nicht fast in Eisklötze verwandelt. Das war gewagt, denn die Frau hier an meiner Seite besitzt nicht so viel Wärme wie ich!«

»Ich weiß, wie viel Magie ich verwenden darf.« Der Greis richtet seine schwarzen Augen auf den Elfen und durchbohrt ihn mit einem stählernen Blick.

»Offenbar nicht, Ihr hättet sie beinahe getötet!«, ruft Reyvan gereizt.

»Hab ich aber nicht!«, erwidert der Greis finster. »Und hört auf, mich anzuschreien. Ist das die Dankbarkeit, die man von einem Elfen erwarten kann?«

»Reyvan, bitte!« Ich richte mich ein wenig auf. »Er hat unser Leben gerettet. Sei nicht so unhöflich zu ihm.«

»Er ist ein Schwarzmagier«, faucht Reyvan.

»Ja, wir wollten ja auch zu einem«, kontere ich. Dann richte ich meinen Blick auf den Greis. »Wisst Ihr, ob es hier in der Nähe noch einen anderen Schwarzmagier gibt? Er ist hierher verbannt worden.«

Der Alte mustert mich mit seinem dunklen Blick. »Wieso wollt Ihr das wissen?«

»Wir müssen zu ihm.« Ich setze alles auf eine Karte. »Nur er kann mir helfen, etwas über meine Vergangenheit herauszufinden.«

Das Gesicht des Fremden legt sich noch tiefer in Falten. »Wer seid Ihr?«

»Was tut das zur Sache?«, unterbricht Reyvan. »Ihr habt uns Euren Namen ja auch nicht verraten.«

Der Greis sieht ihn ausdruckslos an. »Meinen Namen habe ich vor langer Zeit verloren.« Ich vermeine zu sehen, wie ein Schatten über sein Gesicht gleitet. »Aber ich denke, ich weiß, zu wem Ihr wollt. Und ich kann Euch hinführen.«

Ich ziehe skeptisch die Augenbrauen zusammen. »Woher wissen wir, dass wir Euch vertrauen können?«

»Das wisst Ihr nicht. Aber ich habe Euch immerhin gerettet, oder?«

Das stimmt allerdings. Ich wechsle einen Blick mit Reyvan.

›*Ich trau ihm nicht über den Weg, er ist ein Schwarzmagier*‹, sagt er in meinen Gedanken. ›*Lass uns allein zu dem Berg reiten und dann weitersehen.*‹

›*Aber ohne ihn wären wir jetzt vielleicht tot*‹, entgegne ich. ›*Er kann uns womöglich wirklich helfen, dorthin zu kommen.*‹

Reyvan verdreht die Augen. ›*Alia, hör auf, in allen Menschen etwas Gutes sehen zu wollen!*‹

›*Und du hör auf, ihm zu misstrauen! Lass uns zumindest anhören, was sein Plan ist.*‹

›*Gut, aber du wirst noch an meine Worte denken …*‹

Etwas eingeschnappt entfernt sich Reyvan von uns, aber nur gerade so weit, dass er alles, was wir sprechen, mithören kann.

»Und?« Der Greis hat den Blickwechsel zwischen uns interessiert mitverfolgt.

»Was schlagt Ihr vor?«, frage ich.

»Es hat keinen Sinn, in der Nacht noch weiterzuziehen. Daher würde ich sagen, dass wir hierbleiben und bei der ersten Dämmerung aufbrechen. Bis zu dem Unterschlupf des Schwarzmagiers ist es etwa ein halber Tagesritt. Ich sehe, Ihr habt Pferde. Da kommen wir schneller voran.«

»In Ordnung.« Ich vermeine, fast schon fühlen zu können, wie Reyvan die Augen verdreht. »Aber Ihr werdet verstehen, dass wir Euch nicht trauen können. Daher bitten wir Euch, Euer Lager etwas abseits von unserem aufzuschlagen.«

»Das kann ich nachvollziehen.« Der Greis nickt, wendet sich ab und macht sich daran, ein paar Äste für ein eigenes Feuer zu suchen.

Ich beobachte ihn eine Weile. Als er mit einer Handbewegung das Feuer entzündet, spüre ich abermals diese Kälte in mir.

Er hat sich schon wieder meiner Wärme bedient …

Ich fröstle bei dem Gedanken. Es stimmt also, was Reyvan mir darüber erzählt hat – offenbar kann der Schwarzmagier gar nicht mehr anders, als die Wärme der Wesen um sich herum für seine Zauber zu verwenden.

Reyvan kommt zu mir und setzt sich. »Siehst du, er schreckt nicht davor zurück, unsere Wärme zu gebrauchen. Ich traue diesem Schwarzmagier nicht über den Weg! Er braucht nur einen mächtigen Zauber zu wirken und wir sind mausetot!«

»Wenn er das möchte, hätte er es längst getan«, entgegne ich, jedoch klinge ich überzeugter, als ich es in Wahrheit bin.

Wir hatten zwar vor, einen Schwarzmagier zu suchen, aber der, den wir im Sinn hatten, hatte mich immerhin heil nach Lormir gebracht.

Diesem hier können wir wirklich nicht vertrauen.

Reyvan legt den Arm um mich und ich kuschle mich an seinen Körper. »Ich werde in dieser Nacht Wache halten. Nicht bloß wegen den Hitodama, die jederzeit wieder auftauchen könnten …« Er deutet mit dem Kinn zu dem Greis.

Ich nicke nur, da ich viel zu erschöpft bin, mich weiter über den Schwarzmagier auszulassen.

8

Zaron

Siebzehn Jahre und drei Monate zuvor

Der Regen fiel wie ein dichter Vorhang und ließ den ohnehin vor Kälte zitternden Mann die ganze Scheußlichkeit des nördlichen Frühlings spüren. Seine Reisekleider waren so verschmutzt, dass selbst das Wasser des Himmels sie nicht mehr sauber waschen konnte. Sein Gesicht wurde von einer Kapuze halb verdeckt, es war nur ein dichter, schwarzer Bart zu erkennen sowie die Hand, an der ein schwarzer Magierring mit Feuerrunen blitzte.

Der Mann mühte sich damit ab, den schwarzen Umhang zusammenzuhalten, um den Säugling darunter vor dem Regen zu beschützen. Seinem schleppenden Gang war zu entnehmen, dass sich kaum noch Kraft in seinem Körper befand, trotzdem tat er einen Schritt um den anderen und ging direkt auf das Stadttor zu, das zu dieser Abendstunde bereits lange verschlossen war.

Schwer atmend blieb er vor dem mit Stahl verstärkten Tor stehen und blinzelte gegen die Regentropfen, als er den Kopf etwas hob. Nun konnte man seine Augen erkennen. Sie waren schwarz wie die Nacht.

»Ich brauche Hilfe!« Seine tiefe Stimme kam kaum gegen den prasselnden Lärm des Regens an. »Öffnet das Tor!«

Doch keiner antwortete ihm.

Der Mann packte das Bündel, das leise wimmerte, fester mit einer Hand und hämmerte mit der anderen gegen das nasse Holz. »Verdammt noch mal!« In seiner Stimme schwang Verzweiflung mit. »Ich habe hier einen Säugling, der im Sterben liegt! Helft mir, Ihr faulen Hunde!«

Als er den Kopf hob, sah er, dass oben auf der Stadtmauer eine Fackel erschienen war.

»Wer da?«, rief eine Stimme herab.

»Ich bin ein Wandermagier!«, antwortete der Fremde. »Mein Name ist Zaron und ich habe hier ein Kind, das dringend Hilfe benötigt. Ich muss es zu den Heilern bringen. Öffnet das Tor!«

Augenblicklich tauchten weitere Fackeln auf und Zaron hörte zu seiner Erleichterung, wie hinter der Tür, die in das Tor eingelassen war, ein Schlüssel gedreht wurde.

Es machte wie immer Eindruck, wenn er erwähnte, dass er ein Magier sei, denn die Menschen hatten Respekt vor dem magischen Zirkel.

Mit einem Knarren ging die Tür auf und der Wanderer trat hindurch. Er hatte sich eigentlich geschworen, nie wieder hierhin zu kommen, und nun stand er da: Auf der Hauptstraße von Lormir, der Stadt, in der er aufgewachsen war.

Es sah alles fast noch genauso aus, wie er es in Erinnerung hatte, obwohl es viele Jahrzehnte her war, seit er diese Straßen zuletzt betreten hatte.

»Ihr wollt zu den Heilern?«, fragte ein Soldat, der neben ihn getreten war und ihn mit schmalen Augen musterte. Die Gestalt, der er sich gegenübersah, schien ihm nicht geheuer zu sein.

Zaron wandte ihm den Kopf zu und sah von oben auf ihn herab. Er überragte das Mitglied der Feuergilde um zwei Handbreiten. »Ja«, antwortete er knapp und ließ den Soldaten im Regen stehen, als er sich von ihm abwandte.

»Nicht so eilig!«, rief die Wache ihm nach und zog ihr Schwert. »Was habt Ihr da unter dem Umhang?«

Aus Zarons Kehle drang ein wildes Knurren und er fuhr herum. »Habt Ihr nicht zugehört? Ich muss das Kind zu den Heilern bringen und werde es ganz bestimmt nicht dem Regen aussetzen, nur damit Ihr es sehen könnt.«

»Zeigt es uns!« Ein zweiter Soldat trat auf Zaron zu. Auch er hatte das Schwert gezogen und hielt die Spitze auf den Fremden gerichtet.

Vier weitere Männer kamen vom Wehrgang herunter, zwei davon hielten Fackeln in den Händen und blieben nahe vor dem Wandermagier stehen, sodass sie sein Gesicht beleuchten konnten. Nun war zu erkennen, dass dieser nur noch ein Schatten seiner selbst war. Seine Wangen waren eingefallen und betonten seine ohnehin kantigen Züge.

»Ist Euch klar, dass ich Euch mit einem einzigen Zauber auslöschen kann?!« Zarons schwarze Augen funkelten im Fackelschein.

»Nicht, wenn Ihr an Eurem Leben hängt«, erwiderte eine Gestalt, die sich aus der Gruppe löste. Der Mann trug – im Gegensatz zu den anderen Wachen – einen dunklen Umhang und einen schwarzen Runenring am Finger. Ein Magier. Sein Gesicht war unter der Kapuze nicht zu erkennen, aber Zaron vermeinte, im Flammenschein rotes, langes Haar zu sehen. »Gebt das Kind her!«, befahl er und bildete einen Eiskristall in seiner Hand – ein Zeichen, dass er Wassermagie beherrschte.

»Nur über meine Leiche!« Zaron ließ einen Feuerball entstehen. Gleichzeitig waren erstaunte Rufe von den Soldaten zu hören, die spürten, dass ihnen Wärme entzogen wurde.

»Ihr seid ein Schwarzmagier!«, keuchte eine der Wachen mit weit aufgerissenen Augen.

»Ergebt Euch!« Der Wassermagier bildete sofort einen Schutzschild um sich und die Soldaten, der sie vor der schwarzen Magie bewahren sollte.

Zaron merkte, wie seine ohnehin geschwächten Kräfte durch das Magiewirken schwanden. Er hatte keine Energie mehr in sich, um sich zu wehren, wenn er nicht Magie wirken und damit automatisch die Wärme der Menschen für seine schwarzen Zauber nutzen wollte. Es hatte ihm außerdem immer schon widerstrebt, Unschuldige zu verletzen.

Also ließ er das Feuer in seiner Hand erlöschen.

»Gut, und jetzt gebt uns das Kind! Ihr seid verhaftet und werdet in den Zirkel gebracht. Ich nehme an, Ihr wisst, welches Schicksal Euch als Schwarzmagier erwarten wird? Solltet Ihr versuchen Euch zu wehren, werde ich Euch auf der Stelle töten!« Der Wassermagier ließ den Schutzschild um die Soldaten fallen, sodass sie das Kind aus Zarons Armen nehmen konnten.

Der Schwarzmagier nickte und überließ das Mädchen einer der Wachen. Mit einem Mal überkam ihn eine Müdigkeit, die er bis jetzt nicht zugelassen hatte. Er musste erst das Kind hierhin, nach Lormir bringen, so hatte es ihm die leibliche Mutter des Mädchens aufgetragen. Das war vor vielen Wochen gewesen.

Seine Aufgabe war damit erfüllt.

Die Erschöpfung seines Körpers und Geistes ließ ihn taumeln.

Ja, er war müde. Müde davon, durch das Land zu wandern und zu versuchen, das Leben der Menschen zu verbessern. Müde, immer wieder Freunde sterben zu sehen. Müde, sich selbst zu verjüngen, um länger zu leben, als es für einen Menschen gut war.

Es war an der Zeit, dass er aufhörte, sich gegen das zu wehren, was ihn seit Wochen von innen aufzufressen drohte: die Trauer und den Schmerz.

»Bringt den Säugling zu den Heilern!«, wies der Wassermagier einen der Soldaten an.

»Wie Ihr befehlt, Kares«, sagte dieser und ging mit dem kleinen Bündel in Richtung Stadtzentrum davon.

Kares, der Wassermagier, wandte sich zu den verbliebenen Soldaten. »Ihr anderen kommt mit mir mit, wir werden dem Zirkelleiter einen Besuch abstatten!«

9

Alia

Gegenwart

Als ich am nächsten Morgen aufwache, ist die Umgebung in dunkelgraues Licht getaucht. Die Sonne ist gerade erst aufgegangen und konnte den Waldboden durch das dichte Dach der Baumkronen noch nicht erreichen. Reyvan hält mich immer noch in seinen Armen und küsst mich zur Begrüßung auf das Haar.

»Ich hab ihn keine Sekunde aus den Augen gelassen.« Er hilft mir, aufzustehen.

Meine Glieder fühlen sich an, als wären sie aus Blei, aber immerhin habe ich meine Wärme zurückgewonnen.

»Hat er sich verdächtig verhalten?« Ich schaue zu dem Greis rüber, der gerade seine Sachen einpackt.

»Nein, trotzdem traue ich ihm nicht.«

Ich streiche Reyvan über die tätowierte Wange und zeichne den Blitz nach, den er als Pfand der Elfen immer noch trägt. »Er kann uns zu dem Schwarzmagier führen, hat er gesagt. Das ist mehr, als wir uns erhofft haben, als wir in den Norden aufgebrochen sind. Lass uns zumindest für die Zeit, während er uns begleitet, versuchen, ihm nicht vollkommen zu misstrauen.«

Reyvan seufzt und sieht mich an. »Alia, du wirst nie aufhören, an das Gute zu glauben, was?«

Ich lächle. »Nein, werde ich nicht.«

»Gut, dann lass uns aufbrechen. Je eher wir diesen Schwarzmagier los sind, desto besser.«

Ich nicke und packe nach einem kargen Wurzelfrühstück die Decke in den Rucksack.

Als ich auf mein Pferd steigen will, kommt der Greis zu mir. »Werdet Ihr mir gestatten, dass ich mich hinter Euch auf Euer Pferd setze? Wenn ich zu Fuß gehen muss, werden wir länger brauchen.«

Ich mustere ihn argwöhnisch, aber er hat recht, wir verlieren unnötig Zeit, wenn er nicht reiten kann. Zudem ist mir nicht wohl bei dem Gedanken, selbst auf einem Pferd zu sitzen, während ein alter Mann neben mir hergehen muss.

Bevor ich ihm allerdings antworten kann, mischt sich Reyvan ein. »Ihr könnt bei mir mitreiten!« Er deutet auf sein Pferd. »Dann hab ich Euch wenigstens im Blick.«

Der Greis nickt und geht ohne eine weitere Bemerkung zu Reyvans Pferd.

Ich schüttle den Kopf. Der Elf scheint tatsächlich eine tiefe Abneigung gegen den Schwarzmagier zu haben, aber auch wenn dieser es mit Dutzenden von Hitodama aufnehmen konnte, ich bezweifle, dass er uns tatsächlich töten will.

Ich staune selbst darüber, dass ich ihm offenbar trotz allem vertraue. Aber ich halte besser meinen Mund, schwinge mich auf mein Pferd und warte, bis Reyvan und der Alte ebenfalls aufgesessen sind.

Unser neuer Weggefährte bedeutet uns, dass wir in dieselbe Richtung gehen sollen, die wir eingeschlagen hatten – zum Berg. Also waren wir auf dem richtigen Weg.

Nach drei Stunden Ritt durch den schneeverhangenen Wald machen wir eine kurze Pause.

»In einer Stunde werden wir dort sein«, erklärt der Greis, als wir ein Feuer entzündet haben, um uns aufzuwärmen.

»Woher kennt Ihr diesen Schwarzmagier eigentlich?«, frage ich.

»Ich bin sein Diener«, antwortet er und ich hebe überrascht die Augenbrauen.

»Wieso habt Ihr uns das nicht schon früher erzählt?« Reyvan sieht ihn mit schmalen Augen an.

Der Alte erwidert seinen Blick ausdruckslos. »Was hätte es für einen Unterschied gemacht?«

»Nun, erstens ist es nicht gerade vertrauenerweckend, wenn Ihr mit solchen Dingen erst nach einer Nacht und drei Stunden Ritt herausrückt. Und zweitens: Vielleicht hättet Ihr uns erzählen können, ob er Fremden gegenüber überhaupt aufgeschlossen ist.«

»Das ist er, keine Bange. Sonst würde ich Euch nicht in seine Behausung führen.« Damit ist für den Greis das Gespräch beendet.

Nach einer Weile reiten wir weiter, der Alte sitzt weiterhin bei Reyvan auf dem Pferd. Es wäre vielleicht angenehmer, wenn wir ihm ein eigenes Pferd gäben und ich bei Reyvan säße, aber dann könnte er unser Reittier stehlen.

Endlich sehen wir den Berg aus dem Wald ragen. Es ist vielmehr ein Gebirge, das sich vor uns erhebt. Nach rechts und links erstrecken sich die Ausläufer, so weit das Auge reicht. Ich schaue staunend die Felsen entlang.

»Wir müssen den schmalen Pfad dort drüben nehmen«, weist uns der Alte an.

Wir reiten zu der Stelle, auf die er gedeutet hat. Der Pfad ist von Auge kaum sichtbar, wenn man nicht weiß, wo man suchen muss. Er führt in Windungen zwischen den Felsen hindurch und verliert sich im Gebirge. Der Weg ist so schmal, dass ein Pferd knapp darauf gehen kann.

Reyvan reitet mit dem Greis voraus. Es hat wieder zu schneien begonnen und ich hoffe, dass wir bald in dem Unterschlupf des Schwarzmagiers ankommen, denn ich zittere vor Kälte.

Uns umgibt nichts außer Felsen und Schnee, ab und zu entdecke ich einen kargen Busch. Ich muss mich so sehr darauf konzentrieren, wohin mein Pferd tritt, dass ich nur selten einen Blick zurück wage. Die immer dichter werdenden Schneeflocken nehmen mir die Sicht, um ein Ende dieses gewaltigen, weißen Meeres erkennen zu können. Mit jeder Minute lassen wir die Eiswälder hinter uns, die schneebedeckten Baumkronen scheinen uns wie die Wächter längst vergangener Zeiten nachzusehen.

Nach einer Stunde durch enge Felsenpässe und über rutschiges Gestein kommen wir bei einer gut verborgenen Spalte inmitten einer Felswand an, durch die ein erwachsener Mann problemlos passt. Die Pferde müssen mit allen Mitteln überzeugt werden, sich in den dunklen Gang dahinter zu quetschen. Sie scheuen und weigern sich standhaft, in diese ungewisse Dunkelheit zu gehen. Nach gutem Zureden und etwas Magie von Reyvan lassen sie sich schlussendlich doch noch überreden.

Der Gang ist etwa hundert Schritt lang und gewunden. In die Wände sind Fackeln eingelassen, die der Schwarzmagier mit einer Handbewegung entzündet. Wieder spüre ich diese Kälte, die mich schaudern lässt.

»Hört auf damit, ja?«, knurrt Reyvan.

Der Schwarzmagier wirft ihm einen dunklen Blick zu und führt uns kommentarlos weiter. Die Decke des Ganges ist so niedrig, dass ich sie mit den Händen berühren kann. Die Wände leuchten im Fackelschein feucht und auch der Boden ist rutschig. Wahrscheinlich gibt es im Berg eine Wasserquelle. Es riecht nach Erde und Moos.

Nach wenigen Minuten gelangen wir in eine geräumige Höhle, in der es etwas wärmer ist als draußen, wo eine stete, kalte Brise geweht hat. Trotzdem ist es nicht warm genug, um die dicken Pelzmäntel abzulegen. Die Decke ist nun so hoch über uns, dass ich sie kaum im Fackellicht ausmachen kann, und von irgendwoher scheint ein schwacher Strahl Tageslicht herein.

An der einen Höhlenwand, direkt neben dem Eingang, entdecke ich ein angebundenes Maultier. Es schaut uns neugierig entgegen und kaut auf ein paar Blättern herum, die vor ihm auf dem Boden liegen. Ich frage mich, wie die beiden Magier an ein Maultier kommen.

Vor der rechten, hinteren Wand erkenne ich einen kleinen See, dessen Tiefe in der Dunkelheit nicht zu bestimmen ist. Davor hat sich der Magier eine Schlafstätte sowie einen Tisch gezimmert. Mit einiger Verwunderung bemerke ich, dass nur ein Stuhl dort steht – ich hatte gedacht, die Magier wären zu zweit? Auch Reyvan scheint dies aufzufallen.

Er wendet sich dem Greis zu, ohne die Zügel seines Pferdes loszulassen. »Wo ist denn jetzt der Schwarzmagier, der hierher verbannt wurde?«

Der Greis sieht uns ruhig an. »Ihr steht vor ihm.«

Ich schaue mich erst verwirrt um, begreife dann aber.

»Warum habt Ihr uns angelogen?!«, fährt Reyvan ihn an.

»Ich traute Euch ebenso wenig wie Ihr mir«, erklärt der Schwarzmagier. »Ich hoffe, Ihr verzeiht mir meine Vorsicht.

Aber ein Pfand der Elfen und eine Sterbliche, die sich in den Eiswäldern aufhalten, sind nicht gerade vertrauenerweckend. Ich wollte Euch erst eine Weile beobachten und kennenlernen. Zumal ich nicht genau weiß, was Euch hierhergeführt hat.«

Ich ergreife das Wort, ehe Reyvan eine schnippische Antwort geben kann. »Ich verstehe Eure Beweggründe. Wie gesagt, sind wir hier, um etwas über meine Vergangenheit zu erfahren.«

Der Magier mustert mich eine Weile schweigend. »Gut«, antwortet er schließlich. »Ihr könnt Eure Pferde dort drüben neben meinem Maultier anbinden. Dann kommt zu mir und ich werde sehen, was ich für Euch tun kann.«

Reyvan und ich wechseln einen Blick.

›*Ich hab dir ja gesagt, wir können ihm nicht trauen!*‹ Sogar in meinen Gedanken höre ich Reyvans Ärger.

›*Du hast mir versprochen, mir zu helfen, etwas über meine Eltern herauszufinden. Jetzt ist die Gelegenheit, das Versprechen einzulösen.*‹

Reyvan verdreht die Augen, sagt aber nichts mehr, sondern führt unsere Pferde an die Stelle, die uns der Schwarzmagier gezeigt hat. Dort gibt es in die Wand eingelassene eiserne Ringe, an denen wir die Zügel befestigen können. Zudem entdecke ich sogar eine Tränke, oder besser, einen natürlichen Fluss, der in den Höhlensee fließt. Das Maultier und die Pferde begrüßen sich schnuppernd und beschließen dann, dass sie es nebeneinander aushalten können. Sie machen sich über die Blätter am Boden her.

Reyvan und ich kehren zum Magier zurück, der sich inzwischen an den Rand des Sees gesetzt hat, wo ein paar Felsbrocken liegen. Wir gesellen uns zu ihm und nehmen ihm gegenüber auf zwei der Steinen Platz.

»Dann erzählt mal, was Euch hierher verschlagen hat«, kommt der Schwarzmagier sofort zum Punkt.

Ich sehe Reyvan an.

›*Lass mich das machen*‹, meint der Elf. »Wir sind aus Lormir. Ich wurde vom Zirkel beauftragt, die Vergangenheit von meiner Begleiterin zu ermitteln. Dieser Auftrag hat uns in die Eiswälder geführt.«

Zwischen den Augenbrauen des Schwarzmagiers erscheint eine tiefe Falte. »Versucht nicht, mich anzulügen, Elf!«, herrscht er ihn an. »Jeder im Zirkel von Lormir weiß, dass Xenos niemals ein Pfand der Elfen auf eine solch gefährliche Mission schicken würde. Schon gar nicht ohne mindestens zehn Kampfmagier als Schutz. Also sagt mir die Wahrheit, oder Ihr könnt gleich wieder verschwinden!«

Ich lege Reyvan beruhigend eine Hand auf das Knie, eine Geste, die dem Schwarzmagier offenbar nicht entgeht.

Er wendet sich mir zu. »Wollt *Ihr* mir erzählen, was der Elf zu verheimlichen versucht?«

Ich nicke. Es bringt nichts, ihn jetzt noch anzulügen, dafür haben wir schon zu viel riskiert. Und allein die Tatsache, dass der Schwarzmagier uns noch am Leben gelassen hat, gibt mir Mut.

Also hole ich tief Luft. »Ich bin eine Nehil«, beginne ich. Der Schwarzmagier nickt, als hätte er das schon gewusst. »Wir sind vor einigen Wochen aus dem Zirkel geflohen, um etwas über meine Herkunft zu erfahren. Es ist so: Ich wurde vor knapp achtzehn Jahren von einem Schwarzmagier – von … Euch – nach Lormir gebracht.«

Die Augen des Magiers weiten sich kaum merklich. Aber sofort verbirgt er sein Erstaunen wieder. »Ich kann mich erinnern, dass ich damals ein kleines Mädchen nach Lormir brachte«, erwidert er. »Das wart Ihr …« Er mustert mich mit neuem Interesse.

»Könnt Ihr mir etwas über meine Eltern erzählen?«, stelle ich die Frage, die mir auf der Seele brennt.

Es scheint mir, als ob sich ein dunkler Schatten auf seine Züge legt. Er wendet den Kopf ab. »Nein«, antwortet er schließlich.

Ich spüre, wie sich Reyvan neben mir anspannt.

»Aber … wie kamt Ihr dazu, mich nach Lormir zu bringen? Warum war ich in Eurer Obhut?«, frage ich verzweifelt.

Das kann doch nicht alles gewesen sein. Wir haben nicht einen derart langen und beschwerlichen Weg auf uns genommen, nur damit der Schwarzmagier mir nichts über meine Eltern erzählt!

Der Magier steht auf und blickt auf den kleinen Höhlensee. Lange Zeit sagt er nichts und ich meine schon, er würde nie auf meine Frage antworten. Aber schließlich beginnt er zu sprechen. »Das, was ich Euch jetzt erzähle, wird Euch große Schmerzen bereiten«, murmelt er. »Wollt Ihr das wirklich hören?«

Ein Kloß bildet sich in meinem Hals. Reyvan nimmt meine Hand, die immer noch auf seinem Knie ruht, drückt sie und nickt mir dann aufmunternd zu.

»Ja.« Meine Stimme ist ebenso leise wie die des Magiers und gleicht eher einem Krächzen.

»Gut, aber ich habe Euch gewarnt.« Der Magier dreht sich um und kommt zu mir. Er setzt sich neben mich. »Eure Eltern sind beide tot.« Ich spüre, wie sich der Kloß in meinem Hals löst, als ich den Inhalt seiner Worte begreife. Tränen sammeln sich in meinen Augen.

»Was?«, hauche ich. »Seid Ihr sicher?«

Er nickt. »Ich war dabei, als sie gestorben sind.« Er senkt den Blick und seine Hände zittern leicht. »Mehr kann ich Euch nicht über sie erzählen. Ich kannte sie kaum.« Damit steht er auf und wendet sich ab.

Ich bleibe eine Weile wie erstarrt sitzen und nehme am Rande meines Bewusstseins wahr, wie Reyvan den Arm um mich legt und mich an sich zieht.

Mit einem Mal fühle ich mich leer. Ich hatte mir so erhofft, dass dieser Schwarzmagier etwas über meine Eltern und damit über meine Herkunft erzählen kann. Und jetzt, da ich ihn endlich gefunden habe, kann er mir nur berichten, dass meine Eltern tot sind.

Eine Verzweiflung macht sich in mir breit, die nach einigen Sekunden Trauer weicht. Die Tatsache, dass ich keine Chance mehr habe, sie jemals kennenzulernen, ist wie ein Schlag ins Gesicht.

Ich lege den Kopf an Reyvans Schulter, der mir liebevoll über das Haar streicht.

»Es tut mir so leid«, flüstert er.

Die Tränen rinnen mir über die Wangen, ohne dass ich einen Laut von mir gebe. Es ist eine Trauer ohne Worte, die sich von meinem Herzen aus in meinem ganzen Körper ausbreitet.

Warum sind die Götter so grausam zu mir? Reicht es nicht, dass ich eine Nehil bin? Muss ich auch noch damit bestraft werden, nichts über meine Herkunft zu wissen?

Ich drücke mein Gesicht in Reyvans Umhang.

Es ist so sinnlos …

Reyvan stößt mich jedoch etwas von sich weg und ich schaue ihn verwirrt an.

›*Alia*‹, höre ich seine Stimme sanft in meinem Kopf. ›*Du hast das silberne Kästchen vergessen. Vielleicht kann dir der Schwarzmagier helfen, die Worte darin zu entschlüsseln. Wer weiß, vielleicht erfährst du doch noch etwas über deine Herkunft.*‹

Ich starre ihn ein paar Sekunden verständnislos an. Dann dringen seine Worte zu meinem Verstand durch.

Ich nicke. Obwohl ich mich im Moment am liebsten in eine Ecke verkriechen würde, um mich meiner Trauer und dem Selbstmitleid hinzugeben – ein Versuch ist es wert.

Mit einem tiefen Atemzug stehe ich auf und trete hinter den Magier, der sich ein paar Schritt abseits wieder dem Höhlensee zugewandt hat. Er dreht sich zu mir um, bevor ich ihn angesprochen habe. Trotz seines Alters scheint er über äußerst feine Sinne zu verfügen. Als ich vor ihm stehe, bemerke ich, dass er mich um einen Kopf überragt.

»Ich …«, beginne ich und wische mir eine Träne von der Wange. »Ihr habt meiner Ziehmutter damals ein silbernes Kästchen übergeben, erinnert Ihr Euch daran?«

Er nickt schweigend, ohne den Blick von meinem Gesicht zu nehmen. In seinen schwarzen Augen kann ich keinerlei Regung erkennen.

»Dieses Kästchen – ich habe es an meinem achtzehnten Geburtstag geöffnet und darin war ein Gedicht. Habt *Ihr* das geschrieben?«

»Nein, das habe ich nicht«, antwortet er mit ruhiger Stimme. »Ich habe das Kästchen von Eurer leiblichen Mutter erhalten.«

»Von meiner leiblichen Mutter?« Ich bin sprachlos.

Also hatte der Schwarzmagier doch mit ihr mehr zu tun, als er zuerst zugegeben hat. Ich will schon ärgerlich etwas erwidern, werde aber von einem rätselhaften Ausdruck in seinen Augen zurückgehalten.

»Sie hat es mir gegeben und gesagt, sie habe eine Vision von ihrem Tod gehabt«, fährt er fort. »Ich solle es Euch an Eurem achtzehnten Geburtstag geben. Ich habe bis eben auch nicht gewusst, was darin ist.«

Ich nicke enttäuscht. »Vielleicht könnt Ihr mir helfen, den Sinn zu entschlüsseln? Wir konnten leider die Worte nicht interpretieren.«

Der Blick des Magiers wird etwas weicher. »Ich weiß nicht, ob ich Euch helfen kann, aber versuchen werde ich es gerne. Zumal ich Euch schon mit Euren Eltern nicht behilflich sein konnte.«

Rasch gehe ich zu meinem Rucksack und hole das silberne Kästchen heraus. Sorgfältig bringe ich es zum Magier zurück und öffne es. Er beobachtet interessiert jede meiner Bewegungen.

Als ich das Papier herausnehme, vermeine ich, den zweiten Abschnitt lesen zu können, aber meine Augen scheinen mir einen Streich gespielt zu haben, nach wenigen Sekunden sehe ich wieder nur den ersten Teil der Zeilen.

»Reyvan – mein Begleiter – kann diese Worte nicht lesen«, erkläre ich. »Wir vermuten, dass es sich um schwarze Magie handelt. Da ich eine Nehil bin, kann ich es lesen.« Ich verschweige, dass Xenos mich mit einem schwarzen Zauber belegt hatte und das der andere Grund für meine Lesefähigkeiten sein könnte.

Der Magier stellt meine Annahme nicht infrage, sondern schaut sich das Papier an. »Ich kann das auch nicht lesen«, meint er schließlich. »Es ist also nicht schwarze Magie, sondern viel eher Blutmagie.« Ich schaue ihn fragend an. »Diese Art von Magie wird gewirkt, wenn nur eine ganz bestimmte Person die Botschaft erhalten soll. Es verwundert mich, dass Eure Mutter diese Magieform kannte – und beherrschte. Sie muss eine große Magierin gewesen sein.«

Ich fröstle. Meine Mutter war eine Magierin? »Wie … wie ist sie gestorben?« Ich muss es wissen.

»Sie wurde von Kampfmagiern getötet, die sie verfolgt hatten. Ebenso wie Euer Vater.«

In der Stimme des Magiers schwingt eine alte Trauer mit und ich spüre, dass er mir nicht mehr darüber erzählen wird. Also belasse ich es vorerst dabei, auch wenn ich gerne mehr über die genauen Umstände erfahren hätte.

»Das Gedicht lautet wie folgt«, sage ich stattdessen.

Die Vier bestimmt das Nichts der Nacht
Beim schwarzen Stern wird es vollbracht
Geboren in des Berges Welt
Der Schatten von ihr fällt

Als ich geendet habe, schaut mich der Magier von oben bis unten mit einem Blick an, der mich an den eines verletzten Tieres erinnert. Dann wendet er sich ab und verlässt ohne ein weiteres Wort die Höhle.

Ich bleibe verwirrt stehen und starre zu Reyvan, der mich ebenso sprachlos ansieht.

Was war das denn?

10

Zaron

Achtzehn Jahre zuvor

Die Sonne brannte unerbittlich auf den blendend weißen Sand, der sich bis an den Horizont erstreckte und nur von vereinzelten Kakteengruppen durchbrochen wurde. Ein trockener Wind peitschte ihnen glühend heiß entgegen, als sie sich nach Norden wandten, um rasch der todbringenden Hitze zu entkommen. Sie trugen nur das Nötigste an Kleidung, um sich vor den brennenden Strahlen zu schützen und gleichzeitig nicht zu stark zu schwitzen. Es würde dauern, bis sie etwas anderes als das spärliche Wasser der Kakteen zu trinken bekämen.

Die Lippen der Frau waren aufgesprungen. Verkrustetes Blut klebte daran. Der Mann sah nicht viel besser aus. Das dunkle Haar von beiden war grau vor Sand und hing in verschwitzten Strähnen über ihre abgemagerten, müden Gesichter. Die Kelmen, auf denen sie ritten, schienen die Einzigen zu sein, die sich bei dieser Hitze noch auf den Beinen halten konnten. Eine Klaue vor die andere setzend, schleppten die treuen Tiere ihre erschöpften Reiter durch die Einöde.

In einem Tag würden sie die sandigen Dünen endlich hinter sich lassen und kämen in fruchtbarere Gebiete. Aber sie waren bereits jetzt am Ende ihrer Kräfte. Wenn nicht ein Wunder geschah, würden sie den kommenden Morgen nicht mehr erleben.

Der Mann hatte ein paar Mal versucht, die Frau zu überreden, eines der Tiere zu töten, um zumindest dessen Blut trinken und das Fleisch essen zu können. Sie hatte sich standhaft geweigert. Die Tiere waren alles, was ihr von ihrer Vergangenheit geblieben war. Abgesehen von dem Bündel, das sie bei sich trug und das immer seltener weinte.

Auch jetzt schlief das Kind, das die Frau erst vor einem Monat inmitten der Talmeren geboren hatte. In einer Nacht, in der der Vollmond hell auf ihren geschwollenen Leib geschienen hatte, der sich unter heftigen Wehen aufbäumte. Ihre Schreie hatte niemand gehört, außer ihr Mann, der ihre Hand gehalten und ihr geholfen hatte, das gemeinsame Kind auf die Welt zu bringen. In eine ungewisse Zukunft, die vielleicht nur wenige Wochen dauern würde.

Sie wussten jetzt mit tödlicher Sicherheit, dass sie immer noch verfolgt wurden. Die Reiter waren vor zehn Tagen am Horizont aufgetaucht, als sie schon dachten, dass sie sie endgültig abgehängt hatten. Und jetzt schienen sie nur darauf zu warten, dass sie aufgaben. Sich in den Sand legten und nie wieder aufstanden.

Aber weder die Frau noch der Mann wollten kapitulieren. Solange ihre Kelmen sie trugen, würden sie weitergehen. Bald könnten sie ihre Vorräte auffrischen und mit neuen Kräften vor ihren Verfolgern so weit fliehen, wie es nötig war. Sie waren bereit, bis in die Eiswälder im hohen Norden zu wandern, um ihrer Tochter eine sichere Zukunft bieten zu können. Dafür brauchten sie aber Glück – Glück, das derzeit nicht auf ihrer Seite zu stehen schien.

In dem Moment stolperte das Kelmen der Frau und schrie schmerzvoll auf. Es hatte sich einen Kakteenstachel in seine Klaue getreten und weigerte sich, weiterzugehen. Der Mann stieg von seinem Reittier und untersuchte die Wunde. Er nickte der Frau zu, die mit müden Augen auf ihn herabsah, und legte die Hand auf die Klaue.

Das Tier weitete vor Schrecken die Augen, als sich eine unbekannte Wärme in seinem Körper ausbreitete. Es blieb dennoch ruhig stehen, da es dem Mann vertraute und instinktiv wusste, dass er ihm helfen wollte. Dieser sprach beruhigend auf das Tier ein, während er den langen Stachel aus der ledrigen Haut zog. Nach wenigen Sekunden war die Klaue geheilt und der Mann kletterte mit bleiernen Gliedern wieder auf sein eigenes Reittier.

Am Horizont, auf einer niederen Sanddüne, erkannten sie die fünf Punkte, die keine Eile hatten. Sie blieben in ihrem Rücken, selbst als die Nacht hereinbrach und die eisige Kälte in ihre Knochen schlich.

Sie hatten keine Zeit, ein Lager aufzuschlagen. Die Gewissheit, dass sie getötet würden, sobald sie eine Pause einlegten, trieb sie an. Sie ritten weiter, bis selbst die Kelmen nur noch schleppend vorankamen. Ein paar Stunden waren es noch bis zum Rand der Wüste. Dort würden sie im Schutze einer Gruppe von Sträuchern für kurze Zeit ruhen können.

Bevor es jedoch so weit war, kippte die Frau langsam aus ihrem Sattel. Der Mann hatte gerade noch die Energie, sein Kelmen neben sie zu treiben, um ihren Sturz aufzufangen. Er nahm ihr das Bündel ab, das leise wimmerte, und legte die Hand darauf, um mit seiner Magie dessen Hunger zu stillen.

Das machte er seit Tagen so – seit das Trinkwasser knapp wurde und seine Frau keine Milch mehr geben konnte. Aber es war keine Möglichkeit, ein Kind lange am Leben zu halten. Außerdem brauchte der Heilprozess enorm viel Energie. Energie, die der Mann nicht mehr besaß.

Die Frau blinzelte ihn an und lächelte schwach. Sie war immer noch eine Schönheit, selbst mit ihren eingefallenen Wangen und der von der Sonne verbrannten Haut, die sich an mehreren Stellen schälte. Wahrscheinlich würde niemand mehr die einst stolze, wunderschöne Frau in ihr erkennen, aber für den Heiler war sie es immer noch.

Er sah sie liebevoll an und führte ihre Kelmen in den Schutz einiger Steine. Es brachte nichts, jetzt noch weiterziehen zu wollen. Selbst ihre Verfolger mussten irgendwann eine Pause einlegen, daher konnten sie hier hoffentlich ein paar Stunden ausruhen.

Die Dunkelheit breitete sich aus. In der Nähe vermeinte er, einen Bach zu hören. Vielleicht waren sie bereits aus der Wüste raus – oder sein Verstand, der Wasser sehnlichst herbeisehnte, spielte ihm einen Streich.

Er hob die Frau, deren Körper erstaunlich leicht geworden war, vom Kelmen und setzte sie, zusammen mit seiner Tochter, neben den Stein. Danach machte er sich auf, den vermeintlichen Bach zu suchen. Die Sehnsucht nach dem kühlen Nass verlieh ihm neue Kräfte. Und tatsächlich, nach wenigen Schritten fand er ein Rinnsal, das sich zwischen einigen Felsen hindurchschlängelte und sich in den Weiten der Wüste verlor. Aber es war Wasser, wenn auch schlammiges.

Er füllte beide Trinkschläuche damit und kehrte zum Stein zurück, wo seine Frau und das Kind in tiefem Schlaf lagen. Sanft weckte er seine Geliebte auf und hob den Trinkschlauch an ihre aufgesprungenen Lippen. Sie zuckte im ersten Moment zusammen, als sich das Nass in ihren Mund ergoss. Müde öffnete sie die Augen und trank dann gierig.

Er gönnte sich ebenfalls einen Schluck und hatte das Gefühl, noch nie so etwas Köstliches getrunken zu haben. Auch seiner Tochter, die immer noch in den Armen ihrer Mutter lag, flößte er ein paar Tropfen ein. Sie begann leise zu weinen. Muttermilch wäre ihr wahrscheinlich lieber gewesen. Aber das ging nicht. Er beugte sich zu ihr herunter und strich zärtlich das dunkle Haar aus dem Gesicht des kleinen Mädchens. Sie war der Grund, warum er mit seiner Frau geflohen war, aber das wusste das Kind natürlich nicht. Es verstand nicht, warum sie seit Wochen unterwegs waren, sich immer nur kurz an einem Ort aufhielten.

Die Kleine öffnete die dunklen Augen und sah ihn fragend an. Eine Träne rann über ihr Gesichtchen, die er sanft mit dem Daumen wegwischte. Sie hatten bisher keine Muße gehabt, sich einen Namen für ihre Tochter auszudenken. Aber sobald sie in Sicherheit waren, würden seine Frau und er sich einen überlegen.

Auf einmal hörte er hinter sich ein Geräusch und fuhr herum.

Er hatte sich nicht getäuscht. Aus der Dunkelheit kamen zwei Gestalten auf sie zu.

Handelte es sich etwa um ihre Verfolger, die doch näher waren als gedacht? Diebe, die sie überfallen wollten? Hatte das Weinen des Kindes sie angelockt?

Er bildete reflexartig einen Schutzschild, den er über sich und seine Familie ausbreitete. Die Frau war dafür zu schwach. Obwohl sie in der Kampfeskunst besser bewandert war als er, hatte sie doch keine Kraft mehr, sich zu verteidigen. Die Geburt und die Flucht hatten ihr alle Energie geraubt.

Er fragte sich sowieso, woher sie die Kraft nahm, weiterhin am Leben zu bleiben. Sie hatte so viel Blut verloren – trotz seiner heilenden Kräfte. Aber er hatte zu dem Zeitpunkt zu wenig Energie gehabt, um sie vollständig zu heilen, und sie waren beide zu erschöpft gewesen.

»Wer seid Ihr?«, drang eine tiefe Stimme an sein Ohr.

Er kniff die Augen zusammen, um besser in der Dunkelheit sehen zu können. »Zwei Wanderer mit einem Kind, die nichts Böses wollen«, antwortete er vorsichtig.

Der andere kam näher. Jetzt erkannte er eine hohe, männliche Gestalt und dahinter die Umrisse einer schlanken Frau mit langem Haar. Ein Licht erschien, das die Szene erhellte. Anscheinend handelte es sich bei den beiden Fremden ebenfalls um Magier.

»Wir sind Wandermagier«, erklärte der Mann.

Als er das Licht, das über seiner Hand schwebte, etwas näher zu sich führte, war sein Gesicht erkennbar. Er schien etwa dreißig Jahre alt zu sein, hatte eine gerade, schmale Nase und schwarze Augen. Seine markanten, kantigen Gesichtszüge hätten viele Frauen wahrscheinlich als attraktiv bezeichnet. Auch der Dreitagebart tat dem keinen Abbruch. Sein langes, dunkles Haar fiel ihm bis über die Schultern.

Der Blick des Heilers wanderte zu der Begleiterin des Unbekannten. Ihr blondes Haar wellte sich bis zu ihren Hüften, die sie sinnlich bei jedem Schritt hin und her wiegte. Ihre Augen waren von einer hellen Farbe, wahrscheinlich Blau oder Grün, so genau war es bei diesen Lichtverhältnissen nicht zu erkennen.

»Ihr scheint am Ende mit Euren Kräften zu sein«, bemerkte die Frau. »Wir wollen Euch nichts Böses. Ich bin Meíssa, das hier ist mein Gefährte Zaron. Können wir Euch helfen?«

Der Heiler ließ seinen Schutzschild fallen. Er hätte ohnehin keine Energie mehr gehabt, seine Magie lange aufrechtzuerhalten, und beobachtete die Fremde, die zu dem Stein ging und sich über seine Frau beugte. Dabei gab sie einen Blick auf ihre festen Brüste preis, die sie in eine enge Lederkorsage geschnürt hatte. Rasch wandte er den Blick ab.

»Ich weiß nicht.« Der Heiler hob unsicher die Schultern. »Wir werden seit Tagen verfolgt und sind tatsächlich am Ende unserer

Kräfte. Wenn Ihr uns Schutz geben könntet? Gegen unsere Verfolger?«

Meíssa und Zaron wechselten einen Blick. Sie schienen sich ohne Worte zu verstehen.

»Wer sind Eure Verfolger? Und warum sind sie hinter Euch her?«, wollte der fremde Magier wissen.

»Ich kann Euch leider beides nicht beantworten. Aber ich hoffe, Ihr helft uns trotzdem. Ansonsten wird unsere Tochter niemals in Freiheit leben können.«

Meíssa beugte sich wieder über die Frau und ihre Augen weiteten sich, als sie das Bündel entdeckte, das sie zuvor übersehen hatte. Sorgfältig nahm sie es auf die Arme, teilte den Stoff, sodass das Gesichtchen besser zum Vorschein kam, und strich behutsam darüber.

»Gut, wir werden Euch helfen«, beschloss sie, ohne sich vorher mit ihrem Gefährten abzusprechen.

Aber dieser schien ihre Entscheidung keine Sekunde lang infrage zu stellen und nickte knapp. »Als Erstes müssen wir weg von hier. Habt Ihr Pferde?«

»Nein, aber wir haben zwei Kelmen.« Er deutete auf den Felsen, hinter dem er die Tiere angebunden hatte.

»Noch besser. Wir werden sie benötigen«, meinte die Frau. »Ich heile ihre größte Erschöpfung, dann brechen wir auf.«

»Euch hat der Himmel geschickt.« Dem Mann kamen vor Erleichterung fast die Tränen. Er half seiner Frau, auf das Reittier zu steigen, das von Meíssa geheilt wurde, und wandte sich dann ab, um sein eigenes Kelmen zu holen.

Seine Frau schien von alledem nicht viel mitzubekommen. Als sie jedoch oben war, versuchte sie, zu sprechen. Der fremde Magier, der danebenstand, ging zu ihr hin, um sie besser verstehen zu können.

»Bitte …« Ihre Stimme war kaum ein Flüstern. »Falls wir das nicht überleben … bitte kümmert Euch um unsere Tochter. Sie ist alles, was uns geblieben ist.«

Zaron sah sie an. Einen Moment schien es, als ob in seinen dunklen Augen etwas aufblitzte, dann nickte er.

Die Frau wirkte beruhigt und kramte in ihrer Tasche. Sie drückte ihm einen Gegenstand in die Hand. »Gebt ihr das, falls wir sterben sollten.«

Sie beugte sich zu ihm hinunter und flüsterte ihm etwas ins Ohr. Zaron hatte keine Gelegenheit, sich darüber zu wundern, denn in dem Moment brachte seine Gefährtin ihre eigenen Pferde und sie brachen auf.

Sie ritten gerade so schnell, dass die beiden erschöpften Flüchtlinge mithalten konnten. Aber schon nach kurzer Zeit war klar, dass sie die Verfolger nicht würden abhängen können – nicht in dem Tempo.

»Lasst uns absteigen«, beschloss Zaron. »Es bringt nichts, wenn wir weiterreiten. Wir werden uns Euren Verfolgern in einem Kampf stellen müssen. Um was für Magier handelt es sich?«

Er schien automatisch davon auszugehen, dass keine normalen Soldaten hinter ihnen her sein konnten.

»Es sind fünf Kampfmagier. Welche Elemente, weiß ich nicht. Aber sie sind sehr stark.«

Dem jungen Vater war die Anspannung ins Gesicht geschrieben. Meíssa und Zaron wechselten einen Blick und schienen zu einem Entschluss zu kommen.

»Gut, wir werden uns ihnen entgegenstellen«, entschied Zaron. »Aber wir werden Eure Hilfe benötigen. Gegen fünf Kampfmagier können selbst wir es nicht allein aufnehmen. Habt Ihr noch genügend Kräfte für einen Kampf?«

Der Mann nickte und sah seine Frau zweifelnd an.

»Das muss reichen.« Zaron schwang sich vom Rücken seines Pferdes und suchte eine geeignete Stelle. »Hier kann sich Eure Frau mit Eurer Tochter verbergen, bis wir die Magier erledigt haben.« Er deutete auf ein stacheliges Gestrüpp.

Der Mann nickte abermals und führte seine Frau zu der besagten Stelle. Er gab ihr einen sanften Kuss und legte das kleine Bündel in ihre Arme.

Sie sah ihn mit fiebrigen Augen an. Er wusste, woran sie dachte. Vor zwei Tagen hatte sie eine Vision gehabt, darin waren sie alle gestorben. Aber er weigerte sich, dies einfach so zu akzeptieren. Solange ein Funken Energie durch seine Adern floss, würde er kämpfen und versuchen, seine Tochter zu retten.

Also küsste er sie und begab sich dann wieder zu den beiden Magiern, die ihnen so unverhofft über den Weg gelaufen waren. Sie beratschlagten, wie sie die Verfolger in einen Hinterhalt locken konnten, danach blieb ihnen nur, zu warten, bis die fünf Kampfmagier sie eingeholt hatten.

Bereits nach kurzer Zeit waren Huftritte zu vernehmen. Offenbar waren die Verfolger schneller vorangekommen als sie selbst.

Zaron, Meíssa und der Heiler versteckten sich hinter ein paar Sträuchern. Als die Feinde so nahe waren, dass der Geruch ihrer Pferde zu ihnen herüberwehte, stürmten sie aus ihrem Versteck hervor und schleuderten Kampfzauber auf die Gegner.

Diese erstarrten vor Überraschung, aber nur für den Bruchteil einer Sekunde. Schon hatten sie ihre magischen Schutzschilde hochgezogen, an denen die Zauber abprallten, und sprangen von dem Rücken der Pferde, die panisch flohen.

Jetzt begann ein wahres Schlachtgetümmel. Die Luft war erfüllt von Explosionen und Blitzen, welche die Nacht erhellten und die kämpfenden Magier für wenige Sekunden in gleißendes Licht tauchten.

Die beiden Wandermagier erwiesen sich als erfahrene Kämpfer. Sie verbanden geschickt ihre Energie miteinander und wirkten machtvolle Zauber, geboren aus Erde und Feuer.

Der Heiler versuchte, so gut es ging, mitzuhalten. Er spürte jedoch, wie seine ohnehin schon spärliche Energie rasend schnell schwand. Zudem hatte er nur wenige Stunden Ausbildung in Kampfmagie erhalten – durch seine Frau. Das reichte nicht, um gegen fünf langjährig geschulte Kampfmagier zu bestehen.

Seine Zauber wurden mit jeder Sekunde schwächer. Gerade als er ein leichtes Erdbeben unter einem der Gegner beschwören wollte, damit dieser das Gleichgewicht verlor, sah er einen Kugelblitz auf sich zuschießen. Er hatte keine Kraft mehr, sich rechtzeitig zu ducken oder seinen Schutzschild zu verstärken. Ein knirschendes Geräusch ertönte, als ihn der Energieball in die Brust traf. Der Mann sank mit vor Ungläubigkeit weit aufgerissenen Augen in die Knie.

Die Frau, die sich bis jetzt im Verborgenen gehalten hatte, heulte schrill auf und rannte an seine Seite. Dass sie die Energie dafür aufbringen konnte, grenzte an ein Wunder. Das Kind hatte sie im Schutz des Strauches liegen gelassen.

Sie sank schluchzend neben ihren Mann, hielt seinen sterbenden Körper fest und schrie. Sie schrie sich die Seele aus dem Leib, Tränen rannen über ihre knochigen Wangen und ihr Herz drohte vor Kummer zu bersten.

»Nein! Nein … mein Liebster … bitte … stirb nicht! Bitte nicht!« Ihre Stimme überschlug sich.

Eine unfassbare Trauer ergriff ihren Körper. Eine Trauer, die durch Mark und Bein ging und davon zeugte, dass ihr das Liebste auf der Welt gerade genommen wurde.

Sie beugte sich über den leblosen Körper, um ihm einen letzten Kuss auf die noch warmen Lippen zu geben, doch in dem Moment erbebte auch sie. Als sie lautlos über ihren Geliebten fiel, war ein qualmendes, schwarzes Loch in ihrem Rücken zu erkennen. Sie war von einem Feuerball mitten ins Herz getroffen worden.

Zaron und Meíssa hatten das Drama nur am Rande mitbekommen. Sie kämpften immer noch gegen die Magier. Zwei davon hatten sie bereits zur Strecke bringen können, die anderen drei hielten sich hartnäckig.

Meíssa merkte, dass ihre Kräfte schwanden. Noch wenige Zauber, dann war auch ihre Wärme erschöpft und sie musste aufgeben, wenn sie nicht erfrieren wollte. Zaron jedoch kämpfte mit unverminderter Kraft. Er war schon immer der Stärkere von ihnen beiden gewesen. Er streckte zwei der drei Magier mit einem Feuerball nieder, der sich in letzter Sekunde aufteilte und die Gegner damit überraschte.

Jetzt war noch einer übrig. Dieser hatte aber ebenfalls viel Energie zur Verfügung. Er schoss einen Eispfeil in Meíssas Richtung, die versuchte, ihm auszuweichen, und ihr Schutzschild hochzog. Jedoch eine Sekunde zu spät. Sie merkte, wie sich etwas Eiskaltes in ihren Bauch grub. Als sie an sich hinunterschaute, ragte ein Pfeil, vor Kälte dampfend, aus der Mitte ihres Körpers. Sie spürte, wie ihr das Leben entwich, und ihre Beine gaben nach.

Zaron, der den Magier mit einem wütenden Schrei in einer Feuersäule aufgehen ließ, stürzte zu ihr. Er legte ihr behutsam einen Arm um die Schultern und bewahrte sie davor, umzufallen. Dann kniete er sich hin, bettete ihren Kopf in seinen Schoß.

»Mein Liebling, bitte bleib bei mir. Ich werde dich retten«, flüsterte er.

Meíssas Lider flackerten, als sie in seine schwarzen Augen blickte und sein Entsetzen, seinen Schmerz, darin las. Diese dunklen, geheimnisvollen Augen, in die sie sich verliebt hatte. Sie betrachtete den Mann, dem sie bis ans Ende der Welt folgen würde, mit dem sie geweint und gelacht hatte, mit dem sie sich verlieren konnte … Und in dem in diesem Augenblick etwas brach. Ihr Herz zog sich schmerzvoll zusammen, als sie sah, wie sich Tränen in Zarons Augen ansammelten und ungehemmt über sein Gesicht rannen. Sein Kinn bebte, er versuchte, ein Schluchzen zu unterdrücken.

Ihr würde nicht mehr viel Zeit bleiben. Dabei hatte sie gedacht, sie würden für immer zusammen sein, ihre tiefe Liebe füreinander teilen.

Seine Hände strichen zitternd über ihre Wange und sie spürte, wie eine Träne auf ihre Stirn tropfte. Er küsste sie zärtlich weg und sie erschauerte unter seiner Zuneigung, die er selbst jetzt, während sie im Sterben lag, noch für sie empfand.

»Bitte …« Es fiel ihr schwer, zu sprechen. Jeder Atemzug schmerzte, als ob sich ein glühendes Eisen in ihre Brust und durch die Lungen bohrte. »Mein Liebster … bitte … sorge dafür, dass … das Kind es gut hat. Ich habe … in seinen Augen … gesehen … für … Großes bestimmt.«

Dann fielen ihre Lider zu und Dunkelheit umgab sie.

Noch lange war in dieser Nacht ein Heulen zu hören. Ein Heulen, das von keinem lebenden Wesen stammen konnte und doch von der unendlichen Trauer eines einzelnen Mannes am Rande der Goharwüste zeugte.

11

Alia

Gegenwart

Für den Rest des Tages bekommen wir den Magier nicht mehr zu Gesicht.

Reyvan und ich beschließen, dass wir vorerst bleiben, zumal uns die Höhle vor der Kälte und dem Schnee bewahrt. Außerdem können wir beide eine Pause vertragen. Wir zweifeln nicht daran, dass der Schwarzmagier zu uns zurückkehren wird, schließlich hat er seine gesamten Besitztümer hiergelassen.

Als es Abend wird, mache ich mir trotzdem langsam Sorgen. Vielleicht hätte ich ihm hinterhergehen sollen? Immerhin ist er ein alter Mann und wer weiß, ob er sich bei der Kälte nicht den Tod holt? Reyvan lacht nur, als ich ihm meine Bedenken mitteile.

»Keine Bange, der kann auf sich aufpassen.« Er kaut weiter auf seinem Trockenfleisch herum.

Wir haben ein Feuer entfacht. Heißer Tee dampft in einem Kessel, den wir in der Höhle gefunden haben. Die Wärme tut gut.

Zu meinem Erstaunen haben wir auch einen Vorrat an tönernen Bockbeutelflaschen, gefüllt mit Wein, in Holzkisten gefunden – keine Ahnung, wo der Schwarzmagier das Zeug herhat. Da weder Reyvan noch ich Alkohol mögen – ausgenommen vom Tautropfenwein der Elfen –, rühren wir die Vorräte jedoch nicht an.

Endlich, als es draußen bereits dunkel ist, hören wir Schritte im Gang. Reyvan zückt sein Schwert, es könnte ja ebenso gut sein, dass sich jemand anders hierher verirrt hat.

Doch nach wenigen Sekunden taucht der Magier im Höhleneingang auf und Reyvan lässt die Waffe sinken. Ich gehe auf den Greis zu.

»Tut mir leid, aber ich musste eine Weile für mich allein sein.« Er geht an mir vorbei zu den Holzkisten. Daraus holt er eine Bockbeutelflasche hervor, nimmt am Feuer Platz und trinkt drei große Schlucke.

Reyvan verzieht angewidert das Gesicht, sagt aber ausnahmsweise nichts.

»Worüber musstet Ihr nachdenken?«, frage ich, als er nach vier weiteren zügigen Schlucken die Flasche absetzt.

»Setzt Euch zu mir ans Feuer, dann versuche ich, es Euch zu erklären.«

Ich lasse mich neben ihm nieder.

Er nimmt abermals einen Schluck aus der Flasche und sieht mich an. »Es geht nicht um die Entschlüsselung des Gedichtes. Sondern vielmehr darum, dass ich mich mit meiner Vergangenheit auseinandersetzen musste. Ich hätte nie im Leben gedacht, dass Ihr hier einmal auftauchen würdet.« Er wirft mir einen unergründlichen Blick zu und trinkt abermals einen Schluck aus der Flasche. Ich rieche, dass es sich um Wein handelt. »Aber Eure Mutter scheint es gewusst zu haben«, fährt er fort. »Oder zumindest hat sie es aufgeschrieben. Wenn ihr auch die Bedeutung dieser Worte, die wahrscheinlich aus einer Vision stammen, damals nicht klar war.«

»Was meint Ihr damit?«, frage ich.

Reyvan hat sich inzwischen uns gegenüber hingesetzt und beobachtet den Magier mit schmalen Augen. »Erzählt uns endlich die ganze Geschichte«, drängt er ungeduldig.

»Das kann und werde ich nicht«, antwortet der Greis. »Aber ich kann Euch erklären, was das Gedicht meiner Meinung nach bedeutet.«

»Bitte sagt es uns.« Ich halte die Spannung kaum aus.

»Darin ist vorhergesagt, dass Ihr zu mir kommen werdet. Meinen Namen, den ich vor langer Zeit abgelegt habe, habe ich Euch noch nicht genannt. Ich hatte geschworen, ihn nie wieder in den Mund zu nehmen.« Er hält inne und trinkt abermals. »Aber heute werde ich meinen Schwur brechen. Mein Name war … *ist* Zaron.«

Als ich zu Reyvan hinüberschaue, sehe ich Erkenntnis in seinen dunkelblauen Augen aufblitzen. »Das bedeutet ›der Stern‹ auf altelfisch«, murmelt er, mehr zu sich selbst als zu mir.

»Der ›schwarze Stern‹ bin ich«, fährt der Greis fort. »Schwarz, da ich ein Schwarzmagier wurde.« Er wendet sich wieder mir zu. »Ihr seht, es wurde vorhergesagt, dass ich ein Schwarzmagier werde und Ihr zu mir kommt. Was den Rest angeht, habe ich eine Vermutung, jedoch kann ich nicht mit vollkommener Gewissheit sagen, ob ich die Worte richtig deute.«

»Das ist immerhin mehr, als *wir* wissen«, erwidere ich.

»Ja, oder vielleicht auch nicht … ich nehme an, dass mit dem ›Nichts der Nacht‹ Ihr gemeint seid …«

»Alia«, antworte ich, als ich merke, dass ich ihm meinen Namen noch gar nicht gesagt habe.

»Ihr, Alia.« Der Alte nickt. »Und dass die ›Vier‹ die vier Elemente sind.«

»So weit waren wir auch schon«, unterbricht ihn Reyvan.

»Aber habt Ihr auch den Rest der Worte verstanden?«, fragt Zaron den Elfen mit zusammengezogenen Augenbrauen.

»Eben nicht … was hat es mit dieser Welt des Berges auf sich?«, frage ich.

»Ich denke, dass damit der Vulkan gemeint ist, der sich etwa einen halben Tagesmarsch von hier befindet.«

»Und der Schatten?«

»Ich bin mir nicht sicher … es kann sein, dass damit eine uralte Prophezeiung angedeutet wird.«

»Eine weitere Prophezeiung?«

»Richtig. Ich hatte schon lange nicht mehr daran gedacht. Aber das Gedicht hat mich daran erinnert. Sie besagt, dass einst ein Nehil das schwarze Band durchbricht.«

Reyvan und ich sehen ihn fragend an.

»Was genau das bedeuten soll, weiß ich auch nicht«, fährt Zaron fort und zuckt mit den Schultern. »Jedenfalls denke ich, dass diese Worte damit irgendwie zusammenhängen. Nicht umsonst werden seit Menschengedenken alle Nehilen in den Zirkel geschickt … Der einzige Grund, warum sie nicht zum Betteln oder zu anderen niederen Arbeiten angehalten werden, ist diese Prophezeiung. Der magische Zirkel will sie in der Nähe wissen, um im Notfall … eingreifen zu können.«

Ich bin sprachlos. Bisher hatte ich gedacht, ich musste nur deshalb in den Zirkel, weil ich keine Elementbegabung entwickelt hatte. Nie wäre mir in den Sinn gekommen, dass der Zirkel mich beobachten will.

War dies vielleicht der wahre Grund, warum Xenos wollte, dass ich seine leibliche Dienerin werde, nachdem ich das Turnier gewonnen hatte? Um mich besser im Auge behalten zu können? War das der Grund, wieso er mehr in mir sah als eine gewöhnliche Dienerin? Wieso er angedeutet hatte, mich als seine Gefährtin haben zu wollen? Mich … geküsst hatte?

»Was kann passieren, wenn ein Nehil das schwarze Band durchbricht?«, fragt Reyvan und verscheucht dadurch meine Gedanken.

»Das ist nicht ganz sicher … zumindest nichts, was dem Zirkel dient.«

Ich lehne mich ein wenig vor. »Dieses schwarze Band … ist damit die Nacht gemeint?«

»Das nehme ich an – auch wenn dies nur eine Vermutung ist. Die Nacht und das Nichts, sie sind eins. Aber wenn die Nacht von Euch abfällt, dann …«

»… beherrscht sie alles«, ergänzt Reyvan leise.

Beide richten ihren Blick auf mich. Ich verstehe nicht und sehe verunsichert von einem zum anderen.

»Alia, das würde bedeuten, dass … dass du alle vier Elemente beherrschen könntest«, murmelt Reyvan. »Das war wahrscheinlich der Grund, warum die Vexatoren solchen Respekt vor dir hatten und warum Xenos ein derartiges Interesse an dir zeigte. Es wäre ihm durchaus zuzutrauen, dass er das alles bereits gewusst hat.«

»Wie bitte?« Ich schaue Reyvan mit weit aufgerissenen Augen an und beginne zu lachen.

Die Vorstellung ist einfach zu absurd. Ich beherrsche ja nicht einmal ein einziges Element! Als ich jedoch merke, dass die Mienen der beiden ernst bleiben, schaue ich verwirrt vom Elfen zum Magier. »Aber was heißt das? Wie kann eine Nehil den Schatten ablegen? Und bin ich dann eine Schwarzmagierin?«

»Hier kommen wir wieder zum Berg.« Der Greis erhebt sich. »Und dazu, dass ich etwas tun müsste, was Euch das Leben kosten kann.«

Ich schnappe nach Luft, und Reyvan springt auf. »Was soll das heißen? Ihr wollt sie umbringen?!« Seine Hand fährt unwillkürlich zu dem Schwert an seiner Seite.

Aber der Greis hebt beruhigend die Hände. »Ihr seid sehr temperamentvoll, Elf. Nein, das will ich nicht. Doch es könnte ihren Tod zur Folge haben – falls … ich mich irre.«

»Na prima – *falls* Ihr Euch irrt!« Reyvan rauft sich die Haare, eine Geste, die ich bei ihm noch nie gesehen habe. »Ihr werdet nichts tun, was ihr Leben aufs Spiel setzt, haben wir uns verstanden?!«

Der Alte nickt. »Natürlich. Das wollte ich damit auch nicht andeuten. Dennoch, falls sich das Gedicht – die Vision ihrer leiblichen Mutter – erfüllen soll, müssen wir versuchen, sie von ihren Fesseln, die sie als Nehil trägt, zu befreien.«

»Aber was, wenn sie nicht die Nehil aus dieser alten Prophezeiung ist? Was, wenn sie dabei stirbt?« Reyvan geht nun unruhig hin und her und wirft wütende Blicke zu dem Schwarzmagier, als hätte dieser vorgeschlagen, mich bei lebendigem Leib zu verbrennen.

»Hört Ihr bitte auf, von mir zu sprechen, als ob ich nicht hier wäre?!«, unterbreche ich die beiden mit erhobener Stimme. »Ich kann selbst entscheiden, was ich will und was nicht!« Immerhin habe ich nun ihre ungeteilte Aufmerksamkeit. »Was genau müsstet Ihr machen, wenn ich diese Fesseln ablegen soll?«, frage ich den Schwarzmagier etwas ruhiger.

Er schaut mich mit schmalen Augen an, bevor er antwortet. »Zuerst müsste ich meine alte Kraft wiedererlangen. In diesem Zustand, wie ich jetzt bin, würde ich kaum einen solch großen Zauber vollbringen können.«

»Ihr könnt Eure Jugend wiederherstellen?« Ich bin überrascht und fasziniert zugleich.

»Ja, das *könnte* ich«, antwortet er. »Allerdings hatte ich mir geschworen, dass ich bald sterbe. Und ich habe heute schon einmal einen Schwur Euretwegen gebrochen, als ich nach langer Zeit meinen Namen wieder in den Mund genommen habe.«

Er steht nun ebenfalls auf und geht mit der Flasche in der Hand zum Höhlensee.

Ich bleibe eine Weile sitzen. Als ich jedoch merke, dass er nicht mehr zurückkommen wird, beschließe ich, ihm hinterherzugehen.

»Ich weiß, dass ich ein derartiges Opfer von Euch nicht verlangen darf«, murmle ich, als ich neben ihm stehe. Ich lege ihm eine Hand auf seine gebrechliche Schulter. Er zuckt unter der Berührung zusammen und ich nehme rasch meine Hand wieder weg. »Ihr habt mir schon einmal ohne jeglichen Grund geholfen«, fahre ich fort. »Und ich bin Euch unendlich dankbar dafür. Dank Euch durfte ich eine wunderschöne Kindheit erleben. Eine Kindheit, die ich ohne Euch vielleicht nie gehabt hätte. Und trotzdem bin ich abermals in Euer Leben getreten, um Euch um etwas zu bitten. Aber ich verstehe, wenn Ihr mir nicht weiterhelfen könnt.«

Er wendet sich mir zu und ich lese in seinen Augen eine solch tiefe Trauer, wie ich sie noch nie bei einem Menschen gesehen habe. Mein Herz setzt einen Schlag aus. Diesem Mann muss etwas Schreckliches widerfahren sein. Etwas, das ihn bis ins Innerste zerrissen – gebrochen – hat.

Er senkt den Blick und seufzt. »Einmal, vor langer Zeit, da habe ich einer Frau versprochen, für Euch zu sorgen.« Seine Stimme klingt brüchig. »Diese Frau ist der Grund, warum ich hier bin, warum *Ihr* hier seid. Diese Frau … sie war sehr klug. Vielleicht wusste sie, dass sich unsere Wege wieder kreuzen. Und vielleicht ist es mir bestimmt, für Euch zu sorgen, bis Ihr meine Hilfe nicht mehr benötigt.« Er sieht wieder über den kleinen See. »Bitte, gebt mir eine Nacht Bedenkzeit. Morgen werdet Ihr meine Antwort erhalten.« Er nimmt den Blick nicht von dem schwarzen Wasser.

Ich nicke und gehe zurück zum Feuer. Seine Worte haben mich tief in der Seele berührt. Dieser Schwarzmagier hat schlimmste Qualen erlebt, das konnte ich in seinen Augen lesen. Aber irgendetwas sagt mir, dass ich ihm helfen kann … ich weiß nur noch nicht wie.

Als ich mich wieder auf meinen Platz setze, kommt Reyvan und nimmt mich in die Arme. So sitzen wir eine Weile da und starren in das Feuer. Es gäbe so viel zu sagen und trotzdem bin ich froh, dass wir schweigen.

Die Enthüllungen des alten Mannes muss ich zuerst einmal verdauen. Allein die Vorstellung, dass ich die Nehil sein könnte, die dazu bestimmt ist, alle vier Elemente zu beherrschen, lässt mich erschaudern. Fast wünschte ich, dass der Magier es ablehnt, mir zu helfen. Dann könnte ich zumindest mit dem Gedanken, es probiert zu haben, mit Reyvan weiterziehen. Irgendwohin, wo uns keiner kennt und wo wir ein friedliches Leben bis ans Ende meiner Tage führen könnten.

Und trotzdem regt sich etwas in mir, das sich nichts sehnlicher wünscht, als genau diese Nehil zu sein. Warum sonst hätte mir meine leibliche Mutter das Gedicht gegeben, das offenbar aus einer Vision von ihr stammt? Warum sonst hat der Schwarzmagier sofort gewusst – oder zumindest vermutet – was es zu bedeuten hat?

Noch lange sitzen Reyvan und ich am Feuer, bis wir schlafen gehen. Wir legen unsere Decken in der Nähe der Feuerstelle auf den Boden, der aus gestampfter Erde besteht, was es ein bisschen gemütlicher macht, darauf zu schlafen. Trotzdem brauche ich eine Weile, bis ich eine angenehme Stellung gefunden habe.

Aber der Schlaf will sich nicht einstellen. Als ich endlich einschlummere, träume ich von Feuer, Wasser, Erde und Luft und von meiner leiblichen Mutter, die mich ruft.

Am nächsten Morgen wache ich mit schmerzenden Gliedern auf. Alles tut mir weh, als ich mich bewege. Ich merke, dass ich mich in der Nacht vollkommen verkrampft habe.

Das Feuer ist neu entfacht worden und Reyvan nirgendwo zu sehen.

Ich blicke um mich und entdecke den Greis, der immer noch – oder wieder – beim Höhlensee sitzt. Mehrere Bockbeutelflaschen liegen um ihn herum verstreut und er hält eine davon in der Hand. Offenbar hat er versucht, seinen alten Schmerz mit Alkohol zu betäuben.

Leise stehe ich auf und gehe zu ihm hin.

»Wo ist Reyvan?«, frage ich, als ich bei ihm angekommen bin.

»Er hat gesagt, er gehe etwas für das Frühstück jagen«, antwortet der Alte, ohne den Kopf zu heben.

Der Gestank von Alkohol dringt mir in die Nase. Ich mustere ihn. Er scheint über Nacht noch älter geworden zu sein. Tiefe Augenringe sind unter seinen schwarzen Augen zu erkennen, seine Haut wirkt noch faltiger.

Er hebt den Blick. »Setzt Euch.« Er deutet neben sich. Ich nehme Platz und warte ab. »Ich habe mich entschieden. Nach dem Frühstück werden wir zu zweit zu dem Vulkan gehen. Euer Begleiter darf nicht mitkommen – er würde bei der Magie, die ich wirke, sterben. Da ich ein Schwarzmagier bin, würde ich seine gesamte Wärme verbrauchen.«

Ich schaue ihn unsicher an. Will er mich vom Elfen trennen, um mich heimlich zu töten? Aber wenn das tatsächlich sein Plan ist, dann könnte er es auch hier und jetzt tun. Wenn er ohne mich zurückkäme, würde Reyvan ihn sowieso sofort angreifen.

Der Greis sieht mir forschend in die Augen. »Ihr traut mir nicht, das ist gut so. Traut nie einem Schwarzmagier.«

Ich senke den Blick und schaue eine Weile auf meine Hände. »Warum seid Ihr viel älter, als Reyvan Euch in Erinnerung hatte?«, frage ich unvermittelt.

Offenbar habe ich damit einen wunden Punkt getroffen, denn der Magier seufzt und nestelt mit seinen knochigen Fingern an der leeren Weinflasche herum.

»Das hat damit zu tun, dass ich die Albträume, die mich jede Nacht heimsuchen, mit Magie zu bekämpfen versuche«, murmelt er. »Diese Magie kostet mich viel Wärme – Wärme, die ich nicht habe. Außerdem kann ich mir nicht andauernd ein neues Maultier leisten. Daher opfere ich mein eigenes Leben.«

Ich schaue ihn erstaunt an. »Euer Leben?«

»Ja, mein Leben. Das ist mit schwarzer Magie möglich – einer der wenigen Vorteile, die sie mit sich bringt.« Er sagt es, als wäre es das Normalste auf der Welt.

»Aber … dann sterbt Ihr ja bald …«

»Das ist auch der Sinn der Sache – neben der Erleichterung, ohne Albträume schlafen zu können.«

Ich bin schockiert, wie achtlos er über sein Leben spricht, es regelrecht wegwirft und seine Sorgen in Alkohol ertränkt. »Hält Euch denn nichts mehr auf dieser Welt?«

»Nein, nichts. Daher kostete es mich auch große Überwindung, diese Entscheidung, meine Jugend wiederherzustellen, zu fällen. Aber ich habe lange darüber nachgedacht und ich werde es tun. Jedoch nicht für Euch, sondern wegen eines Versprechens, das ich … jemandem gegeben habe.«

Ich nehme seine knochige Hand in meine. »Jetzt, da ich weiß, was es für Euch bedeutet, danke ich Euch von ganzem Herzen. Es tut mir leid, dass ich Euch zuerst misstraut habe.«

»Beginnt gar nicht erst, mir zu trauen.« Der Alte entzieht mir seine Hand.

In dem Moment kommt Reyvan in die Höhle, auf seiner Schulter ein Rehkitz.

»Frühstück.« Er lässt das Reh, das er bereits ausgenommen hat, auf den Höhlenboden fallen.

Ich springe auf und gehe zu ihm, um ihn mit einem Kuss zu begrüßen.

Er mustert mich argwöhnisch. »Hat er dir gesagt, wie er sich entschieden hat?«

»Ja, das hat er. Wir werden nach dem Frühstück zu dem Vulkan aufbrechen.«

»Gut, dann werde ich alles für die Reise vorbereiten.«

Ich halte seine Hand fest, als er sich von mir abwenden will. »Reyvan, du kannst nicht mitkommen.«

Er fährt herum und sieht mich an, als hätte ich ihm eröffnet, dass ich nicht mehr mit ihm zusammen sein will.

»Wie bitte?! Verflucht, Alia, und ob ich mitkomme! Ich lasse dich bestimmt nicht mit diesem Schwarzmagier – so gut er es auch meinen mag – allein in der Gegend herumziehen!«

»Bitte, Reyvan«, versuche ich ihn zu beschwichtigen. »Er hat gesagt, er müsse einen starken Zauber wirken – einen Zauber, der dich deine gesamte Wärme kosten könnte.«

»Na und? Du wirst auch diesem Zauber ausgesetzt sein! Ich lasse nicht zu, dass er dich damit tötet!«

»Ich vertraue ihm. Er wird mich nicht töten«, erwidere ich mit fester Stimme.

»Wer sagt das?«

»Ich weiß es. Sonst hätte meine leibliche Mutter nicht dieses Gedicht aufgeschrieben. Sie hätte sicher nicht gewollt, dass ich sterbe, oder?«

Er lässt die Schultern sinken und seufzt. Dann legt er mir einen Finger unter das Kinn und ich schaue in seine dunkelblauen Augen, die im Schein des Feuers glitzern.

»Cíara«, murmelt er. »Ich weiß, dass du dir nichts sehnlicher wünschst, als deine Herkunft zu kennen. Aber wenn das bedeutet, dass ich dich verlieren könnte, bitte ich dich aus tiefstem Herzen, davon abzusehen. Ich will nicht schon so früh Abschied von dir nehmen müssen.«

Er sagt diese Worte todernst und sie treffen mich mitten ins Herz. Zum ersten Mal hat er ausgesprochen, dass er irgendwann ohne mich weiterleben wird. Denn ich werde wohl oder übel viele Hunderte, wenn nicht Tausende Jahre vor ihm sterben.

Ich senke den Blick, um meinen Schmerz darin zu verbergen.

»Bitte …« Reyvan hält immer noch mein Kinn fest. »Ich weiß, ich habe dir versprochen, deine Gedanken nicht mehr zu lesen, aber wenn du mir nicht antwortest, wird mir nichts anderes übrig bleiben.«

Ich schaue ihn wieder an. »Reyvan«, beginne ich stockend und weiß nicht, wie ich ihm all das, was mein Herz in dem Moment bewegt, sagen soll.

Also nehme ich seine freie Hand in meine und führe sie zu meiner Schläfe. Er versteht und schließt die Augen. Ich tue es ihm gleich und spüre sofort seine sanfte Präsenz in meinem Kopf. Lange Zeit verweilt er in meinen Gedanken.

Dann löst er seine Hände von mir und ich öffne die Augen wieder. Als ich ihn ansehe, lese ich in seinem Gesicht dieselbe Trauer, die ich gestern Abend auch beim Greis bemerkt hatte.

Er nickt jedoch nur und zieht mich an sich. »Versprich mir, dass du auf dich aufpassen wirst«, flüstert er so leise in mein Ohr, dass ich ihn kaum verstehen kann.

Ich schlinge meine Arme um ihn, bringe jedoch keinen Ton heraus.

12

ALIA

Nach dem Frühstück, das sehr wortkarg verläuft, packen der Schwarzmagier und ich die Rucksäcke. Wir werden ohne die Pferde durch die Berglandschaft gehen, da Zaron erklärte, dass wir teilweise klettern müssen. Er hat ein zweihändiges Schwert dabei, das ein wenig verrostet aussieht. Aber besser als nichts. Auch ich nehme mein Schwert mit, auf Pfeil und Bogen verzichte ich, da ich damit weniger geschickt umgehen kann.

Morgen Mittag sind wir, falls alles gut geht, wieder zurück. Der Greis hat uns erklärt, dass er zunächst seine Jugend wiederherstellen wird. Dann muss er sich für einige Zeit von den Anstrengungen erholen, bevor er sich an den Zauber machen kann, der mich von meinem Nehil-Dasein befreien soll. Wie genau dieser jedoch aussieht, wollte er uns nicht verraten. Ich habe eine Vermutung, wage aber nicht, sie in Reyvans Nähe auszusprechen, um nicht seine Abneigung gegen den Schwarzmagier weiter zu schüren.

Seit Reyvan weiß, dass wir zu zweit – ohne ihn – zu dem Vulkan gehen werden, ist er sehr in sich gekehrt, was seiner sonst vorlauten und optimistischen Art so gar nicht entspricht.

Ich bin froh, wenn wir wieder zurück sind und endlich weiterziehen können. Wohin, da habe ich keine Ahnung. Aber das werden wir uns überlegen, wenn wir wieder in der Höhle sind.

Ich habe Angst davor, zu dem Vulkan zu gehen. Nicht allein wegen der Tatsache, dass ich zum ersten Mal seit Langem ohne Reyvan, nur in Begleitung eines Schwarzmagiers, unterwegs sein werde, sondern auch deswegen, weil ich nicht genau weiß, was mich bei dem Vulkan erwartet.

Als wir zum Aufbruch bereit sind, küsst mich Reyvan lange zum Abschied. Mir ist das zwar ein bisschen peinlich in der Gegenwart des alten Mannes, aber ihn scheint es nicht zu stören.

»Pass auf dich auf«, murmelt der Elf.

Ich nicke und schultere meinen Rucksack. Der Greis ist bereits zum Höhlenausgang vorangegangen. Rasch folge ich ihm.

Draußen schneit es wenigstens nicht, aber es ist dennoch bitterkalt. Ich ziehe meinen Fellumhang so fest um meinen Körper, wie es geht, trotzdem dringt die Kälte binnen weniger Sekunden zu meiner Haut durch und ich klappere mit den Zähnen.

Der Schwarzmagier dreht sich zu mir um. »Jetzt sollte ich womöglich keinen Zauber wirken«, bemerkt er, als er mich zitternd vor sich stehen sieht.

Der Hauch eines Lächelns ist auf seinem alten Gesicht zu erkennen, als ich ihn entsetzt anstarre. Einen Zauber von ihm würde ich in meinem jetzigen Zustand nicht überleben – so viel Wärme habe ich nicht in mir. Ich hoffe, das war als Scherz gemeint. Offenbar ist er nicht der beste Witzerzähler – oder zumindest aus der Übung.

Ich folge ihm schweigend durch das unwirtliche Gelände. Immer wieder stellen sich uns Felsbrocken oder Schneewehen in den Weg und zwingen uns, den sicheren Pfad zu verlassen. Ich wundere mich darüber, dass es überall begehbare Wege zu geben scheint. Als ich den Greis darauf anspreche, bleibt er stehen.

»Die sind von den Eiszwergen angelegt worden«, erklärt er mir.

»Es gibt hier Zwerge?«, frage ich überrascht.

»Ja, natürlich. In jedem Berg hausen Zwerge. Hier oben im Norden haben sie allerdings ihre Städte sehr tief in den Berg gegraben, da sie ansonsten erfrieren würden.«

Auf einmal kommt mir ein Gedanke. »Habt Ihr Euren Wein etwa von den Zwergen erhalten?«

»Ja, hab ich. Ab und zu besuche ich sie, und sie versorgen mich mit dem Nötigsten.«

»Und woher haben sie die Trauben, um den Wein zu keltern?«

»Die wachsen tief unter den Bergen. Es sind Eistrauben«, erklärt er geduldig.

»Eistrauben … davon habe ich noch nie gehört.«

»Kein Wunder, sie wachsen ja auch nur hier in den Bergen.«

Er wendet sich wieder dem Weg zu und stapft weiter durch den Schnee. Ich schüttle den Kopf. Es gibt offenbar so viel, was ich noch nicht weiß. Und dieser alte Magier scheint ein wandelndes Lexikon zu sein, er hat auf alles eine Antwort. Ich nehme mir vor, ihn bei unserer nächsten Rast weiter über die Zwerge auszufragen.

Leider machen wir erst nach zwei Stunden einen Halt und ich fühle mich so erschöpft, dass ich einfach nur froh bin, mich hinsetzen zu können, und meine Vorsätze vergesse. Der Weg durch das Gebirge ist um vieles anstrengender als ein Marsch durch den Wald, zumal es nur bergauf zu gehen scheint. Und wirklich unterhaltsam ist die Landschaft auch nicht – es gibt bloß Schnee und Felsen und ab und an ein paar karge Sträucher, die diesen harten Bedingungen trotzen.

»In einer Stunde sind wir dort.« Der Magier trinkt einen Schluck aus seinem Wasserschlauch, ehe wir weitergehen.

Als ich bereits das Gefühl habe, demnächst zusammenzubrechen, erkenne ich endlich vor uns eine Bergspitze.

Der Alte bleibt stehen und deutet darauf. »Dort oben ist der Krater. Wir müssen jedoch nicht dort hinein, sondern in eine Höhle, die sich unterhalb davon im Berg befindet. So sind wir näher beim flüssigen Feuer.«

»Warum müssen wir bei dem Feuer sein?«, will ich wissen.

»Damit ich genügend Wärme für meine Magie habe«, erwidert er. »Ich werde zuerst meine Jugend wiederherstellen. Wartet hier, bis ich Euch holen komme. Dann werde ich mich daranmachen, den Zauber zu wirken, wegen dem wir hergekommen sind. Wir werden die Nacht in der Höhle bleiben und morgen wieder zurückgehen.«

Ich nicke. Das klingt alles so einfach, aber ich befürchte, dass es das ganz und gar nicht wird. Während er behände über den Schnee und die Felsen davongeht, schaue ich ihm nach. Für einen alten Mann ist er erstaunlich gut in Form, aber das muss er wohl sein, wenn er hier in der Wildnis jahrelang überlebt hat.

Seufzend setze ich mich hin und versuche, ein Feuer zu entfachen. Es gelingt mir beim zweiten Anlauf. Ich sammle rasch weiteres Feuerholz, um es zu nähren. Das dauert eine Weile, denn hier gibt es nur ein paar Büsche.

Der Ort für mein Lager ist gut gewählt. Hinter mir befinden sich mehrere große Felsen, die den gröbsten Wind oder Feinde abhalten. Zu meiner Linken wachsen einige dichte Büsche und zu meiner Rechten erkenne ich den Vulkan.

Ich halte die Hände an das wärmende Feuer und krame in meinem Rucksack die Reste des Rehs hervor, die vom Frühstück übrig geblieben sind. Dabei denke ich an Reyvan. In seinen dunkelblauen Augen hatte ich eine Spur von Angst gesehen, als ich mich von ihm verabschiedet habe. Er macht sich wirklich Sorgen … Umso mehr hoffe ich, dass seine Besorgnis unbegründet ist, aber ganz sicher bin ich mir nicht. Restzweifel bleiben, ob ich die Nehil bin, die in der Prophezeiung gemeint ist.

Nun ja, ein Versuch ist es wert …

Ich bin so in Gedanken versunken, dass ich gar nicht bemerke, wie die Zeit vergeht. Als ich plötzlich etwas näher kommen höre, ist es schon später Nachmittag. Rasch greife ich nach meinem Schwert, das ich mitgenommen habe, um Angreifer abzuschrecken. Ich hoffe nur, es handelt sich nicht um einen Wolf oder Schlimmeres.

Als ich aufstehe, kann ich eine schwarze Gestalt ausmachen, die sich dem Lager nähert, und senke erleichtert das Schwert, als ich die Kleidung erkenne. Es ist der Schwarzmagier. Allerdings sieht er größer und breitschultriger aus als vorher. Ich hatte mir bis dahin gar nicht überlegt, wie er in seiner Jugend ausgesehen haben mag, jetzt bin ich umso gespannter.

Seine Kapuze trägt er so tief in der Stirn, dass sie seine Züge verdeckt. Erst als er nur noch zehn Schritt von mir entfernt ist, erkenne ich sein Gesicht – und erstarre vor Schreck.

Er sieht Xenos zum Verwechseln ähnlich, mit dem einzigen Unterschied, dass er einen Dreitagebart trägt und etwas jünger wirkt. Als der Magier seine Kapuze ganz zurückschlägt, weiche ich dennoch einen Schritt zurück.

»Wer seid Ihr?«, keuche ich.

»Ich bin immer noch der, den Ihr vorhin verabschiedet habt.« Die Stimme des Magiers klingt jung und angenehm tief.

Ich nehme das Schwert fester in die Hand. »Ihr seid Xenos!«

»Nein, bin ich nicht.« Er tritt näher an mich heran und ich merke, dass ich nicht weiter zurückweichen kann, da hinter mir der Fels den Weg versperrt. »Xenos ist mein älterer Bruder.«

»Wie bitte?!« Meine Stimme überschlägt sich.

Aber jetzt, auf den zweiten Blick, erkenne ich, dass er sich von dem Zirkelleiter deutlich unterscheidet. Er ist zwar genauso groß und breitschultrig, aber er hat schwarzes Haar und schwarze Augen, wohingegen Xenos dunkelbraunes Haar und Eisaugen besitzt. Zudem hat Zaron kantigere Züge und trägt sein Haar offen. Es fällt ihm bis über die Schultern, wie bei Xenos, der jedoch sein Haar mit einem Zopfband fest nach hinten zusammengebunden hatte.

Ich bemerke außerdem, dass dieser Schwarzmagier etwas in seinen Zügen hat, das Xenos gänzlich gefehlt hat: Güte und Freundlichkeit.

Langsam lasse ich das Schwert wieder sinken.

Zaron steht direkt vor mir und mustert mich mit seinen dunklen Augen. »Ihr scheint schlechte Erfahrungen mit meinem Bruder gemacht zu haben. Das kann ich nachvollziehen, er ist nicht immer der Einfachste.«

Ich schnappe nach Luft. Das ist bei Weitem untertrieben. »Jetzt ist mir auch klar, warum er Euer Leben verschont und Euch stattdessen ins Exil geschickt hat«, entfährt es mir.

Der Magier senkt den Blick. »So einfach ist das nicht. Aber ich werde Euch vielleicht irgendwann die ganze Geschichte erzählen – nur nicht heute. Kommt, wir haben noch viel zu tun.«

Er hebt meinen Rucksack hoch. Allem Anschein nach verfügt er auch über größere körperliche Kräfte, denn er trägt mühelos unser beider Gepäck, als er den Weg zurück einschlägt.

Nach einer Viertelstunde erreichen wir den Vulkan. Der Schwarzmagier führt mich zu der Höhle, die gut versteckt inmitten einer Geröllhalde liegt. Wir gehen hinein und er lässt ein schwaches Licht entstehen. Wieder spüre ich, dass er sich meiner Wärme bedient, und zittere.

»Tut mir leid, alte Gewohnheit«, murmelt er und legt den Rucksack auf den Boden.

»Ist schon in Ordnung«, antworte ich.

Ich lasse den Blick durch die Höhle schweifen. Sie ist um einiges kleiner als der Unterschlupf des Magiers. Trotzdem ist sie groß genug, dass wir problemlos ein paar Stunden hier ausharren können. Ich entdecke einen weiteren Gang, der noch tiefer in den Berg zu führen scheint und aus dem eine wohlige Wärme zu uns dringt. Ich nehme an, dass dieser Gang zum Herzen des Vulkans führt. Der leichte Schwefelgeruch, der in der Höhle herrscht, bestätigt meinen Verdacht.

»Wir werden hier eine Weile rasten«, beschließt Zaron. »Ich muss meine Kräfte zunächst vollkommen wiederherstellen, bevor ich mich an den Zauber machen kann.«

Er setzt sich an eine Höhlenwand und nimmt dieselbe Haltung wie Reyvan ein, wenn er meditiert. Da ich nicht weiß, was ich tun soll, nehme ich ebenfalls Platz und beobachte den Magier eine Weile.

Ich kann mir kaum mehr vorstellen, dass er vor ein paar Stunden noch ein alter Mann gewesen ist. Seine kantigen Züge verleihen ihm ein attraktives Aussehen, der Dreitagebart tut dem keinen Abbruch, im Gegenteil, er sieht damit umso männlicher aus. Ein paar schwarze Strähnen fallen ihm über die geschlossenen Augen. Vom Alter her scheint er ungefähr fünfundzwanzig zu sein – so genau kann ich das nicht einschätzen. Die Ähnlichkeit mit Xenos lässt sich nicht leugnen, wenn ich auch nichts von der Arroganz und Grausamkeit des Zirkelleiters in den Zügen dieses Schwarzmagiers sehe.

Als ich daran denke, wie Reyvan auf diesen attraktiven Mann reagieren wird, muss ich lächeln. Das wird ihm ganz und gar nicht passen – zumal er sowieso bereits entschieden hat, den Magier nicht zu mögen.

In dem Moment schlägt dieser die schwarzen Augen auf und sieht mich direkt an. Ich fühle mich ertappt und schaue rasch zur Seite.

»Habt Ihr mich nun lange genug betrachtet?«, fragt er. In seiner Stimme kann ich weder Ärger noch Ungeduld erkennen.

»Tut mir leid«, murmle ich. »Ich bin nur so überrascht von der Tatsache, dass Ihr Xenos' Bruder seid.«

»Ja, eine Tatsache, die mich auch nicht immer erfreut.« Ein melancholischer Unterton schwingt in seiner sonoren Stimme mit. »Ich hoffe, Ihr könnt mich trotzdem als eigenständige Person annehmen.«

»Natürlich, das kann ich!«, antworte ich rasch.

»Gut, der erste Schritt ist, dass du mich nicht mehr mit ›Ihr‹ oder ›Euch‹ ansprechen sollst. Da wir in den nächsten Stunden einiges miteinander vorhaben, würden diese Förmlichkeiten uns bloß unnötig aufhalten.«

Ich nicke erstaunt. »Wie soll ich Eu… dich denn nennen?«

Es kommt mir komisch vor, Xenos' Bruder mit dieser Vertraulichkeit anzusprechen.

»Ich habe schon so viele meiner Schwüre gebrochen … nenn mich bei meinem Namen: Zaron«, entgegnet er. »Nur benutze ihn bitte nicht zu häufig. Er ist für mich mit schmerzvollen Erinnerungen verknüpft.«

»Ist gut.« Ich vermeide geflissentlich, seinen Namen zu verwenden.

»In Ordnung. Und nun lass mich bitte in Ruhe meditieren, ansonsten werde ich nicht genügend Kräfte für dich haben.«

Damit schließt er wieder die Augen und ich entscheide, die Zeit zu nutzen und mich ein wenig hinzulegen.

Ich bin allerdings viel zu nervös, um zu schlafen. Die Ungewissheit, was mich in den nächsten Stunden erwarten wird, nagt an mir. Zudem bin ich immer noch unsicher, was ich davon halten soll, dass Zaron der jüngere Bruder von Xenos ist. Wird er uns an seinen Bruder verraten? Bisher hat er keine solchen Andeutungen gemacht … aber was, wenn doch? Kann ich ihm tatsächlich trauen?

Ich schaue zu dem Magier, der an der Wand lehnt. An seiner Hand erkenne ich keinen schwarzen Ring. Musste er ihn ablegen? Das verwirrt mich. Ich bin mir sicher, dass Xenos nicht so unvorsichtig wäre, einen Schwarzmagier – selbst wenn es sich dabei um seinen eigenen Bruder handelt – ins Exil zu schicken und ihn nicht im Blick behalten zu wollen.

Zwei Stunden vergehen. Ich nehme an, dass es draußen bereits dunkel geworden ist. Meine Unruhe wächst mit jeder Minute, bis ich es kaum noch aushalte.

Endlich schlägt der Magier die Augen auf und betrachtet mich. »Bist du bereit?«

»Nein«, antworte ich. »Ganz und gar nicht.«

»Gut, dann lass uns aufbrechen.«

Er erhebt sich und geht mir voran durch den Gang, aus dem uns die Wärme entgegenschlägt und der uns noch tiefer in den Vulkan führt. Ich folge dicht hinter ihm.

Bald schon klebt mir das Haar an der verschwitzten Stirn und ich lege den Fellumhang ab, werfe ihn kurzerhand zu Boden – wir werden hinaus wieder denselben Weg nehmen, hoffe ich zumindest. Die Reisekleidung kann ich jedoch nicht ausziehen, da ich darunter nichts trage. Auch der Magier entledigt sich seiner warmen Kleider und trägt nur noch eine schwarze Hose und ein schwarzes, verschlissenes Hemd darüber.

Nach zehn Minuten sind wir im Inneren des Vulkans angekommen. Um uns eröffnet sich ein gewaltiger Krater mit einem Lavasee. Er erinnert mich an den Feuersee im Zirkel von Lormir.

Wir bleiben auf einem schmalen Felsvorsprung, der über das flüssige Feuer ragt, stehen. Als ich über den Rand blicke, sehe ich etwa vierzig Schritt unter uns die gelbrote Lava brodeln. Ein Rauschen und Glucksen ist zu hören und die zähe Masse wirft immer wieder Blasen, die Funken sprühen. Heiße Dämpfe steigen zu uns hoch, es riecht jetzt so stark nach Schwefel, dass mir fast übel wird. Über mir kann ich durch den dichten Rauch den Himmel erahnen. Die Kraterwände sind rußgeschwärzt und ragen mehrere Hundert Schritt hoch.

Die Hitze hier drin ist fast unerträglich.

Der Magier zieht sein Hemd aus und legt es in den Gang zurück. Ich bemerke seine muskulöse, leicht behaarte Brust und seine starken Arme und senke rasch den Blick.

Zaron wendet sich mir zu. »Hier werden wir das Experiment versuchen.« Er steht nahe vor mir.

Er ist genauso groß wie Xenos und ich versuche, so gut es geht, nicht auf seine nackte Haut zu starren, die im Feuerschein vor Schweiß glänzt.

»Sieh mich an«, murmelt er sanft.

Ich hebe den Blick und schaue in seine dunklen Augen. Er überragt mich um über einen Kopf.

»Was ich nun mit dir vorhabe, wird all deine Vorstellungen übersteigen«, fährt er fort.

»Werde ich sterben müssen wie die Jungmagier im Zirkel bei der Aufnahmezeremonie?«, wage ich, meine Vermutung laut auszusprechen.

Zarons Nicken bestätigt meine schlimmsten Befürchtungen. »Ja, aber ich werde dich zurückholen. Und damit deine wahren Kräfte freisetzen.«

»Es fällt mir schwer, darauf zu vertrauen …«, entgegne ich leise.

»Ich weiß, aber es bleibt dir nichts anderes übrig. Es sei denn, du möchtest jetzt abbrechen und zurückgehen. Das können wir immer noch tun.«

Ich schaue ihm fest in die Augen. »Nein, ich will nicht zurück. Ich will es probieren. Wir sind nun so weit gekommen und wenn es das ist, was meine leibliche Mutter in ihrer Vision gesehen hat, werde ich es auf mich nehmen.«

In seinem Blick vermeine ich, Anerkennung aufblitzen zu sehen. »Du hast Mut, Alia.« Seine Augen ruhen auf mir. »Mut, den du jetzt auch brauchen wirst.«

Er wendet sich zum Lavasee unter uns.

»Setz dich hin, dann wirst du nicht umfallen«, weist er mich an.

Ich nehme zu seinen Füßen Platz und mein Herz rast.

»Du weißt also, dass die Jungmagier bei der Aufnahmezeremonie ihre Wärme selbst verbrauchen müssen«, fährt er fort. »Da du nicht über Magie verfügst – zumindest noch nicht – werde ich dies für dich machen. Ich werde einen Feuerdämon beschwören, in den ich deine Wärme schicke. Danach werde ich dich mit meiner und der Wärme dieses Dämons wieder zum Leben erwecken.«

Ich blicke zu ihm hoch. »Und wenn es nicht klappt?«

»Keine Sorge. Wir haben genug Energie, da sich der Dämon von der Lava hier im See ernähren wird. Das heißt, wir haben so viel Wärme, bis der gesamte Vulkan zu Eis erstarrt. Und das wird bestimmt nicht passieren.«

Ich nicke, trotzdem habe ich plötzliche Zweifel. Bevor ich diese jedoch äußern kann, beginnt Zaron mit dem Zauber.

Er murmelt ähnliche Worte wie damals die Zirkelräte bei der Aufnahmezeremonie, nur verstehe ich sie nicht. Aber ich spüre auf einmal, wie mir kalt wird. Meine Lunge beginnt bei jedem Atemzug zu brennen, meine Hände und Füße werden klamm. Ich sehe, wie sie blau anlaufen und schließlich vollkommen erstarren. Schon bald kann ich weder meine Arme noch meine Beine spüren und werde immer müder.

Nach wenigen Minuten merke ich, wie mir das Leben entweicht. Erstaunlicherweise überkommt mich keine Panik, sondern ein innerer Frieden.

Ich schließe die Augen und lasse meinen Körper sterben.

13

Alia

Dunkelheit umgibt mich und ich kann nichts erkennen. Ich versuche, zu gehen, und spüre, dass ich mich zumindest bewegen kann. Meine Augen gewöhnen sich langsam an das Dunkel. Jetzt bemerke ich schemenhafte Umrisse, die rasch klarer werden.

Aus irgendeinem Grund scheine ich mich in einer Art Parallelwelt zu befinden. Alles ist in graue Schatten getaucht.

Ich schwebe und schaue von oben auf mich herunter. Da liegt mein Körper zusammengesunken am Boden. Daneben steht Zaron, die Augen geschlossen, die Gesichtszüge vor Anstrengung verzerrt. Ich höre, dass er immer noch etwas murmelt.

Plötzlich erkenne ich den Feuerdämon, der sich vor Zaron aus der Lava erhebt. Er ist mindestens zehn Schritt hoch und sein gesamter Körper besteht aus reinen Flammen. Die Brust ist breit und verschmälert sich nach unten, was ihm ein v-förmiges Aussehen gibt.

Als ich über den Rand der Plattform schaue, bemerke ich, dass er keine Füße hat, sondern direkt aus der Lava herausragt. Es scheint fast, als ob Zaron ihn aus dem Feuer beschworen hat. Das Gesicht des Dämons kann ich nicht richtig erkennen, da es durch das Feuer verzerrt wird, dafür umso besser seine langen Fangzähne und Klauen, die nach Zaron schnappen. Der Schwarzmagier murmelt jedoch unbeirrt weiter seinen Zauber, ohne die Kreatur zu beachten.

Auf einmal flammt ein helles Licht auf. Es blendet mich so sehr, dass ich mich abwenden muss. Die Dunkelheit weicht, die Schatten verflüchtigen sich und ich bin wieder in der realen Welt. Allerdings schwebe ich immer noch in der Luft, habe keinen Körper. Ich bin eine Tote in der Geisterwelt.

Tausende von Eindrücken prasseln auf mich herein und trotzdem lassen sie mich kalt. Ich höre den Feuerdämon brüllen, sehe ihn vor mir aufragen und immer kleiner werden. Er grollt, dass die Erde bebt, trotzdem macht Zaron weiter.

Ich spüre, wie mich etwas in die Dunkelheit zurückzieht, will jedoch nicht gehen. Ich will hierbleiben und die Szene weiter beobachten.

Da öffnet Zaron unvermittelt die Augen und sieht mich direkt an. Ich erschaudere unter seinem Blick.

»Alia, komm zurück!«, donnert er in einem Befehlston, der keinen Widerspruch duldet.

Es wirkt. Ich spüre, wie ich zurückgezogen werde, ohne mich dagegen wehren zu können. Wieder ist es schwarz um mich und ich kann nichts mehr erkennen. Dann bin ich wieder in meinem Körper, spüre auf einmal unaussprechliche Schmerzen und schreie … ich schreie mir beinahe abermals die Seele aus dem Leib.

Mein Körper krümmt und windet sich, von schmerzhaften Krämpfen geplagt. Am Rande meines Bewusstseins bemerke ich, wie etwas meine Hände am Boden festhält. Es legt sich mit seinem gesamten Gewicht auf mich, droht, mich zu erdrücken, und nimmt mir die Luft zum Atmen.

Ich versuche, mich zu befreien, um mich zu schlagen, habe aber keine Kraft. Mein Körper fühlt sich an, als ob er in Flammen stünde. Ich hämmere mit dem Hinterkopf auf den Boden, um die Schmerzen auszuhalten, winde mich und spüre, wie Tränen meine Wangen hinunterrinnen, während jemand meinen Kopf festhält.

Die Qualen dauern unendlich lange, bis ich vermeine, sterben zu müssen. Meine Stimme ist heiser, ich weiß nicht, wie lange ich geschrien habe. Jedenfalls dringt mit der Zeit nur noch ein Krächzen aus meiner Kehle.

Langsam verebben die Krämpfe, werden seltener. Trotzdem reicht es noch, dass ich fast ohnmächtig werde. Alle meine Muskeln tun mir weh und ich schnappe nach Luft.

Etwas liegt immer noch auf mir und hält mich fest. Als ich mich weniger zu wehren beginne, lockert es seinen Griff um meine Handgelenke.

Der Schleier, den ich die ganze Zeit über meinem Blick hatte, lichtet sich allmählich.

Ich erkenne Zarons Gesicht direkt über mir. Er sieht mir in die Augen und ich erkenne Sorge darin.

»Geht es wieder?«, fragt er leise.

Ich versuche, mich zu bewegen, und merke, dass er immer noch auf mir liegt, mich mit seinem Gewicht am Boden fixiert. Ich bekomme kaum Luft unter ihm. Als ich versuche, etwas zu sagen, bringe ich keinen Ton heraus. Immerhin scheint er dies zu bemerken und stützt sich auf seine Knie.

»Entschuldige, ich musste mich auf dich werfen, sonst wärst du in den Lavasee gefallen.«

Er richtet sich auf, sitzt nun auf meinem Becken und hält nur noch meine Hände fest. Es tut gut, als ich merke, wie meine Lungen wieder mit Luft gefüllt werden.

Ich schließe erschöpft die Augen und im selben Moment spüre ich, wie mich etwas zurück in die Dunkelheit zieht. Ein leichter

Klaps auf meiner Wange lässt mich die Augen aufschlagen. Ich starre in Zarons Gesicht.

»Nicht ohnmächtig werden, verstanden?«, befiehlt er mit einer Sanftheit, die mich überrascht. »Das würde dein Ende bedeuten. Der Tod ist immer noch bei dir und wartet nur auf eine Gelegenheit, sich deiner wieder zu bemächtigen.«

Ich nicke und spüre dabei, wie mein Kopf pocht.

»Hast du Schmerzen?«, fragt der Schwarzmagier.

Ich nicke wieder, unfähig, etwas zu sagen. Mein Hals fühlt sich wund an vom Schreien.

Zaron steht auf und geht zu seinem Hemd, das immer noch irgendwo im Gang liegt, durch den wir hergekommen sind. Als er zurückkommt, hat er eine kleine Ampulle bei sich.

»Hier, trink das. Das wird dich heilen.« Er hält mir die Phiole an die Lippen.

Ich nippe daran, es schmeckt erstaunlicherweise nach Beeren. Rasch trinke ich die gesamte Ampulle leer.

Er setzt sich neben mich. »Sehr gut. Warte einen Moment, der Trank braucht eine Weile, bis er seine Wirkung entfaltet.«

Ich bleibe ruhig liegen und spüre, wie sich Wärme in meinem gesamten Körper ausbreitet. Sie dringt bis in meinen kleinen Zeh und wo sie ankommt, nimmt sie meinen Schmerz.

Nach einer Weile fühle ich mich schon viel besser. »Was ist das für ein Wundermittel?«, frage ich, als ich merke, dass meine Stimme wieder da ist.

»Das ist ein Heilelixier der Zwerge.«

»Danke.« Ich versuche, mich aufzurichten.

Zaron stützt mich. »Warte damit. Du bist noch sehr schwach, trotz des Heiltranks. Du kannst dich bei mir anlehnen.«

Er setzt sich hinter mich, sodass ich meinen Rücken an seiner Brust abstützen kann. Ich lasse meinen Kopf an seine Schulter sinken und atme tief durch.

»Wo ist der Dämon?«

»Ich habe ihn getötet.« Zaron legt seine Arme um mich, ob aus Reflex oder um mir das Gefühl von Geborgenheit zu geben, weiß ich nicht. Er stützt sein Kinn auf meinen Kopf. »Du wärst fast nicht mehr zurückgekommen«, murmelt er.

»Ich weiß, ich wollte nicht …«

»Das habe ich gemerkt. Ich habe dich gesehen, als du vor mir geschwebt bist.«

Eine Weile sitzen wir stumm da und ich versuche zu begreifen, was soeben passiert ist.

Ich bin gestorben und Zaron hat mich wieder zurückgeholt. Allein die Vorstellung, dass ich noch vor einigen Minuten tot war, jagt mir eine Gänsehaut über den Rücken. Ganz zu schweigen von den Schmerzen, die ich erdulden musste, als ich zurück ins Leben kam. So etwas will ich nie wieder erleben. Hätte ich das gewusst, hätte ich wahrscheinlich nicht eingewilligt.

Mein Körper fühlt sich immer noch taub und entkräftet an. Hoffentlich war es das wert …

»Habe ich nun meine Kräfte?« Ich drehe den Kopf zu ihm, um sein Gesicht sehen zu können.

»Das wird sich zeigen. Auf jeden Fall hättest du das Aufnahmeritual in den Zirkel überstanden – Glückwunsch dafür.« Seine dunklen Augen blitzen.

Ich lächle.

»Das solltest du öfter tun«, bemerkt er plötzlich.

»Was denn?«

»Lächeln. Es steht dir.«

Ich schaue ihn verwirrt an.

»Tut mir leid. Ich habe schon lange nicht mehr so mit einer Frau gesprochen.« Zaron senkt den Blick. »Du weckst in mir Erinnerungen, die … Lassen wir das. Kannst du wieder aufstehen?«

Ich nicke und er erhebt sich vorsichtig. Dabei stützt er meinen Rücken, damit ich nicht hinfalle. Ich bin mir wieder mehr als bewusst, dass sein Oberkörper immer noch nackt ist.

Als ich stehe, merke ich, dass meine Beine wackelig und schwach sind.

»Meinst du, du kannst gehen?«, fragt Zaron.

»Ich weiß nicht.« Ich versuche einen Schritt zu machen und wäre beinahe hingefallen, hätte er mich nicht festgehalten. Meine Beine geben einfach unter mir nach.

»Dann trage ich dich«, beschließt er.

Bevor ich Protest einlegen kann, hebt er mich hoch und trägt mich in den Gang zurück. Unterwegs sammelt er unsere Kleidung auf und gibt sie mir zum Halten.

Als wir in der kleinen Höhle zurück sind, zittere ich vor Kälte, denn der Temperaturunterschied ist gewaltig. Rasch lege ich meinen Mantel um und Zaron entzündet ein Feuer. Zu meinem Erstaunen spüre ich jetzt nur noch einen schwachen, kühlen Hauch, als er seine Magie wirkt.

»Setz dich hin und wärme dich. Wir müssen herausfinden, ob das Experiment geglückt ist«, weist er mich an.

Ich bleibe eine Weile eingewickelt in meinen Pelzmantel am Feuer sitzen und merke, wie sich meine Glieder aufwärmen. Jetzt fühle ich mich auf einmal unendlich müde und möchte nur noch schlafen. Immer wieder fallen mir die Augen zu.

Zaron entgeht dies nicht. »Du darfst noch nicht schlafen, Alia. Du bist gerade erst dem Tod entronnen, die Dunkelheit umgibt dich immer noch. Ich kann sie sehen.«

Ich schaue erstaunt zu ihm hinüber, aber er hat sich schon wieder von mir abgewandt.

»Hier, iss.« Er holt ein Stück Brot hervor, das wir eingepackt haben. Zaron hat es selbst gebacken. Woher er das Getreide dazu hat, ist mir nun auch klar, wahrscheinlich ebenfalls von den Eiszwergen.

Während ich darauf herumkaue, merke ich, dass ich Hunger habe. Rasch schlinge ich das Stück herunter und Zaron gibt mir eine weitere Scheibe.

»So ging es mir auch, als ich in den Zirkel aufgenommen wurde. Ich hatte einen Bärenhunger«, meint er.

Gerne würde ich mehr von seiner Vergangenheit erfahren, traue mich aber nicht, ihn darauf anzusprechen. Ich spüre, dass irgendwo etwas sehr Schmerzvolles ist, das er nicht enthüllen möchte – noch nicht.

»Wann werde ich erfahren, ob ich nun tatsächlich die Kraft habe, Elemente zu beeinflussen?«, will ich wissen.

»Bald. Aber du musst dich erst erholen. Weißt du, wie man meditiert?«

Ich schüttle den Kopf. Bisher habe ich das nur bei Reyvan gesehen und er hat sich nicht die Mühe gemacht, es mir zu zeigen – wozu auch, da ich ja keine Magie beherrschte.

»Ich zeig es dir. Es wird dir helfen, nicht einzuschlafen und trotzdem deine Kräfte wiederherzustellen. Setz dich so hin wie ich.«

Ich setze mich gerade hin und überkreuze meine Beine. Die Arme lege ich, wie Zaron, auf meine Knie.

»Und nun schließe die Augen und horche in deinen Körper hinein.« Ich tue wie geheißen. »Spüre deinen Atem, wie er von allein in deinen Körper hineingeht und wieder aus deinem Mund und deiner Nase entweicht. Und dann konzentriere dich auf deine Füße. Fühle, wo sie auf dem Boden aufliegen. Dann geh weiter in deine Beine, spüre den Kontakt mit deinen Unterarmen … deinen Bauch … die Brust … den Kopf … Nimm alles in seiner Gesamtheit wahr.«

Ich merke, wie mich eine innere Ruhe überkommt, als ich seinen Anweisungen folge. Ich horche auf meinen Atem und bin mir auf einmal bewusst, wie sich meine Brust bei jedem Atemzug hebt und senkt.

Eine Weile konzentriere ich mich ganz auf diese Empfindung.

»Jetzt wandere weiter, noch tiefer in deinen Körper, bis du das Feuer in dir spürst.«

Ich versuche, mich auf die Herkunft der Wärme in meinem Körper zu konzentrieren, und tatsächlich, nach einigen Versuchen gelingt es mir, seine Quelle auszumachen. Sie befindet sich in der Nähe meines Herzens. Ich bin erstaunt, wie warm es dort ist.

»Hast du ein Feuer gefunden?«, fragt Zaron.

»Ja«, hauche ich.

»Gut, dann trägst du jetzt Magie in dir. Das ist der Quell deiner Kräfte. Mit der Zeit wirst du sehr rasch darauf Zugriff haben.«

Ich öffne erstaunt die Augen und schaue ihn an.

Er mustert mich mit seinem dunklen Blick. »Alia, ich denke, du hattest immer schon diese Kräfte in dir. Ist dir nie etwas aufgefallen?«

Ich schüttle den Kopf.

»Das erstaunt mich. Bei angehenden Magierlehrlingen zeigt sich die Magie oft durch ihre Emotionen. Hat es nie einen Moment gegeben, wo du unwillentlich ein Element beeinflusst hast? Beispielsweise das Feuer geflackert hat?«

Ich versuche mich zu erinnern. »Nun ja, es gab ein paar Momente, wo das im Zirkel passiert ist. Aber ich dachte immer, es läge daran, dass der Wind stärker geweht hat … obwohl … wenn ich mich jetzt daran erinnere, es gab da gar keinen Wind.«

Zaron nickt. »Was waren das für Momente? Warst du wütend oder traurig? Oder glücklich?«

»Ja, ich war wütend oder traurig. Und einmal hat es sogar draußen heftiger zu schneien begonnen.«

»Dann hast du diese Elemente von allein beeinflusst. Du hattest damals schon Magie, allerdings nur einen winzigen Bruchteil von dem, was du jetzt in dir spürst.«

Ich runzle die Stirn. »Aber wie kann das sein? Warum wurde das nicht entdeckt?«

»Warum du es selbst nicht bemerkt hast, liegt wahrscheinlich daran, dass sich diese Magie erst viel später zeigte als bei anderen Menschen. Denn du warst eine Nehil.«

»Warst?«

»Ich nehme nicht an, dass man dich nun noch als solche bezeichnen kann. Ich werde dir zeigen, wie du deine Magie beherrschen lernst.« Er steht auf und setzt sich neben mich. »Wir beginnen mit einer kleinen Übung, um zu sehen, ob du das Feuer beeinflussen kannst. Falls ja, bist du definitiv keine Nehil mehr.« Er nimmt meine Hand in seine. »Dringe nochmals zu dem Quell deiner Wärme vor.«

Diesmal bin ich rascher dort, auch wenn es immer noch eine ganze Weile dauert.

»Gut, und nun stell dir vor, ohne die Augen zu öffnen, wie das Feuer vor dir brennt … hast du's?« Ich nicke nach ein paar Sekunden. »Jetzt versuche dich in das Feuer hineinzudenken. Was will es? Warum brennt es? Was spürt es? Was fürchtet es?«

Dieser Teil ist schwieriger. Ich habe zwar viel über das Element Feuer im Zirkel gelernt, aber diese Fragen habe ich mir noch nie gestellt. Schließlich habe ich auf alles eine mehr oder weniger gute Antwort und meine, das Feuer besser zu verstehen.

»Wenn du wie das Feuer zu denken vermagst, kannst du es auch beeinflussen.« Zaron führt meine Hand, die er immer noch hält, nach vorne.

Ich keuche, als ich merke, dass er sie über die Flammen hält. Ein scharfer Schmerz durchzuckt mich und ich öffne die Augen. Meine Hand steht in Flammen. Allerdings ist die Haut heil, aber ich spüre denselben Schmerz, wie wenn sie verbrennen würde. Ruckartig ziehe ich den Arm zurück, und Zaron lässt mich los.

»Das war schon ziemlich gut und du bist definitiv keine Nehil mehr«, meint er. »Auch eine Schwarzmagierin bist du nicht. Das würde ich sofort spüren. Ein Schwarzmagier erkennt einen anderen. Beim nächsten Mal versuchst du, dich noch mehr in die Flammen hineinzudenken, damit sie dir gar nichts mehr anhaben können.«

Ich reibe meine immer noch qualmende Hand und untersuche die Haut. Sie ist tatsächlich nicht verbrannt. »Welches Element hast du beherrscht, bevor du Schwarzmagier wurdest?«

»Du darfst dreimal raten ...«

Ich muss an Xenos denken, seinen Bruder. »Das Feuer?«

Zaron nickt.

»Und jetzt, da du Schwarzmagier bist? Beherrschst du auch andere Elemente?«

»Alia, so einfach ist das nicht. Ich kann zwar größere Zauber wirken, jedoch konzentrieren sich die meisten davon auf das Feuer. Zudem kann ich ein paar Zauber der schwarzen Magie wirken, aber ich habe mich damit zu wenig beschäftigt.«

»Du kannst immerhin das Aufnahmeritual der Magier nachahmen – und Menschen wiedererwecken!«

Zaron wendet sich ruckartig ab und steht auf.

»Entschuldige, habe ich etwas Falsches gesagt?« Ich bin überrascht über seine Reaktion.

Er hat immer noch sein Gesicht von mir abgewandt und ich kann nicht einschätzen, was er gerade denkt.

Schließlich antwortet er und in seiner Stimme schwingt Trauer mit. »Nein, hast du nicht ... es ... es hat mit mir zu tun. Aber jetzt ist nicht der richtige Augenblick, um darüber zu sprechen.«

Er geht zum Höhlenausgang und schaut eine Weile hinaus. Ich wage nicht, zu ihm hinzugehen, da ich spüre, dass er allein sein muss.

Nach einer Ewigkeit kommt er zu mir ans Feuer zurück und setzt sich wieder. Seine Miene wirkt ausdruckslos, aber ich vermeine, in seinen Augen wieder diesen alten Schmerz zu erkennen.

»Schneit es draußen?«, frage ich, um ihn von seinen trüben Gedanken abzulenken.

»Was?« Er sieht mich verwirrt an.

»Ob es schneit.«

»Nein, tut es nicht. Die Nacht ist sternenklar …« Er stochert mit einem Ast in dem Feuer herum und ich nehme wieder einen kühlen Hauch wahr.

»Was machst du?«, will ich wissen. »Ich spüre, dass du Magie benutzt.«

»Entschuldige bitte. Eine alte Gewohnheit von mir …« Er legt den Stock weg und sieht mich an. »Du solltest schlafen, ich werde Wache halten und auf dich achtgeben. Falls ich bemerke, dass sich der schwarze Schatten wieder über dich legt, werde ich dich wecken, in Ordnung?«

»Danke«, sage ich. »Für alles!«

Aus einem Impuls heraus umarme ich ihn.

Er sieht mich verdutzt an, als ich mich wieder von ihm löse. »Tu das bitte nie wieder«, stößt er hervor.

Verstört nicke ich und setze mich auf meinen Platz zurück. Es hat keinen Sinn, nach dem Grund dafür zu fragen, er würde ihn mir ohnehin nicht verraten – so gut kenne ich ihn inzwischen.

Also wickle ich mich fest in meinen Pelzumhang, lege die Decke neben dem Feuer zurecht und versuche zu schlafen.

14

Reyvan

Wenn ich etwas nicht besitze, dann ist es Geduld – hatte ich bei anderen Gelegenheiten schon erwähnt, oder?

Ich wandere in der Höhle hin und her, ohne genau zu wissen, wonach ich suche oder was ich tun soll. Der Gedanke, dass Alia mit einem wildfremden Mann unterwegs ist, lässt mich beinahe wahnsinnig werden. Ihr könnte sonst was zustoßen – und ich wäre nicht da, um sie zu beschützen.

Ja, der Kerl ist uralt, aber er ist eben auch ein Schwarzmagier, was bedeutet, dass er sich irgendwann den dunklen Künsten verschrieben hat. Und solche Menschen sind einfach nicht gut – können sie nicht sein. Ich meine, wer saugt schon das Leben anderer gegen deren Willen aus, allein um seine magischen Kräfte zu wirken? Das tun eindeutig nur Monster, und diesem Mann ist daher absolut nicht zu trauen.

Ich verwünsche mich dafür, dass ich nicht hartnäckiger war und Alia wenigstens so weit begleitet habe, wie es mir möglich gewesen wäre. Aber als sie mich ihre Gedanken lesen ließ, beschlich mich dieses dumme Gefühl, dass sie das allein schaffen muss.

Pustekuchen! Sie muss nichts allein schaffen – ich bin ab sofort immer an ihrer Seite und werde sie bei allem unterstützen. Meinetwegen auch dabei, ihre magischen Kräfte zu bekommen … obwohl ich nicht wirklich daran glaube, dass welche in ihr schlummern. Aber das hätte ich ihr nie im Leben ins Gesicht sagen können.

Rastlos tigere ich also umher und bin einige Male versucht, Alia und Zaron einfach zu folgen – halte mich dann selbst aber davon ab.

»Reiß dich am Riemen«, murmle ich mir zu und blicke mich in der Höhle um, um irgendetwas Sinnvolles zu tun.

Mein Blick fällt auf die beiden Pferde und den Maulesel und ich schlendere zu ihnen.

»Na? Wie geht es euch denn so?«, frage ich, ohne eine Antwort zu erwarten.

Ich rede mit Tieren – so weit ist es schon gekommen!

Aber besser, als weiterhin im Kreis zu laufen und mir irgendwelche Gedanken darüber zu machen, was Alia alles zustoßen könnte. Schließlich habe ich das Armband und darüber spüre ich, wie es ihr geht – der einzige Trost in dieser Ungewissheit.

Wie ich es hasse, nichts tun zu können!

Die Pferde schnauben leise, als ich ihnen über die Nüstern streiche und dann beginne, mit etwas Stroh ihre Rücken abzureiben. Eine Tätigkeit, die mich zumindest ein wenig beruhigt.

»Magst du den Kerl?«, frage ich an den Maulesel gewandt, der den Kopf hebt und mich mit seinen braunen Augen mustert.

Fast meine ich, eine Antwort in ihnen zu lesen, aber dann senkt er sein Maul wieder zum Heu vor sich.

»Ich mag ihn nicht«, murmle ich, während ich mich dem zweiten Pferd widme. »Er hat so etwas … keine Ahnung … etwas Bedrohliches an sich.«

Ja, das trifft es wohl am besten. Vom ersten Moment an, als ich ihm begegnet bin, habe ich mich bedroht gefühlt. Nicht so, als wäre er mir überlegen, sondern vielmehr so, als würde er mir etwas wegnehmen können. Etwas Wertvolles. Daher mag ich ihn auch nicht – ganz und gar nicht. Ich kann nichts dagegen tun, dass ich mich in seiner Gegenwart wie ein Arschloch verhalte, es kommt einfach über mich, da ich so wenig wie möglich mit diesem Greis zu tun haben will.

»Alia«, brumme ich und reibe fester mit dem Stroh über den Pferderücken. »Sie ist einfach viel zu gutgläubig!«

Die Pferde schnauben zustimmend und ich fühle mich etwas besser. Vielleicht sollte ich öfter mit Tieren reden, die sind eindeutig die besseren Zuhörer als Menschen oder gar Elfen …

Leise atme ich durch und versuche, meine Gefühle gegenüber dem Schwarzmagier besser zu definieren.

Womöglich ist es auch die Tatsache, dass er Alia schon viel länger kennt als ich, die mich stört. Dass er ihr geholfen hat, als ich noch nicht einmal wusste, dass sie existiert.

Halt, das stimmt nicht … wenn man es genau nimmt, habe ich Alia bereits als Säugling gesehen. Damals in der Verhandlung, als Zaron in die Eiswälder verbannt wurde.

Absurde Vorstellung, dass ich mich jetzt, nur achtzehn Jahre danach, in sie verliebt habe … aber so ist das nun mal hier in Altra, wo Völker unterschiedlich alt werden. Wir denken nicht über das Alter nach, sondern über Seelenverwandtschaft. Es ist nicht unüblich, dass ein alter Magier ein junges Mädchen zur Frau nimmt, wenn sie sich ineinander verlieben – das habe ich im magischen Zirkel viele Male miterlebt. Ebenso wie es nicht absurd ist, dass ich mich mit jungen, hübschen Magierinnen vergnügt habe, obwohl ich schon viel länger, als sie auf der Welt bin. Aber ich fühle mich nun mal nicht wie ein Greis, sondern wie ein junger Mann – verglichen mit Menschen.

Bei Xenos … ja, da ist es etwas anderes. Der Kerl ist uralt – selbst in seinem Benehmen. Und dass er sich für Alia interessiert hat, ist nicht nur pervers, sondern auch berechnend. Inzwischen weiß ich das, denn er wollte wahrscheinlich ihre Kräfte – sollten sie denn existieren – für seine Pläne nutzen. Ich zweifle keine Sekunde daran, dass er bereits vermutete, dass etwas in ihr schlummert.

Ich schaudere bei der Vorstellung, dass er Alia zu einem Kuss gezwungen hat. Das wäre ungefähr gleich eklig, wie wenn eine Schildkröte ein junges Häschen abknutscht. Bizarr und skurril.

Womöglich ist das auch einer der Gründe, wieso ich nicht möchte, dass Alia schon wieder mit solch einem alten Mann unterwegs ist. Ich möchte sie beschützen – wenn es sein muss, eben vor sich selbst.

Der Tag vergeht viel zu langsam und ich gehe schließlich auf die Jagd, da ich die Pferde nicht weiter striegeln kann, denn sie glänzen fast schon wie ein polierter Sattel und ich habe ihre Geduld mit meinen Bemühungen, mich von Alia abzulenken, ohnehin schon strapaziert.

Die Jagd gibt mir wenigstens das Gefühl, etwas tun zu können.

Gerade will ich ein Schneehuhn erlegen, da spüre ich mit einem Mal, wie sich etwas in mir zusammenzieht. Es fühlt sich an, als würde mein Herz für einen Schlag aussetzen und alles in mir gefriert.

»Alia«, keuche ich und fasse mir an die Brust.

Irgendetwas stimmt nicht, es geht ihr nicht gut, das fühle ich. Mein Blick schnellt in die Richtung, in der sie sich befindet, und ich beginne zu rennen. Der Schnee und die Felsen verhindern, dass ich rasch vorankomme, aber ich springe über Steine und hechte um Schneewehen herum. Immer weiter, zu ihr.

»Verdammt, ich wusste es!«, rufe ich niemand Bestimmtem zu.

Inzwischen ist das Gefühl der Gefahr allgegenwärtig und ich merke, wie Alia mir nach und nach entgleitet.

Ich hätte diesem hirnrissigen Plan niemals zustimmen sollen!

Mit einem Mal stolpere ich, da sich etwas verändert, und halte an. Mein Atem geht stoßweise, meine Seite sticht, weil ich keinerlei Rücksicht auf meinen Körper genommen habe.

»Alia?« Die Frage hängt in der Luft, ohne dass ich eine Antwort darauf bekomme.

Ich warte.

Einen Atemzug. Zwei.

Dann fühlt es sich an, als würde etwas wieder einrasten – als wäre das Gleichgewicht wiederhergestellt.

Die Erleichterung, die mich überkommt, lässt mich laut auflachen. Ich klopfe mir mit der Hand auf den Oberschenkel und stütze mich dann darauf ab.

Verdammt, ich hätte sie beinahe verloren …

Sicherheitshalber verharre ich in dieser Position einige Minuten, aber als sich an der Empfindung, dass sie in Sicherheit ist, nichts mehr ändert, kehre ich in Zarons Höhle zurück.

Unterwegs erlege ich ein Reh – viel besser als ein Schneehuhn – und nehme es aus, um es für Alias Rückkehr vorzubereiten. Sie wird hungrig sein, wenn sie morgen zurückkommt.

Ich weiß jetzt schon, dass ich in dieser Nacht kein Auge zutun und sie in Meditation verbringen werde, daher versuche ich gar nicht erst, mich hinzulegen, sondern richte mir einen Platz am unterirdischen Teich ein und schließe die Augen.

»Alia«, flüstere ich. »Komm zu mir zurück. Ich warte hier.«

15

Alia

Trotz der Tatsache, dass ich allen Grund für Albträume hätte, schlafe ich in dieser Nacht tief und fest. Als mich Zaron am nächsten Morgen weckt, fühle ich mich ausgeruht. Er hat Tee für uns gekocht und reicht mir ein Stück altes Brot sowie zwei Streifen Trockenfleisch.

»Hast du gut geschlafen?«, fragt er.

»Wie ein Stein. Ich fühle mich so gut wie noch nie.«

Er nickt und sieht wieder auf sein Brot hinunter, das er in den Tee tunkt, um es besser essen zu können. »Dann werden wir aufbrechen, sobald wir gegessen haben.«

Ich kaue auf dem Trockenfleisch herum. Aus dem Augenwinkel beobachte ich den Schwarzmagier. Er hat sogar eine ähnliche Art wie Xenos zu essen.

Rasch verscheuche ich die Gedanken an den Zirkelleiter, denn der ist glücklicherweise mehrere Tagesritte entfernt und wird uns wohl kaum hier vermuten.

Der Rückweg zum Unterschlupf des Schwarzmagiers dauert weniger lang als der Hinweg. Zum einen, weil wir weniger Gepäck bei uns tragen – das meiste haben wir gegessen –, zum anderen, weil ich mich stärker fühle und rascher gehen kann.

Wir kommen noch vor Mittag bei der Höhle an. Schon von Weitem sehe ich Reyvan vor dem Eingang stehen. Er hat uns erwartet. Natürlich – er weiß dank des Armbands, wie es mir geht.

Ich renne das letzte Stück auf ihn zu und umarme ihn stürmisch. Er hebt mich hoch und wirbelt mich herum, küsst mich und will mich gar nicht mehr loslassen. Lachend winde ich mich aus seiner Umarmung. Als sein Blick auf den Magier fällt, meine ich, für einen kurzen Moment einen ungläubigen Ausdruck in seinen Augen zu erkennen.

»Das ist der Bruder von Xenos«, erkläre ich, bevor er fragen kann.

Er nickt bloß und sieht mich dann wieder an. »Wir werden ihn wohl nie los, wie?«, bemerkt er mit einem schiefen Lächeln.

»Scheint so …« Ich gebe ihm einen Kuss auf die Wange.

Der Magier geht wortlos an uns vorbei in die Höhle hinein. Wir folgen ihm nach einigen Sekunden.

Zaron hat den Rucksack abgelegt und widmet sich gerade dem Maultier, das ihn schnuppernd begrüßt. Es scheint sich nicht daran zu stören, dass er nun jünger aussieht. Ich bemerke, dass Reyvan ein weiteres Reh zubereitet hat, das über dem Feuer an einem Spieß brät. Mir läuft das Wasser im Mund zusammen und ich setze mich erwartungsvoll an die Feuerstelle.

»Warte, Cíara, es ist noch nicht durchgegart«, hält mich Reyvan zurück, als ich schon Anstalten mache, mir ein Stück davon abzuschneiden. »Zudem musst du mir zuerst erzählen, was passiert ist. Ich habe mitbekommen, dass du für kurze Zeit deinen Körper verlassen hast. Das war ein beängstigendes Gefühl …

Am liebsten wäre ich sofort zu euch gekommen. Aber dann war es schon wieder vorbei. Ist der Zauber geglückt?«

Ich nicke und Erleichterung zeigt sich auf dem Gesicht des Elfen, der sich neben mich setzt.

»Ich kann sogar schon einen kleinen Feuertrick.« Ich schiele zu Zaron, der abwesend das Maultier am Hals krault.

»Das heißt, du trägst jetzt Magie in dir? Du bist ab sofort eine Magierin?«, fragt Reyvan neugierig.

Wieder nicke ich und lächle.

»Dann hatte die Prophezeiung also recht …«

»Ja, das hatte sie«, unterbricht uns Zaron, der sich von seinem Tier abwendet und ein paar Schritte auf uns zukommt. »Was werdet Ihr nun tun, jetzt, da Ihr Euer Ziel erreicht habt?«

Ich schaue Reyvan fragend an, der meinen Blick erwidert. »Wir werden uns ein schönes Plätzchen suchen und dort zusammenleben«, sagt er mit einem liebevollen Lächeln in meine Richtung.

»Dann rate ich Euch, möglichst weit weg von hier danach zu suchen.« Zaron sieht uns ernst an. »Xenos weiß nun, dass hier schwarze Magie gewirkt wurde – eine Menge schwarze Magie. Und er wird nicht zögern, mich aufzusuchen oder jemanden zu schicken, um die Ursache dafür in Erfahrung zu bringen.«

»Ihr habt uns reingelegt!«, ruft Reyvan und springt auf.

»Nein, habe ich nicht«, entgegnet Zaron scharf. »Im Gegenteil, ich habe Euch soeben gewarnt.«

»Aber Ihr wusstet, dass Eure Zauber Xenos anlocken – und habt es nicht einmal für nötig befunden, es uns zu sagen?!«

»Was hätte es an Eurer Entscheidung verändert? Alia war fest entschlossen, die Prophezeiung zu erfüllen. Das habe ich in deinen Augen gesehen.« Die letzten Worte sind an mich gerichtet.

Reyvan schaut ungläubig von Zaron zu mir und dann wieder zurück zum Magier. »Mir scheint da einiges mehr als nur schwarze Magie zwischen euch vorgefallen zu sein«, bemerkt er eisig.

»Reyvan, bitte, beruhige dich«, versuche ich ihn zu beschwichtigen. »Wir haben viel Zeit miteinander verbracht, weswegen wir auf die ganzen Förmlichkeiten schlussendlich verzichtet haben. Das ist alles.«

»Ach ja? Und war das bei Xenos auch so?!«

Ich spüre, wie mein Kopf rot wird und es in mir brodelt. »Hör auf mit deiner Eifersucht!«, herrsche ich ihn an und springe ebenfalls auf. »Das ist lächerlich! Wie oft muss ich dir noch zu verstehen geben, dass ich zu dir gehöre?«

In dem Moment scheint das Feuer, über dem immer noch das Reh gegrillt wird, zu explodieren. Eine Stichflamme steigt daraus empor, die so hoch ist, dass ich ihr Ende kaum sehen kann.

Erschrocken weiche ich zurück und Zaron eilt zu mir.

»Hör auf, Alia! Du wirst uns noch alle umbringen!« Er legt mir beschwichtigend die Hände auf die Schultern.

Reyvan starrt mich fassungslos an. »Warst *du* das etwa?«, fragt er leise.

»Ich … ich weiß nicht …«

»Natürlich war sie das!«, knurrt Zaron. »Ich wusste zwar, dass sie viel Magie in sich trägt, aber dass es *so* viel ist, hätte ich nicht für möglich gehalten.« Er mustert mich. »Wie fühlst du dich? Ist dir kalt?«

Ich schüttle den Kopf.

»Nicht? Bist du dir sicher?« In seinen dunklen Augen lese ich Zweifel.

»Ja, wirklich nicht, ich fühle mich wie immer.«

Zaron atmet tief durch und lässt meine Schultern los. »Da hast du ein ganzes Stück Arbeit vor dir, Elf.«

Offenbar hält er es nicht mehr für nötig, Reyvan mit der Höflichkeitsform anzusprechen.

Dieser springt sofort darauf an. »Warum ich? *Du* hast ihr doch die Kräfte gegeben, jetzt kannst du ihr auch zeigen, wie sie sie zu kontrollieren hat. Die Elfenmagie unterscheidet sich wesentlich von jener der Menschen.«

»Ich werde aber nicht länger euren Gastgeber spielen«, erwidert Zaron finster. »Das ist mir zu gefährlich. Außerdem – wie bereits gesagt – wird mein Bruder in wenigen Tagen hier auftauchen. Und dann solltet ihr sehen, dass ihr weit weg seid!«

Damit wendet er sich von uns ab, geht zu seinen Kisten und holt eine Flasche Wein hervor.

Ich schaue Reyvan unsicher an. »Wenn ich das gewusst hätte, hätte ich vielleicht nicht auf diese Prophezeiung gehört«, sage ich kleinlaut.

Reyvan kommt zu mir und nimmt mich in den Arm. »Wir werden das schon irgendwie hinbiegen.« Seine Stimme klingt weich und er lächelt mich aufmunternd an. »Noch hast du Zeit, dir von diesem Schwarzmagier einige Tipps zu holen. Wir werden erst morgen früh aufbrechen.«

Das Reh ist inzwischen leider nicht mehr genießbar, da ich es mit meiner Stichflamme verkohlt habe. Also macht sich Reyvan auf, ein weiteres Tier zu erlegen, das unser Mittagessen wird.

Mutlos setze ich mich auf einen der Steine bei der Feuerstelle und starre in die züngelnden Flammen. Ich weiß nicht, wie ich die Elemente beherrschen soll. Warum habe ich bloß auf diese Prophezeiung gehört? Hätte ich es nicht einfach sein lassen können? Einfach die Nehil bleiben, die ich war – und glücklich werden mit Reyvan? Und ihn nicht in dieses wahnwitzige Abenteuer verstricken, das uns zu diesem Schwarzmagier in die Eiswälder geführt hat.

Was hat es mir genützt? Ich weiß jetzt, dass meine leiblichen Eltern tot sind und ich sie nie kennenlernen werde. Und ich habe keine Ahnung, warum mir meine Mutter dieses silberne Kästchen gab, was es mit der Prophezeiung darin auf sich hat und wie es weitergehen soll.

Ich vergrabe verzweifelt das Gesicht in meinen Händen und atme tief durch.

Wie ich es auch drehe und wende, es nützt nichts, ich kann es nicht mehr ungeschehen machen. Ich habe nun diese Kräfte und muss sie irgendwie beherrschen lernen, sonst könnte ich womöglich jemanden verletzen. Reyvan hat recht: Noch habe ich Zeit, mir von Zaron zeigen zu lassen, wie ich die Magie in mir lenken kann.

Seufzend stehe ich auf und gehe zu dem Schwarzmagier.

»Ich weiß, du hast im Moment wahrscheinlich andere Sorgen«, beginne ich. »Aber ich wäre dir unendlich dankbar, wenn du mir beibringen könntest, wie ich das Feuer in mir beherrsche. So etwas wie eben könnte uns alle töten.«

Er betrachtet mich und sagt eine Weile nichts, dann seufzt er. »Dir das beizubringen, würde Wochen, wenn nicht Monate dauern. Die Magierlehrlinge haben zum Teil drei Jahre dafür – und sie haben bereits vor Eintritt in die Magiergilde die Magie in sich entdeckt. Du bist eine blutige Anfängerin – und hast gleich vier Elemente, die du beherrschen lernen musst. Dass du vorhin das Feuer beeinflusst hast, war reiner Zufall. Es hätte ebenso gut eine Überschwemmung, ein Erdbeben oder ein Wirbelsturm sein können. Du scheinst sehr viel Magie zu besitzen und ich habe leider keine Zeit, dir all das beizubringen, was du wissen solltest.«

»Und was wäre, wenn du uns ein Stück begleitest und mir unterwegs das Wichtigste zeigst?« Ich will nicht so einfach aufgeben.

»Das geht leider nicht – Xenos erwartet, dass ich hier bin. Wenn nicht, wird er mich ebenfalls verfolgen.«

»Aber du hast keinen Ring, er wird nicht wissen können, wo du bist.«

»Das stimmt. Er hat mir meinen Ring abgenommen. Er wusste, dass ich nichts sehnlicher wollte, als zu sterben, also bestand keine Gefahr, dass ich mich aus dem Staub machen würde. Und da ich schwarze Magie wirke, wusste er stets, wo ich bin. Aber diese Menge an schwarzer Magie wird selbst ihn aufhorchen lassen. Und er wird alles daransetzen, um der Sache auf den Grund zu gehen.«

Ich senke enttäuscht den Kopf.

»Alia«, sagt er leise. »Es tut mir leid. Ich habe dir geholfen, so gut ich konnte. Mehr vermag ich wirklich nicht für dich zu tun.«

Verzweifelt wende ich mich von ihm ab. Wie soll ich mit meinen neuen Kräften umgehen lernen? Ein weiterer solcher Ausbruch und ich werde vielleicht alle um mich herum töten – und in Reyvans Nähe kann ich nicht dafür garantieren, dass meine Gefühle nicht abermals überschäumen. Er bringt es wie kein anderer fertig, mich zu provozieren und sowohl positive als auch negative Gefühle in mir zu schüren.

Seufzend setze ich mich ans Feuer zurück und starre auf den verkohlten Kadaver des Rehs, der danebenliegt. Mein Magen knurrt, aber ich habe einen Kloß im Hals und brächte jetzt keinen Bissen herunter.

Nach einer Stunde kehrt Reyvan mit einem kleinen Fuchs zurück, den er vorbereitet und anstelle des verkohlten Rehs auf dem Spieß über dem Feuer befestigt. Ich schaue ihm schweigend dabei zu.

Er setzt sich neben mich und legt einen Arm um meine Schulter. »Immer noch bedrückt?«

Ich sehe ihn mutlos an. »Ich habe Zaron gefragt, ob er mir helfen kann, meine Kräfte beherrschen zu lernen. Leider hat er abgelehnt – es würde zu lange dauern.« Ich lege meinen Kopf an seine Schulter. »Reyvan, ich weiß nicht, ob das so eine gute Idee war. Jetzt habe ich zwar Kräfte, kann sie aber nicht kontrollieren – und wenn ich das nächste Mal wütend werde, kann es sein, dass nicht nur ein totes Reh dran glauben muss.«

»Dann werde ich dafür sorgen, dass du ab sofort keinen Grund mehr hast, wütend zu sein.« Er grinst mich aufmunternd an.

»Reyvan, bitte, nimm das ernst.« Ich wehre seine Hand ab, die einen Weg von meiner Schulter zu meiner Hüfte sucht.

»Ich nehme dich ernst«, antwortet er leicht eingeschnappt. »Aber es bringt nichts, wenn wir jetzt mutlos hier herumsitzen. Lass uns etwas essen und dann weiterschauen. Immer schön eins nach dem anderen …«

Damit steht er auf und dreht den Fuchs auf dem Spieß, sodass er von der anderen Seite gebraten wird. Der Saft tropft ins Feuer, das leise zischt.

Ich zucke unwillkürlich zusammen. Ich werde Feuer nie mehr mit denselben Augen ansehen können wie vor meiner Verwandlung zur Magierin.

Den Rest des Tages verzieht sich Zaron mit einer Flasche Wein zum Höhlensee und gibt uns mehr als deutlich zu verstehen, dass er nicht gestört werden will. Also lassen Reyvan und ich ihn in Ruhe. Ich versuche mithilfe des Elfen meine Kräfte zu kontrollieren.

Als Erstes machen wir uns daran, das Feuer zu beeinflussen. Leider kann mir Reyvan nicht so gut helfen wie Zaron. Er wirkt seine Zauber, ohne groß dabei zu überlegen, und kann mir nicht erklären, wie es funktioniert, die eigene Wärme in Magie umzuwandeln.

Gegen Abend beherrsche ich gerade mal den Trick mit der Hand im Feuer, den mir Zaron gezeigt hat, etwas besser. Trotzdem tut mir meine Haut noch weh, wenn ich sie in die Flammen halte, und qualmt, wenn ich sie rausziehe.

Selbst beim Abendessen trinkt Zaron bloß eine weitere Flasche des Zwergenweins und sagt kein Wort. Er ist tief in seine trüben Gedanken versunken und reagiert auf unsere Bemühungen, ihn in ein Gespräch zu verwickeln, gereizt.

Langsam bin ich froh, wenn wir ihn endlich los sind. Er zieht uns mit seiner Stimmung bloß noch stärker herunter.

Reyvan und ich besprechen für den Rest des Abends, wohin wir reiten wollen. In den Süden kommt für uns im Moment nicht infrage, da wir nicht genau wissen, aus welcher Richtung Xenos – oder die Magier, die er hierherschickt – in die Eiswälder gelangen werden. Also beschließen wir, vorerst nach Osten, Richtung Fayl, zu ziehen, um nach einigen Monaten in den Süden weiterzureiten.

Vielleicht werden wir Altra sogar verlassen und neue Länder kennenlernen. Auch wenn ich einen Stich bei dem Gedanken spüre, dass ich meine Familie wahrscheinlich nie mehr wiedersehen werde, fühlt es sich richtig an. Oder zumindest besser, als von Xenos gefangen genommen zu werden. Denn das wäre unser sicheres Todesurteil.

16

Alia

Früh am nächsten Morgen brechen wir auf. Der Abschied von Zaron fällt kurz aus, da er betrunken auf seiner Schlafstätte liegt und kaum merkt, dass wir gehen.

Reyvan und ich führen unsere Pferde ein Stück den Berg hinunter, bevor wir aufsitzen. Schweigend folgen wir dem schmalen, verschneiten Gebirgspfad. Zumindest fällt heute Morgen kein Schnee, sodass wir bald schon die weißen Baumkronen des Eiswaldes unter uns erblicken. Er scheint sich bis an den Horizont zu erstrecken.

Am wolkenbehangenen Himmel fliegen ein paar Vögel vorbei, ansonsten ist es gespenstisch still. Fast schon friedlich, wüsste ich nicht, dass dort unten, zwischen den Bäumen, Gefahren lauern, die meine Vorstellungen übersteigen. Aber mit Reyvan an meiner Seite hoffe ich, dass wir unbehelligt aus den Eiswäldern hinauskommen und baldmöglichst die Ebenen nördlich der Wälder von Zakatas erreichen.

Als wir den Gebirgspfad hinter uns lassen und nahe am Rand des Eiswaldes reiten, geht es schneller voran. Der Schnee liegt nicht mehr so hoch, da die Tannen uns Schutz bieten.

Gegen Mittag machen wir eine Pause und Reyvan versucht mir zu erklären, wie man mit Magie ein Feuer entfacht, jedoch erfolglos. Ich verstehe nicht, wie das funktionieren soll, und gebe schließlich entnervt auf. Neidvoll sehe ich ihm zu, wie er mit einer einzigen Handbewegung die Holzscheite zum Brennen bringt. Ich werde wirklich die Hilfe eines menschlichen Magiers benötigen, um das zu lernen.

Nach dem Mittagessen spiele ich gedankenverloren mit dem silbernen Kästchen, das ich aus meinem Rucksack hervorgeholt habe. Es hat mir trotz all meiner Hoffnungen nichts über meine Herkunft verraten können. Alles, was es mir eingebrockt hat, ist, dass ich nun Kräfte besitze, die ich nicht zu kontrollieren vermag. Und Reyvan kann mir dabei nicht helfen.

Aus einer Intuition heraus öffne ich das Kästchen und nehme das gefaltete Pergament heraus. Als ich die Zeilen betrachte, beginnen sich auf einmal die Buchstaben des zweiten Abschnitts zu bewegen.

Hab ich mir das gerade eingebildet? Ich schaue genauer hin, und tatsächlich – wie bei der ersten Strophe des Gedichtes bewegen sich die Buchstaben, formen sich.

Es dauert eine Weile, dann steht vor mir schwarz auf weiß ein zweiter Vers.

Ich keuche und Reyvan hebt fragend eine Augenbraue. Er hat sich gegen seinen Rucksack gelehnt, um das Mittagessen zu verdauen, jetzt steht er auf und kommt zu mir. »Was ist denn, Cíara?«

»Da … da stehen weitere Worte …«, flüstere ich.

»Zeig mal her.« Er schüttelt den Kopf. »Für mich sieht alles so aus wie immer. Was steht denn da?«

Ich versuche mich abermals zu konzentrieren, als er mir das Papier zurückgibt, und lese ihm den Vers vor.

Der Stern die Schatten hat besiegt
In seiner Hand ihr Schicksal liegt
Durch Stein und Felsen ihr Weg führt
Bis Wasser ihre Haut berührt

»Was der erste Teil bedeutet, versteh sogar ich«, bemerkt Reyvan, als ich geendet habe. »Wir müssen umkehren und das dem Schwarzmagier zeigen.«

Ich nicke, von gemischten Gefühlen geplagt. Was, wenn Zaron die Worte anders interpretiert? Oder er uns seinem Bruder ausliefert?

Allen Zweifeln zum Trotz brechen wir sofort auf, treiben unsere Pferde an, um möglichst noch vor Einbruch der Dämmerung wieder bei der Höhle zu sein.

Glücklicherweise weiß Reyvan sofort, wo der Pfad in die Berge führt.

Wir reiten den schmalen Weg zu der Höhle von Zaron, doch als wir dort ankommen, ist sie zu unserer Bestürzung leer. Keine Spur des Schwarzmagiers.

»Was sollen wir nun tun?«, frage ich Reyvan.

»Hier warten. Wenn er vor morgen früh nicht zurück ist, werden wir ohne ihn wieder aufbrechen und unserem ursprünglichen Plan folgen. Wir haben bereits zwei Tage verloren, seit du deine Kräfte erhalten hast. Wer weiß, wann Xenos oder seine Magier hier sind? Vielleicht schon morgen, falls sie sich sowieso in der Nähe aufgehalten haben. Das können wir nicht riskieren.«

Ich befestige mein Pferd neben dem Maultier des Magiers. Immerhin ist es noch hier, das heißt, er wird hoffentlich bald zurückkommen.

Wir brauchen keine Stunde zu warten – noch ehe es finster ist, kehrt Zaron zurück. Offenbar war er jagen, denn er trägt einen toten Hasen bei sich.

Forschend sieht er uns mit seinen dunklen Augen an. »Ich dachte, ich wäre euch los«, brummt er grimmig und geht an uns vorbei zur Feuerstelle.

»Ist das die Art Begrüßung, die man von einem Schwarzmagier erwarten kann?«, fragt Reyvan. »Du hast uns gefehlt, das ist alles.«

Zaron zieht bedrohlich die Augenbrauen zusammen. Bevor jedoch ein erneuter Streit zwischen den beiden ausbricht, gehe ich zu dem Magier.

»Ich habe eine weitere Strophe des Gedichtes lesen können«, erkläre ich. »Du musst uns helfen.«

Er schaut skeptisch auf mich herunter. »Ich dachte, da ist nur eine Strophe?«

Ich schüttle vehement den Kopf. »Nein, da ist noch mehr. Nur konnte ich den Rest bis jetzt nicht entziffern. Aber vorhin, als wir eine Mittagspause einlegten, haben sich mir die Worte offenbart.«

»Und was steht dort?«

Ich trage ihm den Vers vor. »Verstehst du, mein Leben hängt davon ab, wie du dich entscheiden wirst«, versuche ich ihn zu beeinflussen.

Der Schwarzmagier seufzt und legt den Hasen auf den Boden. Dann stößt er einen leisen Fluch aus. »Ich hatte gedacht, ich könnte jetzt in aller Ruhe wieder in mein altes Leben zurückkehren und endlich sterben – und dann kommst du mit diesem verdammten Gedicht zurück … was willst du von mir hören? Dass ich die Vision deiner Mutter infrage stelle?«

»Nein, dass du mit mir – mit *uns* – kommst.«

Sein Gesicht bleibt finster, während er mich mustert. »Steht denn in dem Gedicht noch mehr außer diesem zweiten Vers?«

»Ich weiß nicht … es kann sein … aber ich kann den Rest nicht lesen.«

Der Magier seufzt abermals. »Das hatte ich mir gedacht … Blutmagie – ich hasse das!«

»Was denn?«

»Deine Mutter war wirklich klug. Sie hat das Gedicht so aufgeschrieben, dass sich immer nur ein Teil davon dir offenbart. Und zwar nur, wenn sich der vorangehende Teil erfüllt hat. Somit hat sie verhindert, dass ungebetene Augen lesen, was wir als Nächstes vorhaben.«

»Wir?«, frage ich hoffnungsvoll.

Er knurrt leise. »Es bleibt mir wohl nichts anderes übrig.«

Fast bin ich versucht, ihm um den Hals zu fallen, beherrsche mich aber. Reyvan hätte sich sonst bloß unnötig geärgert.

»Ich danke dir.« Ich drücke stattdessen seine Hand.

Hinter mir höre ich Reyvan in die Hände klatschen. »Das wär geschafft. Jetzt sind wir ein reisendes Trio … ich schlage vor, dass wir keine weitere Zeit mit Sentimentalitäten vergeuden, sondern möglichst rasch aufbrechen. Jede Minute, die wir unnötig hierbleiben, hilft unseren Verfolgern, den Abstand zwischen uns zu verringern.«

»Du hast recht, Elf.« Zaron wirft ihm einen kurzen Blick zu. »Wir dürfen keine Zeit verlieren. Ich brauche eine Viertelstunde, um das Nötigste zu packen. Dann bin ich zum Aufbruch bereit.«

Damit entzieht er mir seine Hand und macht sich daran, seine Sachen zusammenzusuchen. Reyvan und ich braten in der Zwischenzeit den Hasen, um ihn auf die Reise mitzunehmen.

»Werden wir trotzdem unsere Reiseroute beibehalten?«, frage ich den Elfen.

»Das kommt darauf an, was dein kluges Kästchen uns rät.« Reyvans Augen blitzen. »Offenbar scheint es ja von nun an zu bestimmen, was unser Schicksal ist.«

»Sei bitte nicht so«, entgegne ich sanft. »Ich habe mir das nicht ausgesucht. Und wenn du nicht mitkommen möchtest, kann ich das verstehen.«

Er starrt mich ungläubig an. »Willst du mich etwa loswerden, jetzt, da du einen Schwarzmagier als Begleiter hast?«

»Nein, nein, auf keinen Fall!« Ich lege eine Hand auf seinen Arm. »Ich würde am liebsten für immer mit dir durch Altra reisen.«

Reyvans Blick wird weicher. »Das möchte ich auch. Ich werde dich nicht verlassen, versprochen. Es war meine freie Entscheidung, dich hierher zu begleiten, und ich werde auch weiterhin an deiner Seite bleiben – falls du das willst.«

»Natürlich will ich das, was für eine Frage.« Ich ziehe ihn an seinem Umhang zu mir und küsse ihn.

»Das war aber nicht so überzeugend, das kannst du besser.« Er grinst schelmisch und küsst mich leidenschaftlich.

»Reyvan«, keuche ich, als er mich loslässt. »Du musst aufpassen, ich könnte ein plötzliches Erdbeben oder Schlimmeres verursachen, wenn du meine Gefühlswelt so durcheinanderbringst.«

»Das werde ich aushalten.« Er senkt abermals den Kopf zu mir.

»Habt ihr jetzt genug geturtelt?«, fragt in dem Moment Zaron hinter uns. »Ich sehe schon, das wird keine besonders angenehme Reise mit euch verliebten Karnickeln.« Er verzieht angewidert den Mund und ich spüre, wie meine Wangen warm werden.

»Such dir doch auch eine Frau«, entgegnet Reyvan.

Zaron bedenkt ihn mit einem finsteren Blick, erwidert aber nichts.

»Reyvan, lass … bitte«, murmle ich. Ich spüre, dass er den Magier verletzt hat.

»Schon gut, Alia, ich habe mich inzwischen daran gewöhnt, dass dein Begleiter keine Manieren hat«, erwidert Zaron mit eisiger Ruhe.

Reyvan sieht den Magier mit schmalen Augen an, verzichtet aber auf eine gehässige Antwort.

»Lasst uns aufbrechen. Je eher wir hier weg sind, desto besser.« Damit dreht sich Zaron um und geht zu seinem Maultier, das friedlich kauend neben den beiden Pferden steht. Ich sehe zu meinem Erstaunen, dass rechts und links an seinem Sattel nun jeweils ein Fass befestigt ist.

»Was hast du da drin?«, frage ich, als ich zu meinem Pferd gehe, das sich neben Zarons Maultier befindet.

»Etwas, das meine Nerven beruhigt und mir die Reise mit euch erträglicher macht.« Der Anflug eines Schmunzelns spielt um seine Mundwinkel.

»Wein?«

»Nicht nur irgendeinen, sondern Zwergenwein.«

»Ach …«

»Und wohin gehen wir nun?«, unterbricht uns Reyvan.

»Ich weiß, wohin wir müssen«, antwortet Zaron. »Stein und Felsen … folgt mir, wir werden meine Freunde besuchen.«

»Wen?«, fragt Reyvan.

»Die Eiszwerge.«

Ich schnappe vor Überraschung nach Luft. »Aber … dann werden wir ja hier im Norden bleiben. Wir sollten so rasch wie möglich die Berge verlassen.«

»Eben nicht, das erwartet jeder von uns«, entgegnet Zaron geduldig. »Bei den Zwergen sind wir sicher – und wir können uns in Ruhe überlegen, was es mit dem Wasser auf sich hat, das die Strophe erwähnt.«

»Ich stimme ihm zu«, bemerkt Reyvan. »Das Gedicht sagt, dass der Weg uns durch Stein und Felsen führt – dort wohnen nun einmal die Zwerge. Auch wenn ich mir etwas Besseres vorstellen könnte, als diese kleinwüchsigen, eingebildeten ...« Ein strenger Blick von Zaron lässt Reyvan abrupt verstummen.

»Also, dann ist das geklärt.« Der Schwarzmagier wendet sich wieder seinem Maultier zu, um die Befestigung der Fässer zu überprüfen.

Ich werfe Reyvan einen Blick zu, aber dieser zuckt mit den Schultern. »Ein Versuch ist es wert.«

Seufzend gehe ich zu meinem Pferd und mache es von der Wand los. Reyvan und Zaron folgen meinem Beispiel und wir führen die drei Tiere aus der Höhle. Ein eisiger Wind schlägt uns entgegen, aber ich bemerke mit Erstaunen, dass ich nicht friere. Ob das meinen neuen Kräften zu verdanken ist?

»Dann geh mal voran, Schwarzmagier«, meint Reyvan.

Zaron lässt diese Anspielung unkommentiert und steigt auf sein Maultier auf. Es ist ein komischer Anblick, den groß gewachsenen Mann auf dem kleinen Tier zu sehen.

»Soll *ich* auf dem Maultier reiten?«, biete ich an.

Zaron schüttelt den Kopf. »Das Tier wirft jeden ab, den es nicht kennt. Da helfen auch deine neuen Kräfte in Erdmagie wenig – zumal du sie noch nicht beherrschst.«

Reyvan murmelt etwas Unverständliches, das sich wie eine Verwünschung anhört. Ich gebe ihm insgeheim recht – schließlich liegt es nicht an mir, dass ich meine Kräfte noch nicht kontrollieren kann.

Zaron reitet los und schlägt einen Pfad ein, der noch tiefer ins Gebirge führt. Reyvan und ich folgen ihm.

Wir reiten eine Weile schweigend hintereinanderher. Reyvan bildet den Schluss unserer kleinen Kolonne. Der Gebirgspfad ist von Eis bedeckt. Daher müssen sich unsere Pferde und das Maultier sehr konzentrieren, um nicht auszurutschen. Wir reiten durch schmale Schluchten, die links und rechts von hohen Felswänden flankiert sind. Ich bewundere, dass Zaron den Weg problemlos zu finden scheint, obwohl es Dutzende von Abzweigungen gibt. Wohin all diese schmalen Pfade führen mögen?

Inzwischen ist der Mond aufgegangen und bescheint unseren Pfad mit spärlichem Licht. Wenn ich den Blick hebe, kann ich sogar Sterne über uns erkennen. Der Schnee knirscht unter den Hufen der Pferde. Eigentlich wäre alles so friedlich – wären wir nicht auf der Flucht vor dem magischen Zirkel.

»Wie weit ist es noch?«, frage ich nach einer Stunde, als Zaron sein Maultier anhält.

»Noch etwa zwei Stunden, dann sollten wir bei einem der Eingänge in die unterirdische Stadt angekommen sein. Bis zur Steinstadt dauert es danach noch eine Weile.«

Ich sehe ihn neugierig an. »Heißt sie so, die Stadt, wo die Zwerge leben? Steinstadt?«

»Nein, ihr richtiger Name ist ›Stadt der tausend Steine‹. Aber so nennt sie niemand. Die meisten sagen Steinstadt.«

»Ist es eine Art Hauptstadt der Zwerge? Wie die gläserne Stadt der Elfen?«, ergreife ich die Gelegenheit, mehr über die anderen Völker zu erfahren.

»Es ist eine große Stadt«, erklärt mir Zaron geduldig. »Jedoch gibt es Hunderte von Zwergenstädten in den Gebirgen von Altra. Und jede Stadt hat ihr eigenes Clanoberhaupt, das sie regiert.«

»So wie ein König?«

»Nicht ganz. Die Clans der Zwerge haben eine komplexe Struktur.«

»Wie alles bei den Zwergen«, höre ich Reyvan hinter mir. »Die Zwerge haben die Komplexität erfunden …«

»Der Elf hat recht.« Zaron verzieht den Mund zu einem schwachen Lächeln. »Es ist alles ziemlich undurchsichtig. Wenn man kein Zwerg ist, kann man sich kaum einen Überblick über die Strukturen ihrer Bevölkerung verschaffen. Aber es genügt für uns, zu wissen, dass sie uns Unterschlupf gewähren werden. Sie hassen alles, was mit dem magischen Zirkel zu tun hat, daher werden sie begeistert sein, zu hören, dass ihr erfolgreich von dort geflohen seid.«

»Ich bin ja mal gespannt, ob sie immer noch so begeistert sind, wenn sie sehen, dass ein Elf sie besuchen kommt«, entgegnet Reyvan.

Mein Blick schweift zwischen ihm und Zaron hin und her. »Warum? Vertragen sich Elfen und Zwerge denn nicht?«

Reyvan sieht mich belustigt an. »Das ist die Untertreibung des Jahres, Cíara. Wir hassen uns.«

»Wirklich?«

»Oh ja, und zwar sehr leidenschaftlich!« Fast vermeine ich, eine Spur von Stolz in seiner Stimme zu erkennen.

»Aber … ist es dann nicht gefährlich, zu ihnen zu gehen?«

»Nicht gefährlicher, als auf Xenos zu warten.« Er zuckt mit den Schultern.

»Lasst uns weiterreiten, wir verlieren sonst unnötig Zeit«, unterbricht Zaron unser Gespräch.

»Dann geh voran.« Reyvan scheint verärgert, dass er sich nicht weiter über die Zwerge auslassen darf.

Somit setzen wir unsere Reise durch das Gebirge fort. Inzwischen schneit es wieder und der Wind peitscht uns die Schneeflocken um die Köpfe. Ich bin froh, dass ich dank meiner neuen Kräfte nicht mehr so rasch friere. Trotzdem zittere ich nach einer weiteren Stunde Ritt durch den nächtlichen Schneesturm. Als wir endlich eine Pause machen, bin ich unendlich dankbar für die Wärme des Feuers, das Reyvan entzündet. Wir lagern im

Schutz einiger Felsen und braten eine Schneeeule, die Reyvans Bogen zum Opfer fiel.

»Werde ich ebenso gut schießen lernen wie du?«, frage ich ihn mit vollem Mund.

»Nun werde nicht gleich übermütig«, erwidert er mit einem schiefen Lächeln. »Keiner kann so gut schießen wie ich. Da helfen dir auch keine magischen Kräfte.«

»Das nehme ich als Herausforderung.« Ich bedenke ihn meinerseits mit einem Lächeln.

»Wie du willst, aber ich habe dich gewarnt.«

»Zuerst wird sie die Luft beherrschen lernen müssen, bevor ihr euch miteinander messen könnt«, unterbricht Zaron uns.

Er sitzt auf der anderen Seite des Feuers und trinkt bereits den dritten Becher seines mitgebrachten Weins. Wenn er in dem Tempo weitermacht, werden seine Vorräte kaum den nächsten Tag erleben.

»Warum trinkst du so viel?«, will ich von ihm wissen.

»Das geht dich nichts an«, knurrt er und stürzt den letzten Schluck in einem Zug hinunter. »Lasst uns weiterreiten, wir werden bald beim Eingang in den Berg sein und diesem verdammten Wind endlich entkommen.«

17

ALIA

Weit vor Mitternacht erreichen wir einen schmalen Felsspalt. Er ist gut verborgen hinter mannshohen Steinbrocken, zwischen denen sich der Pfad hindurchwindet. Der Spalt selbst ist nicht viel breiter als zwei Schritt. Dunkelheit empfängt uns dahinter. Die Pferde sind es inzwischen gewohnt, von uns in enge Höhlen gezwungen zu werden, und folgen mit nur wenig Protest. Zu meinem Erstaunen gibt es Fackeln in Halterungen an den Wänden. Zaron entzündet die erste davon, die unsere Umgebung in warmes Licht taucht.

Der Tunnel ist eindeutig nicht natürlichen Ursprungs. Wahrscheinlich haben die Zwerge ihn aus dem Felsen gehauen. Der Weg ist gerade so breit und hoch, dass ein ausgewachsener Mann ihn ohne Probleme betreten kann. Er führt mit einer leichten Neigung stetig nach unten und verliert sich in der Dunkelheit.

»Willst du dich im Anzünden der Fackeln üben?« Zaron hält an und wendet sich zu mir um.

»Haben wir denn Zeit dafür?« Ich würde es gern probieren, aber wir sind schließlich auf der Flucht.

»Nun, irgendwann musst du es ja lernen«, meint er schulterzuckend. »Und wir sind gut vorangekommen. Ein paar Minuten werden wir erübrigen können. Los, ich zeige es dir.« Er übergibt die Zügel seines Maultiers an Reyvan. »Vielleicht wartest du besser mit den Tieren draußen.«

Der Miene des Elfen nach zu schließen, scheint er nicht sonderlich begeistert von dem Vorschlag zu sein, Zaron und mich im Tunnel allein zu lassen. Aber die Pferde würden bei einem Missgeschick nur unnötig scheuen und sich womöglich verletzen, also führt er sie nach kurzem Zögern vor den Felsspalt.

»Stell dich vor mich hin«, weist mich Zaron an und ich tue wie geheißen. »Und jetzt versuche nach der Wärme in dir zu greifen.«

Ich gelange rasch zu dem Quell meiner Wärme, habe aber keine Ahnung, wie ich danach greifen soll.

»Schau dir die Fackel an.«

Ich bemühe mich, die nächste Fackel im Halbdunkeln so gut wie möglich zu erkennen.

»Und verbinde dich nochmals mit der Wärme in dir. Lass dabei die Fackel nicht aus den Augen.«

Diese beiden Dinge zusammen zu tun, benötigt mehr Konzentration, als ich gedacht hätte. Ich spüre, wie mir trotz der Kälte kleine Schweißperlen auf die Stirn treten.

»Wenn du dir beides vergegenwärtigt hast, stell dir vor, wie die Fackel brennt. Schick dein Feuer in sie, nähre sie. Am einfachsten geht das, wenn du die Hand dabei ausstreckst, um dein Ziel besser anvisieren zu können.«

Ich versuche, meine gesamte Konzentration in diese Geste zu legen, und deute mit der Hand auf die Fackel, die bereits vor meinem inneren Auge brennt – und wäre fast vor Schreck umgefallen, als sie es plötzlich tut. Nun ja, die Flamme ist zu stark, sodass die Fackel aufzischt, aber nach ein paar Sekunden hat sie sich beruhigt und flackert munter vor sich hin.

Ich drehe mich mit einem kleinen Jubelschrei zu Zaron um. »Ich hab es tatsächlich geschafft! Ich habe die Fackel entzündet!«

Am liebsten würde ich ihn umarmen, erinnere mich aber gerade noch rechtzeitig an seine letzte Reaktion und renne stattdessen den Gang hinaus zu Reyvan, der dort mit den Pferden und dem Maultier wartet.

»Reyvan, ich hab die Fackel entzündet!«, rufe ich ihm entgegen.

Er kommt mit einem strahlenden Lächeln zu mir. »Cíara, das ist großartig! Ich habe die Flamme bis nach draußen zischen gehört und mir schon Sorgen gemacht, dass du stattdessen Zaron in Brand gesetzt hast.«

Er umarmt mich stürmisch und lässt die Zügel der Pferde dabei los. Glücklicherweise scheinen sie sich ihrer Freiheit nicht bewusst zu sein und bleiben an derselben Stelle stehen, um uns neugierig zu beobachten.

»Komm jetzt!«, ruft Zaron vom Tunneleingang. »Es gibt noch ein paar weitere Fackeln, die du zum Brennen bringen musst. Außerdem ist es noch ein gutes Stück, bis wir in der Steinstadt sind.«

»Ist gut, bin gleich da!«, rufe ich zurück und gebe Reyvan einen Kuss.

Dann kehre ich in den Tunnel zurück, um mich der nächsten Fackel zu stellen.

»Du hast das erstaunlich gut gemacht«, meint Zaron anerkennend, als er hinter mich tritt. »Ich hätte nicht erwartet, dass du das so rasch lernst. Die meisten Lehrlinge brauchen dazu Jahre. Allerdings … mit der Dosierung deiner Wärme musst du erst noch experimentieren. Versuch beim nächsten Mal, weniger davon ins Feuer zu geben.«

Ich nicke und betrachte die nächste Fackel. Dank des Feuerscheins der beiden ersten kann ich sie nun besser erkennen. Ich konzentriere mich abermals und versuche, meine innere Wärme in Form von Feuer auf die Fackel zu übertragen, doch dieses Mal gebe ich weniger Energie hinein und strecke die Hand aus. Leider misslingt der Zauber, die Fackel glimmt zwar auf, aber ich habe zu wenig Magie verwendet. Also probiere ich es nochmals. Beim dritten Versuch klappt es endlich.

»Besser«, lobt Zaron. »Sobald du spürst, dass dir kälter wird, hörst du auf, verstanden?«

Ich nicke und gehe zur nächsten Fackel, die sich ein paar Schritt tiefer im Tunnel befindet. Reyvan folgt mit den Pferden und dem Maultier. Ihre beschlagenen Hufen erzeugen ein dröhnendes Geräusch auf dem harten Felsenboden.

»Halt, wartet!« Zaron hebt die Hand und wir sehen ihn neugierig an. »Wir werden den Pferden Stoff um die Hufen binden. Sonst hören uns die Zwerge schon von Weitem und halten uns für ungebetene Eindringlinge. Sie können sehr unüberlegt handeln, wenn sie sich bedroht fühlen.«

Wir wickeln Teile unserer Reservekleidung um die Hufen der Pferde und des Maultieres. Damit sind ihre Schritte leiser, wenn auch nicht lautlos.

So gehen wir ein paar Hundert Schritte weiter den Gang entlang, der uns tief ins Berginnere führt. Der Boden ist aus bearbeitetem Felsen, ebenso wie die Wände um uns herum. Von irgendwoher vermeine ich, Wassertropfen zu hören. Es ist kühl in dem Berg, jedoch nicht vergleichbar mit der frostigen Kälte, die uns draußen gequält hat. Die Luft riecht zudem leicht moderig, mit einem feinen Hauch von Vanille. Woher dieser Duft kommt, kann ich mir nicht erklären.

Ich zünde die Fackeln an den Wänden nacheinander an, bis ich merke, dass ich ermüde. Mir wird zwar nicht kalt, aber es kostet mich immer mehr Konzentration, die Zauber zu wirken – kein Wunder, inzwischen muss es bereits nach Mitternacht sein und ich würde am liebsten schlafen.

»Ich kann nicht mehr«, seufze ich schließlich und wende mich Reyvan und Zaron zu, die hinter mir hergehen.

»Dann werde ich damit weitermachen«, sagt Reyvan und ich schenke ihm ein dankbares Lächeln.

Er geht zügig voran und entzündet eine Fackel um die andere mit einer kleinen Handbewegung, was in mir leisen Neid hochkommen lässt, als ich ihm mit meinem Pferd folge.

»Keine Bange, irgendwann wirst du das auch können.« Der Elf scheint meine Gedanken wieder einmal erraten zu haben, denn er dreht sich mit einem Lächeln zu mir um.

»Wie machen das denn die Zwerge?«, will ich wissen.

Reyvan zuckt mit den Schultern. »Das musst du Zaron fragen. Ich habe mit diesem Höhlenvolk glücklicherweise nicht viel zu tun.«

Ich drehe mich mit einem fragenden Blick zum Schwarzmagier hinter mir um, der unser Gespräch mitverfolgt hat.

»Sie sind Meister im Umgang mit dem Feuer«, erklärt Zaron bereitwillig. »Daher ist es für sie ein Leichtes, die Fackeln zu entzünden.«

»Können sie denn ebenfalls Magie wirken?« Bisher hatte ich noch nie darüber nachgedacht.

Ein leichtes Schmunzeln ist in Zarons Mundwinkel zu erkennen. »Und was für welche. Hast du schon einmal von der legendären Schmiedekunst der Zwerge gehört?« Ich nicke. »Das wäre ohne Magie gar nicht möglich.«

Ich denke darüber nach und gehe schweigend hinter Reyvan her. Durch das Zaubern habe ich gar nicht gemerkt, wie tief wir schon in den Berg eingedrungen sind. Selbst wenn Xenos uns dicht auf den Fersen wäre, hier drinnen kann er uns fast nicht finden.

Als ich mich umdrehe, sehe ich, dass Zaron die Fackeln hinter uns auslöscht und damit unsere Spuren verwischt. Dort, wo der Fackelschein nicht hingelangt, herrscht undurchdringliche Finsternis. Ich fröstle, als ich mir einbilde, dass ich ein Augenpaar gesehen habe, und folge rasch Reyvan, der weiterhin die Fackeln anzündet.

»Wie weit ist es noch?«, frage ich Zaron nach einer Weile.

»Etwa zwei Stunden«, erklingt hinter mir seine tiefe Stimme.

Ich seufze leise, da meine Füße mit jedem Schritt müder werden. »So lange? Aber dann werden wir ja sehr tief im Berg sein.«

»Das ist auch der Sinn der Zwergenstädte.« In seiner Stimme schwingt eine Spur Belustigung mit. »Sie sollen nicht für jeden leicht erreichbar sein.«

»Die Zwerge scheinen Fremde nicht wirklich zu mögen«, bemerke ich und wende mich zu Zaron um, damit ich ihn ansehen kann.

»Oh nein, das tun sie tatsächlich nicht«, sagt er und sein Gesicht ist ernster, als ich es bei seiner Stimme vorhin vermutet hätte. Wahrscheinlich ist es ein Wunder, wenn man diesen Mann einmal lachen sieht – ich kann mir zumindest nicht vorstellen, dass er jemals fröhlich sein könnte.

»Warum gehen wir dann zu ihnen?«, frage ich weiter.

»Gerade deswegen.«

Ich halte inne und sehe ihn verständnislos an.

»Alia, sie werden uns den bestmöglichen Schutz vor Verfolgern bieten, den es gibt«, erklärt Zaron, der ebenfalls stehen geblieben ist. Er sieht mit ernstem Blick auf mich herunter. »Erstens wird keiner vermuten, dass wir bei ihnen sind, und zweitens –

falls doch, werden sie es sich zweimal überlegen, ob sie zu dem Zwergenvolk vordringen wollen.«

»Hm, du scheinst deinen Bruder tatsächlich nicht sehr zu mögen, wenn du ihm ausweichen willst«, versuche ich, die Stimmung etwas aufzulockern. Aber Zaron versteht wohl keinen Humor, denn seine Augenbrauen ziehen sich zusammen und seine Kiefermuskeln spannen sich an, als er die Zähne aufeinanderpresst.

»Das hat nichts mit mir und meinem Bruder zu tun.« Leichter Ärger schwingt in seiner Stimme mit. »Sondern eher mit dir und mir – und diesem Gedicht deiner Mutter, das mich an dich bindet … zumindest vorläufig.«

»Seid ihr endlich fertig mit eurem Gespräch?«, mischt sich Reyvan ein, der ebenfalls stehen geblieben ist. »Ich wäre froh, wenn wir hier nicht länger als nötig Zeit verbringen müssen. Es gibt Kreaturen in der Dunkelheit, die nur darauf warten, dass wir rasten.«

»Das stimmt allerdings«, erwidert Zaron. »Lasst uns weitergehen. Wir haben bei den Zwergen noch genug Zeit, um alle deine Fragen zu besprechen, Alia – von denen scheinst du ja eine Menge zu haben.«

»Und ob sie das hat …« Reyvan wirft mir einen schiefen Blick zu.

»Nicht jeder lebt schon so lange auf der Welt wie ihr, daher habe ich nun mal Fragen zu einigen Dingen«, entgegne ich schulterzuckend und gehe weiter.

Der Gang beschreibt nach einer Weile eine scharfe Biegung.

Reyvan hält an. »Wartet hier kurz, ich werde sehen, was uns um die Ecke erwartet.« Dann ist er verschwunden.

Ich warte ungeduldig und lausche, höre jedoch nichts außer dem Atem von Zaron und dem Schnauben der Pferde. Ich muss an das Augenpaar denken, das ich vorhin gesehen habe, und an den Spruch von Reyvan, dass es hier um uns herum Wesen in der Dunkelheit gibt, die nicht gerade erfreut über unseren Besuch sind. Unvermittelt fröstle ich.

»Keine Angst.« Zaron legt mir eine seiner großen Hände auf die Schulter. »Der Elf weiß sicher, was er tut.«

»Das bezweifle ich auch nicht«, erwidere ich, ohne mich zu ihm umzudrehen. »Aber er ist nun echt schon lange weg …«

In dem Moment taucht er direkt neben uns auf und ich springe einen Schritt zur Seite.

»Reyvan!«, schelte ich ihn. »Hör endlich damit auf, aus dem Nichts aufzutauchen. Bei den Göttern, mein Herz!«

»Entschuldige, Cíara, ich kann nichts dafür, wenn dein Gehör so schlecht ist, dass du mich nicht kommen hörst«, sagt er mit einem Lächeln, dann werden seine Gesichtszüge wieder ernst. »Kommt, die Luft ist rein. Wir müssen eine steile Treppe nach unten.«

Ich knurre leise, folge ihm aber. Tatsächlich, als wir um die Ecke biegen, sehen wir uns einer Steintreppe gegenüber, die in die Dunkelheit hinunterführt. Die Stufen sind uneben, unterschiedlich groß und weisen teilweise tiefe Löcher und Bruchstellen auf. Links befindet sich eine Wand, rechts jedoch nur gähnende, schwarze Leere. Ein falscher Tritt und wir segnen das Zeitliche.

Immerhin ist die Treppe breit, aber durch die vielen Durchbrüche bleibt uns nicht viel Platz.

»Pass auf dein Pferd auf, Alia«, murmelt Zaron. »Es darf nicht in eines der Löcher treten, sonst kann es sich ein Bein brechen.«

Ich versuche mein Pferd behutsam Tritt für Tritt die Treppe hinunterzuführen und stütze mich dabei an der linken Wand ab. Ein kühler Wind bläst von unten herauf und ich vermeine, etwas in der Dunkelheit rechts von mir atmen zu hören.

Abrupt bleibe ich stehen und schaue mit schmalen Augen in die Schwärze, kann jedoch nichts erkennen. Aber ich spüre, dass auch mein Pferd unruhig wird.

»Los, weiter, Alia!«, drängt Zaron hinter mir.

Sein Maultier geht hinter ihm her, als wäre es auf dieser Steintreppe geboren worden. Die Tritte des Tieres sind so sicher, dass selbst ich mir noch eine Scheibe davon abschneiden könnte.

»Du darfst nicht stehen bleiben!«, raunt mir Reyvan von vorne zu. »Je schneller wir unten sind, desto besser!«

»Warum, was ist denn in der Dunkelheit?« So langsam habe ich das Gefühl, dass die beiden etwas ahnen, wovon ich schon wieder mal nichts weiß. Langsam nervt das.

»Das willst du lieber nicht wissen«, kommt prompt Reyvans Antwort und ich beiße mir auf die Zunge, da ich dieses ›Wir müssen Alia schonen‹ nicht mehr lange mitmachen werde.

Aber jetzt einen Streit vom Zaun zu brechen, würde nichts bringen, also halte ich den Mund und führe mein Pferd weiter.

Nach zwanzig Stufen wirft es plötzlich den Kopf zurück und scheut, die Augen vor Schrecken geweitet, sodass das Weiße darin erkennbar ist. Ich versuche, die Zügel mit beiden Händen festzuhalten, aber das Tier hat zu viel Kraft. Mit einem Ruck befreit es sich und bäumt sich auf.

In der Bemühung, den um sich schlagenden Hufen auszuweichen, hechte ich nach rechts – und rutsche aus. Mit rudernden Armen suche ich nach Halt, aber ich verliere das Gleichgewicht.

Wie in Zeitlupe merke ich, dass ich über den dunklen Rand falle. Ich strecke die Arme aus und greife nach einem Felsvorsprung unterhalb einer der Stufen. Der Stein schrammt über meine Arme und Hände, ich kann mich festhalten, doch meine Beine baumeln in der Luft.

Über mir höre ich Reyvan meinen Namen rufen und die Pferde ängstlich wiehern, die Hufen schlagen auf den Boden. Dann spüre ich mit Grauen, wie etwas meine Beine umfasst und kräftig daran zieht.

Vor Schreck hätte ich fast den Felsen losgelassen. Ich schreie und schaue nach unten, sehe aber nichts, denn das spärliche Licht der Fackeln erhellt meinen Körper nur gerade bis zu meinen Schultern – unter mir ist alles schwarz.

Wieder zieht etwas an meinen Beinen und obwohl ich versuche, mich mit aller Kraft festzuhalten, merke ich, wie meine Finger langsam abrutschen.

Noch ein weiterer Ruck und ich werde in die Tiefe fallen.

In dem Moment spüre ich etwas über mir. Als ich nach oben schaue, sehe ich Reyvan, der sich flach auf die Stufe gelegt hat und mit einem Arm nach mir zu greifen versucht. Allerdings bin ich zu weit unten, als dass er mich erreichen könnte.

»Nimm meine Hand, Alia!«, ruft er mir zu.

Ich probiere, eine Hand vom Rand zu lösen, um seine zu ergreifen. Aber in dem Moment zieht das Wesen unter mir nochmals kräftig an meinen Beinen, sodass ich den Halt verliere – und falle.

»Alia!«, höre ich Reyvan schreien.

Doch ich falle immer tiefer. Ein hässliches Kichern umgibt mich und ich würde mir am liebsten die Ohren zuhalten. Alles ist schwarz. Weit oben kann ich den Fackelschein und die Treppe erkennen, aber unter mir ist nichts. Nur Dunkelheit. Tiefe.

Ich schreie panisch, aber es hilft nichts.

Das ist mein Ende …

Nach einer Ewigkeit schlage ich so hart auf, dass mir die Luft wegbleibt. Mein ganzer Körper scheint zu zerspringen und ich spüre, wie sich meine Sinne von mir verabschieden wollen, um den Schmerz nicht fühlen zu müssen.

Nein, wenn ich jetzt das Bewusstsein verliere, werde ich vielleicht nie mehr aufwachen. Ich spüre, dass sich etwas in meiner Nähe befindet, das nur darauf wartet, dass ich sterbe.

Mit aller Macht versuche ich, wach zu bleiben und die rasenden Schmerzen zu verdrängen, die durch meinen Körper jagen und mir den Verstand zu rauben drohen.

Und tatsächlich, es gelingt mir.

Ich kann mich allerdings nicht bewegen und spüre etwas Nasses unter meinem Kopf. Blut? Aber ich lebe – wenn auch vielleicht nicht mehr lange.

Jetzt merke ich, dass ich auf etwas gefallen bin, das sich zwar hart anfühlt, aber dennoch meinen Sturz abgefedert hat. Wahrscheinlich sogar mein Leben rettete. Ich kann nicht genau ertasten, was es ist.

Vorsichtig bewege ich den Kopf etwas hin und her. Es fühlt sich an, wie ... Knochen. Kann ich auf einem Knochenberg gelandet sein?

Ich schaudere und sehe nach oben, erkenne aber nichts. Keinen Fackelschein, keine Treppe. Nur Dunkelheit und Schwärze. Und ich höre auch nichts – außer einem leisen Atmen in meiner Nähe.

Irgendetwas ist hier ... neben mir.

Vor Furcht beginnen meine Zähne zu klappern. Aber ich muss mich jetzt zusammenreißen und versuchen, einen klaren Kopf zu behalten. Ich hole tief Luft, um mich zu beruhigen.

Aufstehen werde ich nicht können, da ich meine Beine nicht spüre – wahrscheinlich ist mein Rückenmark beschädigt. So viel habe ich von meiner Mutter, die in Lormir eine angesehene Heilerin ist, gelernt.

Ich horche in meinen Körper hinein, um zu fühlen, wo ich überall bei dem Sturz verletzt wurde. Abermals drängen sich mir qualvolle Schmerzen entgegen, die mich zu überwältigen drohen. Rasch suche ich nach meiner inneren Wärme, die heiß und tröstend in meiner Mitte brennt. Ich habe keine Ahnung, wie man einen Körper heilt, aber komplett anders als eine Fackel zu entzünden, wird es schon nicht sein – ich habe zumindest nichts zu verlieren.

Also verbinde ich mich mit meiner inneren Wärme, wie Zaron es mir gezeigt hat. Als Erstes muss ich eine Verbindung zum Element Erde herstellen, denn damit werden Heilzauber gewirkt. Ich suche danach, stelle mir vor, wie sich die Erde anfühlt, was sie hervorbringt, warum sie das tut.

Die Verbindung ist viel rascher da als beim Feuer. Vielleicht, weil ich mich mit dem Heilen indirekt schon länger befasst habe, wenn ich meiner Mutter zuhörte oder zusah? Oder vielleicht waren mein leiblicher Vater oder meine Mutter Heiler?

Sei's drum, darüber kann ich mir später noch den Kopf zerbrechen.

Abermals konzentriere ich mich auf meinen Körper, zuerst meinen Rücken. Wieder überwältigt mich fast der Schmerz, der mir entgegenschlägt, aber dieses Mal bleibe ich dort und beginne, die heilende Wärme in mein Rückgrat auszusenden. Dabei stelle ich mir vor, wie die gebrochenen Rückenwirbel sich wieder zusammensetzen, die gequetschten Nerven sich erholen und die Muskeln sich fest darum schließen. Überraschenderweise spüre ich tatsächlich, wie sich in mir etwas bewegt, zusammenzieht und richtet.

Und dann raubt mir der Schmerz, der sich von meinen Beinen her ausbreitet, alle Sinne.

Jetzt bemerke ich, dass mehr als ein Knochen gebrochen ist, da die Nerven wieder ihre Funktionen aufgenommen haben. Ganz abgesehen von den vielen Schürfwunden und Prellungen.

Ich keuche und ein gewaltiges Stechen durchdringt meine Lungen. Anscheinend sind auch meine Rippen gebrochen. Das wird ein Stück Arbeit, das alles wieder zusammenzuflicken.

Ich horche kurz nach dem leisen Atmen – es ist immer noch da, aber glücklicherweise nicht näher gekommen, denn es scheint abzuwarten. Dafür ertönt in einiger Entfernung jetzt ein ekelerregendes Schmatzen und Knacken.

Das ist nicht gut … ich will mir lieber gar nicht vorstellen, was das zu bedeuten hat.

Rasch mache ich mich daran, zuerst meine Rippen zusammenzufügen. Das dauert eine ganze Weile, denn ich muss jeden Knochen einzeln richten, aber es gelingt mir. Ich habe keine Zeit, mir selbst zu meiner Geschicklichkeit zu gratulieren, nun sind meine Beine dran – die werde ich brauchen, um von dem Wesen neben mir wegzukommen.

Das stete, gleichmäßige Atmen zerrt an meinen Nerven.

Ich will bloß noch weg!

Danach beginne ich, meine Armknochen zu richten, die ebenfalls gebrochen sind, und horche in mich hinein, um zu prüfen, ob ich noch genügend Wärme habe – tatsächlich, das Feuer in mir brennt genügend stark. Zaron hatte recht, ich trage viel Magie in mir.

Als ich auch meine Arme geheilt habe, versuche ich, mich aufzusetzen, und merke, dass mein ganzer Rücken aufgeschürft ist, ebenso wie mein Hinterteil und meine Beine, auf denen ich gelandet bin. Immerhin kann ich die Blutungen stillen, und – nach einigen Versuchen – die Haut wieder zusammenfügen.

Während ich mich bewege, grunzt etwas neben mir empört, offenbar war nicht geplant, dass ich mich wiederherstelle und sogar aufrichte. Ich schicke nochmals eine heilende Wärme durch meinen ganzen Körper. Trotzdem werden Narben bleiben – und es wird auch den einen oder anderen Knochen geben, den ich übersehen habe.

Aber ich habe jetzt keine Zeit mehr. Ich muss weg. Es grenzt schon an ein Wunder, dass ich genügend Zeit hatte, mich selbst zu heilen – und es sogar geschafft habe. Mehr möchte ich mein Glück nicht herausfordern.

Das Schmatzen ist lauter geworden und neben mir ertönt ein Röcheln.

Was bei den Göttern ist das?

Ich richte mich auf, spüre, dass meine Beine zwar schwach sind, aber sie tragen mich, obwohl der Untergrund alles andere als fest ist. Was ist das unter meinen Füßen? Es fühlt sich tatsächlich wie ein Knochenberg an. Ich versuche, etwas zu erkennen, aber es ist alles komplett schwarz um mich herum.

Da erinnere ich mich, dass Xenos immer eine kleine Feuerkugel oder Licht geschaffen hatte, um seine Umgebung zu erhellen. Das kann ich vielleicht auch … wenn ich es schon geschafft habe, meinen zerschmetterten Körper wiederherzustellen.

Ich konzentriere mich abermals auf mein inneres Feuer, das jedoch bereits um einiges schwächer brennt. Trotzdem, ich muss wissen, was so geduldig neben mir sitzt und wartet, dass ich sterbe. Und ich muss hier weg. Das kann ich allerdings nur, wenn ich weiß, wie meine Umgebung aussieht und wohin ich mich wenden soll.

Also strecke ich die Hand aus, wie ich es bei Xenos gesehen habe, und stelle mir vor, dass sie brennt. Und tatsächlich, nach drei Versuchen bildet sich eine kleine Flamme um meine Haut, die mich nicht verbrennt, aber dafür meine Umgebung erhellt.

Anders als beim ersten Mal, wo ich die Hand direkt ins Feuer gehalten habe, spüre ich nun keine Schmerzen. Immerhin, ich scheine Fortschritte zu machen, was dieses Element angeht. Nun ja, bis ich einen richtigen Feuerball erschaffen kann, werde ich allerdings noch üben müssen.

Ich sehe mich um – und torkle mit einem leisen Aufschrei zurück. Vor mir sitzt das hässlichste Wesen, das ich je gesehen habe, und starrt mich mit seinen gelben Augen an.

18

Alia

Nein, seine Augen sind nicht gelb, sondern eher weiß … blind, ohne Pupillen. Sie reflektieren das Licht des Feuers und scheinen dadurch zu lodern. Das Gesicht des Wesens ist haarlos, hat eine groteske, runde Form und wird von einer lederartigen, schwarzen Haut überzogen, ebenso wie der Rest seines Körpers. Die Zähne, die es mir eindrücklich vorführt, während es abermals faucht, blitzen lang und spitz. Sein Körperbau ist gedrungen und hat etwa die Größe von einem fünfjährigen Kind. Die dünnen Arme und Beine sind wie bei einer Fledermaus durch eine feine, schwarze Haut miteinander verbunden. Wahrscheinlich kann es damit fliegen oder zumindest gleiten. Seine Finger und Zehen sind mit zugespitzten Nägeln versehen, die es bestimmt zu einem hervorragenden Kletterer machen.

Es kauert neben mir und glotzt mich mit seinen blinden Augen von unten herauf knurrend an, wagt aber offenbar nicht, mich anzugreifen.

Ich weiche zurück, dabei gerät mein Untergrund ins Rutschen und ich halte inne, um mein Gleichgewicht zu halten. Als ich den Blick nach unten lenke, erkenne ich unter meinen Füßen weiße Knochen. Ich bin tatsächlich auf einem Knochenberg gelandet. Überall liegen sie verteilt, durchmischt mit faulenden Kadavern, die kaum noch zu erkennen sind.

Der ekelerregend süßliche Duft von verwesendem Fleisch dringt mir in die Nase und ich würge unvermittelt. Anscheinend war ich nicht die Erste, die das Pech hatte, hier herunterzufallen, aber diese Knochen haben mir das Leben gerettet, wenn auch auf schmerzhafte Weise, da sie ziemlich hart sind.

Ich stolpere von den Überresten herunter, darauf bedacht, meine immer noch brennende Hand vor mich zu halten, damit ich sehe, wohin ich trete.

Das Fauchen ertönt jetzt auch hinter mir. Ich fahre erschrocken herum und lasse das Feuer etwas heller brennen. Mit zusammengekniffenen Augen starre ich in die Dunkelheit. Dort kauern drei weitere dieser Kreaturen, und hinter ihnen liegt etwas.

Ich lasse das Licht noch ein wenig heller brennen und keuche, als ich einen Pferdekopf erkenne. Nein, nicht irgendein Pferd, es ist *mein* Pferd, das da liegt. Das Reittier, welches ich von den Vexatoren erhalten habe und mich die ganze Reise hierhin treu begleitet hat.

Entsetzt starre ich es an. Es ist eindeutig tot, seine Augen stehen weit offen und es bewegt sich nicht. Ich hatte gar nicht gemerkt, dass mein Pferd ebenfalls in den Abgrund gefallen war – alles ist so schnell gegangen.

Als ich den Blick über seinen Körper gleiten lasse, dreht sich mir fast der Magen um. Die Gedärme sind aus dem Bauch des Pferdes gerissen worden und die Wesen, die darum kauern, haben blutverschmierte Gesichter und Hände. Sie haben sich über mein Pferd hergemacht … Ich schaudere bei dem Gedanken, dass mir beinahe dasselbe passiert wäre.

Die Kreaturen weichen ein wenig zurück und es scheint, als meiden sie die Helligkeit. Sie knurren und fauchen zwar, bleiben aber auf Abstand und greifen mich nicht an. Vorerst zumindest nicht. Ich will nicht ausprobieren, wie es ist, wenn meine Magie schwindet und ich keine Energie mehr habe, das Feuer aufrechtzuerhalten.

Gehetzt blicke ich mich um – wohin soll ich? Gibt es überhaupt einen Ausweg aus diesem Abgrund? Auf jeden Fall kann ich nicht länger hierbleiben, denn wer weiß, ob diese Wesen nicht doch noch ihren ganzen Mut zusammennehmen und mich angreifen. Demnach war es fast schon Glück, dass mein Pferd auch heruntergefallen ist, so waren sie zumindest abgelenkt.

Langsam, Schritt für Schritt, trete ich den Rückzug an, entferne mich von dem toten Reittier und den grässlichen Wesen mit den blinden Augen. Sie scheinen sich – ihrem Fauchen nach zu urteilen – zwar nicht darüber zu freuen, folgen mir glücklicherweise aber nicht.

Ich versuche die Flammen noch ein wenig heller zu machen, um meine Umgebung besser auszuleuchten, merke aber, dass mir dabei kühl wird. Meine Magie ist nicht grenzenlos und die Heilung hat viel Wärme gefordert. Ohne das Licht bin ich hier unten verloren … also belasse ich es bei einem spärlicheren Feuer, das meinen Weg gerade genug erhellt, um nicht zu stolpern.

Ich blicke nach oben, erkenne jedoch nur Dunkelheit. Ich bin tief gefallen … wo mögen nur Reyvan und Zaron sein? Ob sie nach mir suchen? Vielleicht halten sie es nicht für möglich, dass ich diesen Sturz überlebt haben kann, und sind weitergezogen?

Nein, ich muss versuchen, wieder zu ihnen zu stoßen. Reyvan trägt noch mein Armband und wird dadurch sicher wissen, dass ich noch lebe. Dieser Gedanke schürt Hoffnung in mir. Leider habe ich völlig vergessen, mein Gepäck, das ich meinem nun toten Pferd auf den Rücken geschnallt hatte, mitzunehmen – jetzt ist es zu spät, denn ich werde sicher nicht nochmals zu diesen schaurigen Wesen zurückkehren. Allerdings habe ich weder etwas zu trinken noch zu essen bei mir.

Glücklicherweise habe ich meine größte Kostbarkeit, das silberne Kästchen, in meine Jacke eingesteckt.

Rasch taste ich danach und atme erleichtert auf, als ich es mit den Fingern umschließe. Meine Waffen sind jedoch verloren – Umkehren ist keine Option.

Also versuche ich, nicht zu sehr über den Verlust meiner Ausrüstung nachzudenken, und gehe weiter. Irgendwann muss ich doch wieder rauskommen …

Ich vermeine, um mich herum Rascheln und Atmen zu hören, bekomme aber keine weiteren Wesen zu Gesicht.

Nach etwa einer halben Stunde bin ich immer noch in kompletter Dunkelheit. Langsam zerrt diese Schwärze an den Nerven. Ich muss mich mit aller Macht zusammenreißen, um nicht kopflos durch die Gänge zu rennen und um Hilfe zu schreien. Ich wage nicht, mir vorzustellen, wen oder was ich damit anlocken könnte … also beiße ich mir auf die Zunge und gehe langsam weiter.

Nach einer Weile bekomme ich großen Durst und beginne zu frieren, da die Magie ihren Tribut fordert. Lange werde ich nicht mehr durchhalten, zudem schmerzt mein ganzer Körper und ich habe zu wenig Wärme in mir, um diese Schmerzen zu bekämpfen.

Irgendetwas sagt mir, dass ich um nichts auf der Welt die Flamme darf ausgehen lassen. Dann wäre ich so gut wie tot.

Ich komme an mehreren Felsformationen vorbei, welche die Düsternis als skurrile Gestalten durchbrechen. Nirgendwo kann ich ein Licht oder einen Ausgang erkennen, denn der Schacht, in den ich gefallen bin, scheint endlos lang zu sein. Irgendwo über mir führt die Treppe herunter, aber ich weiß nicht einmal, ob ich mich in die richtige Richtung bewege – ich habe beim Sturz vollkommen die Orientierung verloren.

Die Flamme an meiner Hand brennt immer schwächer und schließlich lehne ich mich gegen eine Felswand, um auszuruhen. Ich schlottere jetzt am ganzen Körper vor Kälte, und die Anstrengung der vergangenen Stunden war einfach zu groß. Es wird wahrscheinlich schon fast Tag sein draußen. Ich bin seit knapp vierundzwanzig Stunden auf den Beinen und habe zu viel von meiner Wärme verbraucht. Mein Kopf hämmert, mein Mund fühlt sich trocken an, und wenn ich schlucke, tut mein Hals weh.

Langsam lasse ich mich an der Wand nach unten sinken, starre auf die Flamme, die nur noch schwach flackert. Bald wird auch die restliche Wärme verbraucht sein. Bevor ich erfriere, werde ich die Flamme auslöschen müssen – und bin dann der Dunkelheit und ihren Gefahren ausgeliefert.

Ich vermeine, um mich herum abermals ein Atmen und Grunzen zu hören, allerdings kann ich nichts erkennen – die Wesen warten wahrscheinlich darauf, bis ich keine Wärme mehr in mir habe, um dann im Dunkeln über mich herzufallen.

Erschöpft schließe ich die Augen. Vielleicht werde ich noch ein paar Sekunden lang die Flamme aufrechterhalten können – aber was dann? Schon erlischt sie, glimmt nur noch.

Ich höre, wie sich mir leise etwas nähert. Eine Präsenz ist um mich herum, die mir nicht freundlich gesinnt ist.

Aber ich habe wirklich keine Kraft mehr.

Als ich die Augen öffne, umgibt mich Schwärze. Die Flamme ist ausgegangen.

Etwas bewegt sich an meinem Fuß, kriecht mein Bein herauf. Was ist das? Ich habe keine Energie, es abzuschütteln. Es schleicht weiter hinauf, über meinen Oberschenkel, zu meinem Bauch.

Gerade als ich meine, dass nun tatsächlich mein Ende gekommen ist, taucht vor mir ein heller Blitz auf, und ein Kreischen durchbricht die Stille.

Ich zucke zusammen und reiße die Augen auf.

Vor mir erkenne ich ein Schwert, das in Blitze gehüllt ist – und das gerade eine schwarze Schlange entzwei teilt.

Als ich mich von meinem ersten Schrecken erholt habe, bemerke ich, dass eine Hand das Schwert führt – eine menschliche Hand. Ich atme vor Erleichterung auf. Es kann nur Reyvan oder Zaron sein – aber woher haben sie dieses Blitzschwert?

In dem Moment wird es hell und ich blinzle, denn eine Lichtkugel schwebt über mir. Nachdem ich mich an die Helligkeit gewöhnt habe, stoße ich überrascht die Luft aus.

Vor mir steht ein Zwerg! Ich habe noch nie einen Vertreter dieses Volkes gesehen, aber den Beschreibungen nach muss es sich bei dem Mann vor mir um einen Zwerg handeln. Er trägt schwarze Lederhosen, ein ledernes Wams und einen dicken Pelzmantel darüber. Einige Metallteile verstärken seinen Brustpanzer, an seinem Rücken ist eine große Armbrust befestigt.

In der Hand hält er das Schwert, das immer noch von Blitzen umgeben ist. Sein langes, rotblondes Haar hat er in zwei grobe Zöpfe geflochten. Um seinen Hals und an seinen Ohren trägt er funkelnden Schmuck aus gewaltigen Edelsteinen. Er besitzt einen gepflegten Oberlippenschnauzer.

Jetzt legt er eine Art Vorrichtung ab, die er über der Nase getragen hat, und steckt sie in sein Wams. Ich kann gerade noch zwei funkelnde Gläser aufblitzen sehen, ehe sie in seiner Kleidung verschwinden.

Er richtet den Blick auf mich und seine grünblauen Augen sehen mich mit einer Intelligenz an, die mich einschüchtert. »Alles in Ordnung mit Euch, Mensch?« Seine Stimme grollt, als würden Felsen einen Abhang herunterdonnern.

Ich nicke, viel zu benommen, um etwas zu sagen.

»Dann lasst uns von hier verschwinden – könnt Ihr gehen?« Er betrachtet mich von oben bis unten.

Wieder nicke ich und stehe langsam auf. Dabei stütze ich mich an der Wand hinter mir ab. Als ich stehe, merke ich, dass mir der Zwerg etwas mehr als bis zur Schulter reicht – und ich bin ja selbst nicht die Größte.

»Wir haben nachher noch Zeit, uns vorzustellen«, fährt er fort. »Zuerst müssen wir schauen, dass wir hier wegkommen, in weniger gefährliche Stollen.«

Ich stimme ihm aus vollem Herzen zu. Meine Beine fühlen sich zwar taub und leblos an, aber ich kann einen Fuß vor den anderen setzen. Der Zwerg geht voran und ich halte mich so dicht wie möglich hinter ihm, während seine Lichtkugel über uns schwebt und uns folgt. Mir fällt auf, dass nun keine Blitze mehr auf seinem Schwert zu sehen sind.

Ich kann mein Glück kaum fassen – gerade als ich dachte, dass ich sterbe, haben mir die Götter diesen Zwerg gesandt. Ob es sich bei ihm um einen Eiszwerg handelt? Vermutlich.

Er führt mich in einen weiteren Tunnel, der von dem Schacht abzweigt und den ich – wäre ich allein gewesen – übersehen hätte. Diesem folgen wir eine Weile lang, bis wir in einen nächsten Tunnel abbiegen. Er sieht dem vorherigen zum Verwechseln ähnlich.

Auf dem ganzen Weg spricht der Zwerg kein Wort mit mir und ich wage es nicht, mich umzusehen, aus Angst, mein Retter könnte sich, wenn ich wegschaue, in Luft auflösen. Ich merke, dass wir nach unten gehen – der Weg hat eine stetige Neigung. Der Boden ist sehr uneben und ich muss aufpassen, nicht zu stolpern. Die Decke und die Wände befinden sich jetzt so eng beieinander, dass ich mich teilweise bücken muss, um durch den Tunnel zu kommen.

Endlich, nach einer gefühlten Stunde Marsch durch düstere Stollen, die nur von der kleinen Lichtkugel erhellt werden, hält der Zwerg an. Wir befinden uns in der Nische eines Tunnels. Hier kann uns niemand überraschen. Einige Felsbrocken sind am Boden verteilt, ansonsten gibt es nichts, was diese Nische von dem Rest des Ganges unterscheiden würde.

Der Zwerg dreht sich zu mir um und steckt sein Schwert in die Scheide. »Wer seid Ihr und wie und warum seid Ihr hierhergekommen?«, fragt er mich geradeheraus.

»Ich … ich heiße Alia.« Ich überlege, ob ich ihm die Wahrheit sagen soll, entscheide mich dann für einen Teil davon. »Ich bin mit zwei Freunden hierhergekommen, wir wollten die Eiszwerge aufsuchen. Auf dem Weg bin ich von der steinernen Treppe in den Schacht gefallen. Ich weiß nicht, wo meine Gefährten sind.«

Er betrachtet mich stirnrunzelnd. »Ich bin Ogrem, Sohn des Terlem, aus dem Clan der Eisfäuste. Ich weiß, dass seit ein paar Stunden drei Eindringlinge in unserem Berg sind. Dann seid Ihr also einer davon. Wie konntet Ihr den Sturz überleben? Das hat bisher noch keiner geschafft.«

Ich muss an die weißen Knochen und verwesenden Kadaver denken, die überall verstreut herumlagen, und fröstle unwillkürlich. »Ich verstehe ein bisschen etwas von Magie und konnte die Brüche heilen.«

»Ein bisschen etwas?« Ogrem macht große Augen. »Ihr versteht mehr als nur ein bisschen, wenn Ihr Eure Brüche allein geheilt habt! Ihr seid also eine Magierin. Vom Zirkel womöglich. Warum wollt Ihr zu den Eiszwergen?«

»Ich brauche Eure Hilfe.«

»Wozu?«

Ich beschließe, alles auf eine Karte zu setzen. »Meine Freunde und ich – wir fliehen vor dem magischen Zirkel.«

Ogrem mustert mich skeptisch. »Ich spüre, dass Ihr die Wahrheit sagt. Trotzdem … ich kann Euch nicht einfach zu meinem Volk führen. Ich muss zuerst wissen, ob Ihr eine Bedrohung darstellt. Und das finde ich nur heraus, wenn ich Euch prüfe.«

»Wie wollt Ihr mich prüfen?«, frage ich erstaunt.

»Das werdet Ihr schon sehen. Ihr dürft Euch eine Stunde ausruhen – danach stellt Ihr Euch mir in einem Zweikampf.«

Ich schnappe nach Luft. »Aber … ich kann nicht kämpfen – zumindest nicht gut.«

Er zuckt lediglich mit den Schultern. »Na, dann gebt Euch eben Mühe. Möge Nanos entscheiden, ob Ihr würdig seid, sein Volk aufzusuchen.«

»Nanos?«

»Der Gott der Zwerge! Ihr seid wirklich ein ungebildeter Mensch.«

Damit dreht er sich um und entfernt sich ein paar Schritte, bis er in der Mitte der Nische steht. Er entzündet ein kleines Feuer und zu meiner Überraschung sehe ich, dass es gänzlich ohne Holz, nur auf einem kleinen Steinhaufen, brennt. In diesen Zwergen steckt offenbar noch viel mehr, als Zaron und Reyvan mir erzählt haben.

Es wird mir nichts anderes übrig bleiben, als mich Ogrem in einem Zweikampf zu stellen, wenn ich jemals wieder zu meinen Gefährten finden will, denn allein habe ich in diesen Stollen keine Chance.

Ich setze mich möglichst nahe beim Feuer hin, um mich aufzuwärmen.

Zwar habe ich keine Ahnung, was es bedeutet, gegen einen Zwerg zu kämpfen, aber auf jeden Fall werde ich jede Energie brauchen, die ich bekommen kann. Langsam spüre ich, wie die heilende Wärme des Feuers in mich eindringt, meinen Körper wieder belebt. Ich versuche, meine Blessuren, so gut es geht, weiter zu heilen und etwas von meiner körperlichen Erschöpfung zu nehmen, was mir jedoch nicht gelingt. Meine Glieder sind zu müde dafür.

Gähnend lege ich mich hin, um ein wenig zu schlafen. Ich fühle mich schwach und ich werde nachher wahrscheinlich alle Kräfte brauchen, um gegen den Zwerg anzutreten. Ob ich Ogrem vertrauen kann oder ob er mir im Schlaf die Kehle durchschneidet, hinterfrage ich nur kurz. Wenn er mich tot sehen wollte, hätte er mich einfach dort bei den Wesen sitzen lassen können – ich vertraue darauf, dass er mir helfen wird.

Als Ogrem mich weckt, könnte ich schwören, dass ich gerade erst eingeschlafen bin.

»Also, seid Ihr bereit für den Zweikampf?«, fragt er.

Ich fühle einen Kloß im Hals, als ich mich aufrapple und nicke. »Ich habe aber kein Schwert mehr ...«

»Ihr werdet kein Schwert benötigen – nicht für diese Art von Zweikampf.« Ogrem setzt sich im Schneidersitz mir gegenüber hin.

Ich bin irritiert und runzle die Stirn. »Was ist das denn für eine Art Zweikampf, wenn man ihn ohne Schwert führen kann?«

»Ihr kennt mein Volk nicht, oder?« Ogrem scheint fast amüsiert zu sein und seine Augen funkeln. »Ich werde Euch drei Rätsel stellen. Könnt Ihr alle drei lösen, werde ich Euch helfen. Falls nicht, geleite ich Euch zum nächsten Tunnel, der nach oben führt, und will Euch hier unten nie wiedersehen.«

Ich schlucke. Rätsel als Zweikampf? Nein, ich kenne das Zwergenvolk tatsächlich nicht ...

Rasch nicke ich, zum Zeichen, dass ich verstanden habe. Rätsel konnte ich – bis auf das im silbernen Kästchen – immer schon leiden. Immerhin besser, als gegen einen Zwerg mit einem Schwert antreten zu müssen.

»Also gut, hier kommt das erste Rätsel.« Ogrem räuspert sich. »Keiner hat mich je gesehen, aber alle brauchen sie mich – in sich und um sich. Wer bin ich?«

Ich überlege eine Weile und seufze. Mein Vater und ich haben früher stundenlang dieses Spiel gespielt. Aber jetzt geht es um mehr als um eine Süßigkeit, die ich damals als Kind zur Belohnung erhalten habe … es geht darum, ob ich Zaron und Reyvan wiedersehe.

»Ich hab's«, rufe ich, als mir die Erleuchtung kommt.

»Wirklich?«, fragt Ogrem überrascht.

Anscheinend hat er nicht damit gerechnet, dass ich das Rätsel so rasch löse.

»Ihr seid die Luft«, erwidere ich mit siegessicherem Lächeln.

Der Zwerg nickt erstaunt und anerkennend zugleich. »Das kann natürlich auch nur Glück gewesen sein«, meint er abschätzig. »Löst nun das zweite Rätsel: Für einen ist es schon schwer genug zu tragen, für zwei wird es noch schwerer an Gewicht. Wenn es ein Dritter trägt, ist es meist verloren. Wovon spreche ich?«

»Hm …« Ich überlege wieder.

Es kommen mir mehrere Antworten in den Sinn, die passen. Schließlich sticht eine hervor. Trotzdem bin ich unsicher.

Ogrem scheint sich schon gewiss zu sein, dass ich es dieses Mal nicht herausfinde – er lehnt sich mit verschränkten Armen zurück und betrachtet mich selbstgefällig.

»Also gut, es kann sich nur um ein Geheimnis handeln«, entgegne ich schließlich.

Ogrem stößt einen leisen Fluch aus. »Woher wusstet Ihr das?«

»Ich wusste es nicht.« Ich lächle, was einen weiteren Fluch von Ogrem nach sich zieht.

»Gut, nun zum letzten Rätsel. Wenn Ihr das auch noch richtig beantwortet, erkläre ich den Zweikampf für beendet und helfe Euch. Aber gebt acht, dieses Rätsel ist besonders schwer!« Er macht eine künstliche Pause, um die Spannung zu erhöhen. »Oft komme ich überraschend, nie aber auf Befehl. In meinem Namen werden Morde begangen. Dennoch werde ich sowohl von Bauern als auch von Königen herbeigesehnt und sie beugen gleichermaßen ihr Knie vor mir. Wer bin ich?«

Er hat recht, dieses Rätsel ist wirklich das schwierigste. Ich zermartere mir das Gehirn. Es muss etwas sein, das jeder herbeisehnt, aber nur in den seltensten Momenten tatsächlich eintrifft. Oder eben in den Momenten, wo man nicht damit rechnet. Hm … und man würde sogar töten dafür … Schon sehe ich ein triumphierendes Lächeln auf Ogrems Gesicht.

»Ihr wisst es nicht, oder?«, meint er.

»Gebt mir ein paar Minuten. Ich komme schon noch drauf«, antworte ich und überlege weiter.

Plötzlich fällt es mir wie Schuppen von den Augen. Ja, das muss es sein. Es passt so gut, dass ich erstaunt bin, warum ich nicht früher darauf gekommen bin.

Ogrem scheint mein Gesichtsausdruck nicht entgangen zu sein. Er rutscht unbehaglich auf seinem Platz herum. »Sagt, was Ihr denkt«, fordert er mich auf.

Ich räuspere mich und hole Luft. Wenn meine Antwort jetzt falsch ist, werde ich meine Gefährten nicht wiedersehen. Und dennoch …

»Die Liebe«, antworte ich mit fester Stimme. »Es ist die Liebe.«

Ogrem stößt überrascht die Luft aus und schaut mich ungläubig an.

»Ihr habt recht«, brummt er zerknirscht. »Damit habt Ihr alle drei Rätsel richtig beantwortet. Und ich stehe zu meinem Wort. Ich werde Euch helfen.«

Ich atme erleichtert aus und spüre, dass ich die ganze Zeit über angespannt gewesen bin. Ich habe es geschafft, konnte in einem Rätsel-Zweikampf gegen einen Zwerg bestehen! Auf einmal breitet sich eine bleierne Müdigkeit in meinen Gliedern aus.

»Ihr wirkt mitgenommen«, meint Ogrem. »Ich lasse Euch noch eine halbe Stunde ruhen, bevor wir weitergehen.«

»Danke.« Ich lege mich abermals auf den harten Felsenboden und suche eine einigermaßen annehmbare Position.

Aber schon bald verspüre ich einen solchen Hunger und Durst, wie ich es selten zuvor erlebt habe und der mich nicht einschlafen lässt. Offenbar fordert das Magiewirken nun seinen Tribut. Ich schiele zu dem Zwerg, der auf der anderen Seite des Feuers sitzt und gerade einen Schluck aus seiner Feldflasche nimmt.

»Habt Ihr für mich vielleicht auch etwas zu trinken?«, frage ich.

»Nur was ich hier drin habe. Hier, nehmt.« Er hält mir seine Feldflasche hin.

Ich gehe zu ihm und nehme sie dankbar entgegen. Als ich einen Schluck davon trinke, spucke ich ihn vor Überraschung fast wieder aus, beherrsche mich aber im letzten Moment – es ist Wein! Aber nicht ein Wein, wie er bei den Menschen getrunken wird, sondern dieser hier hat ein raffiniertes, süßes Aroma und er erwärmt mich sofort bis in die letzte Körperfaser.

Ich muss an den Elfenwein denken … der war ebenfalls sehr gut, jedoch nicht mit dem hier zu vergleichen – das darf ich nur nicht Reyvan wissen lassen, der würde sich sofort von mir lossagen.

Ich nehme einen weiteren Schluck und gebe Ogrem dann die Flasche zurück. »Ist das Eiswein?«

Er sieht mich erstaunt an. »Woher kennt Ihr unseren Wein?«

»Von Zaron«, antworte ich freiheraus.

Der Zwerg springt auf. »Ihr kennt Zaron? Warum sagt Ihr das nicht gleich! Woher kennt Ihr ihn?«

»Er ist einer meiner Begleiter.«

»Euer Begleiter? Lügt Ihr mich etwa an?« Er greift unwillkürlich nach seinem Schwert.

Ich hebe abwehrend die Hände. »Nein, tu ich nicht. Er ist wirklich mein Begleiter. Kennt Ihr ihn?«

Der Zwerg lässt seine Hand sinken. »Und ob! Er ist einer meiner liebsten Trinkkumpane! Aber noch nie habe ich ihn in Begleitung eines anderen Menschen gesehen. Geschweige denn einer Frau. Er meidet jeden und ist nicht gerade der Gesprächigste – darum mag ich ihn ja auch, den Alten.«

Ich bin erleichtert, dass Zaron und Ogrem Freunde sind. »Er ist nicht mehr alt«, stelle ich richtig. »Er hat seine Jugend wiederhergestellt.«

»Wie bitte?! Warum denn das?« Der Zwerg setzt sich wieder hin.

»Weil er mir nur so helfen konnte«, antworte ich und senke den Blick.

Ogrem stößt scharf die Luft aus, ehe er weiterspricht. »Ihr scheint ja mächtig Eindruck auf ihn gemacht zu haben, wenn er Euretwegen sogar sein Leben verlängert. Ich hatte gemeint, er wolle sterben.«

»Er … Das ist eine lange Geschichte …«, weiche ich aus.

»Dann erzählt sie mir«, fordert der Zwerg und seine Augen blitzen neugierig, als ich ihn wieder ansehe. »Ich mag lange Geschichten.«

Ich ziere mich etwas, denn ich weiß nicht, ob ich ihm vollumfänglich trauen kann – schließlich kenne ich ihn erst seit ein paar Stunden. »Ich warte lieber, bis wir meine beiden Begleiter gefunden haben.«

»Keine Bange, Ihr werdet bald wieder mit ihnen vereint sein«, meint er, ohne den Blick von mir zu nehmen.

»Wie … warum seid Ihr Euch so sicher?« Ich blinzle ihn verwirrt an.

»Weil ich sie kommen höre.«

19

ALIA

Bevor ich mich wundern kann, warum er jemanden näher kommen hört und ich nicht, ertönt hinter mir ein überraschter Aufschrei. Im nächsten Moment werde ich von zwei starken Armen umschlungen, die mich zu erdrücken drohen. Mein ohnehin schon geschundener Körper schreit bei der Umarmung auf.

»Cíara, endlich!«, höre ich Reyvans Stimme an meinem Ohr. »Ich habe schon befürchtet … Tu das nie wieder!«

Vor Erleichterung bringe ich kein Wort heraus. Ich hätte nicht zu hoffen gewagt, dass ich Reyvan und Zaron so rasch wiedersehe. Als der Elf mich endlich loslässt, drehe ich mich zu ihm um und er überschüttet mein Gesicht mit Küssen.

»Ein Elf!«, unterbricht uns Ogrems wütende Stimme. »Ihr hättet mir sagen können, dass Euer zweiter Begleiter ein verdammter Elf ist!«

Der Zwerg greift nach seinem Schwert, das in dem Moment wieder von Blitzen umgeben ist.

»Lass, Ogrem.« Zarons Stimme ist gewohnt eindringlich, während er sich vor mich hinstellt und dadurch mit seiner breiten

Gestalt auch Reyvan verdeckt. »Er gehört zu mir.« Er geht auf den Zwerg zu und klopft ihm auf die Schulter. »Schön, dich wiederzusehen, mein alter Freund!«

Ogrem scheint sich nur langsam von der Tatsache zu erholen, dass ein Elf seinen geliebten Berg betreten hat, trotzdem erkenne ich, als ich an Zaron vorbeischaue, dass er seine Hand, die nach dem Schwert gegriffen hat, sinken lässt. Stattdessen blickt er zu dem Schwarzmagier hoch. »Zaron … hab dich schon lange nicht mehr in so guter Form angetroffen!«, stößt er hervor. »Hab schon gehört, dass du dich wieder jünger gemacht hast – wegen dieser Frau da hinter dir, eh?« Er zwinkert ihm verschwörerisch zu.

Reyvan lässt ein Knurren ertönen. »*Diese Frau da* gehört zu mir, Zwerg! Und nennt sie bei ihrem Namen, sie heißt …«

»Alia! Ja, ich weiß!«, gibt der Zwerg barsch zurück.

»Beruhigt euch bitte, alle beide!«, befiehlt Zaron streng. »Und setzt euch hin.«

Dann dreht er sich zu mir um. Reyvan hat immer noch seine Arme um mich gelegt und will mich gar nicht mehr loslassen.

»Alia.« Zarons Stimme klingt erleichtert. »Wir haben uns Sorgen um dich gemacht. Noch nie hat jemand einen Sturz von der Steintreppe überlebt. Aber Reyvan hat darauf bestanden, dass du noch am Leben bist, also haben wir uns auf die Suche gemacht – ich hätte nicht gedacht, dass wir dich in Ogrems Begleitung finden.«

Er setzt sich neben mich ans Feuer. Reyvan lässt mich nur widerwillig los und nimmt zu meiner Linken Platz, aber er hält meine Hand fest.

»Habt ihr etwas zu essen?«, frage ich ihn. »Ich habe einen Bärenhunger.«

Reyvan lächelt und greift nach seinem Rucksack. Er gibt mir ein Stück getrocknetes Fleisch und ein paar Beeren sowie seinen Wasserschlauch. Ich nehme alles dankbar an und schlinge das

Fleisch und die Beeren herunter. Dann trinke ich einen großen Schluck Wasser und fühle mich schon um einiges besser.

»Erzähl, wie ist es dir gelungen, den Sturz zu überleben?« Reyvan streichelt über meinen Rücken, was mich schmerzvoll aufstöhnen lässt. Rasch zieht er seine Hand zurück und runzelt die Stirn.

»Ich wäre beinahe gestorben«, erzähle ich und nehme einen weiteren Schluck Wasser. »Aber dann versuchte ich mich zu heilen – und es ist mir auch tatsächlich gelungen … nun ja, nicht vollständig, ich habe immer noch Schmerzen am ganzen Körper und einige Prellungen, zudem ist mein Rücken aufgeschürft und nur notdürftig geheilt. Aber immerhin konnte ich diesen hässlichen Wesen entkommen.«

»Du hast dich selbst geheilt?!«, fragen Reyvan und Zaron im Chor.

Ich sehe sie erstaunt an und lasse den Wasserschlauch sinken. »Ist das etwas Ungewöhnliches?«

»Alia, das ist etwas äußerst Ungewöhnliches«, kommt Zaron Reyvan zuvor. »Nur die mächtigsten Erdmagier können ihren Körper vollständig heilen. Das bedeutet, dass du dich mit Sicherheit auch verjüngen kannst. Und damit unsterblich bist.«

»Unsterblich?«, hauche ich.

Reyvan gibt mir einen Kuss auf die Wange und ich sehe aus dem Augenwinkel, wie Ogrem ausspuckt. Aber glücklicherweise ist der Elf zu sehr auf mich fixiert, um es zu bemerken.

»Cíara«, flüstert er in mein Ohr. »Das bedeutet, dass wir für immer zusammen sein können.«

Ich starre ihn an und begreife nur langsam den Sinn seiner Worte.

»Genug Geplänkel«, unterbricht uns Ogrem und schaut grimmig über das Feuer zu Reyvan und mir.

»Alia.« Zaron wirft Ogrem einen scharfen Blick zu, was diesen zum Verstummen bringt. »Du hast vorhin Wesen erwähnt. Wie sahen die aus?«

Ich schaudere, als ich mich an sie zurückerinnere. »Sie waren klein und schwarz – und sie hatten blinde Augen und hässliche Zähne.«

»Ateren!« Ogrem speit das Wort förmlich aus.

Ich schaue ihn verständnislos an. »Was für Teren?«

»Ateren«, wiederholt Zaron. »Ich hatte schon vermutet, dass sie es waren, die uns die ganze Zeit gefolgt sind. Du hast Glück, dass du nicht bewusstlos warst – sonst wärst du nie mehr aus deiner Ohnmacht aufgewacht. Einst waren sie Zwerge, haben sich aber von ihnen abgewandt und die Dunkelheit vorgezogen. Jetzt sind sie Geschöpfe der Finsternis und ernähren sich von Aas.«

Ich spüre einen kalten Schauer über meinen Rücken gleiten. »Sie sind Zwerge?«

»Waren!«, knurrt Ogrem. »Es ist eine Beleidigung, sie noch als solche zu bezeichnen. Diese abtrünnigen Monster leben schon seit Urgedenken nicht mehr in den Zwergenstädten!«

In dem Moment spüre ich, wie mich etwas von hinten anstupst, und fahre erschrocken herum. Aber es ist nur das Maultier von Zaron, das in die Nähe des Feuers gekommen ist.

»Wo ist dein Pferd?«, frage ich Reyvan, da ich kein anderes Reittier außer dem von Zaron entdecke.

»Die Pferde sind leider verloren«, erklärt Zaron. »Eines fiel in die Tiefe, das andere ist davongerannt, als Reyvan die Zügel losließ, um deinen Sturz zu verhindern. Wir konnten es bisher nicht wiederfinden – wahrscheinlich ist es auch abgestürzt.«

»Aber hier unten hätten wir sie ohnehin nicht brauchen können«, bemerkt Reyvan.

»Nun ja, trotzdem wären sie eventuell nützlich gewesen.« Zaron sieht uns mit einem Blick an, den ich nicht zu deuten weiß.

»Alia, du zitterst ja, bist du müde?« Reyvan nimmt mir den Wasserschlauch aus der Hand.

»Ein wenig. Es hat mich viel Kraft gekostet, mich zu heilen und vor diesen … Ateren zu fliehen. Zudem sind wir schon seit einer Ewigkeit auf den Beinen.«

Er nickt und sein Blick wird zärtlich. »Dann leg dich hin. Wir werden ein paar Stunden rasten, ehe wir in die Zwergenstadt aufbrechen.«

»Ihr wollt ebenfalls in die ›Stadt der tausend Steine‹ mitkommen?«, fragt Ogrem den Elfen blinzelnd. Ungläubigkeit und Zorn schwingen in seiner Stimme mit.

»Von *wollen* ist keine Rede, Zwerg!«, entgegnet Reyvan kalt. »Aber ich folge Alia überallhin. Selbst in den Schlund der Unterwelt – oder eben eine Zwergenstadt!«

»Ihr aufgeblasener Elf!« Ogrem springt auf und greift nach seinem Schwert. »Euch werde ich zeigen, was es bedeutet, meine Heimat zu beleidigen!«

Auch Reyvan ist sofort auf den Beinen und hat sein Schwert gezogen.

»Ein für alle Mal: Schluss damit!«, donnert Zarons Stimme durch den Tunnel und selbst Reyvan lässt überrascht die Waffe sinken.

Als ich den Schwarzmagier anschaue, scheint ihn eine schwarze Aura zu umgeben – wie damals bei Xenos, als er in den Wäldern von Zakatas gegen die Echsen kämpfte.

»Ihr werdet nie miteinander auskommen, das wissen wir alle«, fährt Zaron ein wenig ruhiger fort. Trotzdem schwingt eine beeindruckende Kraft in seiner Stimme mit. »Hört um Ignas' willen auf, euch wie kleine Kinder zu streiten! Das bringt weder euch noch sonst irgendjemandem etwas!«

Verwundert hebe ich die Augenbraue. In dem Moment erinnert er mich sehr an seinen großen Bruder – wenn auch auf eine attraktivere Art, als dieser jemals ausgestrahlt hat, wenn er wütend war. Sofort schelte ich mich für meine Gedanken … ich gehöre zu Reyvan. Trotzdem spüre ich, wie mich dieser Schwarzmagier fasziniert.

Ich muss an das Gespräch mit Reyvan denken, als ich ihm sagte, Xenos habe mich geküsst und auch ich hätte mich zu ihm hingezogen gefühlt. Ich hatte damals vermutet, dass es vielleicht daran liegen könnte, dass wir beide Geschöpfe der Nacht waren – er ein Schwarzmagier, ich eine Nehil. Aber nun … ich bin kein Geschöpf der Nacht mehr, da ich weiße Magie beherrsche. Woran also kann es liegen, dass mich Zaron nicht völlig kalt lässt – außer, dass er gut aussieht?

Verwirrt schüttle ich den Kopf. Ich bin im Moment zu müde, um darüber nachzudenken. Sollen die drei sich doch selbst einigen, wer wann mit wem streiten darf oder nicht.

Seufzend stehe ich auf und schaue zu dem Maultier, das hinter mir steht. Dann wende ich mich an Zaron. »Darf ich deine Decke benutzen, um mich hinzulegen?«

Erstaunt von meiner Frage wenden sich alle drei mir zu. Zaron nickt und hilft mir, den Sack mit der Decke vom Rücken des Tieres zu schnallen. Reyvan und Ogrem setzen sich derweil so weit wie möglich voneinander entfernt an das Feuer.

Ich schüttle nur den Kopf über die beiden und wechsle mit Zaron einen Blick. Wir denken beide das Gleiche: Wie kann man sich so grundlos hassen? Aber besser, ich mische mich nicht auch noch ein.

Also nehme ich die Decke und lege mich hinter Reyvan auf den Boden. Er dreht sich auf dem Stein, auf dem er sitzt, zu mir um und streicht mir leicht über den Kopf.

»Schlaf gut, Cíara«, flüstert er. »Ich werde dich wecken, wenn wir aufbrechen.«

Ich nicke und schlinge die Decke um mich. Im Bruchteil einer Sekunde bin ich eingeschlafen. Die Anwesenheit von Reyvan und Zaron sowie dem Zwerg lässt mich so sicher fühlen wie seit Stunden nicht mehr.

Als Reyvan mich mit einem zärtlichen Kuss weckt, fühle ich mich ausgeruht und frisch. Ich lächle ihn an und halte sein Gesicht fest, das über mich gebeugt ist.

Seine Augen blitzen. »Nicht hier, Cíara«, raunt er. »Aber sobald wir in dieser Zwergenstadt sind, werde ich denen zeigen, was es bedeutet, wenn ein Elf ein Mädchen in seinem Bett hat.« Er zwinkert mir zu.

»Reyvan, du wirst dich wohl nie ändern, was?«, seufze ich mit gespielter Hoffnungslosigkeit.

»Nein, denn sonst wirst du mich ja auch nicht mehr anziehend finden, oder?« Er grinst und streicht mir sanft über die Wange.

»Seid Ihr endlich so weit?«, höre ich Ogrems Stimme dröhnen. »Wir haben nicht den ganzen Tag Zeit, bis es dem werten Herrn passt, aufzubrechen.«

Reyvan wendet sich mit einem Knurren von mir ab, aber ich halte ihn an der Schulter fest. »Reyvan, bitte. Lass ihn. Er will dich doch nur provozieren.«

»Ja, hört nur auf Euer Mädchen, Elf!«, tönt Ogrems Stimme höhnisch. »Ihr scheint ja unter ihrer hübschen Fuchtel zu stehen!«

Reyvan reißt sich von mir los und stürmt auf den Zwerg zu, aber Zaron geht dazwischen und kann ihn gerade noch davon abhalten, sich auf ihn zu stürzen.

»Ogrem!«, poltert der Magier. »Hör auf mit deinen Sprüchen! Und du, Reyvan … es wäre wirklich besser, du hörtest auf Alia und würdest dich nicht von ihm provozieren lassen!«

Reyvan atmet tief durch, und Zaron lässt seine Hand sinken, die er dem Elfen auf die Brust gelegt hat. Dann wirft er mir einen Blick zu. »Wir brechen auf, bist du bereit?«

Ich nicke und rolle die Decke zusammen, ehe ich zum Maultier gehe, um sie auf dessen Rücken zu befestigen.

»Gut, dann los!«

Zaron geht mit dem Zwerg voran. Das Maultier führt er an seinen Zügeln. Ogrem hat wieder eine Lichtkugel gebildet, diesmal eine hellere, die uns etwa zwanzig Schritt weit sehen lässt. Reyvan und ich folgen den dreien.

»Warum hasst ihr euch so sehr?« Ich greife nach der Hand des Elfen und wir verschlingen unsere Finger ineinander. Ein wundervolles Gefühl, ihm so nahe zu sein.

»Wie gesagt, das hat Tradition«, erwidert er und ich erkenne, wie seine Kiefermuskeln mahlen.

»Aber Zaron hat recht, das bringt doch nichts«, versuche ich ihn umzustimmen.

»Auf wessen Seite stehst du eigentlich?« Er wirft mir einen missmutigen Blick zu.

»Auf deiner, das weißt du.«

»Tatsächlich … weiß ich das?«, fragt er gedehnt.

Ich bleibe stehen und bin versucht, seine Hand loszulassen, aber er hält mich fest. »Was willst du damit andeuten?«

Der Schatten, der über sein Gesicht zieht, bereitet mir Sorge. »Alia, ich lese zwar deine Gedanken nicht mehr, aber ich weiß, was du fühlst. Und wenn du diesen Schwarzmagier anschaust, dann spüre ich, dass du etwas für ihn empfindest.«

»Das ist lächerlich. Das tue ich nicht!«, entgegne ich empört.

»Versuche nicht, es abzustreiten.« Reyvans Blick hält meinen gefangen und es ist schwer, seine Gefühle zu deuten. Angst, Ärger, Enttäuschung … es ist von allem etwas dabei. Er lässt meine Hand endlich los. »Ich spüre das so deutlich, wie ich auch wusste, dass du noch lebst. Ich trage das Armband immer noch, wie du weißt. Und ich werde dich nicht mit ihm teilen.«

Ich werfe unwillkürlich einen Blick auf sein Handgelenk und schweige, denn ich habe keine Ahnung, was ich auf diesen Vorwurf erwidern soll. Seine Eifersucht ist womöglich wirklich begründet – ich weiß es ja selbst nicht genau.

Wir folgen dem dunklen Stollen, der breit genug ist, damit wir nebeneinander hergehen können.

Nach einer Weile legt Reyvan den Arm um mich. »Tut mir leid, Cíara«, murmelt er. »Ich wollte dich nicht anfahren. Es ist nur … ich ertrage die Vorstellung nicht, dass du jemals mit einem anderen Mann zusammen sein könntest als mit mir.«

Ich bleibe erneut stehen und schaue ihn an. »Reyvan, ich bin doch mit *dir* zusammen.«

»Ja, ich weiß. Und darüber bin ich glücklicher, als du je ahnen wirst.« Er küsst mich auf die Stirn, nimmt wieder meine Hand und wir gehen schweigend weiter.

Nach etwa einer Stunde gelangen wir zu einem breiten Gang, der von vielen Fackeln erleuchtet wird. Ich erkenne an den Wänden Muster und Zeichen, die in den harten Felsen gemeißelt wurden. Wahrscheinlich Zwergenarbeit, denn die Verzierungen sind so filigran, dass es ewig gedauert haben muss, sie zu vollenden.

»Dieser Gang führt zu meiner Stadt und dem Clan der Eisfäuste«, erklärt Ogrem mit vor Stolz strotzender Stimme. Dann wirft er einen Blick zu Reyvan. »Die letzte Gelegenheit, es sich anders zu überlegen, Elf!«

Reyvan drückt den Rücken durch und sieht dem Zwerg fest in die Augen. »Keine Chance!«, entgegnet er. »Ich lasse Alia nicht allein in diese … Stadt gehen.«

Ich atme leise aus, da er immerhin versucht hat, sich zu beherrschen.

»Wie Ihr wollt, Elf. Aber macht Euch auf einen unhöflichen Empfang gefasst!« Ogrem dreht sich um und geht weiter.

Zaron folgt ihm mit seinem Maultier.

»Bist du sicher, dass das eine gute Idee ist?«, frage ich Reyvan.

»Hast du eine bessere?«

Ich senke den Blick. Nein, aber trotzdem … wenn schon ein einzelner Zwerg ihn so sehr provozieren kann, wie ist es dann mit einem ganzen Zwergenvolk? Außerdem mache ich mir Sorgen darüber, dass ich meine Kräfte noch nicht wirklich beherrsche. Was, wenn mich sein Verhalten oder das der Zwerge so wütend macht, dass ich die ganze Stadt in Schutt und Asche lege?

»Mach dir keine Sorgen, Cíara«, murmelt Reyvan, der meine Gedanken wieder einmal erraten hat, ohne sie lesen zu müssen. »Sobald wir in der Stadt sind, könnt ihr, du und Zaron, üben, deine Kräfte zu beherrschen. Und ich verspreche dir, ich werde mich zusammenreißen und mich nicht provozieren lassen … auch wenn mir das schwerer fällt, als du ahnst.«

Ich schaue ihn an. »Ich dachte, du bist eifersüchtig auf Zaron?«

Er schnaubt leise. »Das mag wohl sein, aber wer spricht denn davon, dass ich dich mit ihm allein lasse?« Seine Augen funkeln. »Zudem … ich sehe ein, dass nur *er* dir beibringen kann, wie du deine Kräfte kontrollierst. Weder die Elfen noch die Zwerge können dir dabei helfen.«

Ich nicke und gebe ihm einen sanften Kuss auf die Wange.

»Wofür war der denn?«

»Dafür, dass du zumindest versuchst, mir zu vertrauen«, flüstere ich.

20

Zaron

Siebzehn Jahre zuvor …

Der Körper des einsamen Wanderers zitterte und er schlang den Pelzumhang, dem bereits eine dicke Schneeschicht anhaftete, noch fester um sich, während er weiter einen Weg durch diese unheilvolle Gegend suchte.

Die Kapuze hatte Zaron tief ins Gesicht gezogen, sodass nur ein paar seiner schwarzen Haarsträhnen zu sehen waren, an denen Eiskristalle klebten. Die Bäume boten keinerlei Schutz vor den kalten Böen, die zwischen ihnen hindurchpfiffen wie der letzte Hauch eines Sterbenden.

Die Kampfmagier des Zirkels hatten ihn vor vier Tagen hier am Rande der Eiswälder ausgesetzt, die das Eisgipfelgebirge wie ein Wall aus weißen Bäumen bewachten. Er wusste, dass die Häscher des Zirkelleiters dort immer noch lagerten, für den Fall, dass er umkehren sollte, was ihm unter Todesstrafe verboten war.

Er war ein Ausgestoßener und würde bis ans Ende seiner Tage hier oben im Norden als Verbannter leben müssen. Sollte er sich jemals wieder südlich der Eiswälder aufhalten, würden die Anhänger des Zirkels keinen Augenblick zögern und ihn töten – so lautete der Befehl, den sein eigener Bruder ausgesprochen hatte, als er ihn ins Exil schickte.

Er war zwar ein Magier, aber gegen die Überzahl an Kampfmagiern, die ihn hergebracht hatten, hatte er keine Chance – zumal er kaum mehr Wärme in sich trug, um Magie zu wirken. Um schwarze Magie zu wirken … und das wollte er nie wieder tun.

Mit aller Kraft versuchte Zaron, die Trauer zu unterdrücken, die sein Herz schwer und seinen Atem langsam werden ließ. Wenn er jetzt zugelassen hätte, dass ihn der Schmerz über den schlimmsten Verlust seines Lebens überwältigte, hätte er sich einfach in den Schnee sinken lassen, um zu sterben.

Aller Wahrscheinlichkeit nach wäre das ohnehin die einzige Lösung, die ihm noch blieb, wenn er nicht für alle Zeiten trauern wollte. In diesem Leben hielt ihn nichts mehr und er hatte keine Kraft mehr, zu kämpfen.

Wofür auch? Für einen Atemzug? Für einen neuen Tag, der ihm ja doch nichts bedeutete? Für den Schmerz, der ihn seit jenem verhängnisvollen Tag jede Nacht zusammen mit seinen Albträumen heimsuchte? Nein … Es war vielleicht wirklich an der Zeit, ins Reich der Toten zu gehen.

Er blieb stehen und atmete die eisige Luft ein.

Es würde schnell gehen. Er würde es kaum merken, einfach einschlafen und es wäre vorbei …

Gerade als er seiner Todessehnsucht nachgeben und seine Seele in die kalten Hände des Todes legen wollte, vermeinte er, Rufe zu hören, die sich mit dem Heulen des Windes vermischten. Rufe, die nicht aus einer menschlichen Kehle stammten … sondern …

»Eiswölfe«, murmelte er und fuhr sich mit der Hand, die in einem dicken Pelzhandschuh steckte, über das Gesicht. »Verdammt.«

Schon war das Wolfsgeheul näher. Lauter.

War er noch vor einem Augenblick kurz davor gewesen, sich in den Schnee sinken zu lassen und zu sterben, so spürte er jetzt wieder die verloren geglaubten Lebensgeister in sich.

Nein. Er würde nicht als lebende Beute eines Wolfsrudels enden!

Er sah sich gehetzt um und versuchte herauszufinden, woher die Rufe kamen. Leider trug der Wind sie von allen Seiten an sein Ohr. Er würde auf gut Glück in eine Richtung rennen und hoffen müssen, dass er dem Rudel nicht direkt entgegenlief.

Die Eiswölfe waren bekannt dafür, dass sie in Gruppen von bis zu zwanzig oder gar dreißig Tieren jagten. Zu viele, um ihnen mit Magie entgegenzutreten, selbst als Schwarzmagier. Wäre er bei Kräften gewesen, hätte er es sich vielleicht zugetraut, aber die letzten Tage hatten ihn schwach werden lassen. Zu schwach für einen richtigen Kampf.

So schnell es ihm der tiefe Schnee erlaubte, begann er, in eine Richtung zu eilen. Zwischen den dichten Flocken, die vom Wind durch die Luft gejagt wurden, vermeinte er, hinter einer Baumgruppe Felsen zu sehen.

Die Baumkronen hatten den meisten Schnee aufgefangen, sodass hier der Boden weniger stark von der weißen Schicht bedeckt wurde. Dennoch gestaltete sich das Vorankommen als wahrer Kraftakt und schon bald brannten seine Lungen, als bestånden sie aus purem Feuer.

Das Heulen wurde bei jedem Schritt lauter, eifriger. Die Wölfe schienen seine Fährte aufgenommen zu haben.

Endlich kam er bei der Baumgruppe an und blieb einen Moment lang erstaunt stehen, als er erkannte, dass vor ihm eine hohe Felswand aufragte.

War das der Beginn des Eisgipfelgebirges?

Doch er hatte keine Zeit, sich Gedanken darüber zu machen, ob er endlich an seinem Ziel angekommen war, sondern rannte hinter eine Felsgruppe, die ihm Sichtschutz vor den Eiswölfen bieten würde. Hoffentlich.

Heftig keuchend lehnte er sich gegen den kalten Stein und ließ sich daran heruntergleiten, während er versuchte, seine Atmung zu beruhigen, die ihm mit jedem Luftzug in der Brust schmerzte. Er schloss die Augen und lauschte auf das Heulen, das jetzt mit einem lauten Kläffen und Winseln durchmischt war. Die Wölfe schienen sich zu orientieren und seine Witterung aufzunehmen.

Er war nie ein gläubiger Mensch gewesen, aber jetzt betete er zu allen vier Göttern und vor allem zu seinem Feuergott Ignas, er möge ihn vor diesem grausamen Tod bewahren.

Jedoch schienen die Götter ihm seine jahrhundertelange Stummheit übel zu nehmen.

Der Angriff kam so plötzlich, dass er vor Schrecken zusammenzuckte und reflexartig seinen magischen Schutzschild bildete. Sonst hätte ihm der weiße Wolf, der jetzt dagegenprallte, die Kehle zerfetzt. So aber jaulte das Tier laut auf, da sich der Magier unwillkürlich dessen Körperwärme für den Schutzzauber bediente.

Zaron starrte die Bestie mit geweiteten Augen an. Da er bisher noch nie in den Eiswäldern gewesen war, war er auch noch nie einem Eiswolf begegnet. Er hatte zwar davon gehört, dass diese Wesen Furcht einflößend seien, hatte Bilder und Zeichnungen gesehen. Aber was ihm jetzt knurrend und zähnefletschend gegenüberstand, übertraf all seine Vorstellungskraft.

Die Fangzähne des Wolfes waren so lang wie der Unterarm eines Kindes, der Kopf hatte die Ausmaße eines Stierschädels und im Stehen hätte er der Bestie mühelos in die Augen blicken können, ohne sich bücken zu müssen.

So aber sah der Eiswolf auf ihn herunter und schüttelte den Kopf, als wollte er den Zauber loswerden, den der schwarzmagische Schild auf ihn wirkte. Im nächsten Moment flimmerte der weiße Pelz des Wolfes in einem mystischen Hellblau auf und Zaron spürte augenblicklich, wie sein Schutzschild sich aufzulösen begann.

»Verdammt, du kannst dich gegen schwarze Magie schützen!«, knurrte er und sah sich Hilfe suchend nach einem Gegenstand um, mit dem er sich ohne seine Zauberkraft verteidigen konnte.

Ohne die Wärme eines anderen Lebewesens konnte er keine zwei Minuten gegen diese Kreatur bestehen.

»Duckt Euch!«, rief in dem Moment eine donnernde Stimme links von ihm.

Zaron konnte dem Befehl gerade so nachkommen, ehe er mit ansah, wie ein flammender Bolzen mitten in eines der gelben Wolfsaugen flog. Das Tier jaulte vor Schmerzen auf und rannte davon, das brennende Geschoss immer noch in seinem Kopf.

Abermals ertönte das Wolfsgeheul, dieses Mal jedoch noch zorniger als zuvor. Unwillkürlich rappelte sich Zaron auf und sah sich nach seinem Retter um.

»Hierher!«, rief die männliche Stimme, die von weiter oben aus den Felsen zu ihm herunterdrang.

Zaron rannte los, ohne sich nochmals nach den Wölfen umzusehen, die sich bestimmt gerade zu einem gemeinsamen Angriff formierten. Sein Atem brannte abermals und seine Seite begann schmerzhaft zu stechen, während seine Beine am liebsten zusammengesackt wären, um sich dem Tod zu ergeben. Aber er biss die Zähne zusammen.

Der Wind war hier zwischen den Felsen etwas weniger stark, sodass er klarer durch das Schneegestöber hindurchsehen konnte.

Als er um eine Steinformation bog, wurde er von zwei kräftigen Händen gepackt – und nach schräg unten gezogen.

»Rührt Euch nicht!«, ertönte die Stimme hinter ihm, während sein Gesicht an den Felsen gepresst wurde.

Dann spürte er, wie sich sein Leib versteifte, als wäre er mit Ton eingeschmiert, der sich gerade verhärtete. Als er einen Blick nach unten wagte, stellte er voller Entsetzen fest, dass seine Füße, Beine, Arme ... sein gesamter Körper zu Stein geworden war.

Er schnappte entgeistert nach Luft und versuchte reflexartig, sich zu wehren. Erstaunlicherweise ließen sich seine Arme bewegen, aber die fremden Hände krallten sich in seinem Pelz fest und stießen ihn abermals hart gegen den Felsen.

»Keinen Mucks! Sonst seid Ihr tot!«

Da der Mann hinter ihm stand, konnte Zaron ihn nicht sehen. Doch die tiefe Stimme klang so grollend wie ein Felssturz und schien es gewohnt zu sein, Befehle zu erteilen. Zudem lag eine Klarheit darin, die ihm zeigte, dass der Fremde wusste, was er tat.

Daher nickte er kaum merklich und versuchte, so flach wie möglich zu atmen. Schon bog der erste Eiswolf um die Felsformation und hob witternd die Schnauze.

Zaron hielt unwillkürlich die Luft an, denn das Tier stand nur eine Armlänge von ihm entfernt. Aber es schien ihn nicht zu sehen – und auch nicht zu riechen. Drei weitere Eiswölfe folgten. Jetzt konnte er ihre riesigen Körper genauer betrachten. Sie wirkten wie große Kälber, waren aber keinesfalls harmlos. Im Gegenteil, sie konnten einen Menschen mit einem einzigen Biss töten. Und offenbar hatten sich alle gegen Magie gewappnet, denn um ihre Körper flimmerte wieder dieser hellblaue Schein.

Es schien eine Art natürlicher Schutzschild zu sein, der gegen Magie wirkte. Aber nicht gegen Illusionen, wie sie gerade sein Retter heraufbeschworen hatte.

Nach einiger Zeit, die ihm wie eine Ewigkeit erschien, zogen sich die Wölfe endlich zurück.

Als ihr enttäuschtes Bellen und Winseln nur noch aus der Ferne ertönte, hörte der Zauber auf, der den Körpern der beiden Männer eine Steingestalt gegeben hatte.

Zaron wagte endlich, sich wieder zu bewegen, und wandte sich seinem Retter zu – um im selben Moment, in dem er ihn erblickte, erstaunt nach Luft zu schnappen.

Hinter ihm stand ein Mann, der ihm bis etwa zum Bauch reichte. Sein rotblondes Haar fiel ihm in zwei dicken Zöpfen über die Brust, die von mehreren Edelsteinketten geschmückt wurde. Er trug einen dicken Pelzmantel, unter dem ein Kettenpanzer zu erahnen war. Neben ihm am Felsen lehnte eine mächtige Armbrust und über der Schulter trug er einen Köcher mit Metallbolzen, die mit rot leuchtenden Runen verziert waren.

Seine grünblauen Augen waren aufmerksam auf Zaron gerichtet, während unter dem rötlichen Schnurrbart ein herablassender Ausdruck zu erkennen war. Er war ohne Zweifel ein Zwerg und das, was ihn gerade gerettet hatte, die legendäre Zwergenmagie, die nur wenige Menschen jemals zu Gesicht bekommen, geschweige denn am eigenen Leib erfahren hatten.

»Wenn ich schon einem erbärmlichen Magier das Leben rette, will ich wenigstens wissen, wer Ihr seid«, sagte sein Gegenüber mit grollender Stimme und verschränkte die Arme vor der breiten Brust.

Zaron versuchte, seine Überraschung zu verbergen. Normalerweise waren Zwerge Menschen gegenüber nicht sonderlich hilfsbereit.

»Mein Name ist Zaron«, antwortete er. »Danke, dass Ihr mir diesen grausamen Tod erspart habt. Ich stehe tief in Eurer Schuld.«

Sein Retter legte den Kopf schief und musterte ihn erneut mit dieser Herablassung, wie sie nur Zwerge zustande bringen konnten. »Sagt mir, warum ich, Ogrem, Sohn des Terlem, aus dem Clan der Eisfäuste, nicht dafür sorgen soll, dass die Eiswölfe doch noch zu ihrem Futter kommen?«

Zaron sah dem Zwerg fest in die Augen. »Wenn Ihr mich töten wollt, so habe ich nur eine Bitte: Macht es schnell.«

Diese Antwort schien Ogrem zu verblüffen. Womöglich hatte er damit gerechnet, dass Zaron um sein Leben flehen oder ihm irgendetwas als Dank anbieten würde. Er verengte die Augen etwas stärker und sein Gesichtsausdruck wurde neugieriger. »Ihr scheint den Tod nicht zu fürchten, vielmehr herbeizusehnen. Dennoch seid Ihr vor den Wölfen geflohen. Warum?«

Zaron zuckte mit den Schultern und sah über die Eiswälder hinweg, die sich wie eine weiße, endlose Decke unter ihnen ausbreiteten. Ab und an wurde der Schnee von etwas Grün oder Braun durchbrochen, ansonsten glich er einem unheilvollen Eismeer. »Das frage ich mich auch ...«, murmelte er geistesabwesend.

»Wisst Ihr«, begann der Zwerg gedehnt, »Ihr erinnert mich an den Bekannten des Schwagers eines Freundes meines Bruders: Dessen Sohn starb in der letzten Schmelze und sein Vater hat dies nie gänzlich überwunden. Starb dann an gebrochenem Herzen ... so würden es wohl die poetisch Veranlagten nennen. Ich sage, man kann auch an Kälte sterben. An Kälte, die aus dem Körperinneren stammt. Wenn Ihr versteht.«

Zaron runzelte die Stirn und sah nachdenklich auf den Zwerg hinunter. »Ich glaube, ich weiß, was Ihr meint. So kalt, wie ich mich in meinem Inneren fühle, kann nicht einmal das Eis in diesen Bergen werden.«

»Dann fehlt Euch einfach nur das notwendige Feuer«, brummte Ogrem.

Unwillkürlich bildete sich auf Zarons Lippen ein Schmunzeln. »Wisst Ihr, ich trage das Feuer in mir ... das ist das Element, das die Götter mir geschenkt haben.«

»Ah, Eure Götter und ihre Geschenke. Jaja. Ich weiß. Sie gaben jedem von Euch nur eines der Elemente, oder? Unser Gott Nanos war da bei Weitem großzügiger. Er hat jedem von uns die Macht gegeben, über alle vier Elemente zu gebieten und sie in Eisen festzuhalten.« Er deutete mit dem Kopf auf seine Armbrust. »Sonst hätte Euch meine Koretta auch nicht so zuverlässig retten können.«

Zaron runzelte die Stirn. »Eure Koretta?«

»Na, meine Armbrust. Nennt Ihr Eure Waffen nicht bei ihrem Namen, um sie besser kennenzulernen?«

Der Magier schüttelte den Kopf. »Bis jetzt war mir nicht einmal bewusst gewesen, dass man eine Waffe wie einen Menschen kennenlernen kann.«

»Weil Ihr Menschen eben engstirnige Geschöpfe seid, die sich trotzdem für das allwissende Volk in Altra halten. Dabei seid Ihr auf dem geistigen Stand einer Ziege«, grollte der Zwerg. »Aber was erzähl ich das einem Menschen … das wäre, als wollte man einem Troll die Funktion eines Meißels erklären.«

»Ihr scheint wohl gerne Menschen zu beleidigen«, stellte Zaron mit hochgezogenen Augenbrauen fest.

»Nicht so gerne, wie ich sie töte«, erwiderte der Zwerg, während seine Augen blitzten. »Was mich wieder zu Euch und Eurer Anwesenheit hier im Norden von Altra bringt. Ein Mensch – selbst wenn er ein Magier ist – ist niemals allein unterwegs. Schon gar nicht hier in den Wäldern. Ihr seid feiger als ein Schneehuhn, wenn es darum geht, sich Gefahren zu stellen. Das konnte ich soeben wieder einmal mit eigenen Augen sehen. Also: Warum ist weit und breit keiner Eurer Gefährten zu entdecken?«

Zaron wich seinem eindringlichen Blick aus und sah abermals über die schneebedeckten Baumwipfel unter sich. »Weil ich vom Magierzirkel hierher verbannt wurde. Ich bin ein Schwarzmagier und das hier ist die Strafe für mein Vergehen.«

»Ein Schwarzmagier also. Hm, hm«, murmelte der Zwerg nachdenklich. »Deshalb haben die Eiswölfe ihre Schutzpanzer aktiviert. Und was war Euer Vergehen? Habt Ihr jemanden getötet? Entführt? Verraten?«

Zaron verzog die Lippen zu einem freudlosen Lächeln. »Weder noch. Und dennoch ist die Strafe angemessen, mehr noch ….«

»Schon gut, hab verstanden«, unterbrach ihn der Zwerg schroff. »Ihr seid wirklich dem Bekannten, von dem ich Euch erzählte, sehr ähnlich. Erschreckend ähnlich. Was wollt Ihr nun also tun?«

Zaron zuckte mit den Schultern. »Momentan denke ich nur daran, wie ich die nächste Stunde um die Ohren schlage. Vorhin war's Sterben, dann war's Fliehen, jetzt spreche ich mit Euch …«

»Wisst Ihr, bis Ihr herausgefunden habt, was Ihr machen wollt, könnte ich Euch einen Unterschlupf zeigen, wo Ihr in Ruhe darüber nachdenken könnt«, meinte Ogrem. »Ich tue das nur, weil ich gespannt bin, wie ein Mensch in einer solchen Situation reagiert. Keinesfalls aus Gefälligkeit, verstanden?«

»Natürlich.« Zaron nickte. »Ich nehme Euer Angebot gerne an. Aber wenn mir die Frage gestattet ist: Verratet mir doch vorher noch, warum Ihr Euch hier allein im Gebirge herumtreibt?«

Ogrem warf ihm einen forschenden Blick zu. »Die Frage ist Euch nicht gestattet. Ihr Menschen seid viel zu neugierig … das ist Euer Problem.«

Damit wandte er sich ab und ging voran, einen schmalen Pfad zwischen den Felsen entlang, der stetig nach oben, weiter in das Eisgipfelgebirge, hineinführte.

Zaron folgte ihm kopfschüttelnd und unterdrückte den Drang, den Zwerg darauf hinzuweisen, dass dieser ihm einzig deswegen half, weil er selbst gesagt hatte, dass er neugierig darauf sei, wie sich ein Mensch aus seiner Trauer befreite. Eine Herausforderung, der er sich hier und heute nicht gewachsen fühlte

21

Alia

Gegenwart

Wir folgen dem hell erleuchteten Gang, der mehrere Windungen beschreibt, und kommen schließlich an einem massiven Steintor an, auf dem ein großer, mannshoher Kreis prangt. Es sieht aus, als ob er sich drehen könnte, ein jeweils kleinerer Kreis ist darin von außen nach innen angeordnet. Als wir näher kommen, erkenne ich verschiedene Symbole, die auf allen vier Kreisen abgebildet sind. Die Markierungen stellen einen Drachen, einen Falter, ein Gelumen und einen Fisch dar. Sie sind wiederholt, in unterschiedlicher Reihenfolge eingemeißelt.

Ogrem geht zu der Tür und legt die Hand auf einen Fisch im äußersten Kreis. In dem Moment beginnen sich alle vier Kreise zu drehen und die Symbole ordnen sich immer wieder neu an. Ogrem berührt die Zeichen so lange, bis auf allen Kreisen der Fisch untereinander zum Stehen kommt. Es ertönt ein knirschendes Geräusch und die Türteile scheinen im Boden und der Decke zu verschwinden. Wie genau dieses System funktioniert, kann ich nicht erkennen.

In der Wand ist nun eine kreisrunde Öffnung zu sehen, durch die Nebel dringt.

Ogrem dreht sich mit einem triumphierenden Lächeln zu uns um und seine blauen Augen blitzen vor Stolz. »Willkommen in der ›Stadt der tausend Steine‹!« Er geht uns voran durch die Öffnung.

Dahinter führt eine kurze Treppe zu einem Felsensims und als wir darauf ankommen, stockt mir der Atem. Was ich sehe, kann ich mit bloßen Worten kaum beschreiben.

Die Steinstadt der Zwerge wurde in einer gewaltigen Höhle erbaut, erstreckt sich tief unter uns und führt von dort über felsige Ebenen bis weit nach oben. Diese Ebenen sind direkt aus dem Felsen der Höhle gewachsen und unterschiedlich breit, ungefähr zwanzig bis hundert Schritt. Ich kann weder die oberste noch die hinterste Ebene erkennen, da die Ausmaße der Höhle unüberschaubar sind, doch alle sind sie mit Treppen und Brücken verbunden. Diese führen kreuz und quer durch die gigantische Höhle, sodass ich sicher bin, jegliche Orientierung sofort zu verlieren, wenn ich hier auf mich allein gestellt wäre.

Ich sehe Tausende von Eingängen und Fenstern, die in steinerne Gebäude eingelassen sind. Diese Gebäude wiederum sind entweder frei stehend auf den Felsenebenen oder direkt in die Höhlenwand gebaut.

Die gesamte Stadt ist hell erleuchtet – woher die Lichtquellen stammen, kann ich jedoch nicht genau sagen. Es scheint, als ob sich Fackelschein mit Tageslicht vermischt. Ich erkenne einige Laternen, die an hohen Masten angebracht sind, außerdem gibt es etwa zwei Schritt hohe Kristalle, die frei auf allen Ebenen stehen und das Licht, das irgendwie von oben auf sie fällt, reflektieren. Sie tauchen ihre Umgebung in funkelnde Farben.

Überall gehen Zwerge ihren alltäglichen Arbeiten nach, ich höre von irgendwoher das Klingen von Hämmern auf Metall, das nur aus einer Schmiede stammen kann, rieche Ruß und Rauch. Aber auch den Duft von Blumen und Bäumen, die hier unter der Erde wachsen und den Boden der Stadt in eine grüne Oase kleiden. Auch jetzt weht mir wieder der leichte Duft nach Vanille entgegen.

Ein schmaler Pfad führt links von uns von der Plattform, auf der wir stehen, an der Wand entlang hinunter zum Boden der Höhle. Dort, mitten hindurch, fließt ein breiter Fluss, über den mehrere Brücken errichtet wurden.

Unwillkürlich trete ich näher zu Reyvan, der mich anlächelt. »Nun ja, schon eindrücklich, aber nichts im Vergleich zur gläsernen Stadt, oder?«, flüstert er so leise, dass der Zwerg ihn nicht hören kann.

Ich schaue ihn an und runzle die Stirn, antworte aber nichts.

In dem Moment dreht sich Zaron zu uns um. »Wir sind angekommen. Hoffen wir, dass die Zwerge uns Unterschlupf gewähren, bevor wir weiterziehen müssen.«

»Weiterziehen?« Ich schaue vom Schwarzmagier zum Elfen.

Zaron nickt und sein Blick ist so ernst wie immer. »Ja, wir können hier nicht länger als zwei Wochen bleiben, dann müssen wir weiter. Das Gedicht hat es ja auch so prophezeit: Wir müssen zum Wasser.«

»Aber … hier gibt es doch Wasser.« Ich deute auf den Fluss unter uns.

»Ich denke nicht, dass *dieses* Wasser gemeint ist«, entgegnet Zaron, »sondern das Meer.«

»Das Meer?« Meine Augen weiten sich.

»Ja.« Der Schwarzmagier geht ohne einen weiteren Kommentar hinter Ogrem den Pfad hinunter, der in die unterste Ebene der Zwergenstadt führt.

Ich schaue Reyvan fragend an. »Meinst du auch, dass wir zum Meer müssen?«

Der Elf nickt, nachdem er kurz den Kopf schief gelegt hat. »Ja. Und ich bin auch froh darum, dass wir hier nicht länger als nötig bleiben müssen.«

Die Aussicht, immer noch nicht wirklich am Ziel angekommen zu sein, lässt meinen Mut sinken. »Aber was, wenn wir dort sind?«, frage ich und fuchtle mit den Händen. »Sollen wir ein Schiff suchen? Oder schwimmen?«

»Ich weiß es nicht, Cíara. Lass uns das überlegen, wenn es so weit ist«, erwidert Reyvan und sein Blick ruht sanft auf mir.

Ich seufze. »Ich hasse es, nicht zu wissen, was unser Ziel ist.«

»Aber so bleibt es doch wenigstens spannend.« Reyvan legt mir eine Hand auf den Rücken, mit der er mich Richtung Pfad schiebt. »Komm, bringen wir diesen unfreundlichen Empfang hinter uns, den mir der Zwerg versprochen hat.«

Ich seufze noch einmal, ergebe mich dann aber und folge Zaron und Ogrem. Sie haben wahrscheinlich recht … das Pergament, auf dem die Prophezeiung steht, hat noch viel Platz für weitere Strophen. Wer weiß, wann unsere Reise tatsächlich zu Ende sein wird – und wen wir unterwegs alles noch antreffen.

Wir gehen gemeinsam den Pfad hinunter. Die Distanz täuscht, es dauert fast eine halbe Stunde, bis wir am Höhlenboden angekommen sind. Als Erstes fällt mir auf, wie sauber alles ist, trotz der vielen Bewohner. Der Boden wurde mit Steinplatten belegt, die akribisch genau ausgemessen worden sind. Keinerlei Unrat ist darauf zu sehen.

Eine neugierige Menge hat sich unten an dem Weg versammelt und wir werden von Hunderten von Zwergenaugen begutachtet. Die Eiszwerge sind größtenteils rotblond wie Ogrem und die Männer tragen keine oder nur kurze Bärte. Dafür ist ihr Haar lang und in allen Varianten zu Zöpfen geflochten. Ihre Kleidung besteht vorrangig aus Leder und Pelz, aber einige tragen auch Eisenharnische, die im Licht der Kristalle glänzen. Zudem fällt mir auf, dass die Frauen genau wie die männlichen Zwerge Hosen und Westen bevorzugen. Alle tragen sie Gold- und Silberschmuck, der reich mit kostbaren Steinen verziert ist.

Als sie Reyvan entdecken, werden einige Verwünschungen und Flüche laut, aber zumindest wirft keiner mit Steinen nach ihm, was ich insgeheim befürchtet hatte.

Ogrem führt uns zum Fluss, dessen Wasser aus der Nähe tief und reißend wirkt. Die Menge teilt sich, um uns zu einer breiten Steinbrücke zu lassen, die glücklicherweise sehr solide wirkt. Die Zwergenmenge folgt uns dicht auf den Fersen.

Zwergenkinder, die mir knapp bis zum Knie reichen, springen zusammen mit bellenden Hunden um uns herum und deuten mit ihren Fingern auf Reyvan. Sie kichern und ahmen die Verwünschungen ihrer Eltern nach, die Hunde knurren und bellen, greifen uns jedoch nicht an. Reyvan lässt sich zum Glück nicht davon beeindrucken, sondern geht mit ausdrucksloser Miene hinter Ogrem und Zaron her.

Nachdem wir den Fluss überquert haben, wendet sich Ogrem nach links. Vor uns stehen mehrere quadratische Steingebäude, die zwei oder mehr Stockwerke besitzen. Gepflegte, gepflasterte Straßen sind zwischen den Häusern angelegt. Kleine Ponys und Maultiere ziehen hölzerne Wagen, die Stoffe, Steine, Heuballen und anderes Handelsgut transportieren. Die Luft riecht nach Gewürzen, Rauch und Abfällen, dennoch gibt es nicht diesen beißenden Gestank nach Exkrementen, den ich aus den Dörfern der Menschen kenne. Die Zwerge scheinen ihre Städte besser instand zu halten als wir.

Uns umgibt ein geschäftiges Treiben, viele Zwerge kreuzen unseren Weg und wir müssen aufpassen, dass wir von den Wagen nicht überrollt werden, als wir eine breitere Straße betreten.

Diese führt geradeaus, direkt auf ein helles, ebenfalls quadratisch gebautes Steingebäude mit marmornen Säulen zu, das sich über allen anderen erhebt. Seine unzähligen Glasfenster reflektieren das Licht der Kristalle, und ich erkenne, dass mehrere weitere Straßen dorthin führen. Offenbar handelt es sich um das Zentrum der Zwergenstadt.

Davor ist ein gepflasterter Platz mit Ausmaßen, wie ich sie vom Innenhof des magischen Zirkels von Lormir kenne. Eine breite Marmortreppe führt zu der massiven, steinernen Eingangstür des Gebäudes. Letztere ist durch geschickte Steinmetzhände reich verziert worden mit Schlachten, in denen Zwerge gegen riesige Ungetüme – unter anderem Drachen – kämpfen.

Rechts vom Gebäude fällt mir ein ebenso heller Tempel ins Auge, dessen Eingangspforte weit offen steht. Wahrscheinlich ist er dem Zwergengott – wie hieß er noch gleich … ach ja, Nanos – gewidmet. Er scheint zumindest Platz für sehr viele Zwerge zu bieten, den äußeren Ausmaßen nach zu schließen.

Inzwischen werden wir von einer wahren Zwergenmasse verfolgt. Hunderte von ihnen haben sich unserer Gruppe angeschlossen. Ich höre erstaunte Rufe, aber auch immer wieder Flüche und Verwünschungen, die dem Elfen gelten, aus der Menge zu uns dringen. Einmal wirft eine Zwergin mit einem Apfel nach Reyvan, der die Frucht jedoch mühelos mit einer Hand auffängt und hineinbeißt, während er, ohne mit der Wimper zu zucken, weitergeht. Trotzdem kenne ich ihn inzwischen so gut, dass ich die Anspannung in seinem Gesicht ablesen kann.

Endlich haben wir die steinerne Treppe des Gebäudes erreicht.

Ogrem hält kurz inne und dreht sich zu uns um. »Ihr werdet nun vor unser Clanoberhaupt Baltor, Sohn von Irgrim, vom Clan der Eisfäuste treten«, erklärt er. »Betet zu Euren Göttern, dass er Euch gewährt, weswegen Ihr hier seid. Ansonsten werdet Ihr von der Menge aus der Stadt gejagt.«

Ich fröstle und folge dem Zwerg die Stufen hoch. Als ich mich umdrehe, sehe ich, dass das Zwergenvolk unten stehen bleibt und uns nachschaut. Allem Anschein nach werden sie uns nicht in das Clangebäude folgen. Ich atme erleichtert aus, da wir sie zumindest für den Moment los sind.

Im Innern des Gebäudes ist es wärmer als in der Höhle, daher wäre es nicht nötig gewesen, meinen Pelzumhang anzubehalten. Jetzt aber getraue ich mich nicht mehr, ihn abzulegen. Der Boden der Halle ist aus glatt geschliffenen, grauweißen Marmorplatten, die im Licht der vielen Fackeln an den Wänden matt glänzen. Der Saal ist weitläufig, allerdings erreicht er nicht ganz die Ausmaße des Thronsaals in der gläsernen Stadt der Elfen.

An den Wänden sind einige Geweihe und Schädel mit riesigen Stoßzähnen angebracht. Wahrscheinlich stammen Letztere von Gelumen. Die hohen Fenster sind mit farbigem Glas gefertigt und werfen bunte Muster auf den Boden.

Dicke, graue Steinsäulen flankieren einen schweren, blauen Teppich, der zu einem steinernen Sessel mit der Form einer Muschel führt. Dieser steht auf einem kleinen Podest. Irgendwie erinnert mich dieser Raum an jenen in der Ruine der Vexatoren, mit dem Unterschied, dass er viel besser instand gehalten ist und mehrere Zwergenkrieger in eisernen Prunkuniformen an den Wänden stehen. Sie schauen uns grimmig an und legen die Hände an ihre Äxte, deren Doppelklingen in Flammen stehen. Ich erinnere mich daran, dass es eine Spezialität der Zwerge ist, Elemente in ihre Waffen zu schmieden. In Lormir habe ich auf dem Markt ab und an solche Klingen gesehen, die zu horrenden Preisen angeboten wurden.

Mit gemäßigtem Schritt gehen wir auf den steinernen Thron zu, auf dem ein breitschultriger Zwerg sitzt. Er hat, im Gegensatz zu den anderen Angehörigen seines Volkes, pechschwarzes Haar und einen kurz gestutzten Bart. Außerdem trägt er schwarze Kleidung, einen Pelzumhang und einen breiten, silbernen Gürtel. Zu meiner Überraschung sehe ich an ihm kein einziges Schmuckstück. Ich hätte gedacht, dass das Clanoberhaupt mit noch mehr Gold und Silber behangen wäre als seine Untertanen.

An einem Waffenständer zu seiner Rechten erkenne ich ein zweihändiges Schwert mit einem kunstvollen Griff sowie eine große, zweischneidige Axt. Er stützt einen Arm auf seinem Knie ab und mustert uns mit seinen schwarzen Augen.

Mich überkommt eine ebensolche Ehrfurcht wie damals beim König der Elfen. Obwohl die Zwerge ihre Oberhäupter nicht ›Könige‹ nennen – dieser hier ist mit jeder Faser seines Körpers einer.

»Was führt Euch zu mir, Ogrem?« Seine tiefe, donnernde Stimme stellt selbst jene von Ogrem in den Schatten. »Und warum bringt Ihr Zaron, eine Magierin und einen Elfen mit?«

Offenbar hat er sofort erkannt, dass ich über Magie verfüge … was mich ein bisschen stolz macht. Aber ich unterdrücke diese Gefühlsregung rasch.

Zaron geht vor ihm auf die Knie und ich beeile mich, es ihm gleichzutun, ebenso wie Reyvan neben mir. »Baltor, Sohn von Irgrim, bitte verzeiht unseren unangemeldeten Besuch. Wir sind auf der Flucht vor dem Zirkel und bitten um Euren Schutz.«

Das Clanoberhaupt hebt eine Augenbraue. »Ihr seid auf der Flucht vor dem Zirkel? Hat dieser Euch nicht ohnehin ins Exil verbannt?«

Zaron hebt den Blick. »Das stimmt … allerdings verfolgt der Zirkel nun diesen Elfen und die Magierin. Und ich wurde vom Schicksal dazu auserwählt, ihnen zu helfen.«

Baltor steht auf. Da sich der steinerne Sessel auf einem Podest befindet, überragt er Zaron, der immer noch am Boden kniet. »Das müsst Ihr mir schon genauer erklären. Erhebt Euch!«

Wir folgen seinem Befehl. Ich bin froh, denn meine Beine schmerzen immer noch von dem Sturz in den Schacht.

Baltor fährt fort: »Warum verfolgt der Zirkel die beiden? Und was habt Ihr damit zu schaffen? Außerdem« – ein nachdenklicher Blick legt sich auf sein Gesicht – »wenn sie hierbleiben, werden wir früher oder später ebenfalls das Vergnügen haben, uns wieder mit Magiern herumzuschlagen.«

Zaron dreht sich um und sieht mich an. »Beantworte *du* seine Fragen, Alia.«

Ich räuspere mich und nehme all meinen Mut zusammen. Ich war noch nie gut darin, vor Menschen zu sprechen – und schon gar nicht vor einem Herrscher und seinen Untertanen. Daher war ich damals bei den Elfen nicht einmal so unglücklich gewesen, dass Xenos mir meine Stimme genommen hatte.

Mein Herz schlägt so schnell und laut, dass ich vermeine, sein Echo von den Wänden widerhallen zu hören. Reyvan lächelt mich aufmunternd an und ich trete einen Schritt vor.

Bemüht, meine Unsicherheit zu überspielen, hebe ich den Blick und sehe ihn fest an. »Ich bin Alia und wurde als Nehil in den Zirkel geschickt, um dort zu dienen. Bevor ich dorthin musste, hat mir meine Mutter offenbart, dass sie nicht meine leibliche Mutter ist. Ich wurde als Kleinkind von einem Schwarzmagier – von Zaron – nach Lormir gebracht. Meine richtigen Eltern …« Ich spüre, wie sich ein Zittern in meine Stimme schleicht. »Sie sind gestorben. Aber meine leibliche Mutter hat mir ein Kästchen gegeben, das ich an meinem achtzehnten Geburtstag öffnen konnte. Darin stand, dass ich zu Zaron in die Eiswälder gehen muss. Reyvan Caltayó« – ich deute auf den Elfen – »ist ein Pfand und Prinz der Elfen von Zakatas. Aber er hat mir trotzdem bei der Flucht geholfen. Ohne ihn hätte ich es nicht geschafft, die Eiswälder zu erreichen und Zaron zu finden.« Ich verdrehe zwar die Wahrheit ein wenig, aber im Wesentlichen stimmt es ja.

Baltor hört mir interessiert zu und bedeutet mir, dass ich fortfahren soll.

Ich hole tief Luft. »Zaron … er hat es geschafft, meine Kräfte freizusetzen. Ich bin also keine Nehil mehr, sondern eine Magierin. Danach hat uns die Weissagung des Kästchens zu Euch geführt, da wir ansonsten Xenos, dem Zirkelleiter von Lormir, in die Hände gefallen wären. Wir bitten Euch, hier eine Weile bleiben zu dürfen, ehe wir weiterreisen.«

»Wohin wollt Ihr denn?«, fragt das Clanoberhaupt.

»Zum Meer«, antwortet Zaron an meiner Stelle. »Aber zuvor müssen wir diese Reise vorbereiten. Außerdem muss Alia ihre neuen Kräfte beherrschen lernen. Dazu werden wir Zeit – und vor allem Ruhe – benötigen. Wir versprechen Euch, dass wir uns zurückhalten und Euer Volk nicht stören werden.«

Baltor betrachtet Zaron nachdenklich. »Ich weiß, dass Ihr, Zaron, uns noch nie etwas Böses wolltet. Und Ihr habt Euch stets daran gehalten, hier in der ›Stadt der tausend Steine‹ Eure dunklen Kräfte nicht anzuwenden. Aber nun habt Ihr einen Elfen dabei. Einen unserer Erzfeinde. Wer kann uns garantieren, dass er nicht Unruhe in meinem Volk stiftet?«

Reyvan tritt neben mich. »Ich schwöre Euch bei dem, was mir heilig ist, dass Ihr nicht einmal bemerken werdet, dass ich hier bin.«

Der Zwerg spuckt aus. »Pha! Was ist Euch Elfen denn schon heilig?«

Reyvan lässt sich glücklicherweise nicht aus der Ruhe bringen. »Die Liebe zu dieser Frau. Ich tue nichts, was sie gefährdet.«

Ich sehe ihn an und erkenne in seinem Blick, dass er die Wahrheit spricht. Ein Kribbeln durchläuft meinen Körper und ich würde ihn am liebsten auf der Stelle küssen.

»*Ihr*, Elf? Ihr liebt einen Menschen?« Baltor weitet vor Erstaunen die Augen. »Nun gut. Wenn Zaron dafür bürgt, dass der Elf und der Mensch sich anständig verhalten und mein Volk nicht behelligt wird, dann gewähre ich Euch eine Woche Aufenthalt.«

»Eine Woche?«, fragt Zaron. »Das wird nicht genügen. Wir brauchen mindestens zwei Wochen, damit Alia ihre Kräfte einigermaßen zu kontrollieren lernt. Zudem müssen wir neues Gepäck kaufen, da das meiste auf dem Weg hierher verloren ging.«

Baltors Gesicht verfinstert sich, aber dann nickt er. »Also gut, zwei Wochen. Und das nur, weil Ihr schon so lange ein Freund der Zwerge seid. Ich hoffe, Ihr wisst meine Großzügigkeit zu schätzen.«

»Das tun wir, Baltor. Habt Dank.« Zaron verbeugt sich.

»Gut, und nun wird Euch Ogrem zeigen, wo Ihr während dieser Zeit wohnen könnt.«

Mit einem Wink entlässt uns Baltor und ich atme erleichtert auf. Für die nächsten zwei Wochen können wir uns ausruhen und neue Kräfte sammeln. Zum ersten Mal seit unserer Flucht aus dem Zirkel.

Rasch verlassen wir den Saal, bevor Baltor es sich anders überlegen kann. Ogrem geleitet uns, ohne ein weiteres Wort zu verlieren, aus dem Gebäude, wo die Zwergenmenge immer noch wartet. Sie scheinen enttäuscht zu sein, als er ihnen mit einem Handzeichen zu verstehen gibt, dass wir vorerst hierbleiben dürfen. Die meisten Zwerge verlassen daraufhin den Platz und gehen weiter ihrer Arbeit nach. Einige bleiben jedoch, als wollten sie sich vergewissern, dass wir auch wirklich nicht verjagt werden dürfen.

»Kommt mit, wir werden den Aufzug benutzen.« Ogrem geht nach rechts Richtung Fluss.

»Aufzug?« Ich schaue Reyvan verständnislos an und er knurrt leise.

»Sie scheinen sich aber auch alles von uns abzuschauen«, meint er grimmig.

»Was denn?«

Aber Reyvan antwortet nur mit einem unverständlichen Murren.

Als wir beim Fluss ankommen, weiß ich, warum der Elf so verstimmt ist. Ogrem führt uns auf eine ähnliche Plattform wie jene, die damals in der Stadt der Elfen in die Pyramide geführt hat. Nur dass diese hier viel massiver wirkt und ich diesmal den Mechanismus erkenne. Der Stein wurde an einer Art Stange befestigt, die zwischen den Ebenen, die sich über uns erstrecken, verschwindet.

Ogrem drückt auf einer Armatur, die sich am Rand der Plattform befindet, einige Tasten und gibt eine Zahl ein. Tausende von dicken Zahnrädern drehen sich, als sich die Plattform zu heben beginnt. Die Räder sind angetrieben durch eine Wasserschleuse, die von einem anderen Zwerg geöffnet wird, als wir alle auf dem Stein stehen. Das Wasser, das hindurchschießt, fließt über ein Zahnrad und setzt damit den Mechanismus in Bewegung.

Ich schaue staunend nach unten, bis ich die Zahnräder nicht mehr erkennen kann. Dann hebe ich den Blick und halte die Luft an – der Anblick, der sich mir bietet, ist grandios. Wir schweben langsam von Ebene zu Ebene und bald schon ist der Fluss unter uns nur noch ein schmaler, blauer Streifen.

Von der Höhlendecke scheint mich Tageslicht zu blenden. Erst beim näheren Hinsehen erkenne ich, dass es sich um riesige Blüten handelt, die ganz weit oben an der Decke über uns leuchten und die Höhle damit erhellen. Daher kommt also das Licht, das von den Kristallen reflektiert wird. Die Blüten sind weiß und haben mindestens vier Schritt Durchmesser, wenn nicht mehr. So genau kann ich das nicht abschätzen, da wir uns noch weit unterhalb von ihnen befinden.

»Das ist ein Wunder«, hauche ich.

Reyvan schaut mich stirnrunzelnd an, sagt aber nichts.

»Nein, das ist die Technik der Zwerge.« Ogrem strahlt.

Reyvan verdreht hinter ihm die Augen und äfft ihn nach, glücklicherweise sieht der Zwerg das aber nicht. Ich werfe dem Elfen einen tadelnden Blick zu, den er mit Unschuldsmiene pariert.

»So, wir sind angekommen«, ruft Ogrem nach einer Weile. »Ihr werdet in der fünfzigsten Ebene wohnen.«

22

Alia

Ich setze meinen Fuß vorsichtig auf die Steinbrücke, die von der Plattform wegführt und zu beiden Seiten eine eiserne Brüstung besitzt. Als ich hinunterschaue, wird mir schwindelig. Wir sind unglaublich weit oben – ein Sturz von hier wäre tödlich.

Rasch trete ich zurück. Reyvan steht hinter mir und legt seine Arme um mich.

»Na, nicht schwindelfrei?«, raunt er in mein Ohr.

Ich schüttle den Kopf.

»Das macht nichts.« Ogrem vergisst sogar eine bissige Bemerkung Reyvan gegenüber. »Ihr werdet Euch bald an die Höhe gewöhnt haben. Kommt, ich zeige Euch Eure Quartiere.«

Wir folgen ihm über die Brücke zu einer der Felsenebenen, deren Boden aus kaum bearbeitetem Stein besteht. In die Felswand vor uns sind Türen eingelassen und von hier oben kann ich erkennen, dass es Ebenen gibt, die teilweise mehrere Hundert Schritt breit sind.

»Ihr wohnt in Quartier fünfhundertsechsundsechzig und fünfhundertsiebenundsechzig«, erklärt Ogrem. Ich versuche mir die

Zahl zu merken. »Ein Quartier ist für die Dame, das andere für die beiden Männer gedacht.«

Reyvan wechselt mit mir einen Blick. »Ich werde bei Alia übernachten.«

»Die Entscheidung liegt bei Euch, wie Ihr Eure Quartiere aufteilen wollt«, meint Ogrem schulterzuckend. »Ich werde Euch etwas zu essen bringen lassen.« Dann wendet er sich an Zaron. »Wenn du willst, kannst du mich nachher in meinem Haus besuchen. Ich hab meine Patrouille fertig für heute. Würde mich freuen, mit dir über gute alte Zeiten zu plaudern. Außerdem habe ich einen neuen Jahrgang, den du unbedingt probieren musst. Und meine Frau wird sich auch freuen, dich wieder mal bewirten zu dürfen.«

Zaron nickt. »Ich werde gerne kommen.«

Wir verabschieden uns von dem Zwerg und gehen in unsere Quartiere.

Als ich durch die Tür trete, staune ich abermals. Das Zimmer, das uns zugeteilt wurde, ist äußerst geräumig. Durch ein Fenster, das hinaus in die Höhle zeigt, fällt Licht ins Innere.

An der hinteren Wand steht ein breites Bett, dessen Gestell aus Stein gefertigt wurde. Eine weiche Matratze und braune Pelzdecke verheißen einen angenehmen Schlaf. Mehrere reich verzierte Holzschränke und Kommoden stehen an den Wänden. Beim näheren Hinsehen erkenne ich Runen auf den Möbelstücken, die wahrscheinlich irgendetwas zu bedeuten haben. Allerdings sind sie mir unbekannt.

Drei Bilder hängen an den Wänden um das Bett herum. Sie stellen einen Sonnenaufgang, einen schneebedeckten Berg im tiefsten Winter und einen Wald mit Rehen dar. Ein Kamin in der Ecke wartet nur darauf, entzündet zu werden und gemütliche Wärme auszustrahlen. Der steinerne Boden ist mit weichen, braunen Teppichen ausgelegt, die unsere Schritte dämpfen. Das Muster darauf erinnert mich an eine Berglandschaft.

Außerdem gibt es einen separaten, kleinen Raum mit einer Latrine und sogar eine Art Wasserfall im hinteren Bereich des Zimmers, der über eine Felswand fließt und unter dem man sich waschen kann. Darunter ist ein Becken, das direkt in den Felsenboden gehauen wurde und dafür sorgt, dass das Zimmer nicht überschwemmt wird. Das Wasser, das erstaunlich warm ist, als ich die Hand darunter halte, läuft über ein Loch in dem Becken ab und sein Plätschern wirkt augenblicklich beruhigend. Woher es kommt, kann ich mir nicht vorstellen. Vielleicht ist es irgendwie mit dem Fluss verbunden – diese Zwerge scheinen einiges von ihrem Handwerk zu verstehen.

»Endlich allein«, seufzt Reyvan, setzt seinen Rucksack neben dem Bett am Boden ab und zieht mich an sich. »Komm, lass uns diesen Wasserfall ausprobieren.« Er lächelt mich verführerisch an und beginnt, meinen Umhang loszuschnallen.

»Reyvan, warte.« Ich halte seine Hände fest.

»Worauf denn? Dass dir die Kleider von allein vom Körper fallen?« Er befreit sich aus meinem Griff und der Umhang sinkt zu Boden. Dann folgen meine restlichen Kleider, bis ich schließlich nackt vor ihm stehe. »Du bist eine Augenweide, Cíara«, flüstert er.

Seine Finger fahren meine Schrammen und Prellungen nach, die mir vom Sturz in die Tiefe geblieben sind und leicht unter seiner Berührung brennen.

»Dagegen werde ich etwas unternehmen, aber erst …« Er unterbricht sich selbst mit einem Kuss, während seine Hand tiefer nach unten wandert und er mich sanft zu streicheln beginnt.

Wenn er mich auf diese Weise berührt, vergesse ich alles um mich herum, und selbst die Müdigkeit weicht aus meinem Körper. Ich schließe die Augen und gebe mich seiner Zärtlichkeit hin.

Er entledigt sich ebenfalls seiner Kleidung, zieht mich unter den Wasserfall und beginnt, meine Haut mit einer duftenden

Seife einzureiben, die dort bereitliegt und welche augenblicklich die Schmerzen meiner Wunden vertreibt. Ein wohliger Schauer durchfährt mich und ich schmiege mich an ihn, spüre seine nackte Haut auf meiner.

»Alia«, murmelt er in mein nasses Haar.

Er küsst mich lange und meine Arme schlingen sich fast von selbst um seinen Hals. Ich spüre seine Erregung und genieße es, von ihm begehrt zu werden. Er hebt mich auf Hüfthöhe, sodass ich meine Beine um ihn legen kann und als er sich mit mir vereint, entfährt mir ein lautes Stöhnen.

Mein ganzer Körper ist erhitzt von dem Wasser und seiner Leidenschaft. Er streichelt meine Haut, küsst mich zärtlich und fordernd, drückt mich gegen die Wand, bis ich unter seinen Bewegungen erbebe.

Ich lasse mich fallen, es gibt nur noch ihn und mich und das Wasser, das über unsere nackte Haut rinnt.

»Na, hab ich dir zu viel versprochen?«, sagt er grinsend, als wir keuchend nebeneinander auf dem Bett liegen, die Herzen erfüllt von der Leidenschaft der vergangenen Minuten. Unsere Körper und Haare sind noch feucht von dem Wasserfall, der leise an der Wand vor sich hin plätschert.

Er stützt seinen Kopf mit einer Hand ab, um mich anschauen zu können, während ich versuche, wieder zu Atem zu kommen.

»Cíara … lass mich jetzt mal deine Schrammen genauer ansehen«, murmelt er. »Ich kenne da so einen Trick, wie man die wegbekommt. Wäre schade, wenn dein schöner Körper dadurch verunstaltet bleibt.«

Er zeichnet mit einem Finger eine Schramme auf meiner Brust nach und meine empfindliche Haut erschaudert. Diese Reaktion scheint ihm nicht zu entgehen.

»Ich dachte, ich hätte dein Verlangen gestillt.« Er lächelt. »Aber das muss jetzt warten. Ich werde dich zuerst heilen.«

»Kannst du denn das?« Ich sehe ihn erstaunt an.

»Natürlich. Nicht nur *du* kannst heilen«, erwidert er und ich beiße mir auf die Zunge.

»Entschuldige, so meinte ich es nicht.«

Ein Lächeln zieht an seinem Mundwinkel, während er den Blick auf meinen Körper lenkt. »Ich weiß, schon gut. Ich muss mich jetzt konzentrieren – auch wenn mir das bei diesem Anblick äußerst schwer fallen dürfte. Dreh dich erst mal auf den Bauch, dein Rücken hat das meiste abbekommen.«

Ich tue ihm den Gefallen und spüre kurz darauf, wie er eine Hand sanft auf meine Schulter legt. Sofort beginnt die Haut an dieser Stelle zu spannen und zu jucken. Am liebsten würde ich mich heftig kratzen, um den Juckreiz zu vertreiben, aber ich halte still.

Nach ein paar Sekunden weicht das Jucken einer wohligen Wärme. Reyvans Hand wandert auf meinem Rücken weiter zu einer anderen Stelle, wo er die Prozedur wiederholt. Als er meine Ellbogen behandelt, sehe ich, dass dort, wo er die Hand wegnimmt, makellose Haut zurückbleibt.

»Wie machst du das?« Ich drehe mich staunend zu ihm um.

»Elfenmagie«, erklärt er, ohne von meinem Körper aufzuschauen.

Ich sehe ihn forschend an, bis er meinen Blick erwidert. »Wenn du das schon immer konntest … warum hast du deine eigenen Narben denn nicht geheilt im Zirkel?«

Er runzelt die Stirn und in seinen Augen sehe ich Wut aufblitzen, die jedoch nicht gegen mich gerichtet ist. Ein bitterer Zug spielt um seine Lippen. »Weil jede einzelne Narbe mich daran erinnern sollte, dass ich es Moero heimzahle – was ich auch getan habe.«

»Oh.« Mehr bringe ich nicht heraus.

Die Erinnerung an Moero, den Eunuchen im magischen Zirkel … wie er gestorben ist, der Ausdruck in Reyvans Augen, als er ihn erwürgte … das alles ist noch sehr frisch. Ich muss wieder an meine Freundin Rana denken, die bei unserer Flucht ihr Leben opferte. Nein, jetzt ist nicht der Augenblick, um darüber zu grübeln, ob ich ihr hätte helfen können.

Reyvan fährt mit der Prozedur fort, bis mein Körper vollständig geheilt ist.

Ich richte mich auf und schaue staunend meine Haut an. »Kann ich das auch? Narben entfernen, meine ich?«

»Sicherlich, aber dann wäre ich um das Vergnügen gekommen, dich überall zu berühren.« Seine Augen glitzern spitzbübisch.

Ich stoße ihm gespielt empört gegen die nackte Brust und er hält meine Hände fest.

»Du kleine Wildkatze.« Er lacht. »Willst gezähmt werden, was?«

Gerade macht er Anstalten, mich auf den Rücken zu werfen, da klopft es an der Tür.

»Wehe, wenn es keinen guten Grund gibt, uns jetzt zu stören.« Reyvan steht auf, um seine Hose anzuziehen und die Tür zu öffnen.

Ich schlüpfe rasch unter die Bettdecke, um meine Blöße zu bedecken.

»Zaron!«, brummt Reyvan, als dieser kurzerhand an ihm vorbei ins Zimmer tritt. »Du kennst wohl keine Privatsphäre, wie?«

Zaron blickt sich in dem Raum um und ich ziehe mit hochrotem Kopf die Decke bis zum Kinn. Aus irgendeinem Grund ist es mir peinlich, dass er Reyvan und mich in dieser eindeutigen Situation sieht, obwohl er sich ja im Grunde bereits denken konnte, dass wir das Bett miteinander teilen.

Er scheint jedoch nicht im Mindesten von der Tatsache gestört zu sein, mich im Bett vorzufinden, sondern kommt zu mir, gefolgt von Reyvan, der Zarons Rücken mit verärgerten Blicken taxiert.

»Alia. Zieh dich an, ich muss mit dir sprechen«, sagt Zaron in festem Tonfall.

»Hat das nicht Zeit?« Reyvans Zähneknirschen ist kaum überhörbar.

»Nein, hat es nicht.« Der Schwarzmagier dreht sich ungeduldig zum Elfen herum. »Baltor will, dass wir ihm beim Abendessen Gesellschaft leisten. Du, Reyvan, darfst allerdings nicht dabei sein. Und ich muss Alia noch ein paar Sachen über die Benimmregeln der Zwerge beibringen, bevor wir zu Baltor aufbrechen.«

»Die Zwerge haben für alles irgendwelche verfluchten Regeln!«, knurrt Reyvan. »Also gut, meinetwegen, dann geh mit Zaron, Alia. Aber beeil dich mit dem Essen, ich werde hier auf dich warten.«

Wenn ich die Wahl gehabt hätte, wäre ich viel lieber hier im warmen Bett bei Reyvan geblieben, aber Baltor hat uns die Gastfreundschaft seines Volkes zuteilwerden lassen. Da ist es das Mindeste, wenn ich zum Dank an einem Abendessen teilnehme.

»In Ordnung.« Ich seufze. »Würdet ihr euch bitte umdrehen, während ich mich anziehe?«

»Selbstverständlich, entschuldige bitte. Ich warte draußen auf dich.« Zaron dreht sich um, nickt Reyvan zu und verlässt unser Quartier.

»Diese verdammten Zwerge!«, flucht der Elf und setzt sich neben mich auf das Bett.

»Reyvan.« Ich lege ihm eine Hand auf die Schulter. »Es wäre unhöflich, diese Einladung abzulehnen. Aber ich werde mich beeilen, damit ich möglichst rasch wieder bei dir bin.«

Dann stehe ich auf und suche, verfolgt von Reyvans Blicken, meine Hosen, Hemd und Stiefel zusammen. Leider hatte ich all meine Ersatzkleider in meinem Rucksack, den ich beim Sturz verloren habe. Also müssen es für das Abendessen meine Reisekleider tun, die jedoch ziemlich stark nach Pferd und Schweiß riechen. Sei's drum. Den Pelzumhang ziehe ich nicht an, da es mir vorhin in der Höhle nicht so kalt erschienen ist.

»Soll ich einen Dolch mitnehmen?«, frage ich Reyvan zögernd.

»Also ich würde es ja tun an deiner Stelle«, meint er schulterzuckend. »Aber ich denke, da du ein Mensch bist, hast du nichts zu befürchten. Bei uns Elfen gilt es außerdem als unhöflich, wenn man seinem Gastgeber mit einer Waffe gegenübertritt. Also lass ihn da. Falls etwas wäre, würde ich es ohnehin über das Armband mitbekommen und wäre in Sekundenschnelle bei dir – oder zumindest meine Pfeile.« Er deutet auf den Bogen, den er an die Wand gelehnt hat.

»In Ordnung, bis nachher.« Ich schlinge nochmals meine Arme um seinen Hals und küsse ihn.

»Bis nachher, Cíara«, raunt er an meinem Mund, bevor ich aus der Tür schlüpfe.

Draußen wartet Zaron auf mich. Zu meinem Erstaunen ist es in der Höhle sogar etwas dunkler geworden, da nun Abend ist.

»Tut mir leid, dass ich eure Zweisamkeit stören musste«, sagt er und schenkt mir einen Blick mit seinen unwirklich schwarzen Augen. »Ich hatte mir den Abend auch anders vorgestellt.«

»Schon gut«, murmle ich verlegen – es ist komisch, mit ihm über Reyvan und mich zu sprechen. »Wohin müssen wir gehen?«, frage ich daher, um das Thema zu wechseln.

Zaron runzelt die Stirn und mustert mich. »Zuerst würde ich gerne mit dir zusammen irgendwo hingehen, wo wir ungestört sind. In etwa einer halben Stunde müssen wir bei Baltor sein. Der Weg dorthin dauert eine Weile, daher haben wir knapp eine Viertelstunde Zeit. Ich muss dir noch so einiges erklären, was die Tischetikette der Zwerge angeht.«

»Gut, dass du die Zwerge schon besser kennst«, bemerke ich und folge ihm über den Felsvorsprung.

»Mhm«, murmelt er, ohne sich umzudrehen.

Am Rande des Abgrunds hält er an und setzt sich hin. Ich nehme neben ihm Platz, vorsichtig darauf bedacht, nicht zu nahe am Abgrund zu sitzen. Auf der Plattform, auf der wir uns befinden, weht ein leichter Wind. Woher dieser stammt, kann ich mir nicht erklären.

Außer uns ist keiner hier – wahrscheinlich handelt es sich bei diesem Felsvorsprung ausschließlich um Gästequartiere.

Zaron sieht mich an, während er die Hände auf seine Knie legt. »Bist du bereit?« Ich nicke. »Das Wichtigste ist, dass du nie sprichst, ohne dazu aufgefordert zu werden. Das gilt für alle Gäste bei Tisch. Das Clanoberhaupt – in dem Fall Baltor – hat das Tischgespräch in seiner Hand. Zudem darfst du weder essen noch trinken, bis er das Startzeichen in Form eines Trinkspruchs gegeben hat.«

»Warum legen sie so viel Wert auf Höflichkeit?«, frage ich und mustere Zaron neugierig.

»Weil es Zwerge sind. Zwerge sind von Natur aus höflich – zumindest solange man sie nicht ärgert oder das Pech hat, ihr Feind zu sein.« Ich vermeine, den Hauch eines Schmunzelns in seinen Augen zu erkennen, aber beim nächsten Lidschlag ist sein Blick wieder so durchdringend wie eh und je. »Des Weiteren darfst du deinen Teller nie ganz aufessen«, fährt er fort. »Das würde bedeuten, dass du zu wenig zu essen erhalten hast, und den Gastgeber kränken. Trink zudem immer nur kleine Schlucke. Der Wein, der serviert wird, hat es in sich, wenn man ihn nicht gewohnt ist.«

»Das durfte ich auch schon feststellen …«

Zaron hebt eine Augenbraue. »Ach ja? Hat dir Ogrem etwa davon zu trinken gegeben?«

Ich nicke bestätigend und lächle. »Ja, und er ist erstaunlich gut, dieser Eiswein.«

Über Zarons Gesicht gleitet kurz ein Ausdruck, den ich nicht wirklich deuten kann. »Ich weiß …«, murmelt er. »Also, wo waren wir? Ach ja, was auch wichtig ist: Es wird erwartet, dass der

Gast sein eigenes Messer mitbringt, während Löffel vorhanden sind.« Er greift an seinen Gürtel und holt einen kleinen Dolch aus einer Scheide. »Hier, den kannst du fürs Essen verwenden. Und verlass den Tisch erst, wenn Baltor aufsteht. Vorher darfst du – selbst wenn deine Blase zu platzen droht – dich nicht erheben. Daher trink möglichst wenig.«

Meine Augenbrauen schießen in die Höhe. »Ich hatte angenommen, dass Trinkgelage bei Zwergen an der Tagesordnung sind?«

Zum ersten Mal erhellt jetzt wirklich ein Lächeln Zarons Züge. »Ja, das stimmt allerdings. Aber nur, wenn das Clanoberhaupt nicht anwesend ist. In seiner Gegenwart wagt kein Zwerg, sich zu betrinken.«

»Ist das alles, was ich über die Benimmregeln der Zwerge wissen sollte?« Ich lege den Kopf schief. So viel war es eigentlich gar nicht.

Er betrachtet mich nachdenklich. »Ja, ich denke schon. Wichtig ist, dass du dich einfach zurückhältst, solange wir dort sind. Es ist eine große Ehre, dass Baltor uns überhaupt zum Abendessen zu sich eingeladen hat.«

Er erhebt sich und streckt mir die Hand entgegen, um mich auf die Füße zu ziehen.

»Dann mal los«, murmelt er und geht mir voran zum Aufzug, wo er eine Zahlenkombination eingibt, sodass die Plattform uns wieder in die unterste Ebene bringt.

Zu meiner Überraschung wendet sich Zaron dort nicht in die Richtung, wo das große, helle Clangebäude ist, sondern wählt einen anderen Weg.

Wir folgen einer breiten Straße, die jetzt, da es Abend ist, weniger dicht mit Zwergen und ihren Wagen bevölkert wird. Ein paar Minuten führt uns der Weg am Fluss entlang, der schwarz und tief neben uns liegt, und schließlich gelangen wir zu einer steinernen Villa, die direkt an den Wasserlauf gebaut wurde und von einem eisernen Zaun umgeben ist.

Der Vorgarten verströmt einen starken Vanilleduft, der mir schon beim Betreten der ›Stadt der tausend Steine‹ aufgefallen ist. Ich bezweifle aber, dass der Geruch allein von diesem Garten stammt. Außer einem gepflegten Rasen erkenne ich rote Blumen und einige mir unbekannte Bäume, deren Äste krumm gewachsen sind. Wir gehen durch das eiserne Tor, das sogar mir nur bis zur Hüfte reicht, und durchqueren den Garten über einen etwa zwei Schritt breiten gepflasterten Weg.

»Was riecht hier so stark nach Vanille?«, frage ich Zaron.

Er bleibt stehen. »Hast du es denn nicht gemerkt, als du den Wein gekostet hast? Der Vanillegeschmack ist typisch für den Eiswein, da die Trauben, die hierzu verwendet werden, ihn absondern.«

»Dann sind das hier also Eistraubenbäume?« Ich deute auf die verkrüppelten kleinen Büsche.

Zaron lächelt schon wieder, was mich aus einem unerfindlichen Grund mit Freude erfüllt. »Nicht Bäume, sondern Reben«, korrigiert er mich. »Eisreben. Etwas weiter weg von hier gibt es ganze Felder davon. Ich kann sie dir gerne morgen zeigen, wenn du möchtest.«

»Oh ja, die würde ich sehr gerne sehen«, antworte ich gut gelaunt.

Meine Freude scheint ansteckend zu sein, Zarons Lächeln wird einen Moment lang breiter, dann verschwindet es jedoch wieder. »Gut, aber jetzt müssen wir weiter, sonst kommen wir zu spät zum Abendessen – das wäre ein unverzeihlicher Fehler.«

Ich nicke und folge ihm den Pfad entlang. Den Abschluss des Gartens bildet eine Hecke mit mehreren Rosenblüten. Es sieht richtig idyllisch aus, gar nicht so, wie ich mir eine Zwergensiedlung vorgestellt hatte. Vor allem bin ich erstaunt, dass unter dem Eisgipfelgebirge Pflanzen wachsen.

Schließlich gelangen wir zur Steinvilla, die aus der Nähe betrachtet noch imposanter aussieht. Weiße, rote und graue Marmorplatten sind so geschickt miteinander verarbeitet, dass ein kunstvolles Muster auf der Fassade zu erkennen ist, das an Feuer erinnert. Die vielen Fenster sind mit Kristallglas versehen. Zudem gleicht das Dach des Gebäudes einem Fächer, der darübergelegt wurde. So etwas habe ich noch nie gesehen.

Ich bleibe staunend davor stehen und betrachte jede Einzelheit. Mir fällt auf, dass alle Fenstersimse und Türrahmen mit Runen versehen sind, die jenen auf den Möbeln in unserem Quartier gleichen. Die Eingangstür, vor der wir stehen, ist ebenso damit verziert und ein steinerner Drachenkopf wurde darüber angebracht. Die Augen des Drachen sind Rubine, die wütend auf uns herabblitzen.

»Beeindruckend, was die Zwerge alles vollbringen können, nicht?«, bemerkt Zaron.

»Ja, sehr.« Ich schiele zu dem Drachenkopf hoch. Fast scheint mir, als ob er lebte. »Ich hatte immer gedacht, Zwerge und Drachen könnten sich nicht ausstehen?«

»Das ist schon lange nicht mehr so«, erwidert Zaron und sein Blick trifft auf meinen. »Oder, sagen wir, seit etwa fünfhundert Jahren, als die Drachen und Zwerge ein Bündnis eingegangen sind und sich gegen die Magier gestellt haben, zu der Zeit, als wir die Zirkel gründeten. Seither leben sie mehr oder weniger friedlich nebeneinanderher und keiner stört den anderen.«

»Sie haben sich gegen die Magier gewendet?« Ich bin erstaunt. »Das wusste ich gar nicht.«

»Vieles ist den Menschen nicht bekannt, Alia.« Zaron sieht auf mich herunter. »Der Krieg zwischen den Völkern und Magiern dauerte nach der Zirkelgründung etwa hundert Jahre – bis Lesath an die Macht kam. Erst da wurde eine Art Waffenstillstand vereinbart. Die Zwerge haben den Waffenhandel mit uns Menschen größtenteils eingestellt und sich in die Berge zurückgezogen. Eine Tatsache, die von Lesath gerne so gedreht wird, dass er sie dorthin verbannt habe.«

»Daher dieser Hass auf den magischen Zirkel?«

Zaron nickt. »Aber ich kann dir später mehr davon erzählen – jetzt müssen wir dieses Abendessen hinter uns bringen.«

23

ALIA

Zaron hebt die Hand und klopft an die Tür, die nach wenigen Sekunden geöffnet wird. Vor uns steht eine Zwergin, welche die Kleidung einer Bediensteten trägt: ein einfaches schwarzes Kleid, das bis über ihre Knie reicht, eine weiße Schürze und dunkle Schuhe. Fast erinnert mich ihre Aufmachung an die Dienerkleider im Zirkel, nur dass sie keine Kopfbedeckung hat. Ihre hellblonden Zöpfe reichen ihr bis fast zur Taille. Vom Aussehen her mag sie mittleren Alters sein, sie besitzt forsche, blaue Augen und rosa Wangen.

»Ihr seid etwas zu früh«, bemerkt sie, ohne tadelnd zu klingen. »Kommt herein.«

Wir folgen ihr in ein Empfangszimmer, in dem gemütliche, mit rotem Leder bezogene Sessel stehen.

»Nehmt Platz, ich werde Euch rufen, sobald das Essen aufgetragen werden kann. Das dauert aber bestimmt noch eine halbe Stunde.«

Wir setzen uns auf die bequemen Sessel und ich sehe mich in dem Raum um. Die Wände sind hell gestrichen und verbreiten eine freundliche Atmosphäre. An der Decke hängt ein Kronleuchter aus Kristallglas, dessen Kerzen den Raum in warmes Licht tauchen. Der Boden ist mit lachsfarbenen, hochwertigen Teppichen ausgelegt, deren Muster mich an kleine Schmetterlinge erinnern. Es gibt ein Fenster, das auf den Garten hinaus zeigt, ansonsten stehen im Raum eine hölzerne, mit Runen verzierte Kommode und fünf weitere Sessel.

Die Dienerin kehrt zurück und bringt uns Kristallkelche mit einer sprudelnden Flüssigkeit darin.

»Eisschaumwein«, erklärt sie, als sie uns die Gläser reicht.

Ich bedanke mich höflich bei ihr, während ich meinen Kelch entgegennehme.

»Pass auf damit, Alia«, warnt mich Zaron. »Der hat es in sich, wenn man noch nichts gegessen hat.«

Ich nippe vorsichtig an dem Getränk, das in meinem Mund prickelt. Noch nie habe ich etwas Vergleichbares getrunken. Es ist süß und trotzdem trocken und jetzt, da ich es weiß, schmecke ich auch ganz deutlich die Vanillenote heraus. Ich nehme einen weiteren Schluck.

»Das ist köstlich!«, rufe ich aus, nachdem die Dienerin wieder weg ist.

Zaron trinkt ebenfalls davon. »Ja, das stimmt allerdings. Nicht vergleichbar mit dem Gesöff aus den Tavernen in Lormir.«

Ich kichere, der Wein ist mir bereits ein wenig zu Kopf gestiegen. »Genau so etwas hat Reyvan auch gesagt, als wir Tautropfen – den Wein der Elfen – getrunken haben.«

Zaron sieht mich von der Seite her an. »Ihr zwei … ihr steht euch sehr nahe.«

Ich erwidere seinen Blick. »Ja, er ist alles, was ich noch habe«, antworte ich freiheraus. »Und er hat mir stets geholfen. Ohne ihn wäre ich immer noch im Zirkel und müsste Xenos dienen.«

»Verstehe.« Zaron widmet sich wieder seinem Getränk.

»Warum fragst du?«

Er weicht meinem Blick aus und starrt auf den Teppichboden. »Du musst mir versprechen, dass das zwischen uns bleibt«, murmelt er. »Nicht einmal Reyvan darfst du etwas davon erzählen – er würde es nicht verstehen.«

Ich nicke und schaue ihn gespannt an.

»Gut.« Zaron drückt den Rücken durch und nimmt nochmals einen Schluck des prickelnden Getränks. »Weißt du, Alia«, beginnt er und hebt dabei den Blick. »Auch ich habe einmal geliebt. Sehr sogar. Ich hätte alles für diese Frau getan. Leider ist sie … sie ist tot.«

»Das tut mir leid«, hauche ich unvermittelt. Die Vorstellung, Reyvan zu verlieren, ist für mich unvorstellbar. Mein Herz zieht sich beim Gedanken unwillkürlich zusammen, dass Zaron diesen Schmerz tatsächlich durchleben musste.

»Ich erzähle dir das nicht, um dein Mitleid zu erhalten.« Er heftet seine schwarzen Augen auf mich. »Sondern, damit du besser verstehst. Als ich das Ritual mit dir in dem Vulkan durchgeführt habe … da … ich habe einen Teil von mir in dich gegeben … und einen Teil von dir in mir behalten.«

Ich hole überrascht Luft. »Du hast *was?!*«

Er hebt beschwichtigend eine Hand. »Es war unumgänglich. Ich musste deine Wärme durch mich fließen lassen. Als ich dich dann wieder zum Leben erweckt habe, da ist ein Teil meiner Wärme in dir geblieben. Daher … ich weiß, es ist schwer zu begreifen, aber ich fühle, was du fühlst – zumindest ab und zu.«

Ich schaudere unvermittelt. Die Vorstellung ist absurd und … beängstigend.

Zaron räuspert sich und ich schaue ihn von der Seite her an, da er meinem Blick nun ausweicht. »Und … in mir wurde ein weiteres Gefühl geweckt … ein Gefühl, das ich bis dahin in den hintersten Winkel meines Herzens verbannt habe.« Seine Stimme ist so leise, dass ich mich anstrengen muss, seine Worte zu verstehen. Er senkt den Blick auf sein Glas, das er zwischen den Fingern langsam dreht.

Ich weiß nicht, wie ich reagieren soll, und nippe bloß an meinem Getränk.

Dann sieht er mich wieder an und ich erkenne Unsicherheit in seinen schwarzen Augen. Er holt tief Luft. »Alia … ich empfinde Zuneigung für dich und ich kann mich nicht dagegen wehren. Ich weiß, du bist mit dem Elfen zusammen und das respektiere ich. Mir geht es weder darum, dich ihm wegzunehmen, noch will ich euer Glück stören. Aber es ist mir dennoch ein Anliegen, dass du es weißt.« Er lacht freudlos auf und starrt wieder auf sein Glas. »So lange habe ich mich erfolgreich in den Eiswäldern verborgen, mich in meiner Trauer verloren. Und dann … kommst du. Ein Mädchen, viel zu jung für mich, das ich kaum kenne, und dennoch …« Er bricht ab und fährt sich mit dem Handrücken über die Augen. »Tut mir leid. Ich hätte dir das alles nicht sagen sollen.«

»Ich …« Ich bin sprachlos.

Nie im Leben hätte ich mit so etwas gerechnet. Aber jetzt wird mir einiges klar. Ich habe mich, seit er mich wieder zum Leben erweckt hat, zu ihm hingezogen gefühlt. Vielleicht war das auf diese unsichtbare Verbindung zwischen uns zurückzuführen.

»Du brauchst mir nicht zu antworten«, fährt Zaron fort. »Ich weiß, dass du den Elfen liebst. Und ich werde euch wie gesagt keinesfalls im Weg stehen. Es geschieht viel zu selten, dass man jemanden trifft, mit dem man sein Leben verbringen möchte.«

Immer noch bringe ich keinen Ton heraus und seine Worte treffen mich. Ich habe noch nie darüber nachgedacht, ob ich Reyvan liebe. Ich war bisher einfach sehr gerne mit ihm zusammen und er bedeutet mir unendlich viel, ich bin in ihn verliebt. Aber Liebe? Fühlt es sich so an, wenn man wirklich wahre Liebe empfindet? Wenn man für immer zusammenbleiben möchte?

»Es tut mir leid«, wiederholt Zaron und schüttelt den Kopf, ohne mich anzusehen. »Das war unüberlegt. Der Wein spricht aus mir – ich habe den Schaumwein noch nie so gut vertragen. Vergiss es am besten wieder.«

»Wie könnte ich?«, hauche ich, endlich fähig, meinen Mund zu öffnen.

Er wendet sich mir zu und seine schwarzen Augen mustern mich, während sich eine feine Falte auf seiner Stirn bildet. Es scheint, als wollte er etwas sagen, aber in dem Moment erscheint die Dienerin und hindert ihn daran.

»Das Essen ist bereit, kommt, ich führe Euch in den Speisesaal«, sagt sie und deutet eine kleine Verbeugung an.

Zu gerne hätte ich mit Zaron noch darüber gesprochen, was er mir soeben eröffnet hat, aber die Dienerin scheint keinen Aufschub zu dulden. Also erhebe ich mich und gehe hinter ihr her, während sie uns durch ein wahres Labyrinth an hell erleuchteten Gängen führt. Ich bin mir sehr bewusst, dass Zaron neben mir hergeht, und spüre jede seiner Bewegungen, obwohl ich mich zwinge, geradeaus zu blicken.

Der Gedanke, dass er einen Teil von mir in sich trägt, bereitet mir Angst. Was hat das zu bedeuten?

Vom Eisschaumwein ist mir leicht schwummerig und ich fühle, dass ich nicht so gerade laufe wie sonst. Da spüre ich Zarons Hand an meinem Arm, der mich sanft am Ellbogen stützt, damit ich nicht stolpere. Einen Moment lang überlege ich, ihm den Arm zu entziehen, aber dann würde ich mit großer Sicherheit tatsächlich hinfallen. Also lasse ich es zu, vermeide aber weiterhin jeglichen Blickkontakt.

Als wir endlich beim Speisesaal ankommen, bin ich außer Atem. Ich nehme mir vor, heute Abend nur noch Wasser zu trinken. Wenn der Eiswein ähnlich stark ist wie dieser Schaumwein, müsste mich Zaron ansonsten in mein Quartier zurücktragen.

Wir betreten den Raum. Ich bin erstaunt, einen überschaubaren Tisch mit einer steinernen Platte zu sehen. Ich hatte einen großen Saal mit einer langen Tafel und vielen Gästen erwartet.

Stattdessen führt uns die Dienerin in einen etwa fünfzehn auf zwanzig Schritt großen, viereckigen Raum, der ähnlich schön hergerichtet ist wie das Empfangszimmer. Mehrere Bilder mit Szenen aus den Eiswäldern und den Bergen hängen an den Wänden. Direkt über der Tür wurden zwei gekreuzte, schwere Äxte angebracht. Wahrscheinlich irgendwelche alten Erbstücke – auch wenn ich nicht daran zweifle, dass ihre blank polierten Klingen jederzeit einsatzbereit wären.

Zwei schwere Kerzenleuchter tauchen den Raum in warmes Licht und eine stählerne Plattenrüstung, welche die gepanzerten Hände über einem Schwert gefaltet hat, steht in einer der Ecken. Ich werfe einen Blick zu ihr, unsicher, ob es sich um eine leere Rüstung oder einen lebendigen Soldaten handelt. Aber sie bewegt sich nicht, auch als ich sie mehrere Sekunden lang betrachte. Also beschließe ich, sie möglichst nicht zu beachten.

Der Boden des Esszimmers ist mit einem roten Teppich belegt, der unsere Schritte verschluckt, und am Tisch stehen sechs hölzerne Stühle mit roten Kissen. Die Dienerin bedeutet uns, einander gegenüber Platz zu nehmen.

Beim Gedanken, Zaron nach unserem unbeendeten Gespräch nun die ganze Zeit gezwungenermaßen anschauen zu müssen, wird mir mulmig. Ich wage aber nicht, dagegen zu protestieren, sondern setze mich artig auf das rote Polster.

Der Tisch wurde für drei Personen gedeckt. Ein Strauß weißer Rosen, der mitten auf der schwarzen Steinplatte steht, verbreitet einen angenehmen Duft, fein gearbeitete Kristallkelche stehen neben weißem Porzellangeschirr. Links neben dem Teller liegt, auf einer ebenfalls weißen Serviette, eine Gabel. Ich tue es Zaron gleich und hole das Messer hervor, das er mir gegeben hat. Sorgfältig lege ich es rechts vom Teller hin.

Die Dienerin schenkt uns Wein mit einer kräftigen roten Farbe in den Kristallkelch ein und verlässt dann den Raum.

Gerade will ich Zaron noch einmal auf sein Geständnis von vorhin ansprechen, da betritt Baltor das Speisezimmer. Er trägt dieselbe schwarze Kleidung wie heute Mittag im Thronsaal, allerdings hat er auf den Pelzmantel verzichtet. Trotzdem wirken seine Schultern breit und ich kann die Muskeln unter dem feinen Stoff seines Hemdes spielen sehen. Er scheint wie wir unbewaffnet zu sein.

»Ah, ich sehe, Ihr habt gut hierhergefunden«, begrüßt er uns und nimmt am Kopf des Tisches Platz, rechts von mir und links von Zaron.

Das Clanoberhaupt wirkt nun, da er mit uns an einem Tisch sitzt, reichlich entspannter als heute Mittag im Thronsaal. Seine Züge sind weich und freundlich, den intelligenten Augen scheint nichts zu entgehen. Er klatscht zweimal in die Hände, dann wird das Essen von drei Dienern aufgetragen. Offenbar werden tatsächlich keine weiteren Gäste erwartet.

Wahrhafte Berge voller Köstlichkeiten türmen sich schon bald auf der Tischplatte vor uns auf: ein dampfender Braten, garniert mit roten Tomaten und grünen Bohnen, frisch gebackene Brötchen, Getreidebrei, der nach Kümmel, Petersilie und Knoblauch riecht, mehrere Platten voller Gemüse wie Rüben, Kohl oder Sellerie … ich spüre, wie mein Magen knurrt.

Gleichzeitig versuche ich, mich an die Worte von Zaron zu erinnern. Ich darf nicht zu viel von allem essen und muss warten, bis Baltor das Zeichen dazu gibt. Oder war das anders? Mein Verstand ist immer noch ein bisschen vernebelt von dem Eisschaumwein. Es ist höchste Zeit, dass ich etwas in den Magen bekomme.

Als ich nach dem Löffel, der in dem Getreidebrei steckt, greifen will, räuspert sich Zaron und wirft mir einen mahnenden Blick zu. Rasch ziehe ich meine Hand zurück. Stimmt, ich darf wahrscheinlich nicht vor dem Clanoberhaupt mit dem Schöpfen beginnen.

Also falte ich meine Hände im Schoß und warte. Baltor scheint es jedoch nicht eilig zu haben mit dem Essen. Er wartet, bis ihm Wein eingeschenkt wurde, und erhebt dann seinen Kristallkelch.

»Es ist mir eine Ehre, Euch, Zaron und Alia, in meinem Hause zum Abendessen begrüßen zu dürfen«, poltert seine Stimme durch den kleinen Raum.

Er hebt den Kelch an seine Lippen und wir tun es ihm gleich. Ich versuche, einen möglichst kleinen Schluck von dem Eiswein zu nehmen. Er schmeckt noch besser als der, den mir Ogrem in dem Stollen gegeben hat.

Zu meinem Entsetzen wird allerdings kein Wasser serviert und ich getraue mich nicht, danach zu fragen. Also nippe ich abermals an dem Wein und hoffe, dass wir bald mit dem Essen starten können.

Baltor und Zaron lassen sich den Wein jedoch schmecken und trinken das Glas aus. Sofort beeilt sich ein Diener, ihnen nachzuschenken.

Endlich greift Baltor zu dem Schöpflöffel und beginnt, seinen Teller mit den Köstlichkeiten zu füllen. Ich beobachte Zarons Verhalten akribisch, um mir nicht einen weiteren Fehltritt zu leisten. Der Magier wartet geduldig, bis Baltor fertig ist, und bedeutet mir dann mit einem kaum merklichen Kopfnicken, dass ich an der Reihe bin.

Mit dem beklemmenden Gefühl, dass jede meiner Bewegungen von den beiden beobachtet wird, schöpfe ich mir hastig ebenfalls ein paar Löffel Getreidebrei, etwas Gemüse und eine Scheibe des Bratens in meinen Teller. Zudem nehme ich eines der Brötchen, die so verführerisch duften.

Gerade als ich zu Messer und Gabel greifen will, spüre ich einen sanften Tritt unter dem Tisch. Zaron sieht mich vielsagend an und deutet mit den Augen auf Baltor, der mit dem Essen noch nicht begonnen hat.

Ich unterdrücke ein Seufzen. Das ist ja eine regelrechte Zeremonie – oder Folter –, bis man etwas zwischen die Zähne bekommt …

Als Zaron seinen Teller ebenfalls gefüllt hat, erhebt sich Baltor. Er nimmt sein Glas in die Hand und holt Luft.

Er wird doch nicht etwa eine Rede halten?

Es wird eine Ewigkeit dauern, bis wir endlich das Essen genießen können.

Mein Magen knurrt vernehmlich und Zaron versucht, ein Schmunzeln zu unterdrücken, als er zu mir herüberschaut, aber sein bärtiges Kinn zuckt dennoch.

Heimlich verfluche ich die Zwerge und ihre Tischmanieren und wünschte, ich hätte bei Reyvan bleiben können.

»Es ist sehr lange her, seit ich zwei Magier an meinem Tisch hatte«, hebt Baltor an. »Umso mehr erfreut es mich, Euch vor dem Zirkel der Magier Schutz bieten zu können.«

Ach ja? Vorhin im Thronsaal hat das aber noch ganz anders geklungen.

Zaron beobachtet mich amüsiert. Offenbar ist mein Gesicht für ihn ein offenes Buch. Ich versuche, meine Gefühlsregungen zu unterdrücken und möglichst neutral zu schauen – was ich natürlich nicht zustande bringe.

»Vor langer Zeit, da lebten wir Zwerge in Frieden mit den anderen Völkern. Wir gingen unserer Arbeit nach und trieben Handel mit den Menschen, die unsere Schmiedekunst zu schätzen wussten«, fährt Baltor fort.

Ich schaue auf meinen Teller und befürchte, dass mein Getreidebrei inzwischen kalt ist …

»Irgendwann wollten die menschlichen Magier mächtiger sein als jedes andere Lebewesen in Altra. Sie rotteten sich in Zirkeln zusammen und planten, die Geheimnisse des Runenschmiedens von uns Zwergen zu stehlen. Es entbrannte ein Krieg, aus dem wir Zwerge siegreich hervorgingen.«

Ja … mein Getreidebrei dampft tatsächlich nicht mehr … auch der Braten scheint kühler zu sein, wenn ich ihn mir genauer anschaue. Das Fett beginnt bereits, fest zu werden.

»Leider haben die Magier trotzdem einige unserer Geheimnisse erfahren. Seither schmieden sie ihre Ringe mit den Elementrunen. Nichtsdestotrotz, das Wichtigste aller Geheimnisse – das Schmieden der Runen in Waffen – konnten sie uns nicht stehlen. Daher fürchten sie uns immer noch und lassen uns seither in Ruhe.«

Wen interessiert das?

Ich schaue zu Zaron rüber, der den Zwerg mit ernster Miene betrachtet und sich alle Mühe gibt, den Blickkontakt mit mir zu meiden. Um seine Mundwinkel sehe ich es jedoch verdächtig zucken. Er, der sonst immer so ernst ist, muss sich tatsächlich zusammenreißen, um nicht zu grinsen.

»Normalerweise ist es Magiern seither verboten, die Berge – unsere Heimat, in die wir uns zurückgezogen haben – zu betreten. Aber wir bieten allen, die vom magischen Zirkel verfolgt werden, Unterschlupf. So auch Euch. Möge dieses Abendmahl ein Zeichen sein, dass wir nie aufgehört haben, den magischen Zirkel zu hassen.«

Endlich setzt er sich wieder hin und trinkt einen großen Schluck seines Weines. Zaron tut es ihm zu meinem Entsetzen gleich – von wegen kein Trinkgelage – und ich nippe wohl oder übel ebenfalls an meinem Kelch.

Wieder wird der Wein nachgeschenkt und endlich widmet sich Baltor seinem Essen, das leider nicht mehr so stark dampft wie zuvor.

Ich werde mich hüten, jemals wieder eine Einladung zum Essen mit Zwergen anzunehmen. Das ist ja eine regelrechte Tortur.

Als ich den ersten Bissen in meinen Mund führe, gerät mein neuer Vorsatz augenblicklich ins Wanken – das Essen schmeckt unglaublich gut. Es wird mir schwerfallen, nicht alles aufzuessen.

Baltors Tischmanieren sind tadellos, er schmatzt weder, noch nimmt er zu große Stücke in den Mund. Er sitzt mit geradem Rücken am Tisch und ich gebe mir Mühe, ihm darin nicht nachzustehen.

Das Essen verläuft schweigend. Als ich gerade denke, dass ich gut noch einen Happen vertragen könnte und voller Bedauern die Reste des Bratens vor mir betrachte, den ich nicht mehr essen darf, werden die Teller von den Dienern abgeräumt und neue hingestellt.

Baltor greift abermals zu dem Schöpflöffel und wir alle füllen unsere Teller ein zweites Mal. Interessanterweise scheinen die Platten, auf denen die Gerichte serviert worden sind, noch immer heiß zu sein, denn das Essen darauf dampft.

Als Baltor ein drittes Mal seinen neuen Teller füllt, gebe ich auf. Ich kann nicht mehr, aber das scheint das Clanoberhaupt glücklicherweise nicht zu stören. Im Gegenteil, er lächelt mich an und Zaron und er essen den Braten fast auf.

Erst als das Essen abgeräumt ist, beginnt Baltor wieder, zu sprechen. Er und Zaron sind inzwischen in bester Trinklaune und lassen ihre Weinkelche bereits zum vierten Mal nachfüllen, während ich einfach nur Durst habe. Aber ich wage immer noch nicht, nach Wasser zu fragen, denn Zaron hat mir ja gesagt, dass ich nicht reden darf, ohne angesprochen zu werden.

»Erzählt mir nun, Alia, was hat es mit dieser Geschichte mit Zaron und Euch auf sich?«, wendet sich Baltor an mich.

Im ersten Augenblick bin ich verwirrt und weiß nicht genau, worauf er anspielt. Hat er unser Gespräch von vorhin belauscht? Meint er das Ritual im Vulkan? Ich spüre, dass meine Wangen warm werden.

Aber dann wirft mir Zaron einen aufmunternden Blick zu und ich verstehe, dass Baltor die Geschichte meint, wie ich nach Lormir kam.

»Zaron brachte mich nach Lormir, als ich noch klein war«, antworte ich rasch. »Dort wurde ich von meinen Zieheltern großgezogen. Ich hatte eine sehr schöne Kindheit – dank ihm.«

Baltor betrachtet Zaron nachdenklich und nimmt abermals einen Schluck Wein. »Und warum seid Ihr aus dem Zirkel geflohen?« Er richtet seinen Blick wieder auf mich.

Jetzt wird es schwieriger. Ich hatte ihm bereits eine abgespeckte Version der Geschichte von Reyvan und mir erzählt, aber ich nehme an, jetzt will er sie ausführlicher hören.

»Ich lernte Reyvan, den Prinzen der Elfen von Zakatas, im Zirkel kennen«, erkläre ich also. »Er half mir, einen Wettkampf, der vor zwei Jahren zur Wintersonnenwende veranstaltet wurde, zu überleben.«

»Du warst bei den Zirkeltagen?«, unterbricht mich Zaron verblüfft.

Baltor scheint es nicht zu stören, dass der Schwarzmagier ohne Aufforderung gesprochen hat, und auch er sieht mich fragend an.

Ich nicke und senke den Blick auf meine Hände, die ich auf dem Tisch gefaltet habe. »Ja, vier weitere Diener und ich wurden dazu auserwählt, dort zu … assistieren. Leider starben drei davon während der Aufgaben, die uns die Magier stellten. Nur eine Freundin und ich haben überlebt.« Ich hole leise Luft, da es mir schwerfällt, den nächsten Satz auszusprechen. »Ich wurde dann zur Belohnung die persönliche Dienerin von Xenos, dem Zirkelleiter von Lormir.«

»Ich weiß, wer Xenos ist«, grollt Baltor. »Und ich verbinde ganz und gar keine guten Erinnerungen mit diesem arroganten Sack.«

Ich schaue überrascht zu Zaron, der mir allerdings einen warnenden Blick zuwirft. Ich verstehe sofort. Offenbar weiß Baltor nicht, dass der Bruder dieses arroganten Sacks gerade an seinem Tisch sitzt. Also halte ich den Mund und spiele mit meinem Trinkkelch.

»Ist das der Grund, warum Ihr aus dem Zirkel geflohen seid?«, will Baltor nach einer Weile wissen. »Hat Xenos Euch schlecht behandelt?«

Ich versuche, nicht an den letzten Kuss mit Xenos zu denken, bei dem ich Gefühle empfand, die ich niemals hätte empfinden sollen. Als ich den Blick hebe, sehe ich allerdings, dass Zaron mich intensiv mustert und eine Augenbraue hebt. In seinen Augen liegt eine unausgesprochene Frage.

»Nein, er hat mich anständig behandelt«, antworte ich schnell und sehe dabei Zaron an. »Ich floh, weil mir die Prophezeiung an meinem achtzehnten Geburtstag sagte, dass ich zu Zaron müsse.«

Wieder verschweige ich einen Teil der Wahrheit. Baltor ist schon genug wütend auf den Zirkel – ich muss ihm nicht noch unter die Nase binden, dass Xenos schwarze Magie betreibt. Außerdem finde ich das alles ja selbst schon kompliziert genug. Meine verwirrenden Gefühle, Xenos und auch seinem Bruder Zaron gegenüber, den Wunsch, mit Reyvan außerhalb des Zirkels glücklich zu werden, die Enthüllung von Xenos' wahrem Quell der Macht, die Ungewissheit, wer meine leiblichen Eltern waren … es ist noch nicht so lange her, dass ich das alles erfahren habe, und ich kam noch nicht dazu, es richtig zu verarbeiten.

»Also hat der Elf Euch geholfen, zu fliehen«, unterbricht Baltor meine Gedanken.

»Ja, das hat er«, sage ich.

»Trotz der Tatsache, dass er das Pfand der Elfen ist? Und seine Flucht von Xenos als Argument benutzt werden könnte, dass die Elfen einen erneuten Krieg mit den Magiern heraufbeschwören wollen?« Baltors Augen sind starr auf mich gerichtet, seine Miene ist todernst.

Ich schaudere. Das hatte ich mir noch gar nicht so genau überlegt. Könnte das tatsächlich sein? Dass Xenos die Chance nutzt, mit den Elfen abermals einen Krieg zu führen? Wir hatten zwar kurz darüber gesprochen, aber Reyvan meinte, dass die Elfen einfach ein neues Pfand schicken werden. Was aber, wenn Xenos das gar nicht will? Wenn er … einen Krieg anzettelt?

»Ich sehe, dass Ihr Euch darüber noch keine Gedanken gemacht habt«, bemerkt Baltor. »Aber uns Zwerge geht das ja glücklicherweise auch nichts an – solange wir aus diesem Krieg herausgehalten werden. Ich rate Euch jedoch, den Elfen wieder zurück in den Zirkel zu schicken, wo er hingehört.«

Ich senke den Blick. »Dem wird Reyvan niemals zustimmen.«

»Dann müsst Ihr auch mit den Konsequenzen leben«, meint Baltor ernst und widmet sich wieder seinem Weinkelch.

Den Rest des Abends unterhalten sich Baltor und Zaron über belanglosere Dinge wie die verschiedenen Rebsorten von Eiswein, wann dieser am besten geerntet werden sollte, welche Waffen welche Vorzüge haben und andere Themen, bei denen ich nicht mitreden kann. Ich bin aber froh, dass das Zwergenoberhaupt nicht weiter unsere Flucht und die damit verbundenen Konsequenzen anspricht, und hänge meinen eigenen Gedanken nach.

Irgendwann ist das Essen endlich vorbei und Zaron und ich werden zur Tür geleitet – ohne die Dienerin hätte ich nie im Leben hier herausgefunden. Als wir endlich draußen stehen und die Tür hinter uns ins Schloss fällt, seufze ich erleichtert auf.

Zaron sieht mich von der Seite an. »War es so schlimm?«

Ich werfe ihm einen überraschten Blick zu. »Findest du das etwa nicht?«

Er zuckt mit den breiten Schultern. »Na ja, es hat zwar etwas gedauert, bis wir essen konnten, aber sonst war der Abend doch ganz in Ordnung.«

»Nun, ich fand das Ganze viel zu steif und durchorganisiert«, erwidere ich und strecke den Rücken durch, während wir nebeneinander den Garten entlanggehen.

»So sind Zwerge eben«, meint Zaron mit einem leichten Lächeln. »Das ist mit ein Grund, warum sie ein solch erfolgreiches Volk sind.«

»Also, wenn ich wählen könnte, wäre ich lieber eine Elfin statt ein Zwerg.«

»Nicht so laut, Alia«, murmelt Zaron. »Du beleidigst unsere Gastgeber. Komm, wir gehen zurück zu unseren Quartieren.«

Wir laufen stumm den Weg zurück zum Aufzug, der uns wieder in unsere Ebene fährt.

Ich überlege, ob ich Zaron abermals auf unser Gespräch vor dem Abendessen ansprechen soll oder ob ich es besser einfach dabei belasse. Bevor ich mich dafür oder dagegen entscheiden kann, sind wir bei unserem Felsvorsprung angekommen, wo Reyvan bereits auf uns wartet.

Als wir die Brücke überquert haben, kommt er mir mit ausgebreiteten Armen entgegen und drückt mich an sich. »Das hat ja eine Ewigkeit gedauert. Was habt ihr denn so lange gemacht? Ich dachte, ihr esst nur?«

»Haben wir auch«, nuschle ich gegen seine Schulter und schiebe ihn etwas von mir weg. »Aber bis wir überhaupt essen konnten, verging schon fast eine Stunde. Die Zwerge haben erstaunlich viele Rituale.«

Reyvan sieht auf mich herab und zwinkert mir zu. »Ich hab auch noch ein … hm … Ritual mit dir vor heute Nacht. Komm, wir gehen zurück in unser Zimmer, dort zeig ich es dir.«

Bevor ich mich von Zaron verabschieden kann, hebt Reyvan mich kurzerhand auf die Arme und trägt mich über den Felsvorsprung zu unserem Quartier. Ich kichere leise und küsse ihn auf die Wange. Irgendwie habe ich das Gefühl, ihm heute Nacht etwas schuldig zu sein … und Zaron ist an meinem schlechten Gewissen nicht ganz unschuldig.

24

ALIA

Endlich verbringe ich wieder eine Nacht in einem richtigen Bett. Als ich am nächsten Morgen aufwache, fühle ich mich so ausgeruht wie lange nicht mehr. Die weiche Matratze und das Wissen, dass wir die nächsten zwei Wochen hier in der Zwergenstadt in Sicherheit sind, lassen mich zum ersten Mal seit unserer Flucht aus dem Zirkel entspannen.

Früh am Morgen klopft es an unsere Tür. Reyvan wäscht sich gerade unter dem Wasserfall, also gehe ich hin und öffne. Vor mir steht Zaron.

»Guten Morgen, Alia«, begrüßt er mich. »Wir müssen mit unserem täglichen Unterricht beginnen, sonst wirst du nie deine Kräfte beherrschen lernen.«

»Stimmt, ich komme gleich. Ich gebe nur kurz Reyvan Bescheid.«

Zaron sieht mich mit einem seiner undurchsichtigen Blicke an und nickt, ehe er mir mit einer Kopfbewegung zu verstehen gibt, dass er draußen auf mich wartet.

Wie erwartet, ist Reyvan nur mäßig erfreut, als ich die Tür wieder geschlossen habe und ihn über unsere Pläne informiere.

»Und was mache ich in der Zeit?«, fragt er, während er seinen nackten Körper mit einem Tuch abtrocknet.

Ich versuche, ihn dabei so wenig wie möglich anzustarren – noch immer bin ich fasziniert von seinen geschmeidigen Bewegungen und den Muskeln, die sich unter seiner Haut abzeichnen.

»Du könntest ja mitkommen?«, schlage ich vor und beobachte, wie er seine lederne Hose anzieht.

»Und mich bei euren Übungen langweilen?« Er kommt einige Schritte auf mich zu und zieht sich währenddessen ein helles Hemd aus warmer Wolle an. »Nein, lieber nicht. Zumal ich sowieso keine große Hilfe wäre. Ich werde mich in der Zwergenstadt mal etwas umsehen.«

»Aber vergiss nicht, dass du nicht negativ auffallen darfst.«

Er grinst mich an und schlingt die Arme um meine Taille. »Wie könnte ich? Ich falle doch immer positiv auf – ich wette, die haben noch nie einen so gut aussehenden Elfen gesehen.«

»Reyvan, ich meine das ernst!« Ich versuche, mich aus seiner Umarmung zu befreien.

Er hält mich umso fester und drückt mir einen Kuss auf die Stirn. »Ich auch, Cíara.« Er lächelt. »Aber keine Angst, ich werde mich benehmen.«

»Dann bin ich ja beruhigt. Treffen wir uns zum Abendessen hier?«

»Unbedingt.« Er nickt mit Nachdruck. »Noch einmal will ich nicht einen Abend ohne dich verbringen.«

Ich lächle ihn an. »Gut, ich freue mich, bis später.«

»Bis später, Kleine.« Er gibt mir einen Klaps aufs Hinterteil, als ich zur Tür gehe.

Ich drehe mich gespielt wütend nach ihm um und hebe drohend den Finger, was ihn jedoch umso mehr zu erheitern scheint.

Draußen wartet Zaron auf mich und ich erkenne erst jetzt, dass er einen Rucksack dabeihat.

»Wo werden wir üben?«, frage ich ihn.

»Du wolltest doch die Eisrebenplantagen sehen.«

Ich nicke.

»Dann werden wir dorthin gehen.«

»Wie weit sind die Plantagen denn entfernt?« Ich versuche, nicht an unser gestriges Gespräch zu denken, was mir schwerfällt, wenn er so nahe neben mir steht. Für ihn scheint das Thema jedoch gegessen zu sein, denn er betrachtet mich wie immer.

»In etwa einer halben Stunde werden wir dort sein.«

Wir gehen zu dem Aufzug, der uns in die unterste Ebene bringt. Die Zwerge, denen wir begegnen, beachten uns nicht weiter. Wir überqueren den Fluss über eine Brücke und folgen seinem Verlauf für etwa eine Viertelstunde, bis wir zu einem Tunnel kommen, in dem er mit Rauschen und Tosen verschwindet.

Links im Tunnel gibt es einen schmalen Weg, der mit einem Geländer gesichert ist. Ein einspänniger Wagen kann hier gerade so durchfahren, aber wenn sich zwei davon begegnen, wird es schwierig. Je näher wir dem Tunnel kommen, desto stärker wird der Vanillegeruch.

»Woher kennst du diese Höhle so gut?«, will ich von Zaron wissen, als wir den Tunnel betreten. Es ist sehr laut und ich muss meine Stimme heben, damit sie nicht vom Tosen des Wassers übertönt wird.

»Ich habe Ogrem immer mal wieder besucht«, erklärt er, ebenfalls mit erhobener Stimme. »Es hat ihm nie etwas ausgemacht, dass ich ein Schwarzmagier bin.«

»Wann hast du dich denn für die schwarze Magie entschieden?«

Er bleibt in dem Tunnel stehen, der nur von ein paar Fackeln erleuchtet wird. Außer uns ist niemand hier. Im Fackelschein wirken Zarons Züge hart, nur seine Augen verraten, wie es in ihm aussieht. Darin lese ich eine Trauer, die nie ganz verschwindet, selbst wenn er lächelt – was selten passiert.

»Ich habe mich nicht dafür entschieden«, entgegnet er so leise, dass ich ihn gegen das Wasserrauschen kaum verstehe.

»Aber … ich dachte, man muss sich bewusst der schwarzen Magie zuwenden? In einem Ritual oder so.« Ich bin verwirrt.

»Das stimmt. Allerdings habe ich es nicht freiwillig gemacht. Aber genug davon, lass uns weitergehen.«

Er wendet sich abrupt von mir ab und läuft tiefer in den Tunnel hinein. Offenbar ist das ein schmerzhaftes Thema für ihn.

Trotzdem würde ich gerne besser verstehen, warum er Schwarzmagier wurde und damit anderen Lebewesen die Wärme stiehlt – und sie dadurch schlimmstenfalls sogar tötet. Was hat ihn dazu veranlasst?

Vermutlich ist es noch zu früh, um ihn danach zu fragen, also folge ich ihm schweigend.

Nach einer Weile erkenne ich den Ausgang des Tunnels und als wir heraustreten, werde ich von hellem Tageslicht geblendet.

Wir befinden uns in einer gewaltigen Höhle. Ich hebe den Kopf und sehe, dass es weit über uns eine Öffnung gibt. Tausende von Spiegeln, die an den Höhlenwänden angebracht sind, verbreiten das einfallende Licht, sodass der gesamte Grund der Höhle erhellt wird. Wahrscheinlich sind sie auch dafür verantwortlich, dass es so angenehm warm hier drin ist.

Der Boden ist flach, mit grünem Gras bewachsen und mit unzähligen Eisreben bepflanzt, die in fein säuberlichen Reihen angeordnet sind. Ein breiter Weg führt vom Tunnelausgang, bei dem wir uns befinden, etwa hundert Schritt hinunter zu der Plantage und verliert sich in Dutzenden kleineren Wegen zwischen den Eisreben.

Neben uns donnert der Bach als Wasserfall in einen See, der sich am Rande der Höhle befindet. Daraus schlängeln sich viele kleinere Flüsse zwischen den Reben hindurch und versammeln sich danach wieder zu einem einzigen Gewässer, das auf der anderen Seite der Höhle in einem Tunnel verschwindet. Zwischen den Reben erkenne ich große, behaarte Tiere mit gewaltigen Stoßzähnen. Sie ziehen Holzkarren, gefüllt mit Eistrauben.

»Sind das …«

»Gelumen«, bestätigt Zaron. »Und die anderen Wesen kennst du bestimmt auch. Das sind Bergtrolle. Sie helfen den Zwergen bei der Ernte.«

»Bei den Göttern … wie ist denn das möglich?«, rufe ich überrascht aus.

Ich beobachte, wie ein etwa drei Schritt großer Troll gerade einen Karren belädt. Seine Hände heben mühelos die kleinen Eimer hoch, welche die Zwerge ihm hinstellen. Die massiven Muskeln spielen dabei unter der grauen Haut. Mit einer Bewegung seines gewaltigen Schädels wirft er sein langes, schwarzes Haar nach hinten. Sein Gesicht gleicht demjenigen eines Menschen, hat jedoch eine breite, platte Nase, und zwei spitze Zähne blitzen zwischen seinen dunkelgrauen Lippen hervor.

»Die Zwerge und Bergtrolle verstehen sich seit jeher prächtig – im Gegensatz zu den Elfen und den Waldtrollen«, erklärt Zaron.

»Das wusste ich nicht«, hauche ich.

»Lass uns dort unten beim See ins Gras setzen«, schlägt er vor. »Dort stören wir niemanden und können in Ruhe deinen Unterricht beginnen.«

Wir gehen den breiten Weg hinunter zu einem kleinen, grünen Rasenstück, das sich am Rand der Höhle neben dem blau schimmernden See befindet und nicht mit Reben bepflanzt worden ist. Der Wasserfall in der Nähe sprüht einige Wassertropfen zu uns herüber, die sich in meinen Haaren verfangen, es ist aber so warm, dass ich nicht friere.

Ein paar Zwerge beobachten uns skeptisch, ehe sie sich wieder ihrer Arbeit widmen.

Zaron packt seinen Rucksack aus, den er die ganze Zeit getragen hat, und gibt mir eine Wasserflasche. Zudem hat er Brot, kalten Braten sowie Käse eingepackt.

»Lass uns zuerst etwas essen, bevor wir beginnen«, meint er. »Hungrig zu zaubern, ist viel anstrengender.«

»Danke.« Ich breche ein Stück von dem Brot ab, das er mir reicht. »Womit werden wir beginnen?«

Er richtet seine Augen auf mich, und wieder einmal wird mir bewusst, wie gut er aussieht.

Dumme Gedanken! Weg mit euch …

»Also die Kunst des Heilens scheinst du ja schon gut zu beherrschen«, sagt er nachdenklich. »Da ich annehme, dass es einfacher ist, wenn wir mit einem einzigen Element beginnen, werde ich dir zuerst die Feuerzauber beibringen. Dort kenne ich mich am besten aus. Wenn du das Feuer beherrschst, werden dir Erde, Wasser und Luft auch nicht mehr große Probleme bereiten.«

Ich ergreife die Gelegenheit, ihm eine Frage zu stellen, die mich seit der gruseligen Begegnung mit den Ateren beschäftigt. »Weißt du, warum ich das Heilen so gut konnte? Hat es vielleicht etwas mit meinen Eltern zu tun?«

Zaron sieht mich gedankenversunken an. »Das könnte tatsächlich sein. Dein Vater – sofern ich mich richtig erinnere – hat das Element Erde beherrscht. Bei deiner Mutter bin ich mir nicht sicher. Die Tatsache, dass sie Visionen hatte, könnte dafür sprechen, dass sie vielleicht Luftmagierin war. Aber ich habe sie nicht zaubern sehen.«

»Dann war mein Vater also auch ein Magier?« Es ist so komisch, etwas von meinen leiblichen Eltern zu erfahren – aber irgendwie auch … Es fühlt sich an, als würde ich selbst dadurch vollständiger.

»Ja, das war er.« Zaron nickt. »Er hat versucht, dich und deine Mutter gegen die Kampfmagier zu verteidigen. Leider ist es ihm nicht gelungen.«

Ich muss einfach wissen, was damals geschehen ist. »Warst du dabei, als er gekämpft hat?«

Zaron senkt den Blick und zerkrümelt das Brot, das er in den Händen hält. »Ja …«

»Warum erzählst du mir nur so wenig darüber?« Ich lege den Kopf schief und mustere ihn.

»Weil …« Er schaut mich mit einem gequälten Blick an und schüttelt den Kopf. »Alia, das Thema ist für mich mit schmerzvollen Erinnerungen verbunden. Damals habe ich die Liebe meines Lebens verloren und ich werde nur ungern an diesen schlimmsten Moment in meinem Leben erinnert. Es tut mir leid. Vielleicht kann ich dir irgendwann mehr darüber erzählen. Aber nicht heute.«

»Aber … Zaron, du kannst doch nicht ewig vor deiner Vergangenheit und dem Schmerz fliehen.« Ohne nachzudenken, lege ich ihm eine Hand auf den Arm.

Er sieht mich stirnrunzelnd an. »Bis du gekommen bist, hat es sehr gut funktioniert. Bitte … lass uns nicht mehr darüber sprechen.«

»Ich will dir doch bloß helfen«, erwidere ich leise.

Er nimmt meine Hand in seine und drückt sie leicht. »Ich weiß, Alia. Dafür schätze ich dich ja auch sehr. Aber es gibt Dinge, die man mit sich selbst ausmachen muss. Und meine Vergangenheit gehört dazu.«

Enttäuscht lasse ich die Schultern sinken. »Gut, ich respektiere das. Aber ich möchte, dass du weißt, ich bin für dich da.«

Sein Gesichtsausdruck ist undurchsichtig, als ich ihm in die Augen blicke. »Danke. Lass uns jetzt mit dem Unterricht beginnen.« Er lässt meine Hand los.

Ich hebe den Finger, als ob ich in der Schule wäre. »Ich habe noch eine Frage, bevor wir loslegen. Es hat … mit dem Aufnahmeritual der Jungmagier zu tun.«

»Schieß los.« Er lehnt sich etwas zurück, sichtlich froh, dass ich nicht mehr in seiner Vergangenheit herumstochere.

Ehe ich meinen Mut verliere, sehe ich ihn fest an. »Du hast mir doch gestern gesagt, dass du einen Teil von mir in dir behalten hast – wenn auch nicht freiwillig.«

Er weicht meinem Blick aus. »Ja, das tut mir leid. Ich war nicht ich selbst, als ich dir das und … andere Dinge gesagt habe.«

»Es geht nicht darum, was du danach gesagt hast.« Ich warte, bis er mich wieder ansieht. »Sondern … ich habe mir überlegt, wenn Xenos bei dem Aufnahmeritual die Jungmagier wiedererweckt, bleibt dann nicht auch ein Teil ihrer Wärme in ihm? Und umgekehrt?«

Zaron atmet auf. Er hatte wohl befürchtet, ich reite darauf herum, dass er mir gestern gestanden hat, mehr als Freundschaft für mich zu empfinden.

»Ich weiß nicht, Alia. Es könnte sein. Aber was das bedeutet … es wäre vielleicht eine Erklärung dafür, warum er mit allen Zirkelmagiern verbunden ist. Nur … mein Bruder hat nie über solche Dinge mit mir gesprochen. Bis zum Zeitpunkt im Vulkan wusste ich nur, wie das Ritual theoretisch funktioniert. Ich habe es selbst noch nie ausgeführt. Das war ein weiterer Grund, warum ich zögerte, als du mich darum gebeten hast.«

»Ich bin dir dankbar, dass du es trotzdem getan hast.« Ich lächle ihn an.

Zaron mustert mich ein paar Augenblicke, dann seufzt er. »Lass uns mit der ersten Lektion des Feuerentzündens beginnen.« Sofort ist er wieder in der Rolle des Lehrmeisters. »Setz dich gerade hin, du wirst alle Konzentration brauchen. Du hast ja bereits schon gelernt, wie du Fackeln anzünden kannst. Das hast du übrigens überraschend schnell beherrscht. Daher gehe ich davon aus, dass es dir ebenfalls nicht allzu schwer fallen wird, ein Lagerfeuer zu entzünden.«

Er steht auf und holt ein paar trockene Äste von den Eisreben. »Hier, versuche zuerst, einen Ast zum Brennen zu bringen. Wenn dir das gelingt, werden wir die Schwierigkeit steigern.« Er legt einen Ast vor mich in das Gras. »Konzentrier dich zunächst auf deine innere Wärme. Und dann strecke die Hand aus und stell dir vor, wie der Ast zu brennen beginnt. Verwende aber nur einen kleinen Teil deiner Wärme dafür. Es braucht bloß einen Funken, dann brennt das Holz. Bei anderen Materialien benötigst du mehr Energie.«

Wir üben eine Weile, einen einzelnen Ast anzuzünden. Nach drei Versuchen gelingt es mir mühelos. Dann benetzt Zaron das Holz mit etwas Wasser und die Übungen gehen weiter. Jetzt brauche ich mehr Energie. Zuerst muss ich den Ast trocknen, dann zum Brennen bringen, was schwieriger ist. Aber auch dieses Kunststück gelingt mir nach einigen Versuchen.

»Sehr gut«, sagt Zaron, als ich es problemlos schaffe. »Du lernst wirklich erstaunlich schnell. Dann werden wir als Nächstes eine Feuerkugel bilden.«

Diese Übung dauert volle drei Stunden. Anschließend bin ich vollkommen erschöpft und spüre, wie mir langsam kühl wird. Trotzdem habe ich es kaum geschafft, dem Feuer eine Kugelform zu verpassen – das wird wohl noch eine Weile dauern, bis ich dieses Kunststück beherrsche.

»Lass uns eine Pause machen, Alia«, schlägt Zaron vor, als mir die Übung erneut misslungen ist. »Du hast zwar erstaunlich viel Wärme in dir – ein Jungmagier hätte niemals vier Stunden lang solche Übungen ausführen können –, aber trotzdem brauchst auch du Erholung. Wir sind heute schon sehr weit gekommen, lass uns etwas ausruhen.«

Ich nicke dankbar und lege mich auf dem Rücken ins Gras. Zaron tut es mir gleich.

Wir bleiben eine Weile liegen, jeder seinen Gedanken nachhängend, und starren in den Himmel, der sich über der Höhle zeigt.

Die Spiegel an den Wänden blenden mich, sodass ich die Augen zusammenkneifen muss.

»Warum ist es hier wärmer als außerhalb der Höhle?«, frage ich unvermittelt. »Und warum liegt hier kein Schnee? Es hat doch in den letzten Tagen heftig geschneit …«

Zaron wendet mir sein Gesicht zu. »Du bist sehr schlau, Alia«, bemerkt er. »Und du hast sehr viele Fragen.« Er richtet sich etwas auf, wendet sich mir zu und stützt seinen Kopf ab. Sein schwarzes Haar fällt ihm glänzend über die Schultern und er wischt es mit einer Handbewegung nach hinten. »Ich weiß auch nicht, warum hier kein Schnee liegt und sogar Gras wächst. Aber vielleicht hat es damit zu tun, dass wir uns auf einem Vulkan befinden – einem inaktiven Vulkan versteht sich.«

Ich sehe ihn mit großen Augen an. »Ein Vulkan befindet sich unter uns?«

Ein Schmunzeln gleitet über sein Gesicht. »Keine Angst, er ist seit Jahrtausenden nicht mehr ausgebrochen.«

»Mir ist trotzdem mulmig bei dem Gedanken.« Ich rutsche unruhig auf dem Boden hin und her, als könnte der Vulkan jeden Moment ausbrechen.

Er runzelt die Stirn. »Möchtest du lieber woanders weiterüben?«

Ich überlege kurz, schüttle dann den Kopf. »Nein. Aber vielleicht können wir uns jetzt dem Wasserelement widmen?«

Zaron lächelt und streicht mir unvermittelt eine Haarsträhne aus der Stirn. »Du bist witzig, weißt du das? Witzig und …«

Auf einmal spüre ich, wie sich etwas zwischen uns verändert. Zaron ist plötzlich noch ernster als sonst und seine Augen scheinen von innen heraus zu brennen wie glühende Kohlen. Er neigt langsam den Kopf zu mir herunter.

Ich bleibe reglos liegen, wage kaum, zu atmen. Einerseits wünsche ich mir in dem Moment wirklich, dass er mich küsst, andererseits will ich Reyvan auch nicht hintergehen. Aber da ist diese

Anziehung zwischen Zaron und mir, die ich nicht mehr leugnen kann. Wenn ich in seine Augen blicke, spüre ich ein Kribbeln im Bauch. Wenn er lächelt, schlägt mein Herz schneller … auch wenn ich weiß, dass ich solche Gefühle nicht haben dürfte, so sind sie doch da.

Ich versuche mir in Erinnerung zu rufen, wie alt er eigentlich ist, doch sosehr ich mich auch bemühe … ich sehe nur das junge attraktive Gesicht vor mir – nicht den alten Greis, dem ich vor einigen Tagen begegnet bin. Aber schon damals hatten seine Augen etwas … Melancholisches. Etwas, das ich genauer ergründen wollte, und nun …

Noch während ich ihn ansehe, blinzelt Zaron und schüttelt leicht den Kopf. »Tut mir leid, Alia«, flüstert er mit belegter Stimme. Sein Gesicht schwebt nur wenige Fingerbreit über meinem.

Ich kann seinen Atem auf meiner Haut spüren, während er spricht, rieche seinen Duft nach Leder und etwas Herbem – Männlichem. Eine seiner Haarsträhnen streicht über meine Haut.

Mein Blick haftet an seinen Lippen, während er fortfährt. »Ich will dich nicht unglücklich machen, indem ich deine Beziehung zu dem Elfen gefährde.«

Damit steht er unvermittelt auf und geht ein paar Schritte von unserem Rastplatz weg.

Ich bleibe liegen und atme langsam aus. Enttäuschung und Erleichterung vermischen sich gleichermaßen in meiner Brust, während ich versuche, meine verwirrenden Gedanken und Gefühle zu ordnen.

Was war das? Wollte er mich tatsächlich küssen? Und wollte ich das ebenfalls?

Mein Herz galoppiert wie ein junges Fohlen und ich habe alle Mühe, es wieder zu beruhigen.

Solche Gefühle hatte ich das letzte Mal als … eigentlich noch nie. Nicht einmal bei Reyvan. Aber was hat das zu bedeuten? Er ist doch im Grunde viel zu alt für mich … dennoch scheint es, als würden sich unsere Seelen zu einem Ganzen verbinden – als wären sie füreinander geschaffen.

Ich bleibe verwirrt auf der Wiese liegen und starre weiterhin in den Himmel über mir.

Nein, ich darf solche Gefühle nicht zulassen. Es wäre einfach nur falsch, Reyvan zu hintergehen, denn er hat mich, seit ich ihn im Zirkel kennengelernt habe, unterstützt und mir geholfen. Bedingungslos. Er hat nie etwas dafür verlangt, war einfach nur da für mich.

Er hat es nicht verdient, dass ich ihn betrüge.

Und trotzdem, wenn ich an Zaron denke, sein Gesicht mit dem Dreitagebart und seine schwarzen, traurigen Augen, überkommt mich eine Sehnsucht, die ich mir nicht erklären kann.

Ich spüre, wie sich mein Herz beim Gedanken an ihn zusammenzieht. Ich will ihm helfen, ihn von seiner Trauer befreien. Und doch weiß ich tief in meinem Inneren, dass es nicht richtig wäre. Er hat wahrscheinlich recht: Mit manchen Dingen muss man einfach selbst fertig werden.

Als Zaron zurückkehrt, widmen wir uns für den Rest des Nachmittags dem Wasserelement und wie man Wasser aus dem Boden zieht. Keiner von uns spricht an, was soeben passiert ist. Und ich bin unendlich froh darüber.

25

Reyvan

Zugegeben, ich mag die Version von mir nicht, die in der Nähe dieses Schwarzmagiers die Kontrolle über mich übernimmt. Und ich habe jedes Mal ein schlechtes Gewissen, wenn Alia mich dann mit Blicken taxiert, die einen Oger das Fürchten lehren könnten.

Um dieses schlechte Gewissen etwas zu vertreiben, habe ich mir daher heute etwas Besonderes ausgedacht, um sie zu überraschen, und kann es kaum erwarten, Alia in meine Pläne einzuweihen.

Als ich in unser Quartier zurückkehre, steht sie gerade unter dem Wasserfall und ich lasse das Bündel, das ich in der Hand habe, achtlos zu Boden fallen.

Diese Frau ist eine Augenweide – und meinetwegen können wir meine Pläne auch direkt über den Haufen werfen und den ganzen Abend hierbleiben.

»Cíara, ich sehe, du bist schon bereit für mich?« Ich grinse und schlendere auf sie zu.

Fast schon erschrocken wirbelt Alia herum und tritt so rasch ins Trockene, als hätte sich das Wasser in Lava verwandelt. Ihr Blick weicht meinem aus, was ich mit einem Stirnrunzeln registriere.

Was hat sie bloß? Ist etwas geschehen, als sie mit Zaron geübt hat?

Schon spüre ich wieder diese Abneigung gegen den Schwarzmagier und habe alle Mühe, diese Gefühle zu unterdrücken.

»Ist alles in Ordnung mit dir?«, frage ich forschend. »Du scheinst etwas durch den Wind zu sein.«

»Ja, alles gut«, murmelt sie und greift nach einem Tuch, um sich abzutrocknen. »Ich bin nur geschafft vom heutigen Tag. Das Zaubern ist wirklich anstrengend.«

Ehe sie vollständig trocken ist, trete ich zu ihr und lege meine Arme um ihren nackten Körper, streiche mit den Händen über ihre Haut, die sich auch feucht noch samtweich anfühlt. »Ich wüsste da eine ganz spezielle Massagetechnik, die dich wieder entspannt«, flüstere ich in ihr Ohr.

Ich spüre zu meiner Enttäuschung, wie sie sich in meinen Armen versteift und ihre Hände gegen meine Brust drückt.

»Nein, Reyvan, bitte. Ich bin zu müde.« Sie stößt mich etwas von sich weg, aber ich lasse sie noch nicht los. »Lass uns einfach essen und dann ins Bett gehen.«

Ihr Benehmen verwirrt mich zusehends.

»Das sind ja ganz neue Töne«, raune ich. »Habe ich etwa Mundgeruch? Oder hast du deine Tage? Du weißt, das macht mir nichts aus.«

So hat sie noch nie auf mich reagiert – und dieser Blick … fast, als hätte sie ein schlechtes Gewissen. Ich bin versucht, ihre Gedanken zu lesen, halte mich aber zurück. Sie soll mir von sich aus sagen, was sie bedrückt.

Endlich gleitet ein Lächeln über ihre Züge, wenn auch ein schwaches. »Rey… nein, wirklich, ich bin einfach nur kaputt.«

»Rey?« Ich lege den Kopf schief. »So hast du mich ja noch nie genannt – gefällt mir irgendwie.« Meine Hand fährt über ihren Rücken zu ihrem Hinterteil. »Kann ich dich wirklich nicht überzeugen?«

Sie schüttelt den Kopf und sieht mich an. »Nein, dieses Mal nicht. Aber vielleicht nach dem Essen, wenn ich wieder bei Kräften bin.«

Na, wenigstens etwas. »Also gut«, murmle ich. »Ich will dich ja nicht zu deinem Glück zwingen. Du bist selbst schuld, du verpasst eine Menge.«

Ja, das tut sie wirklich … Es gibt noch so viel, was ich mit ihr anstellen möchte.

Ich drücke ihr einen Kuss auf die Schläfe und lasse sie los. Als sie Anstalten macht, nach ihren Kleidern zu greifen, fällt mir wieder ein, dass ich ihr was geben wollte.

»Warte«, sage ich und sie hält in ihrer Bewegung inne. »Bevor du dich anziehst … Ich habe eine Überraschung für dich. Und nein, ich meine nicht meine Männlichkeit.«

Ja, der Spruch musste sein.

Ich grinse in mich hinein, während ich zum Stoffsack gehe.

Als ich ihr das Bündel überreiche, sieht sie mich erstaunt an. »Ich habe aber weder Geburtstag, noch ist unser Jahrestag.«

Ich zucke mit den Schultern und schmunzle. »Na und? Du bist meine Cíara – das reicht doch vollkommen, um dich mit Geschenken zu überhäufen.« *Und ich liebe es, wenn sie mich mit solchen Rehaugen ansieht wie jetzt gerade.* »Zudem ist mir das hier regelrecht in die Hände gefallen. Ich *musste* es einfach kaufen.«

»Du warst auf dem Zwergenmarkt?« Sie hebt eine Augenbraue.

»Ja, war ich.« Ich verschränke die Arme vor der Brust. »Und ich muss sagen, die haben mich im Grunde ganz nett behandelt. Offenbar hat sich herumgesprochen, dass ich harmlos und nur auf der Durchreise bin. Aber jetzt schau schon in den Sack hinein.«

Meine Ungeduld ist inzwischen so groß, dass ich ihr den Stoffbeutel am liebsten aus den Händen reißen und selbst öffnen möchte.

Endlich macht sie ihn auf und ihre Hand gleitet hinein. Als sie sie wieder herauszieht, kommt ein hellgelbes, langes Abendkleid aus festem Stoff zum Vorschein, das wunderschön verarbeitet ist. Dutzende glänzend weiße Perlen zieren den Ausschnitt und die Ärmelenden. Alia hält es sich staunend vor den Körper. Da es für eine Zwergin gefertigt wurde, reicht es ihr nur bis zu den Knien, was ihre schlanken Beine zur Geltung bringt. Ein heller, warmer Umhang gehört dazu.

»Reyvan«, haucht sie. »Es ist unglaublich schön! Aber … du hast doch gar nicht so viel Geld! Wie bei den Göttern konntest du das kaufen?«

Ich lächle sie verschmitzt an. »Erstens, nenn mich doch bitte weiterhin Rey, das gefällt mir. Und zweitens, nun ja, ein paar Zwerge dürften sich heute Abend von ihren Ehefrauen eine Standpauke anhören, da sie gegen einen Elfen beim Würfeln verloren haben.«

»Du hast mit Zwergen Glücksspiele getrieben?«

Bei der Erinnerung muss ich noch breiter grinsen. »Ja, und glaub mir, die Zwerge sind jetzt alles andere als glücklich.«

»Was hast du sonst noch gemacht den ganzen Tag?« Sie probiert das Kleid an, das wie angegossen sitzt.

Ich klopfe mir innerlich selbst auf die Schulter über mein perfektes Augenmaß.

Als sie die komplizierte Schnürung an ihrem Rücken schließen will, trete ich zu ihr. »Komm, ich helfe dir.« Mit geübten Handgriffen widme ich mich den Bändern und hoffe, sie stellt mir keine Fragen, woher ich mich so gut mit Frauenkleidern auskenne – nun, wenigstens nicht, weil ich sie selbst heimlich tragen würde. »Was ich heute sonst noch so gemacht habe?«, greife ich ihre Frage auf. »Lass mich mal nachdenken … ich habe versucht, möglichst positiv aufzufallen, habe den Zwergenmarkt unsicher gemacht, mit Zwergen Glücksspiele betrieben und bin dann in der Stadt herumgewandert, auf der Suche nach einer anständigen Wirtschaft, wo wir zu Abend essen können. Und ich habe tatsächlich ein sehr schönes Plätzchen gefunden. So, fertig. Dreh dich um, ich will dich bewundern.«

Sie tut mir den Gefallen und als ich ihr mit dem Finger bedeute, eine Pirouette zu machen, dreht sie sich einmal vor mir im Kreis.

Das anerkennende Pfeifen, das mir entgleitet, kommt aus tiefem Herzen. »Wie ich vermutet hatte: Das Geld hat sich eindeutig gelohnt«, bemerke ich zufrieden. »Cíara, du siehst fast so hinreißend aus wie damals in der gläsernen Stadt beim Abendessen. Und die schwarze Perle um deinen Hals vervollständigt das Bild perfekt. Alle Zwerge werden mich beneiden, wenn ich mit solch einer Schönheit durch ihre Stadt gehe.«

Sie verdreht die Augen, aber das Lächeln auf ihren Lippen verrät sie, während sie nach einer Bürste greift, um sich das Haar zu kämmen, das beim Duschen nicht nass geworden ist. »Du übertreibst.«

»Ganz und gar nicht«, widerspreche ich und seufze theatralisch. »Aber das wirst du mir ohnehin nie glauben. Hier, diese Stiefel und Strümpfe gehören auch dazu.«

Ich greife nochmals in den Sack und reiche ihr ein Paar schwarze Fellstiefel, die bis unter das Knie reichen, sowie Strümpfe, die den Rest des Beines bedecken, damit sie nicht friert.

Staunend nimmt sie die Sachen entgegen. »Du hast wirklich viel Geld ausgegeben«, murmelt sie.

»Nicht so viel, wie du denkst. Ich bin ein gefürchtetes Verhandlungstalent.« Ich lächle. »Ich ziehe mich auch noch rasch um, dann gehen wir essen.«

Die Art, wie sie immer wegschaut, wenn ich mich ausziehe, finde ich niedlich und ich muss mich zurückhalten, sie nicht sofort nochmals mit unter die Dusche zu zerren – ganz gleich, ob sie ein neues Kleid trägt oder nicht.

Um meine Gedanken nicht zu verraten, dusche ich, so schnell ich kann, und ziehe dann ein schwarzes Hemd und gleichfarbige Hosen an, die ich noch aus dem Zirkel dabeihabe.

Als ich sie ansehe, bemerke ich, dass ihre Gedanken schon wieder weit weg zu sein scheinen.

Wenn ich nur in ihren Kopf blicken könnte …

»Schon wieder am Grübeln, Kleines?«, frage ich.

Sie hebt den Blick, blinzelt ein paar Mal, ehe sie mich wirklich ansieht.

»Zeit, dich auf andere Gedanken zu bringen«, beschließe ich, ergreife ihre Hand und ziehe sie auf die Beine. »Komm, wir müssen bis ganz nach oben.«

Was ich genau meine, erklärt sich von selbst, als ich sie aus unserem Zimmer zum Aufzug führe. Staunend sieht sie zu den Tageslichtblüten hinauf, die bereits etwas dunkler werden und sich ganz oben an der Decke befinden. Auch ich habe zugegebenermaßen diese Konstruktionen bewundert, als ich heute Nachmittag hier hochgefahren bin.

Der Aufzug bringt uns ins sechzigste Stockwerk, das so nahe bei den Blüten liegt, dass die Zwerge große Tücher über die Brücken und Terrassen spannen mussten, um nicht geblendet zu werden.

Als wir darunter hindurchgehen, fühlt es sich an, als befänden wir uns im Himmel bei den Göttern. Ein leichter Wind bläht die weißen Tücher auf und lässt sie wieder niedersinken, sodass sie fast unsere Köpfe berühren.

Ich führe Alia zu einer Terrasse, die mit mehreren Sitzbänken und Tischen bestückt ist. Einige Zwerge sitzen dort beisammen und unterhalten sich bei einem Humpen Bier oder einem Glas Wein. Sie beachten uns kaum, als wir näher kommen.

»Das ist ein Geheimtipp«, erkläre ich, nachdem wir uns einander gegenüber an einen der Tische gesetzt haben, der sich in der Nähe des Geländers befindet, das die Felsenebene begrenzt.

Alia sieht sich um und stößt einen verblüfften Laut aus.

Wir befinden uns so weit oben, dass alles unter uns klein und dunkel erscheint. Von hier sind Tausende von Brücken zu erkennen, welche die Felsvorsprünge verbinden. Zudem noch ein Dutzend weitere Aufzüge, die alle Ebenen miteinander verbinden. Die Zwerge scheinen unermüdlich zu sein. Sie gehen emsig wie Ameisen von einer Terrasse zur nächsten und befördern mit Karren irgendwelche Güter.

Alia kann sich kaum sattsehen an dieser Aussicht.

»Ja, ich muss zugeben, diese Höhle hat was«, murmle ich, während ich ihrem Blick folge. »Trotzdem … nicht vergleichbar mit der gläsernen Stadt, wenn du mich fragst.«

»Mir gefällt es hier sehr gut«, antwortet sie, ohne die Augen vom Ausblick zu lösen.

»Kann ich Euch etwas zu trinken bringen?« Eine junge Zwergin mit einem Stück Pergament und einer Feder unterbricht unser Gespräch. Sie schaut aufmerksam von einem zum anderen und wartet. Wenn sie verblüfft ist, dass ein Mensch und ein Elf sich unter ihre Gäste mischen, so lässt sie es sich nicht anmerken.

»Ja, gerne zweimal Wasser, mein schönes Kind«, antworte ich mit einem strahlenden Lächeln. Ich habe heute gelernt, dass Zwergenfrauen besonders auf Komplimente stehen, selbst wenn sie von einem Elfen kommen. »Und dann probieren wir gerne die Spezialität des Hauses. Ich habe gehört, Ihr macht den besten Bärenbraten hier.« Das hatte mir einer der Zwerge auf dem Markt verraten.

Die Zwergin scheint geschmeichelt zu sein und läuft prompt rot an, als ich ihr ein weiteres, zuckersüßes Lächeln schenke.

»Wollt … wollt Ihr auch Eiswein oder Bier zu Eurem Essen?« Sie starrt so konzentriert auf ihre Notizen, als wollte sie das Pergament in Flammen aufgehen lassen.

Irgendwie süß.

»Willst du?«, frage ich Alia, die daraufhin nickt. »Also, dann einen Krug Eiswein.«

»Wir haben aber nur Flaschen«, entgegnet die Zwergin leise, ohne mir in die Augen blicken zu können.

Gut, vielleicht habe ich es etwas übertrieben mit den Komplimenten. Aber es macht mir gerade zu viel Spaß, um damit aufzuhören.

»Dann eben eine Flasche«, sage ich und ändere meinen Tonfall ein weiteres Mal, um noch schmeichelhafter zu klingen. »Und vergesst nicht, mit Eurem hübschen Hinterteil zu wackeln, wenn Ihr weggeht, das erhöht das Trinkgeld.« Ein breites Grinsen legt sich auf mein Gesicht, als die Zwergin mich entgeistert anstarrt und dann rasch davongeht, um wieder in die Höhle zu gelangen, in der ich die Küche vermute. »Ob Zwerge, Elfen oder Magier – Frauen reagieren alle gleich auf Komplimente«, wende ich mich an Alia. »Ich wette, die wird uns jetzt das beste Fleisch aus der Kühlkammer holen, das sie haben.«

Sie schüttelt lächelnd den Kopf. *Wie ich dieses Lächeln liebe.* »Rey, du bist einfach unverbesserlich, was?«

»Was soll ich sagen?«, töne ich gut gelaunt. »Ich bin nun eben mit einem Charme geboren worden, der die Frauen umhaut. Da kann ich nicht viel dafür.« Mein Grinsen soll dieses Mal unschuldig wirken, aber ich merke selbst, dass meine Augen Funken sprühen.

Alia stößt ein amüsiertes Lachen aus, das mein Herz auf der Stelle erwärmt. Sie sieht zum Anbeißen aus, wenn sie so herzhaft lacht. Zudem kann sie mich inzwischen einschätzen und weiß, dass ich nicht alles ganz so ernst meine, wie es klingen mag.

»Alia, es ist so schön, dich lachen zu hören«, murmle ich und greife nach ihrer Hand, um einen Kuss darauf zu hauchen. Dieses Kompliment meine ich genau so, wie ich es sage, was sie auch merkt, denn sie sieht sich verlegen um.

Aber die Zwerge an den anderen Tischen sind allesamt in Gespräche, Bier- und Weintrinken versunken. Keiner kümmert sich darum, wer wir sind oder was wir hier tun, was ich einfach nur genieße.

Auch Alia entspannt sich sichtlich.

»Woran denkst du, Cíara?«, frage ich, ohne ihre Hand loszulassen.

»Daran, dass es immer so bleiben sollte«, antwortet sie freiheraus und sieht mich an. Ihre dunklen Augen reflektieren das Licht der kleinen Kerze, die zwischen uns auf dem Tisch steht, und geben ihr das Aussehen eines überirdisch schönen Wesens.

»Ja, das würde mir ebenfalls gut gefallen.« Ich erlaube mir, für einen Moment in ihren Iriden zu versinken.

Es dauert nicht lange, da kehrt die Kellnerin zurück und bringt uns den Eiswein. Sie wirft mir einen verlegenen Blick zu, als ich sie anlächle und die Bockbeutelflasche sowie die beiden Blechbecher entgegennehme. Rasch verschwindet sie wieder in der Höhle.

»Auf uns.« Ich schenke uns beiden ein und hebe meinen Becher, ehe ich einen Schluck daraus trinke. Der Wein ist gut, aber nicht so gut wie der Tautropfen von zu Hause. »Und jetzt erzähl mir, was du heute alles mit Zaron angestellt hast.«

Die Reaktion auf meine Aufforderung kann ich nicht ganz einordnen. Alia schlägt die Augen nieder und blickt viel zu konzentriert auf ihren Becher. Eine leichte Röte überzieht ihre Wangen.

Was hat das zu bedeuten?

»Cíara, warum wirst du rot?«, frage ich misstrauisch.

»Ich … ich werde es dir ja sowieso nicht verheimlichen können«, haucht sie und atmet tief durch.

Oje, kein gutes Zeichen.

Alles in mir spannt sich an und ich merke, wie mein Herz schneller zu schlagen beginnt, während ein ungutes Gefühl von mir Besitz ergreift.

»Zaron – er hätte mich heute fast geküsst«, murmelt sie, ohne mich dabei ansehen zu können.

Was bei den …?!

Am liebsten würde ich aufspringen und herumbrüllen, aber ich reiße mich zusammen. Das würde nichts bringen und sie nur noch weiter von mir entfernen, als es im Moment ohnehin der Fall zu sein scheint.

Mein Onkel wäre stolz darauf, dass ich gerade versuche, nicht so impulsiv zu reagieren, wie ich es sonst immer tue …

Hatte ich also recht … dieser Zaron stellt eine Gefahr dar. Eine Gefahr für unsere Liebe.

Verdammt noch mal!

Als ich nichts erwidere, hebt sie den Blick und sieht mir unsicher in die Augen.

Ich bemühe mich, meine Stimme so ruhig wie möglich klingen zu lassen, obwohl in mir gerade ein Sturm tobt. »Alia.« Ihr Blick wird flackernd. »Wolltest du das denn? Dass er dich … küsst.«

Dieses Wort auszusprechen. Die reine Qual!

Sie stößt leise die Luft aus, als ob sie sie angehalten hätte. »Ich … nein. Aber trotzdem – da ist etwas, wie damals bei … Xenos. Ich weiß auch nicht …« Sie schlägt die Augen wieder nieder.

»Schau mich bitte an«, murmle ich, so sanft ich kann.

Ich erkenne, dass sie Schuldgefühle hat, und diese Tatsache lässt meinen Zorn auf Zaron verpuffen. Alia soll sich mir gegenüber nicht schlecht fühlen. Niemals.

Zögernd sieht sie mir in die Augen und ich lege alle Liebe in meine Worte, die ich für sie empfinde. Denn nur so kann ich das aushalten, was ich ihr gerade sage. »Ich möchte, dass du weißt, dass ich dir vertraue. Wenn du sagst, du wolltest ihn nicht küssen, dann glaube ich dir das. Und das ist alles, was ich zu wissen brauche.«

Sie seufzt, beinahe, als wäre sie enttäuscht, dass ich nicht ausgeflippt bin.

»Du fragst dich, warum ich nicht eifersüchtig bin, richtig?« Ich kann inzwischen in ihr wie in einem offenen Buch lesen – selbst ohne meine magischen Kräfte. Sie nickt zögernd. »Nun, ich kann sehr gut verstehen, dass Zaron dich attraktiv findet«, fahre ich fort, bemüht, so locker zu klingen, wie ich gerne wäre. »Denn mir geht es ja genauso. Es liegt an dir, wem von uns du deine Gunst schenkst – und du hast dich für mich entschieden.« Ich atme leise durch und die nächsten Worte meine ich absolut ehrlich, ich hoffe, das merkt sie. »Das habe ich nun auch endlich begriffen, nachdem du es mir hundertmal gesagt hast. Daher kann ich Zaron nur bemitleiden, denn ich habe dich an meiner Seite – er nicht. So simpel ist das.«

Ja, es klingt logisch, auch wenn es im Grunde viel komplizierter ist. Aber alles andere würde ohnehin hier und jetzt nichts bringen und nur zu einem unnötigen Streit führen. Unnötig, weil er nichts an meiner Liebe zu ihr ändern würde.

»Lass uns jetzt den Abend genießen und nicht weiter darüber sprechen«, schlage ich vor, lasse ihre Hand los und greife zum Weinbecher.

Den habe ich jetzt mehr als nötig …

Alia kann ihre Verblüffung über meine Reaktion immer noch nicht ganz überwinden. »Du hast nichts dagegen, wenn ich weiterhin mit Zaron übe?«

Ich schüttle den Kopf und schenke ihr ein Lächeln, das jedoch nicht ganz bis in mein Herz reicht. Natürlich würde ich ihr am liebsten verbieten, jemals wieder in Zarons Nähe zu kommen. Aber … wenn ich sie wirklich liebe, muss ich ihr vertrauen.

»Nein, Cíara«, sage ich daher. »Ich wüsste nicht, was dagegenspricht, und werde dir gewiss nicht vorschreiben, was du zu tun oder zu lassen hast. Es ist wichtig, dass du lernst, wie du deine Kräfte beherrschst. Außerdem«, spreche ich den Gedanken aus, den ich schon länger hatte, »solltest du etwas Kampfmagie lernen, damit du Zaron und mir helfen kannst, uns auf der weiteren Reise gegen Angreifer zu verteidigen. Ich kenne mich zwar auch ein bisschen damit aus, aber Zaron kann es dir eindeutig besser beibringen.«

Endlich zeichnet Erleichterung ihre Miene. »Ich habe heute gelernt, wie man ein Feuer entzündet und wie man Wasser aus dem Boden holt«, erzählt sie, ermutigt von meinem Verständnis. »Das sieht bei dir immer so leicht aus, ist es aber überhaupt nicht.« Sie nimmt einen Schluck Wein.

Ich nicke schmunzelnd. »Ja, das braucht tatsächlich etwas Übung. Aber mit der Zeit wird es dir so leicht fallen, wie auf ein Pferd zu steigen.«

In dem Moment bringt die Kellnerin uns das Essen. Es schmeckt wirklich so vorzüglich, wie mir der Zwerg vorgeschwärmt hat.

Für den Rest des Abends sprechen wir nicht mehr über Zaron. Der Wein tut sein Übriges und schon bald sind wir in solch guter Stimmung, dass sich die anderen Gäste verärgert nach uns umschauen und die Köpfe schütteln. Aber das ist uns im Moment gleichgültig. Es ist einfach nur schön, so unbefangen mit Alia rumzualbern und Geschichten über die Zwerge auszudenken, die mit uns auf der Terrasse der Wirtschaft sitzen.

Als ich gerade eine sehr abenteuerliche Geschichte zu Ende erzähle über einen finster aussehenden Zwerg, der wahrscheinlich heute sein Pony an einen Troll verkaufen musste, kann Alia kaum mehr vor Lachen auf dem Stuhl sitzen bleiben.

Ihr Lachen ist einfach herrlich. Ich könnte es für immer hören – und hoffe, das werde ich auch.

Aus einem Impuls heraus erhebe ich mich, gehe um den Tisch herum und küsse sie. »Alia, ich liebe dich«, murmle ich.

Sie wischt sich eine Träne weg, die ihr das Lachen in die Augen getrieben hat, und sieht mich an. Ihre dunklen Augen weiten sich ein wenig, als sie merkt, wie stark mein Verlangen nach ihr ist.

»Rey.« Sie versucht, wieder zu Atem zu kommen. »Du bedeutest mir unendlich viel.«

Keine Liebeserklärung? Nun gut, das muss dann eben vorläufig reichen.

Ich ignoriere den Stich in meinem Herzen und küsse sie erneut. »Komm, wir haben noch in unserem Zimmer etwas nachzuholen.«

Mit einem breiten Grinsen ziehe ich sie auf die Beine, lege zwei Silberstücke auf den Tisch und führe sie zum Aufzug, der uns wieder nach unten bringt.

26

Alia

In der ersten Woche bei den Zwergen verbringe ich die Zeit tagsüber mit Zaron, während Reyvan und ich am Abend essen gehen. Ab und zu besucht der Elf uns bei den Übungen, aber meist lässt er uns allein, während er die Stadt erkundet.

Jeden Abend überrascht mich Reyvan mit einem kleinen Geschenk. Einmal ist es eine goldene Brosche, dann wieder eine neue Bluse oder ein kleines Messer, das kunstvoll mit Runen verziert ist. Ich brauche nicht danach zu fragen, woher die Dinge sind – der verschlagene Ausdruck in seinen Augen sagt mir, dass er es einem Zwerg beim Glücksspiel abgenommen hat.

Zaron und ich trainieren inzwischen nicht mehr bei den Eisrebenplantagen, sondern auf dem Übungsgelände, das in einer anderen Höhle liegt. Sie ist genügend groß, sodass auch die Zwerge ihren täglichen Kampfübungen nachgehen können. Zudem ist es hier weniger verfänglich als bei den Reben, die ich ab sofort mit Zarons Annäherung verbinde.

Langsam legt sich mein schlechtes Gewissen Reyvan gegenüber, denn Zaron und ich konzentrieren uns wirklich nur auf die magischen Übungen und vermeiden es, anzusprechen, was zwischen uns fast vorgefallen wäre.

Es gibt auf dem Gelände mehrere Strohpuppen, mit denen man Bogenschießen, Messer- oder Axtwerfen trainieren kann. Außerdem andere Geräte, die für das Kämpfen mit Schwertern oder Großäxten geeignet sind, sowie auch einen Hindernisparcours mit Seilen, Gräben, Balken, Bänken und sogar einer Kletterwand. Diese Geräte sind allerdings für uns weniger von Belang, da wir hauptsächlich Magie trainieren.

»Wir werden zunächst das Werfen mit Feuerbällen üben«, erklärt mir Zaron gerade. »Dieser Zauber gehört zu der Kunst der Kampfmagie.«

»Aber ich habe doch schon gelernt, einen Feuerball zu formen. Reicht das denn nicht? Kann ich ihn nicht einfach werfen?«

Zaron zieht die Augenbrauen zusammen. »Nein, Alia. Kampfmagie, also das absichtliche Zielen von Energie auf ein anderes Objekt, unterscheidet sich von der normalen Magie vor allem dadurch, dass du die Energie zunächst nach innen ziehst. Dann formst du sie zu dem, was du möchtest, und stößt sie mit Gewalt nach draußen. Bei der normalen Magiewirkung stellst du dir ja vor, dass etwas mit einem Objekt passiert, und dann tut es das auch.«

»Hm, das erscheint mir kompliziert …«

»Ja, das ist es auch.« Er fährt sich mit der Hand durch das schwarze Haar, um es nach hinten zu streichen. »Kampfmagie ist nicht gerade einfach. Daher entscheiden sich die wenigsten Magier nach der Grundausbildung dazu. Um ein guter Kampfmagier zu sein, braucht es mindestens noch drei Jahre Studium in der Magie. Trotzdem ist es für unsere weitere Reise wichtig, dass du ein paar Zauber davon beherrschst.«

Ich nicke entschlossen. »Gut, dann lass uns anfangen. Kannst du mir vormachen, wie das geht?«

Zaron holt leise Luft. »Nein, Alia. Falls es dir noch nicht aufgefallen ist: Ich habe bisher hier in der Steinstadt noch nie gezaubert. Es wurde mir von Baltor strengstens verboten.«

»Das ist mir bisher tatsächlich nicht aufgefallen.« Ich sehe ihn erstaunt an.

»Du warst vielleicht auch zu beschäftigt mit anderen Dingen, um darauf zu achten, ob ich Magie wirke oder nicht.« Er mustert mich und ich erröte, als ich merke, dass es eine Anspielung auf Reyvan und mich sein sollte.

Zaron schüttelt kaum merklich den Kopf, als wollte er einen Gedanken verscheuchen, und atmet tief ein. »Also, lass uns beginnen. Zunächst üben wir, wie du einen Feuerball in dir erschaffst und ihn dann auf deine Handfläche projizierst. Das wird eine Weile dauern. Kampfmagier, die im Übrigen schon fertig ausgebildete Magier sind, brauchen mehrere Tage, bis sie diese Übung beherrschen.«

»Woher weißt du so viel von Kampfmagie?«, will ich mit schief gelegtem Kopf wissen.

Er betrachtet stumm mein Gesicht und seufzt dann. »Alia, du stocherst, ohne es zu wollen, sehr oft in alten Wunden. Trotzdem werde ich es dir erklären. Ich war früher ein Wandermagier. Wandermagier haben eine gewisse Ausbildung in Kampfmagie, damit sie sich gegen Gefahren wehren können.«

Oje, das wusste ich nicht.

Ich senke den Blick. »Tut mir leid.«

»Schon gut. Du kannst ja nichts dafür. Lass uns jetzt beginnen.«

Es dauert drei Tage, bis ich einen Feuerball so konzentriert erschaffen kann, dass er sich auch werfen lässt. Das Erschaffen würde mir ja noch gelingen, aber das Werfen ist wirklich schwierig. Man muss zusätzliche Energie dafür verwenden, um einen gewaltigen Stoß zu bewirken, mit dem man den Feuerball wegschleudert. Dabei hängt die Menge an Schaden davon ab, wie viel Wärme man einerseits in die Feuerkugel, andererseits auch in den Stoß gesteckt hat.

Als ich dieses Kunststück endlich beherrsche, bin ich überglücklich.

»Sehr gut«, lobt mich Zaron, als ich nach einer weiteren Übung erschöpft zu Boden sinke. »Ruh dich eine Weile aus. Dann werden wir dasselbe mit einem anderen Element üben.«

»Du bist ein noch strengerer Lehrer als Reyvan, weißt du das?« Ich seufze übertrieben dramatisch.

Zaron schmunzelt und blickt auf mich herunter. »Ich nehme das mal als Kompliment.«

Bevor ich von seinem Lächeln zu sehr verwirrt werde – immer noch regen sich kleine Schmetterlinge, wenn ich ihn kurz aus seiner Melancholie reißen kann –, wechsle ich das Thema. »Zaron, du hast mir doch einmal gesagt, es sei Blutmagie, mit der die Prophezeiung aufgeschrieben wurde. Was ist das für eine Art von Magie? Und gibt es noch weitere Magiearten?«

»Ach, Alia. Du verstehst es wirklich, die Pausen nicht ungenutzt verstreichen zu lassen.« Er setzt sich neben mich, aber ich erkenne in seinen schwarzen Augen, dass ihm meine Fragerei nichts ausmacht.

»Ich weiß so wenig davon«, entgegne ich. »Und andere Magier haben ja immerhin sechs Jahre Ausbildung, in denen sie alles lernen.«

»Kein Grund, sich zu entschuldigen«, bemerkt Zaron. »Ich finde es gut, dass du so viele Fragen stellst und alles wissen möchtest. Es gibt nichts Schlimmeres, als wenn jemand alles hinnimmt und nichts hinterfragt. Das ist ein Grund, warum ich deine Gesellschaft so schätze.«

Ich senke verlegen den Blick. Wenn er so mit mir spricht, weiß ich nie, was ich erwidern soll. Ich habe mich zwar für Reyvan entschieden, aber trotzdem schmeichelt es mir, wenn mir Zaron Komplimente macht.

»Entschuldige, Alia, ich bringe dich in Verlegenheit, das wollte ich nicht«, murmelt er. »Um deine Frage zu beantworten: Ja, es gibt verschiedene Magiearten. Da ist einmal die weiße Magie, die *du* wirkst. Dann die schwarze Magie, die sich nicht mehr in weiße zurückverändern lässt. Zudem gibt es Blutmagie, Totenmagie und Naturmagie – nicht zu vergessen die Kultisten, die durch Dämonenbeschwörung graue Magie wirken. Auch diejenigen Magiearten, die Zwerge, Elfen, Trolle oder andere Völker wirken können, müssen davon unterschieden werden. Diese können allerdings von uns Menschen nicht erlernt werden.«

Er trinkt einen Schluck aus dem Wasserschlauch, den er neben sich liegen hat. Ich warte geduldig, bis er weiterspricht.

»Von allen Magieformen ist die Blutmagie diejenige, die am meisten Selbstopferung verlangt«, fährt er fort. »Denn sie wird mit dem eigenen Blut gewirkt – oder mit dem eines Opfers. Lange Zeit wurde sie daher verboten. Inzwischen kennen nur noch die wenigsten in Altra diese Form der Magie. Und jene, die sie kennen, benutzen sie nur in Notfällen. Wie deine Mutter beispielsweise.« In seinem Blick liegt Mitgefühl. »In anderen Regionen von Venera – beispielsweise in Karinth – wird Blutmagie jedoch tagtäglich angewandt. Jeder Kontinent ist da anders, das gilt auch für Sklaverei.« So wie er aussieht, ist er davon nicht sonderlich begeistert, dass Karinth andere Gesetze hat als wir in Altra.

»Was kann man denn mit Blutmagie bewirken, was mit anderer Magie nicht geht?«, hake ich nach.

»Das ist schwer zu erklären.« Er beißt sich auf die Unterlippe und überlegt einen Moment. »Vor allem kann man Dingen Befehle erteilen. Deine Mutter hat diesem Blatt Papier zum Beispiel aufgetragen, dass es nur die Zeilen zeigt, die als Nächstes wichtig sind.«

»Das Papier führt Befehle aus?«

Zaron schiebt die Augenbrauen zusammen und zieht ein Knie an, um seinen Unterarm daraufzulegen. »Nun ja, natürlich hat es kein Bewusstsein. Aber ja, im Grunde führt es Befehle aus. Befehle, die es durch Blutmagie erhalten hat.«

»Kannst du auch Blutmagie wirken?« Als ich seinem Blick begegne, merke ich, dass ich schon wieder ein Thema anspreche, das ihm unangenehm ist.

Zaron kaut auf seiner Innenwange und sein Blick gleitet in die Ferne. »Nein, das kann ich nicht. Ich konnte es früher einmal. Aber wenn ich jetzt als Schwarzmagier Blutmagie wirken würde, gäbe das eine grausame Kombination.« Er sieht mich wieder an und sein Gesicht ist todernst. »Schwarze Magie und Blutmagie vertragen sich nicht und ich hätte Mühe, die Kräfte zu beherrschen, die ich freisetze. Was ich als Schwarzmagier jedoch wirken kann, ist Totenmagie. Sogenannten Nekromantismus.«

»Das heißt, du könntest Tote auferstehen lassen?« Ich kann die Faszination nicht aus meiner Stimme verbannen.

Zaron greift erneut nach dem Wasserschlauch und trinkt einen großen Schluck, ehe er meine Frage beantwortet. »Nur mit genügend Energie von außen.« Ich vermeine, in seinem Blick einen schwarzen Schatten zu sehen, der sogleich wieder verschwindet, als er blinzelt. »Nekromantismus ist allein mit schwarzer Magie möglich. Aber nur weil man Schwarzmagier ist, heißt das noch lange nicht, dass man ein Nekromant sein muss.«

Ich greife nach zwei kleinen Kieselsteinen, die hier rumliegen, und lasse sie mit ein bisschen Magie auf meiner Hand tanzen. »Was unterscheidet Nekromantismus von dem Aufnahmeritual der Jungmagier?«, frage ich weiter, während wir beide die Steinchen beobachten, die mal gegeneinanderschlagen und dann wieder in der Luft herumwirbeln.

»Eine kluge Frage«, murmelt Zaron, der die Augen auf meinem kleinen Kunststück behält. »Der Unterschied liegt darin, dass beim Nekromantismus keine Eigenenergie des Toten mehr benutzt werden kann. Bei den Jungmagiern ist das anders – die Wärme wird gespeichert und zurückgegeben. Beim Nekromantismus kommt die gesamte Energie, die den Toten wieder zum Leben erweckt, vom Magier selbst. Der Nachteil, wenn man mit Nekromantismus einen Menschen wiederbelebt, ist, dass dieser keinerlei Erinnerungen mehr an sein früheres Leben hat. Sein Körper ist zwar am Leben, aber er ist nicht mehr derselbe Mensch, wie er einst war.«

Die Steine machen einen Satz und purzeln von meiner Handfläche. »Das klingt entsetzlich.« Ich starre ihn bestürzt an.

Zaron weicht meinem Blick aus. »Kommt drauf an.«

Ich spüre, dass er nicht weiter darüber mit mir sprechen möchte. »Kann man denn Nekromantismus und Blutmagie vermischen?«, wechsle ich das Thema und greife nun auch zu meinem Wasserschlauch, um etwas zu trinken.

»Ja und nein«, erwidert er und sein Blick begegnet wieder meinem. »Es gab einmal einen Kult, der sich ›Anhänger der Finsternis‹ nannte. Sie versuchten, schwarze Magie, Nekromantismus und Blutmagie zu vereinen. Allerdings hatten sie sich dabei überschätzt und sich selbst ausgelöscht, bevor der Zirkel sie festnehmen konnte. Jetzt wandern ihre Seelen irgendwo durch Altra und finden keinen Frieden, denn sie haben sich in Geister verwandelt.«

»Das ist ja grauenvoll!« Ich schaudere beim Gedanken, zu was Magie alles fähig ist.

Zaron zuckt mit den Schultern und sein Blick verdunkelt sich. »Wenn du mich fragst, geschieht es ihnen recht.«

»Trotzdem … das hatten sie bestimmt nicht vorhergesehen«, werfe ich ein und lege den Wasserschlauch wieder zur Seite.

Er runzelt die Stirn. »Nein, natürlich nicht. Aber das passiert nun einmal, wenn Magier das Gefühl haben, dass sie jegliche Art von Magie beherrschen können – so wie beispielsweise mein Bruder.« Um seinen Mund zeichnet sich ein harter Zug ab.

»Xenos wirkt diese Magiearten?«

»Ja, das tut er.« Zarons Blick wird beinahe genauso eisig wie derjenige seines Bruders. »Das und noch vieles mehr. Seit er Zirkelleiter geworden ist, kann ihn nichts mehr aufhalten, um seinen machthungrigen Zielen näher zu kommen.«

»Du sprichst von ihm, als würdest du ihn hassen«, bemerke ich nachdenklich.

Zarons Züge entspannen sich ein wenig, wenngleich die Abneigung auf seinem Gesicht bleibt. »Hass ist vielleicht nicht das richtige Wort. Aber ich verachte ihn.«

Ich schweige eine Weile, während der ich zwei Zwerge beobachte, die auf den Übungsplatz gekommen sind. Sie wärmen sich auf, ehe sie mit ihrem Axttraining beginnen.

»Was hat er dazu gesagt, dass du Schwarzmagier wurdest?«, frage ich, nachdem die beiden abwechselnd fünf Mal ihre Äxte auf eine der Strohpuppen geworfen haben. »Das müsste ihm doch gefallen haben, wenn er selbst schwarze Magie wirkt.«

Zaron wendet sich mir wieder zu und hebt eine Augenbraue. »Ja, das tat es auch. Das war der einzige Grund, warum er mich am Leben gelassen hat. Das, und weil ich immer noch sein Bruder bin. Offenbar kennt er doch so etwas wie ein Gewissen. Er hat mich eine ganze Weile im Kerker eingesperrt und Experimente mit mir gemacht. Er wollte irgendwelche neuen Erkenntnisse dadurch gewinnen. Keine Ahnung …« Er zuckt mit den Schultern und wendet den Blick wieder den Zwergen zu.

»Das tut mir leid«, murmle ich und bin versucht, ihm eine Hand auf den Unterarm zu legen, halte mich jedoch zurück. »Ich wusste, dass Xenos herzlos ist, aber dass er seinen eigenen Bruder für seine Zwecke missbraucht, das ist einfach nur grauenhaft.«

Er hebt den Blick, sagt aber nichts.

Wir sitzen eine Weile schweigend nebeneinander und ich denke darüber nach, was er mir alles erzählt hat. Ich wusste nicht, dass Xenos auch Nekromantismus und Blutmagie betreibt, aber verwundern tut es mich nicht. Es passt zu ihm und seinen Eisaugen.

Jetzt, da ich weiß, dass er Zaron für irgendwelche Experimente missbraucht hat, hasse ich ihn regelrecht. Wie konnte ich mich jemals von ihm angezogen fühlen? Ich war damals wirklich nicht ich selbst und hätte wahrscheinlich jeden geküsst, nur um meine Gedanken an Reyvan und die damalige Trennung zu verdrängen.

Als ich merke, dass meine Kräfte wieder zurückkehren, fahren wir mit dem Unterricht fort.

Da Zaron die anderen Elemente nicht beherrscht, bin ich nun größtenteils auf mich allein gestellt. Trotzdem kann er mir etwas Hilfestellung geben und erklären, wie ich meine Energie am besten kanalisiere.

Gegen Ende des Tages kann ich sowohl einen Feuer- als auch einen Eisball werfen. Nur das Zielen muss ich noch üben.

Als die erste Woche bei den Zwergen vorbei ist, bin ich zumindest einigermaßen darauf vorbereitet, in einem Kampf meine Kräfte einsetzen zu können.

Als Nächstes lehrt mich Zaron, wie ich einen Schutzschild erstelle. Dies ist noch schwieriger, als Feuer oder andere Elemente zu erschaffen, denn es wird allein mit Magie, ganz ohne Elemente, gemacht. Zudem muss die Energie dafür die gesamte Zeit über aufrechterhalten werden.

Ich lerne, dass es schwierig ist, einen Schutzschild zu erschaffen und gleichzeitig Kampfmagie zu wirken. Daher weist mich Zaron an, vorerst nur den Schutzschild zu üben.

»Wenn du angegriffen wirst, wirst du zuerst einen Schutzschild erschaffen, um deinen Gegner beobachten zu können«, erklärt er. »Versuche, herauszufinden, was seine Schwächen sind. Aber du darfst nicht zu lange dafür brauchen, denn mit jeder Sekunde, die verstreicht, gibst du Energie in den Schild statt in deinen Angriff.«

»Und wenn ich einfach angreife, ohne einen Schild zu erschaffen?«

»Dann wirst du vielleicht mit dem falschen Zauber angreifen.« Sein Blick wird eindringlich. »Du hast eine Möglichkeit, die andere Magier nicht haben: Du kannst zwischen den Elementen wählen. Je nachdem, sind Gegner immun gegen ein Element. So kannst du beispielsweise Feuerelementare nicht mit Feuerbällen angreifen. Aber du kannst sie sehr gut mit Eis bekämpfen.«

Das leuchtet mir ein.

»Also, Alia, nochmals von vorne.« Er verschränkt die Arme und sieht mich auffordernd an. »Erschaffe einen Schild.«

Ich konzentriere meine Wärme in mir und gebe sie gleichmäßig ab, bis etwa einen Schritt um mich herum die Luft flimmert.

»Sehr gut.« Zaron nickt. »Der Schild sieht stabil genug aus. Ich werde Reyvan holen, damit er dich angreifen kann. Wir müssen als Nächstes üben, wie du deinen Schild gegen Magie verteidigen und aufrechterhalten kannst.«

Ich sehe ihn erschrocken an. »Aber … wenn er mich verletzt?«

»Keine Angst.« Zaron schmunzelt und legt mir eine Hand auf die Schulter. »Reyvan ist erfahren genug, um seine Magie sofort wieder zurücknehmen zu können.« Er wendet sich ab und geht.

Ich warte und übe noch ein paar Mal, meinen Schutzschild zu bilden. Ich habe Angst vor der nächsten Übung, da ich schon weiß, dass Reyvan sehr viel Magie in sich trägt. Aber ich sehe ein, dass es keine andere Möglichkeit gibt, die Stärke meines Schildes zu testen, als dass Reyvan seine Zauber darauf wirkt. Zaron darf das nun mal nicht.

Nach einer Weile kehrt Zaron zum Übungsplatz zurück. Reyvan folgt ihm mit einem zerknirschten Gesichtsausdruck. Ihm scheint auch nicht wohl bei dem Gedanken zu sein, Magie gegen mich einzusetzen.

»Stellt euch etwa fünf Schritt voneinander entfernt hin«, weist uns Zaron an.

Einige Zwerge haben es sich auf Bänken gemütlich gemacht und beobachten uns. Es kommt schließlich nicht oft in ihrer Stadt vor, dass ein Elf und ein Mensch gegeneinander antreten.

Ich versuche, mich von den Zuschauern nicht ablenken zu lassen.

Zaron lenkt meine Aufmerksamkeit wieder auf sich. »Und nun, Alia, wirst du deinen Schutzschild erschaffen.«

Ich ziehe den Schild hoch und über meinen Körper.

Zaron wendet sich dem Elfen zu. »Reyvan, jetzt ist es an dir. Greif sie an!«

Durch die flimmernde Luft beobachtet mich Reyvan mit schmalen Augen. Er verlagert sein Gewicht und geht um mich herum wie ein Wolf um seine Beute. Ich verfolge meinerseits mit wild klopfendem Herzen jede seiner geschmeidigen Bewegungen.

Schließlich, ohne Vorwarnung, erbebt mein Schild. Im letzten Moment sehe ich, dass ich in eine Giftwolke eingehüllt werde, von der ich hoffe, dass sie nur eine zusätzliche Illusion darstellt zum Magiestoß, den mein Schild abgefangen hat. Die Wucht des Aufpralls lässt mich nach Luft schnappen und ich wanke, aber ich halte den Schild trotzdem aufrecht.

Ein anerkennendes Lächeln zeigt sich auf Reyvans Gesicht. Er umkreist mich erneut.

Womit wird er als Nächstes angreifen? Ich versuche, es an seiner Mimik zu erkennen, aber sein Gesicht bleibt reglos.

Plötzlich stürzt er sich auf mich. Darauf war ich nicht gefasst, ich hatte erwartet, dass er mit Magie angreift. Dieser Moment der

Überraschung reicht aus, dass sich eine Lücke in meinem Schild bildet und Reyvan mich zu Boden stoßen kann.

Er liegt auf mir und grinst mich triumphierend an. »Gewonnen!«

Ich versuche, mich unter ihm zu befreien, aber er ist zu stark. Rasch gibt er mir einen Kuss und steht auf. Er hält mir eine Hand hin, die ich zähneknirschend annehme, und hilft mir auf die Beine.

»Sehr gut, Reyvan.« Zaron kommt zu uns. »Siehst du, Alia, du musst auf alles gefasst sein. Auch auf einen physischen Angriff.«

Ich betrachte zerknirscht meine Stiefel und klopfe mir den Staub von den Kleidern.

»Und jetzt nochmals von vorne. Bilde einen Schild.«

Ich seufze und tue Zaron den Gefallen, ehe Reyvan beginnt, mich abermals zu umkreisen.

27

ALIA

Zaron und ich beschließen, dass wir uns in der zweiten Woche vor allem den Elementen Erde und Luft widmen werden, da ich Feuer und Wasser nun etwas kenne. Dank der Tatsache, dass ich von ihm Einzelunterricht erhalte und rasch lerne, kommen wir gut voran. Wir üben jeden Tag und ich werde zusehends besser – wenn ich auch meine Zweifel habe, dass ich in einem möglichen Kampf eine große Hilfe bin.

»Du lernst schneller als jeder andere Magier, den ich gekannt habe«, bemerkt Zaron und sieht mich mit einem bewundernden Blick an. »Das liegt vielleicht daran, dass du schon etwas älter bist – die meisten Magier lernen ja mit dreizehn Jahren, ihre Kräfte zu beherrschen. Oder es ist der Tatsache zuzuschreiben, dass du vier Elemente in dir trägst. Wie auch immer, ich bin froh, dass wir so gut vorankommen!«

Hoffentlich wird es auch weiterhin so gut vorangehen …

Ich versuche abermals, das Stück Erde, das er mit Kreide eingezeichnet hat, zum Beben zu bringen. Es ist sehr schwierig, die Magie nur auf dieses kleine Viereck zu konzentrieren.

Zu Beginn der Übung hatte ich Angst, dass ich die ganze Höhle einstürzen lassen könnte. Aber Reyvan, der neben uns saß und zuschaute, hatte nur gegrinst und gemeint, dass es bei Weitem Schlimmeres gäbe als ein paar zerquetschte Unterweltler. Natürlich folgte ein hitziges Wortgefecht mit den Zwergen, die inzwischen täglich bei unseren Übungen vorbeischauen. Daraufhin war er von Zaron fortgeschickt worden mit der Bemerkung, dass er durch seine Sprüche den Unterricht störe. Ich ahne schon, dass der Elf, wenn ich mich später mit ihm zum Abendessen treffe, keine guten Worte für Zaron übrighaben wird.

Ich konzentriere mich weiter auf meine Übung und spüre, wie mir kühler wird. Also gebe ich Zaron zu verstehen, dass ich kurz ausruhen möchte.

»Kein Problem, Alia.« Er setzt sich neben mich auf die Erde. »Es ist gut, dass du inzwischen selbst merkst, wann es Zeit für eine Pause ist.«

Wir sitzen an einem der kleinen Feuer, die hier überall rund um das Übungsgelände brennen, und Zaron packt unser Mittagessen aus: Fleisch und Brot.

Ich greife hungrig zu. »Tscharon«, sage ich mit vollem Mund und schlucke rasch den Bissen herunter, »wie ist das mit der Energie, die wir zum Zaubern brauchen? Ich meine, ich fühle, dass ich zum Beispiel weniger rasch friere als früher, aber mein Körper ist ja nicht wärmer dadurch. Woher kommt also die Wärme für die Magie?«

»Ah, ein Theorieblock.« Zaron schmunzelt und legt sein Essen zur Seite. Inzwischen hat er sich daran gewöhnt, dass ich ihn täglich mit Fragen löchere. »Es wundert mich, dass du erst jetzt danach fragst.« Sein Blick ist nicht vorwurfsvoll, eher erstaunt. »Es ist so: Die meisten intelligenten Rassen sind prinzipiell dazu fähig, Magie zu wirken. Jedoch sind in der Rasse der Menschen nur wenige dazu auserwählt, sie tatsächlich zu beherrschen. Wir können von Grund auf Elemente beeinflussen, wie auch die Elfen, Zwerge oder andere Völker dies tun. Allerdings haben nur einige von uns die Fähigkeit, ein Element mit Magie zu kombinieren.«

Das war mir schon bekannt. Trotzdem fesselt mich seine Art, Dinge zu erklären. Immer wieder bin ich davon beeindruckt, wie viel Zaron über Magie weiß. Ich könnte ihm stundenlang zuhören.

»Magie«, fährt Zaron fort, »ist der Name für eine andere Form der Beeinflussung von Materie – nämlich der Wärme, die wir in uns tragen. Magier können diese Wärme für ihre Zauber nutzen, während normale Menschen nie die Barriere, die sie daran hindert, zu der Wärmequelle vorzudringen, überwinden. Die Wärme wurde uns von den Göttern gegeben. Ohne sie können wir nicht leben – kann kein Lebewesen atmen. Sie ist auch in der Natur zu finden, allerdings in etwas anderer Form, aber das ginge zu weit, da es ein Exkurs in die Naturmagie wäre.«

»Wirst du mir die Naturmagie irgendwann erklären? Kann ich sie lernen?« Ich schaue ihn erwartungsvoll an.

»Nein, Alia, du kannst sie nicht lernen«, erwidert Zaron kopfschüttelnd. »Dafür muss man ein Priester sein, der sich ganz der Natur verschrieben hat. Und ja, ich erkläre sie dir irgendwann – zumindest vom Prinzip her. Aber wir weichen vom Thema ab.« Er nimmt einen Schluck Wasser und räuspert sich. »Also, wie viel Wärme einem Menschen innewohnt, wurde von den Göttern festgelegt. Das volle Potenzial wird jedoch erst beim Aufnahmeritual der Jungmagier freigesetzt beziehungsweise aufgefüllt. Du kannst dir das so vorstellen wie einen Krug, der nicht ganz voll ist und der von Xenos beim Ritual aufgefüllt wird.«

Ich starre ihn erschrocken an. »Aber … woher stammt denn die Wärme, mit der Xenos diesen magischen Krug auffüllt? Und woher stammt sie bei mir?!«

Zaron schmunzelt und fährt sich über den Dreitagebart. »Du brauchst nicht so entsetzt zu schauen. Die Wärme stammt von Xenos und den anderen Zirkelräten. Und bei dir – nun ja … von mir und dem Feuerdämon.«

»Wie bitte?« Ich kann nicht glauben, was ich da gerade gehört habe.

Ich soll die Magie eines Dämons in mir tragen?!

Zaron legt mir beruhigend eine Hand auf den Rücken und ich spüre jede seiner Fingerkuppen, was mir ein mulmiges Gefühl beschert. »Keine Angst, die Wärme des Dämons ist nicht böse«, beruhigt er mich. »Sonst hätte ich sie dir nicht gegeben. Aber sie ist äußerst mächtig – mächtig genug, um deine Kräfte freizusetzen.«

Mir ist trotzdem nicht wohl bei dem Gedanken.

»Die Wärme oder Magie ist unterschiedlich auf die Menschen verteilt«, fährt Zaron fort und zieht seine Hand wieder zurück. »Einige Menschen tragen nur so viel Wärme in sich, um den Körper am Leben zu halten. Diese werden nicht in den Zirkel der Magier aufgenommen. Dafür sorgt Xenos bei der Aufnahmezeremonie. Dort entzieht er jedem potenziellen Kandidaten ein kleines Stück ihrer Wärme. Wenn sie nicht bestehen – der Krug mit ihrer Magie also nicht genügend voll ist – sterben sie im schlimmsten Fall.«

»Ach, *das* macht er also, wenn er von einem Kandidaten zum nächsten geht? Das wusste ich nicht. Aber … er murmelt dann ja etwas. Ist es denn für einige Zauber notwendig, dass man Worte ausspricht?«

Zaron seufzt und schüttelt den Kopf. »Alia, du springst von einem Thema zum nächsten. Ich werde dir deine Frage beantworten, wenn ich mit der Beantwortung der ersten Frage nach Wärme fertig bin.« Er sieht mich fest an. »Du hast gefragt, warum sich dein Körper trotz deines großen Wärmepotenzials nicht heiß anfühlt. Der Grund dafür ist, dass sich dein Körper selbst so viel Wärme aus deiner Wärmequelle holt, wie er benötigt. Die Quelle selbst beinhaltet jedoch viel, viel mehr Energie. Erst wenn du die Wärme der Quelle aufgebraucht hast, bedienst du dich der Restwärme deines Körpers. Und dann kannst du erfrieren.«

»Hm …« Ich denke über seine Worte eine Weile nach.

»Nun zu deiner anderen Frage: Warum einige Zauber Worte brauchen.« Zaron verlagert sein Gewicht und stützt sich mit einer Hand ab, während er sich mir mehr zuwendet. »Die Worte sind dazu da, Zauberformen zu wirken, die nichts mit den Elementen im eigentlichen Sinne zu tun haben. Beispielsweise ist das Abziehen von Energie eines anderen Lebewesens nicht vorgesehen bei der Elementmagie.«

»Ist das nicht schwarze Magie?«, werfe ich mit großen Augen ein.

»Doch, Alia.« Seine schwarzen Iriden blitzen. »Deswegen wird es auch vor der Bevölkerung verheimlicht und nur der Zirkelleiter darf das machen.«

Ich schaudere bei dem Gedanken, dass Xenos vor aller Augen schwarze Magie gewirkt hat bei der Aufnahmezeremonie in Lormir. Und das jedes Jahr …

»Xenos hat mir zweimal meine Stimme genommen«, sage ich unwillkürlich. »Dazu hat er … mir seinen Finger auf den Mund gelegt.« Ich sage ihm nichts von dem Kuss, mit dem er mir meine Stimme wieder zurückgab.

Zaron sieht mich mit schmalen Augen an. »Hat er das?«, fragt er finster. »Dann hat er eine spezielle Form der schwarzen Magie gewirkt. Er hat nicht nur deine Wärme entzogen, sondern ganz spezifisch die Energie, die du für die Sprache benötigst.« Er atmet leise durch und runzelt die Stirn. »Ich wusste nicht, dass er zu solchen Magieformen überhaupt fähig ist. Eigentlich sollte das kein Magier tun können. Zumindest kein Mensch … bei Elfen beispielsweise sind solche Zauber nichts Ungewöhnliches.«

Mir kommt etwas in den Sinn. »Reyvan hat gesagt, dass Xenos ganz versessen auf die Geheimnisse der Elfen ist. Ist das, weil sie im Grunde ähnliche Magie wie Schwarzmagier wirken? Wenn sie sie auch anders nennen?«

Zaron zuckt mit den Schultern. »Das kann sein, Alia. Wahrscheinlich ist es sogar so. Obwohl Elfen keine schwarzen Zauber wirken können. Sie benutzen lediglich die Wärme ihrer Artgenossen, um ihre Magie zu verstärken. Aber wer weiß schon, was im Kopf meines Bruders vorgeht?« Er verstummt.

Ich spüre, dass er nicht weiter darüber sprechen will.

Also sitze ich für den Rest der Zeit schweigend am Feuer und warte, bis sich meine innere Wärmequelle wieder erholt hat. Ich fühle in mich hinein und beobachte, wie sie sich durch das Feuer vor mir auflädt. Es ist ein komisches Gefühl, dies so bewusst mitzuerleben.

»Bist du bereit, weiterzumachen?«, fragt mich Zaron nach einer Weile.

Ich nicke. »Ja, aber lass uns doch nun bitte Gedankenlesen üben. Das möchte ich auch können.«

Zaron mustert mich, ohne etwas zu sagen. Dann seufzt er. »Alia, das werden wir nicht üben.«

»Warum nicht? Das wäre doch nützlich«, versuche ich ihn zu überzeugen.

»Nützlich, ja. Aber du bräuchtest jemanden, der sich dir zur Verfügung stellt. Reyvan kommt nicht infrage, da sich das Gedankenlesen eines Menschen von dem eines Elfen beträchtlich unterscheidet und daher nicht für Übungszwecke in Betracht kommt. Und ich werde mich ebenfalls nicht zur Verfügung stellen.«

Ich lasse enttäuscht die Schultern sinken. »Aber du könntest doch die Gedanken, die ich nicht lesen soll, vor mir verbergen?«

»Alia.« Zaron rückt näher zu mir und sieht mich ernst an. »Du würdest es nicht überleben, meine Gedanken zu lesen.«

»Du übertreibst … du bist doch auch nur ein Mensch.«

»Nein, ich bin kein gewöhnlicher Mensch«, erwidert er ernst. »Sondern ein Schwarzmagier. Mein Körper wehrt sich gegen alles, was mit weißer Magie zu tun hat – und sei es nur Gedankenlesen. Ich würde dich töten.«

»Das wusste ich nicht«, flüstere ich. »Dann … dann werde ich nie Gedankenlesen lernen können?«

»Zumindest vorläufig nicht.« Seine Stimme wird weicher, ebenso wie sein Blick. »Aber ich bin mir sicher, sobald wir von hier weg sind und du einen Menschen gefunden hast, der sich zur Verfügung stellt, wirst du diesen Zauber ebenso gut beherrschen wie die anderen.«

»Wenn du es sagst …« Ich blicke unbefriedigt zu Boden. Der Gedanke, dass ich nicht alle Zauber lernen werde, nagt etwas an meinem Stolz. Ich hatte gehofft, möglichst viel nach diesen zwei Wochen zu können. Das war wahrscheinlich zu optimistisch gedacht.

In dem Moment kommt Reyvan zurück. Ein ernster Ausdruck liegt auf seinem Gesicht.

»Wir müssen morgen aufbrechen«, erklärt er ohne Umschweife.

»Warum denn?« Ich springe auf und auch Zaron erhebt sich. »Wir können doch noch einige Tage hierbleiben, wir sind noch nicht zwei Wochen in der Steinstadt. Oder hast du etwas angestellt?« Ich schaue ihn streng an.

Reyvan wirft mir einen schiefen Blick zu. »Nein, Cíara. Ich bin nicht immer schuld, wenn es Ärger gibt.« Dann wird sein Gesichtsausdruck wieder ernst. »Heute Morgen haben die Wachposten der Zwerge fremde Magier im Gebirge ausgemacht. Sie schienen nach etwas zu suchen. Und demnach handelt es sich mit aller Wahrscheinlichkeit um unsere Verfolger.«

Ich starre ihn entsetzt an. »Was? Wie konnten sie uns so rasch finden?«

Wir hatten ja wirklich darauf geachtet, keine Spuren zu hinterlassen. Obwohl … als wir im Eiswald waren, da waren wir weniger vorsichtig.

»Das sind bestimmt die Magier, die Xenos ausgeschickt hat, als er bemerkte, wie hier eine Menge an schwarzer Magie gewirkt wurde«, unterbricht Zaron meine Gedanken. »Wenn etwas Ungewöhnliches geschieht, dann ist er als Zirkelleiter dazu verpflichtet, Kundschafter auszusenden, die der Sache auf den Grund gehen. Haben die Zwerge erkannt, ob Xenos dabei ist?«, fragt er an Reyvan gewandt.

Dieser schüttelt den Kopf. »Nein, sie konnten nicht genau erkennen, wer es war. Nur dass es Magier vom Zirkel sind. Aber ich finde, das reicht als Information für uns, um hier nicht länger zu bleiben.«

»Da stimme ich dir allerdings zu, Elf«, entgegnet Zaron.

»Ich heiße Reyvan«, erwidert dieser finster.

»Entschuldige: Reyvan.« Zaron zieht die Augenbrauen zusammen. »Jedenfalls müssen wir morgen in aller Frühe aufbrechen. Den Magiern ist es zwar verboten, die Zwergenstädte zu betreten, aber wer weiß, ob sie sich daran halten, wenn sie ein Pfand der Elfen, eine ehemalige Dienerin und einen Schwarzmagier suchen.«

»Wenn Xenos dabei ist, wird es noch gefährlicher«, bemerke ich leise.

»Ja, das wird es.« Reyvan legt den Arm um mich und drückt mich an sich. »Aber du hast ja einiges über Magie gelernt – und Xenos weiß nicht, dass du Magierin geworden bist und alle vier Elemente beherrschst. Das verschafft uns ein Überraschungsmoment, das vielleicht von Vorteil sein kann.«

»Ich gebe dir recht«, bestätigt Zaron. »Das könnte uns tatsächlich nützlich sein. Lasst uns zu Baltor gehen, um ihn von unserem Aufbruch in Kenntnis zu setzen. Vielleicht hilft er bei der Flucht.«

Ohne weitere Zeit zu verlieren, verlassen wir den Übungsplatz und gehen zurück in die Zwergenstadt, zu dem Clangebäude, um mit Baltor zu sprechen. Die Wachen am Eingang lassen uns ohne Weiteres passieren und wir betreten die Eingangshalle.

»Was verschafft mir die Ehre Eures Besuches?«, begrüßt uns Baltor, als wir vor seinem Thron stehen. Er schaut Zaron und mich freundlich an, für Reyvan hat er jedoch nur einen skeptischen Blick übrig.

»Entschuldigt bitte, dass wir ohne Voranmeldung zu Euch kommen«, übernimmt Zaron das Wort. »Aber wir haben erfahren, dass Magier in dem Eisgipfelgebirge gesichtet wurden.«

»Das ist wahr.« Baltor sieht uns forschend an. »Woher wisst Ihr davon? Ich selbst habe die Kunde erst vor wenigen Minuten erhalten.«

»Eure Wachen haben es mir verraten«, erklärt Reyvan und ich vermeine, einen Hauch von Selbstgefälligkeit in seinen Augen aufblitzen zu sehen. »Wir sind in den zwei Wochen zu guten … Freunden geworden.«

Baltor scheint verärgert zu sein. »Ich weiß zwar nicht, worauf Ihr damit anspielen wollt, Elf, aber ich werde mit meinen Wachen wohl ein ernstes Wort sprechen müssen. Es ist unentschuldbar, dass andere Personen vor mir über solche Dinge in Kenntnis gesetzt werden.«

»Entschuldigt bitte die vorlaute Zunge meines Begleiters«, knurrt Zaron mit einem ärgerlichen Seitenblick auf Reyvan, der diesen unschuldig erwidert. »Aber der Grund unseres Besuches ist, dass wir Euch informieren wollten, dass wir morgen früh aufbrechen werden. Wir bedanken uns für Eure Gastfreundschaft.«

Baltor neigt sein Haupt ein wenig. »Der Dank über Euren Besuch ist ganz auf meiner Seite.« Es klingt eher nach einer Floskel als nach herzlichen Worten. »Wenn Ihr noch etwas benötigt, sagt es mir bitte. Ansonsten wünsche ich Euch eine gute Reise. Möge Nanos über Euren Weg wachen.«

»Da ist tatsächlich noch etwas«, sagt Zaron vorsichtig. »Wir werden nicht denselben Weg nehmen können, den wir hergekommen sind. Dann würden wir in die Eisgipfel zurückkehren und womöglich unseren Verfolgern direkt in die Arme laufen. Ich weiß, dass es hier Stollen gibt, die bis nach Heystedt reichen.«

Ich sehe ihn überrascht an. Heystedt liegt am Meer. Wie kann ein Stollen so lang sein, dass er bis dorthin reicht? Das würde ja bedeuten, dass wir mehrere Tage, wenn nicht Wochen, durch das Gebirge wandern könnten, ohne an die Oberfläche zu müssen.

Baltor nickt. »Es gibt allerdings solche Stollen. Worum bittet Ihr mich also?«

»Soweit ich informiert bin, ist es nur Zwergen möglich, die Wege dieser Stollen zu durchwandern. Jedes andere Wesen würde sich in dem Labyrinth an Gängen hoffnungslos verirren. Daher bitte ich Euch, dass Ihr uns Ogrem als Führer mitgebt. Ohne ihn werden wir Heystedt nicht erreichen können.«

Das Clanoberhaupt sieht ihn nachdenklich an. »Euer Wunsch ist nachvollziehbar. Trotzdem kann ich ihn nicht von mir aus erfüllen. Wie Ihr wisst, hat Ogrem eine große Familie, Frau und Kinder. Er muss selbst entscheiden, ob er die Gefahren auf sich nehmen will, die zweifellos mit einer solchen Reise verbunden sind. Fragt ihn. Wenn er zustimmt, soll er Euer Führer sein. Wenn nicht, werdet Ihr denselben Weg zurückgehen, den Ihr gekommen seid. Kehrt zu mir zurück und sagt mir, welche Route Ihr wählen werdet.«

Zaron nickt und wir verabschieden uns.

Als wir draußen sind, wendet sich Reyvan an den Schwarzmagier. »Wirst du diesen starrköpfigen Zwerg dazu überreden können, mit uns zu kommen?«

»Sprich nicht so von meinem Freund«, erwidert Zaron streng. »Ich werde mein Bestes versuchen. Allerdings müssen wir ihm eine Belohnung in Aussicht stellen. Umsonst wird er uns nicht helfen.«

Wir überlegen eine Weile.

»Wir haben leider zu wenig Gold, oder?«, frage ich.

»Zwerge haben ohnehin genug Reichtum«, antwortet Zaron. »Er wird also nicht wegen Gold diese gefährliche Reise antreten.«

»Hm, was können wir ihm denn geben? Wir besitzen ja selbst nicht viel.« Ich spüre, wie sich Verzweiflung in mir ausbreitet.

»Lasst ihn uns selbst fragen«, schlägt Reyvan vor. »Er wird bestimmt etwas wissen, das es ihm wert ist, uns durch diese stickigen Gänge zu führen.«

Zaron nickt nach kurzem Zögern. »In Ordnung. Gehen wir zu ihm.«

28

Alia

Zaron führt uns durch die Zwergenstadt zu dem Haus von Ogrem, das in der vierundzwanzigsten Ebene liegt. Glücklicherweise ist er gerade zu Hause beim Mittagessen, als wir anklopfen. Ebenso gut hätte er wieder auf Patrouille in den Stollen sein können.

Er öffnet die mit Runen verzierte Holztür und führt uns nach einer knappen Begrüßung in sein Esszimmer. Sein Zuhause ist gemütlich eingerichtet, wie die meisten Räume, die ich bisher bei den Zwergen gesehen habe. Der Boden ist mit dicken Teppichen belegt, an den Wänden hängen Waffen und Bilder.

Die Decke des Esszimmers ist so niedrig, dass Zaron sich bücken muss, als wir hineingehen. Reyvan kann gerade so stehen, während ich selbst keine Probleme habe, da ich die Kleinste von uns bin.

Ich erkenne, dass Baltor mit der großen Familie nicht übertrieben hat. Am hölzernen Esstisch sitzen etwa zehn kleine Zwergenkinder und eine Zwergin, die wahrscheinlich Ogrems

Frau ist. Sie alle sehen uns neugierig und einige davon auch ängstlich an. Schüsseln mit dampfendem Essen sind über den gesamten Tisch verteilt. Sie verbreiten einen herrlichen Duft, der meinen Magen leise knurren lässt.

»Was wollt Ihr von mir?«, fragt Ogrem.

»Wir sind hier, um dich um etwas zu bitten«, erklärt Zaron.

»Komm zum Punkt, ich will nicht, dass mein Essen kalt wird«, entgegnet der Zwerg brummig.

»Wir werden morgen aufbrechen und wollten dich fragen, ob du uns nach Heystedt durch die Stollen führst«, spricht Zaron geradeheraus. »Wir wissen, dass das eine lange und gefährliche Reise ist. Und wir entschädigen dich entsprechend.«

Ogrems Frau holt entsetzt Luft und sieht ihren Mann angstvoll an. Aber dieser fährt sich nur mit einem Finger über das Kinn und lässt den Blick nachdenklich auf Zaron ruhen. »Ihr wollt also in die Weststollen, in die ›dunklen Wege‹«, murmelt er nach einer Weile. »Ich war schon länger nicht mehr dort. Hab gehört, dort gibt es inzwischen einige ungebetene Gäste, da wir Zwerge diese Wege kaum noch nutzen. Weißt du, was du da von mir verlangst, Zaron?«

Dieser nickt. »Ja, ich weiß. Und ich weiß auch, dass es nicht selbstverständlich ist, wenn du mit uns kommst. Trotzdem bitte ich dich darum. Wir werden vom Zirkel verfolgt, die Magier sind bereits im Eisgipfelgebirge. Und wir müssen hier weg.«

»Die Magier sind bereits hier?!«, ruft Ogrem mit donnernder Stimme.

Seine Kinder beginnen zu weinen und seine Frau hat alle Hände damit zu tun, sie wieder zu beruhigen. Sie wirft Ogrem einen bösen Blick zu.

»Kommt, gehen wir raus. Meine Familie muss das nicht alles mit anhören.« Wir folgen ihm wieder nach draußen, wo er sich –

nachdem er die Tür hinter uns geschlossen hat – an Zaron wendet. »Du hast von einer Belohnung gesprochen. Wie sähe die aus?«

»Wir können dir Gold bieten«, meint dieser mit vor der Brust verschränkten Armen. »Allerdings glaube ich nicht, dass du das nötig hast. Daher wollten wir dich fragen, was du von uns verlangst, um uns durch die dunklen Wege zu führen.«

»Hm, wenn ich es mir so überlege …« Er schaut uns der Reihe nach an. »… dann wüsste ich da schon ein paar Dinge, die mich vielleicht überzeugen können.« Sein Blick bleibt an Reyvan hängen und seine Augen blitzen. »Der Elf muss für mich singen und tanzen.«

»Wie bitte?! Das kann nicht Euer Ernst sein!« Reyvan sieht ihn entgeistert an und ich versuche, ein Kichern zu unterdrücken.

»Und ob, das ist mein voller Ernst!« Der Zwerg verschränkt die Arme vor der Brust. »Wenn Ihr mich als Führer dabeihaben wollt, dann tanzt und singt Ihr für mich. Ansonsten macht, dass Ihr davonkommt, und kehrt nie wieder hierher zurück!«

»Komm, Rey, gib dir einen Ruck«, versuche ich den Elfen mit möglichst ernster Miene zu überzeugen, obwohl Belustigung in meiner Stimme mitschwingt. »Es sind doch nur ein Lied und ein Tanz.«

»Ich bin kein Tanzbär!«, faucht Reyvan aufgebracht.

»Das lasst mich entscheiden!« Ein amüsiertes Grinsen spielt um Ogrems Mund, der von dem rotblonden Schnauzer halb verdeckt ist.

»Bitte, Rey.« Ich kann ein Schmunzeln nun nicht mehr unterdrücken, was Reyvan mit einem Schnauben kommentiert. »Tu es uns zuliebe. Wir können nicht wieder denselben Weg zurück nehmen. Dann würden wir den Magiern direkt in die Arme laufen.«

Er funkelt mich an. »Alia, noch nie hat ein Elf sich dazu erniedrigt, vor einem Zwerg zu singen! Wir lieben zwar Gesang und Tanz, aber wir teilen dies niemals mit diesem Pack! Du weißt nicht, was du von mir verlangst!« Anscheinend ist er wirklich aufgebracht über Ogrems Wunsch.

»Bitte … ich werde dich auch dafür … entschädigen.« Ich lege ihm eine Hand auf die Schulter und bringe meinen Mund nahe an sein Ohr. »Du wolltest doch schon immer …« Der Rest meines Vorschlages bleibt zwischen uns.

Das scheint ihn umzustimmen, denn er rückt etwas von mir ab und sieht mich halb überrascht, halb belustigt an. »Cíara, ich wusste gar nicht, dass du über einen solchen Wortschatz verfügst.« Das Lächeln, das um seinen Mund spielt, ist für einen kurzen Moment anzüglich und seine Augen funkeln, ehe seine Miene wieder ernst wird. »Also gut, ich tue es dir zuliebe. Aber wehe, ich werde von einem von Euch jemals auf diese Erniedrigung angesprochen! Den werde ich vermöbeln! Selbst wenn du es bist, Alia.« Ein warnender Unterton ist in seiner Stimme zu hören.

»Ich danke dir, Rey.« Ich lächle und gebe ihm einen Kuss auf die Wange.

»Dann lasst es uns hinter uns bringen.« Reyvan holt Luft, um zu singen.

»Oh nein, nicht so schnell«, unterbricht ihn Ogrem. »Ihr werdet nicht nur vor mir singen, sondern mitten auf dem Versammlungsplatz. Und zwar heute Abend, wenn möglichst viele Zwerge es vernommen haben.«

Reyvan zückt so rasch sein Messer, dass ich die Bewegung kaum mitbekomme. Bevor einer von uns reagieren kann, hält er dem Zwerg die Klinge an die Kehle.

»Übertreibt es nicht mit Euren Wünschen, Zwerg!«, knurrt er. »Entweder ich mache mich jetzt gleich für Euch zum Affen oder gar nicht! Es ist mir absolut gleichgültig, wenn wir gegen die Magier kämpfen müssen. Das mache ich tausendmal lieber, als vor einer ganzen Zwergenversammlung zu tanzen!«

Ogrem sieht in Reyvans flammendem Blick, dass es ihm todernst ist. »Also gut, also gut«, brummt er und hebt beschwichtigend die Hände. »Dann werdet Ihr eben gleich hier und jetzt singen. Soll mir reichen.«

Langsam nimmt Reyvan die Klinge von Ogrems Kehle und steckt sie wieder ein. Dann schaut er mich an und sein Blick wird weicher. »Cíara, dieses Lied soll für dich sein. Es ist ein Volkslied der Elfen.« Er erhebt seine Stimme, während sein geschmeidiger Körper mit einem Tanz beginnt, wie ich ihn noch nie gesehen habe.

Das Lied, das er singt, hat eine wunderschöne Melodie und ich bin vom ersten Moment von seiner samtenen Stimme gefesselt.

Schön wie die Nacht, hell wie das Licht
Blau wie der See ihre Augen sind
Erregung fühlt, wer sie erblickt
Das wunderschöne Elfenkind

Einst hatte er sich selbst geschworen
Nie wieder sein Herz aufzutun
Doch dann wurde er in ihm geboren
Der Samen Liebe zu Beyrun

Beyrun, die herrlich Schöne
Wie gern er sie von hinten nahm
Und wie er liebte ihr Gestöhne
Wenn sie schrie und für ihn kam

Ihre Brüste, fest und rund
Zarte Haut, ihr Lächeln breit

Wenn sie mit ihrem heißen Mund
Lutschte an seiner Männ…

»Genug, genug!«, ruft Ogrem in dem Moment. »Da wird einem ja übel! Ihr Elfen seid ein versautes Volk!«

»Aber der beste Teil kommt doch erst noch …« Reyvan grinst.

»Nein, ich will es gar nicht hören!« Der Zwerg hält sich die Ohren zu und kneift die Augen zusammen.

Ich kann ein Kichern nicht unterdrücken und auch Zaron schmunzelt über Ogrems Entsetzen. Er wird sich in Zukunft wahrscheinlich zweimal überlegen, ob er einen Elfen dazu auffordert, für ihn zu singen.

»Dann ist meine Aufgabe hiermit erfüllt.« Reyvans verschlagenes Grinsen will ihm gar nicht mehr aus dem Gesicht weichen. »Ihr werdet uns also durch die dunklen Wege führen.«

»Ich stehe zu meinem Wort«, grollt Ogrem widerwillig. »Wann brechen wir auf?«

»Morgen früh. Wir werden alles Notwendige vorbereiten«, sagt Zaron, bevor wir uns von dem Zwerg verabschieden.

Als er in seinem Haus verschwunden ist, wendet sich Zaron an Reyvan. »Das war unüberlegt«, tadelt er ihn. »Ogrem hätte ebenso gut sein Wort zurückziehen können.«

»Und damit zugeben, dass die Zwerge noch verklemmter sind, als wir Elfen glauben?« Reyvan schüttelt schmunzelnd den Kopf. »Nein, Zaron. Das hätte er nie getan.«

»Wie auch immer … lasst uns die restliche Zeit dazu nutzen, alles zu besorgen, was wir für unsere Reise brauchen«, beschließt Zaron, ohne weiter auf das Thema einzugehen. »Kümmert ihr beiden euch um Proviant, Kleidung und Waffen. Ich werde die restliche Ausrüstung besorgen und zu Baltor gehen, um ihm mitzuteilen, dass Ogrem uns durch die Weststollen führt. Wir treffen uns in drei Stunden zum Abendessen in der Schenke ›Zum schmatzenden Eber‹, um zu besprechen, was wir sonst noch benötigen.«

»In Ordnung«, sagt Reyvan und ergreift meine Hand. »Dann sehen wir uns später. Komm, Cíara, wir gehen auf den Zwergenmarkt. Da warst du bisher noch nicht, oder?«

Ich schüttle den Kopf und folge ihm zu einem der Aufzüge, der uns in die zweite Ebene führt, an der ich bis jetzt nur vorbeigefahren bin.

Es erstaunt mich, dass mir nicht aufgefallen ist, wie groß diese Ebene ist. Einige Felsvorsprünge scheinen sich in der Mitte der gewaltigen Höhle fast miteinander zu verbinden und breite Brücken wurden von einem Vorsprung zum anderen gebaut. Auf jeder der Felsenplatten herrscht geschäftiges Treiben. Mehrere Stände mit Verkäufern befinden sich hier, die alle möglichen Waren anpreisen.

Einige der Ablagen wurden aus Stein erbaut, andere wiederum bestehen aus einfachen Holzgerüsten. Aber jeder der Händler versucht, seinen Stand besonders hervorzuheben. Viele von ihnen haben mannshohe Felsbrocken neben den Verkaufsflächen stehen, in die sie die aktuellen Angebote und deren Preise gemeißelt haben. Andere wiederum versuchen, mit Kristallen ihren Verkaufsstand so zu beleuchten, dass die exklusivsten Waren hervorgehoben werden.

An mehreren Tischen werden Glücksspiele angeboten und einige der Zwerge dort winken Reyvan zu, während wir vorbeigehen.

Wir schlendern über den Markt und ich sehe mich staunend um.

»Wir haben drei Stunden Zeit, Cíara.« Reyvan nimmt meine Hand. »Lass uns zuerst neue Reisekleider kaufen. Inzwischen wird es tiefer Winter in Heystedt sein und damit noch kälter als vor zwei Wochen.«

Wir halten an einem Stand an, wo ein Verkäufer Pelzmäntel und Wollkleider anpreist.

»Such dir etwas Schönes aus.« Reyvan klimpert mit seinem Geldbeutel, der prall gefüllt ist. »Ich hab in den letzten Tagen genug Gold verdient, um dir alle Wünsche zu erfüllen – nun ja, fast alle.« Er zwinkert mir zu.

Ich muss an das Lied denken und spüre, wie meine Wangen warm werden. Das, was ich ihm dafür versprochen habe, wird er bestimmt heute noch einlösen wollen.

Nachdem wir uns warme Kleider gekauft haben, gehen wir weiter zu einem Lederschneider, der unter anderem Rucksäcke im Angebot hat. Reyvans Rucksack ist reichlich mitgenommen und ich habe meinen ja bei dem Sturz vor knapp zwei Wochen verloren. Außerdem kaufen wir einen dritten für Zaron.

Danach geht es weiter zu einem Händler, der lang haltbare Lebensmittel verkauft. Wir decken uns mit Nüssen, getrockneten Früchten und geräuchertem Fleisch ein. Zudem kaufen wir einen großen Salzstein sowie Gewürze, die mir unbekannt sind, auf die Reyvan aber nicht verzichten will.

Ein weiterer Stand bietet allerlei Tränke an, die in kleine Ampullen abgefüllt worden sind. Ich entdecke eine Flüssigkeit, die jener gleicht, welche mir Zaron nach dem Ritual im Vulkan gegeben hat und die meine Schmerzen linderte. Da jedoch weder Reyvan noch ich genau wissen, wozu diese einzelnen Ampullen gut sind, und der Händler auch noch horrende Preise dafür verlangt, lassen wir die Finger davon.

Als ich Reyvan nach unserer Trinkverpflegung frage, zuckt er mit den Schultern. »Zaron wird schon genügend Wein dabeihaben. Alles andere hält sich nicht sonderlich lange. Wir werden aber trotzdem noch einen großen Wasserschlauch kaufen. Außerdem Pfeil und Bogen für dich, die hast du ja bei deinem Sturz ebenfalls verloren.«

»Ich kann nicht besonders gut damit umgehen«, erkläre ich bei der Erinnerung, wie ich mich beim Pfeilbogentraining in der Schule immer angestellt habe.

Reyvan lächelt mich breit an. »Oh, und ob du das kannst, Cíara. Jetzt verfügst du über Luftmagie, das heißt, du kannst dem Pfeil Befehle erteilen. Ich werde es dir unterwegs zeigen.«

»In Ordnung, wenn du es sagst …« Überzeugt bin ich noch nicht, dass ich nun plötzlich eine Meisterschützin werden kann.

Wir machen uns auf den Weg zu einem Waffenhändler und finden bald auf einer anderen Felsenplattform einen, dessen Waffen unter Reyvans Kennerblick bestehen. Er sucht einen Bogen aus, der mit einer Menge Runen beschriftet ist.

»Das ist ein Langbogen«, erklärt er mir. »Der ist um Welten besser als jener, den ich bisher hatte. Und auch du solltest einen für dich nehmen.« Er betrachtet eingehend die Runen. »Was hat es damit auf sich?«, fragt er den Händler, der uns interessiert beobachtet.

»Dieser Bogen, mein edler Herr, ist ein Kompositbogen. Das heißt, er ist aus mehreren Materialien hergestellt und sehr aufwendig gearbeitet. Die Runen bewirken, dass Ihr damit schneller schießen könnt. Zudem entzünden sich Eure Pfeile automatisch, ohne dass Ihr Magie wirken müsst.«

»Hm, interessant.« Reyvan wiegt die Waffe in seinen Händen und spannt die Sehne etwas. »Ein Bogen, der Feuerpfeile abschießt … wie viel kostet er?«

»Eigentlich würde ich für diesen Bogen fünfzig Goldstücke verlangen. Aber ich mache Euch einen guten Preis, wenn ihr zwei davon kaufen wollt. Dann kosten beide zusammen neunzig Goldstücke.«

»Wie bitte?!« Reyvan lässt empört den Bogen sinken. »Ihr wollt mir tatsächlich einen Bogen für fünfundvierzig Goldstücke verkaufen? Das kann nicht Euer Ernst sein. Ich bezahle fünfzig Gold für beide Bögen. Und keinen Silberling mehr!«

Der Zwerg hebt flehend die Hände. »Bitte, mein Herr, das könnt Ihr mir nicht antun! Ich habe Frau und Kinder! Die muss ich ernähren. Sechzig Gold, und sie sollen Euch gehören.«

Reyvan zieht die Augenbrauen zusammen und mustert den Zwerg. »Also gut, wie viele Kinder habt Ihr denn?«

»Fünf, mein Herr.«

»Dann bezahle ich für jedes der Kinder ein Goldstück zusätzlich«, beschließt Reyvan. »Das macht dann fünfundfünfzig Gold. Und falls Ihr dieses Angebot nicht annehmt, suchen wir uns einen Waffenschmied, der enthaltsam lebt und keine Kinder in die Welt setzt, die er nicht ernähren kann.«

»Ihr werdet keinen besseren finden als mich, mein Herr!«, beeilt sich der Händler zu sagen. »Also gut, noch ein Goldstück für meine Frau und wir sind im Geschäft.«

»Bekomme ich sie dann mit dazu – Eure Frau?«, fragt Reyvan mit einem schiefen Lächeln.

Der Zwerg schlägt entsetzt die Hände über dem Kopf zusammen. »Wo denkt Ihr denn hin? Genügt Euch diese Schönheit an Eurer Seite etwa nicht?«

»Das war ein Scherz …« Reyvan verdreht genervt die Augen. »Also gut, ich will mir ja nicht anhören müssen, ich ließe Zwerge verhungern – sechsundfünfzig Goldstücke und je zwanzig Pfeile dazu.«

»Ihr macht mich noch zum Bettler, mein Herr.« Auch wenn seine Stimme kläglich klingt, die Augen des Händlers strahlen.

Als wir den Stand verlassen, sehe ich Reyvan von der Seite her an. »Der hätte dir den Bogen auch für die Hälfte verkauft, oder? So wie seine Augen geleuchtet haben?«

Der Elf schmunzelt und wirft mir einen verschwörerischen Blick zu. »Ja, das hätte er bestimmt. Aber dann hätte ich ein schlechtes Gewissen gehabt, dass ich mir noch diesen Dolch hier … ausgeliehen habe.«

Er zieht unter seinem Lederwams einen silbernen Dolch hervor, dessen Knauf ebenfalls mit Runen verziert ist. Die Klinge leuchtet wie flüssiges Eis.

»Rey! Du hast ihn bestohlen?«, rufe ich entsetzt.

Ich habe nicht einmal bemerkt, wie er ihn eingesteckt hat, obwohl ich die ganze Zeit neben ihm stand.

Er lässt den Dolch wieder verschwinden und hält mir einen Finger an die Lippen. »Schhh, nicht so laut, Cíara. Und nein, er hätte *uns* bestohlen, wenn ich diesen Dolch nicht mitgenommen hätte.« Sein Blick wird eindringlich. »Zusammen mit dem Bogen und den Pfeilen haben wir nun wirklich das Geld bezahlt, das die drei Waffen auch wert sind. Und er geht mit einem guten Gefühl ins Bett – nun ja, zumindest bis er den Verlust des Dolches bemerkt.« Ein verschlagenes Grinsen legt sich auf seine Lippen, ehe er mir einen raschen Kuss auf die Wange drückt. »Ich bin schon gespannt, was diese Waffe alles kann.«

»Rey … du kennst wohl keine Moral, was?«

»Oh doch, die kenne ich. Aber nicht den Zwergen gegenüber.« Er gibt mir einen sanften Klaps auf mein Hinterteil. »Komm, Cíara, wir bringen alles in unser Quartier – dort hast du sowieso noch deine Schuld zu begleichen … die Zeit dafür sollte gerade noch reichen.«

29

Alia

Wir kommen ein bisschen verspätet in den ›schmatzenden Eber‹. Zaron ist schon dort und nippt ungeduldig an einem Bier, das vor ihm steht. Er hat einen Tisch ganz hinten im Schankraum ausgewählt.

Der Raum ist nicht gerade groß und es gibt nur zehn Tische. Der Tür gegenüber befindet sich die Theke, hinter welcher der Wirt steht und Gläser mit einem schmutzigen Tuch poliert. Es ist düster, nur die Kerzen, die auf den Tischen stehen, verbreiten schummriges Licht. Zudem riecht es nach Alkohol, Urin und abgestandenem Bratfett.

Ich bin froh, dass direkt hinter Zarons Sitzplatz das einzige Fenster dieser Schänke offen steht, durch dessen rußige Gläser ein wenig frische Luft hereindringt. Außer uns gibt es noch etwa zwanzig Gäste, deren Gespräche den Raum erfüllen.

Wir gesellen uns zu dem Schwarzmagier und bestellen ebenfalls ein Bier. Bisher habe ich meist Eiswein oder Wasser getrunken, stelle aber fest, dass auch das Bier der Zwerge hervorragend ist. Zusätzlich ordern wir etwas zu essen, das, als es endlich kommt, besser schmeckt, als es aussieht.

»Und, habt ihr alles gefunden, was wir brauchen?«, fragt Zaron.

»Ja, das haben wir«, erwidere ich. »Und wir haben sogar neue Bögen besorgt.«

Zaron greift nach seinem Bier und nimmt einen großen Schluck, ehe er sich mit dem Handrücken über den Mund fährt und die Reste des Schaums von seinem Dreitagebart wischt. »Sehr gut. Ich habe für uns Decken, Ölumhänge, Laternen, Seile, Fackeln, ein Kochgeschirrset und noch ein paar andere Kleinigkeiten gekauft, die uns nützlich sein werden.« Seine dunklen Augen verengen sich ein wenig. »Pferde habe ich keine gekauft, denn wir werden erst in Heystedt welche benötigen. Mein Maultier lasse ich hier bei Ogrems Familie. Sie werden darauf aufpassen, bis ich wieder da bin.«

»Du willst hierher zurückkehren?«, entfährt es mir erstaunt.

Bisher hatte ich noch gar nicht darüber nachgedacht, was nach unserer Flucht vor den Zirkelmagiern passieren wird. Es war nur wichtig gewesen, von hier wegzukommen.

Zaron nickt und seine Miene ist undurchsichtig, als er mir antwortet. »Ja. Ich werde dich nur so lange begleiten, wie es die Prophezeiung – das Gedicht deiner Mutter – vorsieht. Dann kehre ich zurück. Ich habe mich an das Leben hier gewöhnt und in den Eiswäldern konnte ich so etwas wie Frieden finden. Zudem – viele andere Alternativen habe ich ohnehin nicht.«

Ich würde ihm gerne vorschlagen, dass er mit uns weiterreisen kann, bin aber nicht sicher, was Reyvan davon hält.

»Aber … ich weiß nicht, wann das Gedicht dich nicht mehr in meinem Leben vorsieht«, werfe ich in einem schwachen Versuch ein, Zaron dazu zu bewegen, bei uns zu bleiben.

»Das weiß keiner von uns.« Er streicht sich ein paar Strähnen aus dem Gesicht und sein Blick ruht kurz auf seinem Bier, ehe er ihn wieder hebt. »Trotzdem – wenn sich der Inhalt des Gedichtes erfüllt hat, werden sich unsere Wege trennen. Du wirst dann ohnehin mit dem Elfen zusammen dein eigenes Leben führen wollen, nehme ich an.«

Ich wechsle mit Reyvan einen Blick. Wir hatten uns zwar schon einmal darüber unterhalten, dass wir irgendwo zusammenleben wollen, aber so konkret war das nicht. Ich hatte bisher noch nie zu hoffen gewagt, dass wir irgendwann gefahrlos leben können … ohne Furcht vor dem magischen Zirkel … und dass ich Reyvan vielleicht sogar meinen Eltern vorstellen kann – falls wir uns jemals zurück nach Lormir wagen.

Außerdem … die Vorstellung, Zaron für immer zu verlassen, stimmt mich traurig. Er ist mir in den letzten Wochen sehr ans Herz gewachsen und beim Gedanken an unsere Stunden bei den Eisreben spüre ich immer noch ein Kribbeln im Bauch, auch wenn er seither keine weiteren Annäherungsversuche unternommen hat. Er scheint zu akzeptieren, dass ich mich für Reyvan entschieden habe. Trotzdem ist er ein Freund geworden, den ich sehr schätze. Nicht nur wegen seiner Klugheit und seines Wissens, sondern auch wegen … wegen eines Gefühls, das sich in mir regt. Einem Gefühl, dem ich ganz und gar nicht traue.

»Wir können Zaron ja irgendwann mal besuchen.« Reyvan nimmt meine Hand in seine.

»Ja, aber noch ist es nicht so weit, dass sich unsere Wege trennen«, erwidert Zaron und sein Blick ruht sanft auf mir. »Lasst uns vorerst einmal planen, wie wir zu dem Meer kommen. Danach müssen wir überlegen, wie wir *auf* das Meer kommen – sprich auf ein Schiff gelangen.«

»Und wohin werden wir dann fahren?«, will ich wissen.

»Das wird uns bestimmt dein oberschlaues Kästchen verraten.« Reyvan lächelt.

»Wer ist hier oberschlau?«, brummt in dem Moment eine tiefe Stimme.

»Ich habe Ogrem eingeladen, sich uns beim Abendessen anzuschließen«, erklärt Zaron und bedeutet dem Zwerg, sich zu setzen. »Wir haben noch einiges zu besprechen und er sollte mit dabei sein, da er sich in den Bergen und den Stollen am besten auskennt.«

»Aber klar doch, setzt Euch, Zwerg, und leistet uns Gesellschaft«, meint Reyvan, der seinem spöttischen Ton nach zu urteilen, Ogrem noch nicht verziehen hat, dass dieser ihn bloßstellen wollte.

»Wie freundlich von Euch, Elf«, poltert Ogrem und nimmt neben Zaron, mir gegenüber, Platz. »Wirt, ein Bier!«, ruft er zu der Theke. Der Wirt beeilt sich, ihm sein Getränk zu bringen. »Und, worüber habt Ihr Euch gerade unterhalten?« Der Zwerg nimmt einen großen Schluck aus dem Becher. Der Schaum bleibt ihm in seinem Schnauzer hängen und er wischt ihn mit dem Ärmel weg.

»Darüber, wohin wir nach den dunklen Wegen gehen werden«, antwortet Zaron.

»Wohin wollt Ihr denn?« Er sieht seinen Freund neugierig an.

»Zum Meer«, erwidert Zaron. »Wir müssen in Heystedt wahrscheinlich auf ein Schiff.«

Der Zwerg zuckt mit den Schultern. »Das soll nicht mein Problem sein – ich bringe Euch nur bis zum Ausgang der Weststollen.« Er genehmigt sich abermals einen Schluck Bier.

»Und *wie* Ihr uns dorthin bringen werdet«, brummt Reyvan leise vor sich hin.

»Was habt Ihr gesagt, Elf?« Ogrem hebt eine Augenbraue.

»Ich?« Reyvan sieht ihn an und macht dann eine wegwerfende Handbewegung. »Ach, ich hab mich nur an meinem Bier verschluckt. Das schmeckt aber auch scheußlich …!«

Ogrems Gesicht verfinstert sich. »Wollt Ihr etwa sagen, dass das Bier schlecht ist? Nehmt das zurück! Zwergenbier ist nie schlecht! Das hier ist sogar über die Grenzen von Lormir bekannt!« Er steht wütend auf und stützt beide Fäuste auf dem Tisch ab.

Trotzdem ist er nicht größer als Zaron, der neben ihm sitzt und ihm nun beruhigend eine Hand auf die Schulter legt. »Ogrem, der Elf hat das bestimmt nicht so gemeint, oder, Reyvan?« Er wirft dem Elfen einen eindringlichen Blick zu.

Reyvan holt tief Luft und seufzt. »Natürlich nicht … Ihr versteht wirklich keinen Spaß, Zwerg.«

»Oh doch, aber Ihr Elfen scheint eine spezielle Art von Humor zu besitzen«, brummt Ogrem und setzt sich wieder hin.

»Also, um zu unserer Planung zurückzukommen«, greift Zaron den Faden wieder auf. »Ogrem, brauchen wir noch etwas für die dunklen Wege?«

»Wichtig ist vor allem genügend Trinkwasser«, antwortet der Zwerg. »Die ersten vier Tage werden wir keine Gelegenheit haben, an Wasser zu kommen. Danach gelangen wir an einen Höhlensee, wo wir die Vorräte wieder auffüllen können.«

»Dafür haben wir gesorgt«, werfe ich ein. »Wir haben für jeden von uns einen großen Wasserschlauch gekauft.«

Ogrem sieht mich stirnrunzelnd an. »Ein Wasserschlauch wird knapp werden. Ich nehme noch vier weitere mit.«

»In Ordnung«, sagt Zaron. »Dann wäre das also geklärt. Fackeln, Laternen und so weiter haben wir. Aber wir können ja die meiste Zeit selbst für Licht sorgen.«

»Nein, Licht ist eine ganz schlechte Idee«, erwidert Ogrem und hebt belehrend den Zeigefinger. »Nicht umsonst heißen die dunklen Wege *dunkle* Wege.«

»Aber – ohne Licht werden wir nichts sehen können«, bemerke ich mit einem Anflug von Panik in der Stimme.

Ich hasse Dunkelheit.

»Doch, werden wir.« Ogrem nickt. »Ich habe spezielle Schattengläser, die wir aufsetzen können. Damit erkennt man die Umrisse in der Dunkelheit.«

Wir schauen ihn alle verständnislos an.

»Schattengläser? Du meist so eine Art Monokel?« Zaron scheint auch nicht zu wissen, wovon der Zwerg spricht.

»Ja, genau. Habt Ihr noch nie welche gesehen?« Ogrem wirft uns einen ungläubigen Blick zu. Wir schütteln die Köpfe. »Aber … wie kann das denn sein? Bei uns Zwergen sind sie weit verbreitet.«

»Wir können nicht alle so intelligent, klein und haarig sein wie Ihr«, bemerkt Reyvan spitz.

Sofort hat er wieder Ogrems ungeteilte Aufmerksamkeit. »Wollt Ihr uns Zwerge etwa beleidigen?«

»Jetzt hört doch endlich auf damit, alle beide«, knurre ich und ernte überraschte Blicke von den drei Männern. Aber das Gezanke nervt mich so sehr, dass ich kein Problem damit habe, im Mittelpunkt zu stehen. »Wir müssen eine Reise planen«, fahre ich mit energischer Stimme fort. »Da sind weder deine Kommentare, Rey, noch Eure, Ogrem, hilfreich!«

»Ich stimme Alia zu«, meint Zaron und sein Blick, den er mir zuwirft, ist irgendwie … anerkennend? »Wir werden die nächsten Wochen miteinander verbringen. In dieser Zeit solltet ihr zwei euch vertragen.«

Reyvan sieht mich stirnrunzelnd an und nickt schließlich. »Also gut, aber ich kann nichts versprechen. Wenn mich der Zwerg provoziert, werde ich nicht stillschweigend alles über mich ergehen lassen!«, knirscht er.

»Dasselbe gilt für mich!«, brummt Ogrem.

»Gut, dann wäre das geklärt. Keiner provoziert den anderen!«, hält Zaron fest. »Jetzt wieder zurück zu unserer Planung. Wir werden also solche Schattengläser aufsetzen müssen, um durch die dunklen Wege zu kommen?«

»Ja, das werden wir«, antwortet Ogrem. »Allerdings nicht für den gesamten Weg. Nur für den mittleren Teil, wo die Ungeheuer sind.«

»Ungeheuer?« Meine Stimme überschlägt sich fast.

»Ja, sicher«, antwortet Ogrem ruhig. »Was dachtet Ihr denn, warum wir Zwerge sie nicht mehr oft durchwandern?«

Ich starre mein Gegenüber mit offenem Mund an. »Ich ... äh ... Ungeheuer?«

»Jetzt mach dir mal nicht in dein Höschen, Cíara.« Reyvan legt den Arm um mich. »Du hast ja nun Zauberkräfte. Da werden sich die Monster zweimal überlegen, ob sie gegen dich antreten wollen.«

»Nun ja, bis auf die, die Magie von Weitem sehen und lahmlegen können«, erwidert Ogrem nüchtern.

»Ihr seid nicht gerade hilfreich im Beruhigen eines verängstigten Mädchens.« Reyvan wirft dem Zwerg einen bösen Blick zu.

»Mit was für Monstern müssen wir denn rechnen?«, unterbricht Zaron, bevor ein weiterer Streit ausbrechen kann.

»Ateren wird es mit großer Sicherheit geben«, wendet sich Ogrem ihm zu. »Wir versuchen seit Jahrhunderten, sie aus unseren Stollen zu vertreiben. Trotzdem scheint sich diese Brut unkontrolliert zu vermehren. Aber ich denke, sie werden sich nicht in unsere Nähe wagen, diese Feiglinge. Sobald sie einen Zwerg erblicken, nehmen sie Reißaus. Jedoch werden wir wahrscheinlich Korani begegnen.«

»Korani? Das klingt niedlich«, flachst Reyvan.

»Sind sie aber ganz und gar nicht!«, widerspricht Ogrem. »Sie sind die schlimmsten Bestien hier unten. Korani ist die Mehrzahl von Koranus, was so viel wie ›der Gehörnte‹ bedeutet. Diese Wesen sind von der Größe her mit Trollen zu vergleichen und haben zwei gewaltige Hörner auf ihrem Haupt, mit denen sie ihre Gegner mühelos aufspießen können.«

Ich schaudere, als in mir unvermittelt Bilder der Zirkeltage hochsteigen.

»Genug, Ihr verängstigt Alia nur noch mehr«, knurrt Reyvan finster.

»Nun ... Ihr müsst doch wissen, was auf Euch dort in den dunklen Wegen lauert«, entgegnet Ogrem unbeeindruckt von dem bösen Blick des Elfen.

»Also Korani und Ateren«, wiederholt Zaron. »Welche Monster gibt es sonst noch? Und vor allem: Welche können unsere Zauberkräfte beeinflussen?«

»Ah, eine gute Frage, Zaron!« Ogrem nimmt einen weiteren Schluck Bier, ehe er fortfährt. »Also, diejenigen Monster, die Eure Zauberkräfte lahmlegen können, heißen Meghul. Sie können Magie fühlen und durch ihre eigenen Zauber ein ganzes Gebiet davon säubern. Um diese Monster müssen wir einen großen Bogen machen. Denn ich nehme nicht an, dass Ihr gute Waffenkämpfer seid.«

»Ich weiß sehr wohl mit einer Waffe umzugehen und brauche keine Magie dazu«, bemerkt Reyvan. »Aber was Zaron und Alia betrifft, da habt Ihr vielleicht sogar recht.«

»Ich werde ohnehin so selten wie möglich Magie einsetzen«, erwidert Zaron. »Wenn ich das täte, würde ich euch schwächen und Xenos wüsste dann womöglich auch, dass schwarze Magie gewirkt wird. Daher werde ich es vorziehen, mit meinem Zweihänder zu kämpfen. Den beherrsche ich ebenso gut wie Kampfmagie. Ich habe mir einen Bidenhänder gekauft, der mit Feuerrunen versehen ist.«

Ogrem sieht mich an. »Dann bleibt also nur noch Ihr, die nicht kämpfen kann.«

Ich senke beschämt den Blick. »Nun ja, ich kann mit Pfeil und Bogen einigermaßen umgehen. Aber ich bezweifle, dass ich das ohne Magie hinbekomme.«

Wieder einmal fühle ich mich in die Zeit zurückversetzt, als ich noch eine Nehil war und ganz und gar nichts konnte. Aber wenn man mir meine Zauberkräfte nimmt, bin ich tatsächlich nicht fähig, mich zu wehren. Ich hoffe inbrünstig, dass wir keinem Meghul begegnen.

»Dann werdet Ihr Euch also zurückhalten, sollten wir auf Meghul treffen«, bestimmt Ogrem.

»Gibt es sonst noch Monster, denen wir besser nicht über den Weg laufen?«, fragt Zaron.

»Abgesehen von den Berggeistern … nein, keine.«

»Berggeister?« Ich bemühe mich, meine Stimme nicht ganz so ängstlich klingen zu lassen wie vorhin.

»Nun – ich selbst habe noch nie welche gesehen«, meint Ogrem schulterzuckend. »Aber unsere Stollenarbeiter behaupten, dass es sie gibt.«

Ich blicke ihn aufmerksam an. »Glaubt Ihr das denn auch?«

»Ich kann nichts bestätigen, was ich nicht mit eigenen Augen gesehen habe«, erwidert der Zwerg lapidar. »Aber wahrscheinlich ist da schon etwas dran.«

»Wie auch immer«, meldet sich Reyvan zu Wort. »Wir haben es also mit einer ganzen Palette von Monstern zu tun, die uns das Leben in den dunklen Wegen schwer machen können. Klingt nach Spaß!« Seinen Mundwinkel zieht er zynisch nach oben.

»Freut Euch nicht zu früh, Elf.« Ogrem wirft ihm einen stechenden Blick zu. »Ich habe Euch noch gar nichts von den Fallen erzählt.«

»Oje, das auch noch?« Jetzt lässt meine Selbstbeherrschung langsam zu wünschen übrig.

»Warum sollte es denn in den dunklen Wegen Fallen geben?«, will Zaron wissen.

Der Zwerg schaut ihn an. »Tja, wir haben versucht, die schlimmsten dieser Monster von uns fernzuhalten. Immerhin hat es bewirkt, dass sie nicht weiter in unsere Siedlungen eingedrungen sind. Daher haben wir die meisten der Fallen nicht entschärft.«

»Und was für Fallen sind das?«, fragt der Schwarzmagier weiter.

»Alles Mögliche: magische Fallen, Stolperfallen, getarnte Schächte, Fallgruben, Nagelbretter … such dir etwas aus.«

»Wisst Ihr denn, wo sich diese befinden?« Auch Reyvan scheint die Vorstellung, in irgendeine Zwergenfalle zu treten, zu beunruhigen.

Ogrem lehnt sich nach hinten und gibt dem Wirt ein Zeichen, dass sein Bier leer ist. »Die meisten von ihnen sind auf Plänen eingezeichnet, die wir mitnehmen werden.«

»Die meisten?« Reyvans Augenbrauen hüpfen in die Höhe. »Das sind ein paar zu wenig.«

»Tja, das bedeutet, dass wir vorsichtig sein werden, Elf!«, bemerkt Ogrem und nimmt sein neues Bier entgegen.

»Das werden wir wohl müssen.« Reyvan mustert den Zwerg mit einem abschätzigen Blick, den dieser böse kontert, während er einen weiteren Schluck trinkt.

»Dann haben wir die meisten Informationen, die wir brauchen«, unterbricht Zaron die beiden und wendet sich an Ogrem. »Müssen wir sonst noch etwas wissen? Ansonsten schlage ich vor, dass wir heute früh zu Bett gehen, um morgen noch vor Sonnenaufgang aufbrechen zu können.«

»Nein, sonst gibt es nichts mehr, was Ihr wissen müsstet über die dunklen Wege«, erwidert Ogrem. »Ich werde morgen die Karten, Schattengläser und das Wasser mitnehmen.« Er trinkt sein zweites Bier in einem Zug leer, steht auf und wirft einen letzten Blick in unsere Runde. »Dann also bis morgen früh!« Damit wendet er sich von uns ab und verlässt die Schenke.

Ich atme aus. In Gegenwart des Zwerges fühle ich mich immer etwas unbehaglich. Zudem ist die Anspannung zwischen Reyvan und Ogrem mit Händen zu greifen. Ich hoffe, dass sie im Verlauf unserer Reise besser miteinander auskommen werden.

»Komm, Cíara, gehen wir schlafen.« Reyvan steht ebenfalls auf. »Hier, Zaron – das sollte für uns alle reichen.« Er legt acht Silberstücke auf den Tisch.

»Das ist zu viel«, entgegnet Zaron, aber Reyvan hat sich bereits abgewandt und geht zur Tür.

»Kommst du, Cíara?«, fragt er, als er sich umdreht.

Ich werfe Zaron einen entschuldigenden Blick zu.

»Geh nur, Alia.« Der Schwarzmagier sieht mich mit seinen unergründlichen Augen von unten herauf an. »Wir sehen uns morgen.«

»Gut, bis morgen früh.« Ich folge Reyvan, der die Schenke bereits verlassen hat.

30

Zaron

Ich bleibe noch eine Weile sitzen und hänge meinen Gedanken nach. Die Vorstellung, mich noch weiter von dem Ort zu entfernen, den ich in den vergangenen Jahren als neues Zuhause akzeptiert habe, ist befremdlich. Und dennoch habe ich keine Sekunde gezögert, um meine Unterstützung Alia gegenüber erneut auszusprechen.

Beim Gedanken an das Mädchen mit den dunklen Augen und dem sanften Lächeln spüre ich, wie ich selbst lächle. Wenn auch nur innerlich.

Ich habe keine Ahnung, was sie mit mir anstellt, aber das Gefühl, das sie mir gibt, ist etwas, das ich nie wieder dachte, empfinden zu dürfen.

»Du bist ja immer noch hier«, erklingt eine Stimme vor mir und ich hebe den Blick von meinem leeren Bierkrug, den ich in den vergangenen Minuten angestarrt habe.

Ogrem steht vor mir und wirft einen Blick neben mich. »Ah, da ist sie ja!« Er greift nach einer kleinen Brosche, die ihm wohl aus der Tasche gefallen ist, als er sich vorhin neben mich setzte. »Das Geschenk für meine Jüngste, sie hat morgen Geburtstag und wenn ich schon nicht mit ihr feiern kann, möchte ich ihr das hier doch gerne noch vorher geben«, erklärt er unaufgefordert und steckt das Schmuckstück ein. Dann legt er den Kopf schief. »Du bist ja noch stiller als sonst, bedrückt dich etwas, mein Freund?«

Ich zucke mit den Schultern und lehne mich zurück, atme die Luft ein, die durch das Fenster hinter mir in die Schenke dringt. »Es ist nichts«, wiegle ich ab. »Geh zurück zu deiner Familie, die warten bestimmt schon mit dem Essen.«

Ogrem setzt sich mir gegenüber hin, auf den Stuhl, auf dem Reyvan zuvor noch saß. »Ist es wegen der Reise morgen?«, fragt er mit zusammengezogenen Augenbrauen.

Ich schüttle den Kopf, dann nicke ich. »Ja und nein. Ich habe einfach das Gefühl, dass ich nicht so rasch wieder hierher zurückkehre. Es ist … ach, wahrscheinlich mache ich mir einfach zu viele Gedanken.«

Ogrem grunzt leise und hebt dann die Hand, um den Wirt zu sich zu winken. »Noch ein Bier für meinen Freund und eines für mich.«

»Ich sollte auch schlafen gehen«, werfe ich dazwischen, aber Ogrem schlägt die Faust auf den Tisch.

»Du solltest vor allem eines: reden. Mit mir«, erwidert er. »Und das lässt sich am besten bei einem guten Schluck umsetzen, nicht wahr?«

Ich seufze und nicke dem Wirt dann zu, der neben dem Tisch gewartet hat. Es hat ohnehin keinen Sinn, Ogrem widersprechen zu wollen – der Zwerg kann sturer als mein Maulesel sein.

Seit er mir damals in den Eiswäldern das Leben gerettet hat, mischt er sich darin ein, als wäre es sein eigenes. Womöglich hat er ja sogar recht … ich hätte es weggeworfen damals.

»Also«, fährt er fort, als wir wieder volle Humpen vor uns stehen haben. »Dieses Gefühl – ist es eine Vorahnung oder so? Ihr Magier habt doch ab und zu solche Visionen, oder?«

Ich trinke einen Schluck und werfe ihm einen Blick zu. »Ich hatte noch nie Visionen oder Vorahnungen«, erwidere ich. »Daher nehme ich nicht an, dass es sich jetzt um eine handelt.«

»Keine Vorahnung also, hm, hm«, murmelt Ogrem. Dann wird sein Blick schärfer. »Willst du hierbleiben? Ich kann das Mädchen und den Elfen auch allein durch die ›dunklen Wege‹ schleusen.«

Ich schüttle energisch den Kopf. »Auf keinen Fall. Ich habe Alia versprochen, sie zu unterstützen, und das werde ich auch tun.«

»Sie bedeutet dir etwas, die Kleine«, trifft Ogrem ins Schwarze. »Aber jetzt mal im Ernst: Willst du dir das wirklich antun? Sie auf dieser Reise begleiten und dabei zusehen, wie dieser Elf mit ihr rumschäkert? Da kriegen ja die Ratten das Kotzen.«

»Ich begleite sie nur so lange, wie sie mich benötigt«, entgegne ich und weiche seinem Blick aus. »Danach trennen sich unsere Wege.«

»Und deine Melancholie steigt ins Unermessliche, während du dich wieder täglich betrinkst und versuchst, dir das Leben zu nehmen«, kommentiert Ogrem trocken.

Ich starre ihn verärgert an. »Ich habe nicht versucht, mir das Leben zu nehmen, ich habe …«

»Bloß deine Lebensjahre geopfert, um irgendwelche Albträume zu verscheuchen – ist doch ein und dasselbe«, meint der Zwerg schulterzuckend. »Wenn du mich fragst, solltest du um dieses Mädchen kämpfen und sie den Klauen des Elfen entreißen. Sie wäre mit dir tausendmal besser dran als mit ihm und das würde sie auch ziemlich rasch merken.«

Meine flache Hand fährt auf die Tischplatte herunter. »Das werde ich niemals tun«, erwidere ich mit fester Stimme. »Das letzte Mal, als ich keinerlei Rücksicht auf andere genommen habe und mir das nahm, was ich wollte, haben mich die Götter mit den schlimmsten Schmerzen bestraft, die ein Mann aushalten kann. Nein. Ich lerne aus meinen Fehlern und werde nicht noch einmal gegen die Pläne der Götter handeln.«

»Du und deine Götter«, murrt Ogrem, ehe er sich einen Schluck Bier genehmigt. »Weißt du, das habe ich damals schon nicht wirklich verstanden – und tue es heute ebenfalls nicht.«

»Brauchst du auch nicht«, murmle ich.

Eine Weile sitzen wir still beieinander, dann holt Ogrem leise Luft. »Frauen«, brummt er. »Man kann nicht ohne sie, aber auch nicht mit ihnen.« Er wirft mir einen forschenden Blick zu. »Also, wenn du nochmals etwas … Dampf ablassen willst, ehe wir aufbrechen, kann ich dir eine Zwergin empfehlen, die all deine Wünsche erfüllen wird und noch mehr.«

Ich lache freudlos auf und schüttle den Kopf. »Nein, mein Freund, das ist zwar nett gemeint, aber ich habe keinerlei Interesse.«

Ogrem legt den Kopf schief und fährt sich über seinen Schnauzer. »Nun, ich wollte dir nur helfen, damit du diese Alia nicht so anschmachten musst.«

Ich stutze. »Ist es denn so offensichtlich?«

»Ich kenne dich nun schon eine Weile, daher fällt es mir wohl stärker auf, als dir lieb ist. Und ich rate dir: Nimm sie dir einfach. Der Elf hat keine Chance gegen dich – und du tust dir und ihr einen Gefallen damit.«

»Wie gesagt, das steht nicht zur Diskussion«, knurre ich und nehme mir vor, mich zukünftig noch mehr zusammenzureißen, damit meine Gefühle nicht so offensichtlich zu erkennen sind.

Das Letzte, was ich will, ist, Alia Kummer zu bereiten – und das würde ich, wenn ich mich in ihre Beziehung einmische. Bisher ist noch keine Frau an meiner Seite glücklich geworden … nicht eine einzige. Und es wäre falsch, Alia dies anzutun.

Mit Reyvan *ist* sie glücklich und das sollte mich für sie freuen – zumal ich keinerlei Besitzansprüche auf sie habe. Sie ist eine junge Frau, die gerade erst ihren Platz in dieser Welt findet, und kann kein Gefühlschaos gebrauchen. Ich muss ihr vielmehr helfen, zu ergründen, wer sie ist und woher sie kommt, damit sie ihr Selbstbewusstsein findet. In einigen Situationen blitzt in letzter Zeit etwas von ihrer inneren Stärke durch, die sie zweifellos besitzt. Und genau dies zu fördern, ist meine Aufgabe. Der Rest geht mich nichts an.

»Also, ich geh dann mal wieder.« Mir ist völlig entgangen, wann Ogrem sein Bier ausgetrunken hat, aber als er sich erhebt, ist es leer. »Bis morgen, mein Freund. Und trink nicht mehr zu viel, uns steht eine anstrengende Reise bevor.«

Als ob er mich darauf hinweisen müsste …

Ich hebe zum Abschied meinen Humpen und trinke ihn dann ebenfalls aus. Er hat recht, ich sollte schlafen gehen – auch wenn ich jetzt schon weiß, dass meine Albträume das nur bedingt zulassen werden. Das einzig Gute, wenn wir in den ›dunklen Wegen‹ sind, wird sein, dass ich sie wieder mit schwarzer Magie verbannen kann. Solange ich meine Kräfte sparsam und in geringen Mengen nutze, wird sie Xenos nicht bemerken. Und ich habe es satt, mich mit meiner Vergangenheit auseinandersetzen zu müssen.

31

Alia

Am nächsten Morgen treffen wir uns bei Ogrems Haus. Er hat bereits alles vorbereitet und übergibt jedem von uns die Schattengläser. Es handelt sich um speziell geschliffene Kristalle, die leuchten, wenn man sie gegen das Licht abschirmt. Sie sind in der Mitte so miteinander verbunden, dass man sie sich auf die Nase klemmen kann und gleichzeitig die Hände frei hat.

Ich drehe die Gläser bewundernd hin und her und erinnere mich, sie schon einmal gesehen zu haben. Als Ogrem mich vor zwei Wochen in dem Schacht, in den ich gefallen war, rettete, hat er auch solche Gläser getragen. Wahrscheinlich, damit er kein Licht machen muss, womit er sich vor den Ateren verraten hätte.

»Lasst uns aufbrechen. Je eher wir gehen, desto eher komme ich zu meiner Familie zurück«, sagt Ogrem.

»Dann los. Zeig uns, wohin wir gehen müssen.« Zaron steckt sein rot schimmerndes Schwert, das er sich in der Zwergenstadt gekauft hat, in die Scheide an seinem Rücken und hebt seinen Rucksack hoch.

Unser Gepäck ist schwer und die Wasserschläuche erhöhen das Gewicht. Aber wenn wir die ersten vier Tage überleben wollen, werden wir die Ausrüstung wohl oder übel tragen müssen. Tröstend ist, dass es jeden Tag etwas leichter werden wird, wenn wir davon trinken.

Ogrem führt uns zu einem anderen Steintor als dem, durch das wir hereingelangt sind. Der Mechanismus des Tores ist ähnlich wie der des ersten. Vier Kreise, die ineinander angeordnet sind, bewegen sich, als Ogrem die erste Rune des äußersten Kreises berührt. Die Symbole darauf sind jedoch komplett anders als diejenigen, die in die Steinstadt geführt haben. Ich erkenne fröstelnd ein Skelett, eine Fledermaus, ein gehörntes Monster und einen schwarzen, undefinierbaren Fleck.

Das fängt ja gut an.

Als sich die Kreise fertig gedreht haben, erstreckt sich dahinter ein düsterer Gang, der nur selten benutzt zu werden scheint. Fackelhalter sind spärlich in die Wände eingelassen und die Fackeln zum Teil bereits lange niedergebrannt oder vertrocknet.

Ogrem geht daher mit einer kleinen Lichtkugel voran, die unseren Weg erhellt. Glücklicherweise werden wir erst in fünf Tagen, wenn wir den Höhlensee erreicht haben, keine Lichter mehr anzünden dürfen. Vorerst ist Ogrems Zauber erlaubt.

Wir gehen Richtung Westen – zumindest erklärt mir das Reyvan und ich glaube ihm. Ich hätte niemals die Himmelsrichtungen hier in den Höhlen bestimmen können.

Auch jetzt führen Zaron und ich unseren Unterricht fort, während wir durch den düsteren Tunnel wandern. Er erklärt mir, wie ich meine Zauber noch stärker machen kann, indem ich sie geschickt miteinander kombiniere. So kann ich beispielsweise Feuer und Erde so zusammenfügen, dass brennende Felsbrocken von der Höhlendecke fallen. Wir üben dies jedoch nicht, da es hier in dem engen Stollen zu gefährlich wäre.

»Im Grunde ist es dasselbe Prinzip, wie wenn zwei Magier mit unterschiedlichen Elementen ihre Zauberkraft miteinander verbinden«, erläutert Zaron.

»Das habe ich noch nie richtig begriffen.« Ich bleibe stehen. »Wie kann es sein, dass zwei Magier ihre Magie miteinander verbinden, ohne dass sie automatisch schwarze Magie wirken?«

»Die Magie wird erst verbunden, wenn sie den Körper bereits verlassen hat«, erklärt mir Zaron geduldig. »Daher entziehen sich die Magier die Kräfte nicht gegenseitig. Es braucht viel Übung und man muss den anderen sehr gut kennen und ihm blind vertrauen, um mächtige Zauber zu erschaffen. Man muss im Grunde wissen, was der andere zaubern wird, bevor dieser es selbst weiß. Ich konnte diese Art der Magie nur mit einem einzigen Menschen wirken.« Er wendet sich ab und geht rasch weiter.

Reyvan, der hinter uns war, berührt mich sanft an der Schulter. »Lass ihn. Das scheint sein wunder Punkt zu sein.«

»Ich würde ihm so gerne helfen …«, murmle ich, während ich ihm nachsehe.

»Ich weiß. Aber das kannst du nicht. Er muss selbst damit fertigwerden.«

Ich sehe den Elfen an, und mein Herz zieht sich zusammen. »Wenn ich mir vorstelle, dass ich dich verliere …«

»Sag so etwas nicht, Cíara.« Er schaut mich ernst an. »Ich werde immer an deiner Seite bleiben, das verspreche ich dir. Und jetzt, da du dich selbst verjüngen kannst, ist ›immer‹ eine sehr, sehr lange Zeit.« Er gibt mir einen sanften Kuss und wir gehen Hand in Hand weiter.

Ogrem ist ein sehr guter Führer. Er warnt uns immer rechtzeitig vor Löchern, die teilweise mitten im Weg aufklaffen und über die wir springen müssen. Wohin diese Gruben führen, will ich mir lieber nicht vorstellen. Zudem scheint er genau zu wissen, wo die richtigen Plätze sind, um zu rasten.

»Wenn das so ruhig weitergeht, werden wir in knapp zwei Wochen den Ausgang der dunklen Wege erreicht haben«, meint er zufrieden, als wir am Abend des ersten Tages das Nachtlager in einer Nebenhöhle des Haupttunnels aufschlagen.

Ein schmaler, etwa zehn Schritt langer Pfad führt durch einen Spalt in die Höhle, die genug Platz für uns vier bietet. Sie ist nicht gerade groß, hat etwa fünf Schritt Durchmesser. Die Decke ist niedrig, sodass sich Zaron bücken muss, und der Boden – wie überall in diesen Gängen – aus hartem Stein und ungemütlich. Aber hier drin sind wir zumindest vor Gefahren geschützt und brauchen bloß eine Wache am Eingang aufzustellen.

»Ich werde die erste Wache übernehmen«, beschließt der Zwerg. »Danach könnt Ihr selbst entscheiden, wen ich von Euch wecken soll.«

»Ich übernehme die zweite«, meldet sich Reyvan. »Und dann Zaron. Ich will nicht, dass Alia das machen muss, sie kennt sich von uns allen am wenigsten mit Monstern und anderen Gefahren aus – auch wenn sie jetzt Magie wirken kann.«

»Da stimme ich dir zu, Reyvan.« Zarons Blick streift mich kurz. »Also, dann werden wir die Nacht in drei Wachen aufteilen.«

Ich fühle mich zwar nicht sonderlich gut dabei, wage aber auch nicht, Reyvan und Zaron zu widersprechen, wenn sie schon mal einer Meinung sind. Daher breite ich meine Decke am Boden in der Nähe des Feuers aus, das Ogrem entzündet hat. Es hat die erstaunliche Eigenschaft, dass es nicht qualmt, da es auf Steinen brennt statt auf Holz. Ansonsten würde uns der Rauch in der Höhle wahrscheinlich ersticken.

Reyvan setzt sich neben mich und streicht mir das Haar aus dem Gesicht. Ich sehe, wie Zaron rasch den Blick von uns abwendet und einen großen Schluck aus seinem Weinschlauch trinkt, den er mitgenommen hat. Es scheint ihn zu beschäftigen, Reyvan und mich so vertraut zu sehen.

Ich halte die Hand des Elfen fest, um weitere Zärtlichkeiten zu verhindern.

»Was ist denn, Cíara?« Reyvans dunkelblaue Augen mustern mich prüfend.

»Ich …« Ich stelle unsere Gedankenverbindung her, damit die anderen beiden uns nicht hören können. ›*Bitte, versuch in Zarons Anwesenheit, dich zu … benehmen.*‹

›*Ich verstehe, worauf du anspielst.*‹ Sein Blick ruht sanft auf mir. ›*Aber ich werde mich seinetwegen nicht zurückhalten. Das kann und will ich nicht. Er muss begreifen, dass du dich für mich entschieden hast und nicht für ihn.*‹

›*Aber … es verletzt ihn. Und er ist ohnehin schon vom Schicksal gestraft.*‹

›*Cíara, hör auf, allen helfen zu wollen.*‹ Reyvans Stimme klingt ärgerlich. ›*Das kannst du nicht. Und schon gar nicht Menschen, die sich nicht helfen lassen. Zaron hat vor langer Zeit einen großen Verlust erlitten. Das ist tragisch, aber das ist nicht* dein *Problem.*‹

›*Aber … er ist doch unser Freund.*‹

›*Unser …* Freund?‹ Reyvans Augen weiten sich bei den Worten. ›*Alia, er ist nicht unser Freund. Er ist doch nur bei uns, weil ihm dieses Gedicht das befohlen hat.*‹

Ich ziehe die Augenbrauen zusammen. ›*Nein, weil er uns helfen will.*‹

Reyvans Gesicht wird düster und er schnaubt leise. ›*Ach, ich bitte dich. Er will uns nicht helfen – er* muss! *Das ist ein feiner Unterschied. Aber lass uns jetzt nicht darüber streiten. Du brauchst Schlaf, wer weiß, was uns morgen erwartet? Schließ die Augen und denk an unsere letzte Nacht. Mit schönen Gedanken lässt es sich besser einschlafen.*‹ Er zwinkert mir zu und küsst mich demonstrativ auf die Lippen.

Er hat ja recht … es ist kindisch, von ihm zu verlangen, sich zurückzuhalten. Wir sind nun mal ein Paar und Paare küssen sich.

Bevor ich einschlafe, spüre ich einen kühlen Hauch, der mich frösteln lässt. Zaron. Wahrscheinlich benutzt er wieder Magie, um seine Albträume zu verbannen.

Mir wird schwer ums Herz bei dem Gedanken.

Wie gerne würde ich ihm helfen …

Mitten in der Nacht wache ich auf, da mich jemand an der Schulter rüttelt und mir den Mund zuhält. Ich blinzle benommen, kann aber nichts erkennen, da das Feuer inzwischen aus ist. Gerade als ich einen Feuerball erschaffen will, um meine Umgebung etwas zu erhellen, hält jemand meine Hand fest.

»Keine Magie!« Es ist Zarons Stimme, die leise an meinem Ohr ertönt. Ich spüre seinen Atem über mein Gesicht streifen. »Und verhalte dich so ruhig wie möglich.«

Ich nicke und Zaron nimmt seine Hand von meinem Mund.

»Was ist denn?«, flüstere ich.

Auf einmal bin ich hellwach.

»Reyvan hat auf seiner Wache im Gang etwas entdeckt. Ich weiß nicht genau, was es ist, aber er und Ogrem versuchen gerade, es herauszufinden.«

Ich muss mich anstrengen, ihn zu verstehen. Er spricht hastig und leise. Ich sehe in der Dunkelheit etwas rot aufblitzen und erkenne, dass Zaron sein Schwert gezogen hat. Die Feuerrunen, die auf dem Griff eingraviert sind, lassen kleine Flammen über den Stahl züngeln. Es erhellt das Dunkel ein bisschen und ich kann in seinem Schein zumindest die Umrisse des Schwarzmagiers erkennen, der neben mir kniet.

»Bilde einen Schutzschild«, weist er mich an.

Rasch suche ich nach der Magie in mir und breite einen Schild aus. Nach kurzem Überlegen weite ich ihn auch über Zaron aus.

Er selbst kann sich ja nicht schützen, ohne dass wir anderen darunter leiden würden.

Er nickt mir dankbar zu.

Wir lauschen angestrengt in die Stille, die sich um uns ausbreitet. Kein Laut ist zu hören. Es ist schon fast gespenstig ruhig. Ich starre auf den Eingang der kleinen Höhle. Der Spalt ist so schmal und gewunden, dass ich den Haupttunnel dahinter nicht erkennen kann. Wenn jemand reinkommt, werden wir ihn erst sehen, wenn er fast vor uns steht.

Ich frage mich, was Reyvan entdeckt haben könnte, das ihn dazu veranlasste, mit dem Zwerg zusammenzuarbeiten. Es muss sich um etwas Gefährliches handeln, wenn er alle Zwistigkeiten darüber außer Acht lässt.

Meine Anspannung steigt mit jeder Sekunde, die wir in der Höhle warten müssen. Ich taste nach meinem Dolch, den Reyvan beim Waffenhändler hat mitgehen lassen, und fühle die Klinge in meinen Händen. Die Klinge glüht eisig in der Dunkelheit und gibt mir Mut. Ich weiß zwar immer noch nicht, welche Kräfte ihm innewohnen, aber ein Dolch ist schließlich eine Waffe, mit der ich mich verteidigen kann.

Plötzlich sind draußen im Haupttunnel Schritte zu hören. Ich weiß sofort, dass das nicht Reyvan sein kann – er bewegt sich so lautlos wie ein Schatten. Mein ganzer Körper spannt sich an. Rasch überprüfe ich meinen Schild. Er scheint stabil zu sein und einem Angriff standzuhalten.

Jetzt ist nichts mehr zu hören. Wer oder was sich auch immer im Tunnel rumtreibt, hat angehalten.

Zaron wendet sich mir zu und ich kann im Schein meines Dolches sein Gesicht erkennen. Er sieht mich warnend an und ich verstehe. Wer auch immer draußen vor der Höhle sein mag, er kommt nicht mit der Absicht, uns in der Nacht einen freundschaftlichen Besuch abzustatten.

Der Schwarzmagier steht langsam auf und ich tue es ihm gleich. Wir halten unsere Klingen in die Dunkelheit vor uns gestreckt, das Eis meines Dolches leuchtet schwach neben dem Feuer des Zweihänders. Ich versuche, etwas zu hören, kann aber nur meinen eigenen Atem und den von Zaron ausmachen.

Was bei den Göttern ist da draußen?

Plötzlich ertönen ein Röcheln und Fluchen, dann werde ich von einem hellen Licht geblendet und wende den Kopf ab. Ein kalter Hauch umgibt mich, als würde es hier, mitten in der Höhle, schneien.

Als ich wieder etwas sehen kann, steht Reyvan mitten im Gang. Zaron hat eine Lichtkugel gebildet, die er nun etwas weniger hell leuchten lässt. Ich spüre, wie sich die Kälte gleichzeitig zurückzieht.

Das Schwert des Elfen ist blutverschmiert und er kommt mit großen Schritten auf uns zu.

»Geht es euch gut?« Er schaut dabei nur mich an.

Ich nicke und lasse den Schutzschild fallen. »Wer war das?« Ich versuche erfolglos, das verräterische Zittern aus meiner Stimme zu verbannen.

»Das waren irgendwelche Räuber«, antwortet Reyvan und sein Blick gleitet noch einmal forschend über mich, um sich zu vergewissern, dass ich keine Verletzungen habe. »Keine Ahnung, sie hatten keine Namensschilder – und lebten zu kurz, um uns ihre Herkunft zu verraten. Aber sie waren definitiv nicht in freundlicher Absicht hier, so wie die bewaffnet waren. Ogrem sucht gerade den Gang nach weiteren ab.« Er wendet sich an Zaron. »Kannst du noch eine Weile auf Alia aufpassen? Ich gehe wieder raus und sorge dafür, dass der Zwerg nicht den ganzen Ruhm allein einheimst.«

Zaron nickt. »Ist gut. Ich werde mit Alia hierbleiben.«

»Kann ich nicht helfen?«, werfe ich ein.

Die Vorstellung, weitere bange Minuten hier in der kleinen Höhle mit Zaron zu verbringen, behagt mir nicht. Ich wäre lieber in Reyvans Nähe, um zu wissen, wie es ihm geht.

Wie so oft errät er meine Gedanken und fährt mir mit einer zärtlichen Geste rasch über das Haar. »Cíara, keine Angst. Ich komme wieder.«

Dann ist er ebenso schnell und leise verschwunden, wie er gekommen ist, und in der Höhle wird es wieder dunkler, denn Zaron hat den Lichtzauber beendet.

Ich seufze und lasse den Dolch sinken.

»Er kann auf sich aufpassen.« Zaron steckt sein Schwert zurück in die Scheide und auch der rötliche Schimmer ist weg, sodass die Finsternis uns etwas stärker einhüllt. Doch der Eisdolch beleuchtet immer noch unsere nahe Umgebung. »Komm, setz dich hin. Falls sich noch jemand da draußen befindet, werden Reyvan und Ogrem ihm zu verstehen geben, dass er nicht erwünscht ist.«

Ich setze mich neben ihn und falte die Hände im Schoß. Eine Weile spiele ich mit dem Ring meines Bruders, den ich immer noch trage. Den Dolch halte ich allerdings griffbereit. Er ist die einzige Lichtquelle, die jetzt noch scheint.

Zaron bildet eine kleine Flamme, die unsere Umgebung gerade genug erhellt, damit wir einander sehen können, und ich spüre einen kühlen Schauer, als sie aufflackert.

Fasziniert beobachte ich die Flamme, die vor uns in der Luft schwebt.

»Ist es nicht komisch, dass es hier Räuber gibt?«, bemerke ich nach einer Weile.

Zaron sieht mich stirnrunzelnd an. »Das hatte ich auch gerade überlegt. Aber ich denke nicht, dass die Zwerge – sollten es tatsächlich Räuber sein, die da draußen sind – sie nicht schon lange bemerkt hätten. Sie wissen ansonsten immer, was in ihren Stollen vor sich geht.«

Ich blicke zu ihm und lege den Kopf schief. »Was denkst du, was sind das für Menschen?«

»Schwer zu sagen«, murmelt Zaron und ich erkenne, wie er die Stirn in Falten legt. »Wenn es keine Räuber sind, sind es vielleicht Abenteurer. Wer weiß? Vielleicht finden der Elf und der Zwerg doch noch etwas mehr über sie heraus.«

Ich starre auf meine Hände. »Zaron.«

Er wendet mir sein Gesicht zu.

»Es tut mir leid, dass ich so nutzlos bin. Ich habe zwar Zauberkräfte, aber trotzdem tauge ich nicht dazu, unser Lager zu verteidigen. Im Gegenteil – du musst auch noch hierbleiben und mich beschützen …«

»Alia.« Seine Stimme klingt unglaublich warm und verständnisvoll. »Ich beschütze dich gerne. Zumal ich draußen ohnehin keine Kampfzauber wirken kann, ohne Ogrem und Reyvan zu gefährden.« Ich schaue ihn an und erkenne, dass er das ernst meint. »Und das mit deinen Kräften … Die wirst du schon noch so gut beherrschen lernen, dass du jederzeit gegen Feinde kämpfen kannst. Du kennst bereits jetzt eine Menge Zauber und machst vieles intuitiv. Vorhin hast du einen Schutzschild um uns beide gebildet, ohne dass du das von mir gelernt hast. Das ist nicht selbstverständlich. Du bist sehr begabt.«

»Warum darf ich dann nicht hinaus und gegen diese Räuber, oder was auch immer sie sind, kämpfen?«, murmle ich. »Und warum habt Reyvan und du bestimmt, dass ich nicht einmal eine Wache übernehmen darf?«

Zaron seufzt und bedenkt mich mit einem langen Blick. »Alia«, sagt er nach einer Weile. »Reyvan liebt dich. Und er sorgt sich um deine Sicherheit. Ich kann ihn gut verstehen, denn es geht mir genauso. Es ist mir lieber, dich hier drin in Sicherheit zu wissen, als wenn du gegen unbekannte Gefahren kämpfst.«

»Aber …«

»Nichts *aber*, Alia.« Seine Miene wird eindringlich. »Du hast das Zeug, eine ganz große Magierin zu werden. Aber bis es so weit ist, musst du dich von deinen Freunden beschützen lassen.«

»Reyvan sagte, du seist nicht unser Freund«, entfährt es mir, ehe ich genauer darüber nachgedacht habe. »Er meint, du *müsstest* uns helfen wegen der Prophezeiung – stimmt das? Hilfst du uns, weil du musst, nicht, weil du es selbst möchtest?« Ich sehe ihn unsicher an.

»So, sagte er das?« Seine schwarzen Augen glitzern. Aber vielleicht ist es auch nur das Licht der Flamme, das sich darin spiegelt. »Er ist ein kluger Junge, dein Elf. Keiner vertraut einem Schwarzmagier einfach so. Und das ist gut. Trotzdem hat er unrecht. Ich helfe dir, weil ich es für das Richtige halte. Und weil mir viel an dir liegt.«

Bevor er weitersprechen kann, kommt Ogrem in die Höhle zurück. Seine Kleider sind mit kleinen Blutspritzern übersät und auf seiner Stirn glänzen Schweißperlen. Offenbar hat er sich mit den Räubern einen harten Kampf geliefert. Hinter ihm erkenne ich Reyvan, dessen Kleidung nicht viel besser aussieht.

»So, das war's. Alle erledigt!«, meint Ogrem zufrieden.

Er setzt sich hin, um ein Feuer zu entzünden. Die Steine brennen in Sekundenschnelle.

»Habt ihr herausgefunden, wer sie waren?«, erkundigt sich Zaron.

»Nicht wirklich«, erwidert der Elf zu meiner Enttäuschung. »Aber alle hatten so eine Art Amulett um den Hals.«

»Ein Amulett?« Zaron scheint plötzlich hellwach zu sein. »Wie sah es aus?«

»Hier, bitte sehr.« Reyvan hält dem Schwarzmagier ein silbernes Schmuckstück an einer schwarzen Lederkordel hin.

Zaron nimmt es vorsichtig entgegen und begutachtet es, während ich mich zu ihm lehne, um ebenfalls einen Blick darauf zu erhaschen.

»Hm, ich habe so etwas schon einmal gesehen«, murmelt Zaron nachdenklich. »Aber das war weit im Süden von Altra, bei den Wüstennomaden. Das hier unterscheidet sich davon. Trotzdem … es könnte sich um einen ähnlichen Kult handeln.«

»Einen Kult?«, wiederhole ich erstaunt.

Er wirft mir einen kurzen Blick zu. »Ja, oder zumindest so eine Art Kult. Bei den Nomadenvölkern gibt es Anhänger von Kulten, die Dämonen beschwören. Sie haben ähnliche Amulette wie dieses hier.« Er hält es in die Höhe. »Nur dass darauf Löwen oder Adler zu sehen sind – der Name ihrer Gruppierung. Hier, auf diesem Amulett, ist ein Bär eingraviert.«

Ich recke abermals den Hals, um das Amulett in seinen Händen genauer anzuschauen. Tatsächlich ist dort ein Bärenkopf zu sehen, der wütend die Zähne fletscht.

»Warum habt Ihr bisher noch nichts davon erfahren?«, fragt Reyvan den Zwerg.

Dieser schaut etwas beleidigt von seiner Wasserflasche hoch, aus der er gerade trinken wollte. »Warum sollten wir alles wissen, was in unseren Bergen passiert? Wisst Ihr Elfen denn immer, wer sich in Euren geliebten Wäldern aufhält? Wir spüren zwar, wenn sich jemand unerlaubt in den Stollen bewegt, aber hier in den Weststollen ist das nichts Ungewöhnliches.«

»Nun ja, wenn sich diese Räuber – oder Kultisten – so nahe an Euren Städten aufhalten, solltet Ihr vielleicht doch erwägen, die Stollen zu säubern.«

»Vielen Dank für diesen klugen Ratschlag, Elf!«, brummt Ogrem. »Sobald ich zurück bin, werde ich unseren Clan darüber informieren.«

»Das ist eine gute Idee«, bestätigt Zaron. »Im Moment scheinen sie ja keine große Gefahr darzustellen, wenn ihr sie zu zweit erledigen konntet. Trotzdem müssen wir vorsichtig sein. Wenn wir in ein Nest dieser Anhänger geraten, kann uns bei Weitem Schlimmeres drohen, als vor einem Golem zu stehen.«

»Sind diese Kultisten denn so gefährlich?«, will ich wissen.

»Kultisten sind von Grund auf böse.« Zaron verzieht angewidert das Gesicht. »Sie können nicht guten Morgen sagen, ohne zweimal zu lügen. Einzeln sind sie zwar mehr oder weniger harmlos – zumindest für einen bewaffneten Gegner. Aber in einer Gruppe können sie die schlimmsten Dämonen beschwören, die es gibt. Dann will sich niemand im selben Raum aufhalten, glaub mir.«

»Im Moment haben wir dafür gesorgt, dass sie es sich gut überlegen, uns anzugreifen.« Reyvan kommt zu mir, um sich neben mich zu setzen.

Er säubert dabei seine Kleidung mit einer Art Zauber, der dort, wo er seine Hand auflegt, die Blutflecken verschwinden lässt.

»Schlaf jetzt, Cíara«, meint er, als seine Kleidung wieder wie neu wirkt. »Ich sorge dafür, dass die restliche Nacht ohne weitere Unterbrechungen sein wird.«

Ich spüre jetzt erst, wie müde ich eigentlich bin, weswegen ich gerne seiner Bitte nachkomme. Gähnend lege ich mich auf meine Decke und schlinge diese um mich. Aber bei dem Gedanken, dass irgendwelche Dämonenbeschwörer in unserer Nähe sind, kann ich trotz der Müdigkeit kein Auge zutun.

Was, wenn Reyvan und Ogrem nicht alle erwischt haben? Vielleicht kehren sie mit Verstärkung zurück? Und hetzen uns Dämonen auf den Hals.

Ich wälze mich so lange hin und her, bis Reyvan, der immer noch neben mir sitzt, meine Hand nimmt.

»Cíara, wenn du willst, kann ich dich in einen tiefen Schlaf versetzen, der dich bis zum Morgen durchschlafen lässt«, schlägt er vor.

»Das kannst du?« Ich sehe ihn erstaunt an. Das ist das erste Mal, dass er so etwas anbietet.

Er beugt sich zu mir herunter und küsst mich auf die Wange, lässt seine Lippen dann zu meinem Ohr wandern. »Nun ja, das, oder ich sorge dafür, dass du vor Erfüllung so außer Atem und müde bist, dass du nur noch schlafen willst«, flüstert er. »Nur … leider haben wir hier ungebetene Zuschauer.« Er nickt zu Zaron und Ogrem, die sich ebenfalls schlafen gelegt haben. Der Zwerg schnarcht leise. »Daher schlage ich die erste Methode vor.«

Ich habe inzwischen aufgehört, auf seine anzüglichen Sprüche zu reagieren, daher nicke ich einfach. »Also gut, wenn es nichts Gefährliches ist, ich vertraue dir.«

Reyvan lächelt und legt mir eine Hand auf den Kopf. »Schließ die Augen und entspann dich.«

Ich spüre, dass er in meine Gedanken eindringt, aber es ist ein anderes Gefühl, als wenn er meine Gedanken liest. Es ist eher eine Art Wiegen. Er lässt den Inhalt meiner Gedanken unangetastet, wiegt sie jedoch in einem sanften Rhythmus hin und her.

Im Bruchteil einer Sekunde spüre ich, wie sich eine lähmende Müdigkeit in meinem Körper ausbreitet. Ich werde schläfrig und eine wohlige Wärme erfüllt mich bis in den kleinen Zeh.

Bevor ich einschlafe, höre ich Reyvans Stimme sanft in meinem Kopf: ›*Schlaf gut, Cíara, ich wache über dich.*‹

32

ALIA

»Und, Ogrem, erzählt doch mal von den Ritualen, bei denen Eure Zwergenfrauen nackt im Mondlicht tanzen.«

»Wie bitte?!« Der Zwerg bleibt entsetzt stehen und starrt Reyvan wütend an.

»Ach, ich wollte nur Eure Reaktion testen – Ihr solltet Euer Gesicht sehen.« Reyvan scheint in bester Zanklaune zu sein, als wir am nächsten Tag aufbrechen.

Ich lächle in mich hinein. Offenbar hebt die Aussicht, bald wieder Tageslicht zu sehen, nicht nur meine Laune. In knapp zwei Wochen werden wir die Stollen und damit das Bergesinnere hinter uns lassen. Mit jedem Schritt bewegen wir uns dem Ausgang entgegen.

Die nächtliche Begegnung mit den Kultisten oder Räubern sitzt uns allerdings noch in den Knochen, daher wandern wir nun vorsichtiger durch die düsteren Gänge, immer Ausschau nach Gefahren haltend. Allein Ogrem scheint sich darauf zu freuen, weitere Lebewesen zu töten – Reyvan befindet sich im Moment wahrscheinlich ganz oben auf seiner Liste, den tödlichen Blicken nach zu urteilen, die der Zwerg dem Elfen zuwirft.

Zaron und ich halten lieber etwas Abstand zu den beiden Streithähnen. Wir widmen uns auch heute Morgen wieder dem Unterricht, während wir durch den Tunnel gehen. Es ist wichtiger denn je, dass ich meine Kräfte so weit beherrsche, um in einem Kampf bestehen zu können. Zaron versucht mir gerade zu erklären, wie man einen Dämon am besten tötet.

»Dämonen sind immer an ein Element gebunden«, erklärt er. »Ohne die vier Elemente können sie sich nicht in unserer Welt bewegen. Am schwierigsten zu töten sind die Luftdämonen. Denn sie sterben nur, wenn du um sie herum ein Vakuum bildest. Aber das ist ein sehr schwieriger Zauber – zumal sich die Luftdämonen in ständiger Bewegung befinden. Daher tust du besser daran, es gar nicht erst zu versuchen, sondern dich einfach so rasch wie möglich in Sicherheit zu bringen.«

Bevor ich antworten kann, hält Reyvan vor uns abrupt an. »Vorsicht, da vorne ist eine Falle!«

»Tatsächlich.« Ogrem ist neben ihn getreten.

Wir befinden uns in einem breiteren Teil des Tunnels, der sich in zwei Wege aufteilt.

»Ich werde sie entschärfen.«

Bevor jemand von uns Einspruch erheben kann, geht Reyvan einige Schritte weiter und kniet sich hin.

Als ich genauer hinschaue, erkenne ich im Licht von Ogrems magischer Kugel, dass sich am Boden eine Art Platte befindet. Reyvan hebt sie vorsichtig an und greift darunter.

»So, erledigt!« Er kehrt zu uns zurück.

In der Hand hält er eine mit kurzen Stacheln versehene Eisenkugel.

»Was ist das?« Ich werfe einen verwunderten Blick auf das faustgroße Ding in seiner Hand.

»Eine Streubombe«, antwortet Reyvan. »Eindeutig eine Erfindung der Elfen. Keine Ahnung, wie sie hierhergelangt ist – wahrscheinlich sind unsere Kultistenfreunde dafür verantwortlich. Wären wir auf die Platte getreten, wäre die Kugel explodiert und hätte uns die Stacheln um die Köpfe gejagt.«

Ich starre ihn entsetzt an. »Meinst du, die Kultisten haben diese Falle mit Absicht gelegt?«

Er zuckt mit den Schultern. »Es sieht nicht nach einem Versehen aus. Und wo eine Falle ist, befindet sich auch ein Hinterhalt – oder zumindest weitere Fallen. Am besten wartet ihr hier, während der Zwerg und ich uns das mal genauer anschauen.«

»Ich möchte mitkommen«, werfe ich ein. »Ich kann vielleicht nützlich sein.« Auch wenn ich die Antwort eigentlich schon kenne – ein Versuch ist es wert.

»Nein, Cíara, bleib bitte bei Zaron«, erwidert Reyvan erwartungsgemäß und sieht mich fest an. »Wenn ich mir Sorgen um dich mache, kann ich mich nicht voll und ganz auf die Gefahr konzentrieren.«

»Bitte, ich muss doch auch lernen, meine Kräfte einzusetzen«, bettle ich. »Nur mit Theorie und Übungen werde ich sie nie beherrschen können.«

»Alia, das ist kein Spiel.« Reyvans Gesicht verfinstert sich und seine Stimme wird hart. »Du könntest nicht nur dich in Gefahr bringen, sondern auch uns, wenn du deine Kräfte nicht vollständig beherrschst.«

»Er hat recht«, meint Zaron. »Ich werde mit dir hierbleiben und weiter üben, bis Reyvan und Ogrem zurückkehren.«

Ich lasse enttäuscht die Schultern sinken.

»He, Kleine, nicht den Kopf hängen lassen«, murmelt Reyvan und streicht mir mit dem Daumen kurz über die Wange. »Wir kommen bald zurück, versprochen!«

Ohne ein weiteres Wort zu verlieren, verschwinden er und Ogrem im Tunnel, in dessen Eingang die Falle lag.

»Lass uns ein Stück weit zurückgehen, um nicht bei der Gefahrenquelle zu sein, sollte es sich um einen Hinterhalt handeln«, schlägt Zaron vor.

Er greift nach meiner Hand und ich lasse mich widerstandslos von ihm wegführen.

Ein paar Dutzend Schritte weiter hinten im Tunnel liegen Felsbrocken. Wir setzen uns darauf und warten. Zaron bedeutet mir, die Fackeln, die in der Nähe an der Wand angebracht sind, anzuzünden, damit wir nicht in vollkommener Dunkelheit sitzen.

»So langsam könnten die beiden wiederkommen«, sagt Zaron nach einer Weile mit gedämpfter Stimme.

Er hat aufgegeben, mir Zauber erklären zu wollen, da ich mit den Gedanken immer wieder abschweife und nicht bei der Sache bin.

»Meinst du, ihnen ist etwas zugestoßen? Wurden sie überfallen?«, frage ich beunruhigt.

Zaron schüttelt den Kopf, während er den Gang entlangsieht. »Nein. Falls doch, hätten sie sich nicht kampflos ergeben und den Kampflärm hätten wir eindeutig gehört.«

Ich seufze, kicke mit dem Fuß einen kleinen Stein zur Seite. »Diese Kultisten – falls es denn welche sind – warum sind sie hier in den Bergen?«

»Das ist eine sehr gute Frage«, erwidert Zaron. »Vielleicht, um sich zu verstecken. Es gibt verschiedene Kulte und die meisten davon sind verboten. Vor allem solche, die Dämonen beschwören. Meist handelt es sich um abtrünnige Magier, die zwar keine schwarze Magie wirken, jedoch ihre Kräfte mittels der grauen Magie – also Dämonenbeschwörung – verstärken.«

»Warum heißt sie eigentlich graue Magie?«, frage ich weiter, um das Gespräch am Laufen zu halten. Wenn wir schweigen, wirken die Stollen nur noch unheimlicher.

»Weil sie zwischen der weißen und der schwarzen liegt«, antwortet Zaron. »Die grauen Magier bedienen sich zwar nicht der

Wärme anderer Lebewesen für ihre Zauber, aber sie beschwören Wesen der Nacht, die sie sich zu Willen machen.«

»Du hast doch auch einen Dämon beschworen in dem Vulkan«, bemerke ich stirnrunzelnd.

»Ja. Prinzipiell ist jeder Magier zur grauen Magie fähig. Es kommt nur darauf an, ob er sie einsetzt.« Er holt seinen Trinkschlauch hervor und setzt ihn kurz an die Lippen, ehe er weiterspricht. »Der Vorteil an der grauen Magie ist, dass sie einen nicht vollkommen für sich einnimmt wie die schwarze Magie und man sich wieder davon lösen kann. Allerdings verdirbt sie oft den Menschen, der sie wirkt. Er wird von den Dämonen, die er ruft, besessen und stirbt, wenn er nicht stark genug ist.« Zaron bietet mir seinen Schlauch an, aber ich verneine mit einem Kopfschütteln, also steckt er ihn wieder ein und spricht weiter. »Dämonen bedienen sich unter anderem der Wärme desjenigen, der sie beschworen hat. Schattenelfen zum Beispiel beschwören sehr gerne Dämonen. Sie haben auch genügend starke Magie, diese wieder zu verbannen.«

Ich stutze. »Warum hast du mir bisher noch nichts davon erzählt?«

Zaron holt leise Luft und plustert die Wangen auf, ehe er sie ausstößt. »Weil … je weniger du durch andere Magiearten in Versuchung gerätst, desto weniger groß wird dein Verlangen danach sein.« Seine dunklen Augen ruhen auf meinem Gesicht. »Glaub mir, es haben schon andere Magier versucht, der Macht, die einem ein Dämon geben kann, zu widerstehen. Und viele sind daran gescheitert.«

»Vertraust du mir etwa nicht?« Ich runzle die Stirn und sehe ihn forschend an.

»Doch, Alia.« Er erwidert meinen Blick, ohne mit der Wimper zu zucken. »Aber ich weiß, was falsche Macht aus einem Menschen machen kann. Und du hast bereits so viel Macht in dir wie kein anderer Magier, den ich kenne – oder gekannt habe.«

»Mehr als Xenos?«

Ich wusste zwar, dass ich viel Wärme in mir trage, aber nicht, dass Zaron, der doch herumgekommen zu sein scheint, kaum einen anderen Magier kennt, der es mit mir aufnehmen könnte – na ja, immer davon ausgehend, dass ich irgendwann meine Kräfte vollkommen beherrschen lerne.

»Ja, Alia. Bei Weitem mehr als Xenos. Zumindest bevor er ein Schwarzmagier wurde. Allein die Tatsache, dass du alle vier Elemente in dir trägst und irgendwann beherrschen wirst, macht dich zu etwas Besonderem.«

Gerade als ich antworten will, spüre ich, wie mir etwas schmerzhaft in den Rücken schlägt und sich in meiner Kleidung verfängt. Mit einem Ruck werde ich nach hinten gerissen und über den Boden gezerrt. Ich denke erst, es wäre Reyvan, der sich an uns herangeschlichen hat und mich erschrecken will, aber die Brutalität, mit der ich über den Boden geschleift werde, und der Ausdruck auf Zarons Gesicht sagen mir etwas anderes.

Alles geht rasend schnell. Zwei kräftige Hände packen mich und zerren mich auf die Beine. Ein beißender Geruch nach Urin und Schweiß dringt mir in die Nase und ich halte unvermittelt die Luft an, während ich fühle, wie etwas aus meiner Kleidung gelöst wird, und ein metallisches Klirren höre, als es zu Boden fällt. Wahrscheinlich wurde ein Wurfpfeil auf mich geschossen, der an einem Seil befestigt ist und dazu dient, die Beute zu sich heranzuziehen. Zum Glück war mein Umhang so dick, dass meine Haut nicht verletzt wurde.

»Keine Bewegung, oder sie ist tot!«, ertönt eine heisere, männliche Stimme an meinem Ohr.

Ich spüre eine eiskalte Klinge an meinem Hals und erkenne, wie Zaron, der aufgesprungen ist, die Hände hebt, um zu zeigen, dass er unbewaffnet ist.

»Los, beweg dich da rüber«, befiehlt die Stimme.

Die Hände halten meinen Oberkörper fest umklammert, sodass ich mich nicht bewegen kann. Wer auch immer hinter mir ist – er verfügt über gewaltige Körperkräfte. Ich fühle mich wie eine Puppe in seiner Gewalt.

Fieberhaft versuche ich mich an einen Zauber zu erinnern, der mich aus dieser Situation bringen könnte. Aber Zaron hat mir bisher nur Angriffszauber wie beispielsweise das Bilden eines Feuerballs gezeigt und ich bezweifle, dass mich ein Erdbeben oder ein Schutzschild aus dieser Situation rettet.

Ich spüre instinktiv, dass hier dunkle Magie am Werk ist.

Wie um meinen Verdacht zu bestätigen, tauchen in dem Moment fünf schwarze Schatten in dem Tunnel auf. Sie haben verschwommene Umrisse und schweben etwa eine Handbreit über dem Boden. Ich kann so etwas wie Arme und Klauen erkennen, die sie nach uns ausstrecken. Da der Gang kaum fünf Schritt breit ist, verdunkeln sie das spärliche Licht, das die wenigen Fackeln bieten.

»Dämonen! Hatte ich recht, Ihr seid verdammte Kultisten!«, knurrt Zaron, der mich keine Sekunde aus den Augen lässt, aber einige Schritt von uns entfernt stehen geblieben ist.

»Ja, das sind wir, gut erkannt.« Ich vermeine, ein Grinsen in der Stimme hinter mir zu hören. »Und jetzt her mit deinem Gold, Schwarzmagier! Ich weiß, du wirst deine Kräfte nicht einsetzen, denn dann würdest du dieses hübsche Ding hier verletzen.«

Ich spüre, wie sich die Klinge langsam in meine Kehle gräbt und etwas Nasses an meinem Hals herunterrinnt.

Zaron knirscht mit den Zähnen. Ich wundere mich eine Sekunde lang, warum unsere Gegner wissen, dass er ein Schwarzmagier ist.

»Seid Euch da nicht zu sicher.« Zaron zieht sein Schwert. »Es gibt auch andere Wege, zu kämpfen.« Die Klinge seines Bidenhänders geht augenblicklich in Flammen auf.

»Keine Dummheiten!«, knurrt der Mann hinter mir.

Die Klinge an meinem Hals scheint zu erfrieren. Ein eiskalter Schmerz fährt durch meinen Körper und ich schreie auf.

Die Schatten kommen bedrohlich näher. Jetzt erkenne ich, dass sie weder Gesichter noch Beine haben, obwohl sie von der Größe her Menschen sein könnten.

Wo bei den Göttern bleiben bloß Reyvan und Ogrem?

»Karem! Durchsuch den Schwarzmagier nach seinem Geld. Und nimm ihm diesen Rucksack ab. Der scheint sowieso viel zu schwer zu sein für ihn!« Die Stimme hinter mir lacht höhnisch.

Die Schatten weichen zur Seite und ein Mann tritt vor. Er trägt ähnliche Kleidung wie wir, nur dass seine mehrere Löcher aufweist, abgewetzt und schmutzig ist. Er dünstet einen ebenso penetranten Geruch aus wie sein Komplize, der hinter mir steht. Sein dunkles Haar hängt in fettigen Strähnen über sein Gesicht und er trägt einen ungepflegten Bart, die hellen Augen sind das einzig Erträgliche an seiner düsteren Erscheinung. Die Schatten umgeben ihn und kommen mit ihm zusammen auf Zaron zu.

»Lass die Waffe fallen!«, befiehlt Karem mit ruhiger Stimme.

Zu meiner Überraschung höre ich ein Klirren – Zaron hat die Waffe tatsächlich fallen gelassen. Ehe ich mich darüber wundern kann, ruft Zaron »Schutzschild!« in meine Richtung.

Ich reagiere, ohne zu zögern, und ziehe einen Schild hoch, der dummerweise auch meinen Widersacher hinter mir mit einschließt. Gerade als ich ihn einigermaßen geschlossen habe, spüre ich schon die Kälte: Zaron wirkt Magie. Und zwar mächtige, dem Ausmaß der Abkühlung meines Körpers nach zu schließen, die ich trotz des Schutzschildes empfinde. Obwohl ich nun viel mehr Wärme in mir trage als vor meiner Verwandlung zur Magierin, beginne ich vor Kälte zu zittern.

Die Schatten weichen vor einem gleißenden Licht zurück, das mich zwingt, die Augen zuzukneifen. Als ich blinzle, erkenne ich, dass es die Dämonen vor sich hertreibt, bis sie in den Wänden verschwinden.

Karem, der eben noch Zaron ausrauben wollte, krümmt sich vor Schmerzen auf dem Boden. Er windet sich unter Krämpfen, die seinen ganzen Körper peinigen.

Der Mann hinter mir, der immer noch die eiskalte Klinge an meinen Hals hält, lockert seinen Griff. Wahrscheinlich ist er überrascht, dass sich Zaron tatsächlich mit schwarzer Magie zur Wehr setzt, oder er beginnt ebenfalls zu frieren.

Den Moment nutze ich, um mich aus seinem Griff zu winden. Da der Schild uns immer noch umgibt, ziehe ich den Kultisten jedoch mit mir mit, als ich nach vorne hechte. Er fällt mit seinem gesamten Gewicht auf mich, als er stolpert.

Ich muss den Schutzschild fallen lassen, schießt es mir durch den Kopf.

Ohne zu überlegen, beende ich den Zauber – und bin der Magie von Zaron sofort schutzlos ausgeliefert. Die eisigen Schmerzen, die meinen Körper überschwemmen, sind grauenvoll. Ich schreie und winde mich unter den unerträglichen Qualen, die mir fast die Sinne rauben.

Als ich denke, dass ich jetzt sterben werde, höre ich Zaron meinen Namen rufen.

So abrupt, wie sie über mich gekommen sind, enden die Schmerzen.

Ich spüre, wie mich jemand hochhebt und wegträgt. Wenig später fühle ich kalten Stein unter mir und öffne die Lider.

Zaron kniet neben mir, einen besorgten Ausdruck in seinen Augen. »Alia, du lebst … ich dachte schon …«

Dann schlingt er die Arme um mich, zieht mich an sich und eine Sekunde später spüre ich seine warmen Lippen auf meinem Mund. Es ist nur ein flüchtiger Kuss, aber er weckt in mir auf der Stelle Gefühle, die ich bisher nicht zulassen wollte. Die Kälte in meinem Körper ist wie weggeblasen und weicht einem warmen Kribbeln in meinem Bauch.

»Tut mir leid.« Er löst sich rasch von mir. »Ich wollte nicht … Warum hast du den Schutzschild runtergenommen? Zum Glück trägst du so viel Wärme in dir.«

Ich schaue mich verwirrt um und sehe, dass die beiden Männer reglos am Boden liegen.

»Sind sie tot?« Ich richte mich benommen auf.

Zaron stützt mich und nickt. »Ja, das sind sie – und du wärst auch fast gestorben, hättest du nicht so viel Magie in dir. Das nächste Mal hörst du bitte auf mich.«

»Aber ich lebe … und du … du hast mich geküsst.«

»Entschuldige, das war unüberlegt«, murmelt Zaron und senkt den Blick. »Ich war nur so erleichtert, dass du lebst … es wird nicht wieder vorkommen.« Er erhebt sich und reicht mir die Hand, damit ich ebenfalls aufstehen kann. »Als Nächstes werde ich dir beibringen, wie du deinen Schutzschild verkleinern kannst, ohne einen Menschen dabei mitzuziehen.«

Ich klopfe mir den Staub von den Kleidern und meide seinen Blick. Er scheint ohnehin nicht über den Kuss sprechen zu wollen. Trotzdem spüre ich seine Lippen immer noch auf meinen und fahre mit dem Finger unwillkürlich über meine Unterlippe.

»Alia, alles in Ordnung?«, höre ich Reyvan durch den Gang rufen.

Wenige Sekunden später hält er mich in seinen Armen und mein Kopf wird gegen seinen Hals gedrückt.

»Wir haben den Lärm und die Schreie gehört und sind sofort zurückgerannt«, murmelt er in mein Haar. »Es war tatsächlich ein Hinterhalt! Wir haben in dem Gang zehn weitere dieser Kultisten aufgespürt und zur Strecke gebracht. Was ist hier passiert?« Er wirft einen Blick auf die beiden toten Männer.

»Sie wollten uns ausrauben«, erklärt Zaron. »Es waren wirklich Kultisten … sie hatten fünf Schattendämonen bei sich.«

»Schattendämonen?«, fragt Reyvan ungläubig und gibt mich ein Stück weit frei, sodass ich seine entgeisterte Miene erkennen kann.

»Ja, aus der Erde geboren«, bestätigt Zaron. »Ich musste sie wieder in die Dunkelheit zurückschicken – und hätte dabei beinahe Alia mit verbannt.«

Reyvans messerscharfe Blicke durchbohren Zaron bei diesen Worten.

»Es war meine Schuld. Ich habe den Schutzschild zu früh runtergenommen«, sage ich, bevor er Zaron an die Gurgel springen kann.

»Ein feiner Lehrer bist du!«, faucht der Elf und drückt mich wieder fester an sich. »Geht es dir gut?« Die letzten Worte sind an mich gerichtet.

Ich nicke. »Abgesehen davon, dass ich gerade kaum Luft bekomme, weil du mich erdrückst.« Er lockert sofort seinen Griff und lächelt mich an.

»Schluss mit der Wiedersehensfreude«, brummt Ogrem, der nun im Tunnel erscheint. »Lasst uns von hier verschwinden. Je eher wir von dieser verdammten Brut wegkommen, desto besser!«

»Da gebe ich Euch ausnahmsweise einmal recht«, bemerkt Reyvan. »Aber diesen Dolch werde ich mitnehmen. Es wäre eine Schande, ihn liegen zu lassen.« Er bückt sich nach der Waffe, die neben dem toten Kultisten am Boden liegt. »Da ist Blut dran …«

Er sieht mich an und scheint erst jetzt zu bemerken, dass ich aus einer Wunde am Hals blute.

»Cíara, er hat dich verletzt! Dieses Schwein! Wenn Zaron ihn nicht getötet hätte, hätte ich ihn gevierteilt! Komm, lass mich das ansehen.« Er untersucht den Schnitt an meiner Kehle. »Hm, scheint glücklicherweise nicht tief zu sein. Ich werde dich heilen.«

Er legt eine Hand auf die Wunde und ich spüre seine heilende Wärme in mich fließen. Ein paar Sekunden später sind die Schmerzen weg und meine Haut wieder zusammengeflickt.

»Angeber!«, knurrt Ogrem und wendet sich zum Gehen.

»Ihr seid bloß neidisch, weil wir Elfen Heilkräfte besitzen und Ihr Zwerge nicht.« Reyvan grinst und nimmt meine Hand. »Komm, Cíara, gehen wir!«

Zaron folgt uns mit etwas Abstand.

Ich wage immer noch nicht, ihn anzusehen.

33

Alia

Reyvan und Ogrem scheinen den größten Teil der Kultisten ausgelöscht zu haben. Zumindest begegnen wir in den nächsten Stunden keinen weiteren Fremden, die uns Dämonen auf den Hals hetzen.

Zaron und ich versuchen, so miteinander umzugehen, als hätte es den Kuss nie gegeben. Trotzdem erwische ich ihn immer wieder dabei, wie er, wenn er sich unbeobachtet fühlt, mich nachdenklich mustert.

Aber weder er noch ich sprechen an, was vorgefallen ist. Ich weiß, dass ich zu Reyvan gehöre. Und Zaron weiß das auch … hoffe ich zumindest.

Ein Gedanke macht mir jedoch größere Sorgen als alles andere.

»Zaron«, beginne ich, als wir gegen Mittag haltmachen, um eine Weile zu rasten. Er wendet sich mir zu und sieht mich fragend an. »Du hast doch schwarze Magie gewirkt, um die Schattendämonen zu vertreiben, oder?«

»Ja, das habe ich. Warum fragst du?«

»Weil … du hattest mir einmal gesagt, Xenos spürt die schwarze Magie, wenn sie gewirkt wird. Kann er uns jetzt nicht aufspüren?«

Zaron zieht die Augenbrauen zusammen. »Ja, das könnte sein. Allerdings haben wir einen großen Vorsprung. Und falls Xenos überhaupt unter unseren Verfolgern ist, müssten sie zuerst in die Zwergenstadt und dann in die Weststollen. Und ich bezweifle, dass Baltor die Magier einfach so in seine Stadt spazieren lässt.«

»Dann werden sie aber wissen, wohin wir gehen«, bemerke ich leise.

»Nun ja, sie wissen, wohin *ich* gehe. Dass ich mit euch zusammen bin, wissen sie bisher nicht.«

»Trotzdem sollten wir ab sofort schneller vorankommen«, wirft Reyvan ein, der unser Gespräch mitverfolgt hat. »Wir können das Risiko nicht eingehen und uns einzig darauf verlassen, dass wir einen Vorsprung oder die Magier inzwischen die Suche nach uns aufgegeben haben.«

»Da gebe ich Euch recht, Elf!«, stimmt Ogrem ihm zu. »Ich muss schnellstmöglich zu meiner Familie zurück, falls die Magier tatsächlich in die ›Stadt der tausend Steine‹ einfallen.«

Von da an treibt uns Ogrem an. Wir versuchen, mit seinem Tempo so gut wie möglich mitzuhalten. Der Zwerg ist jedoch in erstaunlich guter körperlicher Verfassung.

Nach zwei weiteren Tagen strengem Fußmarsch, in denen wir glücklicherweise weder Kultisten noch Monstern begegnen, erreichen wir endlich den See, von dem Ogrem gesprochen hatte.

Ich bin froh, als ich sehe, dass sich dieser in einer weitläufigen Höhle befindet. Die ständigen Stollen haben langsam begonnen, mir das Gefühl zu geben, erdrückt zu werden und keine Luft zu bekommen. Ich versuche, nicht daran zu denken, welche Gesteinsmassen über uns sind.

Die Höhle ist düster und auch der See liegt schwarz vor uns und verliert sich in der Dunkelheit.

»Ab hier werden wir auf Licht verzichten.« Ogrem löscht die kleine Lichtkugel, die er bisher gebildet hat, um unseren Weg zu erleuchten.

Wir befinden uns in vollkommener Dunkelheit.

»Setzt die Gläser auf«, weist Ogrem uns an. »Sonst könnt Ihr nichts erkennen.« Er macht es uns vor.

Obwohl ich das Gefühl habe, lächerlich damit auszusehen, folge ich seinem Beispiel und stoße unwillkürlich ein »Oh« aus.

Ich sehe auf einmal trotz der Dunkelheit einen Teil der Höhle, kann sogar den See erkennen und die Steine an dessen Ufer. Mein Blick gleitet nach oben, aber bis zur Decke reicht meine Sicht nicht.

Wir folgen einem schmalen Pfad, der hinunterführt. Der Boden vor dem See ist mit nassen Kieselsteinen bedeckt.

Mir schießt der Gedanke durch den Kopf, dass die Nacht hier ziemlich unangenehm werden wird – denn die Decken, die wir dabeihaben, sind nicht so dick, dass sie die spitzen Steine vollends davon abhalten können, sich in der Nacht in unsere Haut zu drücken.

»Wir werden hier rasten und unsere Wasservorräte auffüllen«, bestimmt Ogrem. »Passt auf, geht nicht ins Wasser hinein. Dort lauern Monster, die Ihr lieber nicht kennenlernen möchtet! Und zündet keinesfalls Lichter an. Die würden weit Schlimmeres anlocken als Kultisten!«

Ich fröstle bei dem Gedanken, dass irgendwo in der Dunkelheit irgendwelche Kreaturen nur darauf warten, dass wir uns durch Lichter verraten.

»Wie lange werden wir die Gläser tragen müssen?«, fragt Zaron.

»So lange, wie ich es sage«, antwortet der Zwerg. »Aber mindestens fünf Tage. Dann werden wir aus dem Kern der Weststollen raus sein.«

»Na prima. Zum Glück sehe ich auch so gut genug, ohne diese hässlichen Gläser.« Reyvan legt seine Kristallgläser ab.

»Ihr seid wirklich ein undankbares Pack, Ihr Elfen!«, beschwert sich Ogrem. »Und so überheblich, wie Ihr beschrieben werdet!«

»Immerhin sind wir nicht so hässlich wie Ihr Zwerge«, kontert Reyvan.

»Nehmt das zurück! Oder Ihr kriegt es mit meiner Koretta zu tun!«

»Eure Koretta … nennt Ihr so Eure Armbrust?«, fragt Reyvan unbeeindruckt. »Ich habe gesehen, wie wenig diese Waffe vermag. Ich hatte in der Zeit, die Ihr brauchtet, um Eure Koretta zu ziehen, bereits fünf Gegner erledigt!«

»Fünf? Und wovon träumt Ihr nachts?!« Ogrem schäumt vor Wut.

»Bitte, seid etwas leiser! Sonst lockt Ihr Monster an, oder was auch immer in der Dunkelheit lauern mag«, mischt sich Zaron ein und trennt die beiden Kampfhähne voneinander. »Ogrem, du gehst auf diese Seite und du, Reyvan, auf die andere. Und hört endlich auf, euch ständig zu provozieren! Das hält ja kein Mensch aus mit euch beiden!«

Reyvan murmelt eine Verwünschung und kommt zu mir. Ich habe inzwischen meine Decke auf dem Boden ausgebreitet und suche mir eine einigermaßen bequeme Sitzfläche. Leider piken die Steine wie erwartet schmerzvoll in meinen Hintern.

»Rey, warum musst du dich auch immer so provozieren lassen von Ogrem?«, frage ich, als er sich neben mich setzt.

»Das verstehst du nicht, Cíara.« Er zieht mich unvermittelt auf seinen Schoß und ich muss zugeben, dass es dort um einiges angenehmer ist als auf den spitzen Steinen. »Es liegt in unserer Natur, dass wir uns nicht mögen. Daran kannst sogar du nichts ändern.«

»Aber … kannst du nicht versuchen, seine Sprüche zu überhören?« Ich lege ihm einen Arm um den Nacken und spiele mit seinem blonden Haar. »Und deinerseits auf ein paar Bemerkungen verzichten?«

»Ach, meine Kleine.« Reyvan streicht über die Stelle an meinem Hals, wo das Messer des Kultisten mich geschnitten hat. »Es können nicht alle so selbstlos und herzensgut sein wie du. Aber mein Temperament ist doch der Grund, warum du mich so unwiderstehlich findest, oder?« Er küsst meinen Nacken und ich schließe unvermittelt die Augen.

»Wenn Ihr da drüben fertig seid, könnt Ihr uns vielleicht helfen, die Wasserschläuche zu füllen«, brummt Ogrem.

Ich sehe durch die Kristallgläser, dass er uns einen bösen Blick zuwirft. Rasch befreie ich mich aus Reyvans Umarmung und greife nach dem Wasserschlauch, der neben meinem Rucksack liegt.

Wir gehen gemeinsam zum Höhlensee, der sich einige Dutzend Schritte von uns entfernt befindet. Erst als ich direkt davorstehe, werden mir dessen Ausmaße richtig bewusst. Er muss einen Durchmesser von mehreren hundert Schritt haben. Und bereits hier, am Ufer, kann man nicht erkennen, wo der Grund ist. Geschweige denn, wo er sich in der Dunkelheit verliert.

Rasch füllen wir unsere Wasservorräte, denn keiner hat das Bedürfnis, länger als nötig am Ufer zu verweilen. Ich fühle mich seltsamerweise von irgendetwas beobachtet. Aber es ist eher eine Ahnung als ein richtiges Gefühl. Ein Kribbeln, das durch meinen Körper gleitet.

»Lasst uns etwas essen und dann die Wachen aufteilen«, schlägt Zaron vor, als wir zurück im Lager sind.

»Ich übernehme die erste Wache«, bietet sich Ogrem an. »Ich kenne diesen See und seine Tücken und kann am besten einschätzen, ob sich über die Jahrzehnte, die vergangen sind, seit ich das letzte Mal hier war, etwas verändert hat.«

Zaron macht eine zustimmende Geste. »In Ordnung, dann übernehme ich die zweite Wache und du, Reyvan, die dritte.«

Der Elf nickt, während er mir etwas Trockenfleisch und Zwieback reicht. Beides ist nur mit genügend Wasser herunterzukriegen, da es staubtrocken ist. Aber immerhin scheinen die Zwerge etwas vom Backen zu verstehen, denn schon wenige Bissen des Zwiebacks stillen meinen Hunger.

»Komm, leg dich hin«, murmelt Reyvan, nachdem wir unser karges Mal verschlungen haben. »Du kannst meinen Arm als Kissen verwenden, dann musst du nicht auf diesen spitzen Steinen schlafen.«

Dieses Angebot nehme ich nur zu gerne an. Die bisherige Reise hat mich angestrengt und ich bin froh, in den Armen des Elfen einzuschlafen. Es gibt kaum einen Platz in Altra, wo ich mich sicherer fühle.

Es ist schwer zu sagen, ob es Morgen oder noch mitten in der Nacht ist, als wir aus dem Schlaf gerissen werden. Ich bin sofort hellwach und setze die Schattengläser auf, um etwas erkennen zu können.

»Bleib so ruhig wie möglich liegen«, raunt Reyvan mir ins Ohr. Ich sehe, dass er seinen Pfeil und Bogen in den Händen hält. »Ich höre etwas – es kommt von der Höhlendecke.«

Ich starre in die Dunkelheit hinauf, kann aber nichts Ungewöhnliches erkennen.

»Wer hat Wache?«, flüstere ich.

»Zaron«, antwortet er leise. »Aber ich sehe ihn nicht … und auch der Zwerg ist fort.«

»Meinst du, ihnen ist etwas zugestoßen?« Mich beschleicht ein ungutes Gefühl.

»Ich weiß nicht.« Reyvan sieht sich wachsam um. »Ich finde es verdächtig, dass ich nichts gesehen oder gehört habe.«

Das erstaunt mich allerdings auch. Reyvan hat als Elf ein so feines Gehör, dass er eine Stecknadel hundert Schritt entfernt auf den Boden fallen hört. Ich schaue zu dem Lager hinüber, wo Zaron und Ogrem gelegen haben. Es sieht aus, als wären sie eben noch dort gewesen.

»Runter!«, befiehlt Reyvan in dem Moment.

Ich folge seinem Befehl auf der Stelle. Gerade rechtzeitig, denn an meinem Haar spüre ich ein Ziehen, das sofort wieder nachlässt. Ich ducke mich, schlinge die Arme schützend um meinen Kopf und fühle etwas Haariges auf meiner Haut, das sich gerade zurückzieht. Dann ist eine Art Zischen oder Quieken zu hören, bevor ein heftiger Aufprall folgt.

Ich blinzle unter meinen Armen hervor. Reyvan steht neben mir und hat einen weiteren Pfeil angelegt, der brennt. Immerhin hat uns der Händler also nicht belogen, die Runen wirken.

Ich suche nach der Ursache des Aufpralls und keuche erschrocken.

Neben mir liegt eine haarige Riesenspinne, die sich gerade in einen Feuerball verwandelt. Ihr dicker Körper hat mindestens einen Durchmesser von zwei Schritt und jedes ihrer Beine, die sie im Tode an den Körper angewinkelt hat, ist so dick wie mein Arm. Ein ekelerregender Gestank nach verbranntem Haar und Fleisch lässt mir fast die Galle hochkommen.

Ich rutsche weg, damit mich die Hitze des Feuers nicht versengt.

»Da haben wir unseren nächtlichen Besucher«, bemerkt Reyvan kühl.

Der Elf richtet den Blick nach oben und ich blinzle ebenfalls zur Decke. Da das Feuer, das die Spinne unfreiwillig nährt, nun unsere Umgebung hell erleuchtet, kann ich hoch über uns ein gewaltiges Spinnennetz ausmachen. Es ist mindestens zwanzig Schritt entfernt an der Decke befestigt. Darin sehe ich mehrere Kokons. Zwei davon bewegen sich heftig.

»Sind das Zaron und Ogrem?«, frage ich und suche nach meinen Schattengläsern, um die Umgebung besser zu erkennen, denn das Feuer der Spinne erlischt bereits wieder.

»Das nehme ich an, ja«, entgegnet Reyvan stirnrunzelnd.

»Können wir sie irgendwie befreien?«

Reyvan sieht mich an und ich lese in seinen Augen, dass er sich gerade einen Plan zurechtlegt. »Wenn ich einen Feuerpfeil hinaufschieße, könnten sie verbrennen – oder herunterfallen und sich alle Knochen brechen«, meint er nachdenklich. »Zudem müssen wir schnell handeln. Das Feuer lockt weitere Gefahren an.«

»Stimmt«, murmle ich nachdenklich, dann schießt mir eine Idee durch den Kopf. »Lass mich etwas versuchen.«

Ich konzentriere mich und binnen weniger Augenblicke schwappt ein breiter Wasserstrahl vom See her zu uns. Reyvan springt anmutig zur Seite, als das Wasser den brennenden Körper der Spinne löscht. Um uns herrscht, abgesehen von dem Feuerpfeil, den Reyvan immer noch in der Hand hält, nun wieder vollkommene Dunkelheit.

»He, das war beeindruckend!« Reyvan grinst mich an, was ich dank der Schattengläser problemlos erkenne. »Und um einiges effektiver, als wenn wir Wasser hierher hätten schleppen müssen.«

Ich spüre, wie meine Wangen warm werden ob dem Lob des Elfen. Dann blicke ich wieder zur Decke, kann jetzt aber trotz der Gläser nichts mehr erkennen.

»Sie haben nicht mehr viel Zeit«, bemerkt Reyvan, der meinem Blick gefolgt ist. »Wenn diese Spinnen jenen aus den tiefen Wäldern von Zakatas ähneln, dann haben sie in ihren Spinnenfäden, die sie für die Kokons brauchen, ein Gift, das langsam in den Körper eindringt und ihn zersetzt.«

»Aber … was sollen wir tun?« Meine Stimme klingt mindestens so verzweifelt, wie ich mich fühle.

Wieder sieht er mich prüfend an. »Kannst du klettern?«

»Ohne Seil nicht.«

»Gut, dann werde ich das machen«, beschließt er. »Ich werde eine Weile brauchen. Sorge du für eine weiche Unterlage auf dem Boden. Denn Zaron und Ogrem werden wahrscheinlich herunterfallen.«

Ohne weitere Erklärungen steckt Reyvan den Pfeil wieder in den Köcher. Das Wurfgeschoss erlischt, sobald er ihn vom Bogen entfernt.

Rasch begibt er sich zu einer der Höhlenwände und beginnt, hochzuklettern. Schon nach wenigen Sekunden kann ich ihn nicht mehr sehen.

Ich frage mich, wie er an der Decke entlangklettern will. Aber er hat so überzeugend geklungen, dass er sich das wahrscheinlich bereits überlegt hat.

Ich besinne mich darauf, dass ich eine Art Auffangnetz oder Ähnliches am Boden ausbreiten sollte, um den Sturz von der Decke für Zaron und Ogrem abzuschwächen.

Als Erstes denke ich natürlich an ein Spinnennetz. Aber ich habe keine Ahnung, wie man einen Spinnenfaden webt und bezweifle zudem, dass das mit Magie überhaupt möglich ist – außerdem wird das zu lange dauern. Auch die Decken, die wir dabeihaben, werden nicht genügen.

Ich überlege fieberhaft. Vielleicht kann ich den Boden irgendwie verändern? Die spitzen Steine müssen jedenfalls weg, sonst schürfen meine Gefährten sich die Haut auf.

Ich greife nach der Erdmagie in mir und schicke sie über den Boden. Dabei stelle ich mir vor, wie dieser weich und nachgiebig wird. Ich habe keine Ahnung, wo genau Zaron und Ogrem herabstürzen werden, also breite ich den Zauber über eine möglichst große Fläche aus.

Als ich damit fertig bin, stehe ich auf und prüfe, ob meine Magie gewirkt hat. Und tatsächlich, sobald ich einen Fuß auf die Fläche, die ich bearbeitet habe, setze, gibt sie unter mir nach und ich falle fast hin. Der Untergrund schwingt bei jedem meiner Schritte mit und beschreibt kleine Wellen, ähnlich einem See. Damit sollte der Aufprall der beiden einigermaßen abzufedern sein.

Mir bleibt kaum Zeit, mir selbst zu meinem Einfall zu gratulieren, da höre ich auch schon, wie etwas von oben herunterfällt. Rasch springe ich zur Seite, auf den festen Höhlenboden. Keine Sekunde zu früh, denn in dem Moment landet ein Kokon neben mir auf dem Boden und hüpft ein paar Mal darauf herum, bis er auf einer Stelle liegen bleibt.

Ich kann die hellen Umrisse erkennen und sehe, dass er sich immer noch heftig bewegt. Kurz darauf fällt der zweite Kokon herunter, gefolgt von Reyvan, der elegant auf beiden Füßen landet.

Ich wickle einen Stofffetzen um meine Hände, um die Spinnenfäden nicht zu berühren, und zücke den Dolch. Damit bearbeite ich den ersten Kokon, der sich als außerordentlich zäh erweist. Reyvan widmet sich währenddessen dem anderen. Wir beide haben Mühe, die dicken Spinnenweben mit unseren Klingen zu durchdringen, und ich hoffe inständig, dass sich unsere Gefährten keine Verletzungen zugezogen haben.

Als endlich der Kopf von Ogrem, der sich in meinem Kokon befindet, zum Vorschein kommt, atme ich erleichtert aus, denn der Zwerg flucht wie ein ganzes Bataillon Krieger und fährt mich an, ich solle mich gefälligst beeilen, er wolle aus diesem verdammten Ding heraus. Immerhin scheint es ihm gut zu gehen und nach ein paar weiteren Schnitten kann er herauskriechen.

Auch Zaron, der soeben von Reyvan aus dem Kokon geschnitten wird, lebt und kann sich aufrichten, wenn auch auf wackeligen Beinen. Sein Gesicht ist jedoch aschfahl und Reyvan muss ihn stützen, damit er nicht hinfällt. Er sieht gar nicht gut aus.

Ogrem kramt in seiner Tasche und zieht eine kleine, grün schimmernde Ampulle heraus, deren Inhalt er herunterschüttet.

»Gegen das Spinnengift«, sagt er und hält Zaron ebenfalls ein Glasfläschchen hin.

Aber selbst als der Schwarzmagier die Flüssigkeit getrunken hat, kehren seine Kräfte nicht zurück. Offenbar hat es ihn schlimmer erwischt als Ogrem. Da er Wache hatte, war er wohl das erste Opfer der Spinne.

»Setz dich hin und lass dich von Alia untersuchen«, weist Reyvan Zaron an, dessen Gesicht sogar durch die Schattengläser bleich erscheint. »Sie hat größere Heilkräfte als ich und kann vielleicht das Gift des Kokons aus deinem Körper verbannen.«

»Nein, ich würde sie töten, wenn sie ihre Magie in meinen Körper sendet«, protestiert der Magier schwach.

»Unsinn, du wirst mich nicht töten!«, erwidere ich bestimmt.

Er trägt einen Teil von mir in sich – und ich kann seinetwegen Magie wirken. Es kann nicht sein, dass sich sein Körper gegen mich wehrt. Hoffe ich zumindest.

Rasch knie ich mich neben ihn.

Ich habe keine Ahnung, wie man einen anderen Menschen mit Magie heilt. Bei mir war es einfach – ich war ja schon in meinem Körper drin und konnte sofort erkennen, wo sich die Verletzungen befanden.

Also bleibe ich unschlüssig neben dem Schwarzmagier sitzen.

»Gut, ein Versuch ist es wert«, murmelt Zaron kraftlos. »Aber wenn du Widerstand spürst, hörst du sofort auf, verstanden?« Ich nicke. »Leg deine Hand auf meine Brust«, leitet er mich an. Rasch folge ich seiner Anweisung. »Und jetzt versuche, dich durch die Hand hindurch in meinen Körper zu fühlen. Irgendwo gibt es Blutbahnen, die vergiftet sind. Suche sie und verbanne das Gift in die Leber.«

Oje, das klingt nach einer Menge Arbeit. Ich hoffe, ich bin dem gewachsen und kann Zaron heilen.

Ich verdränge meine Unsicherheit in den hintersten Winkel meiner Gedanken, schließe die Augen und fühle mich langsam in Zarons Körper hinein. Es ist ein komisches Gefühl, in einem anderen Menschen zu sein, aber glücklicherweise spüre ich keinerlei Widerstand. Hatte ich also recht – sein Körper wehrt sich nicht gegen mich.

Rasch versuche ich, die Ursache für seine Schwäche zu finden – und erschaudere. Sein ganzer Körper ist mit dem Spinnengift infiziert. Wie um alles in der Welt soll ich das jemals wieder da rausbringen? Zudem macht seine Leber nicht gerade den Eindruck, als könnte sie eine solche Menge Gift aus dem Körper ausscheiden.

Ich ziehe mich aus ihm zurück.

»Ich kann das nicht. Dein Körper ist bereits überall mit dem Gift befallen.« Ich lasse die Schultern sinken. »Kannst du dich nicht selbst heilen?«

Ogrem hat eine schwache Lichtkugel gebildet, in deren Schein ich sehe, dass Zarons Augen blutunterlaufen und seine Wangen eingefallen sind.

»Nein, Alia«, keucht er unter größter Anstrengung. »Das kann ich nicht. Dieses Gift ist anders als …« Seine Stimme bricht.

»Es gibt noch eine andere Möglichkeit«, meldet sich Ogrem hinter mir. »Ihr tauscht das vergiftete Blut gegen gesundes aus.«

»Nein, das erlaube ich nicht.« Zarons Protest ist kaum ein Flüstern.

»Was bedeutet das?« Ich ignoriere den Schwarzmagier und sehe Ogrem angespannt an.

»Dass Ihr einen Teil des Giftes in Euch aufnehmt und ihm einen Teil Eures gesunden Blutes gebt.«

»Nein, Alia! Tu das nicht!«, mischt sich Reyvan ein. »Du wärst dann ebenso vergiftet.«

»Vermagst *du* ihn vielleicht zu heilen?«, entgegne ich.

Er schüttelt resigniert den Kopf. »Nein, ich kann nur kleinere Wunden heilen. Solche Vergiftungen übersteigen meine Kräfte. Aber ich will nicht, dass du dich in Gefahr begibst, Cíara. Zudem … du würdest das Blut eines Schwarzmagiers in dich aufnehmen. Wer weiß, welche Folgen das hat!«

»Er hat recht. Du darfst das nicht machen«, bestätigt Zaron matt.

Ich starre ihn voller Verzweiflung an. »Aber … wenn ich es nicht mache, dann stirbst du!«

Meine Niedergeschlagenheit wächst mit jeder Sekunde. Ich sehe förmlich, wie Zarons Kräfte schwinden – trotz Ogrems Heiltrank.

Ich wende mich Hilfe suchend an den Zwerg. »Könnt Ihr mir erklären, wie man das Blut austauscht?«

»Nun, ich bin auch kein Heiler. Aber ich habe gehört, dass man sich das Handgelenk aufschneidet und das austretende Blut mit demjenigen des Betroffenen verbindet. Keine Ahnung, ob das auch in der Praxis funktioniert.«

»Wir müssen es zumindest versuchen.« Ich ziehe meinen Dolch.

»Alia, nein!«, ruft Reyvan.

Bevor er meine Hand jedoch zurückhalten kann, habe ich mir in das Handgelenk geschnitten. Ein scharfer Schmerz durchfährt meinen Arm und ich beiße die Zähne zusammen. Das Blut tritt sofort aus.

Sorgfältig nehme ich das Handgelenk von Zaron, der zu schwach ist, sich dagegen zu wehren. Mit einer raschen Bewegung schneide ich ihm die Pulsadern auf und halte mein blutendes Handgelenk an seines.

Ich schließe die Augen und konzentriere mich auf meine Blutbahn.

Es ist plötzlich viel einfacher, in Zarons Körper zu dringen. Ich lenke mein Blut in ihn und folge ihm durch Zarons Adern. Immer weiter hinein. Als ich bei seinem Herzen angekommen bin, kehre ich um und folge seinem Blut in meinen Körper zurück. Dabei achte ich darauf, keinen Tropfen meines Blutes unnötig zu verschütten. Ich spüre, wie das Gift in meinen Körper dringt und ich mit jeder Sekunde schwächer werde.

Wenn ich nicht aufpasse, werde ich selbst sterben.

Röchelnd lasse ich sein Handgelenk los und lege mit letzter Kraft die Hand auf seinen Schnitt, um ihn wieder zu schließen. Gleichzeitig spüre ich, wie mich meine Magie verlässt. Der ganze Prozess hat zu viel Energie gekostet – und mein Körper wehrt sich nach Kräften gegen das Gift, das in ihn eingedrungen ist.

Noch ehe ich Zarons Handgelenk heilen konnte, wird mir schwarz vor Augen und ich sinke in eine erlösende Dunkelheit.

34

Alia

Ein heftiges Zittern schüttelt mich, mir ist heiß und kalt zugleich. Ich habe keine Ahnung, wie viel Zeit vergangen ist, als ich meine schweren Lider endlich öffnen kann. Ich sehe direkt in Reyvans Augen und spüre, dass er mich in seinen Armen hält.

»Alia!« Seine Stimme klingt wütend und erleichtert gleichzeitig. »Du bist wirklich das unvernünftigste Mädchen, das ich je kennengelernt habe! Deine Selbstlosigkeit wird dich noch umbringen!« Er gibt mir einen zärtlichen Kuss auf die Stirn.

»Wie geht es Zaron?«, will ich wissen. Meine Stimme klingt irgendwie hohl und dumpf.

Reyvan entfährt ein leises Knurren. »Du hast ihn gerettet. Er sitzt dort drüben und macht sich die schlimmsten Vorwürfe – recht so!«

Ich versuche, den Kopf zu heben, meine Muskeln wollen mir jedoch nicht richtig gehorchen.

Ein Blick auf mein Handgelenk zeigt mir, dass da nicht einmal mehr eine Narbe ist. Reyvan hat den Schnitt geheilt.

»Ist sie endlich wach?«, fragt eine brummige Stimme neben uns.

»Ja, ist sie. Aber sie kann keinesfalls aufbrechen, Zwerg.« Reyvan lässt den Blick nicht von meinem Gesicht.

»Das steht nicht zur Diskussion! Bei dem Lärm, den wir hier veranstaltet haben, werden bald alle Monster im näheren Umkreis hier sein.«

»*Ihr* seid der Grund dafür, nicht Alia!«, presst Reyvan zwischen den Zähnen hervor. »Wenn Ihr besser aufgepasst hättet, wärt Ihr nicht von dieser Spinne gefangen genommen worden!«

»Ihr hättet ebenso gut an meiner Stelle sein können, Elf!«, knurrt der Zwerg. »Also gut, noch ein paar Minuten. Dann werden wir aber aufbrechen. Ihr müsst Eure Gefährtin ansonsten eben tragen, wenn sie nicht gehen kann!«

Reyvan murrt etwas Unverständliches.

Ich höre schon gar nicht mehr hin, wenn die beiden sich streiten, zumal ich im Moment zu schwach bin, um mich darüber aufzuregen.

»Trinkt das.« Ogrem hält mir eine der grünlich leuchtenden Ampullen an den Mund.

Ich schlucke artig und spucke das bittere Getränk fast wieder aus. Aber Ogrem gibt sich davon unbeeindruckt und wartet, bis ich alles ausgetrunken habe, ehe er weggeht.

Abermals versuche ich mich aufzurichten – diesmal gelingt es mir. Der Trank scheint zu wirken, denn er kämpft gegen das Gift in meinem Körper.

Reyvan stützt meinen Rücken, als Zaron auf uns zukommt. Ich kann durch die Schattengläser nicht genau seine Gesichtszüge erkennen, aber seiner Haltung nach zu schließen, ist er ebenso besorgt wie Reyvan.

»Alia, du bist aufgewacht.« Er kniet neben mich. »Ich bin dir auf ewig zu Dank verpflichtet. Ohne deine Hilfe wäre ich jetzt wahrscheinlich tot.«

»Jetzt sind wir quitt.« Ich lächle schwach.

Augenblicklich spüre ich einen stechenden Schmerz in meiner rechten Seite. Meine Leber scheint sich über das Gift in meinem Körper nicht zu freuen.

»Nein, Alia, das werden wir nie sein.« Zaron nimmt meine Hand und ich merke, wie sich Reyvan hinter mir anspannt. »Ich verdanke dir mein Leben.«

»Du hättest an meiner Stelle dasselbe getan«, flüstere ich unbeholfen.

»Da hast du recht. Trotzdem … es ist nicht selbstverständlich.« Er steht auf. »Kannst du gehen? Wir müssen so rasch wie möglich von hier weg. Ich spüre, dass sich dunkle Mächte auf diesen Ort zubewegen.«

Meine Beine geben sofort nach, als ich aufstehen will.

»Ich werde dich tragen«, beschließt Reyvan. »Komm, leg deine Arme um meinen Nacken, damit ich dich hochheben kann.«

Am Rande bemerke ich, dass Ogrem und Zaron bereits alles gepackt haben. Zaron schultert meinen Rucksack.

»Dann lasst uns aufbrechen!«, brummt Ogrem und geht voran.

Ich bin froh, dass ich im Moment nicht gehen muss. Mein ganzer Körper fühlt sich an, als wäre ich ebenfalls in einem Spinnenkokon gewesen.

Während Reyvan mich trägt, sende ich Magie aus, um den Schaden zu begutachten. Glücklicherweise sind meine Organe bereits damit beschäftigt, die letzten Reste des Giftes zu vertreiben, sodass ich sie nur mit ein wenig heilender Magie zu unterstützen brauche. Es ist erstaunlich, wie rasch meine Wärme zurückkehrt. Bald werde ich wieder genug Kräfte haben, um auf eigenen Beinen zu stehen.

Ogrem rennt fast das Seeufer entlang, um so rasch wie möglich in einen der Stollen zu gelangen, der uns von dieser Höhle wegführt.

Die ganze Zeit trägt mich Reyvan auf seinen Armen. Zum Glück begegnen uns keine weiteren Spinnen.

Nach etwa einer Stunde übernimmt es Zaron, mich ein Stück weit zu tragen, um Reyvan zu entlasten. Die Kräfte des Schwarzmagiers scheinen wieder vollständig zurückgekehrt zu sein, wie ich erleichtert feststelle. Nach einer weiteren Stunde machen wir endlich in der Nische eines Stollens halt.

»Hier sollten uns keine weiteren Monster auflauern – hoffe ich zumindest.« Der Zwerg setzt sich auf einen Stein.

Reyvan hilft mir, mich ebenfalls hinzusetzen, und gibt mir etwas Wasser zu trinken. »Wie geht es dir?«, fragt er fürsorglich.

»Schon um einiges besser«, antworte ich.

»Hier, trinkt!« Ogrem hält mir eine weitere Ampulle mit grüner Flüssigkeit hin.

Ich habe unterwegs noch zwei davon trinken müssen und kann die bittere Essenz nicht mehr riechen. Sie schmeckt scheußlich.

»Ihr müsst nicht Euren hübschen Mund verziehen, Sonnenschein!«, sagt Ogrem grimmig. »Wenn Ihr das nicht trinkt, wird der Elf es gewaltsam in Euren Körper pumpen. Ihr habt eine Menge Gift abbekommen und das muss vollständig weg!«

Widerwillig nehme ich die Ampulle und schütte den Inhalt in einem Zug herunter.

»So ist brav!« Ogrem nickt zufrieden.

»Wir sind gerade mal ein paar Tage in den dunklen Wegen und schon von Kultisten, Dämonen und Riesenspinnen angegriffen worden«, brummt Reyvan, der neben mir Platz genommen hat. »Wenn das so weitergeht, werden wir uns andere Methoden ausdenken müssen, um uns vor Angriffen zu schützen.« Er kaut auf seinem Zwieback herum.

»Ja, das werden wir … zumal wir erst jetzt wirklich in den dunklen Wegen sind«, bemerkt Ogrem.

»Was schlagt Ihr vor, Zwerg?«, will Reyvan von ihm wissen.

»Wir werden ab sofort etwas langsamer vorangehen. Und die Wachen verdoppeln – oder zumindest so einteilen, dass sie sich überschneiden.«

»Das klingt vernünftig«, bestätigt Zaron, der bisher geschwiegen hat. Er sieht mich stirnrunzelnd an.

»Was?«, frage ich ihn.

»Ich überlege gerade, ob ich dir einen bestimmten Zauber beibringen kann. Eigentlich sollte es möglich sein. Normalerweise können ihn nur zwei Magier gemeinsam wirken. Aber da du die Elemente miteinander verbinden kannst, sollte es gelingen.«

»Was für einen Zauber?«, fragt Reyvan skeptisch. »Wenn es etwas Gefährliches ist, bin ich dagegen! Alia hat schon genug auf sich genommen.« Er legt den Arm schützend um mich und funkelt Zaron an.

»Es ist nichts Gefährliches«, erwidert dieser beschwichtigend. »Aber es braucht viel Energie. Denn ich bringe ihr bei, ein Gebiet abzusuchen.«

»Das kann ich ebenso«, meint Reyvan. »Ich muss mich dafür bloß in einen Tunnel schleichen.«

»Ja, aber dabei *begibst* du dich in den Tunnel«, erwidert Zaron. »Ich kann Alia einen Zauber beibringen, durch den sie nur ihren Geist aussendet. Ihr Körper bleibt an Ort und Stelle und daher außerhalb des Gefahrenbereichs.«

»Woher kennst du diesen Zauber?«, will ich wissen.

»Ein Freund hat ihn mir einmal erklärt. Nur müssen dafür Erde und Luft beherrscht werden, weshalb ich das nie selbst ausprobieren konnte.«

»Und lebt dieser Freund noch?«, fragt Reyvan spitz. »Das könnte uns Aufschluss darüber geben, ob sich der Zauber auch wirklich als nützlich erwiesen hat.«

»Als ich ihn das letzte Mal sah, hat er sich der besten Gesundheit erfreut. Aber das tut jetzt nichts zur Sache.« Zaron wendet sich an mich. »Fühlst du dich kräftig genug für eine weitere Übung?«

Ich nicke.

»Sehr gut. Falls du merkst, dass dir die Kräfte schwinden, sagst du es mir rechtzeitig, verstanden?«

Abermals nicke ich.

Zaron sieht mich zwar wachsam an, aber er scheint mir schlussendlich zu glauben. »Wir müssen eine Weile ungestört sein dafür. Wie lange haben wir Zeit, Ogrem?«

»In einer Stunde müssen wir spätestens wieder aufbrechen, damit wir zu dem Nachtlager kommen, das ich im Sinn habe.«

»Gut, dann lass uns keine Zeit verlieren.« Zaron setzt sich an meine Seite. »Zwei Elemente hast du bisher noch nicht miteinander verbunden«, beginnt er. »Im Grunde musst du einfach beide Elemente in dir anrufen und dann miteinander vereinen. Probiere es einmal.«

Es dauert fast eine halbe Stunde, bis ich dieses Kunststück beherrsche. Die Tatsache, dass mein Körper immer noch geschwächt ist von dem Gift, macht sich jetzt umso stärker bemerkbar.

»In Ordnung«, meint Zaron, als es mir gelingt. »Jetzt sende deinen Geist aus. Du brauchst dafür die Luft. Die Erde begrenzt dein Wesen. Ansonsten würdest du dich in der Dunkelheit verlieren.«

»Warte!«, fällt Reyvan ein. »Als sie noch eine Nehil war, fiel es ihr sehr schwer, sich nicht in der Dunkelheit zu verlieren. Was gibt uns die Garantie, dass es ihr nun, als Magierin, nicht ebenso ergeht?«

»Nichts«, erwidert Zaron ernst. »Aber wenn sie es nicht versucht, werden wir es nicht wissen.«

»Rey, ich werde bestimmt zu dir zurückkommen.« Ich schaue ihn liebevoll an.

»Wenn du länger als zwanzig Sekunden wegbleibst, werde ich dich zurückholen! Und wenn ich dir eine Ohrfeige dafür geben muss.« Reyvans Augen funkeln in der Dunkelheit.

»Das darfst du.« Ich lächle.

Dann konzentriere ich mich. Es ist schwierig, meinen Geist mit der Luft zu vereinen, aber nach ein paar Fehlversuchen gelingt es mir. Ich spüre, wie mein Körper erschlafft, als ich daraus entweiche. Es ist ein ähnliches Gefühl wie damals, als Zaron meine Kräfte freisetzte und ich gestorben bin.

Ich drehe mich um und sehe Reyvan und Zaron, die neben mir sitzen. Reyvan hält meinen Körper in seinen Armen und hat den Blick besorgt auf mein Gesicht gerichtet. Langsam hebt er den Kopf und sieht mich direkt an – oder zumindest meine Geistgestalt. Denn als ich an mir herunterschaue, erkenne ich nichts.

Das Gesicht des Elfen wirkt angespannt. Seine Kiefermuskeln mahlen und er lässt den Blick nicht von mir, da er mich durch unsere Verbindung immer noch spürt. Zaron und Ogrem, die neben ihm sitzen, scheinen mich nicht zu sehen.

Ich fühle, wie die Luft mich weiterzieht, widerstehe aber dem Drang, ihr zu folgen, sondern konzentriere mich auf die Erde um mich herum. Dann begebe ich mich langsam wieder zurück in meinen Körper.

Mit einem tiefen Atemzug schlage ich die Augen auf.

»Und?«, fragt Zaron.

Ich lächle ihn triumphierend an. »Es hat geklappt! Ich war außerhalb meines Körpers! Und ich konnte alles sehen, was um mich herum war. So als wäre es taghell.«

»Ja, ich habe dich gesehen«, bestätigt Reyvan.

Ich schaue ihn skeptisch an. Warum kann er das? Weil er schon damals, als Xenos mich in einen Geist verwandelt hat, wusste, wo ich war? Hat es mit Elfenmagie zu tun? Oder mit dem Armband?

Bevor ich ihn fragen kann, wendet sich Zaron an mich. »Sehr gut«, lobt er. »Dann kannst du also deinen Geist aussenden. Das nächste Mal wirst du dich etwas weiter von uns entfernen, bis du dir sicher bist, dass du aus jeder Distanz wieder zurückfindest.«

Ich bin überglücklich. Endlich einmal etwas, womit ich meinen Gefährten wirklich helfen kann – abgesehen von meinen Heilkräften.

»Wir müssen weiter!«, drängt Ogrem.

»In Ordnung, lasst uns gehen.« Zaron nickt.

Unterwegs versuche ich, mich weiterhin mit der Übung zu beschäftigen. Ich will den Zauber so rasch wie möglich hinkriegen. Jedoch fällt es mir schwer, zumal ich sitzen muss, da mein Körper ansonsten hinfällt, sobald ich meinen Geist aussende.

Da ich wieder allein gehen kann, begnüge ich mich schließlich damit, Luft und Erde immer wieder in mir zu vereinen.

Ein paar Mal meine ich, dass sich etwas in der Dunkelheit bewegt. Aber jedes Mal, wenn ich genauer hinsehe, ist da nichts. Wahrscheinlich sind es Ateren, die uns beobachten. Ich muss an Ogrems Worte denken, dass sie Zwerge meiden, und hoffe inständig, dass er recht damit hat.

Die andauernde Anspannung zerrt an meinen Nerven. Ich wünsche mir nichts sehnlicher, als endlich wieder Licht um mich zu haben. Wie Reyvan diese Reise ganz ohne die Schattengläser bewältigt, ist mir ein Rätsel – ich wäre hoffnungslos verloren in der Finsternis.

Als wir unser Nachtlager in einer Seitenhöhle des Haupttunnels aufschlagen, fühle ich mich erschöpft und müde. Vielleicht hätte ich doch meine Kräfte sparsamer verwenden sollen, denn mein Körper schreit nach Ruhe.

Zaron, der mich stirnrunzelnd betrachtet, schüttelt den Kopf. »Heute Abend werden wir keine weiteren Lektionen in Magie durchführen. Du musst dich jetzt erst einmal hinlegen und ausruhen. Morgen können wir vielleicht weitermachen.«

Auch er sieht noch sehr schwach aus. Wir alle haben nach der letzten, turbulenten Nacht Schlaf dringend nötig.

Reyvan, der als Einziger bei Kräften zu sein scheint, übernimmt daher die gesamte Nachtwache. Keiner von uns hat genügend Energie, um ihm zu widersprechen – selbst Ogrem gibt sich nur mit einem Brummen zufrieden und schnarcht, bevor er sich richtig hingelegt hat.

Nach nur fünf Stunden Schlaf brechen wir wieder auf. Jeder von uns will so rasch wie möglich diese dunklen Wege hinter sich lassen. Meine Augen ermüden zusehends durch die Kristallgläser. Ein paar Mal wird mir schwindelig und ich muss heftig blinzeln, bis ich wieder klar sehen kann. Zudem bekomme ich immer stärkere Kopfschmerzen, die ich mit meiner Magie bekämpfe. Ich bin froh, wenn wir endlich wieder Licht machen können.

Zaron und ich üben nun in jeder Pause das Geistsenden.

Als wir am Mittag eine längere Rast bei einer Kreuzung einlegen, kommt Ogrem zu uns. Normalerweise bleibt er immer etwas abseits der Gruppe, daher muss er uns diesmal etwas Wichtiges zu sagen haben.

Ich sehe ihn erwartungsvoll an.

»Hier gibt es die meisten Fallen«, beginnt der Zwerg ohne Umschweife. »Wir müssen vorsichtig sein. Sonst kommen wir nicht zu viert am Ende der dunklen Wege an.«

»Welchen Weg müssen wir einschlagen?«, will Reyvan wissen. »Es gibt zwei Gänge, die von hier aus weiterführen.«

»Wenn er keine Fallen beinhaltet, den rechten.«

»Alia, du beherrschst das Geistsenden bereits sehr gut«, bemerkt Zaron. »Versuche, den Gang zu unserer Rechten zu erkunden und nach Fallen abzusuchen. Falls du irgendeinem Monster begegnest, kommst du sofort zurück.«

Ich nicke, konzentriere mich ein paar Augenblicke und sende meinen Geist aus. Dies gelingt mir inzwischen zum Glück mühelos, denn die intensiven Übungen in den letzten Stunden haben sich bezahlt gemacht. Ich spüre, wie ich meinen Körper verlasse und dieser in sich zusammenfällt. Die Kreuzung, auf der wir rasten, ist mit einem Mal hell erleuchtet.

Vorsichtig gehe ich ein paar Schritte auf den rechten Gang zu.

Als ich mich umdrehe, sehe ich, dass Reyvan meinen Körper aufgefangen hat und meinen Kopf gerade behutsam in seinen Schoß legt.

Ich lächle und gehe langsam weiter. Es ist ein komisches Gefühl, sich so lautlos und unsichtbar fortzubewegen.

Wieder spüre ich, wie das Luftelement an meinem Geist zieht, ihn zu sich holen will. Inzwischen kann ich mich aber sehr gut dagegen wehren. Ich konzentriere mich auf meine Umgebung und gehe weiter in den Gang hinein.

Er unterscheidet sich nicht sonderlich von den anderen Stollen, die wir bisher durchwandert sind. Allem Anschein nach enthält er keine Fallen – zumindest keine sichtbaren. Um ganz sicher zu sein, gehe ich noch ein wenig weiter – und wäre vor Schreck fast wieder in meinen Körper zurückgesprungen.

Vor mir liegt ein Skelett, das mit mehreren Pfeilen bespickt ist. Wer auch immer das Pech hatte, der ehemalige Besitzer dieses Skeletts zu sein, er scheint einen üblen Tod hinter sich zu haben.

Ich schaue genauer hin und suche die Wände ab. Aber da sehe ich beim besten Willen nichts.

In dem Moment höre ich Reyvan leise rufen. »Alia, komm zurück, du bist schon viel zu lange aus deinem Körper!«

Schweren Herzens mache ich mich auf den Rückweg und versuche, mir die Distanz bis zu dem Skelett zu merken – was schwierig ist, wenn man keine Schritte zählen kann.

Als ich in meinem Körper zurück bin, fühle ich mich schwindelig. So lange war ich noch nie in der Geistgestalt.

Reyvan hält mich in seinen Armen und sieht mich besorgt an – ein Ausdruck, den er in letzter Zeit irgendwie ständig hat, wenn er mich anschaut.

»Wir haben uns Sorgen gemacht, du warst etwa eine Viertelstunde lang weg«, murmelt er.

»Eine Viertelstunde?« Meine Stimme krächzt. Ich versuche zu schlucken und nehme dankbar den Wasserschlauch, den mir Zaron reicht. »Mir ist es eher vorgekommen wie fünf Minuten.«

»In der Geistwelt geht die Zeit langsamer voran als in unserer«, erklärt Zaron.

»Wie sieht der Gang aus?« Reyvan streicht mir behutsam eine Strähne aus dem Gesicht.

Ich trinke noch einen Schluck, dann antworte ich. »Der erste Teil ist – denke ich – gefahrlos. Aber weiter hinten, etwa hundert Schritt, liegt ein Skelett, das mit Pfeilen durchlöchert ist.«

»Mit Pfeilen?« Reyvan runzelt die Stirn.

»Ja. Aber ich weiß nicht, woher sie kamen. Vielleicht wurde er oder sie auch angegriffen?«

»Das bezweifle ich«, mischt sich Ogrem ein. »Wir haben Pfeilfallen in die Gänge gebaut. Hier könnte es sich um eine solche handeln – auch wenn meine Pläne nichts davon berichten.«

Er breitet seine Karten aus, die er von den dunklen Wegen hat. An einigen Stellen sind rote Kreuze gemalt, die wahrscheinlich Fallen darstellen. Als er uns mit dem Finger zeigt, wo wir uns in etwa befinden, ist dort aber keine Markierung zu sehen, dafür darum herum umso mehr.

»Wie viele Pfeile sind denn in dem Skelett drin?«, will er wissen.

Ich überlege kurz. »Ungefähr zehn? Ich weiß nicht genau …«

»Dann ist die Falle noch nicht stillgelegt«, brummt Ogrem. »Jede Pfeilfalle besitzt mindestens fünfzig Wurfgeschosse. Sie ist also noch aktiv.«

»Und wie kommen wir darum herum?«, fragt Zaron. »Wo befindet sich der Mechanismus?«

»Wahrscheinlich wird die Falle durch eine Bodenplatte oder Ähnliches ausgelöst. Ihr habt wirklich nichts gesehen?«, wendet sich der Zwerg an mich. Ich schüttle den Kopf. »Dann müsst Ihr nochmals dorthin. Schaut Euch den Boden genau an. Wenn auch nur die kleinste Unebenheit zu sehen ist, könnte es die Falle sein. Zudem müsst Ihr etwas vor dem Skelett suchen. Wenn ihn tatsächlich zehn Pfeile getroffen haben, wurde er durch die Luft geschleudert.«

»Wir haben keine Zeit, sie nochmals eine Viertelstunde dort hineinzuschicken«, unterbricht ihn Reyvan. »Ich schlage vor, dass *ich* kurz nachschauen gehe. Ich sehe sehr gut in der Dunkelheit und bin außerdem darin geübt, Fallen zu entschärfen.«

»Aber wenn du sie nicht findest, könntest du dein Leben dort im Gang verlieren«, wirft Zaron ein. »Alia hingegen kann nichts passieren, da sie nur ihren Geist hineinsendet.«

»Lass den Elfen doch hineingehen, wenn er denkt, er könne es besser«, meint Ogrem schulterzuckend und packt seine Karten zusammen.

Reyvan wirft ihm einen bösen Blick zu, sagt aber nichts, sondern schaut von Zaron zu mir.

»Ich will nicht, dass dir etwas passiert«, entgegne ich. »Lass mich nochmals hineingehen. Auch wenn wir dadurch Zeit verlieren … ich werde mich beeilen! Zudem muss ich den Zauber üben.«

»Entschärfen kannst du die Falle ohnehin nicht, selbst wenn du sie findest«, hält Reyvan dagegen.

Ich muss ihm recht geben. Also können wir uns die Zeit ebenso gut sparen und den Elfen in den Gang schicken. Je eher wir aus diesen dunklen Wegen kommen, desto besser.

»Also gut«, gebe ich mich geschlagen. »Aber pass auf dich auf.«

»Tu ich doch immer.« Reyvan grinst und verschwindet in den Gang, bevor wir es uns anders überlegen können.

35

Alia

Bereits nach wenigen Minuten kehrt Reyvan zurück. Das breite Grinsen auf seinem Gesicht verrät uns von Weitem, dass er die Falle gefunden und entschärft hat.

»Nichts leichter als das«, meint er mit stolzer Miene. »Der Weg ist nun sicher.«

»Erwartet Ihr auch noch Dankbarkeit dafür?«, brummt Ogrem, als er seinen Rucksack schultert und den Weg in den Gang einschlägt.

»Was war es für eine Falle?«, will Zaron von dem Elfen wissen.

»Wie vermutet eine Druckplatte«, erklärt Reyvan. »Aber sie war besonders gut getarnt. Diese Zwerge wissen, wie man Fallen baut … immerhin etwas, wenn sie schon nicht kämpfen können.«

Zum Glück ist Ogrem schon in dem Tunnel verschwunden und hat seine letzten Worte nicht gehört.

Unterwegs müssen wir noch mehrere Male anhalten, damit Reyvan die Fallen entschärfen kann, die sich uns in den Weg stellen. Eine ist besonders fies getarnt und wir entdecken sie erst, als wir fast schon hineingelaufen sind. Im letzten Moment kann Reyvan Ogrem und mich zurückreißen und zu Boden werfen. Schon erhellt eine Feuerwelle den Gang und fegt über unsere Köpfe hinweg. Ein paar Sekunden später, und wir wären geröstet worden.

Nach diesem Erlebnis gehen wir noch vorsichtiger voran als zuvor.

Gegen Abend erreichen wir eine weitere Höhle, die so weitläufig ist, dass ich die Wände nicht erkennen kann.

»Hier werden wir übernachten«, entscheidet Ogrem. »Höhlen sind sicherer als Stollen.«

»Ja, das haben wir beim See gesehen«, murmelt Reyvan.

»Ihr könnt gerne in einem der Stollen übernachten«, erwidert Ogrem und verzieht abschätzig das Gesicht. »Das wäre mir sowieso lieber, als Euer arrogantes Elfengesicht die ganze Zeit ansehen zu müssen.«

»Ihr braucht bloß Eure lächerlichen Schattengläser abzulegen, dann seid Ihr ohnehin blind wie ein Maulwurf«, kontert Reyvan.

»Rey, hör auf damit«, sage ich mahnend, ehe Ogrem etwas erwidern kann. »Lass uns hierbleiben.«

Der Elf wendet sich mir zu und seufzt. »Also gut, Cíara. Aber Höhlen sind mir seit der Spinnenbegegnung trotzdem nicht mehr sympathisch.«

»Mir auch nicht.« Ich lege ihm eine Hand auf die Schulter. »Dennoch kennt Ogrem diese Wege besser als wir. Also, wo wollen wir unser Lager aufschlagen?«

»Wenn es schon hier sein muss … am besten dort hinten, neben den Felsbrocken.« Reyvan weist mit dem Arm in eine Richtung.

Ich versuche, etwas zu erkennen, sehe aber trotz der Schattengläser nur Dunkelheit.

»Kommt einfach mit.« Er nimmt meine Hand.

Zaron und Ogrem schließen sich uns an. Wir gehen fast zehn Minuten in die Richtung, die Reyvan uns gewiesen hat, bis wir bei den von ihm genannten Felsen ankommen. Sie bilden eine natürliche, runde Mauer, die uns Schutz bietet. Wir richten unser Lager ein und essen eine Kleinigkeit, bevor wir uns endlich hinlegen.

Ich sehne mich zusehends nach einem richtigen Lagerfeuer und einer warmen Mahlzeit. Der heutige Tag war sehr anstrengend, da wir ständig irgendwelchen Fallen ausweichen, über tiefe Schächte springen und uns zwischen spitzen Steinen hindurchschlängeln mussten.

Wir haben nun knapp die Hälfte der Weststollen hinter uns gebracht. Trotzdem kommt es mir noch unendlich lang vor, bis wir endlich wieder Tageslicht sehen werden. Ogrem hat uns unterwegs gesagt, dass er – sobald wir den Ausgang erreicht haben – sofort wieder umkehren wird. Wir werden vom Tunnelausgang aus über den Eisgipfelpass reisen, bis wir nach etwa zwei Tagen in Heystedt angekommen sind. Dieses Stück wird er uns nicht mehr begleiten, da er so rasch wie möglich in die Steinstadt zurückgehen will – um sie gegen einen etwaigen Überfall der Magier schützen zu können.

Ich fragte ihn, ob es denn nicht gefährlich sei, allein durch die dunklen Wege zu reisen. Meine Sorge wischte er mit einer Handbewegung weg. »Es ist viel sicherer, allein zu reisen als in einer Gruppe, denn man fällt weniger auf. Außerdem haben wir Zwerge noch den ein oder anderen Trick auf Lager«, sagte er verschwörerisch.

Trotzdem ist mir unwohl bei dem Gedanken, dass er allein durch die Weststollen zurückkehren wird. Aber es ist der schnellste Weg, um wieder in die Steinstadt zu gelangen. Schneller, als wenn er über das Gebirge reist.

Nachdem ich nur wenige Stunden geschlafen habe, spüre ich eine Hand auf meinem Mund. Inzwischen weiß ich, dass das ›Gefahr‹ bedeutet, und bleibe liegen.

Reyvan, der neben mir kniet, nimmt seine Hand langsam weg und gibt mir dafür einen Kuss.

›*Bleib so still wie möglich.*‹ Er sieht mir in die Augen, wie ich dank meiner Schattengläser erkennen kann.

›*Was ist los?*‹ Ich richte mich leise auf und schaue um mich.

Schemenhaft kann ich die Umrisse meiner Umgebung erkennen. Ogrem und Zaron knien hinter Felsen, jeder mit einer Waffe in der Hand, und starren in die Dunkelheit der Höhle. Mir fällt auf, dass die Runen auf ihren Schwertern nicht aktiv sind. Wahrscheinlich wollen sie sich nicht durch die Lichter verraten.

›*Was genau los ist, wollte uns der Zwerg nicht verraten. Aber er scheint Angst davor zu haben …*‹ Reyvan wirft einen Blick zu unseren beiden Gefährten. ›*Zaron meinte, er spüre etwas Dunkles. Aber auch er kann nicht genau sagen, was es ist. Nur dass es sich hier in der Höhle befindet.*‹

Meine Güte, hört das denn nie auf mit den Monstern in diesen Höhlen? Ich unterdrücke einen Seufzer. ›*Hat es uns bemerkt?*‹

Er schüttelt den Kopf. ›*Bisher glücklicherweise nicht. Aber was immer es ist … es scheint hier eine Weile bleiben zu wollen.*‹ Ich höre in meinen Gedanken, wie seine Stimme einen sarkastischen Ausdruck annimmt. ›*Von wegen, Höhlen wären sicher …*‹

›*Was können wir tun?*‹ Ich ignoriere die spöttische Bemerkung.

Reyvan zuckt mit den Schultern. ›*Warten. Oder vielleicht kannst du deinen Geist aussenden? Sei aber vorsichtig, es kann alles Mögliche sein. Und bleib so nahe, wie es geht, bei uns.*‹

Ich nicke und konzentriere mich. Augenblicklich spüre ich, wie mein Körper erschlafft, als ich aus ihm heraustrete.

In meiner Geistform kann ich viel mehr von meiner Umgebung erkennen und sehe, dass sich in der Mitte der Höhle etwas

Schwarzes bewegt. Es sieht aus wie eine unförmige, dunkle Wolke. Gerade als ich sie mir genauer ansehen will, richten sich daraus zwei rote Augen direkt auf mich.

Sie fixieren mich, obwohl ich nur ein Geist bin, und die Wolke bewegt sich mit einer Geschwindigkeit, die ich ihr nicht zugetraut hätte, auf unser Lager zu. Ich spüre, wie sie an meinem Geist zieht, und muss alle Kräfte aufbringen, um wieder zurück in meinen Körper zu kommen.

Als es mir schließlich gelingt, bin ich so stark außer Atem, als wäre ich gerannt.

Rasch versuche ich, mich zu orientieren, und unterdrücke einen Aufschrei. Ogrem und Zaron krümmen sich am Boden. Reyvan neben mir ergeht es nicht besser und in dem Moment spüre ich, wie sich etwas auch meiner bemächtigt.

Es fühlt sich an, als würde mein ganzer Körper erst taub und dann von einer gewaltigen Macht zerquetscht. Das Ganze dauert bloß einige Sekunden. Es hört so rasch auf, wie es begonnen hat.

Wir alle liegen schwer atmend am Boden und richten uns nur langsam wieder auf. Es ist, als hätte jemand ein Beil in meinen Kopf gerammt und dort mit einem Hammer versenkt.

Ich greife an meine Stirn und versuche, mich vor Schmerzen nicht zu übergeben. Als ich Magie wirken will, um mich zu heilen, passiert nichts. Ich unterdrücke die Panik, die in mir hochsteigt.

»Was war das?«, zischt Zaron, der ebenfalls wieder auf seinen Beinen steht.

»Eines jener Wesen, das Magie aussaugt.« Ogrem hebt seine Armbrust auf, die er fallen gelassen hat.

Ich fröstle – ein Meghul also. Deshalb habe ich keine Kräfte mehr: Es hat uns allen die Magie geraubt. Immerhin verflüchtigen sich meine rasenden Kopfschmerzen langsam.

»Es ist noch hier und wartet ab. Wie konnte es uns nur entdecken? Keiner von uns hat doch Magie gewirkt«, murmelt Zaron.

Ich starre auf meine Füße. »Doch, ich …«, melde ich mich zerknirscht. »Ich habe meinen Geist ausgesandt.«

»Ihr habt *was?!*« Obwohl Ogrem leise spricht, höre ich die Wut in seiner Stimme. »Seid Ihr übergeschnappt?!«

»Sprecht nicht so mit meiner Gefährtin.« Reyvan stellt sich vor mich. »Ihr wolltet uns ja nicht sagen, womit wir es zu tun haben. Also hat sie versucht, es herauszufinden!«

»Es gab sehr wohl einen Grund dafür, dass ich den Namen des Wesens nicht ausgesprochen habe«, knurrt Ogrem. »Denn sie können ihn auf hundert Schritt hören – ebenso, wie sie Magie fühlen, sobald sie gewirkt wird.«

»Das hättet Ihr uns sagen können, *bevor* wir von einem dieser Sorte Gesellschaft bekamen!«, knurrt Reyvan.

»Genug! Hört auf damit!« Zarons dunkle Brauen ziehen sich zusammen und er wendet sich an den Zwerg. »Ogrem, du hast gesagt, dass dieses … Wesen immer noch in der Nähe ist. Warum greift es uns nicht weiter an? Worauf wartet es?«

Der Zwerg wirft mir noch einen scharfen Blick zu, ehe er Zaron antwortet. »Darauf, dass wir uns in Sicherheit wähnen. Es hat gesehen, dass wir Waffen haben, und uns daher nur unsere Magie genommen. Wir sollen meinen, dass es verschwunden ist. Aber sobald wir das tun und uns gar hinlegen, wird es über uns herfallen.«

»Wie kann man es bekämpfen? Ist es stark?«, fragt Reyvan.

Ogrem nickt mit Nachdruck. »Oh ja, sehr stark. Aber zu viert werden wir es mit bloßen Waffen vielleicht erledigen können.«

»Was ist mit unserer Magie – werden wir sie wiederbekommen?« Die Vorstellung, abermals als Nehil durch Altra zu streifen, bereitet mir Angst.

»Ja, aber erst, wenn der … das Wesen tot ist«, erklärt Ogrem.

»Worauf warten wir dann noch?« Reyvan zückt sein Schwert und seinen Dolch, den er dem Kultisten abgenommen hat. Wie er so dasteht, die beiden Klingen ausgestreckt, um jederzeit zuschlagen zu können, mit dem blonden Haar, das sich hell in der Dunkelheit von seinem restlichen Körper abhebt, hat er etwas Wildes an sich.

»Wir können das Wesen nicht einfach kopflos überfallen«, erwidert Ogrem energisch. »Wir brauchen einen Plan. Zudem ist es in der Dunkelheit nicht zu erkennen, es tarnt sich durch Schatten.«

»Ich konnte es sehen, als ich meinen Geist ausgesandt habe«, bemerke ich.

»Ach ja?« Die Stimme des Zwerges klingt erstaunt. »Und wie sah es aus?«

»Ich konnte nur eine schwarze Wolke erkennen – und zwei rote Augen.«

»Und wo war es?«, will Zaron wissen.

»Ungefähr in der Mitte der Höhle.«

»Dort ist es nun mit Sicherheit nicht mehr«, bemerkt Ogrem angespannt. »Es wird sich in der Nähe aufhalten.«

»Ich kann meinen Geist leider nicht mehr aussenden – ich spüre keinerlei Verbindung zu meiner Magie.« Ich lasse die Schultern sinken.

»Und wir können das Wesen nicht mit bloßen Augen sehen.« Zaron starrt in die Dunkelheit. »Ich kann nicht einmal mehr ausmachen, ob sich eine dunkle Macht in unserer Nähe befindet. Da ist nichts.«

»Genieße doch die Tatsache, nach so langer Zeit kein Schwarzmagier mehr zu sein«, bemerkt Reyvan spöttisch.

Ich werfe ihm einen mahnenden Blick zu.

»Im Moment wäre ich lieber einer«, erwidert Zaron finster. »Dann könnte ich zumindest spüren, wo sich dieses Wesen aufhält.«

Es scheint aussichtslos zu sein. Wenn wir das Wesen nicht erkennen, können wir auch nicht dagegen kämpfen. Feuer machen ist auch keine gute Idee, sonst locken wir vielleicht noch schlimmere Kreaturen an.

Die Warterei ist zermürbend. Jederzeit kann dieser Meghul angreifen.

Da kommt mir auf einmal eine Idee. »Ogrem, Ihr habt gesagt, das Wesen tarnt sich durch Schatten, oder?«

Der Zwerg nickt.

Ich wende mich an Zaron und Reyvan. »Schatten gehören doch zur Nacht. Die Kreatur ist also ein Wesen der Nacht.«

Zarons Augen weiten sich, was ich sogar in der Dunkelheit erkennen kann. »Ich weiß, worauf du hinauswillst, Alia«, sagt er leise.

»Da ich keine Magie mehr in mir trage … bin ich da nicht wieder eine Nehil?«

»Ja, das könnte man so sehen«, entgegnet Reyvan nachdenklich. »Allerdings … wir sehen das Wesen nicht, dessen Namen wir nicht nennen dürfen. Da helfen nicht einmal meine Elfenaugen.«

»Ihr nicht, da ihr keine Nehile seid. Ich aber konnte mich mit der Nacht schon einmal verbinden. Vielleicht klappt das wieder?«

»Cíara, das ist zu gefährlich«, widerspricht Reyvan und tritt nahe zu mir. »Das letzte Mal hast du unter einem Zauber von Xenos gestanden. Und dieser hat dich fast dazu gebracht, dass du dich in der Nacht verloren hättest.«

»Aber diesmal stehe ich nicht unter einem Zauber«, antworte ich. »Ein Versuch ist es doch wert. Ich muss es nur ganz kurz machen – bis ich weiß, wo das Wesen ist.«

»Der Vorschlag klingt vernünftig«, meint Ogrem. »Einzig sie hat schon Erfahrung damit, ihren Geist auszusenden.«

»Ich bin dagegen«, entgegnet Reyvan entschieden und schwingt unruhig seine Waffen. »Lasst uns einen anderen Plan machen.«

»Wir haben aber keinen anderen Plan«, brummt Ogrem. »Da können wir noch so lange hier sitzen.«

Zaron nickt mir aufmunternd zu. »Also, Alia, versuch dein Glück. Wenn es nicht klappt, können wir uns immer noch etwas anderes überlegen.«

»Wehe, dir passiert was!« Reyvan deutet mit dem Dolch auf mich.

»Ich werde auf mich aufpassen.« Ich lächle ihn zuversichtlich an. »Es geht ja nur darum, zu wissen, wo sich dieses Wesen aufhält.«

Ich schließe die Augen und versuche, mich auf die Dunkelheit um mich herum zu konzentrieren, meinen Geist mit ihr zu verbinden. Lange Zeit passiert gar nichts.

Dann spüre ich jedoch, dass sich etwas um mich herum regt.

Ich horche, öffne die Augen – und merke, wie ich auf einmal alles stärker wahrnehme. Die Luft, die Gerüche in der Höhle, meinen Körper … alles scheint viel deutlicher zu werden. So wie damals, als ich in meinem Zimmer in der gläsernen Stadt gefangen war. Meine Sinne schärfen sich mit jeder Sekunde mehr.

Ich konzentriere mich darauf, greife danach und sauge alles in mich auf, bis ich die Dunkelheit in mir habe, mit ihr eins werde.

Auf einmal spüre ich, wie ich die feste Materie meines Körpers hinter mir lasse. Es scheint fast, als bewege ich mich in einer anderen Dimension, obwohl mein physischer Körper weiter an der Stelle stehen bleibt.

Die Eindrücke werden immer intensiver, bis ich am Rande meines Bewusstseins etwas wahrnehme, das da nicht hingehört.

Ich konzentriere mich auf diese Empfindung. Sie ist dunkel, feindselig und kommt von irgendwo vorne links. Ich versuche, die Finsternis zu durchdringen, das Wesen zu sehen.

Und auf einmal bemerke ich die dunkle Wolke, die ich vorhin schon erblickt habe. Sie schwebt nur etwa zwanzig Schritt von unserem Lager entfernt und die roten Augen funkeln mich böse an.

Ich zucke zurück, als ich erkenne, wie die Kreatur sich uns nähert.

Nein, sie darf nicht bis hierher kommen!

Hastig schaue ich mich um und bemerke, dass alle drei meiner Gefährten in die falsche Richtung – nämlich zu meinem Körper – starren. Selbst Reyvan scheint mich nicht zu sehen. Ich versuche, sie zu warnen, bringe aber keinen Ton raus. Ich bin irgendwo zwischen der Dunkelheit und meinem Körper und kann nicht sprechen.

Einen kurzen Augenblick überlege ich. Soll ich zurück in meinen Körper und die anderen warnen? Oder mich der drohenden Gefahr entgegenstellen? Wenn dieser Meghul tatsächlich ein Wesen der Nacht ist … vielleicht kann dann nur ein Wesen der Nacht ihn besiegen?

Ich sehe, wie sich der schwarze Schatten mit den roten Augen bis auf sechs Schritt genähert hat.

Jetzt bleibt keine Zeit mehr. Bald hat er meine Gefährten erreicht und wird sie überfallen. Ich nehme all meinen Mut zusammen und gehe direkt auf die Kreatur zu, lasse meinen Körper hinter mir. Wie ich dieses Ding genau bekämpfen will, ist mir allerdings schleierhaft.

Es erstarrt und ich vermeine, einen verdutzten Ausdruck in seinen rot glühenden Augen zu erkennen. Dann beschleunigt es mit feindseligen Blicken seine Bemühungen, zu mir zu gelangen. Wenn nur diese Schatten nicht wären – ein Wesen mit Körper kann ich vielleicht besiegen, eines ohne jegliche Angriffsfläche allerdings nicht.

Vielleicht kann ich …

Ich starre die Schatten an und stelle mir vor, dass sie vor mir weichen. Und tatsächlich, beim zweiten Versuch lichten sich die Schatten und ein hässlicher Körper, der jenem eines ausgemergelten, kalkweißen Menschen gleicht, kommt darunter zum Vorschein. Irgendwie erinnert er mich an einen Vexator, wenn dieser hier auch viel knochiger und weißer ist.

In dem Moment höre ich hinter mir ein Kriegsgeschrei, das nur aus Reyvans Kehle stammen kann. Er stürzt an mir vorbei, beide Klingen gegen den Meghul erhoben. Dieser ist zu überrascht, um die Schatten wieder um sich zu scharen.

Sein bleicher, dürrer Körper schnellt nach hinten, um Reyvans Schwert auszuweichen – und macht sogleich Bekanntschaft mit dem Dolch des Elfen, der sich in seine Seite bohrt.

Ein Heulen ist aus dem grässlichen Mund zu hören und der Meghul reißt die roten Augen vor Schmerzen weit auf. Da hackt auch schon Ogrem mit seinem blitzenden Schwert auf das Wesen ein und trennt mit zwei sauberen Schlägen den Kopf vom Körper. Ein heller Blutstrahl schießt aus seinem Hals und lautlos fällt die Kreatur zu Boden.

Ich beeile mich, in meinen Körper zurückzukehren. Wer weiß, was der Lärm sonst noch angelockt hat? Vielleicht müssen wir Hals über Kopf fliehen.

Als ich meine vertraute Haut wieder um mich spüre, atme ich erleichtert aus. Es war ein komisches Gefühl, in der Dunkelheit zu sein – ganz zu schweigen davon, dem Meghul gegenüberzustehen.

Als ich die Augen aufschlage, steht Zaron neben mir.

»Was hast du getan, Alia?« Seine Stimme klingt gepresst und seine Augen starren besorgt in meine, während ich mich auf die Beine kämpfe.

»Ich … ich glaube, ich habe den Meghul …« Sofort beiße ich mir auf die Unterlippe.

»Schon gut! Er ist tot, wir können ihn jetzt beim Namen nennen«, ertönt da Ogrems brummige Stimme hinter Zaron. »Habt Ihr gut gemacht, Sonnenschein, was auch immer Ihr getan habt, um die Tarnung des Meghuls aufzuheben.«

Ich spüre eine leichte Röte auf meinen Wangen. Ein Lob des Zwerges bedeutet viel. Aber sogleich weicht der Stolz dem schlechten Gewissen, als ich in Reyvans Gesicht schaue, der mit finsterer Miene Zaron unsanft beiseiteschiebt, um zu mir zu gelangen. Seine Wut schlägt mir förmlich entgegen.

»Alia!« Die Stimme des Elfen ist eisig. »Was hast du dir dabei gedacht?! Wir hatten eine Abmachung: Du schaust, wo der Meghul ist, die anderen erledigen den Rest! Von Schatten verscheuchen war nie die Rede!«

»Ich … Es tut mir leid«, antworte ich kleinlaut. Ich mag es nicht, wenn Reyvan wütend ist.

»Jetzt mach mal halblang, Reyvan!«, ertönt Zarons dunkle Stimme hinter ihm. »Sie hat uns allen gerade das Leben gerettet!«

»So, hat sie das? Und zu welchem Preis?«, fährt Reyvan den Schwarzmagier an. »Sie hat ihr eigenes Leben dafür aufs Spiel gesetzt!«

»Aber ich lebe!«, werfe ich ein und stelle mich neben Zaron, da er mir in dem Moment gerade Schutz verspricht.

»Ja, das tust du!«, wendet sich Reyvan wieder an mich. »Ich hätte dir auch nicht geraten, tot zu sein! Das hätte dir mehr als leid getan!«

»Rey, bitte, beruhige dich.« Ich lege beide Hände auf die Schultern des Elfen. »Es tut mir leid. Ich wollte nicht, dass du dir Sorgen machst.«

»Das habe ich aber verdammt noch mal getan! Bitte, Alia« – er holt tief Luft, wie um sich zu beruhigen – »ich habe dir schon einmal gesagt: Wenn ich mich um dich sorgen muss, dann kann ich mich nicht auf die Gefahr konzentrieren.« Seine Stimme wird ein wenig weicher. »Ich habe gespürt, was du vorhast, konnte dich aber nicht mehr zurückhalten. Bitte versprich mir, ab sofort nichts mehr zu tun, was wir nicht vorher abgesprochen haben.«

»Versprochen.« Ich bin erleichtert, dass er mich nicht mehr anfährt. »Bitte verzeih mir.«

»Das habe ich doch bereits.« Er drückt mich an sich und senkt die Stimme zu einem Murmeln. »Cíara. Ich weiß nicht, was ich ohne dich machen würde. Du hast mir einen riesigen Schrecken eingejagt, als du dich allein dem Meghul entgegengestellt hast.«

Er küsst mich zärtlich, und für einen Moment vergesse ich, dass Zaron und Ogrem neben uns stehen – bis sich der Zwerg räuspert. »Wir sollten aufbrechen und so rasch wie möglich aus diesen dunklen Wegen kommen. In fünf Tagen werden wir draußen sein.«

Ich löse mich von Reyvan, aber er hält mich trotzdem an der Taille fest.

»Wie, fünf Tage nur noch?«, frage ich erstaunt. »Ich hatte gedacht, es dauert noch länger.«

»Wenn du mich fragst, bin ich mehr als glücklich, dass es nicht länger dauert«, entgegnet Reyvan. »Ich bin froh, wenn wir aus dieser verdammten Dunkelheit rauskönnen. Ein Berg ist einfach nichts für einen Elfen.«

»Da gebe ich Euch ausnahmsweise einmal recht!« Ogrem packt seine Sachen zusammen.

36

Reyvan

Wenigstens können wir die nächsten paar Fallen, die uns die Zwerge in den Weg gelegt haben, problemlos entschärfen und kommen entsprechend gut voran.

Als wir endlich wieder Licht machen und meine Gefährten die Schattengläser ablegen können, atmen wir allesamt auf. Auch wenn ich gut in der Dunkelheit sehe – diese ständige Finsternis war zermürbend. Ganz zu schweigen von dem Fels, den ich in den vergangenen Tagen hassen gelernt habe. Ich sehne mich danach, endlich wieder den Himmel über mir zu sehen – Wald und Wiesen zu riechen.

Nein, eine Höhle ist für einen Elfen nicht der richtige Ort …

»Endlich wieder Licht«, seufze ich, als der Zwerg uns die Erlaubnis gibt, im Nachtlager Fackeln zu entzünden.

Alia neben mir blinzelt, da sie sich erst wieder an die Helligkeit gewöhnen muss.

»Warum freut Ihr Euch so sehr? Ihr Elfen seid doch so erpicht darauf, Eure ach so tolle Nachtsicht allem und jedem unter die Nase zu reiben!«, höhnt Ogrem.

»Darauf werde ich nicht antworten«, entgegne ich und werfe ihm einen abfälligen Blick zu. »Denn diese Bemerkung zeugt eindeutig davon, dass Ihr Zwerge wieder einmal neidisch seid auf mein Volk.«

»Pha, neidisch!«, poltert Ogrem und schlägt mit der flachen Hand gegen den Felsbrocken, auf dem er sitzt. »Dass ich nicht lache! Worauf bitte schön sollten wir neidisch sein? Alles, was Ihr könnt, ist, in Euren Wäldern herumzustolzieren und irgendwelche Kräuter zu pflücken!«

»Oje, nicht schon wieder«, stöhnt Alia neben mir und ich sehe, wie sie mit Zaron einen Blick wechselt.

Ich mag es nicht, wenn der Magier und sie sich verbünden, und unterdrücke ein verärgertes Knurren.

Zaron zuckt mit den Schultern und winkt Alia zu sich. »Komm, während die beiden streiten, werden wir weiter an unseren Lektionen arbeiten«, sagt er und reicht ihr seinen Wasserschlauch, als sie zu ihm hingeht. »Setz dich, Alia. Wir müssen noch miteinander üben, wie du Pfeil und Bogen beeinflussen kannst.«

Oh nein, mit Sicherheit nicht!

Ich habe schon genügend lange zusehen müssen, wie Alia und er mit ihren Lektionen Zeit verbringen. Bei etwas, das ich ihr viel besser beibringen kann als der Magier, werde ich bestimmt nicht still sitzen und beobachten, wie er jeden Moment nutzt, ihr nahe zu sein.

Alia gehört zu mir. Und wenn dieser Kerl das nicht begreifen kann, werde ich es ihm eben zeigen.

Ja, die Eifersucht nagt an mir, dagegen kann ich nichts tun. Auch wenn ich mir noch so sehr einzureden versuche, dass sich Alia für mich entschieden hat – seitdem sie mir erzählte, dass Zaron sie beinahe geküsst hätte, habe ich ein Auge auf ihn. Und dieses Auge sieht viel zu viel, was ihm nicht gefällt …

»Das wollte *ich* ihr beibringen!«, mische ich mich daher ein und gehe zu den beiden.

»Soll mir recht sein«, erwidert Zaron gelassen. »Ich hatte bisher angenommen, du kannst ihr nichts zeigen, da sich Elfenmagie von der Menschenmagie unterscheidet.«

Ich hasse den Kerl und seine besserwisserische Art!

»Das stimmt schon.« Ich kann den gereizten Tonfall in meiner Stimme nicht ganz unterdrücken. »Trotzdem – ich kann nicht zulassen, dass ein Mensch ihr beibringt, mit Pfeil und Bogen zu schießen, während ein Elf untätig danebensitzt.« Dann wende ich mich an Alia und mein Blick wird etwas weicher. »Komm, Cíara, ich zeige es dir.«

Sie holt den Bogen heraus. Als sie jedoch einen Pfeil daran hält, fängt dieser sofort Feuer. Ich hatte ganz vergessen, dass wir ja diese mit speziellen Runen gekauft haben.

»Ist wahrscheinlich gut, dass wir bisher nicht geübt haben«, murmle ich. »Das Feuer hätte nur weitere Monster angelockt. Aber auch wenn das Feuer für den Kampf von Vorteil ist, ist es bei Übungen eher hinderlich. Versuche, es zu löschen.«

Ich spüre Stolz in mir aufflammen, als Alia wie selbstverständlich die Flammen mit einer Handbewegung auslöscht.

Sie hat so viel gelernt in den vergangenen Tagen – und auch wenn ich die Magier des Zirkels verachte … sie könnte ich niemals hassen. Sie bedeutet mir so viel und ich freue mich über jeden ihrer Fortschritte, selbst wenn ich es ihr selten zeige.

Auch jetzt unterdrücke ich die Gefühlsregung und stelle mich hinter sie. Einen Moment lang gestehe ich es mir zu, die Wärme wahrzunehmen, die ihr Körper ausstrahlt. Wie gerne ich jetzt mit ihr allein wäre … aber das muss warten, bis wir aus diesen Stollen raus sind.

Ich beuge mich zu ihr und spüre, wie sie leicht erschaudert, als mein Atem über ihren Hals streicht.

Auch sie verzehrt sich nach meiner Nähe – diese Feststellung lässt meine Eifersucht auf den Schwarzmagier augenblicklich verpuffen.

Sie gehört immer noch zu mir.

»Du hast mir erzählt, dass du die Grundkenntnisse des Bogenschießens bereits in der Schule kennengelernt hast«, beginne ich und lasse meine Stimme betont lehrmeisterhaft klingen. »Halte den Bogen so, wie du es gelernt hast. Ich möchte sehen, womit ich arbeite.«

Sie packt den Bogen fester und zielt auf einen Felsen.

Oje, Kleine, so wird das nichts …

»Der Ellbogen muss höher«, korrigiere ich sie und hebe ihren Arm etwas nach oben. »Ja, genau so … und der andere Arm muss parallel zur Schulter sein. Jetzt stell deinen rechten Fuß hierhin und den linken dahin. Halte die Spannung in deinem Körper. Kinn nach oben. Dreh den Kopf noch etwas, sonst schrammt dir der Pfeil die Wange auf.«

»Oje, das ist ja schlimmer als in der Schule«, seufzt Alia, was mir ein Schmunzeln entlockt.

»Keiner hat gesagt, dass Bogenschießen leicht ist«, erwidere ich. »Aber mit Luftmagie zusammen wirst du es sehr rasch beherrschen lernen. Warte mit dem Schießen, ich werde dir ein Ziel hinstellen, das nicht direkt die Pfeilspitze kaputt macht.«

Ich gehe ein paar Schritte weit in die Richtung, in die Alia gezielt hat, und suche einen geeigneten Felsen. Darauf lege ich eine zusammengerollte Decke und kehre zu Alia zurück.

»Jetzt ziel auf die Decke«, weise ich sie an. »Und denk daran, was ich dir vorhin gesagt habe – deine Haltung ist bereits wieder miserabel.«

Ist sie tatsächlich. Nun ja, für einen Menschen muss es wohl reichen.

Dennoch korrigiere ich sie noch ein paar Mal, ehe ich sie auf die Decke schießen lasse – wie erwartet, verfehlt sie ihr Ziel um Längen. Es hätte aber auch an ein Wunder gegrenzt, wenn sie beim ersten Mal getroffen hätte.

»Siehst du, ohne Magie ist das Ganze schwierig«, kommentiere ich ihren ersten Versuch. »Aber wir haben noch ein Ass im Ärmel. Such in dir nach der Luftmagie und schick sie in den Pfeil – so viel habe sogar ich schon aus deinen Übungen mitbekommen. Auch wenn wir Elfen das etwas anders handhaben.« Das Lächeln, das ich ihr schenke, ist nur für sie bestimmt.

Alia erwidert die Geste und schließt dann die Augen, da sie sich so besser auf ihre Magie konzentrieren kann.

Ihre Hände werden augenblicklich ruhiger, als sie die Luftmagie in sich hervorruft – eine faszinierende Verwandlung.

Als sie die Augen öffnet, den Blick fokussiert und den Pfeil loslässt, trifft er die Decke genau in der Mitte, was ihr einen erstaunten Laut entlockt.

»Sehr gut, Cíara«, lobe ich sie. »Und jetzt gleich noch einmal. Es kann sich auch um einen Zufallstreffer gehandelt haben.«

»Du bist nicht gerade motivierend.« Sie wirft mir einen missmutigen Blick zu, legt einen weiteren Pfeil an und trifft erneut ihr Ziel.

»Na, das ist doch schon besser.« Ich grinse. »Zwei Treffer ins Schwarze. Jetzt erhöhen wir den Schwierigkeitsgrad.«

Ich lege einen schrumpeligen Apfel anstelle der Decke auf den Felsen. Auch wenn es schwieriger ist, die Frucht zu treffen, so gelingt es Alia dennoch nach einigen Versuchen.

Vielleicht wird doch noch eine Meisterschützin aus ihr.

Ich grinse in mich hinein bei der Vorstellung, wie wir zusammen auf Jagd gehen. Das würde mir wirklich gefallen, wer weiß, vielleicht ist es irgendwann so weit.

»Und nun die Königsdisziplin«, fordere ich sie heraus und lege eine kleine Nuss auf den Felsen.

»Ist das nicht übertrieben?«, fragt Alia mit hochgezogenen Augenbrauen. »Das kann doch keiner treffen!«

Jetzt bin ich an der Reihe.

»Ich schon. Gib mal her.« Ich nehme ihr den Bogen aus den Händen und lege einen Pfeil an. »Löschen bitte.«

Alia lässt die Flammen verschwinden, die wieder aufloderten, sobald der Pfeil den Bogen berührte.

»Danke. Und jetzt lerne vom Meister.« Ich zwinkere ihr zu.

Jetzt nur nicht danebentreffen, das wäre wirklich peinlich.

Konzentriert fixiere ich mein Ziel, spanne die Sehne und schieße den Pfeil ab.

Er trifft die Nuss genau in der Mitte und ich unterdrücke ein erleichtertes Ausatmen.

Stattdessen wende ich mich mit einem breiten Lächeln zu Alia. »Wenn du *das* kannst, bist du eine wahre Meisterschützin. Aber das sollte mit Luftmagie wirklich nicht schwierig sein. Los, probier es.«

Es dauert eine geschlagene Stunde, bis Alia die Nuss das erste Mal trifft. Und auch wenn ich sie dafür lobe, so wiegelt sie es als Zufallstreffer ab.

»Genug für heute«, unterbricht uns Zaron, der die ganze Zeit schweigend zugesehen hat. »Alia, du solltest morgen weiterüben. Du kannst bereits gut genug schießen, um dich gegen Feinde zu verteidigen. Das reicht.«

Schon wieder diese Besserwisserei …

Ich unterdrücke ein Augenverdrehen und werfe Zaron stattdessen einen genervten Blick zu. »Du gibst dich zu schnell zufrieden«, protestiere ich. »Aber bitte – *du* bist ihr Lehrer.«

»Ja, das bin ich«, meint dieser, und sein Blick bleibt ruhig, auch wenn ich erkenne, wie er seine Kiefermuskeln kurz anspannt. »Und ich finde, sie sollte sich nun erholen. Wir haben einige anstrengende Tage hinter uns. Da bringt es nichts, wenn sie sich bis zur Erschöpfung im Bogenschießen übt. Das hat noch Zeit.«

Ich hasse es, wenn er über Alia bestimmt …

»Gut, Cíara«, brumme ich. »Du hast deinen Lehrer gehört. Zeit, schlafen zu gehen.«

Ich nehme ihr den Bogen aus der Hand, ziehe sie an mich und küsse sie demonstrativ.

Ja, gut, etwas kindisch – aber dieser Schwarzmagier soll ruhig sehen, zu wem Alia gehört.

Zu meinem Ärger räuspert sich Zaron, als ich Alia loslasse, und gießt noch Öl ins Feuer. »Wenn du fertig bist mit deiner Vorstellung, Reyvan, würde ich gerne mit Alia kurz sprechen.«

Mein Blick muss flammend sein, als ich mich dem Magier wieder zuwende. Dennoch versuche ich, Alia zuliebe, ruhig zu bleiben. »Gut, aber nur kurz. Du hast selbst gesagt, sie soll genügend Schlaf erhalten.«

Leider scheint Alia langsam der Geduldsfaden zu reißen. Sie verdreht die Augen und sieht mich eindringlich an. »Rey, bitte hör auf damit«, flüstert sie, wendet sich dann ab und geht zu Zaron. »Was möchtest du besprechen?«

Während ich beginne, die Schlafplätze herzurichten, bekomme ich jedes Wort ihrer Unterhaltung mit.

»Du lernst unglaublich schnell, Alia«, sagt Zaron gerade anerkennend. »Ich möchte nur sichergehen, dass du dir auch wirklich alles merken kannst. Magie ist eine mächtige Waffe. Und der kleinste Fehler kann fatale Folgen haben. Daher empfehle ich dir, alles, was du bisher gelernt hast, aufzuschreiben.«

»Alles? Das ist aber wirklich eine Menge«, erwidert sie gedehnt.

Als ob sie Zeit hätte, Tagebuch zu führen …

Ich unterdrücke ein herablassendes Schnauben.

»Ja, das ist es«, bestätigt Zaron. »Daher ist es auch wichtig, dass du es festhältst. Magierlehrlinge benötigen drei Jahre, bis sie das lernen, was du in einer Stunde lernst. Und Jungmagier brauchen weitere drei Jahre, bis sie ihre Zauber perfektioniert haben. Du kannst das innerhalb von wenigen Tagen. Du bist eine sehr begabte Magierin, Alia. Trotzdem sind auch deine Gehirnkapazitäten begrenzt.«

»Also gut«, willigt Alia ein. »Sobald ich etwas zum Schreiben habe, werde ich damit beginnen.«

»Dann beginn jetzt damit.« Als ich ihnen einen Blick zuwerfe, erkenne ich, dass Zaron ein kleines Buch in einem ledernen Umschlag aus seinem Umhang hervorholt und ihr reicht. »Das schenke ich dir. Und hier hast du eine Feder und Tinte.«

Alias Gesichtsausdruck ist mindestens so erstaunt wie meiner. »Du hast das alles mitgenommen?«

Zaron nickt. »Ich habe es in der Zwergenstadt gekauft, ehe wir aufgebrochen sind. Bisher hatten wir jedoch keine Gelegenheit, in Ruhe darüber zu sprechen. Du kannst schreiben, nehme ich an?«

»Ja, das habe ich schon früh von meinem Vater gelernt«, antwortet sie und fährt mit den Händen über den Lederumschlag.

»Ein kluger Mann, dein Vater.« Zarons Blick ist nicht ganz zu deuten. »Man muss den Kindern möglichst früh beibringen, zu lesen und zu schreiben. Je älter sie werden, desto schwieriger wird es.«

»Das hat er auch immer gesagt.« Sie schlägt das Buch auf und ich erkenne, dass die Seiten aus feinem Pergament sind.

»Irgendwann musst du mir mehr über deine Familie erzählen«, meint Zaron, was mich schon wieder zur Weißglut treibt.

Wieso hat dieser Kerl bloß so ein Interesse an ihr?!

»Interessiert dich das wirklich?«, fragt Alia ihn verblüfft.

»Alia, alles, was mit dir zu tun hat, interessiert mich«, antwortet er.

Ich schäume innerlich und balle die Hände zu Fäusten.

»Schließlich habe ich dafür gesorgt, dass du zu deinen Eltern kamst«, fährt er fort.

Ich habe echt Mühe, mich noch zu beherrschen.

»Und dafür bin ich dir dankbar.« Sie schenkt ihm ein warmes Lächeln.

So. Das reicht!

Ich trete hinter sie und lege eine Hand auf ihre Schulter. »Genug geplänkelt«, brumme ich. Dann werfe ich einen Blick auf Alias Hände, die immer noch das Buch halten, und tue so, als hätte ich ihr Gespräch nicht mitbekommen. »Ah, ein Buch! Eine gute Idee, Zaron. Das wollte ich auch schon vorschlagen. Selbst ich kann mir nicht alles merken, was du Alia unterrichtet hast.«

Der Kerl ist echt ein wandelndes Lexikon …

»Und du hast noch nicht mal die Hälfte davon mitbekommen«, sagt Alia lächelnd, was mir einen Knoten im Bauch beschert.

»Das scheint mir auch so.« Ich sehe sie vielsagend an und bin verwundert, als sie rasch die Augen niederschlägt.

Verdammt noch eins! Was läuft da zwischen ihr und Zaron?!

Je mehr Zeit sie miteinander verbringen, desto mehr habe ich das Gefühl, dass sie mir entgleitet. Und ich stehe hilflos daneben und kann nichts dagegen unternehmen. Denn wenn ich meine Eifersucht zeige, schubse ich sie nur noch mehr zu ihm und damit von mir weg.

Ich hasse es, wenn ich so hilflos bin!

Aber es bringt nichts … am besten wird es sein, wenn ich so tue, als würde mir das alles nichts ausmachen. Alles andere treibt sie von mir weg.

»Komm, Cíara«, murmle ich und reiße mich am Riemen. »Du siehst müde aus.« Ich ergreife ihre Hand und führe sie von Zaron weg.

Irgendwann werden wir über das, was zwischen ihr und dem Schwarzmagier ist, sprechen müssen. Aber nicht heute Abend.

37

ALIA

Die nächsten Tage, die wir nach Westen durch die Tunnel wandern, sind so ruhig, dass mir die vergangenen Begegnungen mit den Kultisten, der Riesenspinne und dem Meghul vorkommen wie ein böser Traum. Wir durchwandern größere und kleinere Höhlen, niedrige Stollen und ab und zu müssen wir uns auf dem Bauch vorwärtsbewegen, da einige Höhlendecken eingestürzt sind.

Trotzdem kommen wir gut voran. An zwei Höhlenseen füllen wir unsere Wasservorräte auf und überqueren eine Brücke, die über einen der Seen gebaut wurde. Je weiter wir nach Westen wandern, desto kühler wird es – ein Zeichen, dass wir uns dem Ausgang nähern.

Ich bin sehr froh um die dicken Pelzumhänge, die wir vorsorglich in der Steinstadt gekauft haben.

Reyvan und Ogrem scheinen eine Art Waffenstillstand geschlossen zu haben und ich sehe zweimal, wie sie miteinander sprechen und Reyvan sogar herzhaft lacht. Zaron und ich üben weiterhin, damit ich meine Magie besser verstehen und beherrschen kann.

Immer wieder bin ich erstaunt, wie viel der Schwarzmagier über Magie weiß. Wahrscheinlich liegt es daran, dass er viele Jahre als Wandermagier unterwegs war – oder er ist einfach unglaublich intelligent und kann sich daher so vieles merken. Wie auch immer ... Sein Wissen kommt mir nun zugute und ich schreibe alles sorgfältig in dem Buch auf, das er mir geschenkt hat.

Ich fühle mich jeden Tag sicherer, was das Zaubern angeht, bin aber dennoch froh, dass uns keine weiteren Monster begegnen, an denen ich meine Kräfte testen müsste. Denn die Skelette, die immer mal wieder am Wegrand liegen, zeugen davon, dass es hier nicht immer ganz so friedlich hergeht.

»Noch eine halbe Stunde, dann sind wir aus den Stollen raus«, ruft Ogrem irgendwann.

Es ist noch früh am Morgen und die Nacht war kurz. Ich kann mir kaum vorstellen, dass diese Weststollen endlich ein Ende finden. Der felsige Pfad steigt zwar stetig an, aber das ist auch alles, was darauf hindeutet, dass wir vielleicht aus dem Berg herauskommen.

Vor uns macht der Weg mehrere Biegungen und verhindert damit, dass wir unser Ziel – den Ausgang – erkennen können, bevor wir endlich dort ankommen.

Und dann ist er plötzlich vor uns.

Das helle Tageslicht lässt mich die Augen zusammenkneifen. Der Stollenausgang ist zwar von einem dichten Blättergewächs verborgen – trotzdem blendet mich die ungewohnte Helligkeit.

Ogrem schiebt die Blätter, die größtenteils gefrorene Efeuranken sind, beiseite und gibt uns den Weg frei.

Ein eiskalter Wind schlägt uns entgegen und treibt die dicht fallenden Schneeflocken vor sich her, die uns mit einem wilden

Tanz begrüßen. Die Sicht ist bis auf wenige Dutzend Schritt begrenzt, es ist tiefster Winter, der Schnee liegt mehrere Fuß hoch.

Ich spüre sofort, wie sich die Kälte durch meinen dicken Pelzumhang kämpft und die Wärme meines Körpers zu verscheuchen versucht. Mein Atem beschreibt kleine Wölkchen und ich verberge meine Hände in den Taschen meines Umhangs. Neugierig lasse ich den Blick schweifen, nachdem sich meine Augen an die Helligkeit gewöhnt haben.

Wir befinden uns auf einer Passstraße, mitten im Eisgipfelgebirge, das seinem Namen alle Ehre macht. Rund um uns herum sind Schnee und Eis – und ab und zu ein paar freigewehte, graue Felsen. Uns gegenüber bemerke ich einen kleinen Hügel, der die Straße eingrenzt. Ein richtiger Weg ist nicht zu erkennen, zu hoch liegt der Schnee.

Zu unserer Linken verliert sich die Straße zwischen kantigen Felsen im Gebirge. Rechts scheint sie steil den Berg hinunterzuführen. Wahrscheinlich müssen wir in diese Richtung, da dort Heystedt liegt.

Ich recke den Hals, um vielleicht das Meer sehen zu können, das sich ja nur etwa zwei Tagesreisen von hier befinden soll, aber die Schneeflocken und die grauen Wolken versperren die Sicht. Irgendwo da unten muss Heystedt liegen.

»So, ab hier verlasse ich Euch.« Ogrem wendet sich uns zu. »Ich muss schnellstmöglich zurück in die ›Stadt der tausend Steine‹ – wer weiß, ob die Magier dort nicht bereits eingefallen sind.«

»Vielen Dank für deine Führung, Ogrem.« Zaron klopft ihm freundschaftlich auf die Schulter. »Ich werde dir das nicht vergessen. Wir stehen tief in deiner Schuld.«

»Nicht der Rede wert«, erwidert Ogrem, dem dieser Abschied offenbar schon viel zu lange dauert.

»Auch ich danke Euch, Ogrem.« Ich umarme den Zwerg unvermittelt. Er versteift sich und scheint froh zu sein, als ich ihn wieder loslasse.

»Passt auf Eure beiden Männer auf, Sonnenschein«, brummt er und deutet auf Reyvan. »Vor allem auf den Kleinen.«

»Wer ist da klein?«, fragt Reyvan, der hinter mich getreten ist.

»Na, Ihr! Das sieht doch jedes Kind«, poltert Ogrem.

Aber in seinen Augen erkenne ich, dass er es nicht wirklich ernst meint. Ich schmunzle, denn Reyvan überragt den Zwerg um einiges.

»Nun gut, da Ihr uns durch den Stollen geführt habt, werde ich Euch diese Bemerkung nochmals durchgehen lassen«, bemerkt der Elf großmütig. »Danke für alles, Ogrem. Und denkt daran, was ich Euch erzählt habe.« Er zwinkert Ogrem zu.

»Ich werde es im Kopf behalten.« Der Zwerg dreht sich, um in den Stollen zu verschwinden.

Ich schaue ihm nach. Trotz seiner ruppigen Art ist er mir ans Herz gewachsen. Ich hoffe, er kommt heil in der Steinstadt an – der Weg ist wirklich gefährlich.

»Was hast du ihm denn erzählt«, will ich von Reyvan wissen, als wir uns zum Gehen wenden.

»Ach, ich hab nur dafür gesorgt, dass er es in Zukunft etwas … interessanter im Bett haben wird«, sagt dieser grinsend und gibt mir einen Kuss auf den Kopf, ehe er seinen Rucksack schultert und durch den tiefen Schnee den Pfad hinunter Richtung Heystedt stapft.

Ich starre ihm entgeistert nach. Dass der Elf dem Zwerg Tipps für Bettpraktiken gibt, hätte ich als Letztes erwartet. Kopfschüttelnd folge ich ihm.

Frische Luft zu atmen – selbst wenn sie einem fast die Lunge verbrennt vor Kälte – ist ein wunderbares Gefühl. Erst jetzt wird mir bewusst, wie muffig und moderig es in den Stollen gerochen hat. Außerdem brauche ich dringend ein ausgiebiges, heißes Bad. Die täglichen Duschen unter dem Wasserfall in der Steinstadt fehlen mir.

Ich habe das Gefühl, zum Himmel zu stinken. Zum Glück geht es Reyvan und Zaron nicht besser. Obwohl der Elf nicht schwitzt, muffeln auch seine Kleider. Wie meine Füße riechen, die Tag und Nacht in den dicken Fellstiefeln stecken, will ich erst gar nicht wissen. Höchste Zeit, dass wir nach Heystedt kommen. Dort gibt es hoffentlich eine vernünftige Herberge mit einer Wanne. Und neue Kleidung zu kaufen oder zumindest eine Wäscherei. Sowie eine warme Mahlzeit und ein weiches Bett.

Die Passstraße, der wir folgen, schlängelt sich das Gebirge hinunter. An einigen Stellen müssen wir besonders achtgeben, um nicht über die eisigen Flächen zu schlittern. Ein Sturz hier oben hätte schlimme Folgen, zumal die Gefahr besteht, über den ungesicherten Rand der Straße, die steil abfällt, zu rutschen und ins Bodenlose zu fallen.

Als ich einen Blick über den Abgrund wage, wird mir schwindelig und Reyvan reißt mich rasch zurück. Unter uns breiten sich schneebedeckte, spitze Felsen aus, die wie ein zähnefletschendes Ungeheuer aussehen, das nur darauf wartet, dass jemand in sein Maul fällt.

Als Händler würde ich es mir wirklich zweimal überlegen, ob es meine Ware wert ist, diese Passstraße entlangzugehen. Aber die Zwerge treiben ohnehin kaum mehr Handel mit den Menschen und die wenigen, die sie in die Nähe ihrer Städte lassen, werden diese Wege wohl gewohnt sein.

Während der nächsten Stunden, die wir im Gebirge unterwegs sind, sprechen wir wenig. Jeder hängt seinen eigenen Gedanken nach, selbst Zaron und ich haben unseren Unterricht eingestellt. Der Abstieg benötigt zu viel Aufmerksamkeit, als dass ich mich noch auf das Wirken von Zaubern konzentrieren könnte.

Der kurze Abschied von Ogrem macht mir zu schaffen. Trotz der Tatsache, dass ich mich anfangs in seiner Gegenwart befangen fühlte, habe ich mich an ihn gewöhnt. Ich hätte ihn gerne länger bei uns gehabt und ihn vor allem nicht allein zurück in die Weststollen geschickt. Aber es war seine freie Entscheidung. Und trotzdem habe ich ein schlechtes Gewissen. Er hat so viel für uns gewagt und wir konnten ihm nicht einmal richtig danken. Wer weiß, ob ich ihn jemals wiedersehen werde ... Vielleicht irgendwann, wenn Zaron zurück in den Eiswäldern ist und Reyvan und ich ihn besuchen?

Allerdings kommt mir dieser Gedanke äußerst unwirklich vor. Wir wissen ja noch nicht einmal, wohin wir von Heystedt aus gehen sollen und ob es überhaupt die Richtung ist, die das Gedicht uns gedeutet hat.

Immer, wenn ich die Prophezeiung hervorhole, bleiben die weiteren Zeilen, die auf dem Pergament stehen, verschwommen. Ein Zeichen, dass wir unser Ziel noch nicht erreicht haben.

Vielleicht hätten wir in eine andere Richtung gehen sollen? Womöglich ist mit dem Wasser überhaupt nicht das Meer gemeint? Und wir haben unser Leben und das von Ogrem sinnlos aufs Spiel gesetzt?

Die Zweifel machen mir zu schaffen. Offenbar sieht man mir das auch an, denn als wir gegen Mittag unser Lager unter einem Felsvorsprung aufschlagen, setzt sich Zaron zu mir und mustert mich mit zusammengezogenen Augenbrauen. »Was bereitet dir Sorgen, Alia?«

Ich zucke mit den Schultern. »Ist es richtig? Das, was wir machen, meine ich?«

Zaron beobachtet Reyvan, der gerade vor uns ein Feuer mit ein paar nassen Ästen entzündet, die er von einem Busch in der Nähe abgebrochen hat. Das Lager ist gut gewählt, der Boden unter dem hervorstehenden Felsen, der etwa zwei Schritt über uns in die Höhe ragt, ist größtenteils frei vom Schnee, da sich darum hohe Schneewehen aufgetürmt haben. Diese schützen uns vor der Kälte und halten den Wind ab. Trotzdem ist es eisig.

»Ich weiß es nicht«, erwidert Zaron nach einer Weile nachdenklich. »Wir werden es erst wissen, wenn wir in Heystedt sind und ein Schiff angeheuert haben.«

Ich werfe ihm einen zweifelnden Blick zu. »Und falls die Prophezeiung schweigt? Was dann?«

Seine Augen richten sich wieder auf mich und er legt mir eine Hand auf den Unterarm. »Dann überlegen wir uns etwas anderes … Keine Sorge, Alia. Du machst dir zu viele Gedanken.«

»Ist das so?« Ich starre auf seine behandschuhten Finger, die ich durch die dicke Jacke kaum spüre. »Wir haben unser Leben aufs Spiel gesetzt in den dunklen Wegen … ebenso das von Ogrem, der uns aus reiner Freundlichkeit geholfen hat. Und das alles nur wegen einer Prophezeiung, die wir gar nicht kennen – und die meine leibliche Mutter vor achtzehn Jahren aufgeschrieben hat.« Ich seufze leise und sehe ihm wieder in die dunklen Augen. »Es ist alles so ungewiss. Wir wissen nicht einmal, welches Ziel wir überhaupt verfolgen.«

»Da gebe ich dir teilweise recht.« Reyvan setzt sich ebenfalls hin und Zaron zieht sofort seine Hand von mir zurück, was der Elf mit einer hochgezogenen Augenbraue kommentiert. Allerdings geht er nicht weiter darauf ein, sondern wendet sich mir zu. »Zu jagen, ohne zu wissen, welche Beute einem schlussendlich in die Hände fällt, ist unsinnig.« Er nimmt meine Hand. »Aber, Cíara, trotzdem denke ich, dass es wichtig ist, die Prophezeiung ernst zu nehmen. Magie hat immer einen Grund – und Prophezeiungen erst recht. Sie kommen selten genug vor.«

»In meinem Leben scheinen sie viel zu oft vorzukommen«, seufze ich. »Ich habe einfach Angst, dass wir das alles für nichts und wieder nichts machen. Und jemandem etwas passieren könnte. Wenn ich wenigstens wüsste, wie das Gedicht weitergeht.«

»Wir werden es in Heystedt erfahren, Kleine.« Reyvan streicht mir mit der freien Hand sanft über die Wange. »Morgen Abend werden wir dort sein und uns übermorgen einen Tag Zeit nehmen, um die weitere Reise vorzubereiten.«

»Genau. Du kannst dein warmes Bad haben, während Reyvan und ich dafür sorgen werden, ein Schiff zu finden«, ergänzt Zaron aufmunternd.

»Woher weißt du von meinem Wunsch nach einem warmen Bad?«, frage ich den Magier verblüfft.

»Das sieht man dir an der Nasenspitze an.« Er greift nach seinem Rucksack und teilt unsere letzten Essensvorräte in sechs Portionen. »Hier, esst.«

Er gibt jedem von uns eine Portion und packt die restlichen drei wieder in den Beutel zurück. Es ist ein karges Mahl: getrockneter Zwieback, Beeren und Nüsse. Trotz der Tatsache, dass Reyvan die ganze Zeit nach Wild Ausschau gehalten hat, konnten wir kein einziges Tier entdecken. Wahrscheinlich sind alle tief in ihrem warmen Bau versteckt und tippen sich mit der Pfote an die Stirn, dass wir hier durch die Kälte stapfen.

Nun, nicht alle, wie sich eine Stunde später herausstellen soll.

Wir wollen gerade aufbrechen und der Passstraße weiter folgen, als uns ein lautes Knurren zusammenfahren lässt.

»Das klingt nach einem Troll«, murmelt Reyvan, der sein Schwert zieht.

»Oder Wölfen«, mutmaßt Zaron.

Wir starren den Weg zurück, den wir gekommen sind. Er beschreibt etwa hundert Schritt hinter uns eine Biegung, die mit einzelnen Sträuchern verdeckt ist. Es ist nichts zu erkennen, weder ein Troll noch ein Wolf kommen um die Kurve.

Auch Zaron hat sein flammendes Schwert gezogen und stellt sich neben den Elfen. Wir lauschen gebannt in die Stille der

Berge. Nur unser Atem ist zu hören – und ein erneutes Knurren, dieses Mal näher.

»Verdammt, was ist das?«, raunt Reyvan.

»Es kommt jedenfalls näher.« Zaron packt sein Schwert mit beiden Händen.

Ich bilde einen Schutzschild, um auf einen möglichen Angriff vorbereitet zu sein.

In dem Moment taucht eine massige Gestalt am oberen Ende des Weges auf und bleibt stehen, als sie uns sieht. Der Schneefall hat zwar nachgelassen, aber trotzdem kann ich nicht genau erkennen, worum es sich bei unserem Gegenüber handelt. Bloß, dass es auf zwei Beinen geht wie ein Mensch und aus seinem Kopf zwei hornartige Gebilde wachsen.

»Ein Koranus«, sagt Zaron leise.

»Nun, ein Wolf ist es jedenfalls nicht«, bemerkt Reyvan mit halbherzigem Grinsen und zieht zusätzlich zum Schwert seinen Dolch.

»Er scheint abzuwarten.« Ich kneife die Augen zusammen, um das Ungetüm besser sehen zu können.

»Oder er wartet auf seine Kumpel«, meint der Elf schulterzuckend.

»Was tun wir? Angreifen?« Ich sehe von ihm zu Zaron und wieder zurück.

»Nicht, wenn er uns in Ruhe ziehen lässt.« Der Magier greift langsam zu seinem Rucksack, ohne den Koranus aus den Augen zu lassen, der immer noch unschlüssig bei der Biegung der Passstraße verharrt und uns anstarrt. »Wir können von Glück sagen, dass er oben am Weg steht und nicht unten. Sonst müssten wir notgedrungen an ihm vorbei.«

»Wie, du willst ihn einfach laufen lassen?« Reyvan sieht den Schwarzmagier ungläubig an. »Was, wenn er uns folgt und in der Nacht überfällt?«

Da ist etwas Wahres dran, aber ich bin auch nicht erpicht auf einen Kampf. Zumal keiner von uns die Kräfte eines Koranus kennt. Warum bei den Göttern ist Ogrem nicht hier? Er könnte uns nicht nur in einem möglichen Kampf unterstützen, sondern auch etwas mehr über Korani erzählen, als dass sie riesig sind und zwei gewaltige Hörner besitzen.

»Ich dachte, es gibt sie nur in den dunklen Wegen?«, flüstere ich.

Zaron wendet sich mir stirnrunzelnd zu. »Nein, es gibt sie leider in allen Gebirgen. Dieser hier scheint auf Nahrungssuche zu sein.«

»Was essen sie denn?« Ich weiß, noch während ich es ausspreche, dass ich die Antwort besser nicht hören möchte.

»Fleisch«, bestätigt Zaron meine Befürchtungen.

»Fleischfressende Kühe«, murmelt Reyvan, der den Blick nicht von dem Koranus lässt.

Dieser hat sich offenbar zu einer Entscheidung durchgerungen und stampft mit langen Schritten durch den Schnee auf uns zu. Als er näher kommt, erkenne ich ihn besser.

Sein Körperbau sieht auf den ersten Blick ähnlich aus wie bei einem Menschen, nur dass sein Gesicht kantig und behaart ist und er ein breites Maul hat, aus dem Speichel tropft. Die Hörner haben die Dicke eines kleinen Baumstammes und beschreiben eine S-Kurve nach hinten. Augen scheint er keine zu besitzen, da der Bereich, wo die Augenhöhlen liegen müssten, mit Horn verwachsen ist. Wie er etwas sehen kann, ist mir ein Rätsel.

Trotzdem kommt er zielsicher auf uns zu und die gewaltigen Muskeln spannen sich bei jeder Bewegung an. Seine Größe muss mindestens drei Schritt betragen. Um seine Hüften hat der Koranus ein Fell gewickelt, ansonsten ist er nackt. Seine Haut ist fast weiß und unbehaart. Irgendwie erinnert er mich trotzdem an eine Kuh, wenn auch an eine sehr wütende.

»Macht euch zu einem Kampf bereit.« Reyvan stellt sich breitbeinig hin.

»Womit soll ich ihn angreifen?«, frage ich Zaron gehetzt.

»Wasser«, antwortet er knapp, wirft seinen Rucksack zur Seite und packt sein Schwert wieder mit beiden Händen.

Dass Feuer und Erde keine gute Idee sind, leuchtet mir auch ein. Wenn diese Korani überhaupt einem Element zugeordnet werden können, dann einem dieser beiden. Also rufe ich das Wasserelement in mir an und bilde, wie ich es mit Zaron geübt habe, einen Eispfeil. Noch ehe der Koranus uns erreicht hat, lasse ich das Geschoss auf ihn los. Es trifft ihn mitten auf die Brust und ein lautes, verärgertes Grunzen ist zu hören.

Zu meinem Entsetzen prallt der Pfeil jedoch von der angespannten Muskelmasse ab und fällt in den Schnee. Er hinterlässt bloß einen rötlichen Fleck auf seiner bleichen Haut.

Der Koranus ist noch zwanzig Schritte von uns entfernt und beeilt sich zornig, sich auf uns zu stürzen. Abermals bilde ich einen Pfeil, dieses Mal einen größeren, und ziehe mich hinter Zaron und Reyvan zurück, die den Koranus mit ihrem Stahl empfangen.

Das Ungetüm bleibt einen Augenblick vor den beiden schnaufend stehen. Kleine Wolken dringen aus seinen Nasenlöchern, die an Nüstern erinnern. Dann hebt es einen seiner gewaltigen Arme und lässt ihn mit voller Wucht auf Zaron, der rechts vor mir steht, heruntersausen. Der Schwarzmagier kann sich gerade noch unter dem Hieb hinwegducken, rollt ab und zielt mit seinem Zweihänder nach den Beinen des Monsters.

Aber auch der Stahl scheint dem Ungetüm nicht viel auszumachen. Es ist zwar eine Schnittwunde an seiner nackten Wade zu erkennen, aber sie blutet kaum.

Jetzt ist der Koranus vollends wütend. Er schnaubt zornig und stampft mit dem nackten Fuß in den Schnee, dass die Erde darunter erbebt. Mit seiner rechten Hand schlägt er nach Reyvan, der nicht untätig bleibt und mit Dolch und Schwert zurückgibt. Er trifft ihn in den seitlichen Bauch, aber auch er verletzt den Koranus nur minimal. Auf der Haut, die allem Anschein nach wie eine Eisenrüstung wirkt, ist bloß ein Kratzer zu erkennen, der leicht blutet.

Ich lasse meinen Eispfeil auf seinen Kopf los und treffe ihn mitten auf die Nase, unter der Hornverwachsung. Dort scheint die Haut weniger stabil zu sein, das Monstrum taumelt und hält sich seine Pranke vors Gesicht. Als er sie herunternimmt, sehe ich, dass ein Teil seiner Nase fehlt. Ein in der Kälte dampfender Blutstrahl ergießt sich über sein Gesicht, rinnt ihm über den Hals und die Brust, und der Schnee unter ihm färbt sich rot.

Der Koranus heult erst laut auf, dann steht er völlig perplex da, unsicher, ob er weiter angreifen oder davonrennen soll.

Diesen kurzen Moment der Unsicherheit nutzt Reyvan. Er stürzt sich seitlich auf ihn und rammt ihm mit aller Wucht die Klingen in Bauch und Rücken. Ein ohrenbetäubendes Brüllen ist zu hören und der Koranus schlägt wild um sich, aber der Elf kann sich mit einem anmutigen Sprung rechtzeitig in Sicherheit bringen, um nicht von den mächtigen Schlägen getroffen zu werden.

Das Ungetüm taumelt, hält sich jetzt Nase und Bauch. Mit einem Geheul, das an ein weinendes Kind erinnert, macht er kehrt und rennt die Passstraße hoch. Fast tut er mir ein wenig leid, als er blutüberströmt um die Kurve biegt und nur noch sein Jammern zu hören ist.

»Dem haben wir's gezeigt.« Reyvan reinigt seine blutigen Klingen mit Schnee.

»Lasst uns aufbrechen, ehe er Verstärkung holt.« Zaron scheint ebenso wenig Gefallen an dem Kampf gefunden zu haben wie ich.

Wir schnallen uns die Rucksäcke um und folgen, so rasch es der tiefe Schnee zulässt, der Passstraße hinunter, weg von dem

Ort der Koranus-Begegnung. Ein paar Minuten lang spricht keiner ein Wort.

»Alia, das war ziemlich gut«, lobt Reyvan schließlich. »Woher wusstest du, dass Korani im Gesicht verletzbar sind?«

»Das wusste ich nicht«, murmle ich und verdränge die Bilder der halb zertrümmerten, abgeschnittenen Nase der Kreatur. Es ist das erste Mal, dass ich jemanden absichtlich verletzt habe. »Warum hat er uns angegriffen? Wir haben ihm doch nichts zuleide getan.«

»So funktioniert das Leben leider nicht, Cíara«, antwortet Reyvan. »Solche Wesen sind von Grund auf aggressiv und böse. Sie haben keine Kultur.«

»Das stimmt so nicht«, unterbricht ihn Zaron.

»Du kennst Korani?« Ich sehe den Schwarzmagier verblüfft an.

»Kennen ist ein bisschen übertrieben.« Zaron bleibt stehen und sieht mich ernst an. »Aber ich weiß von Ogrem, dass sie eine Art Kultur haben. Auch wenn sie nicht wirklich als eigenständiges Volk gelten. Sie haben eine Sprache, in der sie sich unterhalten, und sogar Götter.«

»Dann … sind sie nicht von Natur aus böse?« Mir ist irgendwie unwohl beim Gedanken, nicht gegen eine stumpfsinnige Bestie, sondern ein Wesen mit Glauben und Werten gekämpft zu haben.

»Sie mögen keine Menschen und vertreiben sie aus ihren Revieren«, erklärt Zaron.

Jetzt weiß ich, warum mich ein schlechtes Gewissen plagt, ihn derart verletzt zu haben. Er wollte uns bloß Angst einjagen und vertreiben. Nicht töten. Zumindest nicht in erster Linie.

»Trotzdem gehören solche Wesen ausgerottet.« Reyvans Augen funkeln erregt.

»Man muss nicht alles grundlos angreifen und töten«, erwidert Zaron energisch und sieht ihn fest an. »Wenn wir rasch genug weggegangen wären, wäre es wahrscheinlich nicht zu einem Kampf gekommen.«

»Und wenn doch?« Der Elf mustert den Schwarzmagier mit schmalen Augen. »Hättest du es verantworten können, dass Alia etwas passiert?«

»Alia war keinen Moment lang in Gefahr«, erwidert Zaron ruhig. »Und ich bezweifle, dass uns der Koranus verfolgt und in der Nacht angegriffen hätte.«

Reyvan zuckt mit den Schultern und wendet sich wieder zum Gehen. »Zweifeln kann jeder. Wissen ist besser. Und *wir* wissen jetzt mit Sicherheit, dass dieser Koranus uns nicht mehr in die Quere kommt.«

»Hoffen wir es.« Zaron geht ebenfalls weiter die Passstraße entlang.

Ich folge den beiden gedankenversunken. Der Magier hat recht, man muss nicht immer alles töten, nur weil man es nicht kennt. Aber dieser Koranus, er hat uns doch zuerst angegriffen.

Gegen Abend schlagen wir unser Lager bei einem weiteren Felsvorsprung auf. Darunter finden wir Schutz vor dem Schneefall, der immer noch anhält. Zum ersten Mal kann ich mich durchsetzen und darf ebenfalls eine Wache übernehmen. Wenn auch nur für drei Stunden – und ich bin mir während der Zeit, die ich in die Nacht starre, ziemlich sicher, dass Reyvan nicht schläft, sondern ebenfalls wach ist.

38

ALIA

Am nächsten Morgen drängt Zaron frühzeitig zum Aufbruch. Die Aussicht, heute gegen den späten Nachmittag oder Abend Heystedt zu erreichen und wieder in einem richtigen Bett zu übernachten, gibt mir neue Kraft. Auch meine beiden Begleiter scheinen bester Stimmung zu sein. Reyvan summt sogar ein Lied.

Endlich haben wir den Fuß des Gebirges erreicht und es hört sogar auf zu schneien. Die Kälte ist jedoch immer noch unnachgiebig und ich spüre schon bald meine Finger nicht mehr, trotz der dicken Handschuhe, die wir in der Zwergenstadt gekauft haben. Immer öfter wärme ich sie mit Magie.

»Wie weit ist es noch?« Ich versuche, in den Fußstapfen von Reyvan zu bleiben, der zügig vorangeht und sich einen Weg durch den tiefen Schnee bahnt.

»Etwa vier Stunden, dann sollten wir die Stadt sehen«, antwortet Zaron hinter mir. »Ich war schon einmal in Heystedt, vor vielen Jahren. Die Siedlung ist sehr groß – eine Handelsstadt eben. Trotzdem nicht zu vergleichen mit Lormir.«

»Gibt es dort viele Schiffe?«, frage ich weiter.

»Jede Menge.« Ich vermeine, ein Lächeln in Zarons Stimme zu hören, und drehe mich zu ihm um. Er sieht mich tatsächlich lächelnd an. »Wenn du den Hafen erblickst, wirst du aus dem Staunen nicht mehr herauskommen. Vor allem im Winter liegen die meisten Schiffe vor Anker, da die wenigsten Händler die Gefahren der Eisberge auf sich nehmen wollen.«

»Aber ... wenn die Schiffe dort überwintern ... werden wir überhaupt eines finden, das uns mitnimmt?« Ich bleibe stehen, verunsichert ob dieser Neuigkeit.

Zaron nickt und schiebt mich sanft weiter. »Sicher. Es gibt immer wieder welche, die Passagiere befördern – selbst im tiefsten Winter.«

Wir folgen einer breiter werdenden Straße, die durch die hügelige Landschaft führt. Der Schnee ist von mehreren Hufen und Füßen niedergetrampelt, was uns das Vorwärtskommen erleichtert. Vereinzelt sind Karrenspuren zu sehen. Allem Anschein nach handelt es sich um die Hauptstraße zur Stadt. Trotzdem können wir keine Menschenseele entdecken.

Der Himmel hat sich in der Zwischenzeit gelichtet und ich vermeine sogar, ein paar Sonnenstrahlen zu erkennen. Immer, wenn wir auf einem Hügel sind, versuche ich das Meer zu erblicken. Ich frage mich, wie es wohl aussehen mag. Bisher war ich noch nie an der Küste und kenne das Meer nur aus Erzählungen und Abbildungen.

Ich rieche bereits das Salz in der Luft. Weit kann es nicht mehr sein ... Ich recke den Hals, als wir wieder auf einer kleineren Anhöhe sind, um etwas sehen zu können. Aber vergebens. Entweder dauert es noch lange, bis wir dort sind, oder die Hügel verdecken das Wasser.

Als wir noch zwei Wegstunden von Heystedt entfernt sind, kann ich weit hinten am Horizont Rauch erkennen. Ich nehme an, dass dieser von den vielen Schornsteinen stammt, die sich in jedem Dorf und jeder Stadt auf den Dächern befinden. Dem Ausmaß der Rauchwolke nach zu schließen, handelt es sich um eine wirklich große Stadt. Dahinter vermeine ich, einen schmalen, blauen Streifen zu erkennen – das Meer? Mein Herz macht einen kleinen Satz.

Aber Zaron, der inzwischen vorangegangen ist, hält unvermittelt an. »Das gefällt mir nicht …«, bemerkt er leise, seine Stimme klingt angespannt. »Heystedt ist zwar groß, aber so viel Rauch ist selbst für diese Stadt nicht normal … da muss etwas brennen.«

»Brennen?« Ich starre ihn entgeistert an. »Meinst du einen richtigen Stadtbrand?«

Ich hatte einmal einen Brand in Lormir erlebt, als ich noch klein war. Da die meisten Hausdächer in Altra aus Holz gebaut sind, greift ein Feuer rasend schnell um sich. Der ganze äußere Kreis ist damals den Flammen zum Opfer gefallen. Nur dank der hohen Mauern, welche die drei Stadtbezirke voneinander trennen, sind der zweite Kreis und der innerste Teil verschont geblieben. Da Heystedt nicht so groß wie Lormir ist … könnte ein Brand in der Stadt im schlimmsten Fall alles Leben darin vernichten.

»Meinst du, die Magier haben ihre Hände im Spiel?« Reyvan sieht Zaron argwöhnisch an.

Der Schwarzmagier zuckt unbestimmt mit den Schultern. »Kann sein – es könnte aber auch ein ganz normaler Brand sein. Das wissen wir erst, wenn wir näher an der Stadt sind. Kommt, lasst uns keine Zeit verlieren.«

Vorsichtshalber verlassen wir die Straße. Zwar ist uns bisher noch niemand begegnet, aber in der Nähe von Städten gibt es immer Menschen, die aus irgendwelchen Gründen die Straßen benutzen. Und wenn sich herumspricht, dass sich ein Elf, ein Magier und eine junge Frau auf dem Weg zur Stadt befinden, könnten einige Leute vielleicht Verdacht schöpfen – falls sie überhaupt schon von unserer Flucht gehört haben.

Also stapfen wir durch den fast hüfthohen Schnee und bahnen uns einen eigenen Weg. Natürlich kommen wir dadurch langsamer voran und können erst nach einer Weile die Stadtmauern vor uns erkennen. Ein niedriger Hügel bietet uns Sichtschutz, sodass die Wachen, die mit großer Sicherheit auf den Mauern patrouillieren, uns nicht erblicken können.

Heystedt besitzt, wie ich erwartet habe, viel geringere Ausmaße als Lormir. Trotzdem ist die Größe beachtlich. Die Mauern sind aus stabilem Stein gebaut und verbergen die Hausdächer dahinter, davor befindet sich eine schneebedeckte, weiße Ebene. Nur einzelne, kahle Bäume säumen die breite Straße, die auf das Stadttor zuführt. Ansonsten wächst nichts. Ich frage mich, ob es hier jemals Sommer wird und wie es dann aussehen mag.

Wie von Zaron befürchtet, kann die Rauchwolke, die über der Stadt hängt, nicht natürlichen Ursprungs sein. Ich weiß, wie eine Dunstwolke über einer Stadt aussieht, und das hier ist mit Sicherheit keine. Hinzu kommt, dass wir sogar bis hierher die Feuerglocken läuten hören. Sie werden nur geschlagen, wenn ein Feuer ausbricht, und befinden sich meist neben einem wichtigen Gebäude der Stadt, wie zum Beispiel einem Gildenhaus.

»Was nun?«, wende ich mich an Zaron. »Können wir es wagen, hineinzugehen?«

Das Feuer scheint nur in einem Teil der Stadt zu wüten, wie die Rauchwolke deutlich zeigt. Daher wäre es trotzdem möglich, in die Stadt zu gehen, allerdings unter größter Vorsicht. Die Flammen können sich jederzeit ausbreiten.

»Ich werde allein gehen«, bestimmt der Schwarzmagier. »Ihr zwei seid zu auffällig, vor allem Reyvan. Zwar wissen nur die Magier, was ein Pfand der Elfen ist, aber falls es dort Zirkler geben sollte, werden sie ihn sofort erkennen. Wartet hier. Wenn ich nach Sonnenuntergang nicht zurück bin, macht ihr einen Bogen um die Stadt und geht direkt zum Hafen.«

»Aber … was heißt, wenn du nicht zurück bist?!« Ich starre Zaron entgeistert an. »Ich will nicht, dass dir etwas passiert!«

»Ich werde auf mich aufpassen, Alia.« Sein Blick ruht auf mir. »Aber ich weiß nicht, was in der Stadt vorgeht. Falls Magier dort sind, könnten sie Fragen stellen – zumal ich mein Exil verlassen habe.«

»Gut, pass auf dich auf«, erwidert Reyvan. »Wir schlagen hier ein Lager auf und warten auf dich.«

»In Ordnung, bis bald.«

Zaron wendet sich von uns ab und stapft durch den Schnee Richtung Stadtmauern davon. Bald schon haben wir ihn aus dem Blickfeld verloren.

»Ich hoffe wirklich, dass keine Magier in der Stadt sind«, bemerke ich leise, als ich Reyvan helfe, den Schnee so weit mit den Füßen zu bearbeiten, dass eine Fläche entsteht, auf die wir uns bequem setzen können.

Wir breiten unsere Ölumhänge aus und dann die Wolldecken. Damit werden wir nicht so rasch frieren. Wir wagen es jedoch nicht, ein Feuer zu entzünden. Auch wenn man uns von der Straße aus nicht sehen kann – ein geübter Späher auf den Stadtmauern würde das Licht sofort erkennen und sich fragen, wer sich da nicht getraut, in die Stadt hineinzukommen.

Je mehr Zeit verstreicht, desto stärker fällt mir auf, dass Reyvan nicht dazu geboren ist, herumzusitzen und zu warten. Er geht unruhig hin und her und schaut immer wieder zu den Stadtmauern hinüber, die aus dieser Distanz gerade mal so breit wie mein kleiner Finger sind.

»Rey, setz dich bitte hin.« Ich versuche, möglichst ruhig zu klingen. Aber langsam werde ich von seiner Nervosität angesteckt.

»Ich bin die ganze Zeit am Überlegen, was das Feuer zu bedeuten hat«, erwidert der Elf und setzt sich endlich neben mich. »Ich weiß, dass Xenos mit Vorliebe Städte abfackeln lässt, wenn ihm etwas nicht passt – aber Heystedt? Eine Handelsstadt? Ich kann es mir einfach nicht vorstellen …«

»Vielleicht hat das Feuer ja eine andere Ursache.« Ich höre selbst, wie unwahrscheinlich meine Worte klingen.

»Warum sollte mitten im Winter ein Feuer in der Stadt ausbrechen? Im Sommer kann das schon mal passieren – aber im Winter?«

»Ich hoffe nur, dass Zaron bald zurück ist – er ist nun schon über drei Stunden weg …« Ich werfe einen Blick zur Stadtmauer, deren Wachtürme ich über dem hohen Schnee und dem kleinen Hügel erkennen kann.

Die Nacht bricht herein und der Rauch ist nicht mehr so gut zu sehen. Trotzdem verrät das Leuchten über der Stadt, dass das Feuer immer noch brennt.

Fahles Mondlicht dringt zwischen den Wolken am Himmel hindurch und erhellt unsere Umgebung. Wenigstens hat es aufgehört, zu schneien, sodass uns nur noch der stetige Wind die Körperwärme raubt.

»Dem passiert schon nichts. Xenos ist doch sein geliebter Bruder – der wird ihn höchstens zu einem gemütlichen Abendessen einladen«, entgegnet Reyvan bissig.

Die Art, wie Reyvan über Zaron spricht, ärgert mich. Allerdings kann er ja nicht wissen, dass Xenos nicht davor zurückschreckte, seinen eigenen Bruder gefangen zu halten, um mit ihm irgendwelche Experimente zu machen.

»Rey … Zaron und Xenos verstehen sich nicht so gut, wie du vielleicht denkst.«

»So? Wie gut denn sonst?« Er schaut mich prüfend an. »Du scheinst ja eine Menge mehr über unseren Schwarzmagierfreund zu wissen als ich.«

»Das tue ich, ja«, erwidere ich mit fester Stimme. »Aber nur aus dem Grund, weil ich ihm zuhöre – im Gegensatz zu dir. Du kannst nie ein wirklich ernsthaftes Gespräch führen.« Ich bin verärgert und die Ungewissheit, was mit Zaron passiert ist, trägt auch nicht gerade dazu bei, dass sich meine Laune hebt.

»Ich bin dir also nicht ernsthaft genug?«, fährt er mich an. Seine Nerven scheinen ebenfalls blank zu liegen und seine Augen flackern wütend. »Komm her und ich zeig dir, wie ernsthaft ich sein kann …« Er ergreift meine Hand und macht Anstalten, mich zu sich zu ziehen.

»Rey, nicht – nicht hier.« Ich entwinde mich seinem Griff.

»Kann man euch nicht eine Minute allein lassen, ohne dass ihr übereinander herfallt?«, ertönt eine tiefe Stimme hinter uns.

Mir fällt ein Stein vom Herzen und ich springe hoch, als ich Zaron erblicke, dessen hohe Gestalt im Mondlicht schwarz vor uns aufragt. »Zaron! Wir haben uns Sorgen um dich gemacht – warum warst du so lange fort?«

»Darf ich zuerst etwas trinken?« Er setzt sich hin.

Zu meiner freudigen Überraschung packt er ein frisch gebackenes Brot und einen herrlich duftenden Schinken aus seinem Rucksack aus.

»Hier, bedient euch.« Er deutet auf die Speisen.

Ich mache große Augen und wäre ihm am liebsten um den Hals gefallen – im letzten Moment reiße ich mich aber zusammen. Reyvan ist auch so schon schlecht auf Zaron zu sprechen.

»Auch etwas Wein habe ich besorgt – obwohl ich nicht annehme, dass ihr davon trinken wollt?« Zaron hält uns einen Trinkschlauch hin.

»Ich nehme gerne einen Schluck«, antworte ich dankbar.

Seit dem Eiswein bin ich auf den Geschmack gekommen. Der Wein schmeckt bei Weitem nicht so gut wie jener der Zwerge oder Elfen. Aber immerhin wärmt der Alkohol.

Reyvan hebt zwar eine Augenbraue, als ich den Trinkschlauch an meine Lippen führe, sagt aber nichts dazu, sondern teilt das

Brot und den Schinken mit seinem Dolch in drei gleich große Portionen. Allein die Art, wie er den Dolch in den Schinken sticht, als wollte er das Schwein ein zweites Mal töten, verrät, dass er immer noch wütend ist. Ich ignoriere ihn und gebe Zaron den Trinkschlauch zurück.

»Erzähl, was hast du herausgefunden?«, frage ich den Schwarzmagier, als dieser ebenfalls einen Schluck trinkt.

Er setzt den Weinschlauch ab und schaut abschätzend von Reyvan zu mir. »Xenos ist in der Stadt«, erklärt er in ruhigem Tonfall.

»Wie bitte?!«, entfährt es Reyvan und mir gleichzeitig.

»Warum … wie kommt er hierher?!« Meine Stimme klingt auf einmal sehr hoch. Die Vorstellung, dass der grausame Zirkelleiter nur ein paar Wegminuten von mir entfernt ist, lässt alles in mir gefrieren.

»Er hat wohl eins und eins zusammengezählt«, meint Zaron und sein Blick ruht forschend auf mir. »Heystedt ist eine der größten Städte in der Nähe von Lormir. Zudem eine Handelsstadt mit vielen Schiffen, die einen von hier wegbringen können. Und dass ihr nicht zu den Elfen geflohen seid, war ihm wahrscheinlich auch klar. Er hat mehrere Suchtrupps ausgeschickt – unter anderem den Zirkelrat der Erdgilde in Begleitung von Kampfmagiern. Sie schwärmen nach allen Seiten aus. Xenos selbst ist vor einigen Tagen in die Stadt eingefallen, nachdem er zuvor seine Lakaien hier wüten ließ. Offenbar hat er es nicht mehr ausgehalten, im Zirkel zu sitzen und Däumchen zu drehen.«

»Aber … hast du ihn gesehen?«, frage ich mit weit aufgerissenen Augen.

Zaron schüttelt den Kopf. »Das musste ich nicht. Überall sind seine Spuren zu finden. Nur seine Magie kann das bewirken, was er dort angestellt hat. Zudem sprechen die Bewohner voller

Angst über seine Taten. Er hat mehrere Gildenmitglieder gefoltert und mitten auf dem Marktplatz zur Warnung erhängt. In den Tavernen erzählt man sich die schauerlichsten Geschichten. Er scheint außer sich zu sein vor Wut.«

Mir ist der Appetit schlagartig vergangen. Ich schaue betroffen zu Reyvan, der ebenfalls nur mäßig hungrig an seinem Schinken kaut.

»Wir können es also vergessen, die Stadt zu betreten«, bemerkt der Elf nach einer Weile.

Zaron nickt. »Ich schlage vor, dass wir so rasch wie möglich verschwinden. Solange Xenos in der Nähe ist, kann ich keine Magie wirken, ohne ihm zu verraten, dass ich hier bin.« Sein Blick wird eindringlich. »Und ihr dürft euch ebenfalls nicht blicken lassen. Überall hängen Plakate mit euren Gesichtern – mehr oder weniger gut getroffen. Es wurde sogar ein Kopfgeld auf euch ausgesetzt. Offenbar geht es Xenos nicht mehr darum, euch lebend zu fangen.«

Ich schaudere und rücke näher zu Reyvan. Der kleine Streit von vorhin ist vergessen, er legt automatisch einen Arm um mich und drückt mich an sich. Mir entgeht der Blick nicht, den Zaron uns zuwirft, als er diese vertraute Geste beobachtet.

»Trotzdem müssen wir ans Meer. Wie kommen wir zum Hafen?«, fragt Reyvan mit gerunzelter Stirn.

»Eine gute Frage.« Zaron greift zu seinem Stück Brot und nimmt einen Bissen. »Der schnellste Weg führt natürlich durch die Stadt, aber die Stadtmauern reichen nicht bis ganz an das Meer heran. Daher können wir versuchen, um die Stadt herumzugehen und von unten in den Hafen zu gelangen.« Er holt aus seinem Rucksack ein kleines Bündel. »Hier, ich habe drei Kapuzenumhänge für uns gekauft, die können wir überwerfen. Dann fallen deine blonden Haare und spitzen Ohren nicht gleich auf, Reyvan.«

»Und wie finden wir ein Schiff, das uns mitnimmt?« Ich nehme den Kapuzenumhang entgegen.

Zaron zieht die Augenbrauen zusammen. »Ich habe mich umgehört. Im Hafen liegen im Moment drei Handelsschiffe. Zwei reisen in Begleitung von Kampfmagiern, die können wir also vergessen.« Er fährt sich mit der Hand über den Dreitagebart. »Das dritte ist das Schiff eines reichen Kaufmanns, der Seidenteppiche verkauft. Auch das ist zu riskant. Kaufmänner und Händler sind immer bestechlich und wir könnten Gefahr laufen, an die Magier verraten zu werden.« Sein Blick wird undurchsichtig. »Aber es gibt noch ein viertes Schiff, das seit einigen Tagen vor Anker liegt. Es ist unklar, warum es nicht ausläuft. Ihr Kapitän ist eine lebende Legende und ein berüchtigter Abenteurer. Es sind mehrere Söldner, Krieger und Matrosen, aber keine Magier an Bord. Daher nehme ich an, unsere Chancen stehen nicht schlecht, mit einem guten Preis eine Überfahrt zu erkaufen. Ein Versuch ist es wert.«

»Woher weißt du das alles?« Ich sehe Zaron bewundernd an.

»Du hast wohl vergessen, dass ich Wandermagier war.« Seine Augen funkeln im Sternenlicht. »Da lernt man, Augen und Ohren offen zu halten, und weiß, wo die richtigen Plätze sind, um an Informationen zu kommen.«

»Das ist ja schön und gut«, entgegnet Reyvan. »Aber wie genau kommen wir ungesehen an Bord? Soviel ich weiß, werden genaue Passagierlisten geführt, die der Hafenbehörde vorgelegt werden müssen. Wenn da unsere Namen stehen, wird Xenos sofort wissen, wohin wir fahren.«

»Dann werden wir eben andere Namen verwenden«, erwidert Zaron. »Wir werden uns als Abenteurer ausgeben – was wir ja im Grunde auch sind.«

»Abenteurer und Flüchtlinge«, korrigiert Reyvan.

Wir schweigen eine Weile und denken über Zarons Vorschlag nach. An sich klingt er sehr vernünftig.

Ich seufze. Mein Bad wird wohl noch eine Weile auf mich warten müssen.

»Also gut«, meint Reyvan schließlich. »Dann ist das unser Plan: Wir brechen in der Nacht zum Hafen auf und versuchen, an Bord dieses Abenteurerschiffs zu gelangen und den Kapitän zu überzeugen, uns von hier wegzubringen. Wie heißt es denn?«

»Cyrona«, sagt Zaron schmunzelnd.

»Auch das noch ... die Geliebte von Ferys, dem Gott der Elfen – das passt ja.« Reyvan verdreht die Augen.

39

Alia

Rasch packen wir unsere Sachen zusammen und stapfen möglichst lautlos durch den Schnee. Nach einer Stunde Fußmarsch haben wir die Stadtmauern erreicht. Jetzt kann ich sogar trotz der Dunkelheit die Wachen auf den Zinnen erkennen.

Wir folgen der Mauer entlang und ich gebe mir alle Mühe, in Zarons Fußstapfen zu bleiben. Da er längere Beine hat als ich, ist das ein ziemlich anstrengendes Unterfangen und bald schon schmerzen meine Muskeln und winseln um Gnade.

Ich atme erleichtert auf, als ich vor uns Lichter erkenne. Das muss der Hafen sein. Ich war noch nie vorher am Meer und jetzt, da ich hier bin, bin ich enttäuscht, dass es dunkel ist. Zu gerne hätte ich das endlos blaue Wasser gesehen, von dem die Fischer und Seeleute erzählen.

Ein Gestank nach Fisch und Ruß schlägt mir entgegen und überdeckt den Salzgeruch in der Luft.

Als wir näher kommen, sehe ich, dass der Boden aus festem Stein besteht, der vom Schnee größtenteils freigeräumt wurde.

Holzstege, die mit Sand und Kieselsteinen bestreut wurden, damit die Seeleute auf dem Eis nicht ausrutschen, reichen weit in das Wasser hinein. Einige Kräne stehen am Ufer, die wahrscheinlich dazu gedacht sind, die Schiffe zu be- oder entladen. Die Schiffe, die ich im Licht von mehreren Straßenlaternen erkennen kann, haben die unterschiedlichsten Formen und Größen. Sehr beeindruckend finde ich eines, das aus weißem Holz gebaut wurde. Oder vielleicht wurde es auch einfach nur weiß bemalt. Jedenfalls ist es riesig. Mehrere Männer verladen gerade Ware in Kisten auf dieses Schiff. Wahrscheinlich gehört es zu einem der drei Handelsschiffe.

Die Luft ist erfüllt von Gelächter, Rufen, Klirren und den dumpfen Schlägen der Schmiede in der Nähe. Hier schläft die Stadt noch lange nicht. Es scheint fast, als ob die Leute unbeeindruckt von den Bränden im Stadtinneren wären, deren Rauch immer noch über den betroffenen Quartieren aufsteigt.

Trotz der fortgeschrittenen Uhrzeit herrscht reges Treiben. Viele Leute mit zum Teil zwielichtigem Aussehen kreuzen unseren Weg. Eine Menge davon sind Matrosen auf Landgang, wie man unschwer erkennen kann. Sie tragen dicke Mäntel, Dolche an ihren Hüftgurten und haben einen eigenartigen Gang, so als wären sie betrunken. Ein Bettler sitzt auf dem Boden und bittet um Kupfermünzen.

Da wir vorsorglich unsere Kapuzenumhänge übergeworfen haben, beachtet uns zum Glück niemand. Die Seemänner, denen wir begegnen, sind ohnehin zu sehr mit den Hafendirnen beschäftigt, die an jeder Ecke ihre Dienste anbieten.

Wir halten uns nahe an den Wänden der Häuser, die es hier im Hafen gibt. Die Straße, der wir folgen, führt direkt am Ufer entlang und wird von mehreren Kistenstapeln unterbrochen. Wir schleichen an verlassenen Verkaufsständen vorbei, wo die Fischer im Morgengrauen ihre frischen Waren anbieten werden.

»Achtung, verhaltet Euch so unauffällig wie möglich«, flüstert uns Zaron zu und bleibt hinter einem Kistenstapel sehen.

Ich versuche, um seine breite Gestalt herumzuschauen, und bemerke vor uns eine Patrouille, wie ich sie aus Lormir kenne. Sie bestehen meist aus Angehörigen der Feuergilde, also Soldaten. Ab und zu ist sogar ein Magier mit dabei. Bei diesen hier ist es schwer zu sagen, denn alle zehn Mann sind gleich gekleidet. Ihre Eisenharnische und Schwerter reflektieren das spärliche Laternenlicht.

Sie marschieren in Zweiergruppen an uns vorbei auf den Pier. Wir versuchen, möglichst keine Aufmerksamkeit auf uns zu lenken – zum Glück beachten sie uns nicht weiter.

Als sie vorbei sind, stoße ich die angehaltene Luft leise aus.

»Kommt, weiter.« Zaron führt uns zu einem der Landestege, an dem ein helles, dreimastiges Schiff liegt. Jeder Mast hat fünf Rahen, die weißen Segel sind jedoch noch aufgetucht.

»Hier, das ist es«, erklärt der Schwarzmagier. »Lasst mich mit dem Kapitän sprechen.«

Wir folgen ihm zur Rampe, die das Deck des Schiffes mit dem Landesteg verbindet. Sechs dunkel gekleidete Männer mit Waffen stehen davor und schauen uns skeptisch entgegen. Das Laternenlicht gelangt kaum bis hierhin und an Deck gibt es nur wenig Beleuchtungen. Aus ein paar Luken im Bug des Schiffes dringt ein Lichtschein, dort scheint sich eine größere Kabine zu befinden.

»Was wollt ihr hier?«, fragt einer aus der Gruppe. Er hat eine Zahnlücke und sein dunkles Haar wird größtenteils von einem breitkrempigen Hut verborgen. Sein Kinn ist unrasiert, seine Kleidung abgewetzt. Trotzdem erkenne ich in seinen hellen Augen Scharfsinnigkeit. Er heftet seinen Blick auf Zaron.

»Wir wollen mit dem Kapitän sprechen«, sagt der Schwarzmagier fordernd.

»Der ist im Moment … beschäftigt«, erwidert der Mann und verschränkt die Arme vor der Brust. »Aber vielleicht hat er Interesse an Eurer Begleiterin – komm her, Mädchen, lass dich anschauen.«

Reyvan und Zaron treten fast gleichzeitig vor mich, die Hände an ihren Schwertern, und versperren dem Seemann die Sicht.

»Sie bleibt bei uns!«, erwidert Zaron energisch.

Der andere hebt die Hände. »Aye, schon gut, schon gut, man darf ja wohl noch fragen.«

»Holt Euren Kapitän her, oder lasst uns auf das Schiff. Es ist wichtig!«, wiederholt Zaron. Diesmal ist seine Stimme härter.

»Was springt dabei für uns heraus, eh?«, fragt ein anderer aus der Sechsergruppe mit blondem, unordentlichem Haar, das ihm verfilzt ins Gesicht hängt.

»Hier.« Zaron lässt eine Goldmünze blitzen. »Das sollte wohl reichen? Zudem dürft Ihr Euer Leben behalten, wenn Ihr uns jetzt passieren lasst.«

»Wer will denn gleich so aggressiv sein?«, erwidert der Erste und schnappt sich die Goldmünze, bevor es sich Zaron anders überlegen kann. »Bitte sehr, Ihr habt freies Geleit.« Er geht einen Schritt zur Seite, sodass die Rampe frei ist. »Der Kapitän ist in seiner Kabine. Ihr werdet Euch darauf gefasst machen müssen, dass er nicht erfreut über Euer unangekündigtes Erscheinen ist!«

»Damit werden wir schon fertig«, entgegnet Zaron grimmig und geht mit festem Schritt an dem Mann vorbei, die Rampe hoch.

Ich gebe mir Mühe, den Blickkontakt mit den Männern zu meiden, als ich ihm folge. Mir fällt auf, dass Reyvan die Hand nicht von seinem Schwertknauf nimmt – auch ihm sind die Männer nicht geheuer.

Als wir das Schiff betreten, erkenne ich weitere Matrosen, die uns neugierig mustern.

Der Mann, der als Erster gesprochen hat, deutet auf eine kleine Tür, die in den vorderen Teil des Schiffes eingelassen ist. Eine Laterne spendet gerade so viel Licht, dass man an Deck etwas erkennen kann.

»Dort drin ist der Kapitän«, sagt er.

Ohne zu zögern, klopft Zaron hart mit der Faust gegen die Tür. Erst bei der dritten Wiederholung öffnet sie sich endlich.

Ich erkenne im ersten Moment nur langes dunkles Haar, das in Zöpfe geflochten zu sein scheint. Dann bemerke ich breite Schultern, die einem hochgewachsenen Mann gehören. Er ist zwar ein wenig kleiner als Zaron, überragt damit aber immer noch Reyvan und mich.

Wie seine Mannschaft ist auch der Kapitän komplett in Schwarz gekleidet, allerdings trägt er keinen Pelzumhang und sein Hemd ist bis zum Bauch offen, was uns einen Blick auf seine Muskeln gewährt. Als er den Kopf hebt, entweicht sowohl Reyvan als auch mir ein Laut der Überraschung.

Vor uns steht ein Elf, wie unschwer an seinen spitzen Ohren und den anmutigen Gesichtszügen zu erkennen ist. Nur dass diese Gesichtszüge jetzt vor Wut zu einer unschönen Fratze verzerrt sind.

»Das hätte ich mir denken können … kein Mensch benennt sein Schiff nach der Geliebten des Elfengottes«, murmelt Reyvan hinter mir.

»Verdammt! Warum stört ihr verfaulten Kraken mich?!«, fährt der Kapitän seine Männer mit rauer Stimme an, ohne uns zu beachten. »Temi! Ich hatte dir und den anderen ausdrücklich gesagt, ihr sollt mich in Ruhe lassen!«

Die Männer weichen respektvoll ein paar Schritte zurück, erwidern aber nichts. Mir entgeht nicht, dass der Kapitän sich den Hosenbund zuknöpft. Erst jetzt fällt sein Blick auf Zaron, Reyvan und mich. Er hebt eine seiner dunklen Augenbrauen, was seinem wütenden Gesicht einen wilden Ausdruck verleiht. »Und Ihr? Was wollt Ihr hier?«, fragt er in scharfem Tonfall.

»Wir wollen wissen, ob auf Eurem Schiff noch Platz für drei Passagiere ist«, antwortet Zaron, nicht im Mindesten beeindruckt von der zornigen Miene des Kapitäns.

»Und dafür unterbrecht Ihr meine Nacht mit meiner Mätresse?«, knurrt der Elf wütend. »Wer seid Ihr überhaupt?«

»Es wird sowieso nichts bringen, Euch zu belügen, daher können wir gleich die Wahrheit sagen«, fährt Zaron fort.

Ich schnappe nach Luft, sehe dann aber ein, dass er recht hat. Ein Elf wird sofort wissen, wer Reyvan ist, sobald dieser die Kapuze zurückschlägt. Zudem kann er Gedanken lesen – und sollten wir ihn belügen, wird er mit großer Sicherheit noch wütender, als er ohnehin schon ist.

»Warum solltet Ihr mich belügen?«, fragt der Kapitän nun weniger grimmig. Trotzdem bleibt seine Stimme rau und irgendwie heiser.

Zaron sieht ihn fest an. »Weil wir vor dem Zirkel fliehen.«

Der Elf mustert uns nacheinander prüfend und seine Miene wird etwas milder, als er durch die Zähne pfeift. »Zwei Fremde in Begleitung eines Magiers, bis an die Zähne bewaffnet … Ihr seid die, weswegen dieser verrückte Zirkelleiter in der Stadt ist.« Er wartet erst gar nicht auf eine Antwort. »Warum glaubt Ihr, dass ich Euch nicht direkt an den Zirkel ausliefere und die Belohnung, die für Eure Köpfe in Aussicht gestellt wurde, kassiere?«

Zaron hebt die Schultern. »Das könntet Ihr natürlich tun. Trotzdem bitten wir Euch, uns anzuhören, bevor Ihr diese Entscheidung trefft.«

Der Kapitän runzelt die Stirn. »Ihr habt Glück, dass ich immer ein offenes Ohr für Abenteuer habe. Und das hier klingt ganz und gar nach einem. Also gut, dann kommt mit in meine Kajüte!«

Er dreht uns seinen breiten Rücken zu, geht durch einen kurzen Gang, der zu zwei Kabinen führt und öffnet die linke Tür, ehe er den Raum dahinter betritt.

»Setzt Euch!«, sagt er mit einer Stimme, die es gewohnt ist, Befehle zu erteilen.

Im Licht, das von einigen Kerzen stammt, erkenne ich, dass er nicht schwarzes, sondern dunkelbraunes Haar mit einem weichen Rotton darin besitzt. Seine Augen sind beeindruckend: Sie strahlen wie hellstes Gold.

Wir setzen uns ihm gegenüber an den einzigen Tisch, der hier drinsteht. Die Kabine ist geräumig und der Holztisch bietet Platz für etwa acht Leute. An der Wand hinter dem Kapitän sind zwei Krummsäbel angebracht, die im Kerzenlicht funkeln.

Als wir unsere Kapuzen zurückschlagen und der Kapitän Reyvan erblickt, vermeine ich, in seinen Augen kurz Überraschung aufblitzen zu sehen, die er jedoch sofort hinter einer ausdruckslosen Miene verbirgt.

Er greift nach einer Karaffe, die auf dem Tisch steht, sowie ein paar Gläsern und schenkt uns allen ein. Als ich an meinem Getränk nippe, muss ich ein Husten unterdrücken. Das Gebräu ist ungeheuer stark.

»Mein Name ist Maryo Vadorís«, stellt sich der Kapitän vor, der sein Glas in einem Zug leert. »Nennt mich einfach Kapitän Maryo. Und mit wem habe ich das Vergnügen?«

»Ich bin Zaron, das hier ist Alia … und Reyvan habt Ihr wahrscheinlich schon erkannt?«

Maryo mustert Reyvan eindringlich mit seinen hellen Augen. »Seid Ihr ein Sohn von Saryon Caltayó, dem Elfenkönig von Zakatas?«

»Schuldig«, bestätigt Reyvan.

»Dann ist es mir eine Ehre, einen Prinzen der Elfen von Zakatas bei mir auf der Cyrona zu begrüßen.« Der Kapitän schenkt sich mit einem breiten Lächeln nochmals etwas von dem starken Getränk nach. Jetzt, im Licht der Kabine, wirkt er weniger einschüchternd, wenn auch seine gebieterische Ausstrahlung ungebrochen ist. »Die Tätowierung auf Eurer Wange sagt mir, dass Ihr ein Pfand der Elfen von Zakatas seid – oder wart?«

Reyvan nickt. »Ja, das war ich. Aber ich habe dieser wunderbaren Frau zuliebe den Zirkel verlassen – um ihr zu helfen.«

»Ah, das nenne ich lobenswert.« Maryo grinst und unterzieht mich einer genauen Musterung.

Ich senke verlegen die Augen.

»Aye. Ich seh schon, was Ihr an ihr findet«, bemerkt der Kapitän. »Trotzdem … ist es das wert, einen weiteren Krieg heraufzubeschwören?«

»Einen Krieg?«, fragt Zaron.

»Habt Ihr es noch nicht gehört?« Maryo sieht uns einen nach dem anderen an. »Dieser verrückte Zirkelleiter will gegen die Elfen marschieren – also gegen Euren Vater.« Er wirft Reyvan einen scharfen Blick zu.

In mir zieht sich alles zusammen und auch Reyvan scheint nicht mit solch einer Nachricht gerechnet zu haben.

»Wie bitte?!«, ruft er aus.

Der Elfenkapitän nickt bedächtig. »Aye. Offenbar hat er Eure Geste, den Zirkel zu verlassen, als Grund genug gesehen, um den Elfen den Krieg zu erklären. Er ist seit ein paar Tagen hier in Heystedt und sucht nach Kämpfern – und nach seinen entflohenen … Schützlingen.«

»Seid Ihr Euch ganz sicher?« Reyvan ballt die Hände zu Fäusten.

»Aye.« Der Elf zieht die Augenbrauen zusammen. »Das ist das, was meine Männer mir erzählt haben. Und die belügen mich nie. Das würden sie nicht überleben.«

»Dann muss ich mich Xenos stellen!«, sagt Reyvan entschlossen.

»Nein, Rey, tu das nicht«, erwidere ich und greife nach seiner Hand, die zur Faust geballt ist. »Er wird dich töten und trotzdem einen Krieg heraufbeschwören. Das bringt nichts.«

Er sieht mich mit einem Blick an, in dem sowohl Verzweiflung als auch Hass liegen. »Alia, ich muss etwas unternehmen! Ich kann nicht tatenlos zusehen, wie Xenos eine Armee gegen mein Volk zusammenstellt und meinen Vater in einen Krieg verwickelt!«

Sosehr ich seine Beweggründe auch nachvollziehen kann, ich muss ihm widersprechen. »Aber das ist nicht der richtige Weg!«

»Wenn ich Euch unterbrechen dürfte«, bemerkt Maryo gedehnt und lehnt sich in seinem Stuhl lässig zurück. »Es gäbe eine Möglichkeit, wie Ihr Eurem Vater helfen könntet. Und zwar gibt es nicht unweit von hier den Westendwald, wo meine Sippe wohnt. Die Königin, Sylvara Némys, kennt Ihr vielleicht, Reyvan. Sie könntet Ihr um Hilfe bitten. Die Elfen von Westend halten sich zwar normalerweise aus Angelegenheiten mit Zirkelmagiern raus, aber wenn der Preis stimmt, könntet Ihr die Königin vielleicht überzeugen. Wenn Xenos von zwei Seiten her attackiert wird, fällt es ihm ungemein schwerer, einen Krieg zu gewinnen.«

»Das wäre eine Idee«, erwidert Reyvan nachdenklich. »Wie weit ist es mit dem Schiff bis zum Westendwald?«

»Ungefähr eine Woche«, antwortet Maryo. »Xenos hat von hier aus eine längere Reise vor sich, bis er bei den Wäldern von Zakatas ist. Ihr könntet ihn also auf dem Weg abfangen und überraschen.«

»Das ist ganz und gar kein guter Plan«, entgegne ich leise. »Du kannst nicht gegen Xenos in einem Kampf antreten – er ist viel zu mächtig.«

»Und ob ich das kann«, erwidert Reyvan grimmig.

»Dann werde ich mit dir mitkommen«, beschließe ich.

Reyvans Blick wird sanfter, als er mich mustert. »Das ist deine Entscheidung. Ich bin für jede Hilfe dankbar.«

Zaron, der unser Gespräch bisher schweigend verfolgt hat, steht auf. »Könnt Ihr, Kapitän Maryo, uns morgen mitnehmen?« Er beugt sich über den Tisch.

»Wenn der Preis stimmt, mit dem größten Vergnügen.« Maryo grinst.

»Wie viel verlangt Ihr?«, fragt Zaron mit zusammengezogenen Augenbrauen.

Der Kapitän fährt sich über das Kinn und seine Augen blitzen. »Zwei Goldstücke pro Tag und Person.«

»Klingt gerecht.« Reyvan kramt in seinen Taschen und legt kurzerhand fünfzig Goldstücke auf den Tisch. »Der Rest ist Trinkgeld«, meint er lächelnd.

Ich staune, offenbar hat er in der Zwergenstadt tatsächlich sehr viel Geld erspielt.

Maryo nimmt eine Münze und beißt darauf. »Zwergengold von einem Elfen, wie ungewöhnlich.« Er sieht Reyvan vielsagend an. »Sei's drum. Temi!« Der Mann, der uns als Erster im Hafen angesprochen hat, erscheint in der Tür. »Wir werden im Morgengrauen auslaufen! Gib der Mannschaft Bescheid, sie sollen die Cyrona bereithalten.«

»Aye!« Der Matrose verlässt die Kabine eilig, um die Befehle weiterzugeben.

Maryo wendet sich wieder an uns. »Meine Männer werden sich freuen, in ein neues Abenteuer aufzubrechen. Einen Krieg gegen die Magier zu unterstützen, ist genau nach unserem Geschmack. Ihr könnt zwei Kabinen meiner Männer haben, bis wir in Westend sind. Von dort aus ist es eine Tagesreise zum Westendwald.«

»Vielen Dank, Kapitän.« Reyvan erhebt sich ebenfalls. »Gibt es in der Nähe des Hafens einen Nachrichtenposten, wo ich eine Brieftaube oder einen Boten zu meinem Vater schicken kann?«

»Ja, den gibt es.« Maryo deutet in eine ungefähre Richtung. »Gleich zwei Häuserreihen weiter. Aber beeilt Euch, wir nehmen nach Mitternacht keine Passagiere mehr an Bord – selbst wenn es sich um Elfenprinzen handelt.«

»Bin gleich wieder hier.« Reyvan verlässt mit einem Nicken rasch das Zimmer.

Ich bleibe mit Zaron zurück. Da dieser immer noch steht, erhebe ich mich ebenfalls.

»Zeigt Ihr uns die Kabinen?«, fragt Zaron.

»Meine Mannschaft wird Euch hinführen.« Maryo lässt den Blick über meinen dick verhüllten Körper wandern. »Wollt Ihr mir und meiner Mätresse vielleicht Gesellschaft leisten?«, fragt er mit einem anzüglichen Grinsen.

»Wir hatten Eurer Mannschaft bereits verständlich gemacht, dass sie zu uns gehört und nicht für Eure Vergnügen zur Verfügung steht«, erwidert Zaron grimmig.

»Zu schade …« Maryo schmunzelt und steht auf. »Nun, dann werde ich in meine Kabine zurückkehren. Wir sehen uns morgen früh.«

Zaron und ich gehen wieder auf das Hauptdeck, wo Temi und ein paar andere Matrosen uns in Empfang nehmen.

»Dann werden wir also zusammen segeln«, bemerkt Temi. »Ich bin der Quartiermeister. Und das sind Lock, Rentem, Marck, Sert und Telek.«

»Angenehm«, antwortet Zaron, dessen Stimme mir verrät, dass es ihm nicht ganz so angenehm ist. »Ich bin Zaron, das ist Alia. Könnt Ihr uns unsere Kabinen zeigen?«

Der Quartiermeister nickt. »Ja, das können wir. Werden wir auch. Aber zuerst werdet Ihr einen Brauch mit uns durchführen, den wir mit allen neuen Passagieren machen.« Temi grinst. »Euer Elfenfreund hat sich davor gedrückt. Aber ihr zwei werdet das nicht tun. Kommt da rüber zur Reling, wir zeigen es Euch!«

Ich schaue Zaron unsicher an. Was für ein Brauch wird das wohl sein? Ich habe bisher immer die Angehörigen der Wassergilde gemocht, aber diese Seemänner wirken nicht sehr tugendhaft. Vielleicht liegt es daran, dass sie eher Abenteurer und Kämpfer sind …

Zaron erwidert meinen Blick und zieht die Brauen zusammen, ehe er nickt.

Temi und die anderen führen uns an die Reling der Cyrona. Weitere Matrosen gesellen sich dazu. Es müssen über zwanzig Mann sein, aber die gesamte Mannschaft wird wohl noch mehr Leute zählen. Sie klettern in die Wanten, um eine gute Sicht auf das Geschehen zu haben.

»Damit Ihr für die Reise auf See vorbereitet seid, werdet Ihr nun auf Eure Trinkfestigkeit getestet«, erklärt Temi beinahe schon feierlich. »Hier, jeder von Euch erhält einen Becher mit Allasch. Trinkt ihn in einem Zug aus, dann seid Ihr willkommen. Falls ein Rest übrig bleibt oder Ihr absetzt, bedeutet das Unglück auf der Fahrt und Ihr werdet über Bord geworfen.«

Mir fällt auf, dass der Becher, den er uns reicht, aus geteertem Leder ist. Beim Kapitän hatten wir Gläser bekommen, aber für die Mannschaft scheinen sich diese Becher besser zu eignen. Der Sinn dahinter ist mir klar: Wenn sie zu Boden fallen, zerspringen sie nicht.

Ich schnuppere an dem starken Getränk. Es riecht nach Kümmel und erinnert mich an den Alkohol, den wir mit Kapitän Maryo getrunken haben. Ich werde es niemals schaffen, den ganzen Becher zu leeren.

In Gedanken sehe ich mich schon in dem eiskalten Wasser treiben, da die Mannschaft mich sicher über Bord wirft.

»Ihr trinkt wohl sehr gerne, was?«, fragt Zaron, der ebenfalls an seinem Becher riecht.

»Ja, das tun wir. Es hält warm und verscheucht trübe Gedanken«, entgegnet Temi freimütig.

»Also dann, auf unsere gemeinsame Reise.« Zaron hebt den Becher und leert ihn in einem Zug.

Die Seemänner klatschen begeistert in die Hände.

»Und jetzt Ihr«, meint Lock, dessen blondes Haar ihm in langen, wahrscheinlich künstlich verfilzten Strähnen ins Gesicht hängt, und deutet auf mich.

Mir fällt auf, dass er eine große Narbe auf der einen Wange hat, die schräg vom Ohr bis zum Mundwinkel verläuft. Jetzt schaut er mich mit seinen braunen Augen spitzbübisch grinsend an und entblößt dabei seine gelben Zähne.

»Ich … ich kann das nicht. Das ist mir zu stark«, versuche ich mich aus der Situation zu reden.

»Dann werdet Ihr den Fischen Gesellschaft leisten.« Temi kommt ein paar Schritte auf mich zu.

Aber Zaron stellt sich ihm in den Weg. »Wenn es nur darum geht, dass der Becher geleert wird, kann ich das auch für sie übernehmen.« Er nimmt mir den Becher aus der Hand.

Temi wendet sich unsicher an seine Freunde, die schulterzuckend hinter ihm stehen. »Also gut. Aber nur, weil sie eine Frau ist.«

Ohne zu zögern, leert Zaron auch den zweiten Becher. Ich wusste zwar, dass er trinkfest ist, aber nicht, dass er zwei derart starke Kümmelschnäpse kurz hintereinander trinken kann.

»Willkommen an Bord! Zaron und Alia!« Temi klopft Zaron auf die Schulter.

»Danke!«, antwortet der Schwarzmagier. »Falls der Elf seinen Schnaps nicht trinken will, bringt den Becher zu mir.«

Temi grinst. »Aye. Also, dann zeige ich Euch nun Eure Kabinen.«

Er geht zur Mitte des Hauptdecks und öffnet eine Luke, die nach unten führt und eine schmale Leiter offenbart. Als wir hinuntersteigen, finden wir uns in einem Korridor wieder, der durch drei Laternen beleuchtet wird. Auf beiden Seiten gibt es Türen.

»Hier, diese beiden könnt Ihr haben.« Temi zeigt auf zwei der Türen. »Falls Ihr baden wollt, benutzt Ihr den Raum dort drüben. Sauberes Wasser sollte es in dem Zuber geben. Diesen Luxus gönnen wir uns, wenn wir in einem Hafen liegen.« Er grinst uns zu. »Der Kapitän ordnet immer an, dass sich alle waschen, sobald wir ankern und Trinkwasser im Überfluss haben. Sehr penibel, der feine Herr. Eine Latrine gibt es im Raum daneben. Ich bin an Deck, falls Ihr mich braucht. Muss noch so einiges vorbereiten und die Mannschaft zusammentrommeln.«

40

Alia

Ich öffne eine der Türen und wäre beinahe in das Bett gestolpert, das sich direkt dahinter befindet. Die ganze Kabine besteht im Grunde aus einer Matratze, und ein Bullauge ist in die Bordwand dahinter eingelassen, durch welches das Mondlicht fällt. Keine Truhen, keine Kommoden, kein Schrank.

Ich stelle meinen Rucksack ans Ende der Matratze, während Zaron die Kabine neben mir bezieht.

Ich wünsche mir nichts sehnlicher als ein Bad und suche rasch ein paar andere Sachen zum Anziehen hervor. Dann gehe ich in den Raum, den Temi uns zum Waschen gezeigt hat. Er ist sehr klein, die Badewanne ist ein Zuber aus Holz, in dem ich gerade genug Platz finde. Für eine größere Person wird es eng hier drin.

Zaron, der mich begleitet, ist so nett, vor der Tür Wache zu stehen, damit mich kein neugieriger Seemann während meines Bades stören kann.

Das Wasser im Zuber ist kalt und ich wärme es mit Magie, ehe ich hineinsteige. Magierin zu sein, hat wirklich seine Vorteile.

Endlich werde ich den Schmutz der letzten Wochen los und wasche mich ausgiebig. Als ich aus dem Zuber steige, fühle ich mich erfrischt und sauber. Nach mir wäscht sich auch Zaron, während ich in unserer Kabine ungeduldig auf Reyvan warte.

Es dauert eine ganze Weile, bis er auftaucht.

»Und, hast du diesen Nachrichtenposten gefunden?«, frage ich ihn, als er seinen Rucksack neben meinem deponiert und sich zu mir auf die Matratze legt.

»Ja, habe ich.« Er streicht mir über mein frisch gewaschenes Haar, das noch feucht ist. »Ich hoffe, dass mein Vater die Nachricht rechtzeitig erhält.«

In seinen Augen liegt ein Ausdruck, den ich bisher noch nie an ihm gesehen habe. Wüsste ich es nicht besser, würde ich fast Angst darin vermuten.

»Sicher wird er das«, sage ich beruhigend. »Aber willst du denn tatsächlich in einen Krieg ziehen? Ist das nicht zu gefährlich?«

»Cíara, mir bleibt nichts anderes übrig.« Er streicht mit dem Daumen über meine Unterlippe. »Ich muss meinem Volk helfen, zumal ich der Verursacher dieses Krieges bin. Wäre ich nicht aus dem Zirkel geflohen – was ich übrigens keine Sekunde lang bereue –, dann hätte Xenos nicht zu den Waffen gerufen. Ich habe ihn einfach … unterschätzt.«

Ich sehe ihn traurig an. Die Vorstellung, dass er gegen Magier kämpft, behagt mir überhaupt nicht.

»Ich werde alles tun, um dich zu unterstützen.« Sanft küsse ich seinen Finger, der immer noch auf meinen Lippen ruht.

»Ich weiß, und das bereitet mir Angst.« Seine Stimme ist fast ein Flüstern.

Als ich nach einer Weile an Deck gehe, sehe ich Zaron an der Reling stehen. Es ist bereits weit nach Mitternacht. Wir haben nur kurz etwas gegessen und wollten danach schlafen. Jedoch konnten weder Reyvan noch ich Ruhe finden. Also beschloss der Elf, sich ebenfalls ein Bad zu gönnen, und ich, frische Luft zu schnappen.

Auf dem Schiff ist es erstaunlich ruhig. Der größte Teil der Mannschaft ist wahrscheinlich schlafen gegangen, um für den Aufbruch im Morgengrauen gerüstet zu sein. Nur vereinzelt entdecke ich ein paar Männer, die Wache stehen. Sie beachten mich jedoch nicht weiter.

Als ich den Blick zur Stadt wende, erkenne ich, dass die Stadtmauer mit einem Tor versehen ist, das nun, in der Nacht, geschlossen wurde. Der Hafen liegt außerhalb der Mauer und ist damit von der Stadt abgeschnitten. Das war mir vorhin, als wir zum Schiff gingen, gar nicht aufgefallen. Über der hohen Mauer erkenne ich immer noch schwachen Rauch, aber das Feuer scheint inzwischen eingedämmt zu sein. Zumindest läuten die Glocken nicht mehr. Beim Gedanken, dass dort, nur ein paar hundert Schritt weit weg, Xenos ist, verspüre ich eine Gänsehaut.

Ich kehre der Stadt den Rücken zu und beobachte Zaron, dessen Umrisse sich dunkel vom Sternenhimmel abheben. Sein schwarzes Haar weht im Wind und sein aufgeblähter Umhang gibt ihm etwas Geheimnisvolles.

Auf einmal dreht er sich zu mir um. »Alia, komm zu mir. Oder willst du noch lange dort stehen und meinen Rücken betrachten?«

Meine Wangen werden warm. Ich hatte gedacht, er hätte mich nicht bemerkt – nun bleibt mir nichts anderes übrig, als mich neben ihn an die Reling zu stellen.

Wir beobachten eine Zeit lang schweigend die Wellen, die mit leisen Geräuschen an den Rumpf des Schiffs schlagen. Es ist beruhigend, den Schein des Mondes auf dem Wasser zu betrachten. Ab und zu verschwindet er hinter einer Wolke und die See liegt schwarz vor uns. Ein kühler Wind weht mir das Haar ins Gesicht und ich streife es gedankenverloren zur Seite.

»Kannst du auch nicht schlafen?«, fragt Zaron.

»Nein.« Ich schüttle den Kopf und suche seinen Blick. »Ich bin zu aufgeregt wegen allem. Die Prophezeiung im silbernen Kästchen schweigt noch immer – wahrscheinlich müssen wir zuerst ablegen, um zu wissen, wohin wir als Nächstes sollen. Und Reyvan … er spricht nur noch davon, dass er gegen Xenos kämpfen will. Das bereitet mir Angst.«

Zaron studiert mein Gesicht eine Weile schweigend. »Ich habe über vieles nachgedacht«, meint er dann leise. »Ich weiß nicht, wie lange wir noch zusammen reisen werden. Aber du musst wissen, dass ich mir wünschte, es würde nie aufhören. Selbst wenn du mit Reyvan zusammen bist.«

Ich senke den Blick und weiß nicht, was ich darauf antworten soll.

»Entschuldige, wenn ich dich in Verlegenheit gebracht habe, Alia.« Zaron legt einen Finger unter mein Kinn und hebt es sanft an, sodass ich ihm in die Augen schauen muss. »Sag mir bitte, was du denkst.«

»Ich … ich fühle mich auch sehr wohl an deiner Seite«, antworte ich nach einigem Zögern. »Aber ich bin Reyvan verpflichtet – obwohl ich auch für dich Gefühle empfinde. Es ist kompliziert.« Ich hebe mutlos die Schultern.

Zaron lässt mein Kinn los. »Ja, ich weiß. Liebe ist nie einfach.«

Er dreht sich um, lehnt sich mit dem Rücken an die Reling und sieht in den Sternenhimmel. Ich folge seinem Blick. Zu dieser Jahreszeit ist der Himmel so klar, dass man sogar Sternschnuppen sehen kann.

»Weißt du, was man sich bei den Nomadenvölkern über die Sternschnuppen erzählt?«, fragt Zaron, ohne den Blick vom Himmel abzuwenden.

»Nein.« Ich ziehe meinen Umhang fester um mich. Der Wind bläst heftiger und ich spüre, wie sich die Kälte meiner Glieder bemächtigen will.

Zaron starrt weiterhin zu den Sternen. »Es gibt eine Geschichte, die mir über all die Jahre im Gedächtnis geblieben ist. Wahrscheinlich ist sie frei erfunden, aber auf jeden Fall mag ich sie, da sie von Ignas, dem Feuergott – meinem Gott – handelt.«

»Bitte erzähl sie mir.«

»Das hatte ich gerade vor.« Er sieht mich an und ein Lächeln gleitet über seine Züge, ehe er wieder in den Sternenhimmel schaut, wo die nächste Schnuppe herunterfällt. »Ignas, wie du vielleicht weißt, ist ein Gott, dessen Leidenschaft so heiß brennt, dass sie in Form von Feuer sichtbar wird. Wie kein anderer Gott trieb ihn das Verlangen, die Menschen kennenzulernen. Als er eines Tages zu uns auf die Erde kam, war er fasziniert von unseren Frauen. Er nahm sie ohne Rücksicht auf ihre Gefühle und ließ sie fallen, sobald sie ihm ihre Gunst geschenkt hatten. Bis er eines Tages Peralia, einer wunderschönen Nomadentochter, begegnete.«

Er verlagert sein Gewicht und wendet den Blick vom Himmel ab, sieht stattdessen mich an. Seine schwarzen Augen wirken mystisch und nehmen mich gefangen, als er weiterspricht.

»Er verliebte sich unsterblich in sie und wollte für den Rest seiner Tage bei ihr bleiben, ihr zuliebe sogar seinen Platz im Himmel aufgeben. Auch Peralia schenkte ihm ihr Herz. Jedoch war sie eine Sterbliche und ihre Liebe somit dazu verdammt, irgendwann durch den Tod besiegt zu werden. Trotzdem lebten sie viele Jahre glücklich zusammen.«

Erneut legt er eine kurze Pause ein und seine Augen gleiten über mein Gesicht. Ich vermeine, eine Spur von Schmerz in ihnen zu erkennen.

»Als Peralia im hohen Alter starb, weinte Ignas bittere Tränen«, fährt er fort. »Zum ersten Mal fühlte er, wie es ist, verletzt zu werden. Trauernd begab er sich zurück in den Himmel und schwor, ab sofort den Menschen zu helfen, statt sie auszunutzen. Von da an schenkte er uns das Feuerelement. Aber immer, wenn er an Peralia denkt, weint er. Und diese Tränen der Liebe und des Schmerzes können wir in klaren Nächten sehen – in Form von Sternschnuppen.« Er zeigt auf eine, die gerade vom Himmel fällt.

»Zaron, das ist eine wunderschöne Geschichte«, flüstere ich. »Aber auch sehr, sehr traurig.«

»Ja, das ist sie«, bestätigt Zaron und atmet leise durch, während er in den Sternenhimmel blickt. »Trotzdem mag ich sie. Denn sie handelt von Liebe, die niemals aufhört und selbst den Tod überdauert.«

»Meinst du, eine solche Liebe gibt es?« Ich betrachte sein Profil, das sich gegen die weißen Segel abhebt. Das Mondlicht zeichnet scharfe Schatten auf sein Gesicht.

Er wendet sich mir zu und stützt seine Unterarme auf die Reling. In seinen Augen lese ich dieselbe Trauer, die ich immer darin bemerke, wenn er sich an seine Vergangenheit erinnert.

»Ich weiß es nicht, Alia«, murmelt er. »Einst dachte ich, unsterblich verliebt zu sein.« Er zögert und wendet den Blick ab. »Dann traf ich dich … und bin mir seither nicht mehr sicher.«

Ich merke, wie sich mein Herz zusammenzieht. War das etwa gerade eine Liebeserklärung? Doch bevor ich weiter auf das Thema eingehen kann, spüre ich eine Hand auf meiner Schulter.

»Worüber sprecht ihr beiden denn so ernsthaft?«

Reyvan. Er ist, wie gewohnt, lautlos hinter uns getreten.

»Zaron hat mir gerade eine wunderschöne Geschichte über die Sternschnuppen erzählt«, antworte ich und schmiege mich in seine Arme. Sein Körper wärmt mich von hinten und gibt mir Geborgenheit.

»Ah, eine Geschichte.« Reyvans Tonfall klingt ruhig, aber ich kann mir vorstellen, dass seine Augen gerade wieder angriffslustig funkeln. So ist es immer, wenn er mit dem Schwarzmagier spricht.

»Ich lasse euch zwei allein«, entgegnet Zaron und wendet sich zum Gehen.

»Komm, Alia, wir sollten ebenfalls schlafen.« Reyvan nimmt meine Hand und wir folgen dem Schwarzmagier unter Deck.

Am nächsten Morgen werden wir von lauten Flüchen und Rufen geweckt. Reyvan greift sofort zu seinen Waffen und stürzt in den Gang. Ich folge ihm, wenn auch weniger enthusiastisch. Wir wissen ja nicht, was der Lärm zu bedeuten hat.

Bevor wir die Luke, die an Deck führt, öffnen können, werden wir von Lock, der den Gang entlanggerannt kommt, aufgehalten. »Ich würde nicht da rausgehen an Eurer Stelle«, sagt er leise und wischt sich ein paar seiner blonden Filzlocken aus der Stirn. »Es sind Magier an Bord. Sie stellen unangenehme Fragen. Der Kapitän versucht gerade, sie abzuwimmeln.«

»Verdammter Mist!«, flucht Reyvan. »Ist Xenos bei ihnen?«

Der blonde Matrose schüttelt den Kopf. »Nein, ich glaube nicht. Aber ich kenne ihn nur aus Erzählungen – hab ihn noch nie mit eigenen Augen gesehen.«

»Seid Ihr denn nicht aus Lormir?«, frage ich.

»Nein, aus Chakas«, antwortet Lock und fährt sich unruhig mit der Zunge über die Unterlippe. »Ich gehe nach oben und schaue, ob ich dem Kapitän helfen kann. Ihr bleibt besser so lange unten.«

»In Ordnung«, murmelt Reyvan.

Lock verschwindet durch die Luke. Für einen Moment wird der Lärm draußen lauter, bevor er die Klappe wieder verschließt. Wir können nicht verstehen, was gesprochen wird, ich vermeine allerdings, Maryos Stimme zu erkennen, der lauthals Verwünschungen brüllt.

In dem Moment taucht Zaron im Gang auf. »Was ist hier los?«, fragt er.

»Magier an Bord«, antwortet Reyvan knapp.

»Verdammt! Wissen sie, dass wir hier sind?«

»Keine Ahnung. Ich hoffe nicht.« Der Elf blickt immer noch angespannt zur Luke.

»Soll ich meinen Geist aussenden und sehen, ob ich etwas in Erfahrung bringen kann?«, schlage ich leise vor.

Zaron mustert mich kurz. »Das könnte klappen. Die Magier sollten dir einfach nicht näher als einen Schritt kommen, sonst spüren sie dich.«

»Pass auf dich auf, Cíara«, ermahnt mich Reyvan.

Ich setze mich hin, um nicht umzufallen, und konzentriere mich. Diese Übung geht nun schon fast wie von selbst.

Sobald ich aus meinem Körper raus bin, sehe ich, wie er in sich zusammensackt.

Jetzt stehe ich vor einem neuen Problem: Ich habe keine Ahnung, wie ich durch die Luke komme. Bisher habe ich nur unversperrte Wege passiert.

Langsam gehe ich die Leiter hinauf und strecke eine Hand aus – oder was ich für meine Hand halte –, um die Luke aufzudrücken. Zu meiner Überraschung greife ich ins Leere.

Im nächsten Moment bin ich durch die Luke hindurch und auf dem Hauptdeck. Die Szene, die sich vor meinen Augen abspielt, lässt mich unwillkürlich zurückweichen.

Der Kapitän trägt einen dicken Pelz, der ihn vor der Kälte schützt, und einen breitkrempigen schwarzen Hut. Gerade schreit er einen der vier Magier an, die mitten auf dem Deck mit verschränkten Armen stehen. Ich bemerke mit Erleichterung, dass Xenos nicht unter ihnen ist. Obwohl der Elf nur wenig größer ist als die vier, wirkt er um ein Vielfaches imposanter und vor allem einschüchternder.

»Wie könnt Ihr mich einen Lügner nennen? Ihr Bastarde!«, bellt er.

Der Magier, der vor ihm steht, versucht möglichst ruhig zu bleiben. »Weil Ihr uns anlügt. Wir wissen aus sicheren Quellen, dass gestern Abend drei Passagiere an Bord gekommen und nicht wieder gegangen sind. Und wir haben den Auftrag, jede verdächtige Person zu melden!«

»Wir haben hier keine verdächtigen Personen!«, faucht der Kapitän. »Meine Männer sind ehrenhaft und freiwillig hier. Und wer bei allen verfaulten Ratten hat Euch bitte schön was über irgendwelche Passagiere erzählt?!«

»Diese Information kann ich Euch leider nicht geben«, entgegnet der Magier aalglatt. »Wir werden nicht eher von hier verschwinden, bis wir die Kabinen durchsucht haben.«

»Dann werdet Ihr eben mit uns auslaufen!«, donnert Maryo. »Männer, Achterspring, Achterleine und Vorleine los! Wir haben schon genug Zeit wegen diesem Magierpack verloren!«

Von überallher antwortet ihm seine Mannschaft und beeilt sich, seine Befehle zu befolgen.

»Ich verbiete Euch, ohne unsere Erlaubnis auszulaufen! Ihr wart nicht angemeldet, heute Heystedt zu verlassen!«, protestiert der Magier entrüstet.

»Das geht mir am Arsch vorbei!«, brüllt Maryo ihn an und wendet sich ab.

Ich erkenne, dass seine Männer bereits die Rampe eingeholt und die Leinen gelöst haben. Die Magier werden nicht mehr vom Schiff kommen, falls sie nicht das Bedürfnis verspüren, im eiskalten Wasser zu schwimmen.

»Achtern frei?«, donnert Maryos Stimme über das Deck.

»Achtern ist frei!«, kommt sofort die Antwort.

»Klar zum Setzen der Fock!«, ruft Maryo in die Wanten und das vorderste Segel wird gehisst. Sofort fährt der Wind hinein und bläht es auf. Ich sehe, wie sich der Rumpf des Schiffes in Bewegung setzt.

»Haltet Eure Männer auf, oder wir tun es!«, fordert der Magier, der immer noch mit verschränkten Armen an derselben Stelle steht.

Ein genervtes Knurren entweicht Maryos Kehle, als er so rasch seinen Dolch zückt, dass meine Augen der Bewegung kaum folgen können. Mit eisigem Blick hält er dem Magier die Klinge an den Hals.

»Ihr werdet gar nichts tun!«, sagt er gefährlich leise und schlitzt ihm, bevor er sich wehren oder einen Schutzschild bilden kann, die Kehle auf.

Blut sprudelt aus der tiefen Wunde. Der Magier greift sich ungläubig an den Hals und sinkt langsam in die Knie. Seine Augen brechen, ehe er auf den Planken aufschlägt.

»Noch jemand, der mir auf den Sack gehen will?«, faucht Maryo die anderen drei Magier an, die ihn entgeistert anstarren und einen Schritt zurückweichen. »Nicht? Dann macht, dass Ihr von meinem Schiff runterkommt! Wir sind auch so liebenswürdig und geben Euch eines unserer Beiboote!«

Die Magier scheinen von seiner eiskalten Mordlust derart eingeschüchtert zu sein, dass sie ohne Widerworte in eines der Boote steigen, das von der Mannschaft sofort zu Wasser gelassen wird. Inzwischen hat die Cyrona bereits ein gutes Stück zurückgelegt und passiert gerade die letzte Seebrücke, die ins Wasser hinausragt.

»Und jemand soll den Dreck wegräumen!«, brüllt Maryo seine Mannschaft an und deutet auf den leblosen Körper des Magiers, um den sich eine immer größer werdende Blutlache bildet.

Ich habe genug gesehen und kehre, so rasch es geht, in meinen Körper zurück. Dann würge ich und kann mich gerade noch beherrschen, mich nicht zu übergeben.

»Cíara, was ist dort oben passiert?«, fragt Reyvan. »Ich habe nur die Hälfte mitbekommen. Sind die Magier weg?«

»Ja, das sind sie. Der Kapitän hat sie in einem Beiboot ausgesetzt. Und … er hat einen kaltblütig getötet.« Immer noch bin ich fassungslos über die Szene, die ich soeben miterlebt habe.

»Der Kapitän ist bekannt dafür, dass er aufbrausend und nicht zimperlich ist«, meint Zaron, der neben uns steht. »Aber, dass er so weit geht, hätte ich nicht gedacht. Das kann böse Folgen haben.«

»Nun … solange sich seine Feindschaft nur gegen Zirkelmagier richtet, soll mir das recht sein«, bemerkt Reyvan schulterzuckend.

»Dein Pragmatismus in allen Ehren.« Zaron verengt die Augen zu schwarzen Schlitzen. »Aber ich möchte dich daran erinnern, dass zwei Magier gerade vor dir stehen.«

»Ihr gehört nicht zum Zirkel«, erwidert Reyvan. »Du, Zaron, bist ausgestoßen und Alia ist nie beigetreten.«

»Nun gut. Dann lasst uns mal an Deck gehen und sehen, wo wir etwas zu essen finden«, brummt Zaron und steigt die Leiter hoch zur Luke.

»Der ist aber empfindlich heute.« Reyvan grinst und hilft mir dann aufzustehen.

Nach ein paar Sekunden folgen wir dem Schwarzmagier an Deck. Oben angekommen, bemerke ich erst die frische Meeresluft, die den Duft nach Salz, Fisch und etwas anderem, das ich noch nie gerochen habe, mit sich trägt. Ich atme tief ein und fülle meine Lungen mit dem köstlichen Duft. Es riecht nach Freiheit und Schnee.

Dann schaue ich mich um und meine Kinnlade fällt unwillkürlich herunter. Um mich herum, soweit ich blicken kann, sehe ich nichts als eisblaues Wasser. Vorhin, als ich Maryo dabei beobachtete, wie er die Magier anbrüllte, war ich viel zu sehr abgelenkt, um das Meer zu bemerken. Nun aber komme ich aus dem Staunen kaum mehr heraus. Nie im Leben hätte ich mir träumen lassen, dass es so viel Wasser geben kann.

Der Hafen liegt bereits weit hinter uns und ich kann die Menschen, die dort immer noch ihrem geschäftigen Treiben nachgehen, nur noch schwach als kleine Punkte erkennen. Dahinter ragen im Morgengrauen schneebedeckte Berge in den wolkenbehangenen Himmel – das Eisgipfelgebirge.

Als ich ein paar Schritte zu der Reling gehe, erkenne ich im Wasser Eisbrocken, die von dem Bug des Schiffes davongescheucht werden.

»Warst du noch nie am Meer?«, fragt Reyvan, der neben mich getreten ist und sich ebenfalls über die Reling beugt.

Ich schüttle den Kopf. »Du etwa?«

»Oh ja, schon einige Male. Allerdings vor meiner Zeit im Zirkel.« Er lächelt mich an. »Du siehst aus, als könntest du etwas zu essen vertragen. Komm, lass uns sehen, wohin Zaron verschwunden ist.«

Er nimmt meine Hand und führt mich über das Deck. Ich folge ihm, vollkommen verzaubert von meiner neuen Umgebung. So groß hatte ich mir das Meer nicht vorgestellt.

Von der Kommandobrücke dringen Maryos Befehle an mein Ohr, die von seiner Mannschaft eilig befolgt und beantwortet werden. Als ich den Kopf hebe, sehe ich, dass alle Segel gehisst wurden und sich im Fahrtwind aufblähen. Oben zwischen den Masten erkenne ich Matrosen in schwindelerregender Höhe wie kleine Ameisen herumklettern. Keine Ahnung, was sie da machen, aber es scheint wichtig zu sein, denn Maryo brüllt immer weitere Befehle nach oben.

Mir fällt auf, dass es außer mir keine anderen Frauen an Bord gibt. Ob das wohl an dem Aberglauben liegt, dass Frauen an

Bord Unglück bringen? Oder schlicht und ergreifend an der Tatsache, dass dieses harte Leben auf See nur für die wenigsten Frauen reizvoll erscheint? Auf jeden Fall stößt sich Maryo offenbar nicht daran, dass ich mich auf seiner Cyrona befinde. Ich frage mich, ob er in jedem Hafen, den er ansteuert, eine Mätresse hat. Oder ob es vielleicht sogar eine Frau in seinem Leben gibt, die er liebt. Ich kann mir kaum vorstellen, dass ein attraktiver Elfenkapitän wie er lange Zeit ohne eine Frau auskommt.

Reyvan und ich erklimmen das Achterdeck, wie er mir erklärt. Mir sagen all diese Begriffe nicht viel, aber ich habe ja nun eine Woche Zeit, sie zu lernen. Als wir das Deck erreichen, erkenne ich, dass sich uns gegenüber eine Tür befindet, die in einen Raum unter dem Puppdeck führt. Reyvan steuert geradewegs darauf zu und klopft dagegen. Von drinnen kommt ein genervtes Gemurmel, dann taucht ein Kopf in der Luke auf, die sich auf Augenhöhe befindet.

»Was wollt Ihr hier?«, fragt ein älterer Matrose mit einem stoppeligen, weißen Bart.

»Wir suchen etwas zu essen«, erwidert Reyvan. »Das ist doch die Kombüse, nicht?«

»Ist sie.« Der Alte öffnet die Tür einen Spalt. »Ich bin gerade am Vorbereiten des Mittagessens – es gibt nur noch Brot und Käse für Euch. Ihr seid spät dran.«

Ich schaue ihn verdutzt an. Der Tag ist gerade mal ein paar Minuten alt, wir sind sogar außerordentlich früh dran. Aber ich halte besser den Mund.

»Hier, nehmt. Und dann lasst mich in Ruhe meine Arbeit verrichten.« Der Alte drückt Reyvan einen Laib Brot und ein Stück Käse in die Hände und schließt die Tür, ehe wir uns bedanken können.

»Das ist aber ein liebenswürdiges Kerlchen.« Reyvan geht mir voran die Treppe wieder herunter. »Mal sehen, ob ich mich nicht täusche – aber hier sollte sich die Mannschaftsmesse befinden …« Er steuert auf eine Tür zu, die sich unterhalb des Achterdecks befindet.

Tatsächlich, dahinter erschließt sich ein Raum, der einen langen Tisch und mehrere Stühle beherbergt. Auf einem davon sitzt Zaron und beißt gerade herzhaft in ein Stück kalten Braten. Als er uns eintreten sieht, deutet er auf die Stühle ihm gegenüber.

»Schetscht euch!«, sagt er mit vollem Mund.

»Warum hast du Fleisch und wir bloß Käse und Brot bekommen?«, will Reyvan wissen.

Zaron zuckt die Schultern und schenkt ihm einen milden Blick. »Tja, das sind die Vorzüge eines Wandermagiers – wir wissen, wie man mit solchen Schiffsköchen umgeht, um etwas mehr als nur Käse und Brot zu erhalten«, entgegnet er gelassen.

Ich lächle in mich hinein, als Reyvan sich mit grimmigem Blick Zaron gegenüber hinsetzt und das Brot und den Käse auf den Tisch knallt.

»Wollt ihr auch etwas Fleisch?«, fragt Zaron mit übertriebener Fürsorge.

»Ich dachte schon, du fragst nie!«

Reyvan greift sofort nach dem Teller, auf dem sich noch haufenweise kalter Braten stapelt. Er hält ihn mir hin und ich nehme dankbar eine Scheibe davon.

»Ich sehe schon, ich kann noch viel von dir lernen, Zaron.« Ich beiße genüsslich in das saftige Fleischstück.

»Sieht ganz so aus.« Die dunklen Augen des Schwarzmagiers bleiben eine Sekunde länger als nötig auf mir ruhen.

41

Alia

Am Abend des ersten Tages auf See sind wir beim Kapitän zum Essen eingeladen. Ich bin gespannt auf das Treffen, da wir seit unserem Aufbruch kaum mit ihm gesprochen haben.

Aber neben meine Neugierde schleicht sich auch Angst vor dem Elfenkapitän. Die Bilder, wie er, ohne mit der Wimper zu zucken, einem Magier die Kehle aufgeschlitzt hat, sehe ich noch lebhaft vor mir. Was, wenn wir ihn aus irgendeinem Grund verärgern und er dasselbe mit uns anstellt? Dann rufe ich mir wieder in Erinnerung, dass weder Reyvan noch Zaron sich von ihm derart überraschen lassen würden – und dass ich nun ja auch magische Kräfte besitze … obwohl, dem Magier, der nun Fischfutter ist, hat das auch nicht viel geholfen.

Ich gehe mit gemischten Gefühlen in die Kapitänsmesse, wo Maryo bereits auf uns wartet. Sein dunkles Haar ist mit einem Zopfband streng nach hinten gekämmt. Waffen scheint er keine zu tragen – aber das könnte täuschen. Ich glaube keinen Moment daran, dass er sich vollkommen unbewaffnet in einem Raum mit drei fremden Personen aufhält.

»Setzt Euch.« Er deutet auf die Stühle, die um den geräumigen Tisch stehen.

Es wurde für vier Leute gedeckt und ein Schiffsjunge kommt, um uns Kristallgläser zu bringen, die er mit verschiedenen Karaffen auffüllt.

»Danke für die Einladung, Kapitän Maryo«, sagt Zaron förmlich. »Wie kommen wir zu der Ehre?«

Maryo legt den Kopf schief und seine goldenen Augen fixieren jeden von uns für eine Sekunde. »Ich wollte mit Euch nochmals über Euer Vorhaben sprechen. Schließlich bezahlt Ihr diese Reise«, antwortet er auf seine direkte Art. »Lasst uns aber erst einmal anstoßen.«

Er hebt sein Glas und ich sehe mit Erleichterung, dass sich in meinem Wein anstelle dieses starken Kümmelschnapses befindet. Offenbar ist Maryo nicht entgangen, dass ich den Allasch kaum runterschlucken konnte. Auch Reyvan, der neben mir Platz genommen hat, hat Wein erhalten.

Der Schiffsjunge kommt zurück, um das Essen zu servieren. Er stellt einen saftigen Schweinebraten in die Tischmitte, der mit frischem Brot serviert wird. Zu meinem Erstaunen ist dieses in Form von Tellern gebacken und wird vor jeden von uns hingestellt. Ich beobachte den Kapitän, der sich ein Stück Braten nimmt, es auf sein Brot legt und von dort mit den Händen isst.

Also mache ich es ihm nach. Ich hatte schon gehört, dass es bei einigen ärmeren Leuten Sitte ist, so zu essen. Obwohl ich nicht annehme, dass der Kapitän zu den ärmeren Leuten gehört, leuchtet mir doch die praktische Seite dieses Tellerbrotes ein: So erspart sich die Mannschaft das Abwaschen von unzähligem Geschirr, das ohnehin bei der nächsten Mahlzeit wieder schmutzig wird.

Während ich noch über die Sitten und Gewohnheiten auf See nachdenke, ergreift der Kapitän wieder das Wort. »Also, erzählt nochmals, was genau Euer Plan ist – bei Eurer Ankunft konnten wir ja nicht so ausführlich darüber sprechen.« Er leckt sich die Finger ab, an denen Bratensoße klebt.

»Wir werden, wie von Euch vorgeschlagen, zu Eurem Volk gehen, damit Reyvan Eure Königin um Unterstützung im Krieg gegen Xenos bitten kann«, erklärt Zaron.

Der Kapitän nickt. »Wenn Ihr wollt, kann ich Euch begleiten«, schlägt er vor. Seine Miene verrät nicht, ob es ihm eine Freude wäre oder ob er es aus reiner Höflichkeit sagt. Wenngleich ich Letzteres bei ihm kaum vermute.

»Das ist wahrscheinlich hilfreich, da Ihr Euer Volk und den Weg dorthin am besten kennt«, meint Zaron. »Könnt Ihr Euer Schiff denn für ein paar Tage verlassen?«

»Warum sollte ich das nicht können?« In seiner Stimme schwingt eine Spur Arroganz mit. »Ich bin schließlich der Kapitän. Wenn ich sage, meine Mannschaft soll im Hafen auf mich warten, dann tut sie das auch.«

»Dann nehmen wir natürlich Euer Angebot sehr gerne an.« Zarons Miene bleibt ebenso verschlossen wie die vom Kapitän, denn er beherrscht dieses Spiel ebenfalls.

Ich beobachte die beiden fasziniert.

»Danke, Kapitän«, erwidert Reyvan, der sich ein zweites Stück Braten abschneidet. »Ich weiß das zu schätzen.«

»Sprecht Ihr von meinem Angebot oder vom Braten?«, fragt Maryo amüsiert.

»Von beidem, denk ich.« Reyvan schenkt ihm ein breites Lächeln.

So friedfertig habe ich ihn selten erlebt, offenbar mag er den Kapitän.

»Aye, dann ist das beschlossen!« Maryos Hand fährt auf die Tischplatte, was mich kurz zusammenzucken lässt. Er wirft mir einen belustigten Blick zu. »In etwa sechs Tagen werden wir in den Hafen von Westend einlaufen. Ich werde Euch mit fünf meiner besten Männer zu den Elfen vom Westendwald begleiten. Bin mal gespannt, was die sagen, wenn sie mich nach solch langer Zeit wiedersehen.«

»Wie lange habt Ihr sie denn nicht mehr gesehen?« Die Frage platzt aus mir heraus, bevor ich darüber nachdenken konnte. Ich beiße mir sofort auf die Zunge – es geht mich nichts an, wann der Kapitän das letzte Mal bei seinen Verwandten zu Besuch war. Das war bestimmt der Wein, der mir schon zu Kopf gestiegen ist.

Aber Maryo hebt nur eine Augenbraue und mustert mich schmunzelnd. »Ihr seid neugierig, Alia.« In seiner Stimme schwingt glücklicherweise nicht die Spur von Ärger mit.

Ich senke trotzdem betreten die Augen.

»Oh ja, das ist sie«, bestätigt Reyvan und streicht mir liebevoll über den Rücken.

»Ich will Euch Eure Frage beantworten. Ich war schon sehr lange nicht mehr bei meinem Volk«, fährt der Kapitän fort. Mit seinem goldenen Blick mustert er mich ungeniert. »Und wenn ein Elf ›sehr lange‹ sagt, dann will das etwas heißen. Es ist ungefähr dreihundert Jahre her, seit ich dort war.«

»Was? So lange?«, hauche ich ungläubig.

»Aye.«

Ich versuche seinen belustigten Blick zu ignorieren und schaue rasch zu Zaron, der mit zusammengezogenen Augenbrauen dasitzt. »Wie … wenn ich fragen darf …« Ich zögere, da ich nicht genau weiß, wie ich meine Frage formulieren soll. Dieser Kapitän macht mich unruhig …

»Schöne Frauen dürfen mich alles fragen.« Maryos Grinsen wird geheimnisvoller.

Ich schüttle meine Befangenheit so gut wie möglich ab. Schließlich ist es nicht das erste Mal, dass ich mit einem Elfen spreche, der mich mit Blicken zu verwirren versucht.

»Eure Mannschaft besteht doch aus Menschen – die können nicht dreihundert Jahre alt werden.«

»Klug seid Ihr also auch noch.« Die Augen des Kapitäns glitzern jetzt wie Edelsteine. »Ihr habt recht, meine Mannschaft besteht einzig aus Menschen. Und zwar aus den fähigsten Seeleuten und Abenteurern, die es hierzulande gibt. Ihr fragt Euch sicher, wie ich meine Mannschaft aussuche? Das ist einfach: Es dürfen immer nur die Söhne meiner Mannschaft, die das dreizehnte Lebensjahr erreicht haben, an Bord kommen. Dafür tritt der Vater dann seinen Dienst ab. So gewährleiste ich, dass die Männer es als eine Ehre ansehen, auf der Cyrona zu sein. Ab und an mache ich eine kleine Ausnahme, wenn ich einen Abenteurer oder Krieger treffe, der besonders gut geeignet erscheint für meine Zwecke. Aber ansonsten gibt es keine Möglichkeit, in meine Mannschaft aufgenommen zu werden.«

Ich nicke. Das ist tatsächlich ein simples und effektives System. »Und was ist mit Frauen? Warum gibt es keine Frauen in Eurer Mannschaft?«, frage ich durch seine Redseligkeit ermutigt weiter.

Maryo verengt die Augen etwas und hebt einen Mundwinkel an. »Frauen? Nein, die nehme ich nicht in meiner Mannschaft auf. Das hat verschiedene Gründe, die ich Euch nicht näher erläutern werde. Aber wenn Ihr wollt, können wir das gerne unter vier Augen besprechen – vielleicht könnt Ihr mich ja bekehren.« In seinen Iriden sehe ich ein Feuer auflodern.

»Kapitän, Alia gehört zu mir«, mischt sich Reyvan dazwischen.

»Ah, kommt doch noch der Beschützerinstinkt hervor, Reyvan Caltayó.« Der Kapitän lehnt sich mit verschränkten Armen in seinem Stuhl zurück. »Ich war schon gespannt, wie weit Ihr mich dieses Spielchen treiben lasst.«

Ich starre den Kapitän fassungslos an. Seine Launen sind überhaupt nicht einzuschätzen und dass er Reyvan mit Absicht provoziert hat, um zu sehen, wie viel ihm an mir liegt, finde ich einfach nur … keine Ahnung. Ich werde auf jeden Fall vor dem Kapitän auf der Hut sein.

»Ja, Maryo Vadorís«, erwidert Reyvan. »Ihr würdet Euch wundern, was diese Frau sonst noch aus einem Mann hervorzuholen vermag.« Seine Augen funkeln ebenso wie die von Maryo.

»Zu schade, dass Ihr mir keine Gelegenheit gebt, das selbst herauszufinden«, bemerkt Maryo gedehnt. »Aber lasst uns das Thema wechseln. Eure Cíara hat schon ganz rote Wangen von unserem Gerede.«

»Nicht nur sie.« Zaron leert seinen Becher Allasch, der ihm rasch von dem Schiffsjungen wieder aufgefüllt wird.

Den Rest des Abends besprechen wir, wie wir die Königin der Elfen von Westend um Hilfe bitten sollen.

»Königin Sylvara wird nie in den Krieg gegen Xenos ziehen, ohne einen guten Grund zu haben«, erklärt Maryo. »Die Elfen von Westend haben keinen Vertrag mit dem Zirkel, so wie die Elfen von Zakatas. Wenn Ihr also ihre Unterstützung haben möchtet, müsst Ihr etwas anbieten, das sie nicht ablehnen kann.«

»Und was könnte das sein?«, fragt Reyvan.

»Das kann alles sein«, meint Maryo und lehnt sich in seinem Stuhl zurück. »Von einem Pfand über Gold … je nachdem, wonach ihr gerade der Sinn steht. Denn *sie* wird entscheiden, was es sein soll. Ich wollte nur, dass Ihr Euch schon im Vorhinein Gedanken darüber macht, was Ihr gewillt seid, ihr zu geben.«

»Wenn es um die Sicherheit meines Volkes geht, ist mir nichts zu teuer!«, erwidert Reyvan stolz.

»Sagt das nicht zu leichtfertig.« Maryo mustert sein Gegenüber und mit einem Mal wird sein Gesicht so ernst, dass ich mir gar nicht vorstellen kann, dass er vorher noch anzügliche Sprüche geklopft hat. »Die Königin hat ein Gespür dafür, was für jemanden ein wirkliches Opfer bedeutet.«

»Ich werde ihr geben, was immer sie will, solange sie mich in einem Krieg gegen Xenos unterstützt.« Reyvans Stimme klingt entschlossen und ich fröstle unwillkürlich.

In dem Moment wankt der Rumpf der Cyrona heftig von einer Seite auf die andere und Maryo steht auf. »Verdammt, das hat uns noch gefehlt. Ein Sturm zieht auf.« Er gibt dem Schiffsjungen einen Wink, das Geschirr in Sicherheit zu bringen. Bei der Tür dreht er sich nochmals zu uns um. »Ihr solltet besser in Eure Kabinen gehen.«

Als er die Tür öffnet, sind von draußen laute Rufe zu hören. Maryos Mannschaft scheint alle Hände voll damit zu tun zu haben, die Cyrona auf Kurs zu halten. Der Rumpf des Schiffes gleitet in ein Wellental und ich spüre, wie mir flau im Magen wird.

»Komm, Alia.« Reyvan reicht mir die Hand, damit ich besseren Stand habe. »Lass uns zurückgehen.«

Wir stützen uns alle drei an den Wänden der Kabine ab, um nicht hinzufallen. Als wir die Tür zum Deck aufstoßen, erkenne ich, dass es sich tatsächlich um einen wilden Sturm handelt, der die Cyrona wie eine Nussschale über das Meer scheucht. Er scheint von einem Moment auf den anderen aufgezogen zu sein und breitet sich nun rasend schnell über das Meer aus.

Hohe Wellen schlagen über die Reling und ergießen sich auf das Deck, auf dem die Matrosen hastig alles mit Seilen festbinden. In den Wanten erkenne ich mehrere von Maryos Leuten, die todesmutig die Segel reffen. Der Himmel ist pechschwarz und wird von Blitzen erhellt und ein tosender Wind heult, als ob er uns verfluchen wollte. Allein das Grollen des Donners kann ihn übertönen – es ist so laut, dass ich kaum die Rufe der Mannschaft verstehe.

Als wir uns einen Weg über das Deck bahnen, um zur Luke zu gelangen, die in unsere Kabinen führt, wird die Cyrona zur Seite gebogen. Ich verliere den Halt und schlittere bis zur Reling auf der anderen Seite, kann mich gerade noch an dem nassen Holz festhalten, sonst wäre ich in die tosende See gestürzt. Ein Schwall Meerwasser klatscht mir ins Gesicht und durchnässt mich bis auf die Haut. Ich pruste, um das Salzwasser auszuspucken.

»Alia, alles in Ordnung?« Reyvan fasst mich an den Schultern.

Ich huste und nicke.

»Rasch, unter Deck!« Zaron hält die Luke auf, während Reyvan und ich zu ihm rennen.

Als wir endlich unten in unserer Kabine sind, zittere ich vor Kälte. Reyvan hilft mir, mich aus den klatschnassen Kleidern zu schälen, und wickelt eine trockene Wolldecke um meinen Körper.

»Das ist ja nochmals gut gegangen«, murmelt er und küsst mich auf die Wange.

Das Schiff hebt und senkt sich immer noch, aber immerhin sind wir nun im Trockenen. Ich höre das Heulen und Tosen des Sturms. Hoffentlich legt er sich bald.

Nachdem ich mich mit Magie aufgewärmt habe, öffne ich das silberne Kästchen, wie ich es jeden Abend tue. Bisher hat das Papier darin stur geschwiegen und seine nächsten Zeilen nicht preisgeben wollen, aber als ich es jetzt anschaue, verschwimmen die Zeichen etwas, ehe sie zu richtigen Buchstaben und Wörtern werden.

Vor Überraschung hätte ich das Kästchen fast fallen gelassen. Meine Hände zittern, als ich das Pergament festhalte. Offenbar hat sich die Prophezeiung der zweiten Strophe erfüllt, nachdem ich fast über Bord gegangen wäre.

Reyvan, der hinter mir sitzt, entgeht meine Aufregung nicht. Er legt sein Kinn auf meine Schulter, sodass er das Pergament sehen kann.

»Hat sich das Kästchen entschieden, nicht weiter zu schweigen?«, fragt er.

Ich nicke nur, darauf konzentriert, die Worte zu lesen, die sich zu einem Gedicht formen.

»Und, was steht da?«

Ich lese ihm die Strophe langsam vor.

Des Jägers Element durchdringt
Wer am Ende Opfer bringt
Ein neuer Bund ab nun beginnt
Der Erbe und des Waldes Kind

Ich mustere Reyvan fragend. »Hast du eine Ahnung, was das bedeutet?«

Er runzelt die Stirn und überlegt eine Weile. »Des Jägers Element müsste der Wald sein – das bedeutet, wir sind auf dem richtigen Weg, wenn wir in den Westendwald gehen. Was das Opfer oder den alten Bund angeht … keine Ahnung. Aber wir werden das bestimmt eher rausfinden, als uns lieb ist.«

»Und der Erbe? Wer könnte damit gemeint sein? Zaron? Du? Oder vielleicht Maryo?« Ich fahre mit dem Finger über die Worte, die nur ich lesen kann.

»Nun ja, vielleicht alle drei. Oder keiner von uns.« Er nimmt mir das Kästchen behutsam aus den Händen. »Cíara, zerbrich dir nicht deinen hübschen Kopf. Wir werden das Rätsel lösen, wie wir auch die vorangehenden gelöst haben.«

Zum Glück legt sich der Sturm noch während der Nacht und keiner von Maryos Männern wird verletzt.

Als wir die Zeilen am nächsten Morgen Zaron vorlesen, zuckt auch er bloß mit den Schultern. »Ich weiß leider auch nicht, was damit gemeint ist«, murmelt er. »Ich gebe Reyvan recht, dass mit dem ›Element des Jägers‹ der Wald gemeint sein muss. Aber was diesen Bund und den Erben anbelangt, da muss ich passen.

Wahrscheinlich müssen wir erst zu den Elfen von Westend, um das Rätsel zu lösen.«

Für den Rest unserer Fahrt sprechen wir nicht mehr über das Gedicht. Trotzdem zerbreche ich mir immer wieder den Kopf, was damit gemeint sein könnte.

Zaron und ich nehmen unsere Lektionen wieder auf und er zeigt mir weitere Zauber, die ich im Kampf einsetzen kann. Da sich sein Wissen vor allem auf das Feuerelement beschränkt, lerne ich nun, einen Meteorregen, eine Feuerwalze und einen Kugelblitz zu erschaffen.

Natürlich wurde uns von Maryo befohlen, nur weit entfernt vom Schiff Zauber zu wirken, damit die Cyrona nicht in Brand gesetzt wird. So lerne ich zusätzlich, wie ich Distanzzauber machen kann, die sich ungefähr hundert Schritt entfernt über einem Gebiet entfalten. Alles, was mir Zaron beibringt, schreibe ich sorgfältig in dem Buch auf, das er mir geschenkt hat.

Die Schifffahrt auf der Cyrona erweist sich somit als kurzweiliger, als ich befürchtet hatte. Ich hatte mir nicht vorstellen können, wie man sieben Tage lang von früh bis spät auf derart begrenztem Raum verbringen soll. Zumal sich herausgestellt hat, dass Maryos Mannschaft aus über siebzig Seemännern und Abenteurern besteht und wir alle Mühe haben, ihnen nicht im Weg herumzustehen.

Aber dank Reyvan und Zaron, die mir ständig irgendwelche Geschichten über die Seefahrt erzählen, verfliegt die Zeit wie im Flug. Ich erfahre eine Menge über die Cyrona, die auf den zweiten Blick riesengroß ist. Auf dem Hauptdeck stehen mehrere Kanonen, weitere gibt es in den unteren Decks. Offenbar kommt es nicht selten vor, dass Maryo sich mit diesen Geschossen verteidigen muss, denn neben den Kanonen liegen fein säuberlich Kugeln aufgeschichtet.

Kapitän Maryo hat uns strengstens verboten, herumzuschnüffeln. Trotzdem schleichen Reyvan und ich uns eines Nachmittags durch das Schiff und sehen uns ein wenig um. Es gibt zwei verschiedene Unterdecks: Das obere beinhaltet die Kojen der Mannschaft und einen Massenschlag, das untere die Brig, einen Arrestraum, der jedoch im Moment leer ist, sowie einen riesigen Frachtraum, in dem alle möglichen Säcke und Kisten verstaut sind. Außerdem beherbergt dieser drei Ziegen, einige Hühner und sogar einen Käfig voller Brieftauben. Allerdings besteht der Rest der Fracht größtenteils aus Lebensmitteln und kostbaren Stoffen – abgesehen von den Tieren finden wir nichts wirklich Interessantes.

Inzwischen sind wir so weit auf dem Meer, dass kein Festland mehr in Sicht ist, obwohl wir stets die Küste entlangfahren, wie mir Reyvan versichert. Irgendwo zu unserer Linken – in der Seemannssprache heißt das Backbord – befindet sich die Küste von Altra. Aber sosehr ich mich auch anstrenge, ich kann nur Wasser erkennen.

Ab und zu fliegt eine Möwe lautstark schreiend vorbei, die davon zeugt, dass das Land nicht weit entfernt sein kann. Ein kalter Wind bläst uns stetig in die Gesichter und wir sind froh um unsere Pelzumhänge. Auf der See ist es noch kälter als an Land.

Wir verbringen viel Zeit auf dem Oberdeck oder in der Mannschaftsmesse. Ab und zu helfen wir bei den Schiffsarbeiten, die täglich anfallen: Planken schrubben, Netze ausbessern, Segeltuch flicken oder in der Kombüse Gemüse schneiden.

Einmal am Tag gibt es ein Waffentraining, bei dem alle Kämpfer mitmachen müssen. Die ganze Mannschaft und sogar der Koch treten dann mit dem Schwert gegeneinander an. Ich mache es mir zur Gewohnheit, ebenfalls mit Reyvan und Zaron dabei mitzumachen, und lerne, wie ich mit Schwert und Dolch besser umzugehen habe.

Kapitän Maryo steht ansonsten die meiste Zeit des Tages auf der Kommandobrücke, bespricht sich mit dem Steuermann Marck oder seinem Quartiermeister Temi und brüllt Befehle, die ich nicht verstehe, geschweige denn mir merken kann. Uns beachtet er nicht weiter. Einige Male wechseln wir ein paar Worte, aber größtenteils scheint er mit dem Steuern des Schiffes und seiner Mannschaft beschäftigt zu sein.

Er ist sich nicht zu schade, selbst in die Wanten hochzuklettern, um seinen Männern zu helfen – und erntet dadurch den Respekt der gesamten Mannschaft. Das sei nicht auf jedem Schiff so, erklärt mir Zaron. Oft lassen die Kapitäne ihre Mannschaft schuften, während sie sich damit begnügen, Befehle und Anweisungen zu geben.

Ich für meinen Teil bin glücklich, endlich gegen Süden segeln zu können, weg von dem grausamen Zirkelleiter, der ein Kopfgeld auf uns ausgesetzt hat. Auch wenn ich die ersten Tage gegen eine wachsende Übelkeit ankämpfen muss.

Zuerst befürchte ich, dass ich in anderen Umständen bin, und schelte mich, dass ich nicht besser aufgepasst habe. Vielleicht hätte ich mit Magie eine Empfängnis verhindern können.

Als ich eines Abends, als wir an der Reling stehen und die Sterne beobachten, den Elfen darauf anspreche, lächelt er mich an und streicht mir liebevoll über das Haar. »Cíara, mach dir keine Sorgen. Elfen und Menschen können doch gar keine Kinder zeugen. Ansonsten hätte ich natürlich aufgepasst, dass du nicht schwanger wirst.«

»Aber warum ist mir dann ständig so übel?«, frage ich verzweifelt.

Einerseits beruhigt mich seine Antwort, andererseits bin ich auch enttäuscht darüber, denn mir war nie bewusst, dass Reyvan und ich keine Familie gründen könnten, selbst wenn wir wollten.

Aber ich schiebe den Gedanken beiseite. Jetzt ist nicht der richtige Moment, um ihn auf unsere Zukunft anzusprechen. Er hat gerade andere Sorgen – schließlich will Xenos gegen seinen Vater in den Krieg ziehen und wer weiß, wie lange unsere gemeinsame Zukunft dann noch dauern mag?

Rasch verdränge ich auch diesen Gedanken aus meinem Kopf.

»Du hast ganz einfach die Seekrankheit, Cíara«, erklärt Reyvan. »Aber du kannst dich doch selbst heilen ... versuch es mal.«

Ich könnte mir vor Ärger in den Hintern beißen – warum bin ich nicht selbst darauf gekommen? Ich habe mich noch nicht daran gewöhnt, dass ich nun magische Kräfte habe. Es wird wahrscheinlich auch noch eine Weile dauern, bis ich die Magie so selbstverständlich anwende, wie Reyvan oder Zaron es tun. Schließlich ist es noch nicht mal einen Monat her, seit der Schwarzmagier meine Kräfte freigesetzt hat.

Also versuche ich, die Übelkeit mit meiner Magie zu bekämpfen, und siehe da, sie ist binnen eines Augenblicks verflogen.

»Besser?«, fragt Reyvan, der mich lächelnd beobachtet.

»Viel besser ... danke.«

»Nichts zu danken, das hast du ja alles selbst gemacht.« Reyvans Augen funkeln. »Du bist eine Magierin, Cíara, je eher du das begreifst, desto besser.« Er gibt mir einen zärtlichen Kuss und nimmt meine Hand. »Komm, das ganze Gerede über das Kinderkriegen hat mich auf eine Idee gebracht – oder besser ... auf mehrere.« Er zwinkert mir mit einem sündigen Lächeln zu und ich folge ihm, ebenfalls lächelnd, in unsere Kabine.

42

Alia

Gerade als ich denke, dass diese Überfahrt wirklich angenehm werden könnte, passiert es. Obwohl wir seit Tagen keinem einzigen Schiff begegnet sind, tauchen jetzt am Horizont Segel auf. Wir stehen auf dem Achterdeck, wo sich während der Fahrt außer dem Kapitän nur die höhergestellten Mannschaftsmitglieder wie der Quartiermeister, Steuermann oder der erste Maat aufhalten dürfen. Für den Rest der Mannschaft ist dieses Deck tabu. Ich vermute, dass Zaron, Reyvan und ich dieses Privileg allein aus dem Grund erhalten haben, weil wir die Reise bezahlen.

Natürlich entdecke ich die Segel erst, als sie schon so nahe sind, dass man hätte blind sein müssen, sie zu übersehen. Aber der Ausguck hat es glücklicherweise schon länger heruntergeschrien.

Maryo fixiert mit grimmiger Miene das Schiff, und Reyvan stellt sich neben ihn. »Schlechte Neuigkeiten, Kapitän?«

»Aye«, knurrt Maryo. »Diese Bastarde haben uns gerade noch gefehlt!«

Temi, der auf der anderen Seite des Kapitäns steht, lässt den Blick nicht von dem Schiff, das mit voller Fahrt auf uns zuhält. »Was sind deine Anweisungen, Kapitän?«

Maryo überlegt einen Moment, dann wendet er sich seinem Quartiermeister zu. »Rund achtern! Fahrt verlangsamen! Alles bereit zum Gefecht!«

»Aye!« Temi rennt los, um die Befehle weiterzuleiten. Unterwegs schreit er Anweisungen nach oben in die Takelage.

»*Was* machen wir?«, frage ich verwirrt.

Maryo dreht sich zu mir um. »Wir greifen an!«

»Wie bitte?! Warum das denn?« Ich starre den hochgewachsenen Elf entgeistert an.

Dieser macht eine unwirsche Handbewegung und wendet sich an Reyvan. »Schafft sie unter Deck! Das ist nichts für eine Frau!«

Als Reyvan meine Hand nehmen will, entziehe ich sie ihm. »Ich bin Magierin«, sage ich mit fester Stimme. »Und ich kann Euch vielleicht helfen!«

»Das war keine Bitte!«, knurrt Maryo und wendet sich wieder dem anderen Schiff zu, dessen Masten nun deutlich erkennbar sind.

»Komm, Alia«, sagt Reyvan leise. »Es ist besser, wenn du nicht in die Kämpfe verwickelt wirst.«

»Aber …«

»Keine Widerrede, komm jetzt.« Er ergreift meine Hand erneut.

Ich folge ihm mit hängenden Schultern zur Luke. Die Besatzung ist bereits dabei, Sand auf die Planken zu streuen. Wahrscheinlich, damit sie bei einem Kampf besseren Stand haben. Unterwegs treffen wir auf Zaron, der sein Schwert wetzt – das Kommando zum Angriff hat sich offenbar rasch herumgesprochen.

»Wohin geht ihr?«, fragt er verblüfft, als Reyvan die Luke zum Unterdeck öffnet.

»Befehl vom Kapitän – Alia soll nach unten«, entgegnet Reyvan.

»Warum das denn?« Zaron wirkt erstaunt. »Sie kann in einem Gefecht doch helfen!«

»Das sagte ich dem Kapitän auch«, murmle ich zerknirscht. »Aber Maryo wollte nichts davon wissen.«

»Wenn das so ist …« Zaron sieht mich nachdenklich an. »Er wird wohl seine Gründe haben. Auch wenn ich das nicht wirklich verstehen kann.«

Er nickt mir kurz zu, ehe ich in die Luke steige.

Unten angekommen verwünsche ich den Kapitän aufs Derbste. Warum darf ich nicht mit dabei sein, jetzt, da ich meine Kräfte habe? Erst heute Morgen habe ich mit Zaron noch einmal einen Meteorzauber geübt. Und den habe ich sehr gut hinbekommen – er würde dem anderen Schiff mächtig Schaden zufügen.

Ich knurre unvermittelt und schlage mit der Faust auf die Matratze, auf der ich sitze.

Reyvan hält meine Hand fest. »Cíara, beruhige dich. Es ist besser, wenn du nicht kämpfst. Du hast zu wenig Erfahrung.«

»Wie soll ich Erfahrung sammeln, wenn mich ständig jeder wie eine Porzellanpuppe behandelt?!«, bricht es wütend aus mir hervor. »In den Stollen durfte ich keine Wache halten, geschweige denn kämpfen! Nur euch zusammenflicken, das durfte ich! Und jetzt darf ich auch wieder nicht helfen! Das ist ungerecht! Ihr behandelt mich wie ein kleines Kind!«

Ich spüre, wie mir die Tränen in die Augen schießen. Aber das ist mir jetzt gleichgültig. Ich bin verärgert und traurig und enttäuscht … und unglaublich wütend!

Reyvan legt beruhigend beide Hände auf meine Schultern. »Schhh, reg dich nicht auf«, sagt er eindringlich. »Du weißt, was das letzte Mal geschah, als du so wütend wurdest. Und jetzt sind wir auf einem Schiff – aus Holz. Wenn du es in Brand steckst, nimmst du den Feinden die ganze Arbeit ab.«

Ich schlucke und atme tief durch, um meinen Zorn in den Griff zu bekommen. Er hat recht. Ich weiß nicht, ob ich meine Kräfte schon genügend gut beherrsche, um eine Katastrophe, wie sie fast in Zarons Höhle passiert wäre, zu verhindern. Noch bin ich nicht so weit ... noch keine richtige Magierin. Ich lasse resigniert die Schultern sinken und seufze.

»Schon besser.« Reyvan lächelt. »Keine Angst, du kommst früher oder später sicher noch auf deine Kosten. Und so lange schaust du, dass dir nichts passiert. Das könnte ich mir nie verzeihen.«

»Heißt das, du wirst kämpfen?« Ich hebe den Kopf, um in sein Gesicht zu sehen.

»Wenn du es mir erlaubst«, erwidert Reyvan gedehnt.

Was für eine Frage – ihm zu verbieten zu kämpfen, wäre, als würde ich ihm befehlen, in den nächsten Stunden nicht zu atmen. Ich sehe das Feuer in seinen Augen lodern, die Vorfreude auf ein Gefecht. Also nicke ich knapp und er verabschiedet sich mit einem leichten Kuss auf meine Stirn und einem Grinsen im Gesicht.

»Ich verspreche dir, ich komme ab und zu, um nach dir zu sehen. Aber bleib hier!«

Damit ist er weg und ich sitze allein in unserer Kabine.

Ein Ruck geht durch das Schiff, als wir wenden, und ich spüre, wie die Fahrt verlangsamt wird. Plötzlich höre ich die Kanonen feuern und halte mir unwillkürlich die Ohren zu, denn der Lärm geht mir durch Mark und Bein und dauert endlos lange. Der Rumpf der Cyrona erbebt.

Dann vernehme ich Schreie, Maryos raue Stimme, die Befehle brüllt, und weitere Kanonen.

Schließlich durchzuckt ein Beben das Schiff.

Was ist passiert? Ich lausche angestrengt, um etwas herauszufinden, höre aber nur die Schüsse und Schreie und mittendrin die Stimme des Kapitäns. Was er ruft, verstehe ich nicht.

Wenn ich nur auch dort draußen sein könnte … ich halte es kaum noch aus hier drin, es fühlt sich an, als wartete ich schon Stunden – auch wenn erst knapp eine halbe Stunde vergangen sein kann.

Schließlich sind meine Nerven am Ende und ich fasse einen gewagten Entschluss, der sich rasend schnell in einen Plan ausweitet.

Ich schließe die Augen und konzentriere mich. Ohne große Anstrengung spüre ich, wie mein Geist aus dem Körper entweicht. Langsam gehe ich in meiner Geistgestalt durch die Tür hindurch, trete auf den Gang hinaus.

Hier ist der Lärm noch lauter. Ich vermeine, Zarons Stimme zu hören, die irgendetwas ruft. Ich hoffe, er ist nicht in Gefahr. Ich eile zur Luke, die Leiter hoch.

Und dann stehe ich auch schon auf dem Deck – inmitten eines Kampfes. Ich weiche unvermittelt einem Schwerthieb aus, obwohl dieser durch meine Geistgestalt hindurchgeht.

Rasch versuche ich, mir einen Überblick zu verschaffen. Überall an Deck wird gekämpft, das andere Schiff liegt längsseits backbord und Enterhaken verbinden die Bordwände der Cyrona mit der Reling des Feindes. Das größte Schlachtgetümmel findet allerdings an Bord des anderen Schiffes statt, dessen Hauptmast schwer beschädigt ist. Offenbar hat Maryos Mannschaft gut gezielt, denn die Segel hängen in Fetzen herunter.

Schwarzer Rauch eines Feuers, das auf dem gegnerischen Schiff ausgebrochen ist, hüllt die Szene in halbdunkle Schatten. Dazwischen erkenne ich Maryo, der zwei Krummsäbel gleichzeitig schwingt, Rücken an Rücken mit seinem Quartiermeister Temi, der soeben einem gegnerischen Matrosen den Kopf abschlägt.

Offenbar hat die Mannschaft der Cyrona das andere Schiff geentert – oder vielleicht auch andersrum und sie schlagen jetzt zurück.

Überall sehe ich Blutlachen, die den Sand auf den Planken rot färben, abgetrennte Gliedmaßen und sterbende Menschen. Zum Glück rieche ich als Geist nichts, denke ich absurderweise. Die aus den aufgeschlitzten Leibern hervorquellenden Gedärme, das Blut, das Schießpulver und das Feuer, das die halb toten Körper der Menschen verbrennt, müssen die Luft mit einem scheußlichen Gestank erfüllen.

Ich höre das qualvolle Schreien der Verwundeten, die auf beiden Schiffen an Deck liegen und versuchen, sich vor den Klingen der Gegner zu schützen.

Plötzlich entdecke ich Reyvan, der sich aus dem Schlachtgetümmel löst und auf mich zukommt. Nein, er will nicht zu mir, sondern zur Luke, über der ich immer noch schwebe.

Rasch verberge ich mich hinter einem Stapel Kisten, und mein Herz schlägt jetzt noch schneller. Er will zu mir herunter, wie er es versprochen hat – und wird meinen Körper zusammengesackt in unserer Kabine vorfinden.

Es ist zu spät, um an ihm vorbei nach unten zu huschen, er würde mich spüren oder sehen.

Ich weiche zur Reling auf der Steuerbordseite der Cyrona zurück, die von den schlimmsten Kämpfen verschont geblieben ist.

Die Sekunden vergehen wie Minuten.

Dann, nach einer gefühlten Ewigkeit, hebt sich die Luke wieder an und Reyvan stürzt fluchend hervor. Er sieht sich gehetzt um und seine Augen weiten sich, als er in meine Richtung blickt, denn er kann mich wie immer in meiner Geistgestalt erkennen.

Noch bevor er mir eine Warnung zurufen kann, fühle ich eine eiskalte Präsenz sich meiner bemächtigen.

Was bei den Göttern ist das?

Es fühlt sich an, als legte sich ein brennender Ring aus Eis um meinen Hals. Ich spüre, wie mir die Luft zum Atmen wegbleibt, und versuche mich umzudrehen. Reyvan stürzt sich mit vor Wut verzerrter Miene auf mich – auf jemanden hinter mir.

Das Band um meinen Hals lockert sich etwas und ich stemme mich dagegen. Auf einmal bin ich frei und schieße fast über das halbe Deck, bis ich meine Geistgestalt wieder im Griff habe. Ich wende mich gehetzt um und erkenne, wie Reyvan gegen einen Mann in einer langen Robe kämpft.

Ein Magier! Hier, auf der Cyrona? Oder war er auf dem fremden Schiff?

Einen Augenblick lang bin ich zu verwirrt, um klar denken zu können, dann besinne ich mich und kehre so rasch in meinen Körper zurück, der immer noch in der Kabine liegt, dass ich für einen Moment Sternchen vor den Augen tanzen sehe.

So schnell, wie es mir in diesem Zustand möglich ist, stehe ich auf und taumle. Es ist ein komisches Gefühl, wieder einen richtigen Körper zu haben. Aber jetzt ist keine Zeit für komische Gefühle – ich muss Reyvan helfen, der an Deck gegen einen Magier kämpft!

Ich reiße die Tür auf und renne den Gang entlang zur Luke. Als ich sie öffne, werde ich fast von den Sinneseindrücken überwältigt, die mir entgegenschwemmen. Es stinkt nach Fäkalien, Blut, Ruß und Erbrochenem, die Luft ist erfüllt von Schmerzensschreien, Kampflärm, klirrenden Klingen und Explosionen. Erst jetzt merke ich, dass ich in meiner Geistgestalt vorhin alles nur wie durch Watte gehört habe.

Rasch wende ich meinen Kopf nach links und entdecke Reyvan, der alle Mühe hat, seinen Schutzschild aufrechtzuerhalten und gleichzeitig Zauber gegen den Magier zu schleudern. Dieser scheint über gewaltige Kräfte zu verfügen.

Ich stürze, ungeachtet der Tatsache, dass irgendjemand meinen Namen ruft, zum Elfen, der soeben von einem Zauber zu Boden geschleudert wird. Noch im Rennen bilde ich eine Feuerkugel und schmettere sie mit aller Kraft auf den Schutzschild des Magiers. Dieser ist einen Moment lang überrascht und sein Schild flackert. Das genügt, dass er sich jetzt vollends unter dem Eispfeil, den ich hinterherschicke, auflöst.

Die Kapuze des Magiers ist verrutscht und ich erkenne einen roten Haarschopf. Für einen Augenblick spüre ich Erleichterung, dass es nicht Xenos ist.

Ich bilde einen Feuerkreis um ihn herum. Offenbar handelt es sich bei ihm um einen Wassermagier, denn er schießt mit einem Kältezauber zurück.

Rasch ziehe ich meinen Schutzschild hoch und sehe, wie er Meerwasser heraufbeschwört, um den Feuerkreis zu löschen. Reyvan steht längst wieder auf den Beinen und schlägt mit seinem Schwert gezielt nach dem Bauch des Magiers. Dieser weicht nach hinten aus und weitet plötzlich vor Schreck die Augen. Dann fällt er lautlos nach vorne auf die Planken.

Aus seinem Rücken ragt ein brennendes Schwert – Zaron. Er steht breitbeinig hinter dem Magier und starrt finster auf ihn herunter. Dann kniet er sich hin und reißt ihm das Schwert aus dem Rücken, bevor er ihn umdreht.

»Kares«, faucht er. »Hat Xenos dich geschickt?«

Der Magier windet sich unter Todesqualen am Boden. Zaron packt ihn am Hals und drückt ihn auf die Planken. »Beantworte meine Frage!«, knurrt er.

Aber aus der Kehle des Magiers dringt nur ein hysterisches Gelächter, dann holt er tief Luft und spuckt Zaron eine Mischung aus Speichel und Blut ins Gesicht. »Er wird euch kriegen, ihr werdet niemals sicher sein!«

Ein letztes Keuchen, dann brechen seine Augen, und der Körper erschlafft.

Zaron stemmt sich auf und wischt sich mit dem Ärmel über das Gesicht. »Es ist noch nicht vorbei«, sagt er angespannt. »Xenos weiß, wo wir sind.«

Ich habe wie erstarrt danebengestanden, aber jetzt kommt wieder Bewegung in meinen Körper. Um uns herum ist der Kampflärm leiser geworden, wenn auch noch nicht ganz abgeklungen.

»Er wurde tatsächlich von Xenos geschickt?«, frage ich Zaron ungläubig.

Der Schwarzmagier mustert mich und nickt dann. Ich spüre, wie diese einfache Geste mir das Blut in den Adern gefrieren lässt und eine Gänsehaut über meine Arme zieht.

Xenos weiß, wo wir sind! Er weiß vielleicht sogar, was wir vorhaben!

Ich muss all meine Selbstbeherrschung aufbringen, um nicht ebenso hysterisch loszulachen wie der tote Magier. Wir sind so weit gekommen, haben gedacht, wir hätten ihn abgehängt. Und trotzdem ist er uns weiterhin auf den Fersen! Wie kann das sein?

»Alia.« Reyvans verärgerte Stimme reißt mich aus meinen Gedanken. »Was hast du dir dabei gedacht?!« Er steht wutschnaubend vor mir und packt mich an den Schultern. »Du wärst fast gestorben!«

Ich weiche seinem zornigen Blick aus und schaue betreten auf die Planken, die vom Blut rot gefärbt sind. »Ich …« Meine Stimme bricht. Es ist zu viel.

»Lass sie«, unterbricht ihn Zaron und legt eine Hand auf Reyvans linken Arm. »Sie steht unter Schock und braucht Ruhe, keine Standpauke.«

»Hast du nicht mitbekommen, dass dieser«, Reyvan spuckt auf die Leiche des Magiers, »Hurensohn sie beinahe getötet hätte?! Wie auch immer er das angestellt hat – er hätte beinahe ihre Seele getötet. *Sie* getötet!«

Er lässt meine Schultern los, geht zur Reling und starrt wortlos auf das Meer, das sich um das Schiff herum vom Blut, das von den Planken rinnt, rot verfärbt hat. Seine Hände stützt er auf dem Holz ab und ich erkenne, dass das Weiß seiner Knöchel hervortritt.

Er neigt den Kopf, während sich seine Schultern heftig heben und senken. Der Elf hat wirklich alle Mühe, sich unter Kontrolle zu halten.

Ich bleibe bestürzt stehen. So habe ich Reyvan noch nie gesehen. So verzweifelt und … angsterfüllt. Ich gehe ein paar Schritte auf ihn zu, werde aber von Zaron sanft am Handgelenk zurückgehalten.

»Lass ihn, er muss erst selbst mit seinen Gefühlen zurechtkommen«, sagt er leise.

Dann führt er mich zur Luke. Aus dem Augenwinkel sehe ich, dass die Kämpfe nun vollends eingestellt sind. Ich höre Maryos Stimme, die über beide Schiffsdecks dröhnt. Offenbar sind seine Männer dabei, das andere Schiff auf kostbare Güter zu durchsuchen und die Mannschaft in Gewahrsam zu nehmen.

Aber das alles interessiert mich im Augenblick nicht. Vielmehr jagt ein Gedanke in meinem Kopf den nächsten. Xenos hat uns verfolgen lassen! Er hat einen mächtigen Magier, der vielleicht sogar schwarze Magie wirken konnte – wie sonst hätte er mich sehen können? –, uns hinterhergeschickt. Und Reyvan hat sich fast zu Tode um mich gesorgt. Er hat mich so wütend angefahren wie noch nie.

Ohne Widerrede folge ich Zaron unter Deck und wundere mich nicht einmal darüber, dass er mich in seine eigene Kabine führt. Er bedeutet mir, mich auf die Matratze zu setzen, und wendet sich ab, um an seinem Rucksack, der danebensteht, zu hantieren. Dann holt er zwei kleine Becher und einen Trinkschlauch hervor.

»Hier«, sagt er und schenkt mir großzügig von dem klaren Inhalt ein. »Trink das, dann wird es dir gleich besser gehen.«

Ich nehme wortlos den Becher entgegen und nippe daran. Der kühle Allasch brennt mir auf der Zunge und in der Kehle. Aber die Wärme, die er hinterlässt, tut gut. Ich nehme einen zweiten Schluck und seufze.

Zaron setzt sich neben mich und trinkt seinen Becher in einem Zug aus. Dann schenkt er sich nach.

»Du auch?«, fragt er und deutet mit dem Trinkschlauch auf meinen Becher.

Ich schüttle den Kopf und trinke abermals. Langsam spüre ich, wie sich mein Körper entspannt.

Nach einer Weile hebe ich den Blick und sehe Zaron an, der schweigend neben mir sitzt. »Was bedeutet das alles?«, flüstere ich.

»Was meinst du?«

»Einfach … alles.« Ich trinke nochmals einen Schluck aus dem Becher, der bedauerlicherweise danach leer ist.

Zaron schenkt mir nach, ohne zu fragen. »Kares hatte recht«, meint er. »Wir sind noch nicht in Sicherheit …«

»Werden wir das denn jemals sein?« Ich sehe ihn bestürzt an.

»Ich weiß es nicht.« Er legt einen Arm um mich und ich wehre mich nicht dagegen, als er mich an sich zieht. Es tut gut, jetzt einen Freund an meiner Seite zu haben.

Etwas später kehre ich mit Zaron auf das Hauptdeck zurück. Reyvan steht in unveränderter Haltung an der Reling, aber Maryos Männer haben sich inzwischen ans Aufräumen gemacht und die Leichen des Feindes über Bord geworfen.

Ich sehe einige Körper in Segeltuch gewickelt und fein säuberlich aufgereiht – Maryos Mannschaft. Insgesamt zähle ich sechs und spüre einen Kloß im Hals, als ich daran denke, dass ich diese sechs Männer erst gestern noch lebendig hier an Bord der Cyrona gesehen habe. Wer es wohl sein mag, der dem Feind zum Opfer fiel? Ich spüre Trauer in mir hochsteigen und schlucke. Ich muss jetzt stark bleiben.

Vorsichtig gehe ich zu Reyvan und lege ihm eine Hand auf die Schulter. Er zuckt nicht einmal zusammen unter meiner Berührung.

Stumm trete ich neben ihn und starre auf das Wasser. Das Blut hat inzwischen Haie angelockt, die um das Schiff kreisen. Da wir noch keine Fahrt aufgenommen haben, treiben einzelne Leichenteile an der Wasseroberfläche und die Tiere raufen sich darum.

Ich wende angeekelt den Blick ab und schaue stattdessen in Reyvans Gesicht.

Er löst die Augen ebenfalls vom Wasser und in seinen dunkelblauen Iriden bemerke ich eine Mischung aus Traurigkeit und Vorwurf.

»Es tut mir leid«, beginne ich zögernd. »Ich wollte nicht, dass du dir solche Sorgen machst.«

Reyvan seufzt und zieht mich unvermittelt an sich. Seine Hände streichen über meinen Rücken, während ich den Kopf in seine Halsbeuge schmiege.

»Cíara«, murmelt er in mein Haar. »Es tut mir auch leid, dass ich dich vorhin angeschrien habe. Aber ich dachte … für einen Moment dachte ich, dass ich dich verloren hätte.« Seine Stimme ist nur noch ein Flüstern.

»Hast du aber nicht«, erwidere ich.

»Und dafür bin ich den Göttern dankbar.« Er schiebt mich etwas von sich weg, um mich anzusehen. »Alia, jag mir bitte nie wieder solch einen Schrecken ein.« Er zwingt sich ein Lächeln auf, das jedoch weit entfernt von seinem üblichen Grinsen ist. »Mir ist gerade aufgefallen, dass ich das in der letzten Zeit fast wöchentlich zu dir sage.«

Ich lächle jetzt ebenfalls und schmiege mich wieder an seinen Körper. »Und ich sage wie immer dasselbe: Ich verspreche dir, das nächste Mal aufzupassen.«

Ich vermeine, ein leichtes Vibrieren in seiner Brust zu spüren, das ebenso ein Knurren wie ein Lachen sein könnte.

»Ich hoffe, es gibt nicht so rasch ein nächstes Mal.« Er küsst mich auf den Scheitel.

»Da stimme ich dir aus ganzem Herzen zu.« Ich spüre aber gleichzeitig, dass es leere Worte sind.

Die Worte von Zaron kommen mir wieder in den Sinn.

Es ist noch nicht vorbei …

43

Reyvan

Es dauert eine Weile, bis das Deck der Cyrona wieder einigermaßen sauber aussieht. Alia hilft mit mir zusammen, die Verwundeten zu heilen, die zum Glück nur kleinere Verletzungen aufweisen.

Am Abend werden die sechs gefallenen Matrosen in einer feierlichen Zeremonie der See übergeben. Als ihre Körper, mit Gewichten beschwert, in der Tiefe versinken, wendet Alia neben mir den Blick ab und ich erkenne, dass sie ein Schluchzen unterdrückt.

Sanft lege ich den Arm um sie und ziehe sie an mich.

»Das könnten auch du oder ich sein«, flüstert sie fast lautlos.

Ich versuche, den Gedanken nicht zuzulassen, aber auch mir gleitet eine Gänsehaut über den Rücken. Zu gut ist mir noch die Angst im Gedächtnis, die mich ergriff, als ich dachte, Alia sei in Todesgefahr.

So etwas will ich nie wieder erleben. Niemals.

Die überlebende Besatzung des Schiffes, das uns offenbar seit Heystedt verfolgt hat, wird von Maryo in die Brig gesperrt. Mit dem Kapitän macht er allerdings kurzen Prozess und lässt ihn erst auspeitschen und dann gefesselt vom Hauptmast ins Meer springen. Er hat keine Chance zu überleben, denn angelockt von dem Blut, das aus seinen Wunden rinnt, stürzen sich die Haie bereits auf ihn, ehe er im Wasser versinkt.

Das fremde Schiff nimmt Maryo ins Schlepptau, um es in Westend ausbessern zu lassen und dann zu verkaufen. Einzig die Takelung sowie der Hauptmast wurden beim Angriff zerstört und ein paar Löcher in die Breitseite geschossen. Das Feuer ist größtenteils am Hauptdeck ausgebrochen und konnte rasch gelöscht werden. Die verkohlten Planken und Segel müssen ersetzt werden, ansonsten ist das Schiff in gutem Zustand.

Zum Glück verläuft der Rest der Reise ohne weitere Kämpfe. Nicht einmal ein Sturm kreuzt unseren Weg.

Wir reden nicht viel miteinander und hängen größtenteils unseren eigenen Gedanken nach. Jeder von uns ist erschüttert über die Tatsache, dass Xenos haargenau zu wissen scheint, wohin wir segeln, und wenngleich keiner von uns es anspricht, so wissen wir, dass er nicht so rasch aufgeben wird.

Alia übt weiterhin täglich ihre Zauber und liest immer wieder ihre Notizen in ihrem Buch. Ich leiste ihr dabei Gesellschaft, auch wenn ich nur halbherzig bei der Sache bin.

Meine Gedanken kreisen ständig um das, was uns bevorsteht, wenn wir im Westendwald sind, wo ich die Königin um Unterstützung im Kampf gegen Xenos bitten werde.

Was wird sie als Gegenleistung von mir verlangen? Und ist es tatsächlich richtig, dass Alia mich dabei begleitet?

Aber mich von ihr zu trennen und den Kampf gegen Xenos allein aufzunehmen, wäre für mich noch schlimmer zu ertragen. So weiß ich wenigstens, dass sie in meiner Nähe ist und es ihr gut geht.

Immer, wenn ich Alia gedankenverloren mustere, erwidert sie meinen Blick – sie weiß, dass ich mir nicht nur Sorgen um mein

Volk, sondern vor allem auch um sie mache, aber sie hat aufgegeben, mir einreden zu wollen, dass sie selbst auf sich aufpassen kann. Solange ich an ihrer Seite bin, werde ich alles dafür tun, dass es ihr gut geht. Das schwöre ich mir in jedem Augenblick, den ich mit ihr verbringen kann.

Wie von Kapitän Maryo vorhergesagt, treffen wir am Morgen des siebten Tages in Westend ein.

Ich war schon einmal hier, vor vielen, vielen Jahrzehnten. Aber ich kann mich nicht mehr genau an das kleine Fischerdorf erinnern, dessen Hafen aus fünf Bootsstegen besteht.

Wir befinden uns nun nicht mehr in Lormir, sondern im Einzugsgebiet von Chakas. Hier ist es spürbar wärmer als in Heystedt, auch wenn sich der Herbst bereits bemerkbar macht. Nicht mehr lange, und der erste Schnee wird fallen.

Es geht ein scharfer Wind und kleine Regentropfen prasseln auf uns herunter, lassen die Luft nach Wald und Wiesen duften. Wie sehr habe ich das vermisst …

Unsere Ankunft sorgt dafür, dass fast alle Bewohner – also ungefähr dreihundert Leute – auf dem Kai stehen und uns entgegenschauen. Kinder rennen aufgeregt am Ufer entlang und zeigen mit ihren Fingern auf das Schiff.

Von den Wellen, die der Bug der Cyrona vor sich herschiebt, werden die kleinen Fischerboote, die im Hafen liegen, hin und her geschaukelt. Maryo dirigiert sein Schiff jedoch so geschickt dazwischen hindurch, dass keine Schäden entstehen.

Als wir anlegen, steht Alia neben mir an der Reling. Ich habe mit beiden Händen das Holz umfasst und versuche, meine innere Aufregung nicht zuzulassen. Vergebens.

Ich weiß nicht genau, was diese Unruhe in mir verursacht, aber es ist ein lästiges Gefühl … fast so, als würde etwas geschehen, wenn ich den Fuß aufs Land setze.

Ich schüttle den Kopf, als wollte ich eine Fliege loswerden, und schnappe Alias Blick auf, die mich prüfend mustert.

»Ist alles in Ordnung?«

Ich lasse die Augen nochmals über das Ufer gleiten und versuche, meine Empfindungen in Worte zu fassen. »Ja, es ist nur … so ein Gefühl, als ob etwas passieren wird. Ich weiß auch nicht. Vielleicht bilde ich mir das auch bloß ein. Lass uns dieses Schiff so rasch wie möglich verlassen, Cíara.«

Ich atme tief durch und löse mich von der Reling. Dabei kann ich es nicht verhindern, dass meine Hand leicht zittert, was Alia mit einer erhobenen Augenbraue kommentiert. Aber sie spricht mich nicht darauf an, sondern verlässt mit mir zusammen das Schiff.

Wie versprochen begleitet uns Maryo mit fünf seiner Leute, darunter auch Sert, Lock und Telek, während Quartiermeister Temi das Kommando übernimmt, solange der Kapitän an Land ist. Alle sind schwer bewaffnet und ich vermute, dass es sich bei diesen fünf Männern eher um Abenteurer als um Matrosen handelt. Auch Maryo trägt seine zwei Krummsäbel am Hüftgürtel, die in ledernen Scheiden stecken. Ich bemerke jedoch, dass es sich dabei nicht um jene handelt, die er in seiner Kabine an der Wand aufgehängt hat. Die scheint er nur für spezielle Zwecke zu verwenden.

Als wir festen Boden unter den Füßen haben, schwanke ich unwillkürlich, weil ich die Schlingerbewegungen des Schiffes ausgleichen will, was unnötig ist, da wir nun an Land sind. Jetzt verstehen wir, warum Maryo und seine Männer sich einen breitbeinigen Gang angewöhnt haben, den sie sogar auf dem Festland beibehalten und der sie ein wenig aussehen lässt, als hätten sie zu viel getrunken.

»Lasst uns Pferde kaufen. Dann sind wir in nur einem halben Tag im Westendwald.« Maryo geht uns voran.

Die Menge teilt sich ehrfürchtig vor dem Elfenkapitän und ich sehe sogar ein paar Leute, die sich verbeugen und seinen Namen flüstern. Offenbar ist Maryo hier so bekannt wie ein bunter Hund, auch wenn er schon länger nicht mehr im Hafen angelegt hat.

Der Pferdehändler, zu dem wir gehen, begrüßt den Kapitän überschwänglich und kommt aus dem Schwärmen über die Cyrona gar nicht mehr heraus. Maryo lässt den Lobgesang über sich ergehen und handelt dann einen Preis für neun Pferde aus.

Es sind allesamt kleine, dunkelbraune Steppenpferde, wie Alia und ich sie auch von den Vexatoren erhalten haben. Zaron wirkt etwas zu groß für diese Tiere, aber der Händler versichert uns, dass die Pferde stark und ausdauernd seien und wir keine besseren hätten kaufen können.

Da wir genügend Proviant für drei Tage dabeihaben, reiten wir sofort los. Maryos Mannschaft wird in der Zwischenzeit die Cyrona auf Vordermann bringen und die Vorräte aufstocken. Im Hafen befindet sich eine kleine Werft, zu der beide Schiffe geschickt werden, um die Schäden des Kampfes ausbessern zu lassen. Was mit der gefangenen Mannschaft geschieht, will Maryo uns nicht verraten.

Wir haben es offengelassen, ob wir zum Schiff zurückkehren werden, da wir noch nicht wissen, ob die Königin unser Vorhaben unterstützen wird und wohin uns der Weg als Nächstes führt. Der Kapitän weiß noch nichts von dem geheimnisvollen Kästchen und der Prophezeiung – je weniger Leute davon Kenntnis haben, desto besser.

Wir lassen das kleine Fischerdorf schon bald hinter uns. Vor uns erstreckt sich eine weite Steppenlandschaft, die große Ähnlichkeit zu jener von Lormir hat. Struppige Grasbüschel und Heidekraut wachsen aus der braunen Erde. Der breite Weg, dem wir folgen, führt schnurgerade durch das zum Teil hüfthohe Gras.

Weit hinten am Horizont vermeine ich, den Westendwald zu erkennen, was mein Herz schneller schlagen lässt. Mir war nicht bewusst, wie sehr ich die Wälder vermisst habe …

Der Regen prasselt jetzt stärker auf uns herunter und ein kühler Windstoß treibt uns die Kälte bis in die Knochen. Die Pferde tragen uns jedoch mit unermüdlicher Ausdauer und bestätigen damit das Versprechen des Händlers.

Bereits nach drei Stunden ragt der Westendwald mit seinen hohen Baumkronen vor uns auf.

Ein Stück weit müssen wir uns einen Weg durch das hohe Gras kämpfen, da die Hauptstraße nicht in den Wald, sondern rechts daran vorbeiführt. Aber auch das ist für unsere Pferde kein Hindernis.

Nach einer weiteren halben Stunde erreichen wir die dicht beieinanderstehenden Tannenbäume und ich spüre, wie mich der Ruf des Waldes erreicht, mich regelrecht zu sich lockt. So ist es immer, wenn ich länger nicht in meiner ursprünglichen Umgebung gewesen bin, und auch jetzt kämpfe ich dagegen an.

Der Elfenkapitän scheint gegen diesen Ruf immun zu sein – oder er lässt sich nichts anmerken.

»Von hier aus führen wir die Pferde besser am Zügel«, beschließt er. »Das Unterholz ist sehr dicht, auch schon am Rande des Waldes. Und wir müssen uns einen Weg hindurchschlagen. Männer, nehmt Eure Säbel hervor!«

Die fünf Matrosen befolgen seinen Befehl. Mir ist bereits aufgefallen, dass sie wie Maryo keine normalen Schwerter, sondern geschwungene Klingen bei sich führen, die zur Spitze hin breiter werden. Wahrscheinlich stammen sie aus einem fernen Land, ich kann mich nicht erinnern, solche Waffen im Norden von Altra schon einmal gesehen zu haben. Aber der Vorteil dieser Säbel ist klar erkennbar: Mit ihnen lässt sich das dichte Unterholz viel einfacher als mit einem Schwert wegschlagen.

Zwei der Männer gehen voran, während die anderen ihre Pferde hinterherführen.

»Wie lange wird es dauern, bis wir die Elfen von Westend erreicht haben?«, fragt Alia den Kapitän, der vor ihr hergeht.

Er dreht sich kurz zu uns um. »Noch vor Einbruch der Dunkelheit sollten wir dort sein. Die Stadt befindet sich in der Nähe des Waldrandes, da sich in der Mitte des Waldes Gorkas und andere Monster aufhalten, mit denen sich ein Elf nicht anlegen will, wenn er es verhindern kann.«

Ich schnaube zustimmend – die Kampfeslust der Gorkas haben wir schon am eigenen Leib zu spüren bekommen.

Wir dringen immer tiefer in den Wald ein und ich fühle, wie sich die Anspannung, die mich seit der Seereise gefangen gehalten hat, langsam löst. Dennoch bleibt dieses ungute Gefühl, dass etwas passieren wird – es ist zum Verrücktwerden! Die Bäume stehen dicht beieinander, sodass wir nur hintereinander hergehen können und darauf achten müssen, dass sich unsere Pferde nicht in den Wurzeln oder Blätterranken verfangen.

Zweimal machen wir eine kurze Pause, aber Maryo treibt uns rasch wieder weiter. Entweder kann er es kaum erwarten, sein Volk wiederzusehen, oder aber er spürt den Ruf des Waldes nun doch und ist ebenso unruhig wie ich.

Als wir ein gutes Stück des Weges bereits hinter uns haben, vermeine ich, zu meiner Rechten etwas zu hören. Auch Alia bleibt stehen und lauscht.

Da … da ist es wieder. Es klingt nach einem Wimmern oder Schluchzen.

»Scheint, als wäre jemand in Schwierigkeiten«, murmle ich, als Alia sich fragend zu mir umdreht.

Ehe ich michs versehe, drückt sie mir die Zügel ihres Pferdes in die Hände und geht in die Richtung, aus der die Laute kommen.

Verdammt noch eins! Dieses Mädchen bringt mich noch ins Grab!

»Alia! Bleib hier! Das ist gefährlich!«, rufe ich und fluche leise, ehe ich die Zügel der Pferde einfach loslasse und ihr hinterhereile.

Das Wimmern wird lauter, je näher wir kommen. Ja, da ist wirklich jemand in Schwierigkeiten – aber Alia ist definitiv nicht die Richtige, um die Ursache zu ergründen!

Als ich sie eingeholt habe, packe ich Alia an der Schulter und halte sie davon ab, weiterzugehen. »Verflucht, tu das nie wieder!«, knurre ich ihr ins Ohr, merke dann aber, dass sie wie erstarrt auf etwas vor sich schaut. Als ich ihrem Blick folge, unterdrücke ich ein Stöhnen.

Vor uns liegt auf einer kleinen Lichtung ein Gorka. Nein, es ist *eine* Gorka, denn der braune Pelzmantel, den sie über ihre Schultern geworfen hat, verdeckt nur halbherzig ihre weiblichen Reize, die in eine enge Lederkorsage geschnürt sind. Halblanges, schwarzes Haar fällt ihr offen übers Gesicht.

Ich kenne weibliche Gorkas – sie sind nicht ganz so hässlich wie die männlichen Versionen, besitzen fast schon sanfte Züge und einen schmalen Körperbau. Nur der braune Hautton und die gelben Katzenaugen sowie spitzen Fangzähne verraten, dass sie kein Mensch oder Elf ist.

Die Gorka faucht uns an und weicht zurück. Allerdings nicht weit, denn wie ich jetzt erkennen kann, ist ihr rechtes Bein in einem Tellereisen gefangen. Einer Tierfalle, wie man sie auf der Jagd verwendet.

Diese Falle aus Stahl besteht aus einem Teller und zwei zahnbesetzten Bügeln, die mit einer Feder gespannt werden. Die Bügel klappen zu, sobald jemand auf den Teller tritt, und die Stahlzähne dringen dann tief in das Bein des Opfers ein. Eine Kette mit einem Anker, der im Boden versenkt ist, verhindert, dass der Gefangene fliehen kann.

Die hässliche Wunde muss der Gorka unvorstellbare Schmerzen bereiten. Blut tränkt ihre braunen Lederhosen und rinnt über die dunklen Pelzstiefel. Wahrscheinlich wurde der Knochen ihres Beines beim Zuschnappen der Falle gebrochen.

Ich weiß genau, was Alia jetzt gerade durch den Kopf geht – sie will der Gorka helfen.

»Keinen Schritt weiter, Alia!«, raune ich mahnend. »Das könnte ein Hinterhalt sein.«

»Das ist kein Hinterhalt, sie hat doch Schmerzen«, flüstert Alia.

Sie geht vorsichtig einen Schritt auf sie zu und ich bin versucht, sie erneut zurückzuzerren, gebe aber ihre Schulter frei. Die Gorka ist eindeutig gefangen und wird sich nicht auf sie stürzen. Stattdessen zücke ich meinen Dolch, um eingreifen zu können, sollte es sich tatsächlich um einen Hinterhalt handeln.

Die Gorka wimmert abermals, als sie versucht, ihr Bein zu befreien und sich die Zähne der Falle tiefer in ihr Fleisch bohren. Ich höre ein hässliches Schaben, als sie auf ihre Knochen treffen. Sie schreit auf.

Inzwischen sind Maryo und Zaron ebenfalls zu uns gestoßen.

»Alia, bleib hier!«, sagt Zaron in seinem Befehlston, den er nur hervorholt, wenn er keinen Widerspruch duldet.

Aber Alia geht einen weiteren Schritt auf die Gorka zu.

»Ich kann sie doch nicht hier verbluten lassen«, sagt sie, ohne sich zu Zaron oder mir umzuwenden.

Der Schwarzmagier tritt zu ihr, packt sie an der Schulter und wirbelt sie herum. Normalerweise hätte ich ein Knurren ausgestoßen, wenn jemand Alia so behandelt, aber ich bin ausnahmsweise auf seiner Seite. Sie sollte sich der Gorka nicht weiter nähern.

»Alia! Hierbleiben, habe ich gesagt!« Zarons Baritonstimme donnert nun fast so wie die von Xenos, wenn er wütend ist. »Du kannst ihr nicht helfen!«

Alia versucht, sich aus seinem Griff zu winden. »Lass mich los! Wir können sie nicht hier liegen lassen!«

»Sie würde es, ohne zu zögern, tun, wärst *du* an ihrer Stelle!«, erwidert Zaron unnachgiebig.

»Ich bin aber nicht sie!« Alia versucht, ihn von sich wegzustoßen, schafft aber nur, dass er seinen Griff um ihre Schultern ein wenig lockert.

»Nach altem Seemannsrecht darf diejenige Person über ein Opfer entscheiden, die es als Erste gefunden hat«, mischt sich Maryo mit ruhiger Stimme ein. »Demnach kann Alia selbst entscheiden, ob sie diese Gorka töten oder retten will.«

»Wir sind aber hier nicht auf Eurem verdammten Kahn!«, fährt Zaron ihn an.

»Und Ihr seid nicht ihr Gemahl und dürft entscheiden, was sie tun oder lassen soll!«, kontert Maryo.

Da hat er allerdings recht. Ich bin immer noch unschlüssig, ob ich Alias Instinkten vertrauen oder meinem unguten Gefühl nachgeben soll, daher halte ich mich zurück.

»Das stimmt«, knurrt Zaron. »Trotzdem werde ich nicht zulassen, dass sie sich unnötig in Gefahr begibt!«

»Ich will ihr helfen!«, sagt Alia so laut, dass sie die beiden übertönt, und wir sehen sie erstaunt an. Es kommt selten genug vor, dass sie jemandem widerspricht, und die Vehemenz in ihrer Stimme lässt mich fast schon grinsen. *Ich mag es, wenn sie so ist.* »Ihr seid ja in der Nähe«, fährt sie etwas ruhiger fort. »Falls sie mich angreift, dürft ihr sie töten. Aber lasst mich versuchen, sie aus dieser Falle zu befreien. Sie muss unerträgliche Schmerzen haben.«

Maryo zuckt mit den Schultern und verschränkt die Arme. Zaron knurrt zwar, nickt dann aber knapp.

»Du bist einfach unverbesserlich, Cíara.« Jetzt gleitet wirklich ein Lächeln über meine Züge. »Aber genau dafür liebe ich dich.

Also gut, du darfst wieder einmal selbstlos sein. Aber ich werde dir helfen. Du kannst nicht allein dieses Tellereisen öffnen.«

»Ein Elf, der dabei hilft, eine Gorka zu retten«, flachst Maryo. »Nur schon für diesen Anblick hat es sich gelohnt, Euch auf mein Schiff zu nehmen!«

Ich ignoriere seinen Spruch und trete stattdessen neben Alia, die mich dankbar anlächelt.

»Schweigt, Kapitän!«, knurrt Zaron. »Wenn sie diese Gorka unbedingt retten will, dann soll sie es tun.«

Die Augen des Gorkamädchens weiten sich vor Angst, als wir die letzte Distanz zwischen uns überwinden. Sie hält schützend einen Arm über ihr Gesicht. Offenbar glaubt sie uns nicht, dass wir ihr helfen wollen – täte ich an ihrer Stelle auch nicht.

Alia hebt langsam die Hände, um ihr zu zeigen, dass sie unbewaffnet ist. »Keine Angst, ich will dir wirklich nur helfen, aus dieser Falle zu kommen. Und dann werde ich dein Bein heilen.«

Ich starre sie ungläubig an. Wir wollten sie retten, nicht auch noch zusammenflicken. »Du willst tatsächlich eine Gorka heilen?!«, frage ich mit hochgezogenen Augenbrauen. »Jetzt geht aber wirklich dein Verstand mit dir durch!«

Das Funkeln in ihren Augen hätte mir in jedem anderen Moment gefallen, jetzt aber wirkt es verärgert. »Du meintest, du hilfst mir«, sagt sie energisch. »Also, tu es und stelle meine Entscheidungen nicht ständig infrage!«

»Oho, das Mädchen hat Feuer!«, ertönt die Stimme von Maryo.

Zaron knurrt nur etwas Unverständliches, während ich den Impuls unterdrücke, sie an mich zu ziehen und zu küssen.

Wenn Alia so temperamentvoll ist, kann ich ihr kaum widerstehen.

»Schon gut, schon gut.« Ich grinse und hebe beschwichtigend die Hände. »Also, lass es uns hinter uns bringen.«

Ich knie mich neben das Gorkamädchen und fasse das Tellereisen an, was sie augenblicklich mit einem schmerzerfüllten Keuchen kommentiert – aber sie hält still, starrt mich nur mit schreckgeweiteten Augen an.

»Irgendwo muss es eine Feder geben, die gespannt werden kann«, murmle ich. »Dann können wir das Bein befreien.«

Kurz darauf finde ich sie und Alia hilft mir, die Falle aufzustemmen. Sobald ein ausreichend großer Schlitz offen ist, zieht die Gorka ihren Fuß aus den Eisen und will sofort aufstehen und fliehen, aber die Wunde an ihrem Bein hindert sie daran. Sie fällt auf die Knie und stöhnt.

»Warte, ich werde dich heilen«, spricht Alia in sanftem Tonfall und geht langsam auf sie zu.

Die Gorka fährt mit einem weiteren Fauchen zu ihr herum und fletscht ihre spitzen Zähne, was mich dazu veranlasst, wieder nach meinem Dolch zu greifen. Ein falscher Schritt und die Gorka hat die Klinge im Hals.

»Nicht weiter, Mensch!«, zischt sie. Sie hat einen starken Akzent, der das R rollt und vermuten lässt, dass sie unsere Sprache nicht oft spricht.

»Ich helfe dir.« Alia streckt die Hand nach ihrem Bein aus.

»Warum?« In den gelben Augen sind sowohl Angst als auch Argwohn zu erkennen.

»Weil du verletzt bist«, antwortet Alia und kniet sich hin.

»Du Magierin?«

Alia nickt und legt eine Hand auf die tiefe Wunde, die immer noch blutet. »Halte still, ja?« Sie schließt die Augen und beginnt mit ihrem Heilzauber, was der Gorka einen verblüfften Gesichtsausdruck beschert.

Ich bleibe dicht hinter Alia stehen, den Dolch immer noch umfasst.

Nach zehn Minuten ist sie endlich fertig und öffnet die Augen.

Die Gorka mustert sie und runzelt die Stirn. »Danke«, sagt sie leise.

»Gern geschehen.« Alia lächelt.

Das Gorkamädchen weicht fauchend zurück, offenbar hat es ihr Lächeln als Zähnefletschen gedeutet. Mein Griff um den Dolch wird fester und ich lasse die Gorka nicht aus den Augen.

»Tut mir leid, ich wollte dich nicht erschrecken«, sagt Alia beruhigend. »Ich heiße Alia und du?«

Sie kauert sich ein paar Schritt entfernt von ihr hin und legt den Kopf schief. Dann springt sie auf. Ich höre, wie Zaron und Maryo hinter mir nun ebenfalls ihre Waffen ziehen.

»Ich Ksora!«, ruft sie, dann rennt sie anmutig in den Wald davon.

»So, bist du zufrieden?« Ich stecke den Dolch wieder ein und halte Alia die Hand hin, sodass sie aufstehen kann.

»Ja, bin ich.« Sie grinst. »Ich hätte sie nicht einfach so sterben lassen können.«

Ich mustere sie kopfschüttelnd. »Einem Gorka zu helfen … wie tief bin ich eigentlich gesunken?« Aber ich meine es nicht ganz so ernst, was sie erkennt, denn sie lächelt mich an und drückt mir dann einen Kuss auf die Wange.

Wir kehren zu dem Rand der Lichtung zurück, wo Zaron und Maryo ihre Waffen ebenfalls wieder einstecken.

»Kommt, lasst uns keine weitere Zeit verlieren«, meint der Kapitän. »Wir sind bald bei meiner Sippe. Ich werde ihnen erzählen müssen, dass wir hier, so nahe an ihrer Stadt, eine Gorka gefunden haben.«

Wir gehen zurück zu Maryos Männern, die mit den Pferden auf uns warten.

44

Alia

Eine Stunde später erreichen wir einen Steinwall, der mindestens zehn Schritt hoch ist. Anders als bei der gläsernen Stadt in den Wäldern von Zakatas gibt es hier offenbar keine Schutzzauber – oder zumindest spüre ich keine. Vor einem Tor stehen fünf Elfen, die uns argwöhnisch mustern und ihre Bogen und Speere auf uns richten. Sie sind allesamt in leichte Lederrüstungen gekleidet und ihr langes Haar ist streng nach hinten zusammengebunden.

»Nennt uns Eure Namen«, befiehlt einer von ihnen, noch ehe wir nahe genug herangetreten sind, um ihre Gesichter zu erkennen.

»Ich bin's, Maryo Vadorís«, antwortet der Kapitän, löst sich aus unserer Gruppe und geht auf die Elfen zu.

»Maryo«, ruft der Elf, der uns angesprochen hat, aus und lässt seinen Bogen sinken. »Ich freue mich, dich nach so langer Zeit wiederzusehen! Wir dachten schon, du kehrst nie zurück.« Er umarmt Maryo freundschaftlich. Der Elf hat rotblondes, schulterlanges Haar und seine goldenen Augen strahlen warm, während ein sympathisches Lächeln seine Züge erhellt.

»So rasch werdet ihr mich nicht los.« Maryo grinst und klopft ihm auf die Schulter. »Ich bringe sogar einen Prinzen mit: Reyvan Caltayó vom Volk der Elfen von Zakatas. Außerdem Zaron und Alia, zwei Magier. Sie sind hier, um die Königin um einen Gefallen zu bitten.«

»Seid willkommen! Freunde von Maryo sind auch Freunde von uns.« Der Elf verneigt sich höflich. »Ich bin Raelys Avarí, Hauptmann der Königinnengarde. Kommt, Ihr könnt Euch erfrischen, bevor Ihr vor die Königin tretet.«

Ehe wir es uns versehen, öffnet sich das Tor und Raelys winkt uns herein.

Ich hatte erwartet, ähnlichen Prunk wie das Gold und Kristall in der gläsernen Stadt zu sehen, daher bin ich überrascht, als ich nun die Stadt der Elfen von Westend betrete und mich zwischen steinernen Gebäuden wiederfinde.

Hohe Gebäude aus hellem Stein ragen um uns auf. Sie haben pyramidenartige Formen und sind allesamt architektonische Meisterleistungen, da sie mindestens zwanzig Schritt in den Himmel reichen. Ich nehme an, dass sie jeweils mehreren Dutzend Elfen Platz zum Wohnen bieten. Die Pyramiden sind unterteilt in Etagen, die mit einem Geländer eingegrenzt werden. Offenbar führen die Balkone, die sich dahinter erahnen lassen, rund um das Gebäude herum. Die Spitzen jeder Pyramide sind mit Gold verziert, das selbst im Regenwetter glitzert.

Kleine Wasserfälle plätschern über die Wände und Balkone der Gebäude und verlieren sich in unzähligen Kanälen, die quer durch die Stadt angelegt sind. Ich kann eine Handvoll länglicher Boote erkennen, die Güter transportieren. Sanft geschwungene Brücken sorgen dafür, dass man trockenen Fußes durch die Stadt gehen kann.

Der Boden, der vom Regen nass glänzt, ist weitestgehend mit hellen Pflastersteinen belegt, in die unterschiedliche Zeichen eingraviert sind, die ich nicht verstehe. Die Straßen führen zwischen den Pyramiden hindurch und werden von hohen Pappelbäumen gesäumt. Breite Blumenbeete sind zu Füßen der Gebäude angelegt. Ihre farbigen Blüten geben der Stadt einen wunderbaren, frischen Duft.

Auch wenn es immer noch regnet und das Wetter alles andere als freundlich ist, versprüht die Stadt einen Zauber, dem ich mich nicht entziehen kann.

Ich sehe mehrere Elfen, die entweder auf den Balkonen stehen oder durch die Straßen flanieren. Sie tragen Pelz- oder Lederkleidung, die aufwendig verarbeitet ist. Wie die Elfen in der gläsernen Stadt damals mustern sie uns neugierig, aber distanziert, ehe sie wieder ihrer Arbeit nachgehen. Auch hier scheinen Fremde nicht oft gesehen zu werden.

Elfenkinder spielen auf den gepflasterten Straßen, die uns ebenso ungeniert beobachten wie ihre Eltern. Auch Katzen und Hunde treiben sich herum. Ich erhasche einen Blick auf eine Seitenstraße, in der offenbar gerade ein Markt stattfindet, denn zahlreiche bunte Stände reihen sich aneinander. Zu gerne würde ich dorthin gehen und die Wunder der Elfen genauer anschauen.

Aber Raelys geht zügig voran, über eine Brücke, die zu einem weitläufigen Platz mit einem wunderschönen Springbrunnen führt. Letzterer hat einen Durchmesser von etwa zehn Schritt und die Fontänen steigen hoch in die Luft. Die steinernen Figuren, die sich in der Mitte des Brunnens unter dem herabfallenden Wasser tummeln, sollen wahrscheinlich Waldnymphen darstellen. Auf dem breiten Rand des Springbrunnens sitzen vier Elfen und halten in ihrem Gespräch inne, als wir an ihnen vorbeigehen.

Rund um den Platz sind Gebäude erbaut worden und ich erkenne eine breite Treppe, die hinter dem Springbrunnen einen Hügel hinaufführt. Dort oben thront eine mächtige Pyramide, die in Gold gekleidet ist. Also lassen es sich auch diese Elfen nicht nehmen, ihren Prunk zu demonstrieren. Ich nehme an, dass es sich um den Palast der Königin handelt.

Raelys schreitet zu einem kleineren Gebäude an der Seite des Platzes, das ebenfalls pyramidenförmig gebaut ist und fünf Etagen mit Balkonen aufweist. Eine breite verzierte Holztür, die mit Stahlstreben verstärkt ist, führt hinein. Mehrere Fenster lassen Tageslicht ins Innere der Pyramide.

Raelys öffnet die Tür und bedeutet uns einzutreten. »Im ersten Stock sind Eure Quartiere«, sagt er. »Ihr findet in allen Zimmern Bäder. Erfrischt Euch. Heißes Wasser bringen Euch die Diener, wenn Ihr sie darum bittet. Ich werde hier auf Euch warten.«

Wir verabschieden uns dankend und betreten das Gebäude. Ein quadratischer, heller Innenhof erstreckt sich vor uns. Der Boden ist mit Marmorplatten belegt, der teilweise von violetten Teppichen verdeckt wird.

Eine breite Treppe führt in den ersten Stock und teilt sich oben nach links und rechts in einen Flur, der rund um den quadratischen Innenhof führt. Ich erkenne mehrere Etagen über uns, deren Flure allesamt nach innen mit einem Geländer gesichert sind und von wo aus man in den Innenhof hinuntersehen kann. Sie werden immer schmaler, je weiter oben sie sich befinden.

Die steinernen Geländer wurden von geschickten Steinmetzhänden verziert. Zwei Elfenstatuen stehen auf der ersten Stufe der Treppe und deuten mit ihren Händen nach oben, als wollten sie uns einladen, hochzugehen. Wir folgen ihrer stummen Aufforderung.

Ich beuge mich leicht über das Geländer, um vom ersten Stockwerk in den Eingangsbereich hinunterzusehen. Von dem Flur, in dem wir stehen, führen mehrere Türen in die Gästezimmer. Reyvan und ich gehen in eines davon, während Zaron ein Zimmer etwas weiter von uns entfernt bezieht.

Unseres ist prunkvoll eingerichtet, mit dunkelgrünen Teppichen auf dem Boden und einer richtigen, frei stehenden Badewanne in der hinteren Ecke. Ein breites Bett sowie eine gemütlich anmutende Sitzecke mit einem kleinen Tisch vervollständigen die Einrichtung. Uns gegenüber führt eine gläserne Tür auf den Balkon hinaus, von dem man die Stadt besser überblicken kann.

»So, da wären wir also.« Reyvan legt seinen Rucksack ab.

Eine Dienerin, die nach dem Rechten sieht, bringt uns etwas zu essen, das sie auf den niedrigen Tisch in der Sitzecke stellt. Dann holt sie heißes Wasser für das Bad, in das herrlich duftende Kräuter gemischt sind. Wir setzen uns nebeneinander auf das Sofa und greifen hungrig zu. Das Essen besteht aus mit Gemüse gefüllten Teigtaschen, die noch warm sind und deren Saft über unser Kinn tropft, als wir hineinbeißen.

»Das ist köstlich«, schwärme ich und genehmige mir eine zweite Teigtasche.

»Ja, wir Elfen verstehen es, zu backen«, sagt Reyvan abwesend.

»Hast du Angst?« Ich sehe ihm in die dunkelblauen Augen, die für einen Moment flackern.

»Wie meinst du das?« Er senkt den Blick und nimmt mir damit die Möglichkeit, zu erkennen, wie es ihm geht.

»Vor der Audienz«, antworte ich vorsichtig. »Und davor, wie sich die Königin entscheiden wird.«

Reyvan zuckt mit den Schultern. »Sie wird meine Bitte nicht abschlagen können.«

»Was macht dich so sicher?«

Er sieht mich fest an. »Ich bin ein Prinz der Elfen von Zakatas. Sie wird mich unterstützen. Auch ihr muss daran gelegen sein, einen erneuten Krieg zwischen Elfen und Magiern zu verhindern.«

»Aber … Maryo sagte, die Elfen von Westend seien nicht an Verträge mit dem Zirkel gebunden.« Ich greife abermals zu einer Teigtasche.

In Reyvans Augen blitzt Ärger auf. »Das liegt daran, dass mein Vater sich von Xenos kaufen ließ und die Elfen von Westend nicht«, knurrt er.

Zum ersten Mal spricht er so abfällig über seinen Vater, was mich stutzen lässt.

»Er ließ sich kaufen?« Ich erinnere mich an Saryon Caltayó, den Vater von Reyvan. Er hatte tiefe Ehrfurcht in mir ausgelöst. Seine Erscheinung war imposant und königlich. Ich kann mir nicht vorstellen, dass sich dieser Mann vor einem Zirkelleiter – vor Xenos – beugt. Oder gar kaufen lässt.

»Ja.« Reyvan schüttelt den Kopf. »Keiner von uns, weder mein Bruder noch meine Schwestern, haben es damals verstanden. Wir waren alle gleichermaßen erstaunt. Aber es ist so. Er hat es mir selbst gesagt.«

»Was hat ihm Xenos denn bezahlt?«

Reyvan hebt den Blick. In seinen Augen liegt zu meinem Erstaunen Unsicherheit. »Ehrlich gesagt … ich weiß es nicht. Vater hat nie darüber gesprochen. Aber es muss so wertvoll gewesen sein, dass er auf den Friedensvertrag eingegangen ist. Oder er war gebrochen, weil unsere Mutter … Sie starb wenige Tage vorher. Durch Xenos. Das hat Vater schwach gemacht.«

»Das ist ja schrecklich, das wusste ich nicht.« Ich lasse die Teigtasche sinken und lege sie zurück auf den Teller. Mir ist der Appetit vergangen.

»Ich spreche nicht gerne darüber.« Reyvan senkt erneut den Kopf.

»Wie konnte dein Vater mit dem Mörder seiner Frau einen Friedensvertrag eingehen?«, frage ich entsetzt.

Allein die Vorstellung … grauenvoll.

»Keine Ahnung.« Reyvan zuckt mit den Schultern und um seinen Mund erscheint ein harter Zug. »Ich hätte ihn längst getötet. Ein Monster wie er hat es nicht verdient zu leben. Wir konnten

Mutter noch nicht einmal bestatten, da er sie zu Asche verbrannt hat.« Zum ersten Mal, seit ich Reyvan kenne, bemerke ich, dass er Tränen in den Augen hat. Er blinzelt sie allerdings rasch weg und holt tief Luft. »Jedenfalls … seither schicken wir alle hundert Jahre ein Pfand in den Zirkel – und sie uns im Gegenzug irgendwelche Diener, die sie nicht gebrauchen können.«

»Wann war das denn? Der Friedensvertrag zwischen Elfen und Magiern?« Ich weiß zwar ein bisschen etwas über die Geschichte von Altra, aber da ich selbst nie damit gerechnet hatte, eine Magierin zu werden, hatte mich die Vergangenheit der Zirkel nie sonderlich interessiert. Immer, wenn wir in der Schule Geschichte hatten, malte ich mir aus, wie ich irgendwann mit Vater in den Wäldern jagen werde, seiner Jagdtruppe angehöre. Eine Wunschvorstellung, wie sich jetzt herausgestellt hat.

Reyvan holt mich mit seiner Antwort aus meinen Überlegungen. »Der Friedensvertrag wurde unterzeichnet, kurz nachdem Lesath an die Macht kam. Das war vor etwa vierhundert Jahren. Manche verehren ihn sogar, weil er Altra den Frieden gebracht hat. Eine mögliche Erklärung, warum er noch nicht längst gestürzt wurde, obwohl er ein Tyrann ist.« Sein Blick wird verärgert. »Du musst wissen, als damals die Zirkel gegründet wurden, haben sich alle Völker Altras gegen die Magier gestellt. Drachen, Elfen, Gorkas und auch die Zwerge. Menschen sollten nicht so mächtig sein. Wir hätten sie wahrscheinlich vernichtet, wäre Lesath ein Jahrhundert später nicht an die Macht gekommen und hätte dafür gesorgt, dass sich die Zwerge in die Berge verziehen, die Elfen und Gorkas in die Wälder und die Drachen ins Gebirge.«

»Weißt du, wer die Zirkel gegründet hat?«

Reyvan schüttelt den Kopf. »Nein, ich kenne mich da auch zu wenig aus. Das war vor meiner Zeit und ich habe mich nie für die Geschichte des Zirkels interessiert.« Er atmet erneut tief durch und in seinen Augen liegt sowohl Trauer als auch Wut. »Sie haben meine Mutter getötet. Aber kann sein, dass Zaron mehr darüber weiß. Sein ehrenwerter Bruder ist ja ein Vertreter der Zirkel.« Er kann sich ein verbittertes Schnauben nicht verkneifen.

Ausnahmsweise sage ich nichts dazu. Ich mag Xenos ebenso wenig wie er und kann seinen Hass nur zu gut nachvollziehen.

Ich lenke das Gespräch auf belanglosere Dinge, da ich spüre, dass Reyvan nicht gerne über die Zirkel spricht. Die Möglichkeit eines weiteren bevorstehenden Krieges ist zu real.

Bald schon ist die Badewanne mit duftendem Wasser zur Hälfte gefüllt und Reyvan und ich freuen uns, endlich in das warme Nass zu steigen. Als wir uns zu zweit in die Wanne setzen, schwappt etwas Wasser über den Rand und bildet eine kleine Pfütze am Boden. Aber darauf achten wir kaum. Schon lange habe ich mich nicht mehr so wohl gefühlt. Den Schmutz und das Salz des Meeres abzuwaschen, tut unendlich gut. Während der Fahrt mit der Cyrona hatte ich keine Gelegenheit dazu, da wir das Trinkwasser sparen mussten.

Reyvan, der hinter mir in der Wanne sitzt, wäscht mein Haar mit einer duftenden Seife und massiert meine Kopfhaut. Ich lehne mich zurück an seine Brust. Wir genießen es einfach, den anderen zu spüren, und für einen Moment wünsche ich mir, die Zeit würde stehen bleiben.

Leider klopft es viel zu rasch an unsere Tür.

»Einen Moment, wir sind noch in der Badewanne«, ruft Reyvan.

»Beeilt Euch, Raelys sagt, dass die Königin fast fertig ist mit ihrer Audienz«, tönt Zarons gedämpfte Stimme von der anderen Seite.

»Wir kommen!«

Reyvan hilft mir aus der Wanne und wir ziehen rasch unsere Kleider an. Dann werfen wir uns den Pelzmantel über und folgen Zaron aus dem Gebäude, wo Raelys und Maryo bereits auf uns warten. Von den Männern aus Maryos Mannschaft fehlt jede Spur. Wahrscheinlich liegen sie noch in den heißen Wannen und lassen es sich gut gehen.

»Ich hoffe, Ihr konntet Eure Erfrischung genießen?«, fragt Raelys lächelnd. »Kommt, ich führe Euch zur Königin.«

Er geht um den Brunnen herum zu der breiten Treppe, die zu der goldenen Pyramide auf dem kleinen Hügel führt. Ich zähle achtzig Stufen, bis wir oben ankommen.

Warum nur müssen Elfenherrscher immer irgendwelche Stufen zwischen sich und ihre Untertanen bringen?

»Ihr habt Glück, die Königin wird Euch noch empfangen«, meint Raelys.

Er öffnet die Flügeltür, die ins Innere des Palastes führt. Hier drin ist alles hell mit Fackeln erleuchtet und überall glänzen Gold und Silber. Ja, auch diese Elfen geizen nicht mit ihrem Reichtum.

Der Eingangsbereich ist quadratisch und bei Weitem größer als der Innenhof der Pyramide, in der wir untergebracht sind. Der Boden wurde mit feinem Mosaik verziert. Große Blumenvasen mit bunten Sträußen, die einen zarten, süßlichen Blütenduft verbreiten, stehen in den Ecken. Ein gewaltiger Kronleuchter schwebt direkt über uns. Rechts und links führen Treppen in obere Etagen.

Als ich Reyvan einen Blick zuwerfe, merke ich, wie angespannt er ist. Für ihn ist dieser Gang nicht einfach – ich greife nach seiner Hand und bekomme dafür ein Lächeln, das seine Augen nicht ganz zu erreichen vermag.

Raelys führt uns zu einem Korridor, der mit rotem Teppich ausgelegt ist und von vier Wachen versperrt wird. Sie nicken dem Elfen knapp zu und geben den Weg frei.

Die Wände des Ganges sind mit Bildern behangen. Ich erkenne vor allem Jagdszenen, aber auch das Meer und Sonnenuntergänge, die einen Besucher zum Träumen bringen. Fast vermeine ich, das Rauschen der Wellen und das Kreischen der Möwen zu hören. Mehrere weiße Statuen, die Elfen und Waldtiere darstellen, stehen zu beiden Seiten des Ganges.

Bei einer Tür, die vergoldet ist und auf der Waldszenen mit Hirschen zu erkennen sind, hält Raelys an und klopft dreimal.

Nach wenigen Sekunden öffnet sie sich und ein Elf in weißer Kleidung tritt hindurch.

»Raelys.« Seine Stimme klingt fast so feierlich, als würde er dem rotblonden Elfen einen Orden verleihen. »Was führt Euch zu uns?«

Raelys deutet auf uns. »Ich bringe Gäste, die um eine Audienz bei der Königin bitten.« Er verbeugt sich knapp.

Der Elf mustert uns abschätzend. Die Iris seiner Augen hat eine fast weiße Farbe, ebenso wie sein langes Haar und seine Kleider. Irgendwie finde ich diesen Elfen sogar noch Furcht einflößender als die Vexatoren, aber ich versuche, mir nichts anmerken zu lassen.

»Folgt mir in den Thronsaal.« Er öffnet die Flügeltür, sodass wir hindurchtreten können. »Die Königin wird Euch empfangen.«

Zögernd folge ich Zaron und Maryo, die vorangehen. Reyvan bleibt dicht neben mir und sein Griff um meine Hand wird fester, als würde er sich innerlich für etwas wappnen.

Der Thronsaal ist quadratisch und hat etwa hundert Schritt Durchmesser. Mächtige Statuen zieren auch diesen fensterlosen Raum, der von mehreren Kronleuchtern erhellt wird. Der Teppich vom Korridor setzt sich hier fort und führt über den ansonsten mit Marmorplatten bedeckten Boden geradewegs auf den Thron zu, der am Ende des Saals auf einem Podest steht. Davor hat sich eine kleine Elfenmenge versammelt, welche die Sicht auf die Königin verdeckt.

»Legt Eure Waffen hier nieder«, weist uns der Elf an, der sich immer noch nicht vorgestellt hat, und deutet auf einen großen Tisch mit einer goldenen Platte, der neben der Tür steht.

Wir tun ihm den Gefallen. Es dauert eine Weile, bis Maryo endlich entwaffnet ist, und ich staune, wo man überall Dolche und Wurfmesser verstecken kann.

»Gut, nennt mir nun Eure Namen und Euren Wunsch. Ich werde ihn der Königin vorbringen.«

Wir stellen uns vor und Reyvan erzählt knapp, warum wir hier sind. Der weiße Elf nickt und geht in Richtung Thron davon.

Wir stehen etwas unschlüssig neben dem Tisch mit unseren Waffen, bis der Elf uns ein Zeichen gibt, dass wir vortreten dürfen. Die Elfen, die vor der Königin stehen, sehen uns neugierig an und geben den Weg frei.

Wir treten vor die Herrscherin der Elfen von Westend. Als ich sie erblicke, bleibt mir fast die Luft zum Atmen weg.

Sie ist in eine wunderschöne, scharlachrote, mit Gold durchwirkte Robe gekleidet. Ihr langes, schwarzes Haar fällt ihr in weichen Wellen bis über die Hüften und ihre Augen sind so hell wie das Sternenlicht in einer finsteren Nacht.

Selbst wenn sie in Lumpen gekleidet wäre – ihre Anmut und Ausstrahlung sind königlich. Sie sieht uns nacheinander an und ich habe das Gefühl, dass sie direkt in meine Seele blickt.

Rasch verbeugen wir uns vor ihr und senken die Köpfe.

»Seid willkommen, Fremde«, spricht sie mit einer Stimme, die an Morgentau und Glockenklang erinnert. Es muss wunderschön klingen, wenn diese Frau lacht. »Seid willkommen, Maryo Vadorís, verloren geglaubtes Kind des Waldes.«

Maryo erhebt sich als Erster. »Königin Sylvara Némys.« Ich staune über die Ehrfurcht in seiner rauen Stimme. »Es ist eine

Ehre, nach so langer Zeit wieder Euer Antlitz erblicken zu dürfen.«

»Die Ehre ist auf meiner Seite, Maryo Vadorís«, erwidert die Königin sanft und nickt ihm zu. »Eure Freunde sind hier, weil sie mich um einen Gefallen bitten wollen?«

»Ja, aber das erzählen sie Euch besser selbst.« Maryo tritt einen Schritt zurück und lässt Reyvan vortreten.

»Königin Sylvara Némys.« Reyvan verbeugt sich abermals. »Vielen Dank, dass Ihr uns anhören wollt. Mein Name ist Reyvan Caltayó, ich bin ein Prinz der Elfen von Zakatas. Mein Vater, König Saryon, wird vom Zirkelleiter Xenos angegriffen. Ich bitte Euch, mich in einem Kampf gegen den Zirkel von Lormir zu unterstützen.«

Die Königin schaut Reyvan lange an. Ihre Augen strahlen noch heller und blenden mich fast, als ihr Blick zu mir schweift.

»Reyvan Caltayó«, erwidert sie schließlich leise. »Ihr wisst, Ihr bittet mich nicht um eine Kleinigkeit. Was bietet Ihr mir im Gegenzug?«

Reyvan hält ihrem Blick stand. »Alles, meine Königin.«

Sie mustert ihn und hebt erstaunt eine Augenbraue. »Wirklich alles? Selbst Euer Leben?«

Reyvan senkt nun doch den Blick. »Wenn es das ist, was Ihr wollt – um mein Volk zu retten … ja!«, antwortet er mit fester Stimme.

Ich hole laut Luft und will etwas einwenden, aber Zaron ergreift meinen Arm und gibt mir zu verstehen, dass ich schweigen soll.

»So sehr liebt Ihr also Euer Volk?«, fährt die Königin nach einem forschenden Blick zu mir fort. Ihr ist Zarons Geste nicht entgangen.

Nachdem Reyvan nickt, steht Sylvara Némys langsam auf und geht auf ihn zu. Sie legt ihm einen Finger unter das Kinn und zwingt ihn, sie anzusehen.

»Reyvan Caltayó«, spricht sie mit ihrer glockenklaren Stimme. »Ihr seid mutig, wie es sich für einen Prinzen gehört. Aber ich will Euer Leben nicht. Ich werde Euch helfen und Euch hundert meiner besten Krieger zur Seite stellen.«

Ich sehe, wie Reyvan vor Erleichterung ausatmet. »Danke, Königin Sylvara Némys«, sagt er leise.

»Dankt mir nicht zu früh«, antwortet die Königin. Ihr Blick schweift abermals zu mir und bleibt dann an Maryo hängen, der zu meiner Linken steht. »Der Preis dafür ist hoch – und ich gebe Euch eine Nacht Zeit, um darüber nachzudenken, ob Ihr tatsächlich gewillt seid, ihn zu bezahlen.«

Dann schaut sie Reyvan wieder in die Augen und ich halte die Luft an. Ihre schlanke Hand fährt Reyvan vom Kinn über den Hals in den Nacken und sie zieht seinen Kopf zu sich. Ihr Mund befindet sich nun direkt neben seinem Ohr.

Ich sehe, wie Reyvan sich fast unmerklich versteift. Am Rande spüre ich, dass Zaron näher zu mir tritt und mir einen Arm um die Schultern legt.

»Als Dank für meine Hilfe erwarte ich von Euch, Reyvan Caltayó, dass Ihr meine Tochter Amyéna zur Frau nehmt.«

Ihre Stimme ist kaum ein Hauch, aber ich sehe, wie Reyvan darunter erzittert, als hätte sie ihn mit einem Pfeil mitten ins Herz getroffen. Dann lässt sie ihn los und kehrt anmutig zurück zu ihrem Thron.

Reyvan bleibt wie angewurzelt stehen, unfähig, sich zu rühren.

45

Alia

Ich spüre, wie meine Knie weich werden und Zaron mich fester hält.

Nein … das kann sie nicht gerade von Reyvan verlangt haben – ich muss mich verhört haben. Er soll die Prinzessin der Elfen von Westend heiraten?

Das geht doch nicht … ich gehöre zu ihm und er zu mir … nein … ich merke, dass mir schwarz vor den Augen wird. Zaron hält mich zum Glück fest und flüstert mir etwas ins Ohr, das ich nicht verstehe.

Wie in Trance bekomme ich mit, dass wir aus dem Thronsaal geführt werden. Ich fühle mich taub und kann keinen klaren Gedanken fassen.

Irgendjemand führt mich in ein Zimmer zu einem Bett.

Erst als ich dort sitze und einen Kelch mit Wasser in der Hand halte, komme ich langsam wieder zu mir.

Bin ich etwa in einem Albtraum gefangen? Wache ich vielleicht jeden Moment auf?

Ich höre, wie jemand mit mir spricht, versuche, mich zu konzentrieren. Die Stimme kenne ich – oder?

Dann spüre ich, wie mir jemand den Kelch an die Lippen führt und mir den Inhalt langsam einflößt. Ich schlucke unwillkürlich.

Kühles Wasser rinnt meine Kehle hinunter.

»Alia, hörst du mich?«

Die Stimme gehört eindeutig Zaron, obwohl sie von weit her zu erklingen scheint. Ich wende meinen Kopf und sehe ihn neben mir auf dem Bett sitzen.

»Wo ist Reyvan?«, flüstere ich leise.

Zarons Blick ist einfühlsam. »Er ist in den Wald gegangen. So wütend und verzweifelt habe ich ihn noch nie erlebt. Nicht einmal auf der Cyrona, als du dein Leben riskiert hast.« Er streicht mir sanft über den Kopf. »Aber keine Angst, Maryo ist bei ihm und sorgt dafür, dass er keine Dummheit anstellt.«

Ich nicke und nippe abermals am Wasser.

»Zaron.« Ich schaue in seine dunklen Augen, die mich voller Mitgefühl ansehen. »Ich will aufwachen … bitte …«

Er zieht mich an sich und streicht mir über das Haar. »Alia«, murmelt er. »Du träumst nicht. Es tut mir leid. Die Königin hat tatsächlich um Reyvans Hand für ihre Tochter angehalten. Sonst hilft sie ihm nicht.«

»Aber …« Meine Stimme versagt und Tränen treten mir in die Augen. »Das geht doch nicht.«

Dann beginne ich zu schluchzen und kann meine Tränen nicht mehr zurückhalten. Ein Damm in mir bricht. Alles dreht sich.

Nein, das kann nicht sein.

Mein Herz schmerzt so sehr, als ob sich darin ein glühendes Messer verfangen hätte und immer wieder zustäche.

Mein Hals ist wie zugeschnürt.

Der Kelch entgleitet mir und fällt zu Boden. Aber es ist mir gleichgültig. Zaron hält mich in seinen Armen und ich weine. Weine.

Ein unwirklicher Laut dringt aus meiner Kehle, als ich schreien will.

Nein, nicht so … es kann nicht auf diese Weise enden.

Ihn an eine andere Frau zu verlieren … das geht doch nicht.

Ich denke an all unsere schönen Stunden zurück, an unsere Pläne, unsere gemeinsame Zukunft … und heule wie ein verwundetes Tier.

Das kann doch nicht einfach zu Ende sein? Noch vor wenigen Minuten waren wir so glücklich.

»Alia«, sagt Zaron sanft und küsst mich auf den Kopf, der unkontrolliert an seiner Schulter zuckt. »Ich weiß, wie du dich gerade fühlst.«

So bleiben wir eine unendliche Zeit lang sitzen.

Mein ganzes Gesicht ist nass und geschwollen, mein Haar zerzaust. Ich muss schrecklich aussehen. Aber ich kann nicht mehr aufhören zu weinen, selbst als keine Tränen mehr übrig sind, schluchze ich weiter und bekomme einen Schluckauf.

Auf einmal spüre ich, wie sich Zaron von mir löst und aufsteht.

An seiner Stelle rieche ich Reyvans unverkennbaren Duft nach Wald und frischem Sommerregen, den ich so liebe.

Er zieht mich an sich und legt seine Arme um mich.

Seine Hand fährt sanft meinen Rücken hinab. Allein diese vertraute Geste führt dazu, dass ich wieder unkontrolliert zu schluchzen beginne.

»Cíara«, flüstert er zärtlich. »Es tut mir so leid … ich werde sie nicht heiraten. Keine Angst. Ich will für immer mit dir zusammen sein.«

Ich löse mich langsam von ihm und schaue in seine dunkelblauen Augen, in die ich mich verliebt habe. Wie gerne würde ich für alle Ewigkeiten darin versinken, mich in der Liebe, die ich darin lese, verlieren.

Aber tief in meinem Inneren weiß ich, dass es keinen anderen Weg für uns gibt.

Reyvan muss diese Prinzessin heiraten, um sein Volk zu retten.

Es geht nicht anders. Ich wusste es von dem Moment an, als die Königin es aussprach. Deshalb bin ich so unendlich traurig: Ich weiß, dass Reyvan keine andere Wahl hat. Er muss mich verlassen – und ich muss ihn freigeben.

Diese Erkenntnis verfestigt sich mit jeder Sekunde, die ich ihn ansehe. Und sie macht es mir umso schwerer, ihm in die Augen zu blicken, mit denen er mich liebevoll und tröstend mustert.

Ich suche verzweifelt nach Worten, um das auszudrücken, was ich fühle. Ich will ihn nicht verlieren – niemals. Trotzdem will ich, dass er seinem Vater helfen kann. Das bin ich ihm schuldig, nachdem er meinetwegen den Zirkel verlassen und den Stein damit ins Rollen gebracht hat. Xenos' Wut auf ihn – auf sein Volk – geschürt hat.

»Rey«, entgegne ich schwach. »Du … du *musst* sie heiraten. Du würdest sonst an meiner Seite nicht glücklich werden – nicht so.«

Reyvan küsst mich auf den Mund, um mich zum Schweigen zu bringen, und ich spüre seine Verzweiflung, die er mit seiner Leidenschaft zu überdecken versucht.

Er lehnt seine Stirn an meine, legt beide Hände an meine Wangen. »Nein, Alia. Ich werde dich nicht verlassen!«, erwidert er bestimmt. »Nicht um diesen Preis.«

Ich versuche mich aus seinem Griff zu befreien, der mich eisern an ihn fesselt. »Bitte, Rey … du musst dein Volk retten. Dein Vater braucht jede Unterstützung, die er bekommen kann. Xenos und seine Zirkelmagier sind viel zu stark …« Ich sehe ihm abermals in die Augen, in denen ich neben der Verzweiflung jetzt auch Wut lese.

»Diese verdammte Königin!«, faucht er und steht auf. »Wie kann sie so etwas von mir verlangen?«

»Ich sagte Euch doch, sie weiß genau, womit sie jemandem ein wirkliches Opfer abverlangen kann«, erklingt eine vertraute, raue Stimme neben uns.

Ich hatte gar nicht bemerkt, dass Maryo sich ebenfalls im Zimmer befindet. Auch er sieht irgendwie mitgenommen aus, selbst wenn er versucht, es hinter einer gleichgültigen Miene zu verbergen.

In dem Moment fällt es mir wie Schuppen von den Augen. Ich wische mir die Tränen aus dem Gesicht und starre ihn entgeistert an. »Das Opfer …«, hauche ich. »Der Bund … das Gedicht.«

Dann schaue ich Reyvan an und bemerke, wie ihm die Erkenntnis in demselben Moment kommt.

»Rey«, sage ich leise. »Das Gedicht hat es uns die ganze Zeit schon prophezeit. Das ist das Opfer und der Bund, der den Erben und das Kind des Waldes vereint.«

Reyvan sieht aus, als hätte ich ihn mitten ins Gesicht geschlagen. Er blickt mich mit leeren Augen an. »Alia … nein. Das … das kann nicht gemeint sein«, flüstert er heiser. Es klingt, als wollte er sich selbst vom Gegenteil überzeugen. Aber in seinen Augen lese ich, dass er die Wahrheit erkennt.

»Was für ein Gedicht?«, fragt Maryo.

»Später, Kapitän.« Zaron wendet sich an uns und schaut stirnrunzelnd von einem zum anderen. Eine Gänsehaut überzieht meinen Körper, als der Schwarzmagier schließlich ernst nickt. »Ich denke, Alia hat recht.« Er schaut mich dabei traurig an. »Du musst diese Prinzessin heiraten, Reyvan, damit sich die Prophezeiung erfüllt und du deinem Volk helfen kannst.«

Reyvan springt wütend auf und funkelt ihn an. »Das wäre dir sehr recht, wie?! Nein! Ich muss gar nichts!«, brüllt er und schlägt mit der Faust gegen die Wand. »Hört ihr? Ich muss nichts! Raus hier! Raus, alle beide! Lasst mich mit Alia allein!«

Zaron wirft mir einen fragenden Blick zu und ich nicke knapp. Wahrscheinlich ist es das Beste, wenn wir für eine Weile in Ruhe miteinander sprechen können.

Der Schwarzmagier wendet sich zur Tür und gibt dem Kapitän mit einem Kopfnicken ein Zeichen, dass er ihm folgen soll.

Ich wische mir die letzten Tränen aus den Augen. Jetzt, da ich Gewissheit habe, dass es keinen anderen Weg gibt, muss ich stark sein. Stark für Reyvan und mich zusammen. Ich kann mich später noch der Trauer um unsere verlorene Liebe hingeben.

Zuerst muss ich aber Reyvan überzeugen, dass er die Tochter der Königin heiratet. Um sein Volk zu retten … und um die Prophezeiung zu erfüllen.

Ich nehme seine Hand in meine und ziehe ihn wieder neben mich auf das Bett.

»Rey«, sage ich sanft und lege ihm eine Hand auf die rechte Wange, auf der immer noch der tätowierte Blitz ist, der ihn als Pfand der Elfen kennzeichnet.

Er wendet sich mir zu und in seinen Augen erkenne ich dieselbe Trauer, die ich empfinde. Trotzdem – ich darf jetzt nicht weich werden.

»Alia.« Er küsst meine Handfläche. »Ich werde dich nicht verlassen, gleichgültig, was dieses verdammte Gedicht uns weismachen will.«

»Rey, du *musst* sie heiraten. Es gibt keinen anderen Weg, dein Volk zu retten.« Ich versuche, alle Zärtlichkeit in meine Worte zu legen, die ich für ihn empfinde.

»Nein, das muss ich nicht!«, herrscht Reyvan mich an.

Ich hindere ihn daran, wieder aufzustehen, indem ich mich auf seinen Schoß setze. »Rey, ich … liebe dich. Und du liebst dein Volk. Du könntest es mir nie verzeihen, wenn ich dich jetzt nicht freigebe. Und dir könntest du es noch viel weniger verzeihen, dass du Xenos in einen Krieg gegen deinen Vater hast ziehen lassen, ohne ihn zu unterstützen.« Ich streiche ihm eine seiner goldblonden Strähnen nach hinten, wie er es unzählige Male bei mir getan hat. »Ich will dich nicht verlieren, aber«, ich küsse ihn zärtlich auf die Wange, »es gibt keinen anderen Ausweg.«

Reyvans Augen versprühen Funken, als ich mich von ihm löse. »Diese verdammte, arrogante Königin. Was denkt sie sich dabei?«, knurrt er.

Ich lese in seinen Augen jedoch, dass er sich bereits entschieden hat.

Für sein Volk.

Gegen uns.

So wie es sein soll.

Seine Hände umklammern mich wie ein Ertrinkender einen Rettungsring.

»Noch haben wir Zeit … für uns … für eine letzte Nacht zusammen«, flüstere ich mit brüchiger Stimme und versuche meine Tränen, die wieder in meine Augen treten, zurückzuhalten.

Trotzdem finden sie einen Weg über meine Wangen und tropfen auf Reyvans Kleidung. Er küsst sie sanft von meiner Haut und streichelt zärtlich mein Gesicht.

»Alia. Ich hätte nie gedacht, dass ich für eine Frau jemals solche Gefühle empfinden könnte«, murmelt er leise. »Ich liebe dich von ganzem Herzen – seit ich dich das erste Mal im Speisesaal des Zirkels gesehen habe. Und ich würde alles für dich tun … Alles. Das weißt du.«

Ich nicke, unfähig, ihm zu antworten, ohne zu schluchzen.

Er nimmt meine Hände und küsst jeden meiner Finger.

»Alia, meine Cíara …«, flüstert er. »Selbst wenn ich eine andere Frau heiraten muss … ich will, dass du eines weißt: Mein Herz wird für immer dir gehören.«

Er steht auf und drückt mich sanft auf das Bett. Seine Augen spiegeln seine Traurigkeit wider wie ein See den verblassenden Mond.

Langsam schiebt er den Pelzumhang von meinen Schultern. Er neigt sich über mich, seine warmen Lippen küssen die meinen und ich spüre seine Zunge, die sich in wilder Verzweiflung in meinen Mund drängt.

Ich weine leise, als er meine Reisekleider auszieht. Er küsst jede meiner Tränen weg.

Die Perle, die er mir geschenkt hat, trage ich immer noch um den Hals und er dreht sie zwischen den Fingern, küsst sie ebenfalls, ehe er sich seiner Kleider entledigt und sich nackt zu mir legt.

Eine Weile betrachten wir uns schweigend, versuchen, den Moment für immer festzuhalten. Seine Hände streichen vorsichtig und sanft über meine Haut. Es scheint fast, als wollte er sich alles von mir einprägen.

Und dann schläft er ein letztes Mal mit mir. Seine Leidenschaft, mit der er mich in dieser Nacht liebt, werde ich nie vergessen. Es ist eine Leidenschaft, aus Liebe geboren, von Verzweiflung genährt und durch Trauer besiegelt.

46

Reyvan

Nachdem Alia in einen unruhigen Schlaf gefallen ist, stehe ich leise auf, ziehe mich an und verlasse unser Zimmer.

Meine Schritte sind nicht einmal für Elfenohren zu hören, als ich durch den Flur gehe – zu meinem Ziel, einer Tür, die ein paar Zimmer weit weg liegt.

Das Herz wird in meiner Brust schwerer, je näher ich komme.

Ist es wirklich das Richtige, was ich gerade tue?

Ja. Ich habe keine andere Wahl. Und ich muss jetzt an Alia denken.

Leise klopfe ich an und warte, bis ich Schritte höre, ehe Zaron mir öffnet.

Sein Gesicht wirkt überrascht, als er mich erkennt. »Reyvan.« Er runzelt die Stirn. »Was tust du hier? Ist etwas mit Alia?«

»Alia schläft«, erwidere ich leise. »Darf ich … reinkommen?«

Verdammt, es fällt mir noch schwerer, als ich gedacht habe …

»Natürlich.« Zaron tritt beiseite, sodass ich an ihm vorbeigehen kann.

»Danke.« Ich schaue mich kurz in seinem Zimmer um.

Es ist geschmackvoll eingerichtet – nun ja, für meinen Geschmack etwas zu prunkvoll. Aber ich konnte mich sowieso nie damit anfreunden, dass mein Volk seinen Reichtum derart zur Schau stellen muss.

Ein kalter Schauer jagt mir über den Rücken, als ich daran denke, dass ich womöglich für immer hier im Westendwald wohnen werde …

Rasch verjage ich die Gedanken. Noch ist es nicht so weit – noch habe ich diese verdammte Prinzessin nicht geheiratet. Noch ist es Alia, die in meinem Bett schläft …

Alia …

»Was führt dich zu mir?«, reißt mich Zaron aus meinen Gedanken.

Ich drehe mich zu ihm um und mustere ihn, als würde ich ihn das erste Mal sehen. Zugegeben, er sieht nicht übel aus. Da er offenbar nicht mehr mit Besuch gerechnet hat, trägt er nur eine schwarze Hose, der Oberkörper ist nackt, das schwarze Haar fällt ihm offen über die Schultern und ich bleibe einen Moment mit den Augen an seiner Brustbehaarung hängen.

Der Gedanke, dass Alia ihn berührt, dass er sie …

Nein, aufhören!

Zarons Muskeln spielen, als er die Arme vor der Brust verschränkt und den Kopf schief legt. Er wartet, bis ich meine Gedanken wieder sortiert habe und leise Luft hole.

Das wird jetzt schwierig … aber wenn sie mich freigeben kann, muss ich es auch tun.

»Zaron«, beginne ich. »Ich werde diese Prinzessin heiraten.«

Ein kaum merklicher Hauch der Überraschung gleitet über das Gesicht des Schwarzmagiers und er verlagert sein Gewicht. »Tatsächlich? Konnte dich Alia also überzeugen?«

»Ja und nein.« Ich halte seinem eindringlichen Blick stand. »Ich tue es *ihr* zuliebe – wegen dieses verdammten Gedichts, das ihre

Mutter verfasst hat. Damit es sich erfüllt und sie vielleicht irgendwann etwas über ihre Herkunft herausfindet. Aber ich tue es keinesfalls aus Überzeugung.«

Zaron zieht die Augenbrauen zusammen. »So leid es mir auch für euch zwei tut – aber es ist die einzig richtige Entscheidung«, entgegnet er nüchtern.

Diese Besserwisserei … wie ich sie hasse!

Ich spüre, wie Wut in mir hochkocht, und atme nochmals tief durch, um ihm nicht an die Gurgel zu springen. »Mir war schon klar, dass dich das nicht sehr treffen wird – zumal du schon länger ein Auge auf Alia geworfen hast«, knurre ich.

Zarons Blick bleibt ruhig, als er mir antwortet. »Du verstehst mich wieder einmal falsch«, bemerkt er. »Ich freue mich keineswegs darüber, dass Alia derart verletzt wird. Und ja, ich habe tiefe Gefühle für sie.«

Die letzten Worte treffen mich bis ins Innerste und die Eifersucht in mir bäumt sich wie eine wütende Schlange auf, bereit, Zaron zu erwürgen. Aber ich darf ihr nicht nachgeben – ich muss an Alia denken.

»Das wollte ich hören«, presse ich hervor und zwinge meine Stimme, möglichst fest zu klingen. »Ich will dich nämlich um einen … Gefallen bitten.«

Zaron runzelt die Stirn. »Und was ist das für ein Gefallen?«

Jetzt muss ich es sagen – und es wird mir verdammt, verdammt weh tun …

»Sorge für Alia.« Die Worte kommen mir kaum über die Lippen, fordern all meine Kraft. »Schau, dass es ihr gut geht. Und beschütze sie. Wenn nötig, mit deinem Leben.«

»Das würde ich ohnehin tun.« Zaron mustert mich von oben bis unten. »Ich spüre, dass da noch etwas ist, das du mir sagen willst.«

Da ich es nicht länger aushalte, ihm in die schwarzen Augen zu blicken, wende ich mich von ihm ab und gehe zur gläsernen Tür, die auf den Balkon hinausführt. Mein Herz ist in den letzten Sekunden so schwer wie ein Stein geworden. Aber das ist besser so … ein Stein hat keine Gefühle. Ein Stein kann nicht zerbrechen … zumindest nicht an den Worten, die ich sagen werde. Wenn sie einmal ausgesprochen sind, bedeutet das, dass ich Alia endgültig verloren habe.

Zaron wartet geduldig, bis ich mich wieder zu ihm umdrehe.

»Ich liebe Alia mehr als mein eigenes Leben«, sage ich und sehe ihn fest an. »Und ich weiß, dass du ebenso für sie empfindest.« Ich senke den Blick. »Gib ihr diese Liebe. Liebe sie und mach sie glücklich. Denn ich kann es nicht mehr.« Meine Stimme bricht bei den letzten Worten und ich unterdrücke die Tränen, die sich in meine Augen stehlen wollen. Rasch wende ich den Blick ab.

Als ich ihn wieder anschaue, bemerke ich, dass Zarons Miene keinerlei Regung zeigt. Am liebsten würde ich seine Gedanken lesen, aber ich reiße mich zusammen und mustere ihn stattdessen.

»Du gibst sie also frei?«, fragt Zaron schließlich leise und verengt die Augen zu schwarzen Schlitzen.

Ich nicke knapp. »Es fällt mir nicht leicht, das kannst du mir glauben.« *Das ist noch gewaltig untertrieben!* »Noch nie musste ich eine schlimmere Entscheidung treffen. Aber wenn ich sie schon nicht glücklich machen kann, soll sie wenigstens jemanden haben, der sie ebenso liebt wie ich. Und mir fällt leider kein anderer ein als du, Zaron.«

»Du liebst sie tatsächlich … das war mir bis jetzt nicht bewusst, tut mir leid.« Zaron senkt den Blick. »Ich dachte immer, du würdest sie vor allem für dein Vergnügen bei dir haben wollen.«

Schon wieder spüre ich, wie sich die Wut in meinem Magen zusammenstaut.

Natürlich liebe ich sie!, würde ich ihm am liebsten an den Kopf werfen. Aber ich unterdrücke den Impuls, ihn anzubrüllen.

»Eigentlich müsste ich dich für diese Beleidigung töten«, bemerke ich stattdessen ruhig. »Aber dann bleibt Alia mit diesem Kapitän allein – und mir scheint, dass deine Obhut das weniger schlimme Übel ist.«

»Wie freundlich von dir, Elf«, entgegnet Zaron. »Aber ich habe es verdient, nach meiner Bemerkung.«

Immerhin der Hauch einer Entschuldigung …

Meine Geduld wird gerade strapaziert, daher klingt meine Stimme angespannt, als ich weiterspreche. »Versprichst du mir nun, ihr die Liebe zu geben, die ihr zusteht?«

Zaron sieht mich ernst an und nickt. »Ich verspreche dir, sie mehr als mein Augenlicht zu beschützen – selbst wenn sie mich nicht ebenso lieben kann. Und ich werde an ihrer Seite bleiben, gleichgültig, was passiert.«

Ich stoße erleichtert die Luft aus und nicke. »Gut. Das wollte ich wissen.« Rasch gehe ich zur Tür, ehe ich mich noch einmal umdrehe. »Eins noch, Zaron. Wenn du sie schlecht behandeln oder unglücklich machen solltest, werde ich zur Stelle sein und dir die Kehle aufschlitzen. Verstanden? Ich bin immer noch mit ihr verbunden und werde wissen, wie es ihr geht.«

Zum ersten Mal ist so etwas wie ein Schmunzeln auf Zarons Gesicht zu erkennen. »Keine Sorge, Reyvan. Das wird nicht nötig sein. Und ich denke, Alia kann sich gut selbst zur Wehr setzen.«

»Oh ja, das kann sie.« Beim Gedanken daran, wie Alia immer mehr an Selbstbewusstsein gewinnt, muss auch ich unwillkürlich lächeln, ehe ich mich umdrehe und das Zimmer verlasse.

Zurück bei Alia bleibe ich eine Weile neben dem Bett stehen und betrachte sie. Ihr langes, dunkles Haar, dessen Duft ich so liebe, umrahmt ihr hübsches Gesicht wie eine Krone. Ihre vollen, roten Lippen sind im Schlaf leicht geöffnet und ihre langen Wimpern zucken, da sie wahrscheinlich gerade träumt.

Langsam beuge ich mich über sie und ziehe die Decke, die etwas nach unten gerutscht ist, über ihre Brüste. Dabei streifen meine Finger ihre Haut und ihr entfährt ein leises Seufzen, ehe sie sich in die Laken kuschelt.

Ein trauriges Lächeln umspielt meinen Mund.

Wie sehr sie mir fehlen wird …

Wenn sie mich anblickt, kann ich mich in ihren Augen wiederfinden. Sie hat eine Art, mich zu mustern, als könnte ich ihr die Welt zu Füßen legen. Ihr Humor, ihre Tapferkeit … ihre Selbstlosigkeit, die ich so liebe.

Ja, Alia hat mich gelehrt, was Liebe bedeutet. Und dafür werde ich für immer in ihrer Schuld stehen.

Ich beuge mich über sie und küsse sie auf die Wange, wodurch sie geweckt wird.

»Cíara«, murmle ich zärtlich.

»Rey«, haucht sie und blinzelt, ehe sie sich wie eine Katze streckt. »Ich habe geträumt, dass du jemand anderen heiraten musst. Aber du bist hier, bei mir. Komm, nimm mich in deine Arme. Ich will diese schlechten Träume verscheuchen.«

Ich bringe es nicht übers Herz, ihr zu sagen, dass der Albtraum, aus dem sie glaubt, aufgewacht zu sein, immer noch andauert – und schlimmer wird mit jeder Sekunde, die verstreicht.

Sie lächelt so glücklich, dass ich einfach nicht anders kann, als meine Lippen auf ihre zu legen.

Dabei denke ich an das geheime Bündnis, das ich mit Zaron geschlossen habe, und unterdrücke den Schmerz in meiner Brust.

Selbst wenn es mir wehtut, zu wissen, dass sie womöglich bald in den Armen des Schwarzmagiers liegen wird … die Gewissheit, dass sie nicht allein sein wird, beruhigt mich gleichzeitig. Zaron kann ihr die Liebe geben, die sie verdient. Bedingungslos.

»Rey, woran denkst du?«, murmelt Alia an meinen Lippen.

Ich schüttle den Kopf. »Nichts, Cíara. Schlaf weiter, ich liebe dich.«

Sie kuschelt sich an meine Brust und ich halte sie fest, während sie in meinen Armen wieder einschläft.

Zum letzten Mal.

EPILOG
MARYO

Einige Stunden zuvor …

»Euch scheint es ebenfalls nicht allzu gut zu gehen. Wollt Ihr darüber sprechen?«, fragt der schwarzhaarige Magier, nachdem wir Alia und Reyvan allein gelassen haben.

Ich werfe ihm einen knappen Blick zu – ich mag es nicht, wenn mich jemand, den ich nicht kenne, über meine Gefühle ausquetschen will. Daher brumme ich nur etwas Unverständliches und lasse Zaron kurzerhand stehen.

Das fehlte noch, dass ich ihm mein Herz ausschütte …

Meine Füße führen mich wie von selbst in den Rosengarten, den die Königin hinter dem Palast angelegt hat.

Hier habe ich früher, als ich noch Leibwächter der Prinzessin war, viele Stunden verbracht. Nicht, um Rosen zu betrachten – Blumen sind mir herzlich gleichgültig –, sondern um Ruhe zu finden. Ruhe, die ich auch jetzt dringend nötig habe.

Natürlich hatte ich nicht damit gerechnet, dass die Königin mich mit ausgebreiteten Armen empfangen würde. Aber dass sie mir diesen Stich verpasst … und gleich zwei Fliegen mit einer Klappe schlägt, das hätte ich wirklich nicht erwartet.

Missmutig trete ich nach einem kleinen Stein, der über den Weg zwischen den Rosenbüschen davonhüpft.

»Dachte ich mir doch, dass du hier zu finden bist«, erklingt eine mir allzu vertraute Stimme.

Ich wende mich dem Sprecher zu und ziehe die Augenbrauen zusammen. »Raelys«, knurre ich. »Wollen mir heute alle auf den Sack gehen?«

Der rotblonde Elf verschränkt die Arme vor der Brust und mustert mich mindestens so aufmerksam, wie es vorhin der Magier getan hat. »Ich denke, du solltest mit jemandem darüber sprechen«, fährt er in ruhigem Tonfall fort.

»Ach ja? Und da bietest du dich voller Selbstlosigkeit an, oder wie?«, erwidere ich genervt und lasse mich auf eine Bank nieder, wohl wissend, dass ich keine andere Wahl haben werde, als mit dem Hauptmann der Königinnengarde zu sprechen. Er war immer schon hartnäckig – das scheint sich in den letzten dreihundert Jahren nicht geändert zu haben.

Mit einem Schmunzeln setzt er sich neben mich und seine goldenen Augen blitzen. »Du warst lange weg«, bemerkt er. »Sie hat dich vermisst.«

Ich werfe ihm einen scharfen Blick zu. »So, hat *sie* das …«

Dennoch kann ich mich nicht dagegen wehren, dass mein Herz einen kleinen Hüpfer macht bei der Nachricht. Die Vorstellung, dass ich ihr nach allem, was geschehen ist, immer noch nicht ganz gleichgültig bin, ist irgendwie …

Ach verdammt, was denke ich eigentlich?!

»Sie wird den Elfenprinzen heiraten«, fährt Raelys fort. »Ich war vorhin gerade bei ihr. Allerdings«, er holt leise Luft, »würde sie vorher gerne noch mit dir sprechen.«

»Es gibt nichts mehr zu besprechen«, brumme ich und will mich von der Bank erheben, aber Raelys hält mich an der Schulter fest und drückt mich zurück.

»Es gibt sehr vieles zu besprechen«, erwidert er energisch. »Du warst Ewigkeiten fort – selbst für einen Elfen. Hast deinem Volk den Rücken gekehrt. Und keiner weiß genau, wieso. Amyéna hat sich Vorwürfe gemacht. Ich kann die Nächte, in denen ich sie in ihren Gemächern weinen hörte, gar nicht mehr zählen. Und jetzt bist du hier, lieferst einen Gemahl für sie ab und willst gleich darauf wieder verschwinden?! Manchmal denke ich, dir ist gar nicht bewusst, was für ein egoistisches Arschloch du bist!«

Ich starre ihn entgeistert an. So habe ich den Hauptmann noch nie mit mir sprechen hören – nie. Und wir waren uns früher auch schon ab und an uneinig. Aber normalerweise ist er äußerst beherrscht und legt viel Wert auf Manieren. Dass er sich jetzt so im Ton vergreift, zeugt davon, wie wütend er ist.

»Ich hatte meine Gründe, so lange wegzubleiben«, knurre ich.

»Mag sein.« Raelys macht eine wegwerfende Handbewegung. »Dennoch kannst du nicht einfach nach Belieben hier ein und aus gehen und das Gefühl haben, keinen interessiert es. Geh zu Amyéna und kläre das mit ihr. Das bist du ihr schuldig.«

»Ich bin ihr nichts schuldig«, erwidere ich kühl.

»Du hast immer noch Gefühle für sie, oder?« Raelys' Blick wird forschend und ich weiche ihm aus, was ihm Antwort genug ist. »Sprich mit ihr«, sagt er eindringlich.

»Was soll ich ihr sagen?«, fahre ich ihn an. »Dass ich die letzten Jahrhunderte auf See war, ohne dass ich wusste, wieso? Dass ich nach etwas gesucht habe, von dem ich nicht einmal weiß, was es ist? Dass ich sie nicht wiedersehen wollte, weil sie in mir diese Bilder weckt, die ich nicht verstehen kann und die mir Kopfschmerzen bereiten? Soll ich ihr das sagen?! Meinst du, das hilft ihr?!«

»Es wäre zumindest ein Ansatz, um ihr zu erklären, wieso du sie einfach so links liegen ließest und ein Leben auf See dem Königshof und deinen Verpflichtungen als ihr Leibwächter vorgezogen hast«, antwortet Raelys mit ruhiger Stimme.

Ich brumme eine Verwünschung und erhebe mich.

»Wohin willst du?«, fragt Raelys, der ebenfalls aufsteht.

»Geht dich einen feuchten Dreck an«, knurre ich.

»Sie ist im Musikzimmer«, ruft er mir hinterher, was ich mit einem Schnauben kommentiere.

Das Letzte, was ich in dieser Stadt tun werde, ist, mit der Prinzessin zu sprechen. Es gibt nichts mehr zu sagen – vor allem jetzt nicht mehr, da sie einen anderen Mann heiraten wird. Sie soll nach vorne blicken, nicht zurück. Denn dort ist nur eine verflucht dunkle Vergangenheit, die sie so rasch wie möglich vergessen sollte. Ebenso wie ich …

GLOSSAR

Altra – Land, das von den fünf magischen Zirkeln sowie dem Herrscher Lesath im Süden des Landes regiert wird.

Ardras – Vogel, der mit dem besser bekannten Phoenix verwandt ist. Wie dieser wird er aus Asche geboren und ist damit unsterblich. Jedoch unterscheidet er sich von seinem kleineren Artgenossen durch seine Größe und Angriffslust. Sein ganzer Körper besteht aus Feuer und er ist ein äußerst aggressiver Zeitgenosse, dem man besser aus dem Weg geht.

Arganta – Region südöstlich von Lormir mit der gleichnamigen Hauptstadt Arganta. Der Leiter des magischen Zirkels ist Rangan.

Ateren – Wesen, die ursprünglich Zwerge waren. Sie hausen in der Dunkelheit, sind blind und können fliegen. In größeren Gruppen sind sie sehr gefährlich, obwohl sie im Grunde Aasfresser sind.

Aufnahmezeremonie in Gilden – Mit dreizehn Jahren können sich die Kinder in Altra, die eine Element- oder gar Magiebegabung entwickelt haben, für eine der vier Elementgilden oder die Magiergilde bewerben. Die Aufnahmezeremonie findet alljährlich zur Sommersonnenwende statt.

Aufnahmezeremonie in Magierzirkel – Die Lehrlinge werden nach drei Jahren Unterricht vollständig in den Magierzirkel aufgenommen. Dieses Ritual ist ein Geheimnis, das von allen Magiern streng gehütet wird. Von dem Zeitpunkt an sind sie Jungmagier und erhalten weitere drei Jahre lang Unterricht, bis sie fertig ausgebildet sind. Als Jungmagier dürfen sie den Zirkel an ihren freien Tagen verlassen – ein Privileg, das die Lehrlinge noch nicht haben.

Chakas – Region südwestlich von Lormir mit der gleichnamigen Hauptstadt Chakas. Der Leiter des magischen Zirkels von Chakas ist Roís.

Chark – Die treuen Weggefährten von Golems. Sie sind äußerst hässlich anzusehen, ihr ganzer Körper ist mit Platten besetzt und anstelle eines Mauls haben sie ein großes Loch im Kopf, das mit spitzen Fangzähnen bestückt ist. Mit ihren drei Zungen, die an dünne Schlangen erinnern, können sie jede Witterung aufnehmen. Wenn man einem Chark begegnet, ist sein Meister nicht weit und man tut gut daran, so rasch wie möglich davonzurennen.

Drachen – Auch wenn sie nur selten vor die Augen der Menschen treten, gibt es sie. Sie sind kluge, uralte Wesen, leben verborgen in den Bergen und bevorzugen meist die Einsamkeit. Drachen bedienen sich einer eigenen Sprache, können jedoch über Gedanken auch mit Zwergen, Menschen und Elfen kommunizieren. Sie können anhand der vier Elemente unterschieden werden: Es gibt Luft-, Feuer-, Wasser- und Erddrachen.

Eiswälder – Wälder, die sich im hohen Norden Altras befinden. Sie werden von gefährlichen Wesen bewohnt, die fast noch tödlicher sind als die immerwährende Kälte, die dieses Gebiet heimsucht.

Elemente – Sie wurden von den vier Göttern, an welche die Menschen glauben, den menschlichen Bewohnern Altras geschenkt. Jeder trägt ein anderes Element in sich. Die Elementbegabungen manifestieren sich vor dem dreizehnten Lebensjahr.

Elementare – Oder auch die ›Diener der Götter‹ genannt. Aus jedem Element kann ein Elementar mit Magie beschworen werden. Diese gehorchen ihrem Erschaffer, solange der Zauber anhält, haben aber meist auch einen eigenen Willen und können ab und zu sogar einfach spontan irgendwo auftauchen.

Element Feuer – Menschen mit der Begabung Feuer sind gute Schmiede und Kämpfer. In Zusammenhang mit Magie kann das Feuer beherrscht werden. Zudem sind diese Magier besonders geschickt in der Kampfmagie. Beispiele für Kampfmagie-Elemente: Inferno, Meteorregen, Feuerpfeil, Feuerball, Feuerwelle, Beschwören eines Feuer-Dämons. Angehörige dieses Elements verehren den Gott Ignas.

Element Wasser – Menschen mit der Begabung Wasser sind gute Fischer, Seefahrer und können tagelang ohne Trinkwasser auskommen. Im Zusammenhang mit Magie kann das Wasser beherrscht werden, diese Magier sind in der Lage, Wasser zu finden, und können zudem Regen entstehen lassen. Beispiele für Kampfmagie-Elemente: Wasserwelle, Eispfeil, Eisregen, Beschwören eines Eis-Dämons. Angehörige dieses Elements verehren den Gott Aquor.

Element Luft – Menschen mit der Begabung Luft sind gute Jäger und können Gedanken von anderen erahnen. Im Zusammenhang mit Magie können das Wetter sowie die Gedanken anderer beeinflusst werden. Beispiele für Kampfmagie-Elemente: Sturm, Illusionen, Hervorrufen einer Panik, Beschwören eines Luft-Dämons. Angehörige dieses Elements verehren den Gott Aurel.

Element Erde – Menschen mit der Begabung Erde sind hervorragende Farmer und können sich um Menschen und um Tiere gleichermaßen kümmern. Sie sind daher dazu bestimmt, sowohl versorgende Berufe als auch heilende Berufe zu erlernen. Im Zusammenhang mit Magie können Erdbeben erzeugt, aber auch Lebewesen vollständig geheilt werden. Beispiele für Kampfmagie-Elemente: Erdbeben, Giftpfeil, Giftwolke, Beschwören eines Golems. Angehörige dieses Elements verehren den Gott Tellos.

Elfen – Ihr Körperbau ist athletisch und ihre Schönheit legendär. Angehörige dieses Volkes können Tausende von Jahren alt werden und sind damit beinahe unsterblich. Elfen sind hervorragende Jäger, beherrschen Magie und haben noch viele andere verborgene Talente, die jedoch den wenigsten Menschen bekannt sind. Denn sie hüten ihre Geheimnisse und bleiben meist unter sich in den Wäldern.

Fayl – Region im Osten von Altra mit der gleichnamigen Hauptstadt Fayl. Der Leiter des magischen Zirkels von Fayl ist Venero.

Fellfalter – Diese Tiere gleichen dem gemeinen Nachtfalter, unterscheiden sich jedoch von ihnen einerseits durch ihre Größe und andererseits durch ihren mit Fell bedeckten Körper. Ihre Flügel können eine Spannweite von über vier Schritt haben. Diese Spezies lebt vorwiegend in den kühleren Gebieten Altras. Sie sind nachtaktiv und halten sich gerne in Ruinen und Höhlen auf. Ihr Fleisch gilt bei den Elfen als Delikatesse.

Ferys – Gott der Elfen.

Gelumen – Tiere, die im hohen Norden von Altra vorkommen. Sie sind mehrere Schritt hoch und ihre Körper sind mit dichtem, langem Fell bedeckt. Sie gehen auf vier stämmigen Beinen und haben große Pranken. Ihre Ohren sind riesig und ihre Rüssel können eine Länge von über zwei Schritt erreichen. Aus ihrem Mund wachsen ihnen gigantische Stoßzähne, die nach hinten gebogen sind. Mit ihnen können sie Bäume fällen, Dinge verschieben und kämpfen. Aufgrund ihrer Wildheit werden sie von allen Wesen in Altra gefürchtet. Sie meiden Menschen und halten sich meist in Herden auf, die aus Dutzenden von Tieren bestehen können.

Golem – Erdwesen, die meist mehrere Schritt groß sein können. Ihr Körper ist aus Stein und Wurzeln geformt und sie können sich aufgrund ihres massiven Gewichts nur langsam fortbewegen. Ein Schlag mit einer ihrer Fäuste zermalmt alles, was sich aus Versehen gerade darunter befindet. Normalerweise sind sie friedfertig, außer sie fühlen sich bedroht. Dann schicken sie mit Vorliebe ihre treuen Begleiter, die Charks aus, um ihren Feinden den Garaus zu machen.

Gorkas – Volk, das nach eigenen Aussagen mit dem Volk der Elfen verwandt sei. Ihr Körperbau gleicht dem des Menschen, sie sind jedoch größer und muskulöser. Wenn überhaupt, würde man sie wohl am ehesten dem Element Feuer zuordnen, da sie sehr gute Kämpfer sind und tödliche Waffen herstellen können. Sie leben zurückgezogen in Wäldern.

Greife – Diese Wesen können sehr alt (meist mehrere hundert Jahre) werden. Ihr Körper ähnelt dem eines Löwen, ihr Kopf sowie die Flügel denen eines Adlers. Sie sind sehr groß, ihre Länge kann bis fünf Schritt betragen und ihre Flügelspannweite gar fünfzehn Schritt. Sie leben in den Bergen. Falls sie sich bedroht fühlen, greifen sie auch Menschen an, leben sonst aber friedlich außerhalb von menschlichen Siedlungen.

Hitodama – Kleine bläuliche Lichter, die sich von der Wärme anderer Wesen ernähren. Sie lieben es, unbedarfte Wanderer in die Irre zu führen und dann zu überfallen. Außerdem fühlen sie sich vor allem von Wesen mit großer Geisteskraft angezogen.

Ilfaren – Diese gemütlichen, großen, grauen Tiere kommen vor allem im Süden von Altra vor. Ihre Beine sind sehr stämmig und behaart, während der Rücken mit Knochenplatten besetzt ist. Durch ihre Stärke werden sie von den Menschen gerne als

Lasttiere eingesetzt, da sie mit ihren langen Rüsseln und ihren Stoßzähnen mühelos schwere Dinge transportieren können. Sie sind aber ebenfalls für den Krieg geeignet, da sie mit der knöchernen Keule, die sie am Ende ihres langen Schwanzes haben, todbringende Schläge austeilen können.

Kampfmagie – Diese Art von Magie wird nur von einem Teil der Magier tatsächlich gelernt und ausgeübt. Sie ist verbunden mit mächtigen Verteidigungs- und Angriffszaubern, die meist mehrere Magier zusammen wirken müssen.

Kelmen – Tiere, die vor allem in der Wüste anzutreffen sind. Sie kommen tagelang ohne Wasser aus, da sie in ihren vier Höckern, zwischen denen man gemütlich sitzen kann, massenweise Wasser speichern können. Sie gleichen in ihrem Aussehen – abgesehen von den vier Höckern und den Klauen – weißen Pferden.

Korani – Einzahl: Koranus. Gehörnte Wesen, die etwa drei Schritt groß sind. Sie leben in den dunklen Wegen der Eisberge, aber auch in anderen Bergstollen und Höhlen.

Kultisten – Abtrünnige Magier, die sich einem Kult angeschlossen haben. Meist beschwören Kultisten Dämonen, die sie sich unterwerfen, um durch ihre Kräfte mehr Macht zu erhalten.

Lormir – nördlichstes Gebiet von Altra mit der gleichnamigen Hauptstadt Lormir. Der Leiter des magischen Zirkels von Lormir ist Xenos.

Magie – Ein kleiner Teil der altrischen Bevölkerung hat zusätzlich zu der Elementbegabung eine Magiebegabung. Solchen Kindern wird in den magischen Zirkeln beigebracht, wie sie ihre Magie beherrschen können. Allgemein wird Magie durch die Eigenwärme des Körpers gewirkt. Es braucht jedoch viel Übung, bis ein Magier sein Element vollständig beherrscht.

Magierzirkel – Es existieren fünf Magierzirkel in Altra, die jeweils von einem Zirkelleiter geführt werden. Alle fünf Zirkel unterstehen jedoch dem Herrscher Lesath, der in Merita regiert.

Maße – In Altra herrscht ein eigenes Maßsystem, das sich wie folgt aufbaut: 1 Fingerbreit = Breite eines Fingers; 1 Handbreit = 4 Fingerbreit; 1 Fuß = 16 Fingerbreit; 1 Elle = 1.5 Fuß; 1 Schritt = 2.5 Fuß.

Menschen – Die Lebenserwartung der Menschen in Altra beträgt etwa sechzig Jahre. Die meisten haben bis zum dreizehnten Lebensjahr eine Begabung in einem der vier Elemente entwickelt. Einige davon haben sogar eine Magie-Begabung und können für die Aufnahme in einen der fünf Magierzirkel in Altra kandidieren. Menschen leben in Dörfern und Städten.

Nanos – Gott der Zwerge.

Merita – Region im Süden von Altra mit der gleichnamigen Hauptstadt Merita. Hier herrscht der Tyrann Lesath, der ganz Altra über die Magierzirkel kontrolliert.

Nehil – Bezeichnung eines Menschen, der keine Elementbegabung bis zu seinem sechzehnten Lebensjahr entwickelt hat. Nehile kommen in Altra höchst selten vor und falls doch, werden sie als Diener in die Magiergilde geschickt.

Oger – Kreaturen, die an kein Element gebunden sind. Ihre massigen, unbehaarten Körper können bis zu vier Schritt hoch sein. Sie sind Einzelgänger und besitzen keine richtige Kultur. Ihre tägliche Beschäftigung ist es, zu jagen. Am liebsten essen sie das Fleisch von Menschen, weswegen sie auch Menschenfresser genannt werden. Oger kommen in allen Gebieten von Altra vor, bevorzugen jedoch die wärmeren Regionen.

Oshema – Region im Südosten von Altra mit der gleichnamigen Hauptstadt Oshema. Der Leiter des magischen Zirkels von Oshema ist Waris.

Riesenechsen – Obwohl ursprünglich mit den Drachen verwandt, unterscheiden sich die Riesenechsen von ihnen in sehr vielen Punkten und werden als eigenständige Lebewesen kategorisiert. Echsen leben vorwiegend in Wäldern und Sümpfen, jedoch werden auch Sichtungen in Wüsten und sogar in Eislandschaften berichtet. Allen gemeinsam ist, dass ausgewachsene Exemplare etwa zehn Schritt lang sind und sich von Aas ernähren. Sie verschmähen jedoch auch keine frischen Mahlzeiten und sind bei Jägern vor allem aufgrund ihrer ausgefeilten Schleichtalente gefürchtet. Es kann vorkommen, dass unachtsame Lebewesen schneller zur Beute dieser schuppigen Tiere werden, als ihnen lieb ist. Wenn Echsen jagen, dann meist in größeren Gruppen.

Schwarze Magie – Wenn die Wärme eines anderen Wesens zur Magiewirkung verwendet wird, wird dies als schwarze Magie bezeichnet. Diese Form der Magie ist streng verboten und wird mit dem Tode bestraft.

Trolle – Gorkas und Trolle haben einen gemeinsamen Ursprung. Trolle entwickelten sich jedoch im Laufe der Jahrtausende zu böswilligen Killern, die nicht davor zurückschrecken, Menschen sowie auch alle anderen Lebewesen von Altra zu jagen. Sie sind stark und mindestens drei Schritt groß, was sie fast unbezwingbar macht. Es gibt vier Trollarten: Bergtrolle, Waldtrolle, Eistrolle und Wüstentrolle. Sie unterscheiden sich hauptsächlich in der Größe und haben sich der jeweiligen Umgebung sowohl durch ihr Äußeres als auch durch ihre Fähigkeiten angepasst. Trolle leben in kleinen Gruppen und jagen meist einzeln.

Vexatoren – Wesen der Nacht. Sie haben anstelle von Augen, Nasen und Mund schwarze Löcher in ihren kalkweißen Gesichtern. Von der Gestalt her ähneln sie Menschen, haben aber viel dünnere Arme und Beine und ihre Haut ist fast durchsichtig. Sie ernähren sich von der Wärme und dem Blut derjenigen, die das Unglück haben, ihnen in die Hände zu fallen. Zudem können sie die Gedanken ihrer Beute beeinflussen und sie so ihnen zu Willen machen.

Warft – Diese Tiere sind nachtaktiv und gehen auf zwei Beinen wie Menschen. Ihr Körper ähnelt dem eines Wolfes und sie haben gelbe Augen, die sehr gut im Dunkeln sehen können. Durch ihre tödlichen Krallen und Gewandtheit sind sie gefährliche Gegner, denen man besser aus dem Weg geht.

Zwerge – Diese Rasse, deren Lebenserwartung etwa 200 bis 300 Jahre beträgt, lebt vorwiegend in den Bergen. Ihr Körperbau ist stämmig und sie sind etwa eineinhalb Schritt groß und sehr kräftig. Sie beherrschen Zwergenmagie und sind hervorragende Schmiede.

DANK

Mein Dank geht wie immer an diejenigen Personen, die mich bei der Entstehung dieses Buches unterstützt haben.

Das größte Dankeschön gilt meinem Mann Andi für die endlosen Stunden, die er mir zugehört und meine Gedanken mitgesponnen hat. In den vielen Gesprächen mit ihm hat sich die Geschichte nach und nach gefestigt und ist so geworden, wie sie heute in diesem Buch steht.

Auch Euch Lesern möchte ich ganz herzlich danken. Eure positiven Rückmeldungen zum ersten Band der Alia-Saga haben mich unglaublich motiviert.

Herzlich,
Eure Corinne

Über die Autorin

C. M. Spoerri wurde 1983 geboren und lebt in der Schweiz. Ursprünglich aus der Klinischen Psychologie kommend, schreibt sie seit Frühling 2014 erfolgreich Fantasy-Jugendromane (›Alia-Saga‹, ›Greifen-Saga‹) und hat im Herbst 2015 zusammen mit ihrem Mann den Sternensand Verlag gegründet. Weitere Fantasy- und New-Adult-Projekte sind dabei, Gestalt anzunehmen.

Kontakt:

Homepage: www.cmspoerri.ch

E-Mail: info@cmspoerri.ch

Facebook: www.facebook.com/c.m.spoerri

Instagram: www.instagram.com/c.m.spoerri

Besucht uns im Netz:

www.sternensand-verlag.ch

www.facebook.com/sternensandverlag